A PUNIÇÃO DE BOURNE

Eric Van Lustbader

A PUNIÇÃO
DE BOURNE

Tradução de
Ana Deiró

Título original
ROBERT LUDLUM'S™
THE BOURNE SANCTION

Este livro é uma obra de ficção. Nomes, personagens, lugares e incidentes são produtos da imaginação do autor ou foram usados de forma fictícia. Qualquer semelhança com acontecimentos reais, localidades, pessoas, vivas ou não, é mera coincidência.

Copyright © 2008 by Myn Pyn, LLC

Edição brasileira publicada mediante acordo com autor, a/c de Baror International, Inc. Armonk, Nova York, EUA.

Todos os direitos reservados. Nenhuma parte desta obra pode ser reproduzida ou transmitida por qualquer forma ou meio eletrônico ou mecânico, inclusive fotocópia, gravação ou sistema de armazenagem e recuperação de informação, sem a permissão escrita do editor.

Direitos para a língua portuguesa reservados
com exclusividade para o Brasil à
EDITORA ROCCO LTDA.
Av. Presidente Wilson, 231 – 8º andar
20030-021 – Rio de Janeiro – RJ
Tel.: (21) 3525-2000 – Fax: (21) 3525-2001
rocco@rocco.com.br
www.rocco.com.br

Printed in Brazil/Impresso no Brasil

preparação de originais
VILMA HOMERO

CIP-Brasil. Catalogação na fonte.
Sindicato Nacional dos Editores de Livros, RJ.

L991p   Lustbader, Eric, 1946-
         A punição de Bourne / Eric Van Lustbader;
         tradução de Ana Deiró. – Rio de Janeiro: Rocco, 2011.

         Tradução de: Robert Ludlum's™ The Bourne sanction:
         a new Jason Bourne novel
         ISBN 978-85-325-2625-0

         1. Bourne, Jason (Personagens fictícios) – Ficção.
         2. Ficção norte-americana. I. Cardoso, Ana Lúcia Deiró.
         II. Título.

10-6697   CDD-813
                                           CDU-821.111(73)-3

*Para Dan e Linda Jariabka,
com meus agradecimentos e amor.*

Aqui vão meus agradecimentos:

Aos intrépidos repórteres do *The Exile*.
As aventuras de Bourne em Moscou
e a história de Arkadin em Nizhny Tagil
não teriam existido sem a ajuda deles.

Gregg Winter por fazer com que eu me
interessasse pela logística de transporte para LNG.

Henry Morrison por ter oferecido
apoio ao processo criativo em todas as horas.

Uma nota para meus leitores:
Tento ser tão factual quanto me é possível em todos
os meus livros, mas esta é, afinal, uma obra de ficção.
De modo a tornar a história tão emocionante
quanto é possível, inevitavelmente lancei mão
de licença artística aqui e ali, com lugares, objetos
e, possivelmente, até com o tempo.
Espero que os leitores deixem passar estas pequenas
anomalias e se divirtam com a viagem.

PRÓLOGO

Colônia 13 Prisão de Segurança
Máxima, Nizhny Tagil, Rússia/
Campione d'Italia, Suíça

Enquanto esperavam que Borya Maks aparecesse, os quatro internos recostavam-se contra as paredes imundas de pedra, cujo frio não mais os incomodava. Ao ar livre no pátio da prisão, fumavam os cigarros caros do mercado negro, feitos de tabaco turco, conversavam entre si como se não tivessem nada melhor a fazer além de tragar a fumaça acre para dentro dos pulmões e expeli-la em baforadas que pareciam endurecer no ar frígido. Acima de suas cabeças havia um céu sem nuvens que a luz de estrelas fulgurantes transformava numa concha esmaltada sem fundo. A Ursa Maior, o Lince, os Canes Venatici, Perseu – as mesmas constelações que refulgiam nos céus acima de Moscou, a pouco menos de mil quilômetros a sudoeste –, mas como a vida era diferente do estardalhaço dos clubes superaquecidos das ruas Trehgorny val e Sadovnicheskaya.

Durante o dia os internos da Colônia 13 produziam peças para o T-90, o formidável tanque de batalha russo. Mas à noite, sobre o que conversam uns com os outros homens sem consciência nem emoção? Por estranho que pareça, sobre família. Havia uma estabilidade em voltar para casa para a esposa e filhos, que definira suas vidas anteriores do mesmo modo como agora os muros maciços da Colônia 13, Prisão de Alta Segurança, definiam suas vidas atuais. O que faziam para ganhar dinheiro – mentir, trapacear, roubar, extorquir, chantagear, torturar e matar – era tudo o que conheciam. O fato de que faziam bem tudo isso era conhecido, pois de outro modo estariam mortos. A deles era uma vida fora da civilização como a maioria das pessoas conhecia. Voltar para o calor de uma mulher conhecida, para os aromas domésticos de beterraba, repolho fervido, carne ensopada, o ardor da vodca apimentada, era um conforto que deixava todos nostálgicos. A nostalgia os unia com tanta segurança quanto as tatuagens de sua profissão sombria.

O som de um assovio suave cortou o ar gelado da noite, fez evaporar suas reminiscências, como terebintina sobre tinta a óleo.

A noite perdeu toda a cor imaginada e voltou a ser preto e branco quando Borya Maks apareceu. Maks era um homem grande e corpulento – um homem que se exercitava com pesos durante uma hora, e passava os noventa minutos seguintes pulando corda, todo santo dia desde que viera para a prisão. Como assassino de aluguel da Kazanskaya, um ramo da *grupperovka* russa que atuava no tráfico de drogas e no mercado negro de carros, ele tinha um certo status entre os mil e quinhentos internos da Colônia 13. Os guardas o temiam e o desprezavam. Sua reputação o precedera como uma sombra ao pôr do sol. Ele não era muito diferente do olho de um furacão, ao redor do qual rodopiavam os ventos uivantes da violência e da morte. A última delas tinha sido a do quinto homem do grupo que agora estava reduzido a quatro. Mesmo sendo da Kazanskaya, Maks tinha que ser punido, caso contrário, todos eles sabiam que seus dias na Colônia 13 estariam contados.

Eles sorriram para Maks. Um deles lhe ofereceu um cigarro, o outro o acendeu, enquanto Maks se inclinava, com a mão em concha para proteger a minúscula chama do vento. Os dois outros homens agarraram um dos braços, que pareciam cingidos com faixas de aço, enquanto o que lhe havia oferecido o cigarro enfiava uma faca improvisada, afiada meticulosamente na fábrica da prisão, em direção ao plexo solar de Maks. No último instante, Maks a afastou com um golpe soberbamente certeiro da mão. No mesmo instante, o homem com o fósforo apagado acertou um violentíssimo direto na ponta do queixo de Maks.

Maks cambaleou para trás, colidindo com o peito dos dois homens que o seguravam pelos braços. Mas, ao mesmo tempo, ele enterrou o calcanhar da bota esquerda no peito do pé de um dos homens que o seguravam. Soltando o braço esquerdo com um safanão, ele girou o corpo num arco fechado, enfiando o cotovelo dobrado nas costelas do que segurava seu braço direito. Livre naquele momento, ele colou as costas contra o muro em profunda escuridão. Os quatro homens cerraram fileiras, avançando para o ataque. O que empunhava a faca se adiantou, outro enfiou uma argola de metal curvado como um soco inglês no punho.

A briga começou para valer com grunhidos de dor e de esforço, gotas de suor, borrifos de sangue. Maks era forte e astuto; sua reputação era merecida, mas embora batesse tanto quanto apanhava, enfrentava quatro inimigos determinados. Quando Maks derrubava um deles, outro ocupava o lugar, de modo que sempre havia dois atacando e batendo enquanto os outros se reagrupavam e retomavam o combate com violência. Nenhum dos quatro tinha ilusões sobre a tarefa que enfrentavam. Sabiam que nunca conseguiriam vencer Maks no primeiro ou mesmo no segundo ataque. Seu plano era cansá-lo, revezando-se e se refazendo entre uma e outra pausa, sem permitir a Maks nenhum descanso.

Parecia estar funcionando. Ensanguentados e machucados, continuaram o ataque impiedoso até que Maks acertou a lateral da mão na garganta de um dos quatro – o que empunhava a faca – esmagando-lhe a cartilagem cricoide. Enquanto o homem recuava trôpego para os braços de seus compatriotas, abrindo e fechando a boca como um peixe fisgado num anzol, Maks tomou-lhe a faca da mão. Então, os olhos do homem se reviraram e ele se tornou um peso morto. Cegos de raiva e com sede de sangue, os três restantes avançaram sobre Maks.

A rapidez do ataque quase teve sucesso em penetrar as defesas de Maks, mas ele contra-atacou calma e eficientemente. Músculos se avolumavam em seus braços quando ele se virava, apresentando-lhes o lado esquerdo, dando-lhes um alvo menor, ao mesmo tempo em que usava a faca em estocadas curtas e rápidas e facadas mais fundas para infligir uma linha contínua de cortes que, embora não fossem profundos, produziram uma confusão de sangue. Foi algo deliberado, sua resposta à tática de tentar levá-lo à exaustão. Fadiga era uma coisa, perda de sangue era outra bem diferente.

Um de seus agressores avançou para um golpe, escorregou no próprio sangue, e Maks o esmurrou até nocauteá-lo. Isso criou uma abertura e o homem com o soco inglês improvisado atacou, golpeando o flanco do pescoço de Maks com o metal. Maks imediatamente perdeu o fôlego e a força. Os outros dois o esmurraram num ritmo selvagem. Estavam a ponto de acabar com ele quando um guarda emergiu da escuridão e metodicamente os afastou com um cassetete de madeira, cuja força era bem mais devastadora do que qualquer sobra de metal.

Um ombro se separou, depois se partiu sob o cassetete aplicado com perícia; outro homem teve a lateral do crânio afundada. Virando-se para fugir, o terceiro foi golpeado na terceira vértebra sacral, que foi fraturada com o impacto, quebrando-lhe a espinha.

– O que você está fazendo? – perguntou Maks para o guarda, entre tentativas de recuperar o controle da respiração. – Pensei que estes canalhas tivessem subornado todos os guardas.

– E subornaram. – O guarda agarrou o cotovelo de Maks. – Por aqui – ele apontou com a ponta reluzente do cassetete.

Os olhos de Maks se estreitaram.

– Esse não é o caminho de volta para as celas.

– Você quer sair daqui ou não? – perguntou o guarda.

Maks balançou a cabeça num assentimento condicional, e os dois correram pelo pátio deserto. O guarda manteve o corpo pressionado contra o muro. Maks seguiu-lhe o exemplo. Avançaram num ritmo controlado, que, percebeu, os mantinha fora dos focos dos holofotes em movimento. Bem que Maks gostaria de ter parado para se perguntar quem era aquele guarda, mas não houve tempo. Além disso, no fundo de sua mente estivera esperando por alguma coisa assim. Sabia que seu chefe, o mandachuva da Kazanskaya, não ia deixá-lo apodrecer na Colônia 13 pelo resto da vida, no mínimo porque ele era um quadro valioso demais para se permitir que apodrecesse por ali. Quem jamais poderia substituir o grande Borya Maks? Talvez houvesse apenas um homem: Leonid Arkadin. Mas Arkadin – fosse lá quem fosse; não era alguém que Maks soubesse algum dia ter conhecido ou mesmo visto o rosto – recusava-se a trabalhar para a Kazanskaya, ou para qualquer das outras famílias; era um *freelancer*, o último de uma raça em extinção. Se é que de fato ele existia, algo de que, francamente, Maks duvidava. Tinha sido criado ouvindo histórias de bichos-papões com toda sorte de poderes inacreditáveis – por algum motivo perverso, os russos adoravam assustar os filhos. Mas o fato era que Maks nunca tinha acreditado em bichos-papões, nunca tivera medo. Também não tinha nenhum motivo para temer o espectro de Leonid Arkadin.

Agora, o guarda havia aberto uma porta na metade da extensão do muro. Eles se agacharam e passaram justo quando o foco de luz do holofote se aproximou devagar, iluminando as pedras contra as quais, momentos antes, tinham estado encostados.

Depois de várias voltas, Maks se encontrou no corredor que levava ao banheiro coletivo dos presos, atrás do qual, sabia, ficava uma das duas entradas para a ala das celas. Como aquele guarda pretendia conseguir que passassem pelos postos de controle era impossível saber, mas Maks não desperdiçou energia tentando adivinhar. Até aquele momento o homem soubera exatamente a coisa certa a fazer e como fazê-la. Por que agora haveria de ser diferente? Claramente, tratava-se de um profissional. Que pesquisara meticulosamente a prisão, e obviamente tinha gente poderosa apoiando-o: primeiro, pelo fato de ter conseguido entrar ali; segundo, por aparentemente ter o controle completo do lugar. Aquilo era típico do chefe de Maks.

Enquanto avançavam pelo corredor em direção à entrada para os chuveiros, Maks perguntou:

– Quem é você?

– Meu nome não é importante – respondeu o guarda. – Quem me mandou é.

Maks absorveu a informação no silêncio anormal da noite da prisão. O russo que o guarda falava era impecável, mas para o olho clínico de Maks ele não parecia russo, nem georgiano, nem checheno, ucraniano ou azerbaidjano. Era um homem pequeno pelos padrões de Maks, mas por outro lado, para seus padrões quase todo mundo era. O corpo, no entanto, era musculoso, suas respostas precisas, bem treinadas. Ele possuía a quietude sobrenatural de uma energia soberbamente controlada. Não fazia nenhum movimento que não fosse necessário e então usava apenas a energia indispensável, nada além. O próprio Maks também era assim, de modo que era fácil para ele identificar sinais sutis que outros deixariam passar. Os olhos do guarda eram claros, sua expressão sombria, quase distante, como a de um cirurgião na sala de operação. Os cabelos claros, espessos no topo da cabeça, eram eriçados num estilo que lhe teria sido desconhecido se Maks não tivesse sido um aficionado de revistas e filmes internacionais. De fato, se Maks não soubesse que era improvável, teria dito que o guarda era americano. Mas isso era impossível. O chefe de Maks não empregava americanos, ele os cooptava.

– Então, Maslov mandou você – comentou Maks. Dimitri Maslov era o chefe da Kazanskaya. – Já estava mais do que na hora, se quer saber. Quinze meses neste lugar parecem quinze anos.

Naquele momento, ao chegarem aos chuveiros, o guarda, sem se virar totalmente, balançou o cassetete e acertou a lateral da cabeça de Maks. Apanhado totalmente de surpresa, Maks cambaleou e quase caiu no piso de concreto do banheiro, que fedia ligeiramente a mofo, desinfetante e homens que careciam da higiene necessária.

Sem se abalar, o guarda caminhou até ele, como se estivesse saindo para um programa noturno com uma garota. Golpeou-o com o cassetete quase que preguiçosamente. Acertou Maks no bíceps esquerdo, apenas com força suficiente para obrigá-lo a recuar em direção à fileira de chuveiros que se projetava da parede úmida no fundo da sala. Mas Maks era um homem que se recusava a ser obrigado a recuar, por um guarda ou por quem quer que fosse. Quando o cassetete desceu assoviando do ápice de seu arco, ele avançou, interrompeu a trajetória do golpe com o braço tensionado. Agora, tendo penetrado a linha de defesa do guarda, podia trabalhar da maneira que melhor se adequasse à situação. A faca improvisada estava em sua mão esquerda. Ele golpeou com a ponta da faca para fora. Quando o guarda se moveu para bloquear a faca, Maks fez um movimento cortante para cima, metendo a lâmina afiada na carne. Havia mirado a faca para acertar a parte interna do pulso do guarda, o nexo de veias que, se cortado, deixaria a mão inutilizada. Porém, os reflexos do guarda eram tão rápidos quanto os dele e em vez disso, a lâmina acertou a manga da jaqueta de couro. Mas não penetrou o couro como deveria. Maks teve tempo apenas para registrar que a jaqueta devia ser forrada com Kevlar ou algum outro material impenetrável, antes que a borda lateral da mão calosa do guarda arrancasse, com um golpe violento, a faca de sua mão.

Outro golpe o fez deslizar atordoado para trás. Ele tropeçou no buraco de um dos ralos, afundando o calcanhar, enquanto o guarda enterrava a sola da bota na lateral de seu joelho. Houve um som medonho, o roçar de osso contra osso enquanto a perna direita de Maks desabava.

Quando se aproximava para o golpe final, o guarda disse:
– Não foi Dimitri Maslov quem me mandou. Foi Pyotr Zilber.

Maks lutou para libertar o calcanhar, que não conseguia mais sentir.
– Não sei de quem você está falando.

O guarda agarrou-lhe o peito da camisa.
– Você matou o irmão dele, Aleksei. Com um tiro atrás da cabeça. Eles o encontraram flutuando com a cara na água no rio Moskva.
– Foram apenas negócios – disse Maks. – Apenas negócios.
– Sim, bem, isso aqui é pessoal – retrucou o guarda enquanto golpeava a virilha de Maks com o joelho.

Maks se dobrou para a frente. Quando o guarda se inclinou para puxá-lo e botá-lo ereto, Maks bateu com violência o topo da cabeça contra a ponta de seu queixo. O sangue jorrou por entre os lábios do guarda à medida que os dentes lhe cortavam a língua.

Maks aproveitou a vantagem para socar-lhe o flanco, logo acima do rim. Os olhos do guarda se arregalaram – a única indicação de que sentia dor – e ele chutou o joelho destroçado de Maks, que desabou no chão e ficou caído. A agonia percorria seu corpo como um rio. Enquanto lutava para compartimentalizá-la, o guarda chutou de novo. Ele sentiu a costela se partir, seu rosto beijou o chão de concreto fedorento. Ficou caído, tonto, sem conseguir levantar.

O guarda agachou-se a seu lado. Ver a careta de dor que o guarda fez deu a Maks uma pequena satisfação, mas aquela seria a única coisa que receberia como consolo.

– Eu tenho dinheiro – ofegou Maks, com voz fraca. – Está enterrado num lugar seguro onde ninguém irá encontrá-lo. Se me tirar daqui, levo você até o dinheiro. Pode ficar com a metade. É mais de meio milhão de dólares.

Aquilo serviu apenas para enfurecer o guarda, que golpeou Maks com violência na orelha, fazendo-o ver fagulhas por trás dos olhos. Sua cabeça zuniu com uma dor que para qualquer outra pessoa teria sido insuportável.

– Você pensa que sou como você? Que não tenho lealdade? – Ele cuspiu na cara de Maks. – Pobre Maks, você cometeu um grave erro ao matar aquele garoto. Pessoas como Pyotr Zilber nunca esquecem. E elas têm meios para mover céus e terra para conseguir o que querem.

– Está bem – sussurrou Maks –, pode ficar com todo o dinheiro. Mais de um milhão de dólares.

– Pyotr Zilber quer você morto, Maks. Eu vim para lhe dizer isso. E para matar você. – A expressão de seu rosto se alterou sutilmente. – Mas primeiro...

Ele estendeu o braço esquerdo de Maks, pisou-lhe o pulso, imobilizando-o contra o piso áspero de concreto. Então, empunhou uma tesoura de poda de lâminas grossas.

O gesto despertou Maks da letargia induzida pela dor.

– O que está fazendo?

O guarda agarrou o polegar de Maks, no qual havia a tatuagem de uma caveira na parte de trás, espelhando a tatuagem maior em seu peito. Era o símbolo do alto status de Maks em sua profissão de assassino.

– Além de querer que você saiba a identidade do homem que ordenou sua morte, Pyotr Zilber exige prova disso, Maks.

O guarda posicionou a tesoura na base do polegar de Maks e então apertou as lâminas. Maks emitiu um som gorgolejante, não muito diferente do de um bebê.

Como faria um açougueiro, o guarda embrulhou o polegar num quadrado de papel encerado, prendeu o embrulho com um elástico e então o guardou num saquinho plástico.

– Quem é você? – Maks conseguiu perguntar.

– Meu nome é Arkadin – respondeu o guarda. – Ou, no seu caso, Morte.

Com um movimento cheio de graça, Arkadin quebrou o pescoço de Maks.

⁓

A luz límpida do sol dos Alpes banhava Campione d'Italia, um minúsculo e curioso enclave italiano, de pouco mais de um quilômetro quadrado, aninhado no cenário perfeito de mecanismo de relógio da Suíça. Devido à posição privilegiada na margem leste do lago Lugano, era ao mesmo tempo estupendamente pitoresco e um lugar excelente para se fixar residência. Como Mônaco, era um paraíso fiscal para indivíduos ricos, os donos daquelas magníficas *villas*, que jogavam alto nas horas de lazer no Casino Di Campione. Dinheiro e valores podiam ser depositados em bancos suíços, com sua famosa e merecida reputação por serviços discretos, completamente protegidos dos olhos curiosos das corporações da polícia internacional.

Fora este cenário idílico, pouco conhecido, que Pyotr Zilber havia escolhido para seu primeiro encontro cara a cara com Leonid Arkadin. Havia contratado Arkadin através de um intermediário.

Por diversos motivos de segurança, optando por não contatar o assassino diretamente. Desde cedo em sua vida, Pyotr havia aprendido que preocupar-se demais com segurança é algo que não existe. Havia um pesado fardo de responsabilidade no fato de pertencer a uma família com muitos segredos.

De sua posição privilegiada no belvedere, logo na saída da Via Totone, Pyotr tinha diante de si um panorama de tirar o fôlego: os telhados marrom-avermelhados dos chalés e condomínios de apartamentos, as praças com fileiras de palmeiras no centro da cidade, as águas azul-cerúleas do lago, das montanhas, com as encostas envoltas em mantos de neblina. Enquanto esperava, sentado em seu BMW cinza, chegava-lhe aos ouvidos, intermitentemente, o roncar distante de lanchas e iates, deixando cimitarras de espuma em sua esteira. Na verdade, parte de sua mente já estava na viagem iminente. Depois de ter conseguido o documento roubado, ele o havia enviado para a longa jornada por sua rede de contatos até o destinatário final.

Estar ali o excitava de uma maneira realmente extraordinária. A antecipação do que estava por acontecer, dos elogios que receberia, especialmente de seu pai, fazia com que uma carga elétrica percorresse de seu corpo. Estava à beira de uma vitória inimaginável. Arkadin havia lhe telefonado do aeroporto de Moscou para dizer-lhe que a operação tinha sido bem-sucedida, que tinha em mãos a prova física de que Pyotr precisava.

Ele havia se arriscado ao mandar matar Maks, mas o homem assassinara seu irmão. Será que se supunha que ele devia oferecer a outra face e esquecer a afronta? Conhecia melhor do que ninguém a máxima rígida de seu pai, de sempre permanecer nas sombras, manter-se escondido, mas achava que aquele gesto singular de vingança valia a pena o risco. Além disso, havia cuidado do negócio por meio de intermediários, do mesmo modo que sabia que seu pai teria feito.

Ao ouvir o roncar sonoro do motor de um carro, ele se virou, viu uma Mercedes azul-marinho subir pela ladeira que levava ao belvedere.

O único verdadeiro risco que corria era naquele instante e, ele sabia, não podia ser evitado. Se Leonid Arkadin conseguira se infiltrar na Colônia 13, em Nizhny Tagil, e matar Borya Maks, ele era o homem certo para a missão seguinte que Pyotr havia planejado. Uma missão de que seu pai deveria ter-se ocupado anos antes. Agora ele teria oportunidade para concluir algo que seu pai fora tímido demais para tentar. Os espólios cabiam aos ousados. O documento que ele havia conseguido era uma prova positiva de que o tempo para a cautela havia chegado ao fim.

A Mercedes estacionou ao lado do BMW, um homem de cabelos claros e olhos ainda mais claros saltou com a fluidez de um tigre. Não era especialmente alto, não era tão musculoso como a maior parte dos russos ligados à *grupperovka;* mesmo assim, alguma coisa nele irradiava uma ameaça silenciosa que Pyotr achou impressionante. Desde muito pequeno, Pyotr convivera com homens perigosos. Aos onze anos de idade, matara um homem que havia ameaçado sua mãe. Não hesitara nem por um instante. Se tivesse hesitado, sua mãe teria morrido naquela tarde, no bazar do Azerbaijão, nas mãos de um assassino armado de faca. Aquele assassino, bem como outros no decorrer dos anos, havia sido mandado por Semion Icoupov, a Nêmesis implacável de seu pai, o homem que, naquele exato momento, estava alojado em segurança em sua *villa* na Viale Marco Campione, a menos de um quilômetro e meio de onde Pyotr e Leonid Arkadin agora se encontravam.

Os dois homens não se cumprimentaram, nem se dirigiram um ao outro pelo nome. Arkadin tirou do carro a maleta de aço inoxidável que Pyotr lhe havia enviado. Pyotr apanhou a sua de dentro do BMW. A troca foi feita sobre o capô da Mercedes. Os homens puseram as maletas deitadas lado a lado, destrancaram-nas. A de Arkadin continha o dedo polegar cortado de Maks, embrulhado e guardado num saco. A de Pyotr continha trinta mil dólares em diamantes, a única moeda que Arkadin aceitava como pagamento.

Arkadin esperou pacientemente. Enquanto Pyotr desembrulhava o pacote, ele ficou olhando fixamente para o lago, talvez desejando estar num dos velozes barcos a motor que abriam caminho, afastando-se da terra. O polegar de Maks havia murchado um pouco durante a viagem da Rússia. Dele emanava um certo odor que não era desconhecido de Pyotr Zilber. Havia enterrado vários de seus parentes e compatriotas. Pyotr virou-se de modo que a luz do sol incidisse sobre a tatuagem sobre o dedo, sacou uma lupa e através da lente examinou-a.

Por fim, guardou a lupa.

— Ele foi difícil?

Arkadin virou-se para encará-lo. Olhou por um momento, com ar implacável bem nos olhos de Pyotr.

— Não especialmente.

Pyotr assentiu. Atirou o dedo polegar por cima do parapeito do mirante e depois arremessou a maleta. Arkadin, presumindo que esse fosse o sinal para o fechamento do negócio, estendeu a mão para o saquinho de diamantes. Abrindo-o, tirou do bolso uma lupa de joalheiro, escolheu uma pedra ao acaso e a examinou com a elegância de um perito.

Quando assentiu, satisfeito com a limpidez e a cor, Pyotr disse:

— Que tal lhe pareceria ganhar três vezes o que lhe paguei por este contrato?

— Sou um homem muito ocupado — respondeu Arkadin, sem revelar qualquer sinal.

Pyotr inclinou a cabeça, deferente.

— Não duvido.

— Só aceito contratos que me interessam.

— Será que Semion Icoupov interessaria você?

Arkadin permaneceu totalmente imóvel. Dois carros esporte passaram, acelerando pela estrada como se estivessem em Le Mans. No eco do ronco dos canos de descarga, Arkadin falou:

— Como é conveniente que calhemos de estar no minúsculo principado onde Semion vive.

— Está vendo? — Pyotr sorriu. — Sei exatamente o quanto você está ocupado.

– Duzentos mil – falou Arkadin. – Nas condições habituais.
Pyotr, que tinha previsto o preço de Arkadin, assentiu concordando.
– Sob condição de entrega imediata.
– Fechado.
Pyotr abriu a mala do BMW. Dentro dela havia mais duas maletas. De uma, ele transferiu cem mil em diamantes para a maleta sobre o capô da Mercedes. Da outra, ele tirou e entregou a Arkadin um pacote de documentos, inclusive um mapa feito por satélite, indicando a localização exata da *villa* de Icoupov, uma lista de seus guarda-costas e um conjunto de plantas arquitetônicas da *villa*, incluindo os circuitos elétricos, o gerador independente e detalhes dos equipamentos de segurança instalados.
– Icoupov está lá agora – disse Pyotr. – Como você vai conseguir entrar é problema seu.
– Eu lhe darei notícias. – Depois de folhear os documentos, fazer uma pergunta aqui e ali, Arkadin colocou-os por cima dos diamantes, fechou a maleta e a atirou no assento do carona da Mercedes, com a mesma displicência que teria se ela estivesse cheia de balões de gás.
– Amanhã, aqui, no mesmo horário – disse Pyotr, enquanto Arkadin se acomodava atrás do volante.
A chave da Mercedes foi ligada, o motor ronronou. Então, Arkadin engrenou. Enquanto ele saía para a estrada, Pyotr se virou para andar até a frente do BMW. Ele ouviu o barulho dos freios, o rodopiar do carro e virou-se a tempo de ver a Mercedes avançando diretamente na sua direção. Ficou paralisado por um momento. *Que diabo ele estava fazendo?*, perguntou a si mesmo. Afinal, começou a correr. Mas a Mercedes já estava em cima dele, a grade do para-choque acertando-o em cheio, imobilizando-o contra a lateral do BMW.
Através de uma névoa de dor ele viu Arkadin saltar do carro e caminhar em sua direção. Então, alguma coisa dentro dele cedeu e ele perdeu os sentidos.

Ele recuperou a consciência num estúdio revestido de lambris, reluzente com ferragens de bronze bem lustradas, cheio de ricos tapetes persas com tons de gemas. Em seu campo de visão, havia uma escrivaninha de nogueira e uma cadeira, bem como uma enorme janela que dava para as águas brilhantes do lago Lugano e as montanhas encobertas por véus de névoa atrás dele. O sol estava baixo no oeste, enviando longas sombras vermelho-arroxeadas sobre a água e pelas paredes caiadas de branco das casas de Campione d'Italia.

Pyotr estava amarrado a uma cadeira simples de madeira que parecia tão fora de lugar naquele ambiente de luxo e poder quanto ele. Ele tentou respirar fundo e encolheu-se com uma dor surpreendente. Baixando o olhar, viu que havia bandagens bem justas ao redor de seu peito e se deu conta de que devia estar com pelo menos uma costela quebrada.

– Finalmente retornou à terra dos vivos. Por algum tempo, você me preocupou.

Era doloroso para Pyotr virar a cabeça. Todos os músculos de seu corpo pareciam estar em chamas. Mas sua curiosidade era irreprimível, de modo que ele mordeu o lábio, continuou a virar a cabeça até que um homem entrou em seu campo de visão. Ele era bem pequeno, de ombros curvados. Óculos de lentes redondas enquadravam seus olhos grandes, claros como água. O crânio bronzeado era enrugado e sulcado como um campo arado, e ele não tinha um único fio de cabelo, mas, como se para compensar pela cabeça calva, as sobrancelhas eram espantosamente grossas, arqueando-se para o alto sobre a pele acima das órbitas de seus olhos. Ele parecia um daqueles mercadores turcos do Levante.

– Semion Icoupov – disse Pyotr. Ele tossiu. Sua boca parecia enrijecida, como se estivesse cheia de algodão. Ele sentiu o gosto salgado e acobreado de seu próprio sangue, e engoliu com dificuldade.

Icoupov poderia ter-se movido de modo que Pyotr não tivesse que torcer tanto o pescoço para poder vê-lo, mas não o fez. Em vez disso, baixou o olhar para uma folha de papel grosso que havia desenrolado.

— Sabe, estas plantas de minha *villa* são tão completas que estou descobrindo coisas sobre a construção que nunca soube antes. Por exemplo, existe um porão abaixo da adega. — Ele passou o indicador roliço sobre a superfície da planta. — Imagino que vá dar algum trabalho ganhar acesso a ele agora, mas, quem sabe, talvez valha a pena.

Ele ergueu subitamente a cabeça e cravou os olhos em Pyotr.

— Daria, por exemplo, um local perfeito para mantê-lo encarcerado. Eu teria certeza de que nem meu vizinho mais próximo ouviria você gritar. — Ele sorriu, dando uma pista para uma terrível concentração de suas energias. — E você *vai* gritar Pyotr, isso eu lhe prometo. — Ele virou a cabeça, os faróis de seus olhos buscando outra pessoa. — Não vai, Leonid?

Naquele momento, Arkadin entrou no campo de visão de Pyotr. Imediatamente, ele agarrou a cabeça de Pyotr com uma das mãos e apertou as juntas de seu maxilar com a outra. Pyotr não teve escolha senão abrir a boca. Arkadin examinou seus dentes um por um. Pyotr sabia que ele procurava por um dente falso cheio de cianureto de potássio. Uma pílula mortal.

— São todos dele — disse Arkadin, enquanto soltava Pyotr.

— Estou curioso — comentou Icoupov. — Como você conseguiu estas plantas, Pyotr?

Esperando pelo pior, Pyotr não disse nada. Mas, subitamente, começou a tremer com tanta violência que seus dentes bateram.

Icoupov fez um sinal a Arkadin, que envolveu o torso de Pyotr num cobertor grosso. Icoupov trouxe uma cadeira de cerejeira, colocou-a de frente para Pyotr e sentou-se. E continuou como se não esperasse resposta.

— Tenho que admitir que isso mostra um bocado de iniciativa de sua parte. De modo que o garoto esperto cresceu e se tornou um homem esperto. — Icoupov deu de ombros. — Não estou nada surpreso. Mas, ouça, sei quem você realmente é. Ou pensou que poderia me enganar ao mudar continuamente de nome? A verdade nessa questão é que você tanto cutucou que abriu um vespeiro, de modo que não deve se surpreender se for picado. E picado e picado e picado.

Ele inclinou o tronco na direção de Pyotr.

– Por mais que seu pai e eu tenhamos desprezado um ao outro, nós crescemos juntos; houve um tempo em que fomos unidos como irmãos. Assim, por respeito a ele, não vou mentir para você, Pyotr. Esta sua manobra ousada não vai acabar nada bem. De fato, estava fadada ao desastre desde que começou. E você quer saber por quê? Não precisa responder; é claro que quer. Suas necessidades carnais o traíram, Pyotr. Aquela garota deliciosa com quem andou dormindo durante os últimos seis meses me pertence. Sei o que você está pensando, que isso não é possível. Sei que você fez uma investigação completa dos antecedentes dela; este é o seu *modus operandi*. Previ todas as suas perguntas; assegurei-me de que recebesse as respostas que precisava ouvir.

Olhando fixamente para o rosto de Icoupov, Pyotr se descobriu batendo dentes de novo, por mais que tentasse cerrar os maxilares.

– Chá, por favor, Philippe – Icoupov pediu a alguém que ele ainda não vira. Momentos depois, um rapaz esguio colocou um aparelho de chá inglês sobre uma mesinha baixa ao lado da mão direita de Icoupov. Como um tio favorito, Icoupov se encarregou de servir e adoçar o chá. Levou a xícara de porcelana aos lábios azulados de Pyotr e disse:

– Por favor, beba, Pyotr. É para o seu bem.

Pyotr o encarou implacavelmente até que Icoupov falou:

– Ah, sim, compreendo. – Ele tomou alguns goles do chá para assegurar a Pyotr de que era apenas chá, e então ofereceu de novo a xícara, cuja borda chocalhou contra os dentes de Pyotr, até que finalmente ele bebeu, de início devagar, depois avidamente. Quando o chá acabou, Icoupov botou a xícara de volta no pires. Àquela altura os tremores de Pyotr haviam diminuído.

– Está melhor?

– Estarei melhor – respondeu Pyotr – quando sair daqui.

– Ah, bem, receio que isso vá demorar algum tempo – disse Icoupov. – Se é que algum dia vai acontecer. A menos que você me diga o que quero saber.

Ele puxou a cadeira para mais perto, a expressão de tio bonzinho havia desaparecido.

– Você roubou algo que me pertence – falou. – E eu quero de volta.

Pyotr respondeu com tamanho veneno que Icoupov retrucou:

– Você me odeia tanto quanto ama seu pai, este é o seu problema básico, Pyotr. Você nunca aprendeu que ódio e amor são essencialmente a mesma coisa, no sentido de que aquele que ama é tão facilmente manipulado quanto aquele que odeia.

Pyotr franziu os lábios, como se as palavras de Icoupov tivessem lhe deixado um gosto amargo na boca.

– De qualquer maneira, é tarde demais. O documento já está a caminho.

Imediatamente houve uma mudança na atitude de Icoupov. O rosto dele cerrou-se como um punho. Uma certa tensão emprestou a seu corpo pequenino o aspecto de uma arma pronta a ser disparada.

– Para onde você o mandou?

Pyotr deu de ombros, mas não disse mais nada.

O rosto de Icoupov enrubesceu com uma raiva súbita.

– Você pensa que não sei nada sobre sistema de coleta de informações e a rede de contatos que você andou refinando durante os últimos três anos? É assim que você envia as informações que roubou de mim de volta para seu pai, onde quer que ele esteja.

Pela primeira vez desde que havia recuperado os sentidos, Pyotr sorriu.

– Se soubesse alguma coisa importante sobre o sistema, você já teria se apoderado dele.

Ao ouvir isso, Icoupov recuperou o controle gelado sobre suas emoções.

– Eu disse que falar com ele não adiantaria nada – falou Arkadin, bem atrás da cadeira de Pyotr.

– Mesmo assim – disse Icoupov –, existem certos protocolos que devem ser respeitados. Não sou um animal.

Pyotr riu com desdém. Icoupov encarou o prisioneiro. Recostando-se, ele meticulosamente puxou a perna da calça, cruzou uma perna sobre a outra, pousou os dedos sobre o abdômen.

– Vou lhe dar uma última chance de continuar nossa conversa.

Foi somente depois de o silêncio ter-se prolongado por um tempo quase insuportável que Icoupov levantou o olhar para Arkadin.

– Pyotr, por que está fazendo isso comigo? – perguntou, em tom resignado. E então voltou-se para Arkadin: – Comece.

Embora isso lhe custasse em dor e fôlego, Pyotr virou a cabeça até onde podia, mas não conseguiu ver o que Arkadin estava fazendo. Ouviu o tilintar de instrumentos sobre um carrinho de metal sendo empurrado sobre o tapete.

Pyotr se virou de volta.

– Você não me assusta.

– Não tenho intenção de assustar você, Pyotr – falou Icoupov.

– Minha intenção é machucar você, muito, muito seriamente.

༺༻

Com uma dolorosa convulsão, o mundo de Pyotr se contraiu para o ponto minúsculo de uma estrela no céu noturno. Estava aprisionado nos limites de sua mente, mas apesar de todo seu treinamento, toda sua coragem, não conseguiu compartimentalizar a dor. Havia um capuz sobre sua cabeça, bem apertado ao redor de seu pescoço. Esse confinamento ampliava a dor centenas de vezes porque, a despeito de seu destemor, Pyotr sofria de claustrofobia. Para alguém que nunca entrava em cavernas, espaços pequenos e sequer ficava debaixo d'água, o capuz era o pior mundo possível. Seus sentidos podiam lhe dizer que, de fato, ele não estava absolutamente confinado, mas sua mente não aceitava a informação – estava totalmente dominada pelo impulso de fuga do pânico. A dor que Arkadin lhe infligia era uma coisa, sua ampliação era outra muito diferente. A mente de Pyotr começava a sair de controle. Ele sentiu-se possuído por uma selvageria – como a do lobo apanhado numa armadilha, que começa freneticamente a roer a pata para se soltar. Mas a mente não é um membro do corpo; ele não podia cortá-la fora. De muito longe, ouviu alguém lhe fazer uma pergunta para a qual sabia a resposta. Ele não queria dar a resposta, mas sabia que daria porque a voz lhe dizia que o capuz seria retirado se ele respondesse. Sua mente enlouquecida sabia que precisava que o capuz fosse tirado; não conseguia mais distinguir o certo do errado, o bem do mal, mentiras da verdade. Ela se retraiu para um único imperativo: a necessidade de sobreviver. Ele tentou mover os dedos, mas, ao se debruçar sobre eles, seu interrogador devia estar pressionando-os com a base das mãos.

Pyotr não conseguia mais resistir. Ele respondeu.

O capuz não foi retirado. Ele urrou de indignação e terror. *É claro que não foi retirado*, pensou em um minúsculo instante de lucidez. Se fosse, ele não teria nenhum incentivo para responder à pergunta seguinte e à seguinte, e à seguinte.

E ele as responderia – a todas elas. Sabia disso com uma certeza de gelar os ossos. Embora parte dele suspeitasse que o capuz poderia nunca ser retirado, sua mente aprisionada correria o risco. Não tinha nenhuma outra escolha.

Mas agora que podia mover os dedos, outra escolha apresentou-se. Pouco antes que o redemoinho da loucura se apoderasse dele de novo, Pyotr fez sua escolha. Só havia um caminho de saída e, endereçando uma prece silenciosa a Alá, seguiu por ele.

⌒

Icoupov e Arkadin estavam debruçados sobre o corpo de Pyotr. A cabeça de Pyotr estava tombada para um lado; seus lábios estavam muito azuis, e uma espuma tênue, mas perfeitamente visível emanava de sua boca semiaberta. Icoupov se inclinou para baixo e sentiu o cheiro de amêndoas amargas.

– Eu não o queria morto, Leonid, deixei isso bem claro. – Icoupov estava contrariado e irritado. – Como foi que ele arranjou cianureto?

– Eles usaram uma variação que nunca vi antes. – O próprio Arkadin não parecia nada satisfeito. – Ele estava com uma unha falsa.

– Ele teria falado.

– É claro que teria falado – disse Arkadin. – Já tinha começado.

– De modo que assumiu a responsabilidade de calar a própria boca para sempre. – Icoupov sacudiu a cabeça em desagrado. – Isso terá significativas repercussões desagradáveis. Ele tem amigos perigosos.

– Eu os encontrarei – falou Arkadin. – E os matarei.

Icoupov sacudiu a cabeça.

– Nem você conseguirá matar todos a tempo.

– Posso entrar em contato com Mischa.

– E arriscar perder tudo? Não. Compreendo sua ligação com ele... melhor amigo, mentor. Compreendo sua vontade de falar com ele, de vê-lo. Mas você não pode, não enquanto tudo isso não estiver terminado e Mischa voltar para casa. Essa é minha decisão final.

– Compreendo.

Icoupov caminhou até a janela, parou com as mãos atrás das costas, contemplando o cair da noite. Luzes tremeluziam ao longo das margens do lago, subindo a encosta de Campione d'Italia. Seguiu-se um longo silêncio enquanto ele contemplava a paisagem alterada.

– Vamos ter que adiantar as coisas, não resta mais nada a fazer. E você tomará Sebastopol como ponto de partida. Use o nome que conseguiu com Pyotr antes que ele se matasse.

Icoupov se virou para encarar Arkadin.

– Tudo agora depende de você, Leonid. Este ataque esteve em fase de planejamento há três anos. Foi projetado para incapacitar a economia americana. Agora mal nos restam duas semanas antes que se torne realidade. – Ele caminhou sem fazer ruído pelo tapete. – Philippe lhe fornecerá dinheiro, documentos, armas que passarão despercebidas pela detecção eletrônica, qualquer coisa de que você precisar. Encontre o homem em Sebastopol. Recupere o documento e, quando o fizer, siga a rede de contatos e acabe com ela de modo que nunca mais venha a ser usada para ameaçar nossos planos.

E. Tudo seguiu bem, de fato. Leonel, hoje alquanto casadão, é hoje de plantão há vez anos. Foi, pródigo, lo com inesquecível reencontro americano. Agora há dois textos deles semanais, os quais ainda lhe valem de vida. Ele caminhou com leve rubro pesar. — Philippe. Ihe lembrará, também, documentos, fantasmas e passarão daquele bigas pela dez ponto de crítica, qual por volta de outro ter prestar. Envolvia-o o homem, um Sebastopol a supor o localmente — quando o fizer, tira o pêndulo de remigrante acabe com ela de modo que nunca mais se vá a ser usado para interessar os passos ufanos.

LIVRO UM

UM

— Quem é David Webb?

Postada diante da escrivaninha dele na Universidade de Georgetown, Moira Trevor fez a pergunta tão seriamente que Jason Bourne sentiu-se obrigado a responder.

— Estranho — comentou ele — ninguém nunca me perguntou isso antes. David Webb é um especialista em linguística, um homem com dois filhos que moram felizes com os avós, os pais de Marie, num rancho no Canadá.

Moira franziu o cenho.

— Você não sente saudades deles?

— Sinto uma falta terrível deles — respondeu Bourne —, mas a verdade é que eles estão muito melhor onde estão. Que tipo de vida eu poderia oferecer a eles? E depois há o perigo constante da identidade Bourne. Marie foi sequestrada e ameaçada de modo a me obrigar a fazer algo que eu não tinha nenhuma intenção de fazer. Não vou cometer esse erro de novo.

— Mas pelo menos você os vê de vez em quando.

— Tantas vezes quanto posso, mas é difícil. Não posso me dar ao luxo de que alguém me siga quando vou vê-los.

— Lamento por você — disse Moira, com sinceridade. Ela sorriu. — Mas tenho que confessar que é estranho ver você aqui, num campus de universidade, sentado atrás de uma mesa. — Ela deu uma gargalhada. — Será que devo lhe comprar um cachimbo e um paletó com reforços de couro nos cotovelos?

Bourne sorriu.

— Estou feliz aqui, Moira. Realmente feliz.

– Fico contente por você. A morte de Martin foi difícil para nós dois. O meu analgésico é voltar com toda energia do trabalho. O seu evidentemente está aqui, numa vida nova.

– Na verdade, uma velha vida. – Bourne olhou ao redor do escritório. – Marie ficava sempre mais feliz quando eu estava lecionando, quando podia contar que eu fosse voltar para casa a tempo de jantar com ela e as crianças.

– E você? – perguntou Moira. – Era mais feliz por aqui?

Uma nuvem obscureceu o rosto de Bourne.

– Eu era feliz quando estava com Marie. – Ele se virou para ela. – Não consigo me imaginar conseguindo dizer isso a ninguém, exceto a você.

– Um raro elogio vindo de você, Jason.

– Meus elogios são assim tão raros?

– Como Martin, você é um mestre em guardar segredos – disse ela. – Mas tenho dúvidas se isso é saudável.

– Tenho certeza de que não é nada saudável – retrucou Bourne. – Mas é a vida que escolhi.

– Por falar nisso. – Ela se sentou na cadeira defronte a ele. – Vim cedo ao nosso jantar para conversarmos sobre uma situação de trabalho. Mas, agora, vendo como está satisfeito por aqui, não sei se devo prosseguir.

Bourne se recordou da primeira vez em que a tinha visto, um vulto magro e bem-proporcionado em meio à neblina, os cabelos negros esvoaçando ao redor do rosto. Ela estivera parada junto ao parapeito do The Cloisters, diante do rio Hudson. Tinham ido se despedir do amigo mútuo, Martin Lindros, que Bourne tentara corajosamente salvar, e fracassara.

Hoje, Moira vestia um conjunto de lã e uma blusa de seda com o colarinho aberto. Seu rosto tinha traços fortes, um nariz proeminente, olhos castanho-escuros bem separados, inteligentes, ligeiramente curvados nos cantos exteriores. Seus cabelos desciam até a altura dos ombros em ondas fartas e largas. Era dotada de uma serenidade incomum, uma mulher que sabia o que queria, que não se deixaria intimidar nem ser forçada a nada por ninguém, mulher ou homem.

Talvez fosse esta última qualidade que Bourne mais gostava nela. Nisso, e em mais nada, ela era como Marie. Ele nunca quisera saber qual fora o relacionamento dela com Martin, mas presumia que tivesse sido romântico, uma vez que Martin tinha lhe dado ordens estritas para enviar-lhe uma dúzia de rosas caso algum dia fosse morto. Bourne tinha feito isso, com uma tristeza tão profunda que até o surpreendera.

Acomodada em sua cadeira, com uma das pernas longas e bem torneadas cruzada sobre o joelho, ela parecia um modelo de mulher de negócios europeia. Moira lhe dissera que era metade francesa, metade inglesa, mas seus genes ainda traziam a impressão de seus antigos ancestrais venezianos e turcos. Ela se orgulhava do fogo de seu sangue mestiço, resultado de guerras, invasões, amor feroz.

– Vá em frente. – Ele se inclinou para a frente, apoiando os cotovelos sobre a mesa. – Quero ouvir o que você tem a dizer.

Ela assentiu.

– Está bem. Como já lhe disse, a NextGen Soluções de Energia concluiu nosso novo terminal de gás natural líquido em Long Beach. Nossa primeira carga de navio tem data prevista para chegar dentro de duas semanas. Eu tive uma ideia, que agora me parece totalmente louca, mas aqui vai. Gostaria que você estivesse à frente de nossos procedimentos de segurança. Meus chefes estão preocupados com que o terminal seja um alvo terrivelmente tentador para qualquer grupo terrorista, e eu concordo. Francamente, não consigo pensar em ninguém que seja capaz de torná-lo mais seguro do que você.

– Estou lisonjeado, Moira. Mas tenho obrigações aqui. Como você sabe, o professor Specter me nomeou chefe do Departamento de Linguística Comparativa. Não quero desapontá-lo.

– Gosto de Dominic Specter, Jason, gosto sinceramente. Você já deixou claro que ele é seu mentor. Na verdade, ele é o mentor de David Webb, certo? Mas quem eu conheci primeiro foi Jason

Bourne, e acho que foi Jason Bourne que eu andei conhecendo nesses últimos meses. Quem é o mentor de Jason Bourne?

O rosto de Bourne se toldou, como já acontecera antes diante da menção a Marie.

— Alex Conklin está morto.

Moira se mexeu na cadeira.

— Se você vier trabalhar comigo, não terá que trazer nenhuma bagagem. Pense nisso. É uma chance de deixar para trás suas vidas passadas... tanto a de David Webb quanto a de Jason Bourne. Vou viajar para Munique em breve porque um elemento essencial do terminal está sendo fabricado lá. Vou precisar do parecer de um especialista quando for verificar as especificações.

— Moira, existem inúmeros especialistas que você pode usar.

— Mas nenhum em cuja opinião eu confie como na sua. Este negócio é uma questão de crucial importância, Jason. Mais da metade das mercadorias despachadas por navio para os Estados Unidos chegam pelo porto de Long Beach, de modo que nossas medidas de segurança têm que ser especiais. O governo dos Estados Unidos já demonstrou que não tem nem tempo nem disposição para garantir a segurança do tráfego comercial, de modo que temos que policiá-lo nós mesmos. O perigo que o terminal corre é sério e real. Sei como você é especialista em penetrar até nos sistemas de segurança mais secretos e sofisticados. Você é o candidato perfeito para introduzir medidas de segurança não convencionais.

Bourne levantou-se.

— Moira, escute-me. Marie era a maior fã de David Webb. Desde a morte dela, eu o abandonei completamente. Mas ele não está morto, não é um inválido. Ele vive dentro de mim. Quando durmo, sonho sobre a vida dele como se fosse a de uma outra pessoa, e acordo banhado em suor. Tenho a sensação de que uma parte de mim foi cortada fora. Não quero mais sentir isso. Chegou a hora de dar a David Webb o que lhe é devido.

O andar de Veronica Hart era leve e virtualmente despreocupado à medida que ela recebia permissão para passar por um ponto de controle após o outro em seu caminho para o *bunker*, que era a Ala Oeste da Casa Branca. O cargo que ela estava prestes a receber – diretora da Agência Central de Inteligência – era formidável, especialmente na esteira das duas derrotas do ano passado, de assassinato e flagrante violação de segurança. Mesmo assim, ela nunca havia se sentido tão feliz. Ter um sentido de propósito era vital para ela; ser escolhida para uma responsabilidade assustadora era a suprema validação de todo o trabalho árduo, reveses e ameaças que tivera que suportar por ser mulher.

Também havia a questão da idade. Aos quarenta e seis anos, ela era a mais jovem DCI na memória recente. Ser a mais jovem em alguma coisa não era novidade para ela. Sua inteligência espantosa, combinada à determinação feroz de se certificar de que fosse a pessoa mais jovem a se formar em sua faculdade, a mais jovem a ser nomeada para a inteligência militar, para o comando central do exército e para uma posição altamente lucrativa na Black River, no Afeganistão e no Chifre da África, lugares, até a presente data, que nem mesmo os chefes dos sete diretorados dentro da CIA sabiam precisamente para onde ela fora designada, quem ela comandara nem qual tinha sido sua missão.

Agora, finalmente, ela estava a apenas alguns passos do ápice, o cume da montanha da segurança. Havia ultrapassado com sucesso todos os obstáculos, atravessado todos os labirintos, aprendido com quem deveria fazer amizade e a quem deveria dar as costas. Tinha suportado insinuações de caráter sexual, boatos de violações de conduta, histórias de ter-se apoiado em subordinados de sexo masculino que, supostamente, pensavam por ela. Em todas essas situações, Veronica havia triunfado, enterrando enfaticamente uma estaca no coração das mentiras e, em alguns casos, derrubando seus instigadores.

Ela era, em seu atual estágio de vida, uma força a ser respeitada, fato com o qual, justificadamente, se rejubilava. Assim, foi de coração leve que ela se dirigiu a seu encontro com o presidente. Na maleta, numa pasta grossa, ela detalhava as mudanças que propunha na CIA, para promover uma limpeza na desordem intolerável deixada por Karim al-Jamil e pelo assassinato subsequente de seu predecessor. De maneira nada surpreendente, a CIA estava em total desordem, o moral nunca estivera tão baixo e, é claro, havia ressentimentos em todas as frentes, de todos os homens, chefes dos diretoriados, cada um dos quais achava que devia ter sido promovido a DCI.

O caos e o moral baixo estavam prestes a mudar, e ela tinha uma série de iniciativas para assegurar que isso acontecesse. Estava absolutamente certa de que o presidente ficaria encantado, não só ao ouvir seus planos, mas também com a velocidade com que ela pretendia implementá-los. Uma agência de informações tão importante quanto a CIA não podia suportar por muito tempo o desespero no qual mergulhara. Somente a seção de operações secretas antiterror, a Typhon, criação e obra de Martin Lindros, funcionava normalmente. E ela sabia que devia agradecer à nova diretora, Soraya Moore, por isso. O comando de Soraya havia sido impecável. Seus agentes a adoravam, seriam capazes de segui-la pelas chamas do Hades se ela lhes pedisse. Quanto ao resto da CIA, caberia a ela curar, energizar e dar-lhe um sentido de propósito, com foco renovado.

Veronica ficou surpresa – talvez *chocada* não fosse uma palavra forte demais – ao encontrar a Sala Oval ocupada não apenas pelo presidente, mas também por Luther LaValle, o czar do centro de informações do Pentágono, e seu assistente, o general Richard P. Kendall. Ignorando os demais, ela atravessou o macio tapete azul, do tom da bandeira americana, para apertar a mão do presidente. Era uma mulher alta e esguia, de pescoço longo. Seu cabelo louro-acinzentado tinha um corte elegante, no limite a parecer masculino, mas que lhe conferia um ar competente. Veronica vestia um terninho azul-marinho, sapatos finos de saltinho, pequenos brincos de ouro e um mínimo de maquiagem. As unhas eram cortadas quadradas.

– Por favor, sente-se, Veronica – falou o presidente. Você conhece Luther LaValle e o general Kendall.

– Sim. – Veronica inclinou minimamente a cabeça. – Cavalheiros, é um prazer vê-los – disse, embora nada pudesse estar mais distante da verdade.

Ela detestava LaValle. Em muitos sentidos ele era o homem mais perigoso no serviço secreto americano, e não apenas porque era apoiado pelo imensamente poderoso E. R. "Bud" Halliday, o secretário de defesa. LaValle era um egoísta ávido de poder que acreditava que ele e sua turma deviam estar comandando o serviço secreto americano e ponto. Ele se alimentava da guerra como outras pessoas se alimentavam de carne e batatas. E embora ela nunca tivesse conseguido provar, suspeitava de que ele estivesse por trás dos mais escabrosos rumores que haviam circulado a seu respeito. Ele tinha prazer em arruinar a reputação dos outros, saboreava pisar, impudente, o crânio de seus inimigos.

Desde o Afeganistão e, logo em seguida, o Iraque, LaValle havia se apoderado da iniciativa – sob a rubrica ampla e nebulosa do Pentágono de "preparação do campo de combate" para as tropas que seriam enviadas – de modo a expandir a jurisdição das iniciativas de coleta de informações do Pentágono que agora se intrometiam desconfortavelmente nas da CIA. Era um segredo de polichinelo nos círculos do serviço secreto americano que ele cobiçava os agentes da CIA e suas redes internacionais estabelecidas há longa data. Agora, com o Velho e seu sucessor mortos, seria típico do *modus operandi* de LaValle tentar apoderar-se do território da maneira mais agressiva possível. Era por isso que sua presença e a de seu cãozinho de companhia faziam disparar os sinais de alarme mais sérios na mente de Veronica.

Havia três cadeiras dispostas em semicírculo na frente da escrivaninha do presidente. Duas delas, é claro, estavam ocupadas. Veronica ocupou a terceira, profundamente consciente de que estava flanqueada por dois homens, sem dúvida, de modo intencional. Riu consigo mesma. Se aqueles dois pensavam que iam intimidá-la, fazendo-a sentir-se cercada, estavam muitíssimo enganados. Mas quando o presidente começou a falar, ela rogou a Deus que sua gargalhada não ecoasse vazia em sua mente dali a uma hora.

༄

Dominic Specter surgiu caminhando apressado na curva do corredor no momento em que Bourne trancava a porta de seu escritório. O sulco profundo que vincava sua testa alta desapareceu no instante em que viu Bourne.

– David, estou tão contente de tê-lo encontrado antes que saísse! – exclamou, com grande entusiasmo. Então, concentrando seu charme na companheira de Bourne, acrescentou: – E com a magnífica Moira, ainda por cima. – Como sempre um perfeito cavalheiro, ele se inclinou numa reverência para ela no estilo do Velho Mundo europeu.

Então, voltou a atenção novamente para Bourne. Era um homem baixo, cheio de uma energia desenfreada apesar de seus setenta e muitos anos. Sua cabeça parecia ser perfeitamente redonda, encimada por um halo de cabelos que se estendia de uma orelha à outra. Os olhos eram escuros e inquisitivos, a pele bem bronzeada. A boca generosa fazia com que parecesse ligeira e comicamente um sapo prestes a saltar de uma folha de lírio d'água para outra.

– Surgiu um assunto de certa importância e eu preciso de sua opinião. – Ele sorriu. – Pelo que estou vendo, esta noite está fora de questão. Será que amanhã seria inconveniente?

Bourne percebeu algo por trás do sorriso de Specter que o deixou cauteloso. Havia alguma coisa preocupando seu antigo mentor.

– Por que não nos encontramos para o café da manhã?

– Tem certeza de que não vou atrapalhar, David? – falou, sem conseguir esconder o alívio que dominou seu rosto.

– Na verdade, o café da manhã é melhor para mim – mentiu Bourne, para facilitar as coisas para Specter. – Às oito horas?

– Perfeito! Vou esperar impaciente. – Com um cumprimento de cabeça na direção de Moira, ele se foi.

— Ele é um verdadeiro rojão — comentou Moira. — Quem me dera eu tivesse tido professores assim.

Bourne olhou para ela.

— Seus tempos de faculdade devem ter sido um horror.

Ela deu uma gargalhada.

— Não foram tão ruins assim, mas também só tive dois anos antes de ter que ir para Berlim.

— Se você tivesse tido professores como Dominic Specter, sua experiência teria sido bem diferente, creia-me. — Eles se desviaram dos vários grupinhos de alunos reunidos para mexericar ou para trocar perguntas sobre as últimas aulas.

Caminharam pelo corredor, passaram pelas portas e desceram a escadaria até o gramado. Ele e Moira atravessaram rapidamente o campus em direção ao restaurante onde iam jantar. Alunos passaram por eles, apressando-se pelas veredas entre as árvores e o gramado. Em algum lugar, uma banda tocava em ritmo apático, mas perseverante, típico das faculdades e universidades. O céu estava cheio de nuvens, correndo no alto como clíperes em alto-mar. Um vento úmido e frio subia do Potomac.

— Houve um período em que fiquei mergulhado em depressão. Eu sabia, mas me recusava a aceitar... Você entende do que estou falando. O professor Specter foi quem se ligou a mim e conseguiu quebrar a carapaça que eu usava para me proteger. Até hoje não tenho ideia de como ele conseguiu, nem mesmo por que perseverou. Ele disse que via algo de si mesmo em mim. Seja como for, ele quis ajudar.

Eles passaram pelo prédio coberto de hera onde Specter, que agora era presidente da Escola de Estudos Internacionais em Georgetown, tinha seu gabinete. Homens de paletós de *tweed* e jaquetas de veludo entravam e saíam pelas portas, cenhos franzidos em profunda concentração.

— O professor Specter me deu um emprego para lecionar linguística. Foi como uma boia salva-vidas para um homem que se afogava. O que eu mais precisava na ocasião era de um sentido de ordem e estabilidade. Honestamente, não sei o que me teria acontecido se não fosse por ele. Só ele compreendeu que imergir em idiomas me deixa feliz. Não importa quem eu tenha sido, a única constante é minha proficiência em línguas. Aprender línguas é como aprender história de dentro para fora. Abrange as batalhas étnicas, religião, concessões, acomodações, política. Tudo isso pode ser aprendido junto com a língua porque ela foi moldada pela história.

A esta altura eles tinham saído do campus e caminhavam pela rua 36, NW em direção ao 1789, um dos restaurantes favoritos de Moira, instalado num pequeno prédio antigo de tijolos que fora do governo federal. Quando chegaram, foram conduzidos a uma mesa perto da janela, no segundo andar, numa sala antiquada, revestida de lambris, à meia-luz, com velas acesas em mesas postas com porcelana fina e talheres de prata reluzentes. Sentaram-se de frente um para o outro e pediram drinques.

Bourne debruçou-se sobre a mesa e disse em voz baixa:

– Escute, Moira, porque vou lhe contar uma coisa que muito poucas pessoas sabem. A identidade Bourne ainda continua a me preocupar. Marie costumava preocupar-se com o fato de que as decisões que eu era obrigado a tomar, os procedimentos que tinha que assumir como Jason Bourne um dia acabariam por esgotar todos os meus sentimentos, e que um dia, quando eu voltasse para ela, David Webb teria desaparecido para sempre. Não posso permitir que isso aconteça.

– Jason, já passamos muito tempo juntos desde que nos encontramos para espalhar as cinzas de Martin. Nunca vi nada que indicasse que você tivesse perdido qualquer parte de sua humanidade.

Ambos se recostaram em silêncio enquanto o garçom trazia os drinques e lhes entregava os cardápios. Assim que ele se afastou, Bourne disse:

– Isso é tranquilizador, creia-me. Apesar de conhecê-la há pouco tempo, dou muito valor às suas opiniões. Você é diferente de todo mundo que conheço.

Moira tomou um gole de sua bebida, descansou o copo na mesa, o tempo todo sem tirar os olhos dos dele.

– Obrigada, vindo de você, esse é um grande elogio, especialmente porque sei como Marie era importante para você.

Bourne ficou de olhos cravados em seu drinque. Moira estendeu a mão sobre a toalha engomada e pegou a mão dele.

– Sinto muito, mas agora você está muito longe.

Bourne lançou um olhar rápido para a mão dela sobre a dele, mas não a afastou. Quando levantou o olhar, disse:

– Eu me apoiava nela para muitas coisas. Mas agora percebo que essas coisas me estão escapando e se perdendo.

– E isso é ruim ou é bom?

– Esta é a questão. Eu não sei.

Moira viu a angústia no rosto dele e seu coração se compadeceu. Fazia apenas alguns meses que ela o vira parado diante do parapeito do The Cloisters. Ele estivera abraçando a urna de bronze que continha as cinzas de Martin como se nunca mais quisesse largá-la. Ela soubera então, mesmo que Martin não lhe tivesse contado, o que eles haviam significado um para o outro.

– Martin era seu amigo – disse ela. – Você se expôs a riscos terríveis para salvá-lo. Não me diga que não sente nada por ele. Além disso, como você mesmo admitiu, você não é Jason Bourne agora. É David Webb.

Ele sorriu.

– Agora você me pegou.

O rosto dela anuviou-se.

– Quero lhe fazer uma pergunta, mas não sei se tenho o direito.

Imediatamente, ele respondeu à seriedade na expressão dela.

– É claro que pode, Moira. Pergunte.

Ela respirou fundo, deixou sair o ar.

– Jason, sei que você disse que está satisfeito na universidade, e se realmente estiver, ótimo. Mas também sei que você se culpa por não ter conseguido salvar Martin. Contudo, precisa compreender que, se você não conseguiu salvá-lo, ninguém teria conseguido. Você deu o melhor de si, fez tudo o que podia, ele sabia disso, tenho certeza. E agora estou começando a me perguntar se você acha que falhou com ele... que não tem mais condições de ser Jason Bourne. Eu gostaria de saber se você algum dia considerou a ideia de que aceitou a oferta do professor Specter na universidade para se afastar da vida de Jason Bourne.

— É claro que já pensei nisso. — Depois da morte de Martin, mais uma vez, ele havia decidido dar as costas à vida de Jason Bourne, sempre em fuga, com todas aquelas mortes, um rio que parecia conter tantos corpos quanto o Ganges. Como sempre, parecia haver lembranças rondando, à espreita. As coisas tristes de que se recordava. As outras, sombreadas, que enchiam os corredores de sua mente, pareciam ter forma até que se aproximasse, quando então fluíam para longe, como uma maré vazante. E o que deixavam para trás eram os ossos desbotados de todos aqueles que ele havia matado ou dos que tinham sido mortos por ele ser quem era. Também tinha certeza de que, enquanto estivesse vivo, a identidade Bourne não morreria.

A expressão em seus olhos tornou-se atormentada.

— Você precisa compreender como é difícil ter duas personalidades, sempre em guerra uma com a outra. Eu gostaria, com todas as fibras do meu ser, poder eliminar uma delas.

— Qual delas seria? — Moira perguntou.

— Essa é que é a pior parte — respondeu Bourne. — Toda vez que penso que sei, me dou conta de que não sei.

DOIS

Luther LaValle era tão fotogênico quanto o presidente e tinha dois terços de sua idade. Seus cabelos cor de palha eram penteados para trás com gomalina, como um ídolo de cinema dos anos 1930 ou 1940, e suas mãos, inquietas. Em contraste, o general Kendall, a essência do oficial duro, empertigado, tinha o queixo quadrado, forte, olhos grandes e redondos. Era um homem alto e corpulento; talvez tivesse sido zagueiro ou beque no time da Wisconsin ou da Ohio State. Ele olhava para LaValle como um beque em disparada olha para o armador pedindo instruções.

— Luther — disse o presidente —, já que foi você quem pediu esta reunião, creio que seria apropriado que falasse primeiro.

LaValle assentiu, como se o presidente dar-lhe precedência fosse um *fait accompli*.

— Depois da derrota em ver a CIA infiltrada em seu mais alto escalão, o que culminou com o assassinato do antigo DCI, medidas de segurança e controles mais firmes precisam ser instituídos. Somente o Pentágono pode fazer isso.

Veronica sentiu-se compelida a reagir antes que LaValle tomasse uma dianteira muito grande.

— Peço licença, mas discordo, senhor — falou, dirigindo seus comentários ao presidente. — A coleta pessoal de informações sempre foi terreno da CIA. Nossas redes em campo são incomparáveis, do mesmo modo que nossos exércitos de contatos, que têm sido cultivados ao longo de décadas. A especialidade do Pentágono sempre foi espionagem eletrônica. As duas são separadas, exigem metodologias e atitudes mentais totalmente diferentes.

LaValle deu um sorriso tão sedutor quanto os que costumava mostrar ao aparecer na Fox TV ou no programa *Larry King Live*.

– Eu estaria sendo negligente se não assinalasse que o panorama do serviço secreto mudou radicalmente desde 2001. Estamos em guerra. Em minha opinião, este estado de coisas tem probabilidade de durar por um tempo indefinido, motivo pelo qual o Pentágono recentemente expandiu seu campo de especialidades, criando equipes de agentes da Agência de Inteligência e Defesa infiltrados e tropas especiais para operações secretas, que estão conduzindo com sucesso operações de contrainformações no Iraque e no Afeganistão.

– Com todo o devido respeito, o Sr. LaValle e sua máquina militar estão afoitos para preencher qualquer vazio percebido ou mesmo para criar um, se necessário. O Sr. LaValle e o general Kendall precisam que acreditemos que estamos em um perpétuo estado de guerra, quer isso seja verdade ou não. – De sua maleta, Veronica tirou uma pasta, que abriu e leu. – Como as evidências deixam claro, eles sistematicamente ordenaram a expansão de seus esquadrões, de modo a operar fora do Afeganistão e do Iraque, entrando em outros territórios, territórios da CIA, com frequência com resultados desastrosos. Subornaram informantes e, em pelo menos um caso comprovado, puseram em risco uma operação ultrassecreta da CIA em curso.

Depois de examinar rapidamente as páginas que Veronica lhe entregou, o presidente disse:

– Embora tudo isso seja convincente, Veronica, o Congresso parece estar do lado de Luther. Concedeu-lhe vinte e cinco milhões de dólares por ano para pagar informantes em campo e recrutar mercenários.

– Isso é parte do problema, não a solução – declarou Veronica, enfática. – A metodologia deles é falha, a mesma que usaram nos velhos tempos da OSS em Berlim, depois da Segunda Guerra Mundial. Historicamente, nossos informantes pagos sempre nos traíram, trabalhando para o outro lado enquanto nos passavam desinformação. Quanto aos mercenários que recrutamos, como o Talibã ou vários outros grupos insurgentes muçulmanos, todos eles, sem exceção, se voltaram contra nós e se tornaram inimigos implacáveis.

– Ela tem razão – falou o presidente.

– Passado é passado – retrucou o general Kendall, com irritação. Seu rosto fora ficando mais e mais enrubescido a cada palavra que Veronica proferira. – Não existe absolutamente nenhuma prova de que nossos novos informantes ou nossos mercenários, ambos vitais para nossa vitória no Oriente Médio, algum dia virão a nos trair. Pelo contrário, as informações que nos forneceram têm sido de grande ajuda para nossos homens no campo de batalha.

– Mercenários, por definição, devem lealdade a quem quer que lhes pague mais – insistiu Veronica. – Séculos de história desde os tempos romanos têm provado isso incontáveis vezes.

– Todo esse debate não tem nenhuma importância. – LaValle mexeu-se desconfortavelmente na cadeira. Era óbvio que ele não havia contado com uma defesa tão inspirada. Kendall lhe passou um dossiê, que ele apresentou ao presidente. – O general Kendall e eu passamos quase duas semanas preparando esta proposta sobre como reestruturar a CIA. O Pentágono está pronto para pôr o plano em ação no momento em que tivermos sua aprovação, Sr. Presidente.

Para horror de Veronica, o presidente examinou a proposta e então passou-a para ela.

– O que me diz disso?

Veronica sentiu-se dominada pela raiva. Já estava sendo sabotada. Por outro lado, observou, aquilo era uma boa lição objetiva para ela. Não confie em ninguém, nem mesmo em aparentes aliados. Até aquele momento, ela havia pensado que tinha pleno apoio do presidente. O fato de que LaValle – que, afinal, era basicamente o porta-voz do secretário da Defesa Halliday – tivesse poder para fazer com que aquela reunião fosse convocada não deveria tê-la surpreendido. Mas que o presidente estivesse lhe pedindo que considerasse uma tomada de poder por parte do Pentágono era ultrajante e, muito francamente, assustador.

Sem sequer passar os olhos pelos papéis ofensivos, ela endireitou os ombros.

– Senhor, esta proposta é, na melhor das hipóteses, irrelevante. Repudio a flagrante tentativa do Sr. LaValle de expandir seu império no serviço secreto à custa da CIA. Em primeiro lugar, como já expliquei em detalhes, o Pentágono não é indicado para dirigir, e muito menos para conquistar, a confiança de nossa variada gama de agentes em campo. Em segundo lugar, o golpe abriria um precedente perigoso para toda a comunidade de informações. Estar sob o controle das Forças Armadas não será benéfico para nosso potencial de coleta de informações. Pelo contrário, o histórico do Pentágono de flagrante desrespeito à vida humana, seu legado de operações ilegais associadas a crimes fiscais mais do que comprovados o tornam realmente um péssimo candidato a vir ditar ordens no território de quem quer que seja, especialmente o da CIA.

Somente a presença do presidente obrigou LaValle a conter a ira.

– Senhor, a CIA está em total desordem. Precisa ser posta novamente nos eixos o mais rápido possível. Como disse, nosso plano pode ser implementado hoje.

Veronica pegou a pasta grossa com seus planos detalhados para a CIA. Levantou-se e colocou-a nas mãos do presidente.

– Senhor, por uma questão de dever sinto-me obrigada a reiterar um dos pontos principais de nossa última conversa. Embora eu tenha servido nas Forças Armadas, venho do setor privado. Para começar, a CIA precisa não apenas de uma boa limpeza, mas também de uma nova perspectiva que não seja maculada pelo modo de pensar monolítico que nos levou a esta situação insuportável.

&

Jason Bourne sorriu.

– Para ser honesto, esta noite não sei quem sou. – Ele se inclinou para a frente e disse bem baixinho: – Escute. Quero que tire seu celular da bolsa sem que ninguém veja e me ligue. Pode fazer isso?

Moira manteve os olhos cravados nos dele enquanto encontrava o celular na bolsa e apertava o botão de discagem rápida. O telefone dele tocou. Ele se recostou na cadeira e atendeu a chamada. Falou ao telefone como se houvesse alguém do outro lado da linha. Então, fechou o telefone e disse:

– Tenho que ir. É uma emergência. Sinto muito.

Ela continuou de olhos cravados nele.

– Será que pelo menos poderia fingir estar um pouco aborrecido? – sussurrou.

A boca de Bourne curvou-se para baixo.

– Você realmente tem que ir? – ela perguntou em tom normal de voz. – Agora?

– Agora. – Bourne jogou algumas notas sobre a mesa. – Eu ligo para você.

Ela assentiu um tanto perplexa, perguntando a si mesma o que ele tinha visto ou ouvido.

⁓

Bourne desceu as escadas e saiu do restaurante. Imediatamente virou à direita, andou meio quarteirão, então entrou numa loja que vendia peças de cerâmica feitas à mão. Posicionando-se de modo a ter uma boa visão da rua através das vidraças da vitrine, fingiu estar olhando para as tigelas e travessas.

Do lado de fora, as pessoas foram passando – um jovem casal, um homem idoso de bengala, três moças, rindo. Mas o homem que fora acomodado no canto do fundo do salão do restaurante, exatamente noventa segundos depois de eles chegarem, não apareceu. Bourne o havia marcado no momento em que ele entrara, e quando o homem pedira uma mesa no fundo, de frente para a deles, não tivera mais nenhuma dúvida: alguém o estava seguindo. Súbito, sentira aquela velha ansiedade que se apoderara dele quando Marie e Martin tinham sido ameaçados. Ele havia perdido Martin, não ia perder Moira também.

Bourne, cujo radar interior havia varrido o segundo andar do salão de jantar a intervalos regulares de poucos minutos, não havia identificado mais ninguém de aspecto suspeito, de modo que esperou dentro da loja de cerâmica que sua sombra aparecesse. Quando nada aconteceu depois de cinco minutos, Bourne saiu pela porta e imediatamente atravessou a rua. Usando as luzes dos postes, as superfícies refletivas das vitrines e os espelhos dos carros, passou mais alguns minutos vasculhando a área em busca de algum sinal do homem que estivera na mesa do fundo do restaurante. Depois de se certificar de que ele não estava em lugar nenhum, Bourne voltou para o restaurante.

Subiu a escada, mas se deteve no vestíbulo escuro entre o patamar da escada e o salão de jantar. Lá estava o homem em sua mesa no fundo da sala. Para um observador casual, ele parecia estar lendo o último exemplar do *The Washingtonian,* como qualquer bom turista, mas volta e meia seu olhar se erguia por uma fração de segundo e se cravava em Moira.

Bourne sentiu um pequeno calafrio sacudir-lhe o corpo. O homem não o estava seguindo, estava seguindo Moira.

༄

Quando Veronica Hart emergiu depois de passar pelo último posto de controle na saída da Ala Oeste, Luther LaValle emergiu das sombras e começou a andar a seu lado.

– Belo trabalho – falou em tom gelado. – Da próxima vez, estarei mais bem preparado.

– Não vai haver uma próxima vez – respondeu Veronica.

– O secretário Halliday está confiante de que sim. E eu também.

Eles haviam chegado ao vestíbulo silencioso, com domo e colunas. Assessores presidenciais atarefados passaram por eles, caminhando apressados em ambas as direções. Como cirurgiões, eles exsudavam um ar de suprema confiança e superioridade, como se pertencessem a um clube a que você desesperadamente quisesse se associar, sem nunca conseguir.

– Onde está seu pit bull pessoal? – perguntou Veronica. – Farejando seu saco?

— Você é terrivelmente insolente para alguém que está com o emprego por um fio.
— É tolice, para não dizer perigoso, Sr. LaValle confundir confiança com insolência.

Eles passaram pela porta, desceram a escadaria até o térreo propriamente dito. Holofotes afastavam a escuridão nos limites da propriedade. Mais além, as luzes da rua brilhavam.

— É claro, você tem razão — concordou LaValle. — Peço desculpas.

Veronica encarou-o com ceticismo. LaValle deu-lhe um pequeno sorriso.

— Sinceramente lamento que tenhamos começado mal.

O que ele realmente lamenta, pensou Veronica, *é o fato de eu ter feito picadinho dele e de Kendall diante do presidente. Na verdade, é compreensível.*

Enquanto ela abotoava o casaco, ele disse:
— Talvez nós dois tenhamos abordado a situação pelo ângulo errado.

Veronica deu um nó na echarpe por fora do colarinho.
— Que situação?
— O colapso da CIA.

A uma pequena distância, além da flotilha de barreiras antiterroristas, turistas passeavam, conversando animados, de vez em quando parando rapidamente para tirar fotos, e então seguindo adiante para seus jantares no McDonald's ou no Burger King.

— Parece-me que há mais a ganhar se unirmos forças do que se nos tornarmos adversários.

Veronica virou-se para ele.
— Escute, companheiro, você cuida do seu negócio que eu cuido do meu. Fui nomeada para fazer um trabalho e vou fazê-lo sem interferência sua ou do secretário Halliday. Pessoalmente, estou farta de ver vocês cada vez mais invadirem a praia alheia para ganharem terreno. A CIA é espaço proibido para vocês, agora e para sempre, entendeu?

LaValle fez uma careta como se estivesse pronto para assobiar. Então, disse baixinho:

— Se eu fosse você, seria mais cuidadosa. Você está andando no gume de uma faca. Um passo em falso, uma hesitação e quando você cair não haverá ninguém para segurá-la.

A voz dela soou firme, seca.

— E também estou farta de suas ameaças, Sr. LaValle.

Ele levantou a gola do casaco para proteger-se do frio.

— Quando você me conhecer melhor, Veronica, vai descobrir que eu não faço ameaças. Faço previsões.

TRÊS

A violência do Mar Negro combinava com Leonid Arkadin até nos sapatos com biqueira de aço. Sob chuva forte, ele entrou de carro em Sebastopol vindo do Aeródromo de Belbek. Sebastopol ocupava um pedaço de território muito cobiçado na extremidade sudoeste da península da Ucrânia, na Crimeia. Como a área era abençoada com um clima subtropical, suas águas nunca congelavam. Desde a época de sua fundação com o nome de Chersonesus, por mercadores gregos, em 422 a.c., Sebastopol fora um posto comercial e militar avançado, de vital importância tanto para frotas pesqueiras quanto para armadas navais. Depois do declínio de Chersonesus – "península", em grego –, a área mergulhou em ruínas até que a Sebastopol dos tempos modernos foi fundada, em 1783, como base naval e fortaleza nas fronteiras do sul do Império Russo. A maior parte da história da cidade estava ligada a sua glória militar – traduzido do grego, o nome *Sebastopol* significa "augusta, gloriosa". O nome parecia justificado: a cidade sobrevivera a dois cercos sangrentos durante a Guerra da Crimeia, de 1854-1855, e durante a Segunda Guerra Mundial, quando sofrera bombardeios do Eixo por 250 dias. Embora tivesse sido destruída em duas ocasiões diferentes, a cidade havia renascido das cinzas de ambas as vezes. Como resultado, seus habitantes eram pessoas duras e práticas. Eles desprezaram a era da Guerra Fria, nos anos 1960, quando, por causa de sua base naval, a URSS declarou Sebastopol proibida para visitantes de todos os tipos. Em 1997, os russos concordaram em devolver a cidade aos ucranianos, que a abriram novamente.

Já era final da tarde quando Arkadin chegou ao bulevar Primorskiy. O céu estava negro, exceto por uma fina linha vermelha oeste no horizonte. O porto estava repleto de navios pesqueiros de casco redondo e elegantes vasos navais de casco de aço. Um mar furioso açoitava o *Monumento aos Navios Afundados* em homenagem à defesa da cidade até a última trincheira, em 1855, contra as forças combinadas de britânicos, franceses, turcos e sardenhos. O monumento erguia-se de um leito de blocos brutos de granito em uma coluna coríntia com quase três metros de altura, coroada por uma águia de asas bem abertas, cabeça orgulhosamente inclinada e uma coroa de louros presa no bico. De frente para ela, engastadas no grosso paredão do molhe, estavam as âncoras dos navios russos que haviam sido deliberadamente afundados para bloquear o porto contra o invasor inimigo.

Arkadin se registrou no Hotel Oblast, onde tudo, inclusive as paredes, parecia ser feito de papel. A mobília era forrada com horrendos tecidos estampados, cujas cores brigavam entre si como inimigos em campo de batalha. O lugar parecia um candidato provável a incendiar-se, como fogo na palha. Ele fez uma anotação mental para não fumar na cama.

No térreo, no espaço que se passava por lobby, Arkadin pediu ao funcionário com cara de rato uma indicação de onde fazer uma refeição quente, depois pediu um catálogo telefônico. Pegando o catálogo, dirigiu-se a uma poltrona mal estofada junto a uma janela com vista para a Praça Almirante Nakhimov. E lá estava ele, sobre um magnífico pedestal, o herói da primeira defesa de Sebastopol, olhando petreamente para Arkadin, como se soubesse o que estava por vir. Aquela era uma cidade, como tantas outras na antiga União Soviética, cheia de monumentos ao passado.

Com um último olhar aos pedestres de ombros curvados que andavam apressados sob a chuva forte, Arkadin voltou sua atenção para o catálogo telefônico. O nome que Pyotr Zilber revelara pouco antes de cometer suicídio era Oleg Shumenko. Arkadin gostaria muitíssimo de ter podido arrancar mais de Zilber. Agora teria que folhear o catálogo em busca do sobrenome Shumenko, presumindo que o homem tivesse uma linha de telefone fixo, algo que era sempre problemático fora de Moscou ou de São Petersburgo. Ele anotou as informações dos cinco Oleg Shumenko que constavam na lista, devolveu o catálogo ao homem da recepção e saiu para o vento no falso crepúsculo.

◈

Os três primeiros Oleg Shumenkos não foram de nenhuma ajuda. Passando-se por um grande amigo de Pyotr Zilber, Arkadin disse a cada um deles que tinha uma mensagem urgente que precisava ser transmitida pessoalmente. Eles o olharam com indiferença e sacudiram a cabeça. Arkadin viu em seus olhos que não tinham ideia de quem fosse Pyotr Zilber.

O quarto Shumenko trabalhava na Yugreftransflot, que mantinha a maior frota de navios refrigerados da Ucrânia. Uma vez que a Yugreftransflot era uma companhia estatal, Arkadin levou algum tempo apenas para conseguir entrar e ser recebido por Shumenko, que era gerente de transportes. Como em toda parte na antiga URSS, a burocracia era pesada a ponto de quase paralisar qualquer tipo de trabalho. Como alguma coisa acabava por ser feita no setor público era algo que escapava à compreensão de Arkadin.

Afinal, Shumenko apareceu, desculpando-se pela demora e conduzindo Arkadin até seu minúsculo escritório. Era um homem pequenino, de cabelos muito escuros, orelhas pequenas e a testa baixa de um Neandertal. Quando Arkadin se apresentou, Shumenko disse:

— Obviamente, o senhor veio procurar o homem errado. Não conheço nenhum Pyotr Zilber.

Arkadin consultou sua lista.

— Só me resta procurar mais um Oleg Shumenko.

— Deixe-me ver. — Shumenko olhou a lista. — Pena que o senhor não veio me procurar primeiro. Estes três são meus primos. E o quinto, este que o senhor ainda não procurou, não lhe será

de nenhuma ajuda. Ele está morto. Um acidente de pesca há seis meses. – Ele devolveu a lista. – Mas nem tudo está perdido. Existe mais um Oleg Shumenko. Embora não tenhamos nenhum parentesco, as pessoas sempre nos confundem porque temos o mesmo patronímico, Ivanovich. Ele não tem telefone fixo, e é por isso que estou sempre recebendo chamadas para ele.
– Sabe onde posso encontrá-lo?
Oleg Ivanovich Shumenko consultou o relógio.
– A esta hora ele deve estar no trabalho. É enólogo. Faz champanhe. Sei que os franceses dizem que não é permitido usar o termo para qualquer vinho que não seja produzido na região de Champagne. – Ele deu uma risadinha. – Mesmo assim as vinícolas de Sebastopol produzem um champanhe muito bom.
Ele conduziu Arkadin até a saída do escritório, passando por todos os corredores monótonos até o enorme vestíbulo principal.
– O senhor conhece a cidade, *gospadin* Arkadin? Sebastopol é dividida em cinco distritos. Estamos no distrito Gagarinskiy, que tem este nome em homenagem ao primeiro astronauta do mundo, Yuri Alexeevich Gagarin. Esta é a área oeste da cidade. Ao norte fica o distrito Nakhimovskiy, que é onde ficam as gigantescas docas de querena. Já ouviu falar delas? Não? Não importa. Na parte leste, afastada da água, fica a área rural da cidade... pastos e vinhedos, magnífica, mesmo nesta época do ano.
Ele atravessou o piso de mármore até uma bancada atrás da qual estavam sentados duas dúzias de funcionários que pareciam não ter tido muito o que fazer no ano anterior. De um deles, Shumenko recebeu um mapa da cidade, no qual fez um desenho. Então, o entregou a Arkadin, apontando a estrela que havia desenhado.
– Aqui fica a vinícola. – Ele olhou para o céu do lado de fora.
– O céu está clareando. Quem sabe, na hora em que o senhor chegar lá, talvez até tenha um pouco de sol.

Bourne andou pelas ruas de Georgetown em segurança, oculto em meio às multidões de jovens alunos de colégio e da universidade, que circulavam pelas calçadas de pedras redondas, em busca de cerveja, garotas e garotos. Seguia discretamente o homem do restaurante, que por sua vez estava seguindo Moira. Depois de determinar que o homem, de fato, a estava seguindo, ele havia recuado e voltado para a rua, de onde ligara para Moira.

– Você consegue pensar em alguém que queira saber de seus movimentos?

– Ocorrem-me várias pessoas – respondeu ela. – Para começar minha própria companhia. Eu disse a você que eles ficaram paranoicos desde que começamos a construir a estação LNG em Long Beach. A NoHold Energy pode ser outra. Eles vêm me oferecendo um cargo de vice-presidente há seis meses. Imagino que gostariam de saber mais a meu respeito, de modo a poder melhorar a proposta.

– E além dessas duas?

– Não.

Bourne lhe dissera o que queria que ela fizesse, e agora, em meio à noite de Georgetown era o que ela estava fazendo. Esses olheiros das sombras, sempre tinham hábitos, pequenas peculiaridades construídas a partir das horas tediosas passadas num trabalho solitário. Aquele gostava de se manter na parte interna da calçada de modo a poder se esconder rapidamente se fosse preciso.

Uma vez identificadas as idiossincrasias do homem de vigia, estava na hora de inutilizá-lo. Mas, à medida que foi abrindo caminho em meio ao apinhado de gente, de modo a se aproximar do "sombra", Bourne viu algo mais. O homem não estava sozinho. Um segundo homem havia ocupado uma posição paralela do lado oposto da rua, algo que fazia sentido. Se Moira decidisse atravessar a rua em meio àquela multidão, o primeiro homem poderia ter alguma dificuldade de mantê-la sob seus olhos. Aqueles homens, fossem lá quem fossem, não estavam deixando nada ao acaso.

Bourne se fez desaparecer de novo, marcando o ritmo de seus passos de modo a acompanhar a multidão. Ao mesmo tempo, ligou para Moira. Ela tinha posto os fones de ouvido do Bluetooth de modo que podia atender chamadas sem despertar atenção. Bourne lhe passou instruções detalhadas e, então afastou-se atrás das sombras que a seguiam.

∽

Sentindo a nuca arrepiar-se como se estivesse na mira do rifle de um assassino, Moira atravessou a rua e caminhou até a M Street. O ponto principal que precisava manter em mente, dissera Jason, era andar em passo normal, nem depressa nem devagar. Jason a alarmara com a notícia de que estava sendo seguida. Ela apenas manteve a ilusão de estar calma. Havia muita gente, tanto do passado quanto do presente, que a poderia estar seguindo – muitas das quais ela não mencionara quando Jason lhe perguntara. Mesmo assim, tão perto da inauguração do terminal LNG, aquele era um mau sinal. Ela queria desesperadamente contar a Jason as informações que lhe haviam chegado naquele dia, sobre a possibilidade de o terminal ser um alvo terrorista, não em teoria, mas na realidade. Contudo, não podia contar – não, a menos que ele fosse empregado da companhia. Ela estava obrigada por um contrato rigoroso a não revelar informações secretas a ninguém de fora da firma.

Na 31st Street NW, ela virou rumo ao sul, andando em direção ao Canal Towpath. A um terço do caminho, descendo o quarteirão, havia, a seu lado, uma placa discreta na qual estava gravada a palavra JEWEL. Ela abriu a porta cor de rubi, entrou no novo e caro restaurante. Aquele era o tipo de lugar onde os pratos tinham como acompanhamento musse de sorgo, gengibre liofilizado e pérolas de toronja rubi.

Sorrindo com doçura para o gerente, ela disse que estava procurando por um amigo. Antes que ele pudesse verificar no livro de reservas, Moira lhe disse que seu amigo estava com um homem cujo nome ela não sabia. Já estivera naquele restaurante várias vezes, uma delas com Jason, de modo que conhecia o *layout* do lugar. No fundo da segunda sala, havia um pequeno corredor. Do lado direito ficavam dois banheiros unissex. Se seguisse pelo corredor, que foi o que ela fez, chegava-se à cozinha, cheia de luzes fortes e claras, panelas e caldeirões de aço inoxidável, caçarolas de cobre, imensos fornos de parede acesos em altas temperaturas. Rapazes e moças se moviam pelo aposento com o que pareceu a Moira precisão militar – subchefes, assistentes de cozinha, copeiros, a mestre confeiteira e sua equipe, todos trabalhando sob as ordens severas do *chef de cuisine*.

Estavam todos concentrados demais em suas respectivas tarefas para dar alguma atenção a Moira. Quando afinal registraram sua presença, ela já havia desaparecido, saindo pela porta dos fundos. Na ruazinha escondida, cheia de grandes latões de lixo, um táxi White Top esperava, com o motor ronronando. Ela embarcou e o táxi partiu.

༄

Arkadin dirigiu pelas colinas do distrito rural de Nakhimovskiy, verdejantes mesmo no inverno. Passou por fazendas de campos plantados, delimitados por áreas baixas de floresta. O céu estava clareando, as nuvens escuras e carregadas de chuva já começavam a desaparecer, substituídas por cúmulos que reluziam como brasas sob o sol que penetrava por toda a parte. Um brilho dourado cobria os hectares de vinhedos à medida que ele se aproximava da Vinícola Sebastopol. Naquela época do ano não havia folhas nem frutos, é claro, mas os troncos retorcidos e baixos, parecendo trombas de elefantes, tinham vida própria, o que dava ao vinhedo certo mistério, um aspecto mítico, como se aquelas vinhas adormecidas só precisassem do encantamento de um mago para despertar.

Uma mulher corpulenta chamada Yetnikova apresentou-se como a supervisora imediata de Oleg Shumenko – ao que parecia, havia uma infinidade de fileiras sobrepostas de supervisores no vinhedo. Ela tinha ombros tão largos quanto os de Arkadin, um rosto vermelho e redondo de bebedora de vodca, com feições tão curiosamente pequeninas quanto as de uma boneca. Tinha o cabelo preso numa *babushka* de camponesa, mas era prática e enérgica.

Quando ela exigiu saber qual era o assunto de que Arkadin queria tratar, ele rapidamente apresentou uma das muitas credenciais falsas que tinha. Aquela o identificava como coronel do SBU, o serviço secreto da Ucrânia. Ao ver a carteira do SBU, Yetnikova murchou como uma planta não regada e mostrou-lhe onde encontrar Shumenko.

Seguindo suas instruções, Arkadin seguiu por corredor após corredor. Abriu cada porta que encontrou no caminho, espiando o interior de escritórios, armários de ferramentas, depósitos de material e aposentos semelhantes, desculpando-se com os ocupantes enquanto o fazia.

Shumenko estava trabalhando na sala de fermentação quando Arkadin o encontrou. Era um homem magro como uma vara, muito mais moço do que Arkadin havia imaginado – não tinha mais de trinta ou trinta e poucos anos. Tinha cabelos bastos, do tom amarelo-alaranjado das flores de arnica, que se espetavam do seu crânio como uma série de espirais de saca-rolhas. Música tocava alto de um aparelho de som portátil – era a banda inglesa The Cure. Arkadin ouvira a canção muitas vezes em boates em Moscou, mas pareceu-lhe espantoso ouvi-la ali, nos confins da Crimeia.

Shumenko estava numa passarela a mais de três metros e meio de altura, inclinado sobre uma aparelhagem de aço inoxidável, grande como uma baleia-azul. Parecia estar cheirando algo, possivelmente o último lote de champanhe que estava preparando. Em vez de baixar o volume da música, Shumenko gesticulou para que Arkadin viesse juntar-se a ele.

Sem hesitar, Arkadin subiu a escada vertical e rapidamente entrou na passarela. Os cheiros espumantes, ligeiramente doces de fermentação, fizeram arder suas narinas, levando-o a esfregar vigorosamente a ponta do nariz para conter um ataque de espirros. Seu olhar experiente varreu as vizinhanças próximas, absorvendo cada detalhe, por menor que fosse.

– Oleg Ivanovich Shumenko?

O rapaz alto e magricela largou a prancheta em que estivera fazendo anotações.

– Às suas ordens. – Ele vestia um terno mal cortado. Enfiou a caneta no bolso do peito, onde ela se juntou a uma fileira de outras. – E o senhor é?

– Um amigo de Pyotr Zilber.

– Nunca ouvi falar nele.

Mas seus olhos já o haviam traído. Arkadin estendeu a mão e aumentou o volume da música.

– Ele ouviu falar de você, Oleg Ivanovich. Na verdade, você é muito importante para ele.

Shumenko abriu o rosto num sorriso forçado.

– Não tenho ideia sobre o que você está falando.

– Houve um grave erro, ele precisa ter o documento de volta.

Ainda sorrindo, Shumenko enfiou as mãos nos bolsos.

– Mais uma vez, tenho que lhe dizer...

Arkadin tentou agarrá-lo, mas a mão direita de Shumenko havia reaparecido, empunhando uma pistola GSh-18 semiautomática apontada para o coração de Arkadin.

– Hmmm. A mira é aceitável, na melhor das hipóteses – disse Arkadin.

– Por favor, não se mova. Seja lá quem você for... e não se dê ao trabalho de me dar um nome, que de qualquer maneira será falso... você não é nenhum amigo de Pyotr. Ele deve estar morto. Talvez até por sua mão.

– Mas o gatilho é relativamente pesado – prosseguiu Arkadin, como se não estivesse ouvindo –, de modo que me dará um décimo de segundo a mais.

– Um décimo de segundo não é nada.

– É tudo de que preciso.

Shumenko recuou, como Arkadin quisera que fizesse, em direção à borda curva do contêiner para manter uma distância segura.

— Apesar de lamentar a morte de Pyotr, defenderei nossa rede com a vida.

Ele recuou mais quando Arkadin deu um passo em sua direção.

— É uma longa queda daqui de cima, de modo que sugiro que você se vire, desça a escada e desapareça de volta no esgoto de onde saiu.

À medida que Shumenko recuou, seu pé direito escorregou num pouco de pasta de fermento em que Arkadin já havia reparado. O joelho de Shumenko se dobrou e a mão que empunhava a GSh-18 levantou-se num gesto instintivo para ajudá-lo a evitar a queda.

Numa longa passada, Arkadin penetrou o perímetro de sua defesa. Tentou tomar-lhe a arma, mas não conseguiu. Seu punho acertou Shumenko na face direita, lançando o homem magricela tropegamente contra a lateral do contêiner, no espaço entre duas alavancas que se projetavam para fora. Com um movimento do braço em arco, Shumenko acertou a mira da GSh-18 no osso do nariz de Arkadin, tirando-lhe sangue.

Arkadin fez outra tentativa de tomar-lhe a arma, e, inclinados para trás contra a folha curva de aço inoxidável, os dois homens se atracaram numa luta corporal. Shumenko era surpreendentemente forte para um homem magro, e era eficiente no corpo a corpo. Apresentou a defesa correta para cada golpe de Arkadin. Eles agora estavam muito próximos um do outro, menos de um palmo os separava. Mãos, cotovelos, antebraços, até ombros moviam-se rapidamente usados para produzir dor ou, no bloqueio, para minimizá-la.

Gradualmente, Arkadin pareceu levar a melhor sobre o adversário, mas, com uma dupla finta, Shumenko conseguiu alojar a coronha da GSh-18 contra a garganta de Arkadin. Ele pressionou, usando a arma como alavanca numa tentativa de esmagar a traqueia de Arkadin. Com uma das mãos presa entre os corpos dos dois, Arkadin usou a outra para esmurrar o flanco de Shumenko.

Mas, sem a vantagem da alavanca de Shumenko, seus socos não surtiram nenhum efeito. Quando tentava acertar-lhe o rim, Shumenko girava o corpo desviando-se, de modo que sua mão batia no osso do quadril.

Usando a vantagem que tinha, Shumenko fez pressão, dobrando Arkadin sobre a beirada da passarela, tentando com a coronha da arma e a parte de cima do corpo empurrar Arkadin para fora. Fitas de escuridão lampejaram diante da visão de Arkadin, um sinal de que seu cérebro estava ficando privado de oxigênio. Ele havia subestimado Shumenko e agora estava prestes a pagar o preço. Ele tossiu, depois arquejou, tentando respirar. Então, moveu a mão livre contra a frente do paletó de Shumenko. Pareceria para Shumenko – concentrado em matar o intruso – que Arkadin fazia uma última e fútil tentativa para libertar a mão presa. Ele foi apanhado totalmente de surpresa quando Arkadin tirou uma caneta do bolso de seu peito e a enterrou em seu olho esquerdo.

Imediatamente Shumenko se atirou para trás. Arkadin agarrou a GSh-18 justo quando ela caía da mão aberta do homem atingido. Quando Shumenko deslizou, quase caindo na passarela, Arkadin o agarrou pelo peito da camisa e ajoelhou-se para ficar no mesmo nível que ele.

– O documento – disse, quando a cabeça de Shumenko começou a pender –, Oleg Ivanovich, escute-me, onde está o documento?

O olho bom do homem brilhava, banhado em lágrimas. Sua boca se moveu. Arkadin o sacudiu até que ele gemeu de dor.

– Onde?

– Se foi.

Arkadin teve que baixar a cabeça para ouvir o sussurro de Shumenko em meio à música alta. O The Cure tinha sido substituído pelo Siouxsie and the Banshees.

– O que você quer dizer com se foi?

– Seguiu pelo sistema. – A boca de Shumenko curvou-se num arremedo de sorriso. – Não é bem o que você queria ouvir, não é mesmo, "amigo de Pyotr Zilber"? – Ele piscou para afastar as lágrimas do olho bom. – Já que esse é o fim da linha para você, chegue mais perto que eu vou lhe contar um segredo. – Shumenko passou a língua pelos lábios enquanto Arkadin curvava-se sobre ele. E então, arremeteu o corpo e mordeu o lóbulo da orelha direita de Arkadin.

Arkadin reagiu sem pensar. Enfiou o cano da GSh-18 na boca de Shumenko e apertou o gatilho. Quase que no mesmo instante se deu conta de seu erro e disse "Merda" em seis línguas diferentes.

QUATRO

Mergulhado bem lá no fundo das sombras do outro lado da rua do restaurante Jewel, Bourne viu os dois homens aparecerem. Pela expressão contrariada em seus rostos, deduziu que tinham perdido Moira. Ele os manteve à vista enquanto se afastavam juntos. Um deles começou a falar num celular. Por um momento, ele parou para fazer uma pergunta ao colega; então, retomou a conversa no telefone. Àquela altura os dois tinham chegado à M Street, noroeste. Ao terminar a ligação, o homem guardou o telefone. Eles esperaram na esquina, contemplando as jovens que passavam. Não relaxaram a postura, como observou Bourne, mantendo-se bem eretos, empertigados, com as mãos à vista junto aos flancos. Pareciam esperar que alguém fosse apanhá-los, o que era uma boa decisão numa noite como aquela em que estacionar estava dificílimo e o tráfego na Rua M era intenso.

Sem dispor de um veículo, Bourne olhou ao redor, viu um ciclista vindo pela Rua 31, noroeste, da direção do caminho paralelo ao canal. O homem pedalava pela sarjeta para evitar o tráfego. Bourne caminhou rapidamente em sua direção, metendo-se bem na sua frente. O ciclista parou de repente, soltando uma exclamação em voz alta.

– Preciso da sua bicicleta – falou Bourne.

– Bem, sinto muito, companheiro, mas não vou lhe dar – respondeu o ciclista, com forte sotaque britânico.

Na esquina da Rua 31 com M, um utilitário esportivo SUV GMC estava parando junto ao meio-fio diante dos dois homens.

Bourne enfiou quatrocentos dólares na mão do ciclista.

– Como eu disse, tem que ser agora.

O rapaz arregalou os olhos, olhando o dinheiro por um instante. Então, desmontou e disse:

– Fique à vontade.

Enquanto Bourne montava na bicicleta, ele entregou-lhe o capacete.

– Vai querer isso, companheiro.

Os dois homens já haviam desaparecido no interior do GMC, que começava a se afastar em meio ao fluxo denso do tráfego. Bourne partiu, deixando o ciclista dando de ombros enquanto subia na calçada.

Chegando à esquina, Bourne virou à direita e entrou na Rua M. O GMC estava três carros adiante. Bourne foi costurando caminho em meio aos carros, até se pôr numa posição em que pudesse acompanhá-lo. Na Rua 30, NE, todos eles pegaram um sinal vermelho. Bourne foi obrigado a baixar um pé, motivo para que partisse atrasado quando o GMC avançou o sinal pouco antes de ficar verde. O GMC rugiu à frente dos outros carros, e Bourne se lançou atrás. Um Toyota branco, vindo da Rua 30 para o cruzamento, voou direto em sua direção, num ângulo de noventa graus. Bourne imprimiu uma explosão de velocidade, derrapou e subiu na calçada, fazendo recuar um grupo de pedestres para cima dos que estavam atrás deles. Ouviu uma torrente de imprecações. Buzinando furioso, por pouco o Toyota não o apanhou enquanto atravessava a Rua M.

Uma vez que o GMC teve que reduzir a marcha mais adiante por causa do tráfego lento, que se tornava mais denso no sinal onde a Rua M e a Avenida Pennsylvannia, NO, cruzavam com a Rua 29, Bourne conseguiu fazer um bom avanço. Justo quando se aproximava do sinal, viu o GMC sair em disparada e soube que tinha sido visto. O problema com uma bicicleta, especialmente uma que tinha criado confusão ao avançar um sinal vermelho, era que o ciclista se tornava visível, exatamente o oposto do que pretendera.

Tirando o máximo proveito de uma situação que se deteriorava, Bourne deixou de lado qualquer cautela e seguiu o GMC que acelerava para o cruzamento no instante em que entrava na Avenida Pennsylvannia. A boa notícia foi que o congestionamento impediu o GMC de manter a velocidade. Mais uma boa notícia: outro sinal vermelho se aproximava. Desta vez Bourne estava pronto quando o GMC avançou direto. Ziguezagueando entre os veículos, ele deu mais uma acelerada, ganhou velocidade e avançou o sinal junto com o grande SUV. Mas justo quando ia ultrapassando a calçada do lado oposto, um grupo de adolescentes bêbados entrou cambaleando no caminho. Eles fecharam a pista atrás do GMC e estavam tão bêbados que não ouviram o grito de advertência de Bourne ou não lhe deram bola. Ele foi obrigado a desviar bruscamente para a direita. Seu pneu dianteiro bateu no meio-fio, a bicicleta levantou voo. Pedestres saíram correndo da frente à medida que a bicicleta se tornou, realmente, um míssil. Bourne conseguiu mantê-la em movimento depois que ela aterrissou, mas simplesmente não havia para onde ir sem atropelar outro bando de adolescentes. Apertou os freios sem resultado suficiente. Inclinando-se para a direita, forçou a bicicleta a cair de lado, rasgando a perna direita da calça enquanto deslizava sobre o cimento.

– Você está bem?
– Não viu o sinal vermelho?
– Você podia ter se matado ou matado alguém!

Houve uma profusão de vozes à medida que os transeuntes o cercavam, tentando ajudá-lo a sair de debaixo da bicicleta. Bourne agradeceu enquanto se punha rapidamente de pé. Correu vários metros até a avenida, mas, como temia, não havia mais sinal do GMC.

⌒

Explodindo numa fieira de palavrões, Arkadin revistou os bolsos de Oleg Ivanovich Shumenko, que agonizava na passarela manchada de sangue nas profundezas da Vinícola Sebastopol. Enquanto o fazia, Arkadin se perguntou como poderia ter sido tão burro. Tinha feito exatamente o que Shumenko quisera que fizesse: que era matá-lo. Preferira morrer a revelar o nome do homem seguinte na rede de Pyotr Zilber.

Mesmo assim, ainda havia uma chance de que alguma coisa que ele guardasse consigo pudesse conduzir Arkadin adiante. Arkadin já tinha feito uma pequena pilha de moedas, contas, palitos de dentes e coisas do gênero. Desdobrou cada pedacinho de papel que encontrou, mas nenhum deles continha nenhum nome ou nenhum endereço, apenas listas de substâncias químicas, provavelmente aquelas de que a vinícola precisava para a fermentação ou para a limpeza periódica das cubas.

A carteira de Shumenko era triste – fina como um fiapo, contendo a foto desbotada de um casal mais velho sorrindo para o sol e para a câmera, que Arkadin concluiu que fossem os pais de Shumenko, uma camisinha em embalagem de papel metálico amarfanhado, uma carteira de motorista, a licença do carro, carteirinha de sócio de um clube de vela, um vale, reconhecendo uma dívida no valor de dez mil *hryvnia* – pouco menos de dois mil dólares americanos –, dois recibos, um de um restaurante, outro de uma boate, e a velha foto de uma garota bem jovem sorrindo para a câmera.

Enquanto embolsava os recibos – as únicas pistas razoáveis que havia encontrado –, sem querer, ele virou o vale. No verso estava o nome DEVRA, escrito em letra feminina, pontuda, incisiva. Arkadin queria procurar mais, mas ouviu o chiado eletrônico e então a estridência da voz de Yetnikova. Olhou ao redor e viu um walkie-talkie antiquado pendurado pela tira no corrimão. Enfiando os papéis no bolso, seguiu apressado pela passarela, desceu escorregando pela escada e se encaminhou para fora da sala de fermentação de champanhe.

A chefe de Shumenko, Yetnikova, veio em sua direção pelos corredores labirínticos, como se estivesse na vanguarda do Exército Vermelho à entrada de Varsóvia. Mesmo àquela distância, Arkadin podia ver a carranca em seu rosto. Ao contrário de suas credenciais russas, as credenciais ucranianas de que dispunha eram pouco convincentes. Passariam por um exame superficial, mas

se fossem submetidas a qualquer tipo de verificação, ele ficaria exposto.
— Telefonei para o escritório do SBU, em Kiev. Eles pesquisaram o senhor, coronel. — A voz de Yetnikova havia se transformado de servil em hostil. — Ou seja lá quem você é. — Ela estufou o peito como um porco-espinho pronto para entrar em combate. — Eles nunca ouviram falar de...

Ela deu um pequeno guincho quando ele cobriu-lhe a boca com uma das mãos e a socou com violência no plexo solar. Então, caiu em seus braços como uma boneca de trapos, e ele a arrastou pelo corredor até o armário de utensílios e ferramentas. Abrindo a porta, ele a empurrou para dentro do armário e entrou atrás.

Esparramada no chão, lentamente, Yetnikova recuperou os sentidos. Imediatamente, começou o palavrório, praguejando e prometendo terríveis consequências pelos ultrajes cometidos contra sua pessoa. Arkadin não lhe deu ouvidos; sequer a estava vendo. Ele tentou bloquear o passado, mas como sempre as lembranças o tomaram. Elas o envolveram e, como uma droga, deixaram-no fora de si, num estado semelhante ao de um sonho que, com o correr dos anos, havia se tornado tão familiar quanto um irmão gêmeo.

Ajoelhando-se sobre Yetnikova, ele desviou-se dos pontapés e mandíbulas que queriam morder. Tirou um canivete de uma bainha escondida na panturrilha direita. Quando, com um *plect* rápido, Arkadin abriu a lâmina comprida e fina, o medo finalmente contorceu o semblante de Yetnikova. Seus olhos se arregalaram e ela arquejou, levantando as mãos instintivamente.

— Por que está fazendo isso? — gritou. — Por quê?
— Por causa do que você fez.
— O quê? O que foi que eu fiz? Eu nem sequer conheço você!

Quando, momentos depois, ele acabou, sua visão recuperou o foco. Ele respirou fundo e, estremecendo, deixou o ar sair, como se para livrar-se dos efeitos de um anestésico. Olhou fixamente para o cadáver sem cabeça. Então, lembrando-se, chutou a cabeça para um canto cheio de trapos imundos. Por um momento, ela se balançou como um navio no oceano. Os olhos lhe pareciam acinzentados pela idade, mas estavam apenas cobertos por um filme de poeira, e o alívio que ele buscava mais uma vez lhe escapou.

∽

– Quem eram eles? – perguntou Moira.
– Esta é a dificuldade – respondeu Bourne. – Não consegui descobrir. Ajudaria se você me contasse por que eles estavam na sua cola.

Moira franziu o cenho.

– Presumo que tenha alguma coisa a ver com a segurança no terminal LNG.

Eles estavam sentados lado a lado na sala de visitas de Moira, um espaço pequeno mas aconchegante, numa casa de tijolos convertida num pequeno prédio de apartamentos em Cambridge Place, perto de Dumbarton Oaks. Achas de madeira crepitavam e as chamas dançavam na lareira de tijolos; *espresso* e conhaque estavam servidos na mesinha em frente ao sofá, diante deles. O sofá estofado com *chenille* era grande, permitindo que Moira se enroscasse nele. Tinha grandes braços arredondados e um encosto que subia à altura do pescoço.

– Uma coisa posso lhe dizer – falou Bourne –, aqueles homens são profissionais.

– Faz sentido – observou ela. – Qualquer rival da minha firma contrataria os melhores no mercado. Não significa necessariamente que eu esteja em perigo.

Mesmo assim, Bourne sentiu outra intensa pontada pela perda de Marie. Então, cuidadosa, quase reverentemente, afastou o sentimento.

– Mais *espresso*? – perguntou Moira.
– Por favor.

Bourne entregou-lhe sua xícara. Quando ela se inclinou para a frente, o suéter fino de gola em V revelou a parte de cima de seus seios firmes. Naquele momento, ela levantou os olhos para ele. Havia um brilho travesso em seu olhar.

– Em que está pensando?

– Provavelmente na mesma coisa que você. – Ele se levantou, olhou ao redor à procura do casaco. – Acho que é melhor eu ir embora.

– Jason...

Ele fez uma pausa. A luz do abajur dava ao rosto dela um brilho dourado.

– Não vá – pediu ela. – Fique, por favor.

Ele sacudiu a cabeça.

– Você e eu sabemos que não é uma boa ideia.

– Só por esta noite. Não quero ficar sozinha, não depois do que você descobriu. – Ela foi sacudida por um pequeno calafrio. – Eu estava sendo corajosa antes, mas não sou você. Ser seguida me deixa assustada.

Ela lhe ofereceu a xícara de *espresso*.

– Se fizer você se sentir melhor, gostaria que dormisse aqui na sala. O sofá é bastante confortável.

Bourne olhou ao redor para as paredes aconchegantes revestidas em nogueira, as persianas de madeira escura, os tons ricos de gemas preciosas aqui e ali sob a forma de vasos e jarros de flores. Uma caixa de ágata com pés de ouro repousava sobre um aparador de mogno. Um pequeno relógio de navio, em bronze, tiquetaqueava a seu lado. As fotos da região rural francesa no verão e no outono fizeram-no sentir-se ao mesmo tempo triste, pesaroso e nostálgico. Por que exatamente ele não sabia. Embora sua mente procurasse lembranças, nenhuma veio à tona. Seu passado era como um lago de gelo negro.

– É verdade. – Ele aceitou a xícara e sentou-se ao lado dela.

Ela apertou uma almofada contra o peito.

– Vamos conversar a respeito do que estivemos evitando dizer a noite inteira?

– Não sou muito de conversa.

Os lábios largos de Moira se curvaram num sorriso.
– Qual de vocês dois não é de conversa? David Webb ou Jason Bourne?
Bourne deu uma gargalhada, bebericou seu *espresso*.
– E se eu disser que os dois?
– Eu teria que chamar você de mentiroso.
– Isso não podemos aceitar, não é?
– A escolha não seria minha. – Ela apoiou o rosto na palma da mão, esperando. Quando ele não disse mais nada, Moira prosseguiu: – Por favor, Jason. Fale comigo.

O velho medo de se aproximar de alguém aflorou novamente, mas ao mesmo tempo ele sentiu algo derretendo em seu íntimo, como se seu coração congelado estivesse começando a descongelar. Durante anos, ele mantivera uma regra férrea de se manter à distância das pessoas. Alex Conklin havia sido assassinado, Marie tinha morrido, Martin Lindros não conseguira sair vivo de Miran Shah. Tudo se perdera, seus únicos amigos e seu primeiro amor. Com um sobressalto, ele se deu conta de que nunca se sentira atraído por ninguém, exceto Marie. Não permitira a si mesmo sentir, mas agora não conseguia se controlar. Será que aquilo estaria acontecendo em função da personalidade de David Webb ou da própria Moira? Ela era forte, segura de si. Nela, ele reconhecia um espírito semelhante, alguém que via o mundo como ele via – como um forasteiro.

Ele olhou para o rosto dela e disse o que tinha em seus pensamentos.
– Todo mundo de quem eu me aproximo morre.
Ela suspirou, pôs a mão por um breve momento sobre a dele.
– Eu não vou morrer. – Seus olhos castanho-escuros faiscaram sob a luz do abajur. – De qualquer maneira, não é seu trabalho me proteger.

Este era outro motivo por que se sentia atraído por ela. Ela era feroz, uma guerreira, à sua maneira.
– Então, conte-me a verdade. Você está realmente feliz na universidade?

Bourne pensou por um momento, o conflito em seu íntimo tornando-se um clamor insuportável.

– Creio que sim. – Depois de uma ligeira pausa, ele acrescentou: – Pensei que estivesse.

Com Marie, houvera um brilho áureo em sua vida, mas Marie se fora e aquela vida agora era passado. Diante da ausência dela, ele era obrigado a confrontar-se com a terrível pergunta: o que era David Webb sem ela? Ele não era mais um homem de família. Só tinha podido criar seus filhos, agora percebia, com o amor e a ajuda dela. E pela primeira vez se deu conta do que seu retiro na universidade realmente significava. Estivera tentando recuperar aquela vida encantada que tivera com Marie. Não era apenas o professor Specter que ele não queria decepcionar, era Marie.

– Em que você está pensando? – perguntou Moira, baixinho.
– Nada – respondeu ele. – Em nada mesmo.
Ela o estudou por um momento. Então, assentiu.
– Então, tudo bem. – Moira levantou-se, inclinou-se para ele e o beijou na face. – Vou preparar o sofá.
– Não precisa, diga-me apenas onde estão as roupas de cama.
– Ali. – Ela apontou.
Ele assentiu.
– Boa-noite, Jason.
– Vejo você amanhã de manhã. Mas cedo. Eu tenho...
– Eu sei.... Um café da manhã marcado com Dominic Specter.

⁓

Bourne se deitou de barriga para cima com um braço atrás da cabeça. Estava cansado; tinha certeza de que adormeceria imediatamente. Mas uma hora depois de ter apagado as luzes o sono parecia estar a mil quilômetros de distância. Os restos de madeira incandescente na lareira crepitavam, acomodando-se suavemente. Fiou o olhar nas riscas de luz que penetravam pelas persianas largas de madeira, esperando que elas o levassem para lugares distantes, o que, em seu caso, significava seu passado. Em vários sentidos, ele era como um amputado que ainda sentia o braço, mesmo depois de ter sido cortado fora. A percepção de lembranças logo além de sua capacidade de lembrar era enlouquecedora, como uma coceira que não podia coçar. Com frequência, Bourne desejara não poder se lembrar de absolutamente nada, o que era um dos motivos pelos quais a proposta de Moira era tão atraente. A ideia de começar de novo, a partir do zero, sem a bagagem de tristeza e perda, era um atrativo poderoso. O conflito estava sempre com ele, uma parte importante de sua vida, quer fosse David Webb ou Jason Bourne. E, no entanto, quer gostasse ou não, seu passado estava lá, esperando por ele como um lobo na noite, caso conseguisse transpor a misteriosa barreira que seu cérebro havia levantado. Não pela primeira vez, ele se perguntou que outros terríveis traumas tinham lhe sido infligidos no passado para fazer com que sua mente se protegesse tanto. O fato de que a resposta estava à espreita, de tocaia em sua própria mente, fazia seu sangue gelar porque representava seu demônio pessoal.

– Jason?

A porta do quarto de Moira estava aberta. A despeito da escuridão, seus olhos atilados podiam distinguir o vulto dela movendo-se lentamente em sua direção, os pés descalços.

– Não consegui dormir – ela falou numa voz rouca. E parou a alguns passos de onde ele estava deitado. Vestia um robe de seda, com uma faixa na cintura. Era impossível não ver as curvas generosas de seu corpo.

Por um momento, eles ficaram em silêncio.

– Menti para você naquela hora – ela disse, baixinho. – Não quero que você durma aqui na sala.

Bourne levantou-se, apoiado no cotovelo.

– Eu também menti. Estava pensando no que tive um dia e como tenho andado desesperado para me agarrar àquilo. Mas tudo se foi, Moira. Tudo se foi para sempre. – Ele encolheu uma perna.

– E não quero perder você.

Ela se moveu muito ligeiramente, e uma faixa de luz reluziu no brilho das lágrimas em seus olhos.

— Não vai me perder, Jason. Eu prometo.

O silêncio os engolfou, tão profundo que eles pareciam ser as únicas pessoas no mundo.

Por fim, ele estendeu a mão e ela veio para junto dele. Ele se levantou do sofá e a tomou nos braços. Ela cheirava a lima e gerânio. Ele passou a mão pelos cabelos espessos e os agarrou. O rosto dela virou-se para cima, para ele, e seus lábios se uniram. O coração dele estremeceu, deixando cair mais uma camada de gelo. Depois de algum tempo, ele sentiu as mãos dela na cintura e deu um passo para trás.

Ela desamarrou o cinto e o robe se abriu, deslizando de seus ombros. A pele nua brilhava como ouro velho. Ela tinha quadris largos, umbigo profundo, e parecia não haver nada no corpo dela que ele não amasse. Naquele momento, foi ela quem tomou-lhe a mão e o conduziu para a cama, onde eles caíram um sobre o outro como animais famintos.

⁌

Bourne sonhou que estava de pé junto à janela do quarto de Moira, espiando através das persianas de madeira. A luz da rua se espalhava pela calçada, criando sombras longas e oblíquas. Enquanto ele observava, uma das sombras se ergueu do calçamento de pedras e caminhou diretamente em sua direção, como se estivesse viva e pudesse vê-lo através das largas ripas de madeira.

Bourne abriu os olhos, a demarcação entre o sono e a consciência foi instantânea e completa. Sua mente estava tomada pelo sonho; ele podia sentir o coração batendo no peito, mais acelerado do que devia naquele momento.

O braço de Moira enlaçava seu quadril. Ele o afastou para o lado e silenciosamente saiu da cama. Nu, andou de pés descalços até a sala. As cinzas se acumulavam na lareira numa pilha fria e cinzenta. O relógio de navio tiquetaqueava em direção à quarta hora da madrugada. Ele seguiu direto para as barras de luz que vinham da rua e olhou para o lado de fora, como havia feito no sonho. Como no sonho, a luz lançava sombras oblíquas sobre a calçada. Não havia trânsito nenhum. Tudo estava quieto e silencioso. Demorou um ou dois minutos, mas ele percebeu o movimento, minúsculo, fugaz, como se alguém, parado, tivesse começado a se mover de um pé para o outro e então houvesse mudado de ideia. Ele esperou para ver se o movimento ia continuar. Em vez disso, uma pequena nuvem de respiração exalada lampejou sob a luz e desapareceu quase que de imediato.

Bourne vestiu-se rapidamente. Evitando tanto a porta da frente quanto a dos fundos, ele se esgueirou para fora por uma janela lateral. Estava muito frio. Ele prendeu a respiração de modo a não fazer vapor e trair sua presença, como acontecera com o intruso.

Parou pouco antes de chegar ao canto do prédio, espiou cautelosamente à volta da parede de tijolos. Podia ver a curva de um ombro, mas era da altura errada, tão baixo que Bourne poderia tê-lo confundido com uma criança. De qualquer maneira, ele não tinha se movido. Desaparecendo nas sombras, Bourne desceu pela Rua 30, noroeste, dobrou à esquerda na Dent Place, paralela à Cambridge Place. Quando chegou ao fim do quarteirão, dobrou novamente à esquerda na Cambridge, no quarteirão de Moira. Agora podia ver exatamente onde o observador estava posicionado, agachado entre dois carros estacionados, do outro lado da rua, quase defronte à casa de Moira.

Uma rajada de vento úmido fez o homem que estava de vigia se encolher, abaixar-se, e enterrar a cabeça entre os ombros, como uma tartaruga. Bourne aproveitou o momento para atravessar a rua até onde o homem se encontrava. Sem fazer qualquer pausa, avançou pelo quarteirão rápida e silenciosamente. O intruso só tomou consciência de sua presença tarde demais. Ele ainda estava se virando quando Bourne o agarrou pelas costas do casaco e o atirou sobre o capô de um carro estacionado.

Com isso, virou-o de cara para a luz. Bourne viu o rosto negro, reconheceu as feições, tudo numa fração de segundo. Imediatamente, puxou e botou o rapaz de pé, arrastando-o de volta para a escuridão, onde tinha certeza de que não seriam vistos por olhos curiosos.

– Deus do céu, Tyrone – exclamou –, que diabo você está fazendo aqui?

– Não posso contar – Tyrone estava mal-humorado, possivelmente por ter sido descoberto.

– O que quer dizer com não pode contar?

– Assinei um acordo de confidencialidade, é por isso.

Bourne franziu o cenho.

– Deron não faria você assinar uma coisa dessas. – Deron era o falsificador de arte que Bourne usava para forjar todos os seus documentos e, às vezes, para obter novas tecnologias singulares ou armas com as quais Deron estava fazendo experiências.

– Num trabalho mais pro Deron.

– Quem fez você assinar o acordo, Tyrone? – Bourne o agarrou pelo peito do casaco. – Para quem você está trabalhando? Não tenho tempo para ficar de brincadeiras com você. Responda!

– Num posso. – Tyrone podia ser um bocado teimoso quando queria, resultado de ter crescido nas ruas do gueto da zona nordeste de Washington. – Mas, tudo bem, acho que posso levar você pra ver.

Ele conduziu Bourne até uma ruela sem nome atrás da casa de Moira, parou diante de um Chevrolet preto de aparência anônima. Deixando Bourne, usou os nós dos dedos para bater na janela do motorista. A janela foi baixada. Enquanto se inclinava para falar com quem estava dentro, Bourne se aproximou, empurrou-o para o lado de modo a poder olhar para o interior do carro. O que viu foi tão surpreendente que o deixou atordoado de espanto. A pessoa sentada atrás da direção do carro era Soraya Moore.

CINCO

— Eu a tenho mantido sob vigilância há quase dez dias — disse Soraya.
— A CIA? — indagou Bourne. — Por quê?
Eles estavam sentados dentro do Chevy. Soraya tinha ligado o motor para aquecê-los um pouco. Mandara Tyrone para casa, apesar de estar claro que ele queria protegê-la. De acordo com Soraya, ele estava trabalhando para ela de maneira absolutamente informal, como uma espécie de unidade de serviço secreto de um homem só.
— Você sabe que não posso lhe contar.
— Não, Tyrone não pode me contar. Você pode.
Bourne havia trabalhado com Soraya quando organizara sua missão para resgatar Martin Lindros, o fundador e diretor da Typhon. Ela era uma das poucas pessoas com quem ele havia trabalhado em campo, ambas as vezes em Odessa.
— Suponho que poderia — admitiu Soraya —, mas não vou contar porque parece que você e Moira Trevor são íntimos.
Ela ficou sentada olhando fixamente pela janela para o brilho vazio da rua. Seus grandes olhos muito azuis e o nariz agressivo eram as peças centrais de um rosto árabe, cor de canela.
Quando Soraya virou-se de volta, Bourne viu claramente que ela não estava nada satisfeita por ter que revelar uma informação da CIA.
— Temos um novo xerife na cidade — falou Soraya. — O nome dela é Veronica Hart.
— Você já tinha ouvido falar dela?

– Não e nenhum dos outros a conhece. – Ela deu de ombros. Tenho certeza de que esta era exatamente a ideia. Ela vem do setor privado: Black River. O presidente decidiu arrumar uma vassoura nova para varrer todos os estragos que fizemos durante os acontecimentos que conduziram à morte do Velho.

– Que tal é ela?

– É cedo demais para dizer, mas há uma coisa que estou disposta a apostar: ela será mil vezes melhor do que a alternativa.

– E qual era a alternativa?

– O secretário da defesa Halliday tem estado tentando expandir seu domínio há anos. Ele vem atuando através de Luther LaValle, o czar da inteligência do Pentágono. De acordo com os boatos, LaValle tentou tomar o cargo de Veronica Hart.

– E ela o derrotou. – Bourne assentiu. – Isso diz alguma coisa a respeito dela.

Soraya puxou um maço de Lambert & Butler, tirou um cigarro e acendeu.

– Quando foi que isso começou? – perguntou Bourne.

Soraya abriu metade da janela, soprou a fumaça para a noite que se acabava.

– No dia em que fui promovida à diretora da Typhon.

– Parabéns! – Ele se recostou, impressionado. – Mas agora estamos diante de um mistério ainda maior. Por que a diretora da Typhon está numa equipe de vigilância às quatro da madrugada? Eu imaginaria que isto seria um serviço para alguém mais abaixo na cadeia alimentar da CIA.

– Seria, em outras circunstâncias. – Soraya tragou e soprou a fumaça mais uma vez para fora pela janela. O que restava do cigarro foi a seguir. Então, ela virou o corpo para Bourne. – Minha nova chefe me disse para cuidar disso pessoalmente. É o que estou fazendo.

– O que todo este trabalho clandestino tem a ver com Moira? Ela é civil.

– Talvez seja – disse Soraya – e talvez não. – Seus olhos grandes examinaram Bourne em busca de uma reação. – Andei escavando

em meio às massas de e-mails entre agências e registros de telefone celular ao longo dos últimos dois anos. Encontrei algumas irregularidades e as entreguei à nova DCI.
– Ela fez uma pausa e se calou por alguns momentos, como se estivesse insegura se deveria continuar. – A questão é que as irregularidades dizem respeito à comunicação particular entre Martin e Moira.
– Quer dizer que ele contou a ela sobre material da CIA considerado classificado?
– Francamente, não temos certeza. As comunicações não estavam intactas; tiveram que ser reconstituídas e ampliadas eletronicamente. Algumas palavras estavam truncadas, outras fora de ordem. Ficou claro, contudo, que eles estavam trabalhando em colaboração em alguma coisa que evitava os canais normais da CIA.
– Ela suspirou. – É possível que ele apenas a estivesse ajudando em questões de segurança para a NextGen Soluções de Energia. Mas especialmente depois das múltiplas violações de segurança que a CIA sofreu recentemente, Hart deixou claro que não podemos nos dar ao luxo de não dar atenção à possibilidade de que ela esteja trabalhando clandestinamente para alguma outra entidade a respeito da qual Martin não tinha nenhum conhecimento.
– Você quer dizer que ela teria se aproveitado para tomar informações dele? Acho difícil acreditar.
– Pois é. Agora você sabe por que eu não queria lhe contar.
– Gostaria de ver esses comunicados pessoalmente.
– Para isso, terá que consultar a DCI, algo que, muito honestamente, eu não recomendaria. Ainda há funcionários de alto escalão da CIA que responsabilizam você pela morte do Velho.
– Isso é absurdo – retrucou Bourne. – Eu não tive nada a ver com a morte dele.
Soraya correu a mão pelos cabelos grossos.
– Foi você quem trouxe Karim al-Jamil de volta para a CIA, pensando que ele fosse Martin Lindros.
– Ele tinha exatamente a mesma aparência que Martin e falava exatamente como ele.

– Você se responsabilizou por ele, atestou que era realmente Martin.

– E uma falange de psiquiatras da CIA fez a mesma coisa.

– Você é um alvo fácil na CIA. Rob Batt, que acabou de ser promovido a diretor-assistente, é o chefe de um grupo que está convencido de que você é esquizofrênico, um agente renegado, perigoso e indigno de confiança. Só estou contando.

Bourne fechou os olhos por um momento. Tinha ouvido essas acusações usadas contra ela incontáveis vezes.

– Você se esqueceu do motivo por que sou um alvo fácil. Sou um legado da era de Alex Conklin. Ele era um homem de confiança do Velho, mas de mais ninguém, principalmente porque ninguém sabia o que ele estava fazendo, em especial com o programa que me criou.

– Mais um motivo para você se manter nas sombras.

Bourne olhou para fora da janela.

– Tenho um compromisso bem cedo para o café.

Quando ele estava saindo do carro, Soraya pôs a mão em seu braço.

– Fique fora disso, Jason. Este é meu conselho.

– E eu aprecio a sua preocupação. – Ele se inclinou para ela, beijou-a de leve no rosto. Em seguida, saiu do carro e atravessou a rua. Um instante depois, desapareceu na escuridão.

༶

No momento em que saiu do campo de visão de Soraya, Bourne abriu o celular que roubara ao se inclinar para beijá-la. Rapidamente procurou o número de Veronica Hart e ligou para ela. Ficou imaginando se ia acordá-la, mas quando ela atendeu pareceu totalmente desperta.

– Como está correndo a vigilância? – Ela tinha uma voz melodiosa, suave.

– É a respeito disso que quero lhe falar.

Houve um brevíssimo silêncio antes que ela respondesse.

– Quem está falando?
– Jason Bourne.
– Onde está Soraya Moore?
– Soraya está bem, diretora. Apenas eu precisava de uma maneira entrar em contato com a senhora, depois de ter descoberto a vigilância, e tive certeza de que Soraya não me daria de boa vontade.
– Então, você roubou o telefone dela.
– Quero me encontrar com a senhora – falou Bourne. Não dispunha de muito tempo. A qualquer instante, Soraya procuraria o telefone, descobriria que ele o havia tirado e viria atrás dele. – Quero ver as provas que a levaram a ordenar a vigilância sobre Moira Trevor.
– Não reajo bem a receber ordens, sobretudo de um agente renegado.
– Mas a senhora vai se encontrar comigo, diretora, porque eu sou o único com acesso a Moira. Sou o modo mais rápido de descobrir se ela realmente é podre ou se a senhora está numa busca inútil.

~

– Creio que vou me ater aos meios já comprovados. – Sentada em seu novo escritório com Rob Batt, Veronica Hart soprou as palavras *Jason Bourne* silenciosamente para seu diretor-assistente.
– Mas a senhora não pode – disse Bourne em seu ouvido. – Agora que expus a vigilância, posso assegurar que Moira desapareça de sua tela.
Hart se levantou.
– Também não gosto de ameaças.
– Não tenho necessidade de ameaçá-la, diretora. Estou apenas lhe relatando os fatos.
Batt examinou a expressão dela, bem como suas respostas, tentando adivinhar a conversa. Eles tinham estado trabalhando incessantemente desde que ela voltara da reunião com o presidente. Ele estava exausto, a ponto de ir embora, mas aquela chamada o interessava.

— Olhe — disse Bourne —, Martin era meu amigo. Ele era um herói. Não quero ver sua reputação maculada.

— Está bem — concordou Hart —, venha ao meu escritório mais tarde pela manhã... digamos, por volta das onze.

— Não vou pôr os pés no quartel-general da CIA — disse Bourne. — Vamos nos encontrar esta tarde, às cinco, na entrada da Freer Gallery.

— E se eu...

Mas Bourne já havia cortado a ligação.

↶

Moira estava de pé, vestida em seu robe de seda com estampa de caxemira quando Bourne voltou. Ela estava na cozinha, fazendo café. Olhou para ele sem comentários. Sabia que não devia perguntar sobre suas idas e vindas.

Bourne tirou o casaco.

— Estive apenas checando a área em busca de gente nos seguindo.

Ela parou por um momento.

— E encontrou alguém?

— Está tudo calmo como um túmulo. — Ele não acreditava que Moira tivesse estado arrancando informações secretas da CIA de Martin, mas o sentido extraordinário de necessidade de segurança, de segredo, que lhe fora instilado por Conklin o advertiu a não lhe contar a verdade.

Ela relaxou visivelmente.

— É um alívio. — Pondo o bule no fogo, perguntou: — Temos tempo para uma xícara de café juntos?

Uma luz acinzentada se infiltrava pelas persianas, tornando-se mais clara a cada minuto. Houve o som de um ronco de motor, o ruído do tráfego começou soar na rua. Vozes se elevaram por um breve instante e um cachorro latiu. A manhã havia começado.

Eles ficaram parados lado a lado na cozinha. Entre eles, na parede, havia um Kit-Klock, os olhos travessos da gatinha e sua cauda se moviam de um lado para o outro enquanto o tempo passava.

— Jason, diga-me que não foi apenas solidão e sofrimento o que nos motivou.

Quando ele a tomou nos braços, sentiu um ligeiro tremor sacudir o corpo dela.

— Trepada de uma noite não faz parte do meu vocabulário, Moira.

Ela encostou a cabeça contra o peito dele. Ele afastou o cabelo de sua face.

— Não estou com vontade de tomar café agora.

Ela se moveu contra ele.

— Eu também não.

↬

O professor Dominic Specter mexia o açúcar no chá turco bem forte que sempre trazia consigo, quando David Webb entrou no salão do Wonderlake, na Rua 36, noroeste. O salão era revestido de tábuas de madeira, as mesas, feitas com pranchas de madeira de demolição, as cadeiras, peças desencontradas encontradas no lixo. Fotografias de madeireiros, lenhadores e panoramas do noroeste do Pacífico se enfileiravam nas paredes, intercalados com ferramentas verdadeiras de madeireiros: arpões de lenhador, ganchos de olhal, de chinfra, ganchos de laço e apetrechos da *Timberjack*. O local era um eterno favorito de estudantes por causa dos seus horários de funcionamento, da comida barata e das inescapáveis associações com a música do Monty Python, "The Lumberjack Song".

Bourne pediu café assim que se sentou.

— Bom-dia, David. — Specter inclinou a cabeça, como um pássaro num trapézio. — Você parece não ter dormido.

O café veio exatamente do jeito que Bourne gostava: forte, preto e sem açúcar.

— Tive muita coisa em que pensar.

Specter inclinou a cabeça de novo.

— O que foi, David? Alguma coisa em que eu possa ajudar? Minha porta está sempre aberta.

– Eu agradeço. Sempre soube disso.

– Vejo que há alguma coisa preocupando você. Seja lá o que for, juntos poderemos resolver.

Vestido numa camisa de flanela xadrez, jeans e botas Timberland, o garçom colocou os cardápios sobre a mesa e se foi.

– É o meu trabalho.

– Não é adequado para você? – O professor abriu as mãos espalmadas. – Você sente falta de lecionar, imagino. Tudo bem, vamos colocá-lo de volta na sala de aula.

– Receio que seja mais sério do que isso.

Quando ele não prosseguiu, o professor Specter pigarreou.

– Percebi uma certa inquietação em você durante as últimas semanas. Será que o problema tem alguma relação com aquilo?

Bourne assentiu.

– Creio que estive tentando recapturar algo que não pode ser recapturado.

– Você está preocupado com a possibilidade de me desapontar, meu rapaz? – Specter esfregou o queixo. – Sabe, anos atrás, quando você me contou sobre a identidade Bourne, eu o aconselhei a procurar ajuda profissional. Uma cisão mental tão séria inevitavelmente cria pressões que se acumulam no indivíduo.

– Já tive ajuda antes. De modo que sei lidar com a pressão.

– Não estou questionando isso, David. – Specter fez uma pausa. – Ou será que eu devia estar chamando você de Jason?

Bourne continuou a bebericar seu café, sem dizer nada.

– Eu adoraria que ficasse, Jason, mas somente se for a coisa certa para você.

O celular de Specter tocou, mas ele o ignorou.

– Compreenda, quero apenas o que for melhor para você. Mas sua vida tem andado de pernas para o ar. Primeiro, veio a morte de Marie, depois a tragédia com seus melhores amigos. – O telefone tocou de novo. – Pensei que você precisasse de um abrigo, um santuário, algo que sempre teve aqui. Mas se decidiu ir embora...

– Ele olhou para o número no visor do telefone. – Me dê licença por um momento.

Aceitou a chamada e ouviu.

– O negócio não pode ser fechado sem isso? – Ele assentiu, afastou o telefone da orelha e voltou-se para Bourne: – Preciso buscar uma coisa em meu carro. Por favor, peça por mim. Ovos mexidos e torrada bem tostada.

Ele se levantou e saiu do restaurante. Seu Honda estava estacionado bem do outro lado, na Rua 36. Ele estava no meio da rua quando dois homens surgiram do nada. Um o agarrou, enquanto o outro o golpeou várias vezes na cabeça. No instante que um Cadillac preto parou, cantando pneus ao lado dos três homens, Bourne levantou-se e correu. O homem bateu em Specter de novo e abriu a porta traseira do carro.

Bourne arrancou um gancho de lenhador da parede e saiu correndo do restaurante. Um dos homens enfiou Specter no banco traseiro do Cadillac e saltou para dentro a seu lado, enquanto o outro embarcava no banco da frente. O Cadillac decolou justo no momento que Bourne o alcançou. Ele mal teve tempo de girar o gancho e arremessá-lo sobre o carro antes de ser alçado nos ares. Ele estivera mirando no capô, mas a aceleração súbita do carro fizera com que o gancho se enterrasse no para-brisa traseiro. A ponta afiada conseguira se prender no topo do banco traseiro. Bourne recolheu as pernas que se arrastavam sobre a mala do carro.

O vidro de segurança laminado estava completamente espatifado, mas o fino filme plástico entre as placas de vidro o mantinha basicamente intacto. À medida que o carro começava a ziguezaguear loucamente à esquerda e à direita, na manobra do motorista tentando desalojá-lo, cacos do vidro de segurança se soltaram, dando a Bourne um ponto de apoio cada vez mais frágil no Cadillac.

O carro acelerou ainda mais perigosamente em meio ao tráfego que se tornava mais intenso. Então, tão subitamente que o deixou sem fôlego, dobrou uma esquina e Jason escorregou de cima da mala, seu corpo agora batendo contra o para-choque do lado do motorista. Seus sapatos bateram contra o asfalto com tamanha força que um deles foi arrancado. Meia e pele foram esfoladas do calcanhar antes que ele pudesse recuperar o equilíbrio. Firmando-se sobre a empunhadura do gancho, ele alçou as pernas de volta para a mala do carro, apenas para que o motorista girasse o carro numa derrapada tão violenta que ele quase foi arremessado totalmente para fora. Seus pés bateram numa lata de lixo, fazendo-a rolar pela calçada enquanto pedestres atônitos se espalhavam em todas as direções. Uma dor intensa o dominou e ele poderia estar acabado, mas o motorista não conseguiu mais controlar o carro, que continuou derrapando. O tráfego o obrigou a endireitar a trajetória do veículo. Bourne aproveitou a vantagem para se balançar de volta para cima do capô. Seu punho direito mergulhou através da janela traseira espatifada, buscando um segundo ponto de apoio, mais seguro. Depois de ultrapassar os últimos veículos no trânsito engarrafado, o carro acelerou novamente e ganhou a rampa que dava acesso a Whitehurst Freeway. Bourne encolheu as pernas debaixo do corpo, apoiado sobre os joelhos.

Enquanto penetravam na sombra debaixo da ponte Francis Scott Key, o homem que havia empurrado Specter para o banco traseiro do carro, enfiou um Taurus PT140 através do buraco no vidro quebrado. O cano da arma virou-se na direção de Bourne enquanto o homem se preparava para disparar. Bourne soltou a mão direita, agarrou-lhe o punho e o puxou com força, trazendo-lhe o antebraço inteiro para fora do carro. O movimento empurrou para trás a manga do casaco e da camisa do homem. Bourne viu uma curiosa tatuagem na parte interna do antebraço: três cabeças de cavalo unidas no centro por uma caveira. Ele golpeou a parte interna do antebraço com o joelho, ao mesmo tempo em que o empurrava contra a carroceria do carro. Com um craque, o osso se partiu, a mão se abriu e o Taurus caiu longe. Bourne tentou agarrá-lo, mas não conseguiu.

O Cadillac virou com violência para a pista da esquerda e o gancho que rasgava o tecido do banco de trás foi arrancado da mão de Bourne. Ele segurou o braço quebrado do pistoleiro com as duas mãos, usando-o como alavanca para se alçar e passar através da janela quebrada, primeiro com os pés.

Aterrissou entre o homem do braço quebrado e Specter, encolhido contra a porta do lado esquerdo. O homem na frente, no banco do carona, estava se ajoelhando no assento e virando-se em sua direção. Também empunhava um Taurus, que apontou para Bourne. Num gesto rápido, Bourne agarrou o homem a seu lado e o virou de modo que o tiro lhe acertasse o peito, matando-o instantaneamente. Ao mesmo tempo, arremessou o corpo contra o atirador no banco da frente. O pistoleiro golpeou o corpo no ombro numa tentativa de afastá-lo, o que fez com que o morto caísse sobre o motorista, que, concentrado apenas em avançar por entre os carros, num caminho sinuoso pelo tráfego intenso, acelerasse de repente.

Bourne socou o pistoleiro no nariz. O sangue jorrou enquanto o homem era arremessado para trás e se desequilibrava. Quando Bourne se moveu para aproveitar a vantagem, o pistoleiro apontou o Taurus para Specter.

– Para trás – berrou ele – ou eu mato o velho.

Bourne avaliou o momento. Se aqueles homens quisessem matar Specter, eles o teriam fuzilado na rua. Uma vez que o tinham agarrado, deviam querê-lo vivo.

– Tudo bem.

Fora da visão do pistoleiro, sua mão esquerda cavoucou o estofado do banco traseiro. Quando levantou as mãos, arremessou um punhado de cacos de vidro no rosto do pistoleiro, que instintivamente ergueu as mãos. Bourne o acertou duas vezes com a lateral da mão. O pistoleiro então sacou um punhal, a lâmina afiada se projetando entre o segundo e o terceiro nó de seus dedos. Ele golpeou diretamente contra o rosto de Bourne, que desviou; a lâmina aproximou-se, chegando cada vez mais perto até que Bourne golpeou com o punho o lado da cabeça do pistoleiro, que bateu contra a armação da porta. Bourne ouviu o estalo quando o pescoço se quebrou. Os olhos do pistoleiro reviraram e ele caiu contra a porta.

Bourne enlaçou o braço dobrado ao redor do pescoço do motorista, puxando-o para trás com força. O motorista começou a sufocar. Ele sacudiu a cabeça para trás e para a frente, tentando se libertar. Enquanto o fazia, o carro começou a deslizar de uma pista para outra, derrapando perigosamente à medida que ele perdia a consciência. Bourne pulou por cima do banco, empurrando o motorista para baixo, para o espaço no chão, do lado do banco do carona, acomodando-se atrás da direção. O problema era que embora conseguisse manobrar o volante, o corpo do motorista bloqueava os pedais.

O Cadillac agora estava fora de controle. Bateu num carro na pista da esquerda, quicou para a direita. Em vez de lutar contra a derrapagem, Bourne deixou o carro desligar, passando a embreagem para ponto morto. Imediatamente, a transmissão se interrompeu; não havia mais gasolina alimentando o motor. Agora a questão era manter um movimento linear. Lutando para ganhar controle, Bourne viu que seu pé era impedido de alcançar o freio por uma perna. Ele girou o volante para a direita, subiu por uma mureta e entrou no enorme estacionamento que ficava entre a via expressa e o Potomac.

O Cadillac bateu de lado contra um SUV estacionado, inclinando-se ainda mais para a direita em direção à água. Bourne chutou o corpo inerte do motorista inconsciente com o pé descalço, conseguindo, afinal, encontrar o pedal do freio. O carro finalmente reduziu a velocidade, mas não o suficiente – eles ainda estavam seguindo em direção ao Potomac. Girar a direção com violência para a direita fez os pneus do Cadillac cantarem enquanto Bourne tentava desviar o carro da barreira baixa que separava o estacionamento da água. Quando a frente do Cadillac colidiu e ultrapassou a barreira, Bourne enterrou o pé no pedal do freio e o carro parou, metade sobre a borda; oscilando precariamente para cima e para baixo. Ainda caído no assento traseiro atrás de Bourne, Specter gemeu, a manga de seu paletó de tweed Harris salpicada de sangue do nariz do pistoleiro.

Tentando manter o Cadillac fora do Potomac, Bourne percebeu que as rodas da frente ainda estavam sobre o topo da mureta. Ele botou o carro em marcha a ré e o Cadillac disparou para trás, colidindo com outro automóvel estacionado, antes que Bourne conseguisse colocá-lo de novo em ponto morto.

Ao longe, ele ouviu o gemido de sirenes.

– Professor, o senhor está bem?

Specter gemeu, mas pelo menos sua voz soou mais clara.

– Temos que dar o fora daqui.

Bourne estava liberando os pedais das pernas do homem estrangulado.

– Aquela tatuagem que vi no braço do pistoleiro...

– Nada de polícia – Specter conseguiu sussurrar. – Tem um lugar para onde podemos ir. Eu indico o caminho.

Bourne saltou do Cadillac e ajudou Specter a sair. Depois foi mancando até outro carro e espatifou a janela com o cotovelo. As sirenes de polícia se aproximavam. Bourne entrou no automóvel, fez uma ligação direta na ignição e o motor roncou. Ele destrancou as portas. No instante em que o professor Specter sentou-se no banco a seu lado, Bourne decolou, rumando para leste pela via expressa. Tão rapidamente quanto pôde, ele passou para a pista da esquerda. Então, dobrou abruptamente à esquerda. O carro saltou por cima da mureta e ele acelerou, agora seguindo para oeste, na direção oposta à de onde vinham as sirenes.

SEIS

Arkadin fez sua refeição noturna no Tractir, em Bolshaya Morsekay, a meio caminho de subida da colina íngreme, um lugar tipicamente desagradável, com mesas e cadeiras de madeira mal envernizadas. Quase a parede inteira era tomada por uma pintura dos navios de três mastros no porto de Sebastopol, por volta de 1900. A comida não tinha nada de especial, mas este não era o motivo pelo qual estava ali. O Tactir era o restaurante cujo nome ele encontrara na carteira de Oleg Ivanovich Shumenko. Ninguém ali conhecia ninguém chamado Devra, de modo que depois do *borscht* e do *blini*, ele seguiu adiante.

    Ao longo da costa havia um trecho chamado Omega, cheio de cafés e restaurantes. Centro da vida boêmia da cidade, oferecia todos os tipos de casas noturnas que se pudesse desejar. O Calla era uma boate que ficava a uma breve caminhada de um estacionamento ao ar livre. A noite estava clara e fria. Pontos de luz salpicavam o Mar Negro do mesmo modo que o céu, criando um panorama espetacular. Mar e céu pareciam virtualmente intercambiáveis.

    Para chegar-se ao Calla era preciso descer vários degraus a partir da calçada. O lugar era tomado pelo perfume doce da maconha e de uma barulheira infernal. Um salão mais ou menos quadrado era dividido entre uma pista de dança superlotada e uma área mais elevada, cheia de minúsculas mesinhas redondas e cadeiras de bar de metal. Uma grinalda de luzes coloridas pulsava no ritmo da música house que um DJ magra como um palito tocava. Ela ficava numa pequena plataforma, na qual um iPod conectava-se a uma variedade de aparelhos de mixagem.

A pista de dança estava cheia de homens e mulheres. Mexer quadris e cotovelos fazia parte do show. Arkadin abriu caminho com dificuldade até o bar, que se estendia ao longo da parede da direita. Duas vezes foi interceptado por louras de busto grande que queriam sua atenção e, ele presumiu, seu dinheiro. Livrou-se delas e seguiu adiante, dirigindo-se diretamente para o *bartender* assoberbado. Três fileiras de prateleiras, cheias de garrafas de bebida, eram fixadas contra um espelho na parede atrás do bar, de modo que os clientes pudessem acompanhar o movimento na pista ou admirar a si mesmos.

Arkadin foi obrigado a abrir caminho em meio a uma falange de dançarinos animados para pedir uma Stoli com gelo. Quando algum tempo depois o *bartender* voltou com seu drinque, Arkadin perguntou se ele conhecia Devra.

– Sim, claro! – disse ele, balançando a cabeça na direção da DJ magérrima.

༺༻

Era uma da manhã quando Devra fez uma pausa para descanso. Havia outras pessoas esperando que ela acabasse – fãs, presumiu Arkadin. Pretendia chegar a ela antes. Em vez de usar as credenciais falsas, ele lançou mão da força de sua personalidade. Não que a ralé ali reunida fosse contestá-las, mas depois do incidente na vinícola, não queria deixar nenhuma pista que a verdadeira SBU pudesse seguir. A identidade falsa da polícia estatal que havia usado agora se tornara perigosa.

Devra era loura, quase tão alta quanto ele. Arkadin não conseguia acreditar como seus braços podiam ser tão finos. Não tinham nenhuma definição. Os quadris eram tão estreitos quanto os de um rapazinho, e ele podia ver os ossos de suas escápulas quando ela se movia. Devra tinha olhos grandes e a pele branca de uma palidez mortal, como se raramente visse a luz do dia. O macacão preto que usava – com uma caveira branca e ossos cruzados abaixo, na altura do estômago –, estava ensopado de suor. Talvez por causa da profissão de DJ, suas mãos permaneceram em constante movimento mesmo quando o resto do corpo estava relativamente imóvel. Ela o olhou de alto a baixo, quando ele se apresentou.

– Você não parece ser amigo de Oleg – disse ela.

Mas quando ele balançou o vale assinado diante do rosto dela, o ceticismo desapareceu. *É sempre assim*, pensou Arkadin, enquanto ela o conduzia aos bastidores. *Não se pode nunca superestimar a venalidade da raça humana.*

A sala verde onde ela descansava entre os sets melhor estaria se tivesse sido deixada para as ratazanas do cais, que sem dúvida se escondiam por trás de suas paredes, mas naquele momento não se podia fazer nada quanto a isso. Ele tentou não pensar nas ratazanas; de qualquer modo não ficaria ali por muito tempo. Não havia janelas; as paredes e o teto eram pintados de preto, sem dúvida para cobrir uma infinidade de defeitos.

Devra acendeu um abajur com uma lâmpada de apenas quarenta watts e se sentou numa cadeira de madeira maltratada, com marcas de faca e queimaduras de cigarro. A diferença entre a sala verde e uma cela de interrogatório era quase nenhuma. Não havia outras cadeiras nem mobília, exceto por uma mesa estreita de madeira contra a parede, sobre a qual havia uma bagunça de produtos de maquiagem, CDs, cigarros, fósforos, luvas e pilhas de outras bugigangas que Arkadin não se deu ao trabalho de identificar.

Devra inclinou-se para trás, acendeu um cigarro que rapidamente tirou da mesa sem oferecer a ele.

– Então, você está aqui para pagar a dívida de Oleg.

– Em certo sentido.

Os olhos dela se estreitaram, fazendo-a parecer um arminho que Arkadin matara certa vez nos arredores de São Petersburgo.

– E o que isso significa, exatamente?

Arkadin apresentou as cédulas.

– Tenho o dinheiro que ele lhe deve bem aqui. – Quando ela estendeu a mão para pegá-lo, ele o afastou. – Em troca, gostaria de uma informação.

Devra deu uma gargalhada.

– Por acaso, pareço uma telefonista?

Arkadin bateu-lhe com força, com as costas da mão, fazendo-a cair sobre a mesa. Devra estendeu a mão para se equilibrar, os dedos tateando em meio à bagunça.

Quando ela empunhou uma pequena pistola, Arkadin estava pronto. Seu punho golpeou-lhe o pulso delicado e ele tomou a pistola de seus dedos entorpecidos.

– Agora – disse ele, sentando-a novamente na cadeira –, está pronta para continuar?

Devra olhou-o de má vontade.

– Sabia que era bom demais para ser verdade. – Ela cuspiu. – Que merda! Não se pode fazer uma boa ação sem ter que pagar por ela.

Arkadin precisou de um momento para compreender o que ela realmente estava dizendo. Então, perguntou:

– Por que Shumenko precisou de dez mil *hryvnia*?

– Então, eu estava certa. Você não é amigo dele.

– Isso importa? – Arkadin esvaziou a pistola, desmontando-a sem tirar os olhos de Devra, depois atirou as peças sobre a mesa. – Agora, é entre mim e você.

– Acho que não – falou uma voz masculina às suas costas.

– Filya – suspirou Devra. – Por que demorou tanto?

Arkadin não se virou. Tinha ouvido o estalido do canivete, sabia o que teria que enfrentar. Examinou a bagunça sobre a mesa, e quando viu a meia-lua das alças de uma tesoura projetando-se debaixo de uma pequena pirâmide de caixas de CD, ele fixou sua localização na mente e então se virou.

Como se assustado pelo homem grandalhão com faces marcadas pela acne e implantes de cabelo recentes, ele recuou encostando-se contra a beira da mesa.

– Quem é você? Isso aqui é uma conversa particular. – Arkadin falou mais para distrair Fylia de sua mão esquerda se movendo às suas costas pelo tampo da mesa.

– Devra é minha. – Filya brandiu a lâmina cruel do canivete feito à mão. – Ninguém fala com ela sem minha permissão.

Arkadin deu um ligeiro sorriso.

– Eu não estava exatamente falando com ela e sim ameaçando-a.

A ideia era antagonizar Filya a ponto de levá-lo a fazer de modo precipitado e, portanto, estúpido, o que Arkadin conseguiu com admirável sucesso. Com um rosnado, Filya avançou para cima dele, a lâmina da faca estendida, virada ligeiramente para cima.

Com apenas uma chance para uma manobra de surpresa, Arkadin tinha que aproveitá-la ao máximo. Os dedos de sua mão esquerda haviam agarrado a tesoura. Era uma tesoura pequena, o que para ele era bom; não tinha intenção de voltar a matar alguém que pudesse lhe fornecer informações úteis. Ele levantou a tesoura, calculando seu peso. Então, enquanto trazia a tesoura para o lado do corpo, moveu rapidamente o punho, um gesto enganadoramente certo, mas que era, mesmo assim, força pura. Liberada de seu punho, a tesoura voou no ar e se enterrou num ponto logo abaixo do esterno de Filya.

Os olhos de Filya se arregalaram enquanto seu corpo hesitou a dois passos de Arkadin. E então, retomou o passo, brandindo a faca. Arkadin desviou-se do arco da lâmina, e atracou-se num corpo a corpo com Filya, desejando apenas cansá-lo, mas Filya não se mostrou disposto. Levar uma tesourada só o havia enfurecido. Com força sobre-humana, ele conseguiu se libertar da mão de Arkadin, que lhe imobilizava o punho que segurava o canivete, e golpeou com ele de baixo para cima, rompendo a defesa de Arkadin. A ponta da lâmina apareceu num borrão aproximando-se do rosto de Arkadin. Tarde demais para deter o ataque, Arkadin reagiu instintivamente, conseguindo desviar o golpe no último instante, de modo que a ponta da lâmina se enterrou na garganta do próprio Filya.

Um véu de sangue fez com que Devra gritasse. Enquanto ela cambaleava para trás, Arkadin a agarrou. Pondo a mão sobre sua boca, ele sacudiu a cabeça. As faces pálidas e a testa de Devra estavam borrifadas de sangue. Arkadin sustentou Filya na dobra do outro braço. O homem estava morrendo. Arkadin não tivera a intenção de que isso acontecesse. Primeiro Shumenko, agora Filya. Se acreditasse nesse tipo de coisa teria dito que aquela missão estava amaldiçoada.

— Filya! — Ele estapeou o rosto do homem, cujos olhos haviam ficado vidrados. O sangue escorria pelo canto da boca de Filya. — O pacote. Onde está?

Por um momento, os olhos de Filya se concentraram nele. Quando Arkadin repetiu a pergunta, um sorriso curioso acompanhou Filya até a morte. Arkadin o sustentou por mais um momento antes de encostá-lo contra a parede.

Enquanto voltava a atenção para Devra, ele viu uma ratazana à espreita num canto e isso lhe virou o estômago. Precisou de toda sua força de vontade para não abandonar a garota e sair atrás dela, para destroçá-la membro a membro.

— Agora — disse ele —, somos só você e eu.

∽

Certificando-se de não ser seguido, Rob Batt entrou no estacionamento adjacente à Igreja Batista de Tysons Corner. Ficou sentado esperando no carro. De tempos em tempos, consultava o relógio.

Sob o comando do falecido DCI, ele tinha sido chefe de operações, o cargo de maior influência entre as sete diretorias da CIA. Batt era da velha escola de Beltway, com ligações que seguiam diretamente para o lendário Skull and Bones Club, do qual fora oficial durante seus anos de faculdade. Exatamente quantos homens do Skull and Bones haviam sido recrutados para os serviços clandestinos da América era um daqueles segredos que seus guardiões morreriam para proteger. Bastava dizer que tinham sido muitos, e que Batt era um deles. Era especialmente irritante para ele ocupar uma posição subalterna para alguém de fora do círculo — e ainda por uma mulher. O Velho jamais teria tolerado tamanho ultraje, mas o Velho estava morto, assassinado em sua própria casa, ao que se dizia por sua assistente traidora, Anne Held. Embora Batt – e outros de sua turma – tivesse dúvidas a respeito. Que diferença três meses haviam feito. Estivesse o Velho ainda vivo, e ele nunca teria sequer considerado um encontro como esse.

Batt era um homem leal, mas sua lealdade, ele se dava conta, se estendia ao homem que demonstrara interesse por ele no curso de graduação e o recrutara para a CIA. Contudo, aqueles eram os velhos tempos. Uma nova ordem havia sido imposta, e não era justa. Ele não fora parte do problema causado por Martin Lindros e Jason Bourne – fora parte da solução. Até suspeitara do homem que se revelara ser um impostor. E o teria desmascarado se Bourne não tivesse interferido. Essa cartada, Batt sabia, o teria levado às alturas com o Velho.

Mas com o Velho morto, seu lobby para o cargo de diretor não dera resultado. Em vez disso, o presidente havia optado por Veronica Hart. Só Deus sabia por quê. Era um erro tão colossal; aquela nomeação acabaria por destruir a CIA. Uma mulher não era feita para tomar o tipo de decisões necessárias para capitanear aquele navio. As prioridades e a forma de abordar os problemas eram diferentes para as mulheres. Os sabujos da NSA (Agência de Segurança Nacional)* estavam fazendo cerco à CIA, e ele não podia tolerar ver aquela mulher transformar todos eles, a companhia inteira, em carniça para o banquete. No mínimo Batt podia se unir àquelas pessoas que inevitavelmente assumiriam o comando quando Hart se ferrasse. Mesmo assim, lhe era doloroso estar ali, embarcando para navegar em mares desconhecidos.

Às 10:30, as portas da igreja se abriram e os paroquianos desceram as escadas, parando sob o sol fraco e virando a cabeça para cima

---

* NSA ou National Security Agency (Agência de Segurança Nacional) criada em 4/11/1952, é a agência responsável, nos Estados Unidos, pela Signit, isto é, informações obtidas a partir de sinais, incluindo interceptação e criptoanálise. Também é o principal órgão norte-americano dedicado a proteger informações sujeitas à Signit, tornando-se, assim, o maior núcleo de conhecimento em criptologia mundial, apesar de raramente divulgar qualquer dado sobre suas pesquisas. (N. da T.)

como girassóis ao amanhecer. Os padres apareceram, caminhando lado a lado com Luther LaValle, que estava acompanhado pela mulher e pelo filho adolescente. A mulher de LaValle parecia interessada na conversa, mas o filho estava ocupado comendo com os olhos uma garota mais ou menos da sua idade, que descia animadamente a escada. Ela era uma beldade, Batt teve que admitir. Então, com um sobressalto, ele se deu conta de que era uma das três filhas do general Kendall, porque ali estava o general Kendall, com o braço ao redor da esposa gorducha. Como o casal tinha conseguido gerar um trio de garotas tão bonitas era impossível dizer. Nem mesmo Darwin poderia ter decifrado tamanho mistério.

As duas famílias – LaValle e Kendall – se reuniram num grupo como se fossem um time de futebol. A garotada seguiu seu próprio caminho, alguns embarcando em carros, outros montando em bicicletas já que a igreja não ficava longe de suas casas. As duas mulheres beijaram castamente os maridos, embarcaram num Cadillac Escalade e partiram.

Aquilo deixou os dois homens parados diante da igreja por um momento, antes de caminharem até o estacionamento. Nem uma palavra havia sido trocada entre eles. Batt ouviu o ronco de um motor poderoso sendo ligado.

Uma limusine preta blindada aproximou-se devagar, lustrosa como um tubarão. Parou rapidamente enquanto LaValle e Kendall embarcavam. O motor, em ponto morto, soltava pequenas nuvens de gás carbônico no ar frio e límpido. Batt contou até trinta e, como fora instruído, saltou do carro. No mesmo instante, a porta traseira da limusine se abriu. Baixando a cabeça ele entrou no interior semiobscuro e luxuoso. A porta fechou-se atrás dele.

– Cavalheiros – cumprimentou, acomodando-se no assento do meio, de frente para os dois homens sentados, lado a lado, no banco traseiro da limusine: Luther LaValle, o czar do Pentágono, e seu assessor, general Richard P. Kendall.

– É muito gentil de sua parte vir juntar-se a nós – falou LaValle.

Gentileza não tinha nada a ver com a questão, pensou Batt. Tratava-se de uma convergência de objetivos.

— O prazer é todo meu, senhores. Estou lisonjeado e, se me permitem ser franco, grato por terem me procurado.

— Estamos aqui — começou o general Kendall — para falar francamente.

— Fomos contra a nomeação de Veronica Hart desde o princípio — disse LaValle. — O secretário de Defesa deixou sua opinião bem clara para o presidente. Contudo, outros, inclusive o conselheiro de segurança nacional e o secretário de estado, que, como o senhor sabe, é amigo pessoal do presidente, fizeram lobby a favor de alguém de fora, que vem do setor de segurança privada.

— Isso é bastante ruim — observou Batt. — E ainda por cima uma mulher.

— Exatamente. — O general Kendall assentiu. — É uma loucura.

LaValle se moveu.

— É o sinal mais claro que já tivemos da deterioração de nosso *grid* de defesa contra o qual o secretário Halliday vem nos advertindo há vários anos.

— Quando começamos a dar ouvidos ao Congresso e ao povo do país, toda a esperança está perdida — disse o general Kendall.

— Um cozido malfeito de amadores, cada qual com mesquinhos interesses pessoais e absolutamente nenhuma ideia de como manter a segurança ou administrar serviços de inteligência.

LaValle deu um sorriso gelado.

— Foi por isso que o secretário da Defesa se esforçou como um louco para manter secretas as nossas atividades.

— Quanto mais eles sabem, menos eles compreendem — comentou o general Kendall — e mais inclinados se tornam para interferir por meio de suas comissões de inquérito no Congresso e ameaças de cortes de orçamento.

— Trabalhar sob supervisão é duro — concordou LaValle. — Que é o motivo pelo qual as áreas do Pentágono sob meu controle estão trabalhando sem nenhuma supervisão. — Ele fez uma pausa por um momento, examinando Batt. – Que tal isso lhe parece, diretor-assistente?

– Maná caído dos céus.

∽

– Oleg tinha feito uma grande merda – disse Devra.

Arkadin arriscou um palpite.

– Ele se meteu a tomar dinheiro com agiotas?

Ela fez que não, sacudindo a cabeça.

– Isso foi no ano passado. Foi alguma coisa que tinha a ver com Pyotr Zilber.

Os ouvidos de Arkadin se aguçaram.

– O quê?

– Eu não sei. – Os olhos dela se arregalaram quando Arkadin levantou o punho cerrado. – Juro.

– Mas você faz parte da rede de Zilber.

Ela virou a cabeça para não olhar para ele, como se não pudesse suportar a si mesma.

– Sou uma peça sem importância. Levo coisas daqui para ali.

– Na semana passada, Shumenko entregou-lhe um documento.

– Ele me entregou um pacote, não sei o que havia dentro dele. Estava fechado e selado.

– Compartimentalização.

– O quê? – Ela levantou o olhar para ele. As gotículas de sangue em seu rosto pareciam sardas. As lágrimas tinham feito o rímel escorrer e borrar, formando círculos escuros sob seus olhos.

– O primeiro princípio para se formar uma estrutura, uma unidade operacional. – Arkadin balançou a cabeça. – Continue.

Ela deu de ombros.

– Isso é tudo que sei.

– E o pacote?

– Passei adiante, como fui instruída a fazer.

Arkadin inclinou-se para ela.

– Para quem você o entregou?

Ela olhou para o corpo caído no chão.

— Entreguei a Filya.

⁂

LaValle fizera uma pausa de um momento para refletir.

— Não chegamos a nos conhecer em Yale.

— O senhor estava dois anos à minha frente — disse Batt. — Mas na Skull and Bones o senhor era notório.

LaValle deu uma gargalhada.

— Você está me lisonjeando.

— De jeito nenhum. — Batt desabotoou o sobretudo. — São histórias que ouvi.

LaValle franziu o cenho.

— E que nunca devem ser repetidas.

O general Kendall deixou escapar uma risadinha baixa que encheu o compartimento.

— Será que eu devia deixar as mocinhas a sós? É melhor não; uma de vocês poderia acabar grávida.

O comentário foi feito com a intenção de ser uma piada, é claro, mas havia nele um tom desagradável. Será que o militar se ressentia de sua exclusão do clube de elite, ou da conexão entre os dois através do Skull & Bones? Possivelmente, um pouco de ambas. De qualquer maneira, Batt percebeu o tom de voz do assessor e arquivou as possíveis implicações em um lugar em sua cabeça, onde poderia examiná-las mais tarde.

— O que o senhor tem em mente, Sr. LaValle?

— Estou em busca de uma maneira de convencer o presidente de que seus conselheiros mais imoderados cometeram um erro ao recomendar Veronica Hart para DCI. — LaValle franziu os lábios.

— Alguma sugestão?

— Sem pensar duas vezes, muitas — respondeu Batt. — Mas o que eu ganho com isso?

Como se ouvindo a deixa, LaValle deu mais um sorriso.

– Vamos precisar de um novo DCI quando pusermos Hart para fora do Distrito. Quem seria nossa primeira escolha?
– O atual diretor-assistente parece a escolha lógica – disse Batt.
– Seria eu.
LaValle assentiu.
– Exatamente o que pensamos.
Batt tamborilou os dedos no joelho.
– Se estiverem falando sério...
– Estamos, posso lhe garantir.
A mente de Batt estava a todo vapor.
– Parece-me desaconselhável já, assim prematuramente, partirem para um ataque direto contra Hart.
– Que tal tentar não nos ensinar a cuidar de nossos próprios assuntos? – retrucou Kendall.
LaValle levantou a mão.
– Vamos ouvir o que o homem tem a dizer, Richard – disse, e virando-se para Batt, acrescentou: – Contudo, deixe-me esclarecer uma coisa, de uma vez por todas. Queremos Hart fora do cargo o mais rápido possível.
– Bem, é o que todos nós queremos, mas não que suspeitas sejam levantadas e acusações feitas contra o senhor... ou contra o secretário da Defesa.
LaValle e o general Kendall trocaram um olhar de compreensão. Eram como gêmeos, capazes de se comunicar um com o outro sem dizer uma palavra.
– De fato, não – disse LaValle.
– Ela me contou como o senhor a apanhou de emboscada naquela reunião com o presidente... e as ameaças que o senhor fez na saída da Casa Branca.
– As mulheres se deixam intimidar muito mais facilmente do que os homens – assinalou Kendall. – Isso é fato mais que sabido.
Batt ignorou o general.

– O senhor a pôs de alerta. Ela tomou suas ameaças muito pessoalmente. Ela tinha uma reputação feroz na Black River. Eu chequei com minhas fontes.

LaValle pareceu pensativo.

– Como você teria lidado com ela?

– Teria sido simpático, teria lhe dado as boas-vindas ao grupo, teria lhe dito que estaria à disposição para tudo que precisasse, quando precisasse.

– Ela nunca teria acreditado – retrucou LaValle – Ela sabe quais são meus planos.

– Não importa. A ideia é não antagonizá-la. O senhor não quer que ela esteja com as espadas desembainhadas quando atacá-la.

LaValle assentiu, como se visse a sabedoria desta abordagem.

– Então, como sugere que prossigamos agora?

– Dê-me algum tempo – falou Batt. – Hart está apenas começando na CIA e como sou seu assistente, sei de tudo que ela faz, cada decisão que toma. Mas quando ela estiver fora do escritório, sigam-na, vejam aonde ela vai, com quem se encontra. Usando microfones parabólicos, vocês podem ouvir suas conversas. Dividindo o serviço, nós a vigiaremos 24 horas, sete dias por semana.

– Parece coisa de rotina – disse Kendall, com ceticismo.

– Mantenham as coisas simples, especialmente quando há tanta coisa em jogo, este é meu conselho – disse Batt.

– E se ela desconfiar de que está sendo vigiada? – perguntou Kendall.

Batt sorriu.

– Melhor ainda. Vai apenas tornar mais convincente o mantra da CIA de que a NSA é comandada por incompetentes.

LaValle deu uma gargalhada.

– Batt, gosto de seu modo de pensar.

Batt balançou a cabeça, agradecendo o elogio.

– Como vem do setor privado, Hart não está habituada aos procedimentos do governo. Ela não tem o espaço de manobra que tinha na Black River. Já percebi que, para ela, regras e regulamentos existem para ser desrespeitados, evitados ou até, em certas ocasiões, violados. Escrevam o que digo, mais cedo ou mais tarde, a diretora Hart vai nos dar a munição de que precisamos para botá-la para fora da CIA.

SETE

– Como está seu pé, Jason?
Jason olhou para o professor Specter, cujo rosto estava inchado e descolorido. O olho esquerdo estava meio fechado e negro como uma nuvem de tempestade.
– Sim – continuou Specter –, depois do que acabou de acontecer sinto-me compelido a chamá-lo pelo que parece ser seu nome correto.
– Meu calcanhar está bem – respondeu Bourne. – Eu é que devia estar perguntando como o senhor está.
Specter passou as pontas dos dedos de leve sobre o rosto.
– Já levei surras piores na vida.
Os dois homens estavam sentados numa biblioteca, com teto de pé-direito alto, um magnífico tapete persa e mobília de couro marrom-avermelhado. Três paredes eram cobertas de livros bem arrumados em estantes de mogno, do chão ao teto. A quarta parede era cortada por uma grande janela de vitrais, com vista para fileiras de imponentes pinheiros em um outeiro, cuja encosta descia até um laguinho guardado por um salgueiro-chorão, que estremecia sob o vento.
O médico pessoal de Specter havia sido chamado, e o professor insistira para que ele cuidasse primeiro do pé esfolado de Bourne.
– Tenho certeza de que poderemos encontrar um par de sapatos para você – disse Specter, mandando a meia dúzia de homens que residiam ali sair com o pé que restara dos sapatos de Bourne.
A imensa casa de pedra e ardósia, escondida nos confins da região de campos da Virgínia, para onde Specter havia conduzido

Bourne, não tinha nada em comum com o apartamento modesto que o professor mantinha perto da universidade. Bourne havia estado no apartamento muitas vezes ao longo dos anos, mas nunca estivera ali. Depois havia a questão dos empregados, que Bourne observou com interesse e surpresa.

– Imagino que você esteja curioso a respeito de tudo isso – começou Specter, como se lesse os pensamentos de Bourne. – Tenha um pouco de paciência, meu amigo. – Ele sorriu. – Primeiro tenho que lhe agradecer por ter-me salvado.

– Quem eram aqueles homens? – perguntou Bourne. – Por que eles tentaram sequestrar o senhor?

O médico aplicou-lhe uma pomada com antibiótico, colocou uma compressa de gaze, que prendeu com esparadrapo. Depois envolveu o tornozelo todo numa bandagem bem apertada.

– É uma longa história – disse Specter. Ao acabar o curativo de Bourne, o médico se levantou para examinar o professor. – Uma história que proponho contar-lhe enquanto tomarmos o café que não pudemos apreciar esta manhã. – Ele se contraiu enquanto o médico apalpava áreas de seu corpo.

– Contusões e hematomas – declarou o médico em tom desinteressado. – Nenhum osso quebrado ou fraturas.

Ele era um homem pequeno, moreno, com bigode e cabelo castanho-escuro penteado para trás com gomalina. Bourne calculou que devia ser turco. De fato, todos os empregados pareciam ser de origem turca.

Ele entregou a Specter um embrulhinho.

– É possível que o senhor precise destes analgésicos, mas só durante as próximas quarenta e oito horas. – Ele já tinha deixado o tubo da pomada antibiótica, com instruções, para Bourne.

Enquanto Specter estava sendo examinado, Bourne usou o celular para ligar para Deron, o falsificador de objetos de arte que usava para forjar todos os seus documentos de viagem. Bourne recitou o número da placa do Cadillac que havia tomado dos sequestradores do professor.

– Preciso saber em nome de quem está registrado, com urgência.
– Você está bem, Jason? – perguntou Deron, com sua voz sonora, de sotaque de londrino. Deron tinha sido o homem de apoio do Bourne em muitas missões de arrepiar os cabelos. Ele sempre fazia a mesma pergunta.
– Estou ótimo – respondeu Bourne –, mas é mais do que posso dizer para os ocupantes originais do carro.
– Beleza!

Bourne o imaginou sentado em seu laboratório na área nordeste de Washington D.C., um homem negro vibrante com a inteligência e a mente rápida de um mágico.

Depois que o médico foi embora, Bourne e Specter ficaram a sós.

– Já sei por que tentaram me pegar – falou Specter.
– Não gosto de detalhes não resolvidos – retrucou Bourne. – O registro do Cadillac nos dirá alguma coisa, talvez algo que nem o senhor sabe.

O professor assentiu visivelmente impressionado. Bourne sentou-se no sofá de couro com a perna apoiada na mesinha de frente. Specter acomodou-se numa poltrona defronte. As nuvens corriam umas atrás das outras no céu varrido pelo vento, lançando sombras sobre o tapete persa. Bourne viu um tipo diferente de sombra cruzar o rosto de Specter.

– Conte-me, professor, qual é o problema?

Specter sacudiu a cabeça.

– Eu lhe devo as mais sinceras e humildes desculpas, Jason. Receio que tenha tido um motivo não confessado ao lhe pedir que voltasse à vida universitária. – Seus olhos estavam cheios de pesar. – Pensei que fosse bom para você, sim, isso foi de fato verdade, sinceramente. Mas também queria você perto de mim porque... – ele abanou uma das mãos como se para desanuviar o ar e desfazer enganos – ... porque eu estava temeroso de que me acontecesse o que aconteceu esta manhã. Agora, por causa de meu egoísmo, receio seriamente ter posto sua vida em risco.

O chá turco, forte e intensamente aromático, foi servido com ovos, peixe defumado, pão caseiro e manteiga fresca, amarela e fragrante.

Bourne e Specter sentaram-se à mesa, posta com uma toalha de linho branco, bordada à mão. A porcelana e os talheres de prata eram da mais alta qualidade. Mais uma vez, uma extravagância na casa de um homem de vida acadêmica. Eles permaneceram em silêncio enquanto um rapaz, magro e ágil, servia o desjejum preparado com requinte e elegantemente apresentado.

Quando Bourne começou a elaborar uma pergunta, Specter o interrompeu.

— Primeiro, temos que encher a barriga, recuperar as forças, para assegurar que tenhamos a mente funcionando a plena capacidade.

Os dois homens não falaram novamente até terem terminado de comer, os pratos e talheres serem recolhidos e um bule de chá fresco ter sido servido. Entre eles, sobre a mesa, ficou uma pequena tigela de tâmaras Medjool gigantes e romãs frescas, cortadas no meio.

Quando ficaram de novo sozinhos na sala de jantar, Specter falou sem fazer preâmbulo:

— Na noite passada, recebi a notícia de que um ex-aluno meu, cujo pai foi meu amigo íntimo, estava morto. Assassinado da maneira mais horrenda. O rapaz, Pyotr Zilber, era especial. Além de ex-aluno, ele comandava uma rede de informações que se estendia por vários países. Depois de vários meses de subterfúgios e negociações difíceis, ele havia conseguido obter para mim um documento vital. Foi descoberto, com as consequências inevitáveis. Foi o incidente que estive temendo. Pode soar melodramático, mas lhe asseguro que é verdade. A guerra em que estive envolvido há quase vinte anos chegou ao estágio final.

— Que tipo de guerra, professor? — perguntou Bourne. — Contra quem?

– Chegarei a isso num momento. – Specter inclinou-se para a frente. – Imagino que esteja curioso, até chocado, com o fato de que um professor universitário esteja envolvido em assuntos que são mais da esfera de Jason Bourne. – Ele levantou ambos os braços para abarcar a casa num gesto. – Mas, como você sem dúvida reparou, sou bem mais do que pareço. – Ele sorriu com tristeza. – Agora somos dois, não é?

– Como alguém que também leva uma vida dupla, o compreendo melhor do que a maioria das pessoas. Preciso de uma personalidade quando entro no campus, mas aqui sou alguém inteiramente diferente. – Ele bateu o indicador roliço contra o lado do nariz. – Eu presto atenção. Vi algo que me era familiar no instante em que conheci você... o modo como seus olhos absorviam cada detalhe das pessoas e das coisas ao seu redor.

O celular de Bourne tocou. Ele o abriu, ouviu o que Deron tinha a dizer, depois guardou o telefone.

– O Cadillac foi dado como roubado uma hora antes de aparecer diante do restaurante.

– Isso não é nada surpreendente.

– Quem tentou sequestrá-lo, professor?

– Sei que você está impaciente para ouvir os fatos, Jason. Mas juro que eles não terão nenhum significado sem que eu lhe passe antes um pouco do histórico. Quando disse que sou bem mais do que pareço, o que estava querendo dizer era o seguinte: sou um caçador de terroristas. Por muitos anos, com a camuflagem e a proteção que meu cargo na universidade me oferecem, construí uma rede que coleta informações, exatamente como a CIA. Contudo, as informações que me interessam são muito específicas. Existem pessoas, como as que me tomaram minha esposa. Na calada da noite, enquanto eu estava fora, eles a tiraram de casa, a torturaram, a mataram e a abandonaram na porta da minha casa. Como advertência, compreende.

Bourne sentiu um arrepio na nuca. Ele sabia como era ser movido pela vingança. Quando Martin morrera, tudo em que Bourne conseguia pensar era destruir os homens que o tinham torturado. Sentiu uma ligação nova e mais íntima com Specter, ao mesmo tempo em que a identidade Bourne despertava dentro dele, cavalgando uma onda de pura adrenalina. Subitamente, a ideia de trabalhar na universidade lhe pareceu absurda. Moira estava certa: ele já se ressentia do confinamento. Como se sentiria depois de meses da vida acadêmica, desprovida de aventuras, carente da descarga de adrenalina para a qual vivia?

– Meu pai foi morto porque tramava destruir o chefe de uma organização. Eles se autodenominam a Irmandade Oriental.

– A Irmandade Oriental não defende a integração dos muçulmanos na sociedade ocidental?

– Esta é sua postura pública, com certeza, e o material que publicam o levaria a pensar que sim. – Specter descansou a xícara. – Na verdade, nada poderia estar mais longe da verdade. Eu os conheço como Legião Negra.

– Então, a Legião Negra finalmente decidiu vir atrás de você?

– Quem me dera que fosse assim tão simples. – Ele fez uma pausa ao ouvir uma batida discreta na porta. – Entre.

O rapaz que havia mandado cuidar da tarefa entrou carregando uma caixa de sapatos, que colocou diante de Bourne.

Specter fez um gesto.

– Por favor.

Tirando o pé da mesa, Bourne abriu a caixa. Dentro havia um par de belíssimos mocassins italianos e um par de meias.

– O pé esquerdo é um ponto maior para acomodar o curativo que protege seu tornozelo – disse o rapaz, em alemão.

Bourne calçou as meias e os sapatos. Serviam perfeitamente, o que levou Specter a balançar a cabeça em aprovação para o rapaz, que girou nos calcanhares e saiu do aposento sem dizer uma palavra.

– Ele fala inglês? – perguntou Bourne.

– Ah, sim. Quando há necessidade. – O rosto de Specter mostrava um sorriso travesso. – E agora, meu caro Jason, você está se perguntando por que ele falou alemão se é turco?

– Presumo que seja porque sua rede abranja muitos países, inclusive a Alemanha, que é, como a Inglaterra, um reduto de atividade terrorista.

O sorriso de Specter alargou-se.

– Você é firme como um rochedo. Sempre posso contar com você. – Ele ergueu o indicador. – Mas existe outro motivo. Tem a ver com a Legião Negra. Venha, tenho uma coisa para lhe mostrar.

↜

Filya Petrovich, o mensageiro de Pyotr em Sebastopol, morava em um quarteirão de prédios de apartamentos em ruínas, legado dos tempos em que os soviéticos haviam remodelado a cidade, transformando-a num imenso quartel para abrigar seu contingente naval. O apartamento, congelado no tempo desde os anos 1970, tinha o charme de um compartimento refrigerado para carne.

Arkadin abriu a porta com a chave que encontrou com Filya. Empurrou Devra para dentro e entrou. Acendendo as luzes, ele fechou a porta às suas costas. Ela não tinha querido vir, mas não tivera escolha, do mesmo modo que também não tivera escolha quanto a ajudá-lo a arrastar o cadáver de Filya para fora, pela porta dos fundos da boate. Eles o deixaram no final do beco imundo, encostado contra uma parede úmida por líquidos desconhecidos. Arkadin derramou o conteúdo de uma garrafa semicheia de vodca barata em cima dele, então apertou-lhe os dedos ao redor do gargalo. Filya tornou-se apenas mais um bêbado entre muitos outros na cidade. Sua morte seria varrida para longe por uma maré de burocracia ineficiente e com excesso de trabalho.

– O que está procurando? – Devra estava parada no meio da sala, observando a revista metódica de Arkadin. – O que acha que vai encontrar? O documento? – Sua risada foi uma espécie de miado estridente. – Já se foi.

Arkadin levantou o olhar do estrago que seu canivete havia feito nas almofadas do sofá.

– Para onde?

– Para longe, fora de seu alcance, com certeza.

Fechando o canivete, Arkadin transpôs o espaço que os separava com uma larga passada.

– Você pensa que isso é brincadeira, ou um jogo que estamos jogando?

O lábio superior de Devra se arqueou.

– Você vai me machucar agora? Creia-me, nada do que você puder fazer seria pior do que o que já me foi feito.

Com o sangue pulsando acelerado nas veias, Arkadin se conteve para considerar as palavras dela. O que ela dizia provavelmente era verdade. Sob o jugo dos soviéticos, Deus havia abandonado muitos ucranianos, especialmente mulheres jovens atraentes. Teria que seguir por um caminho inteiramente diferente.

– Não vou machucá-las, apesar de você estar do lado das pessoas erradas. – Ele girou nos calcanhares, sentando-se numa cadeira de madeira. Recostando-se, correu os dedos pelos cabelos. – Já vi muita merda... cumpri duas penas de prisão. Posso imaginar a brutalidade sistemática que você sofreu.

– Eu e minha mãe, que Deus a tenha.

A luz dos faróis de carros que passavam iluminou momentaneamente a sala, entrando pelas janelas e depois se afastou. Um cachorro latiu numa ruela, seu tom melancólico ecoando. Um casal passou na rua discutindo com veemência. Dentro do apartamento miserável, a luz fraca e irregular proporcionada pelos abajures, de capas rasgadas ou tortas, fazia com que Devra parecesse terrivelmente vulnerável, como um fiapo de criança. Arkadin se levantou, deu uma enorme espreguiçada, caminhou até a janela, olhou para a rua. Seus olhos registraram cada pedacinho de sombra, cada clarão de luz, por mais breve ou menor que fosse. Mais cedo ou mais tarde, os homens de Pyotr viriam atrás dele; era uma certeza inevitável sobre a qual ele e Icoupov haviam conversado antes que ele deixasse a *villa*. Icoupov oferecera-se para enviar um par de capangas que ficariam escondidos em Sebastopol, caso Arkadin precisasse deles. Mas Arkadin recusara, dizendo que preferia trabalhar sozinho.

Depois de ter-se assegurado de que a rua estava limpa no momento, ele deu as costas para a janela e virou-se para a sala.

– Minha mãe teve uma morte medonha – revelou. – Ela foi assassinada, brutalmente espancada e deixada num armário para ser roída pelos ratos. Pelo menos foi o que o legista me disse.

– Onde estava seu pai?

Arkadin deu de ombros.

– Quem sabe? Àquela altura o filho da puta poderia ter estado em Xangai, ou poderia estar morto. Minha mãe me disse que ele era marinheiro mercante, mas duvido seriamente. Ela tinha vergonha de ter engravidado de um estranho absoluto.

Devra, que havia se sentado no braço rasgado do sofá durante o relato, falou:

– É horrível a gente não saber de onde vem, não é? É como estar sempre à deriva no mar. Você nunca reconhecerá seu lar, mesmo que o encontre.

– Meu lar – disse Arkadin, pesadamente. – Nunca penso nisso.

Devra percebeu alguma coisa no tom de sua voz.

– Mas gostaria de pensar, não é?

A expressão dele tornou-se azeda. Ele checou a rua de novo, com a meticulosidade habitual.

– E para que serviria?

– Porque saber de onde viemos nos permite saber quem somos. – Ela bateu de leve no peito com o punho cerrado. – Nosso passado é parte de nós.

Arkadin teve a sensação de que ela o havia picado com uma agulha. O veneno se espalhou por suas veias.

– Meu passado é uma ilha de onde parti há muito tempo.

– Mesmo assim continua com você, mesmo que não tenha consciência disso – ela declarou com a intensidade de ter refletido muitas vezes sobre a questão. – Não podemos escapar do passado, por mais que tentemos.

Ao contrário de Arkadin, ela parecia ávida para falar de seu passado. Ele achou isso curioso. Será que ela pensava que o tema era uma experiência que tinham em comum? Se pensasse, tinha que dar trela àquilo, para manter ativa a conexão com ela.

– E seu pai?
– Nasci aqui, fui criada aqui. – Ela olhou fixamente para as mãos. – Meu pai era engenheiro naval. Foi despedido dos estaleiros quando os russos o ocuparam. Então, uma noite, vieram prendê-lo, dizendo que ele os estava espionando, passando informações técnicas sobre os navios para os americanos. Nunca mais o vi. Mas o oficial de segurança russo gostou de minha mãe. Depois de acabar com ela, ele começou comigo.

Arkadin podia imaginar.
– Como acabou?
– Um americano o matou. – Ela olhou para ele. – Irônico não é, porque este americano era um espião que havia sido enviado para fotografar a frota russa. Ao concluir sua missão, o americano devia ter voltado para casa. Em vez disso, ele ficou. E cuidou de mim, até eu me recuperar e recuperar a saúde.

– Naturalmente, você se apaixonou por ele.
Ela deu uma gargalhada.
– Se eu fosse um personagem de novela, com certeza. Mas ele foi tão gentil comigo; eu era como uma filha para ele. Chorei quando ele foi embora.

Arkadin descobriu que estava constrangido com a confissão. Para se distrair, olhou ao redor do apartamento destruído mais uma vez.

Devra o observou desconfiada.
– Olhe, estou morrendo de vontade de comer alguma coisa.
Arkadin deu uma risada.

– Não estamos todos?

Seu olhar de falcão examinou a rua de novo. Desta vez, os cabelos de sua nuca se arrepiaram enquanto ele se afastava para o lado da janela. Um carro que ouvira se aproximar estacionara diante do prédio. Alertada pela súbita tensão no corpo dele, Devra se moveu até a janela, posicionando-se atrás dele. O que havia chamado a atenção de Arkadin fora o fato de que embora o motor ainda estivesse ligado, os faróis tinham sido apagados. Três homens saltaram do carro e seguiram para a portaria do prédio. Estava mais do que na hora de sair dali.

Ele deu as costas para a janela.

– Vamos embora. Agora.

– É o pessoal de Pyotr. Era inevitável que eles nos encontrassem.

Para grande surpresa de Arkadin, ela não protestou quando ele a arrastou para fora do apartamento. O corredor já reverberava com a batida tribal de sapatos pesados sobre o concreto.

⁓

Bourne descobriu que andar era desagradável, mas nem de longe intolerável. Em outros tempos, já havia suportado coisa muito pior que um calcanhar esfolado. Enquanto seguia o professor na descida de uma escada de metal em caracol até o porão, refletiu que aquilo era mais uma vez a prova de que não existiam absolutos quando se tratava de pessoas. Ele presumira que a vida de Specter era arrumadinha, limpa, tediosa e tranquila, limitada pelas dimensões do campus. Nada poderia ter estado mais longe da verdade.

A meio caminho da descida, o piso dos degraus da escada passaram de metal para pedra, gastos por décadas de uso. O caminho era guiado por muita luz vinda de baixo. Entraram num porão feito de paredes removíveis, que separavam espaços que pareciam cubículos de escritório equipados com laptops conectados a modems de alta velocidade. Todos estavam ocupados.

Specter se deteve no último cubículo, onde um rapaz parecia estar decodificando um texto que rolava na tela de seu computador. Percebendo a presença de Specter, o rapaz puxou uma folha de papel da bandeja da impressora e entregou-lhe. Assim que o professor leu, houve uma mudança em sua postura. Embora mantivesse a expressão neutra, uma certa tensão o dominou.

– Bom trabalho. – Specter fez um cumprimento de cabeça para o rapaz, antes de conduzir Bourne para uma sala que parecia ser uma pequena biblioteca. Ele atravessou o aposento até uma seção de prateleiras, tocou na lombada de uma compilação de haikus do mestre poeta Matsuo Bashô. Uma parte dos livros se abriu, revelando uma série de gavetas. De uma delas, Specter tirou o que parecia ser um álbum de fotografias. Todas as páginas eram velhas, cada uma envolta em plástico de arquivo para protegê-la. Ele mostrou uma delas a Bourne.

No topo, havia a águia familiar, trazendo no bico uma suástica, o símbolo do Terceiro Reich da Alemanha. O texto era em alemão. Logo abaixo, estava a palavra OSTLEGIONEN, acompanhada por uma foto colorida de um quadro oval bordado em tecido, obviamente uma insígnia de uniforme, de uma suástica cercada por uma coroa de louros. Ao redor do símbolo central, havia as palavras TREU, TAPIR, GEHORSAM, que Bourne traduziu como "leal, bravo, firme". Abaixo, outra foto colorida do bordado, com uma cabeça de lobo em relevo, sob a qual havia a designação: OSTMANISCHE SS-DIVISION.

Bourne reparou na data na página: 14 de dezembro de 1941.

– Nunca ouvi falar de Legiões Orientais – comentou Bourne. – Quem eram?

Specter virou a página e, preso a ela, havia um quadrado de pano verde-oliva, em que fora bordado um escudo azul com borda preta. No alto, estava a palavra BERGKAUKASIEN – Montanhas do Cáucaso. Diretamente abaixo, em amarelo vivo, estava o emblema de três cabeças de cavalo, unidas ao que Bourne sabia ser uma caveira, o símbolo da Schutzstaffel, o Esquadrão de Proteção, conhecido coloquialmente como SS. Era exatamente igual à tatuagem do pistoleiro.

– Não eram, *são*. – Os olhos de Specter faiscaram. – São aqueles que tentaram me sequestrar, Jason. Querem me interrogar e me matar. Agora que conheceram você, vão querer fazer o mesmo com você.

OITO

– O terraço ou o porão? – perguntou Arkadin.
– O terraço – respondeu ela, imediatamente. – O porão só tem um caminho de entrada e saída.

Eles correram tão depressa quanto puderam para a escada e então subiram dois degraus de cada vez. O coração de Arkadin disparou, seu sangue ferveu e a cada salto a adrenalina aumentava em sua corrente sanguínea. Podia ouvir seus perseguidores bufando mais abaixo. O laço da forca estava se apertando ao seu redor. Correndo até o final do corredor estreito, ele estendeu a mão direita para cima e puxou a escada de metal que levava ao terraço. As construções soviéticas daquela época eram notórias por suas portas finas. Ele sabia que não teria nenhuma dificuldade para chegar ao terraço. De lá, seria apenas um salto curto até o próximo prédio e para o seguinte, e depois descer até a rua, onde seria fácil escapar do inimigo.

Empurrando o corpo de Devra pelo buraco quadrado no teto, ele se alçou. Atrás dele soaram os gritos dos três homens: o apartamento de Filya havia sido revistado. Todos eles vinham atrás de Arkadin. Chegando ao minúsculo patamar, ele agora estava de frente para a porta do terraço. Mas ao tentar empurrar a barra horizontal, nada aconteceu. Ele empurrou com mais força, com o mesmo resultado. Tirando do bolso uma argola de grampos de metal, inseriu um depois do outro na fechadura, mexendo-os para cima e para baixo, sem nenhum resultado. Olhando mais de perto pôde ver por quê: o interior da tranca vagabunda estava bloqueado, tomado pela ferrugem. Não abriria.

Ele se virou de volta, olhando para a escada. Lá vinham seus perseguidores. Não tinha para onde fugir.

⁓

– No dia 22 de junho de 1941, a Alemanha invadiu a União Soviética – disse o professor Specter. – Quando o fizeram, encontraram milhares e milhares de soldados inimigos que se renderam sem luta ou que desertavam descaradamente. Em agosto daquele ano, o exército invasor havia confinado meio milhão de prisioneiros de guerra soviéticos. Muitos deles eram muçulmanos... tártaros do Cáucaso, turcos, azerbaijanos, uzbeques, cazaques e outros das tribos das Montanhas Urais, Turquestão, Crimeia. A única coisa que aqueles muçulmanos tinham em comum era o ódio aos soviéticos em geral, e a Stalin em particular. Para resumir uma história muito longa, tomados como prisioneiros de guerra, esses muçulmanos ofereceram seus serviços aos nazistas para lutar ao lado deles no front oriental, onde poderiam causar mais estragos, tanto por meio de infiltração quanto decodificando as transmissões da inteligência soviética. O Führer ficou radiante; a Ostlegionen se tornou de particular interesse para o Reichsführer SS Heinrich Himmler, que considerava o islamismo uma religião masculina, guerreira, com certas qualidades importantes em comum com a filosofia SS, principalmente a obediência cega, a disposição para o sacrifício voluntário e uma total falta de compaixão pelo inimigo.

Bourne absorvia cada palavra, cada detalhe das fotos.

– Mas essa adoção do Islã não contrariava a ordem racial nazista?

– Você conhece os seres humanos melhor que a maioria das pessoas, Jason. Eles têm uma capacidade infinita de racionalizar a realidade de modo a adequá-la a suas ideias pessoais. Foi assim com Himmler, que havia se convencido de que eslavos e judeus eram subumanos. O elemento asiático da nação russa fazia com que aqueles que fossem descendentes dos grandes guerreiros Átila,

Gengis Khan ou Tamerlão se enquadrassem em seus critérios de superioridade. Himmler abraçou os muçulmanos daquela área, os descendentes dos mongóis.

"Esses homens se tornaram o cerne da Ostlegionen Nazista, mas a *crème de la crème* Himmler reservou para si mesmo, treinando-os em segredo com seus melhores líderes SS, aperfeiçoando-lhes os talentos não só como soldados, mas como combatentes de elite, espiões e assassinos, como se sabia muito bem que ele sempre quisera comandar. Ele chamou esta unidade de Legião Negra. Sabe, fiz um estudo exaustivo dos nazistas e da Ostlegionen." Specter apontou para o escudo de três cabeças de cavalo interligadas pela caveira da morte. "Este é o emblema deles. De 1943 em diante, eles se tornaram mais temidos do que os relâmpagos gêmeos das SS, ou o símbolo de sua subordinada, a Gestapo."

– É um pouco tarde para os nazistas serem considerados uma ameaça séria – comentou Bourne –, o senhor não acha?

– A associação nazista da Legião Negra há muito tempo desapareceu. Atualmente, ela é a mais poderosa e a mais influente rede terrorista islâmica de que jamais se ouviu falar. Seu anonimato é deliberado. É financiada através de uma fachada legítima, a Irmandade Oriental.

Specter tirou da estante outro álbum, cheio de recortes de jornal sobre ataques terroristas no mundo inteiro: Londres, Madri, Karachi, Faluja, Afeganistão, Rússia. À medida que Bourne folheava o álbum, a lista crescia.

– Como pode ver, outros grupos terroristas conhecidos assumiram a responsabilidade por alguns desses ataques. Por outros, ninguém jamais assumiu responsabilidade, nenhum grupo terrorista jamais foi ligado a eles. Mas eu sei, por minhas fontes, que todos foram perpetrados pela Legião Negra – disse Specter. – E agora eles estão planejando o maior e mais espetacular de seus ataques, Jason. E acreditamos que seu alvo será Nova York. Eu disse a você que Pyotr Zilber, o rapaz que a Legião Negra assassinou, era especial. Ele era um mágico. De algum modo, ele conseguiu roubar os planos do alvo do próximo ataque da Legião. Normalmente, é claro, o planejamento seria todo verbal. Mas aparentemente o alvo deste atentado é tão complexo que a Legião Negra teve que conseguir as plantas da estrutura existente. É por isso que acredito que seja um prédio importante numa área metropolitana de vulto. É absolutamente imperativo que encontremos o documento. É a única maneira de sabermos onde a Legião Negra pretende atacar.

⁓

Arkadin sentou-se no chão no pequeno patamar, com as pernas uma para cada lado da abertura que dava para o último andar de apartamentos.

– Grite para eles – sussurrou. Agora que estava em terreno alto, por assim dizer, queria atrair o inimigo. – Vá em frente. Diga onde você está.

Devra berrou. Arkadin ouviu o ressoar oco de alguém subindo pela escadinha de metal. Quando uma cabeça apareceu, com uma mão empunhando uma arma, Arkadin cerrou os tornozelos com violência sobre as orelhas do homem. À medida que os olhos começaram a se revirar, Arkadin arrancou a arma de sua mão, preparou-se e quebrou o pescoço do homem.

No momento que o largou, o homem despencou escada abaixo, desaparecendo. Previsivelmente, seguiu-se uma saraivada de disparos pela abertura quadrada, as balas cravando-se no teto. No momento em que o tiroteio cessou, Arkadin empurrou Devra pela abertura, e seguiu-a, escorregando e apoiando a parte interna dos sapatos contra as laterais externas da escada.

Como Arkadin havia esperado, os dois homens que restavam estavam atordoados com a queda do companheiro e não abriram fogo. Arkadin baleou um no olho direito. O outro recuou para trás de uma quina no corredor, enquanto Arkadin disparava contra ele. Arkadin levantou a garota dolorida pela queda, mas sem qualquer ferimento sério, correu para a primeira porta e a esmurrou. Ouvindo uma voz trêmula de homem se levantar em protesto, ele esmurrou a porta defronte. Não houve resposta. Disparando a arma contra a fechadura, ele derrubou a porta.

O apartamento estava desocupado, e pela aparência das camadas de poeira e sujeira, ninguém morava ali há muito tempo. Arkadin correu para a janela. Enquanto o fazia, ouviu os guinchos conhecidos. Pisou numa pilha de lixo e dela saltou um rato, depois outro e mais outro. Eles estavam por toda a parte. Arkadin detonou o primeiro com um tiro, então controlou-se e levantou a janela o máximo possível. A chuva gelada o golpeou e escorreu pela parede lateral do prédio.

Mantendo Devra à frente, ele subiu no parapeito. Naquele momento ouviu o terceiro homem pedir reforços e disparou três tiros pela porta destruída. Ele a forçou a seguir pela saída de incêndio e avançou com ela para a esquerda, em direção à escada vertical, pregada à parede de concreto que conduzia ao terraço.

Exceto por uma ou duas luzes de segurança, a noite de Sebastopol era mais escura que o próprio Hades. A chuva caía forte, em rajadas cortantes, que batiam contra seu peito e braços. Estava perto o suficiente para alcançar a escada com a mão, quando as tiras de ferro batido, por onde caminhavam, cederam.

Devra gritou quando despencaram, aterrissando com uma pancada contra a grade do parapeito da saída de incêndio do andar abaixo. Quase que imediatamente a estrutura cedeu sob o peso e eles caíram pela borda. Arkadin estendeu a mão esquerda e agarrou um degrau da escada. Continuou segurando Devra com a direita. Ficaram pendurados no ar, o nível da rua distante demais para ele arriscar se soltar. Além disso, não havia caçambas de lixo convenientemente cheias para amortecer a queda.

Ele começou a ter dificuldade em segurar a mão dela.

– Alce o corpo – ordenou. – Ponha as pernas ao meu redor.

– O quê?

Ele berrou-lhe a ordem e ela, assustada, fez o que ele mandou.

– Agora, enganche as pernas em volta da minha cintura.

Desta vez, ela não hesitou.

– Certo – disse Arkadin –, agora estenda o braço para cima. Assim, você pode alcançar o degrau de baixo... Não, segure com as duas mãos.

A chuva tornava o metal escorregadio e, na primeira tentativa, Devra não conseguiu se segurar.

– De novo – berrou Arkadin. – E desta vez não largue.

Claramente aterrorizada, Devra cerrou os dedos ao redor do degrau, segurou com tanta força que os nós de seus dedos ficaram brancos. Arkadin sentiu que seu braço esquerdo estava sendo lentamente deslocado da articulação do ombro. Se não mudasse de posição rapidamente, estaria acabado.

– E agora? – perguntou Devra.

– Depois que agarrar o degrau com firmeza, descruze os tornozelos e alce-se para a escada, até poder ficar de pé num degrau.

– Não sei se tenho força suficiente.

Ele se alçou até conseguir encaixar o degrau sob a axila. O braço esquerdo estava dormente. Ele moveu os dedos e pontadas de dor subiram-lhe pelo ombro latejante.

– Agora, vá – ordenou, empurrando-a para cima. Não podia permitir que ela percebesse a dor tremenda que ele sentia. Seu braço esquerdo doía com uma intensidade insuportável, mas ele continuou a empurrá-la.

Finalmente, ela se pôs de pé na escada acima dele.

O lado esquerdo de Arkadin estava completamente dormente; o resto de seu corpo estava em chamas.

Devra estendeu-lhe a mão.

– Venha.

– Não tenho mais grande coisa por que viver, já morri há muito tempo.

– Vá à merda! – Ela agachou-se de modo a poder alcançá-lo e agarrou-lhe o braço. Mas no instante em que o fez, seu pé escorregou do degrau, desceu e bateu contra ele com tamanha força que quase desalojou os dois.

– Cristo, vou cair! – berrou ela.

— Ponha as pernas de novo ao redor da minha cintura — gritou ele. — Isso mesmo. Agora largue a escada, uma mão de cada vez. Segure-se em mim.

Depois que ela obedeceu, ele começou a subir a escada. Quando já estava alto o suficiente para enfiar os pés nos degraus, a subida se tornou mais fácil. Ele ignorou o fogo que ardia em seu ombro esquerdo, precisava de ambas as mãos para ascender.

Finalmente, chegaram ao terraço e, rolando por cima do parapeito de pedra, ficaram deitados no piso de asfalto, com água escorrendo. Foi então que Arkadin se deu conta de que a chuva não mais lhe açoitava o rosto. Olhou para cima e viu um homem — o terceiro do trio — de pé acima dele, com uma arma apontada para seu rosto.

O homem sorriu.

— Está na hora de morrer, canalha.

⌒

O professor Specter guardou os álbuns. Antes de fechar a gaveta, contudo, ele tirou um par de fotos. Bourne examinou o rosto dos dois homens. O da primeira foto tinha mais ou menos a mesma idade que o professor. Os óculos aumentavam quase comicamente seus olhos grandes, cor de água, acima dos quais havia sobrancelhas extraordinariamente espessas. Exceto por isso, a cabeça era completamente careca.

— Semion Icoupov — disse Specter —, o líder da Legião Negra.

Ele conduziu Bourne para fora da biblioteca do porão, de volta pela escada e para os fundos da casa, para o ar livre. Diante deles havia um jardim inglês formal, definido por cercas vivas baixas de buxinho. O céu estava de um azul suave, límpido e fragrante, cheio de promessas de uma primavera precoce. Um passarinho esvoaçava entre os galhos do salgueiro, sem saber onde pousar.

— Temos que deter a Legião Negra, Jason. A única maneira de fazer isso é matando Semion Icoupov. Já perdi três bons homens tentando. Preciso de alguém melhor. Preciso de você.

— Não sou assassino de aluguel.

– Por favor, Jason, não se ofenda. Preciso de sua ajuda para deter este ataque. Icoupov sabe onde estão os planos.
– Está bem. Eu o encontrarei e encontrarei os planos. – Bourne sacudiu a cabeça. – Mas ele não tem que ser morto.
O professor sacudiu a cabeça com tristeza.
– Um nobre sentimento, mas você não conhece Semion Icoupov como eu conheço. Se não matá-lo, ele certamente vai matar você. Creia que já tentei capturá-lo vivo. Nenhum de meus homens voltou da missão.
Ele olhou fixamente para a distância, além do laguinho.
– Não tenho mais ninguém a quem possa recorrer, não há mais ninguém que tenha a expertise necessária para encontrar Icoupov e pôr um fim a esta loucura de uma vez por todas. O assassinato de Pyotr assinala o começo da partida final entre mim e a Legião Negra. Ou conseguimos detê-los ou eles terão sucesso em seu próximo atentado.
– Se o que o senhor diz é verdade...
– É verdade, Jason. Juro.
– Onde está Icoupov?
– Não sabemos. Durante as últimas quarenta e oito horas, estivemos tentando localizá-lo, mas todas as tentativas foram em vão. Ele esteve em sua *villa*, em Campione d'Italia, na Suíça, onde acreditamos que Pyotr tenha sido morto. Mas não está lá agora.
Bourne olhou para as duas fotos que tinha na mão.
– Quem é o homem mais moço?
– Leonid Danilovich Arkadin. Até alguns dias atrás acreditávamos que fosse um assassino de aluguel das famílias da *grupperovka* russa. – Specter bateu com o indicador entre os olhos de Arkadin. – Foi ele o homem que levou Pyotr para Icoupov. De alguma forma, ainda estamos tentando determinar como Icoupov descobriu que Pyotr havia roubado seus planos. De qualquer maneira, foi Arkadin que, com Icoupov, interrogou Pyotr e o matou.
– Parece que o senhor tem um traidor em sua organização, professor.

Specter assentiu.

– Relutantemente cheguei à mesma conclusão.

Alguma coisa que estivera incomodando Bourne aflorou naquele instante em sua mente.

– Professor, quem telefonou para o senhor quando estávamos tomando café?

– Alguém do meu grupo. Ele precisava verificar uma informação, que eu tenha no carro. Por quê?

– Porque foi o telefonema que levou o senhor a sair para a rua bem no instante em que o Cadillac preto passou. Aquilo não foi coincidência.

O cenho de Specter franziu-se.

– Não, suponho que não possa ter sido.

– Dê-me o nome e o endereço dele – pediu Bourne – e descobriremos com certeza.

෴

O homem no terraço tinha um sinal no rosto, negro como o pecado. Arkadin se concentrou nele enquanto o homem levantava Devra, afastando-a de Arkadin.

– Você lhe contou alguma coisa? – perguntou o homem, sem tirar os olhos de Arkadin.

– É claro que não – retrucou Devra, com irritação. – O que você pensa que sou?

– Um elo fraco – disse o homem do sinal. – Eu disse a Pyotr para não usar você. Agora, por sua causa, Filya está morto.

– Filya era um idiota!

O homem do sinal tirou os olhos de Arkadin para lançar um olhar de desprezo e censurar Devra.

– Ele era sua responsabilidade, sua cadela!

Arkadin abriu as pernas numa tesoura entre as pernas do homem do sinal, desequilibrando-o. Rápido como um gato, Arkadin saltou em cima dele, esmurrando-o. O homem do sinal reagiu o melhor que pôde. Arkadin tentou não mostrar a dor no ombro, que já estava deslocado e não funcionaria direito. Ao perceber, o homem do sinal acertou um murro com toda a força que pôde em seu ombro. Todo o ar escapou do corpo de Arkadin. Ele caiu sentado para trás, quase desmaiando de dor. O homem do sinal virou-se tateando em busca da arma, encontrou a de Arkadin e a empunhou. Estava a ponto de apertar o gatilho quando Devra o executou com um tiro na nuca, disparado de sua própria arma.

Sem uma palavra, ele tombou de cara no chão. De pé, com as pernas bem separadas, na postura clássica do atirador, Devra mantinha as duas mãos sustentando a coronha. De joelhos, e ainda paralisado de dor, Arkadin observou-a girar a arma e apontá-la para ele. Havia alguma coisa nos olhos dela que ele não soube identificar e menos ainda compreender.

Então, subitamente, ela deixou escapar o ar que estivera prendendo em um longo suspiro, seus braços relaxaram e a arma foi baixada.

– Por quê? – perguntou Arkadin. – Por que o matou?

– Ele era um idiota. Dane-se, odeio todos eles.

A chuva os castigou, batendo com força no terraço. O céu, completamente negro, esmaecia o mundo ao redor. Podiam ter estado no cume de uma montanha no topo do mundo. Arkadin observou-a aproximar-se. Ela pôs um pé na frente do outro, andando com as pernas rígidas. Parecia um animal selvagem, fora de seu elemento, no mundo civilizado. Como ele. Ele estava preso a ela, mas não a compreendia, não podia confiar nela. Mas quando ela lhe estendeu a mão, Arkadin aceitou.

NOVE

– Tenho um pesadelo que se repete – disse o secretário de Defesa Ervin Reynolds "Bud" Halliday. – Estou sentado bem aqui no Aushak, em Bethesda, quando subitamente adentra Jason Bourne e no estilo de *O Chefão Parte II* me dá um tiro na garganta e depois entre os olhos.

Halliday estava sentado a uma mesa no fundo do salão do restaurante, com Luther LaValle e Rob Batt. Mais ou menos a meio caminho entre o Centro Médico Naval Nacional e o Chevy Chase Country Club, o Aushak era um de seus locais de encontro favoritos. Como ficava em Bethesda e, especialmente, porque era um restaurante de cozinha típica afegã, ninguém que ele conhecesse ou de quem quisesse guardar segredos vinha ali. O secretário de Defesa se sentia mais à vontade em lugares fora do circuito habitual. Era um homem que desprezava o Congresso e desprezava ainda mais seus comitês de inquérito, sempre se metendo em assuntos que não eram de sua conta e sobre os quais não tinham nenhum interesse e menos ainda conhecimento.

Os três homens haviam pedido o prato que dera o nome ao restaurante: camadas de massa, alternadas com cebolas e mergulhadas num saboroso molho de carne e tomate, tudo coroado pelo rico iogurte do Oriente Médio, sobre o qual floresciam pedacinhos de menta. O *aushak*, concordaram, era um prato perfeito para o inverno.

– Logo acabaremos com este pesadelo de uma vez por todas, senhor – disse LaValle com o tipo de subserviência que fazia Batt ranger os dentes. – Não é verdade, Rob?

Batt assentiu enfático.

— Exato. Tenho um plano seguro que é virtualmente à prova de erros.

Talvez essa não fosse a coisa correta a dizer. Halliday franziu o cenho.

— Nenhum plano é seguro e à prova de erros, Sr. Batt, especialmente quando envolve Jason Bourne.

— Eu lhe asseguro que ninguém sabe melhor disso do que eu, senhor secretário.

Como o mais antigo dos chefes de diretorado, Batt não gostava que o contradissessem. Era um homem que jogava agressivamente na defesa, com muita experiência em derrubar no tranco pretendentes à sua coroa. Mesmo assim, tinha consciência de estar pisando em *terra incognita,* onde uma guerra pelo poder era furiosamente travada, com resultados ainda desconhecidos.

Ele afastou seu prato. Ao negociar com aquelas pessoas sabia que assumia um risco calculado; por outro lado, sentia a luz que emanava do secretário Halliday. Batt havia entrado na verdadeira grade de poder da nação, um lugar onde ansiara secretamente estar, e uma poderosa sensação de exultação o dominou.

— Como o plano gira em torno da DCI Hart — falou Batt —, minha esperança é de que consigamos derrubar dois pombos de barro com um só tiro.

— Nem mais uma palavra — Halliday levantou a mão espalmada —, para nenhum de nós. Luther e eu temos que manter plausível a possibilidade de negar saber de qualquer coisa. Não podemos nos dar ao luxo de a operação dar para trás e repercutir sobre nós. Está claro, Sr. Batt?

— Perfeitamente, senhor. A operação é minha, pura e simplesmente.

Halliday sorriu.

— Filho, suas palavras são música para estas grandes orelhas texanas. — Ele beliscou o lóbulo da orelha. — Agora, presumo que Luther tenha lhe falado sobre a Typhon.

Batt olhou do secretário para LaValle e novamente para o secretário. Uma expressão de aborrecimento surgiu em seu rosto.

— Não, senhor, não falou.

— Foi uma distração — disse LaValle, em tom suave.

— Bem, não há melhor momento que agora. — Um sorriso continuava a iluminar a expressão de Halliday.

— Acreditamos que um dos problemas da CIA seja a Typhon — disse LaValle. — É coisa demais para o diretor reabilitar devidamente e administrar a CIA, e, além disso, controlar a Typhon. De modo que a responsabilidade pela Typhon será tirada dos ombros de vocês. A seção será controlada diretamente por mim.

O tópico inteiro tinha sido manobrado com impecável perícia, mas Batt sabia que tinha sido deliberadamente passado para trás. Aqueles homens haviam desejado controlar a Typhon desde o princípio.

— A Typhon é cria da CIA — declarou. — É obra de Martin Lindros.

— Martin Lindros está morto — observou LaValle, inutilmente.

— Uma outra mulher é a diretora da Typhon agora. Isso precisa ser corrigido, assim como muitas outras decisões que afetarão o futuro da Typhon. Você também precisará tomar decisões cruciais, Rob, a respeito de toda a CIA. Você não vai querer ter mais em seu prato do que pode dar conta, não é verdade? — Não era uma pergunta.

Batt teve a sensação de estar perdendo tração em uma encosta escorregadia.

— A Typhon é parte da CIA — disse finalmente, numa fraca tentativa de recuperar o controle.

— Sr. Batt — interrompeu Halliday —, já tomamos nossa decisão. O senhor está conosco ou precisaremos recrutar outra pessoa para DCI?

O homem cujo telefonema havia atraído o professor Specter para a rua era Mikhail Tarkanian. Bourne sugeriu o Zoológico Nacional como local de encontro, e o professor ligou para Tarkanian. Specter então avisou sua secretária na universidade de que ele e o professor Webb iam passar o dia fora juntos. Eles entraram no carro de Specter, que havia sido trazido de volta para a propriedade por um de seus homens, e seguiram para o zoo.

— Seu problema, Jason, é que você precisa de uma ideologia — disse Specter. — Uma ideologia lhe dá raízes. É a medula do engajamento.

Bourne, que estava dirigindo, sacudiu a cabeça.

— Até onde me lembro, sempre fui manipulado por ideólogos. Até onde posso dizer, tudo o que uma ideologia faz é dar-lhe uma visão em túnel. Tudo o que não se encaixa dentro de seus limites autoimpostos é ignorado ou destruído.

— Agora sei que realmente estou falando com Jason Bourne — disse Specter — porque dei o melhor de mim para instilar em David Webb o sentido de propósito que ele havia perdido em algum lugar do seu passado. Quando você veio me procurar, não estava apenas à deriva, estava gravemente mutilado. Tentei ajudá-lo a se curar, ajudando-o a deixar para trás o que quer que fosse que o tivesse ferido tão profundamente. Mas agora vejo que estava errado...

— Não estava errado, professor.

— Não, deixe-me terminar. Você é sempre rápido em me defender, em acreditar que estou sempre certo. Não pense que não aprecio o que você sente por mim. Não faria nada para mudar isso. Mas ocasionalmente cometo meus erros, e esse foi um deles. Não sei o que foi usado para criar a identidade Bourne, e creia em mim quando digo que não quero saber.

Bourne sentiu-se incomodado pela direção da conversa.

— O senhor quer dizer que eu sou Jason Bourne de cabo a rabo... que David Webb teria se tornado ele de qualquer forma?

– Não, de jeito nenhum. Mas realmente creio, a partir do que você me confiou, que, se não tivesse havido nenhuma intervenção, se não tivesse havido nenhuma identidade Bourne, então David Webb teria sido um homem muito infeliz.

Aquela não era uma ideia nova para Bourne. Mas ele sempre presumira que ela só lhe ocorria porque havia miseravelmente muito pouco que soubesse a respeito de quem ele fora. David Webb era um enigma bem maior para ele do que Jason Bourne. Essa simples constatação o perseguia, como se Webb fosse um fantasma, uma carapaça indistinta dentro da qual a identidade Bourne havia sido posta, alimentada, encorpada e trazida à vida pela mão de Alex Conklin.

Dirigindo pela avenida Connecticut, noroeste, Bourne atravessou a Avenida Cathedral. A entrada do zoo apareceu logo adiante.

– A verdade é que não creio que David Webb tivesse durado até o fim do ano letivo.

– Então, estou satisfeito por ter decidido envolvê-lo em minha verdadeira paixão. – Algo parecia ter se acomodado no íntimo de Specter. – Não é com frequência que um homem tem chance de corrigir seus erros.

∽

O dia estava ameno o suficiente para que permitissem que a família de gorilas saísse para o ar livre. Crianças em idade escolar se agrupavam ruidosamente no final da área onde o patriarca se sentava, cercado por sua prole. O gorila-das-montanhas deu o melhor de si para ignorá-las, mas quando a gritaria incessante se tornou demais para ele, seguiu para a outra extremidade do cercado, seguido pela família. E ficou lá sentado até que o mesmo aborrecimento cresceu e saiu de controle. Então, ele voltou para o local onde Bourne o vira inicialmente.

Mikhail Tarkanian esperava por eles ao lado da área dos gorilas-das-montanhas. Ele examinou Specter da cabeça aos pés, estalando a língua ao ver o olho preto. Então, tomou-o nos braços e beijou-o em ambas as faces.

— Alá é bondoso, amigo. Você está vivo e bem de saúde.

— Graças a Jason. Ele me salvou. Devo minha vida a ele. — Specter apresentou os dois homens.

Tarkanian beijou Bourne também em ambas as faces, agradecendo-lhe efusivamente.

Houve, então, uma movimentação na família de gorilas que se dedicaram a catar piolhos uns dos outros.

— Uma vida muito triste. — Tarkanian apontou o gorila com o polegar.

Bourne reparou que seu inglês tinha o sotaque pesado, típico do bairro pobre de Sokolniki, zona noroeste de Moscou.

— Olhe só para o pobre coitado — falou Tarkanian.

A expressão do gorila era sombria, mais resignada do que desafiadora.

— Jason está aqui numa missão de investigação — disse Specter.

— É mesmo? — Tarkanian era corpulento, como o são os ex-atletas: pescoço como o de um touro, olhos desconfiados mergulhados em pálpebras amareladas. Mantinha os ombros erguidos junto às orelhas, como para se defender de um golpe esperado. Em Sokolniki, devia ter levado pedradas suficientes para uma vida inteira.

— Quero que responda as perguntas dele — falou Specter.

— É claro. Qualquer coisa que eu possa fazer.

— Preciso de sua ajuda — disse Bourne. — Fale-me a respeito de Pyotr Zilber.

Parecendo um tanto abalado, Tarkanian olhou para Specter, que tinha dado um passo para que seu homem pudesse centralizar toda a atenção em Bourne. Então, ele deu de ombros.

— Claro. O que quer saber?

— Como você descobriu que ele tinha sido morto?

– Da maneira habitual. Por um de nossos contatos. – Tarkanian sacudiu a cabeça. – Fiquei arrasado. Pyotr era um homem importantíssimo para nós. Também era meu amigo.

– Como você acha que ele foi descoberto?

Um bando de garotinhas passou perto deles. Depois que se afastaram, Tarkanian respondeu:

– Quem me dera que soubesse. Ele não era homem de ser facilmente apanhado, isso eu posso garantir.

Como quem não quer nada, Bourne perguntou:

– Pyotr tinha amigos?

– É claro que tinha amigos. Mas nenhum deles o trairia, se é o que está perguntando. – Tarkanian franziu os lábios. – Por outro lado... – sua voz se calou.

Bourne encontrou seus olhos e os encarou.

– Pyotr estava de caso com uma mulher. Gala Nematova. Estava loucamente apaixonado por ela.

– Presumo que ela tenha sido devidamente investigada – falou Bourne.

– Claro. Mas, bem, Pyotr era um pouco, humm, cabeça-dura quando se tratava de mulheres.

– Isso era fato conhecido?

– Duvido muito – retrucou Tarkanian.

Algo estava errado, pensou Bourne. Os hábitos e as inclinações do inimigo sempre estavam à venda se você fosse esperto e persistente o suficiente. Tarkanian deveria ter dito *"Eu não sei. É possível"*. Uma resposta o mais neutra e mais próxima da verdade.

– Mulheres podem ser o elo fraco da corrente. – Bourne pensou por um breve instante em Moira e na nuvem de incerteza que pairava sobre ela a partir da investigação da CIA. A ideia de que Martin pudesse ter sido seduzido a revelar segredos da agência era uma pílula amarga de engolir. Ele esperava que quando lesse as comunicações entre ela e Martin, que Soraya havia descoberto, pudesse encerrar a questão.

– Estamos todos arrasados com a morte de Pyotr – declarou Tarkanian. De novo um olhar para Specter.
– Sem dúvida. – Bourne deu um sorriso vago. – Assassinato é assunto sério, especialmente neste caso. Estou falando com todo o mundo, é só isso.
– É claro. Compreendo.
– Você foi de grande ajuda. – Bourne sorriu, apertou a mão de Tarkanian. Enquanto o fazia, disse num tom de voz ríspido: – A propósito, quanto foi que o pessoal de Icoupov lhe pagou para ligar para o celular do professor esta manhã?
Em vez de se imobilizar, Tarkanian pareceu relaxar.
– Que tipo de pergunta é essa? Eu sou leal, sempre fui.
Depois de um momento, ele tentou liberar a mão, mas o aperto de Bourne se intensificou. Os olhos de Tarkanian encontraram os de Bourne e os encararam.
Atrás deles o gorila fez um ruído, tornando-se inquieto. O som era baixo, como o súbito ondular do vento agitando um campo de trigo. A mensagem do gorila foi tão sutil, que Bourne foi o único que ouviu e compreendeu. Ele registrou um movimento no canto extremo de sua visão periférica e acompanhou-o por vários segundos. Então, inclinou-se de volta para Specter e disse em voz baixa, mas urgente:
– Vá embora agora. Siga direto para a Casa dos Pequenos Mamíferos e dobre à esquerda. Noventa metros mais adiante, verá um pequeno quiosque de comida. Peça ajuda para chegar a seu carro. Volte para casa e fique lá até ter notícias minhas.
Enquanto o professor se afastava rapidamente, Bourne manteve segura a mão de Tarkanian, puxando-o na direção oposta. Eles se juntaram a uma atividade educativa, de conhecer o habitat de um comedor de carniça, da qual participavam um bando de crianças levadas e seus pais. Os dois homens que Bourne estava acompanhando se apressaram em direção deles. Tinham sido eles e sua ansiedade apressada que despertaram a suspeita do gorila, alertando Bourne.

— Para onde estamos indo? — perguntou Tarkanian. — Por que você deixou o professor desprotegido?

Uma boa pergunta. A decisão de Bourne tinha sido imediata, instintiva. Os homens vinham na direção de Tarkanian, não do professor. Agora, enquanto o grupo seguia pelo Olmsted Walk, Bourne arrastou Tarkanian para o interior do Centro de Descoberta de Répteis. As luzes ali eram baixas. Eles caminharam depressa, passando pelas grandes jaulas de vidro onde havia jacarés dormitando, crocodilos de olhos oblíquos, tartarugas sonolentas, víboras de aspecto malévolo e lagartos de pele granulada, de todos os tamanhos, formas e disposições. Mais adiante, Bourne avistou as caixas das serpentes. Diante de uma delas, um tratador abriu uma porta, pronto para pôr lá dentro um banquete de roedores para as serpentes pítons, que, famintas, haviam emergido de seu estupor, deslizando pelos falsos galhos de árvore no interior da vitrine. Aquelas cobras usavam sensores de calor infravermelhos para encontrar suas presas.

Atrás deles, os dois homens abriram caminho em meio à multidão de crianças. Eram morenos, mas exceto por isso, nada em sua aparência os destacava. Tinham as mãos enfiadas nos bolsos dos casacões de lã, sem dúvida segurando alguma forma de arma. Não pareciam mais apressados. Não havia sentido em alarmar os outros visitantes.

Passando pelas cobras gegas, Bourne arrastou Tarkanian para dentro da seção de cobras. Foi naquele momento que Tarkanian decidiu partir para a ação. Girando para se afastar de Bourne enquanto dava uma estocada na direção dos homens que se aproximavam, ele arrastou Bourne por um passo, até que Bourne lhe acertou um golpe estonteante na lateral da cabeça.

Um funcionário ajoelhado, com sua caixa de ferramentas diante de uma vitrine vazia, mexia na grade de ventilação na base. Bourne arrancou um pequeno pedaço de arame da caixa.

— A cavalaria não vai salvá-lo hoje — falou Bourne, enquanto arrastava Tarkanian em direção a uma porta embutida na parede entre as vitrines, que conduzia a uma área de trabalho escondida do público. Um de seus perseguidores estava se aproximando quando

Bourne arrombou a tranca com o pedaço de arame. Ele abriu a porta, passou por ela e fechou-a girando a tranca.

A porta começou a tremer nos gonzos enquanto os homens a esmurravam. Bourne se encontrava num corredor de serviço, iluminado por longas lâmpadas fluorescentes, que se estendiam atrás das caixas de vidro. Portas e, nas vitrines das cobras venenosas, janelinhas para alimentação apareciam a intervalos regulares ao longo da parede do lado direito.

Bourne ouviu um *futt!* suave e a tranca voou para longe da porta. Os homens estavam armados com pistolas de baixo calibre, equipadas com silenciadores. Ele empurrou o cambaleante Tarkanian à sua frente quando um dos homens passou pela porta. Onde estava o outro? Bourne achava que sabia, e voltou sua atenção para o final do corredor, onde agora esperava que o outro homem aparecesse a qualquer momento.

Percebendo o desvio momentâneo da atenção de Bourne, Tarkanian girou, batendo com violência o lado de seu corpo contra o de Bourne. Desequilibrado pelo golpe, Bourne escorregou e atravessou a porta aberta para dentro da jaula do píton. Com uma gargalhada ríspida, Tarkanian correu.

O herpetologista no interior da jaula, examinando o píton, já estava protestando contra a presença de Bourne. Bourne o ignorou, estendeu a mão para o alto, desenrolou um dos pítons famintos do galho mais próximo. Enquanto a serpente, percebendo seu calor, se enroscava ao redor de seu braço estendido, Bourne virou-se e irrompeu pelo corredor bem a tempo de enfiar um murro no plexo solar do pistoleiro. Quando o homem se dobrou em dois, Bourne retirou o braço dos anéis do píton, e enrolou seu corpo ao redor do peito do pistoleiro. Ao ver a cobra, o homem berrou. A serpente começou a apertar os anéis.

Bourne arrancou a arma com silenciador de sua mão, e correu atrás de Tarkanian. A arma era uma Glock, não uma Taurus. Como Bourne suspeitara, aqueles dois não faziam parte da mesma equipe que havia sequestrado o professor. Então, quem eram eles? Membros da Legião Negra, enviados para tirar Tarkanian dali? Mas, se este fosse o caso, como teriam sabido que a cobertura de Tarkanian havia sido exposta? Não havia tempo para respostas: o segundo homem havia aparecido no final do corredor. Estava agachado e gesticulava para Tarkanian, que se espremia contra a lateral do corredor.

Enquanto o pistoleiro o colocava na mira, Bourne cobria o rosto com os braços dobrados e mergulhava de cabeça por uma das janelas de alimentação. O vidro se espatifou. Bourne levantou a cabeça e viu que estava cara a cara com uma víbora do Gabão, uma espécie de presas longas e com a mais alta capacidade de produção de veneno de todas as serpentes. Era negra e ocre. Sua cabeça feia e triangular se levantou, a língua se projetou, investigando, tentando determinar se a criatura esparramada a sua frente era uma ameaça.

Bourne permaneceu imóvel como uma pedra. A víbora começou a sibilar num ritmo regular, que achatava sua cabeça a cada exalação feroz. Os pequenos cornos ao lado das narinas estremeciam. Bourne definitivamente a havia perturbado. Tendo viajado amplamente pela África, ele conhecia um pouco dos hábitos do animal. Não era dado a atacar a menos que fosse seriamente provocado. Por outro lado, àquela altura, Bourne não podia se arriscar a mover o corpo.

Consciente de que estava vulnerável pelas costas e pela frente, ele levantou lentamente a mão esquerda. O ritmo regular do sibilar da cobra não se alterou. Mantendo os olhos sobre a cabeça da serpente, ele moveu a mão direita até que ela estivesse por cima da serpente. Tinha lido a respeito de uma técnica destinada a acalmar aquele tipo de cobra, mas não tinha ideia se funcionaria. Ele tocou o topo da cabeça da cobra com a ponta do dedo. O sibilar cessou. Funcionava!

Ele a agarrou pelo pescoço. Largando a arma, Bourne sustentou o corpo da víbora com a outra mão. A cobra não se debateu. Andando rapidamente até o fundo da jaula, ele a colocou cuidadosamente num canto. Um grupo de crianças assistia do outro lado do vidro, boquiaberto. Bourne recuou, afastando-se da víbora, sem tirar os

olhos dela. Perto da janela espatifada, ele ajoelhou-se e apanhou a Glock. Uma voz atrás dele ordenou:
— Largue a arma onde está e vire-se devagar.

☙

— A maldita coisa está deslocada — disse Arkadin.
Devra olhou fixamente para seu ombro.
— Você vai ter que colocá-lo de volta no lugar para mim.
Ensopados até os ossos, eles estavam sentados num café que ficava aberto até tarde, do outro lado de Sebastopol, aquecendo-se como podiam. O aquecedor a gás sibilou e soluçou assustadoramente, como se estivesse sucumbindo a uma pneumonia. Copos de chá fumegantes e semivazios permaneciam diante deles. Mal havia se passado uma hora desde a escapada por um triz, e ambos estavam exaustos.
— Você está brincando — retrucou ela.
— De jeito nenhum. Vai sim — insistiu ele. — Não posso ir a um médico.
Arkadin tinha pedido comida. Devra comia como um animal, enfiando na boca, com os dedos, nacos de carne ensopada pingando molho. Parecia que não comia há dias. Talvez não tivesse mesmo comido. Vendo como ela atacava a comida, Arkadin pediu mais. Comeu devagar e deliberadamente, com consciência de tudo o que punha na boca. Matar fazia isso com ele. Todos os seus sentidos estavam hiperalertas. As cores pareciam mais vívidas, os cheiros mais fortes, tudo tinha um sabor rico e complexo. Ele era capaz de ouvir a azeda discussão política travada entre dois velhos, no canto oposto da sala. As pontas de seus próprios dedos sobre sua face pareciam lixas. Estava agudamente consciente dos batimentos de seu coração, do sangue bombeando atrás de suas orelhas. Em suma, ele era um nervo exposto que falava e andava.

Ao mesmo tempo, Arkadin adorava e detestava estar neste estado. A sensação era uma forma de êxtase. Ele se lembrou do exemplar maltratado de capa mole de *A erva do diabo*, de Carlos Castañeda.

Tinha aprendido a ler inglês com aquele livro, um caminho longo e tortuoso. O conceito de êxtase nunca havia lhe ocorrido antes de ler o livro. Mais tarde, em homenagem a Castañeda, ele pensara em tomar peyote – se conseguisse encontrar –, mas a ideia de uma droga, qualquer droga, o repugnava. Já havia perdido mais do que o suficiente. Não tinha nenhum desejo de encontrar um lugar do qual não pudesse nunca mais voltar.

Enquanto isso, o êxtase em que se encontrava era um fardo bem como uma revelação. Mas ele sabia que não podia suportar por muito tempo ser aquele nervo exposto. Tudo, desde o estouro da descarga de um carro ao cantar de um grilo, explodia contra ele, doloroso como se tivesse sido virado pelo avesso.

Arkadin examinou Devra com uma concentração quase obsessiva. Observou algo que não tinha visto antes – provavelmente, com sua gesticulação, ela o havia distraído impedindo-o de reparar. Mas agora ela havia baixado a guarda. Talvez apenas estivesse exausta ou tivesse relaxado com ele. Ela tinha um tremor nas mãos, um nervo que não funcionava bem. Sorrateiramente ele observou o tremor, pensando que aquilo fazia com que ela parecesse ainda mais vulnerável.

– Não entendo você – disse-lhe. – Por que se voltou contra a sua gente?

– Você acha que Pyotr Zilber, Oleg Shumenko e Filya eram a minha gente?

– Você era uma peça na estrutura da organização de Zilber. Que mais eu poderia pensar?

– Você ouviu como aquele porco falou comigo no terraço. Porra, eles são todos assim. – Ela limpou a gordura dos lábios e do queixo. Jamais gostei de Shumenko. Primeiro foram as dívidas de jogo que eu tive que pagar para ele, depois foram as drogas.

A voz de Arkadin estava neutra quando comentou.

– Você me disse que não sabia para que tinha sido aquele último empréstimo.

– Eu menti.

– Você contou a Pyotr?
– Está brincando. Pyotr era o pior deles.
– Porém um pequeno canalha talentoso.
Devra assentiu.
– Foi o que pensei quando estive na cama dele. Ele se dava ao luxo de fazer muita merda só porque era o chefe... beber, farrear e, Cristo!, as mulheres. Às vezes eram duas e três numa noite. Fiquei completamente enojada e pedi para ser transferida de volta para casa.

Então, ela tinha sido amante de Pyotr por um breve tempo, pensou Arkadin.

– Mas as farras deviam ser parte do trabalho dele, para forjar contatos, assegurar-se de que eles voltassem para ter mais.

– É claro. Mas o problema era que ele gostava daquilo demais. E, inevitavelmente, esta atitude contaminou aqueles que lhe eram mais próximos. Onde você acha que Shumenko aprendeu a ter aquele estilo de vida? Com Pyotr, é claro.

– E Filya?

– Filya achava que era meu dono, era como se eu fosse sua propriedade. Quando saíamos juntos, ele agia como se fosse meu cafetão. Eu o detestava.

– Por que não se livrou dele?

– Era ele o fornecedor de cocaína de Shumenko.

Rápido como um gato, Arkadin inclinou-se sobre a mesa, ameaçador.

– Ouça, *lapochka*, estou pouco me lixando para quem você gosta ou não gosta. Mas mentir para mim, isso é outra história.

– O que você esperava? – respondeu ela. – Você apareceu de repente, como um redemoinho.

Então, Arkadin caiu na gargalhada, quebrando a tensão que estava quase chegando ao ponto de ruptura. Aquela garota tinha senso de humor, o que significava que era inteligente bem como esperta. A mente dele fez uma ligação entre ela e uma mulher que outrora havia sido importante para ele.

– Ainda não compreendo você. – Ele sacudiu a cabeça. – Estamos em lados diferentes de um conflito.

– É aí que você está enganado. Nunca fui parte deste conflito. Não gostava dele; apenas fingi que sim. De início era uma meta que eu tinha estabelecido para mim mesma: se eu conseguiria enganar Pyotr, e depois os outros. Quando consegui, apenas pareceu mais fácil seguir adiante. Eu era bem paga, aprendia mais depressa que a maioria, tinha acesso a privilégios que jamais teria tido sendo DJ.

– Você poderia ter largado tudo a qualquer momento.

– Poderia? – Ela inclinou a cabeça. – Eles teriam vindo atrás de mim como estão atrás de você.

– Mas agora você tomou a decisão de deixá-los. – Ele inclinou a cabeça. – Não me diga que é por minha causa.

– Por que não? Gosto de estar sentada ao lado de um tufão. É confortador.

Arkadin gemeu, sentindo-se novamente constrangido.

– Além disso, a gota d' água veio quando descobri o que eles estavam planejando fazer.

– Você pensou em seu salvador americano.

– Talvez você não seja capaz de compreender que uma pessoa possa fazer diferença em sua vida.

– Ah, sim, sou capaz – declarou Arkadin, pensando em Semion Icoupov. – Nesse ponto você e eu somos iguais.

Ela gesticulou.

– Você parece tão desconfortável.

– Vamos – disse ele, levantando-se. Ele a conduziu para os fundos, passando pela cozinha, meteu a cabeça para olhar um momento, depois a levou para o toalete masculino.

– Saia – ordenou a um homem junto à pia.

Ele checou o reservado para se assegurar de que estivessem sozinhos.

– Vou lhe dizer como endireitar esse maldito ombro.

Depois de receber suas instruções, Devra perguntou:

– Vai doer?

Em resposta, ele enfiou entre os dentes o cabo da colher de madeira que trouxera da cozinha.

↬

Com enorme relutância, Bourne deu as costas para a víbora do Gabão. Muitas coisas passaram por sua mente, entre elas e não a menos importante, Mikhail Tarkanian. Ele era o agente duplo infiltrado na organização do professor. Quem sabe quanta informação teria sobre a rede de Specter? Bourne não podia se dar ao luxo de deixá-lo fugir.

O homem diante dele naquele momento tinha o rosto achatado, a pele ligeiramente oleosa. Tinha uma barba de dois dias por fazer e dentes ruins. Seu hálito fedia a cigarros e a comida podre. Ele apontou a Glock com silenciador para o peito de Bourne.

– Saia daí – disse, baixinho.

– Não vai importar se eu obedecer ou não – respondeu Bourne.

– O herpetologista que estava no corredor com certeza já chamou a segurança. Todos nós vamos ser levados sob custódia.

– Para fora. Agora.

O homem cometeu o erro fatal de gesticular com a Glock. Bourne usou o antebraço esquerdo para golpear o cano alongado da arma para o lado. Empurrando com violência o pistoleiro contra a parede oposta do corredor, Bourne enterrou o joelho em sua virilha. O homem ofegou e, com uma cutilada Bourne arrancou-lhe a arma da mão, atirando-a longe, e agarrando-a pelo casacão, arremessou-o de cabeça para dentro da jaula da víbora com tamanha força que ele derrapou no chão em direção ao canto onde a cobra estava enroscada.

Imitando a víbora, Bourne fez um som sibilado rítmico e a serpente levantou a cabeça. No mesmo momento em que ela ouviu o sibilar de uma serpente rival, percebeu que alguma coisa viva penetrava em seu território. Ela deu o bote no pistoleiro aterrorizado.

Bourne já corria pelo corredor. A porta no final estava aberta e ele irrompeu para a luz do sol. Do lado de fora, Tarkanian esperava por ele, caso tivesse escapado dos pistoleiros. Sem desejar prolongar a perseguição, ele enterrou o punho na face de Bourne, seguido por um chute poderoso. Mas Bourne agarrou-lhe o sapato com as mãos, torcendo-lhe o pé violentamente e fazendo-o girar no ar.

Bourne já ouvia os gritos, o bater e ranger de solas de sapatos baratos contra o concreto. A segurança estava a caminho, embora ainda não pudesse vê-los.

– Tarkanian – disse, e o nocauteou.

Tarkanian caiu pesadamente. Bourne ajoelhou-se a seu lado e estava lhe fazendo respiração boca a boca quando três guardas de segurança dobraram a esquina e vieram correndo em sua direção.

– Meu amigo desmaiou no instante em que vimos os homens armados. – Bourne fez uma descrição precisa dos dois pistoleiros, apontou para a porta aberta do Centro de Descoberta de Répteis. – Podem me ajudar? Meu amigo é alérgico a mostarda. Creio que devia haver um pouco na salada de batatas que comemos no almoço.

Um dos seguranças discou 911, enquanto os outros dois, de armas em punho, desapareciam pela porta. O segurança ficou com Bourne até os paramédicos chegarem. Eles checaram os sinais vitais de Tarkanian e o puseram em uma maca com rodas. Bourne foi caminhando ao lado de Tarkanian enquanto eles abriam caminho entre a multidão de curiosos até a ambulância que esperava na Avenida Connecticut. Bourne falou para os paramédicos sobre a reação alérgica de Tarkanian, e que naquele estado ele ficava bastante sensível à luz. Bourne embarcou na traseira da ambulância. Um dos paramédicos fechou as portas enquanto o outro preparava uma solução de fenotiazina. O veículo partiu a toda, a sirene gemendo.

⌣

As lágrimas escorriam pelo rosto de Arkadin, mas ele não fazia qualquer ruído. A dor era excruciante, mas pelo menos o braço estava de volta na articulação. Agora conseguia mover os dedos da mão esquerda, ainda que só ligeiramente. A boa notícia era que a dormência estava cedendo lugar a um ligeiro formigamento, como se seu sangue tivesse se transformado em champanhe.

Devra estava com a colher de pau na mão.

– Caramba, você quase partiu a colher com os dentes. Deve ter doído barbaramente.

Tonto e com náusea, Arkadin fez uma careta de dor.

– Agora eu não conseguiria comer de jeito nenhum.

Devra atirou a colher para o lado enquanto eles deixavam o banheiro masculino. Arkadin pagou a conta e eles deixaram o café. A chuva havia parado, e as ruas tinham um aspecto reluzente, como se acabassem de ter sido lavadas, que ele conhecia dos filmes americanos dos anos 1940 e 1950.

– Podemos ir para a minha casa – ofereceu Devra. – Não fica longe daqui.

Arkadin sacudiu a cabeça.

– Acho que não.

Eles caminharam juntos, aparentemente sem destino, até chegarem a um pequeno hotel. O recepcionista mal olhou para eles, interessado apenas em tomar-lhes o dinheiro.

O quarto era miserável, parcamente mobiliado com uma cama, uma penteadeira de três pernas e uma pilha de livros que sustentava o quarto canto. Um tapete redondo, gasto e puído, cobria o centro do quarto. Estava todo manchado e furado por queimaduras de cigarro. O que parecia ser um closet era o toalete. O chuveiro e a pia ficavam mais abaixo no corredor.

Arkadin foi até a janela. Havia pedido um quarto de frente para a rua, sabendo que seria mais barulhento, mas também que lhe proporcionaria uma visão privilegiada, do alto, de qualquer um que se aproximasse. A rua estava deserta, sem nenhum carro à vista. Sebastopol reluzia com um pulsar lento e frio.

– Está na hora – ele se virou novamente para o quarto – de esclarecermos algumas coisas.

– Agora? Isso não pode esperar? – Devra deitara-se atravessada na cama, com os pés ainda no chão. – Estou morta de cansaço.

Arkadin refletiu por um momento. Era tarde da noite. Ele estava exausto, mas ainda não estava pronto para dormir. Tirou os sapatos e deitou-se na cama. Devra teve que sentar para fazer lugar para ele, mas em vez de deitar-se a seu lado, retomou sua posição, apoiando a cabeça na barriga de Arkadin.

– Quero ir com você – disse baixinho, quase como se estivesse adormecendo.

Imediatamente, ele tornou-se alerta.

– Por quê? – perguntou. – Por que você quereria vir comigo?

Ela não respondeu; tinha adormecido. Por algum tempo, ele ficou ali deitado, ouvindo sua respiração regular. Não sabia o que fazer com ela, mas Devra era tudo o que lhe restava daquela seção da rede de Pyotr. Ele passou algum tempo digerindo o que ela lhe havia contado sobre Shumenko, Filya e Pyotr, em busca de inconsistências. Parecia improvável que Pyotr pudesse ser tão indisciplinado, mas pensando bem, ele havia sido traído pela namorada do momento, que trabalhava para Icoupov. Aquilo significava um homem fora de controle, cujos hábitos podiam de fato contaminar seus subordinados. Não tinha ideia se Pyotr tinha problemas de afirmação com o pai, mas tendo em vista quem era seu pai, isso certamente não estava fora de questão.

Aquela garota era estranha. Na superfície, parecia-se muito com outras jovens que conhecera: duras, realistas, cínicas, desesperadas e sem esperança. Mas ela era diferente. Podia ver, por baixo daquela armadura, a garotinha perdida que ela um dia fora e que talvez ainda fosse. Ele pôs a mão num dos lados de seu pescoço, sentiu o pulsar lento de sua vida. Podia estar errado, é claro. Tudo aquilo podia ser apenas uma encenação feita só para ele. Mas não conseguia de jeito nenhum descobrir qual poderia ser o objetivo dela.

E havia outra coisa com relação a Devra, ligada à sua fragilidade, sua deliberada vulnerabilidade. Ela precisava de alguma coisa, refletiu, como, no final das contas, todos nós precisamos, mesmo aqueles que se enganavam, achando que não precisavam. Ele sabia do que precisava; a questão era apenas que preferia não pensar a respeito. Devra precisava de um pai, isso era bastante claro. Não podia deixar de suspeitar que houvesse alguma coisa nela que não tivesse observado ou lhe tivesse escapado, algo que ela não lhe contara, mas que queria que ele descobrisse. A resposta já estava dentro dele, dançando como um vaga-lume. Mas toda vez que tentava capturá-la, ela lhe escapara. O sentimento era enlouquecedor, como se tivesse feito sexo com uma mulher sem conseguir chegar ao orgasmo.

E então ela se mexeu, e ao se mexer disse o nome dele. Foi como o clarão de um relâmpago iluminando o quarto. Ele foi transportado de volta para o terraço, na chuva, com o homem do sinal de pé acima dele, ouvindo a conversa entre ele e Devra.

– Ele era sua responsabilidade – disse o homem do sinal, referindo-se a Filya.

O coração de Arkadin bateu mais depressa. *Sua responsabilidade.* Por que o homem do sinal diria isso se Filya fosse o mensageiro em Sebastopol? Como se agissem por vontade própria, as pontas de seus dedos acariciaram a pele aveludada do pescoço de Devra. Cadelinha esperta e traiçoeira! Filya era um soldado, um guarda. *Ela* era a mensageira em Sebastopol. Ela havia entregue o documento à pessoa seguinte na corrente. Ela sabia para onde ele tinha que ir a seguir.

Abraçando-a bem apertado, Arkadin afinal soltou-se da noite, do quarto e do presente. Numa onda de entusiasmo, deixou-se adormecer e ser dominado pelas garras ensanguentadas de seu passado.

⁊

Arkadin teria se matado, isso era certo, se não tivesse sido pela intervenção de Semion Icoupov. Temendo por sua vida, o melhor e único amigo de Arkadin, Mischa Tarkanian, havia apelado ao homem para quem trabalhava. Arkadin se lembrava com estranha clareza do dia em que Icoupov viera vê-lo. Ele entrara, e Arkadin, enlouquecido pela vontade de morrer, havia apontado uma Makarov PM para sua cabeça – a mesma arma que queria usar para estourar os próprios miolos.

Para seu crédito, Icoupov não fizera nenhum movimento. Ele havia ficado parado em meio às ruínas do apartamento de Arkadin, em Moscou, sem sequer olhar para Arkadin. Sob o jugo de seu passado sulfuroso, Arkadin não conseguia entender o sentido de coisa alguma. Bem mais tarde, ele compreendeu. Da mesma maneira que não se olha para os olhos de um urso, a menos que se queira ser atacado por ele, Icoupov havia mantido o olhar focado em outras coisas – as molduras de quadro quebradas, os cristais espatifados, as cadeiras caídas, as sombras da fogueira fetichista que Arkadin acendera para queimar suas roupas.

– Mischa me disse que você está passando por um período difícil.

– Mischa devia ficar de boca calada.

Icoupov espalmou as mãos abertas.

– Alguém tem que salvar sua vida.

– O que sabe a respeito dela? – perguntou Arkadin, asperamente.

– Na verdade, não sei nada a respeito do que aconteceu com você – respondeu Icoupov.

Pressionando o cano da arma contra a têmpora de Icoupov, Arkadin aproximou-se um passo.

– Então, cale a boca.

– O que me preocupa é o aqui e o agora. – Icoupov não piscou um olho; também não moveu um músculo. – Com os diabos, filho, olhe só para si mesmo. Se não sair de onde está por si mesmo, faça-o por Mischa que o ama mais do que qualquer irmão amaria.

Arkadin deixou escapar uma respiração pesada, como se expelisse um bocado de veneno. Ele tirou a Makarov da cabeça de Icoupov, que lhe estendeu a mão. Quando Arkadin hesitou, ele disse com enorme gentileza.

– Isso aqui não é Nizhny Tagil. Não há ninguém aqui que valha a pena fazer sofrer, Leonid Danilovich.

Arkadin fez um rápido cumprimento de cabeça e entregou-lhe a arma. Com um grito, Icoupov chamou os dois homens enormes que vieram do final do corredor, onde tinham estado aguardando, calados, e entregou a arma a um deles. Arkadin tensionara o corpo, furioso consigo mesmo por não ter percebido a presença deles. Eram claramente guarda-costas. No estado em que se encontrava, eles poderiam tê-lo dominado a qualquer momento. Ele olhou para Icoupov, que balançou a cabeça, e uma comunicação sem palavras se estabeleceu entre eles.

– Agora, só existe um caminho para você – disse Icoupov, que se moveu para sentar-se no sofá do apartamento destruído de Arkadin, em seguida gesticulou e o guarda-costas que tinha pegado a Makarov de Arkadin estendeu-a para ele.

– Pegue, agora, se quiser, você terá testemunhas para seu último gesto de niilismo.

Por uma vez na vida, Arkadin ignorou a arma e encarou Icoupov implacavelmente.

– Não? – Icoupov deu de ombros. – Sabe o que eu acho, Leonid Danilovich? Acho que lhe dá uma grande medida de conforto acreditar que sua vida não tem significado. Na maioria das vezes, você se delicia com essa crença; é isso que o alimenta. Mas existem ocasiões, como agora, em que ela o agarra pela garganta e o sacode até seus dentes chocalharem no crânio. – Ele vestia num terno escuro, uma camisa azul-acinzentada, um casacão de couro preto que tornava sua aparência um tanto sinistra, como um SS-Stürmbannführer alemão. – Mas creio que, pelo contrário, você esteja buscando um significado para sua vida. – Sua pele morena reluzia como bronze polido. Ele passava a impressão de um homem que sabia o que estava fazendo, sobretudo, de alguém a quem não se devia menosprezar.

– Que significado? – perguntou Arkadin, em tom inexpressivo, sentando-se no sofá.

Icoupov gesticulou, abrangendo com as duas mãos o estrago que, como um tufão, havia destruído o apartamento.

– O passado está morto para você, Leonid Danilovich, não concorda?

– Deus me puniu. Deus me abandonou – disse Arkadin, regurgitando maquinalmente um lamento de sua mãe.

Icoupov sorriu, um sorriso perfeitamente inocente, um sorriso que não podia em absoluto ser mal-interpretado. Tinha uma enorme capacidade de atrair as pessoas quando ficava assim cara a cara.

– E que Deus é esse?

Arkadin não teve resposta porque o Deus de quem falava era o Deus de sua mãe, o Deus de sua infância, o Deus que permanecia um enigma para ele, uma sombra, um Deus de bile, de raiva, de ossos partidos e sangue derramado.

– Não, não – retrucou. – Deus, como o céu, é uma palavra numa página. O inferno é aqui e agora.

Icoupov sacudiu a cabeça.

– Você nunca conheceu Deus, Leonid Danilovich. Entregue-se em minhas mãos. Comigo, você encontrará Deus e descobrirá o que o futuro tem reservado para você.

– Não posso ficar sozinho. – Arkadin se deu conta de que aquelas eram as palavras mais verdadeiras que jamais havia dito.

– E não ficará.

Icoupov virou-se e aceitou a bandeja oferecida por um dos guarda-costas. Enquanto conversavam, o homem havia preparado chá. Icoupov serviu dois copos. Acrescentou açúcar e entregou um para Arkadin.

– Agora, beba comigo, Leonid Danilovich – falou, enquanto erguia o copo fumegante. – À sua recuperação, à sua saúde, ao futuro que será tão brilhante quanto você desejar torná-lo.

Os dois homens bebericaram o chá, que o guarda-costas havia reforçado com uma quantidade considerável de vodca.

– A nunca mais ficar sozinho – disse Leonid Danilovich Arkadin.

Aquilo acontecera há muito, muito tempo, em uma estação secundária de um rio que se transformara em sangue. Será que ele se tornara muito diferente daquele homem insano que pusera o cano de uma arma na cabeça de Semion Icoupov? Quem poderia dizer? Mas em dias de chuva pesada, trovões ameaçadores, e crepúsculo ao meio-dia, quando o mundo parecia tão desolado quanto ele sabia ser, pensamentos sobre seu passado afloravam à superfície como cadáveres em um rio, regurgitados por sua memória. E ele novamente ficava sozinho.

⁓

Tarkanian estava recuperando os sentidos, mas a fenotiazina que lhe fora administrada também surtia efeito, sedando-o levemente e prejudicando seu funcionamento mental, de modo que quando Bourne debruçou-se sobre ele e disse em russo: "Bourne está morto, estamos tratando de retirar você do local" ele, atordoado, pensou que a voz fosse de um dos homens na casa de répteis.

– Icoupov o mandou. – Tarkanian levantou a mão, passou os dedos pela bandagem que um dos paramédicos havia posto para proteger seus olhos da luz. – Por que não consigo ver?

– Não se mexa – falou Bourne, baixinho. – Há civis por perto. Paramédicos. É assim que estamos tirando você daqui. Estará em segurança no hospital durante algumas horas, enquanto providenciamos o resto de sua viagem.

Tarkanian assentiu.

– Icoupov está fora – sussurrou Bourne. – Você sabe onde ele está?

– Não.

– Ele quer que você tenha o máximo conforto possível enquanto faz o relatório de sua missão. Para onde devemos levá-lo?

– Moscou, é claro. – Tarkanian passou a língua pelos lábios. – Faz anos que não ponho os pés na minha casa. Tenho um apartamento de frente para o rio, no cais Fruzenskaya. – Cada vez mais ele parecia estar falando consigo mesmo. – Da janela da minha sala de visitas pode-se ver a ponte de pedestres para o Parque Gorky. Uma paisagem tão tranquila. Faz tanto tempo que não a vejo...

Eles chegaram ao hospital antes que Bourne tivesse chance de continuar o interrogatório. Então, tudo aconteceu muito rápido. As portas se abriram com um estrondo e os paramédicos entraram em ação, retirando a maca, empurrando-a rapidamente pelas portas de vidro automáticas por um corredor que levava à área do pronto socorro. O lugar estava lotado de pacientes. Um dos paramédicos falava com um dos internos sobrecarregados, que lhe indicou um quartinho, um dos muitos que havia no corredor. Bourne viu que os outros estavam ocupados.

Os dois paramédicos empurraram Tarkanian para dentro do quarto, checaram a medicação intravenosa, tomaram seus sinais vitais e retiraram a agulha.

– Ele vai voltar a si daqui a um minuto – disse um dos paramédicos. – Alguém logo virá para examiná-lo. – Deu um sorriso padronizado, mas não desagradável. – Não se preocupe, seu amigo ficará bem.

Depois que os paramédicos saíram, Bourne voltou para junto de Tarkanian.

– Mikhail, conheço bem a área da Frunzenskaya. Onde fica seu apartamento?

– Ele não vai lhe dizer.

Bourne girou rapidamente no instante em que o primeiro pistoleiro – o que deixara enrolado na píton – se atirou em cima dele. Bourne cambaleou para trás, bateu com violência contra a parede. Desferiu um murro contra o rosto do homem, que bloqueou o golpe e acertou Bourne com força na ponta do esterno. Bourne gemeu, e o pistoleiro seguiu o soco com um golpe rápido contra seu flanco.

Caído sobre um joelho, Bourne o viu puxar uma faca e girar a lâmina em sua direção. Ele se encolheu para trás. O pistoleiro atacou com a faca, a ponta virada para a frente. Bourne acertou-lhe um direito no rosto, ouviu o estalar satisfatório do osso do maxilar fraturado. Enfurecido, o pistoleiro avançou. A faca penetrou a camisa de Bourne, provocando um arco de sangue, como contas no fio de um colar.

Bourne o acertou com tamanha violência que o homem cambaleou para trás, bateu na maca onde Tarkanian começava a despertar do estupor induzido pela droga. O homem sacou a pistola com silenciador. Bourne avançou para ele, agarrando-o com ambos os braços, e impedindo que pudesse apontar a arma.

Tarkanian arrancou a bandagem que os médicos haviam posto sobre seus olhos, piscou pesadamente, olhando ao redor.

– Que diabos está acontecendo? – perguntou, em tom sonolento para o pistoleiro. – Você me disse que Bourne estava morto.

Ocupado demais, defendendo-se do ataque de Bourne, o pistoleiro não conseguiu responder. Vendo que a arma não o ajudava em nada, deixou-a cair, batendo no chão. Ele tentou penetrar as defesas de Bourne com a faca. Mas Bourne neutralizou os ataques, não se deixando enganar pelas fintas que o pistoleiro usou para distraí-lo.

Tarkanian sentou-se, e deslizou para fora da maca. Encontrou dificuldade para falar, de modo que se pôs de joelhos e engatinhou pelo piso de linóleo até onde estava a arma.

Segurando-lhe o pescoço com uma mão, o pistoleiro lutava para libertar a faca, preparando-se para enfiá-la no estômago de Bourne.

– Afaste-se. – Tarkanian apontou a arma para os dois homens. – Daqui não tenho como errar.

O pistoleiro ouviu e com a lateral da mão, golpeou o pomo de Adão de Bourne, sufocando-o. Em seguida, moveu o tronco para o lado. Mas justo no instante em que Tarkanian ia apertar o gatilho, Bourne disparou uma série de socos no rim do pistoleiro. Ele gemeu e Bourne o ergueu, colocando-o entre ele e Tarkanian. Um som de tosse anunciou que a bala se cravara no peito do pistoleiro.

Tarkanian praguejou, moveu-se para pôr Bourne de volta na mira. Mas Bourne arrancou a faca da mão frouxa do pistoleiro e a atirou com pontaria mortífera. Empurrando o pistoleiro para longe, Bourne atravessou o quarto até onde Tarkanian jazia caído numa poça de seu próprio sangue. A faca enterrara-se até o cabo no peito de Tarkanian. Pela posição, Bourne sabia que ela havia perfurado um pulmão. Dentro de alguns momentos, Tarkanian se afogaria em seu próprio sangue.

Tarkanian encarou Bourne e deu uma gargalhada enquanto dizia:

– Agora, você é um homem morto.

DEZ

Rob Batt tomou providências através do general Kendall, o assessor de LaValle. Por ele, Batt conseguiu ter acesso a equipes de operações clandestinas da NSA. Nenhuma ingerência do Congresso, nem problemas, nem complicações. No que dizia respeito ao governo federal, aquele pessoal não existia, exceto como auxiliares agregados ao Pentágono; acreditava-se que faziam serviços burocráticos num escritório sem janelas em algum lugar nas entranhas do prédio.

Ora, esta é a maneira como os serviços clandestinos deveriam funcionar, pensou Batt consigo mesmo, enquanto explicava a operação para os oito rapazes posicionados em semicírculo na sala de reuniões do Pentágono que Kendall lhe arrumara. Nada de supervisão, nada da intromissão de comissões do Congresso a quem prestar contas.

O plano era simples, como todos os planos de Batt tinham tendência de ser. Outras pessoas podiam gostar de detalhes e complicações, mas não Batt. Kendall batizara a operação de Baunilha. Mas, para Batt, quanto mais gente estivesse envolvida, mais coisas poderiam dar errado. Além disso, ninguém estragava planos simples; se necessário, eles podiam ser organizados e executados em questão de horas, mesmo com pessoal totalmente novo. Mas o fato era que ele gostava daqueles agentes da NSA, talvez porque fossem militares. Compreendiam as coisas rapidamente, eram mais rápidos para aprender. Ele nunca tinha que repetir uma instrução. Todos, sem exceção, pareciam memorizar tudo o que lhes era apresentado.

Melhor ainda, devido a sua formação militar, eles obedeciam ordens sem questionar, ao contrário dos agentes da CIA – como Soraya Moore, por exemplo –, que sempre pensavam que sabiam uma maneira melhor de fazer as coisas. Além disso, aqueles rapazes não tinham medo da hora da ação; não tinham medo de apertar o gatilho. Se recebessem a ordem apropriada, matariam um alvo sem perguntas, nem arrependimentos.

Batt sentia uma certa exultação em saber que não haveria ninguém olhando por cima de seu ombro, que não teria que se explicar com ninguém – nem mesmo com a nova DCI. Havia entrado numa arena totalmente diferente, uma que era toda sua, onde podia tomar decisões de grande importância, conceber operações de campo e executá-las com a confiança de que receberia apoio até o fim, de que nada jamais se voltaria contra ele, nem o deixaria cara a cara com uma comissão de inquérito do Congresso e caído em desgraça. Enquanto terminava a reunião de instruções prémissão, seu rosto tornou-se corado e seu pulso se acelerou. Havia um calor crescendo dentro dele que quase poderia ser chamado de excitação sexual.

Ele tentou não pensar em sua conversa com o secretário da Defesa, tentou não pensar em Luther LaValle assumindo o comando da Typhon, enquanto ele olhava, impotente. Desesperadamente, não queria abrir mão do controle de uma arma tão poderosa contra o terrorismo, mas Halliday não lhe deixara escolha.

Vamos dar um passo de cada vez. Se houvesse alguma maneira de frustrar Halliday e LaValle, ele a encontraria. Mas, por enquanto, voltaria sua atenção apenas para a tarefa imediata. Ninguém ia estragar seu plano de capturar Jason Bourne. Tinha certeza disso. Em algumas horas Bourne estaria preso sob custódia, tão profundamente enterrado que nem mesmo um Houdini, como ele, jamais conseguiria escapar.

Soraya Moore encaminhou-se para o escritório de Veronica Hart. Dois homens estavam saindo: Dick Symes, o chefe de inteligência, e Rodney Feir, chefe de apoio a operações de campo. Symes era um homem baixo, rotundo, cujo rosto vermelho parecia ter sido colado diretamente aos ombros. Feir, vários anos mais moço, tinha cabelos claros, corpo atlético e uma expressão fechada como um cofre de banco.

Ambos a cumprimentaram cordialmente, mas havia uma condescendência repulsiva no sorriso de Symes.

– Vai enfrentar a leoa em sua toca? – perguntou Feir.

– Ela está de mau humor?

Feir deu de ombros.

– Ainda é cedo demais para dizer.

– Estamos esperando para ver se ela é capaz de carregar o peso do mundo sobre seus ombros delicados – disse Symes. – Exatamente como a senhora, *diretora*.

Soraya forçou um sorriso por entre os maxilares cerrados.

– Os cavalheiros são realmente muito gentis.

Feir deu uma gargalhada.

– Estamos sempre prontos e dispostos a servi-la, senhora.

Soraya os observou partir. Formavam um belo par de jarras. Ela enfiou a cabeça pelo gabinete da DCI. Ao contrário de seu predecessor, Veronica Hart mantinha uma política de portas abertas no que dizia respeito a seu pessoal de alto escalão. Isso inspirava um sentido de confiança e camaradagem que – como dissera a Soraya – andara fazendo muita falta na CIA dos tempos anteriores. De fato, a partir da vasta quantidade de informações eletrônicas que estivera examinando no curso dos últimos dias, tornava-se cada vez mais claro que a mentalidade de bunker do DCI anterior resultara numa atmosfera de cinismo e isolamento entre os chefes de diretorados. O Velho vinha de uma escola em que se deixava que os Sete competissem ferozmente entre si, usando de duplicidade, deslealdade e, na opinião de Veronica, comportamentos francamente censuráveis.

Hart era produto de uma nova era, em que o lema era cooperação. Os acontecimentos de 2001 haviam provado que, quando se tratava de serviço de inteligência, a competição era mortal. No que dizia respeito à Soraya até agora estava sendo melhor assim.

– Há quanto tempo vem trabalhando nisso? – perguntou Soraya.

Hart lançou um olhar para a janela.

– Já é de manhã? Mandei o Rob para casa há horas.

– A manhã já acabou há muito tempo. – Soraya sorriu. – Que tal almoçarmos? Está precisando sair deste escritório.

Ela abriu as mãos espalmadas para indicar a pilha de dossiês esperando no computador.

– Tenho trabalho demais.

– Que não será feito se desmaiar de fome e desidratação.

– OK, na cantina.

– Está um dia tão bonito... Eu estava pensando em irmos a pé até um de meus restaurantes favoritos.

Percebendo uma nota de advertência na voz de outro modo alegre de Soraya, Hart ergueu o olhar. Sim, definitivamente havia algo que a sua diretora da Typhon queria falar com ela fora dos limites do prédio da CIA.

Hart assentiu.

– Está bem. Vou buscar meu casaco.

∽

Soraya tirou do bolso o novo celular que retirara na CIA naquela manhã. Havia encontrado o seu antigo na sarjeta, ao lado do carro, no posto de vigilância da casa de Moira Trevor. Livrara-se dele no escritório. Naquele momento, ela enviou um torpedo. Um instante depois, o celular de Hart sinalizou uma mensagem. O texto de Soraya dizia: VAN X R: Van do outro lado da rua.

Hart guardou o celular e embarcou numa longa história ao final da qual ambas caíram na gargalhada. Depois falaram das vantagens de sapatos sobre botas, de couro comparado à camurça, que modelo Jimmy Choos elas comprariam se algum dia ganhassem dinheiro suficiente.

Estavam ambas de olho na van, mesmo sem aparentemente olhar para ela. Soraya indicou que seguissem por uma ruazinha secundária por onde a van não poderia entrar, para não chamar muita atenção. Estavam saindo do alcance dos aparelhos de escuta eletrônica.

– Você veio do setor privado – comentou Soraya. – O que não compreendo é por que abriu mão de tudo aquilo para se tornar diretora da CIA. É um cargo tão ingrato.

– Por que você aceitou ser diretora da Typhon? – perguntou Hart.

– Era um enorme avanço para mim, tanto em termos de prestígio quanto em salário.

– Mas esse não foi realmente o motivo que a levou a aceitar, não é?

Soraya sacudiu a cabeça.

– Não. Eu tinha um forte sentido de obrigação para com Martin Lindros. Estive envolvida desde o princípio. Pelo fato de ser metade árabe, Martin pediu minha contribuição não só para a criação da Typhon como para o recrutamento de pessoal. Ele queria que a Typhon fosse uma organização de coleta de informações diferente, composta por gente que compreendesse não só a mentalidade árabe como também a muçulmana. Ele achava... e eu muito sinceramente concordava que o único modo bem-sucedido de combater a ampla variedade de células terroristas extremistas era compreender o que as motivava. Quando estivesse em sincronia com essa motivação, poderia começar a antecipar suas ações.

Hart assentiu, seu rosto alongado numa expressão neutra enquanto ela mergulhava em suas reflexões.

– Minhas motivações foram semelhantes às suas. Fiquei farta da atitude cínica das companhias do setor privado. Todas elas, não apenas a Black River, onde eu trabalhava, estavam apenas interessadas em quanto dinheiro poderiam ganhar com a confusão no Oriente Médio. Em tempos de guerra, o governo torna-se uma gigantesca vaca leiteira, produzindo e investindo dinheiro recém-emitido em todas as situações, como se apenas isso fosse fazer alguma diferença. Mas o fato é que todos os envolvidos têm licença para saquear e roubar tanto quanto quiserem. O que acontece no Iraque fica no Iraque. Ninguém irá processá-los. Eles têm garantia de indenização contra punição pelo fato de lucrarem com a miséria de outro povo.

Soraya a conduziu para o interior de uma loja de roupas, onde fingiram estar olhando camisolas para encobrir a seriedade da conversa.

– Vim para a CIA porque não podia mudar a Black River, mas achava que poderia fazer diferença aqui. O presidente me deu um mandato para mudar uma organização que há muito tempo havia perdido o rumo, que se encontrava em desordem total.

Elas saíram pela porta dos fundos, atravessaram a rua e, apressando o passo, desceram o quarteirão, dobrando à esquerda, depois à direita, seguindo por mais dois quarteirões e depois de novo à esquerda. Então, entraram em um grande restaurante fervilhando de gente. Perfeito. O nível de barulho do ambiente, o som das múltiplas conversas entrecruzadas tornariam a conversação entre elas indetectável.

A pedido de Hart foram acomodadas numa mesa perto do fundo do salão, de onde tinham excelente visão não só do interior do restaurante como da porta da frente. Todos os que entrassem seriam vistos por elas.

– Bem executado – falou Hart, depois que sentaram. – Vejo que já fez isso antes.

– Três vezes, especialmente quando estava trabalhando com Bourne e fui obrigada a me livrar de um seguidor.

Hart examinou o grande cardápio.

– Você acha que aquela van era da CIA?

– Não.

Hart olhou para Soraya por cima do cardápio.
– Eu também acho que não.
Para começar, elas pediram truta ao forno, salada Caesar e água mineral. E se revezaram na tarefa de examinar as pessoas que entravam no restaurante.

Em meio a salada, Soraya comentou:
– Interceptamos uma conversa pouco comum nos últimos dias. Eu não diria que *alarmante* fosse uma palavra exagerada.

Hart descansou o garfo.
– Como assim?
– Parece possível que um novo ataque terrorista em território americano esteja nos estágios finais.

A postura de Hart mudou imediatamente. Ela pareceu claramente abalada.
– E que diabos estamos fazendo aqui? – perguntou, furiosa. – Por que não estamos no escritório, onde posso mobilizar nossas forças?

– Espere até ouvir a história toda – respondeu Soraya. – Lembre-se de que as linhas e frequências que a Typhon monitora são quase todas no exterior, de modo que, ao contrário das conversas que as outras agências escaneiam, nosso foco de exame é mais concentrado... e, pelo que vi, também muito mais acurado. Como sabe, sempre há uma quantidade enorme de desinformação nas conversas regulares. O que não ocorre entre os terroristas que mantemos sob escuta. É claro que estamos sempre checando e rechecando a precisão de cada informação, mas até provarem contrário, partimos da suposição de que seja verdade. Contudo, há dois problemas, motivo pelo qual mobilizar a CIA agora não será o caminho mais indicado.

Três mulheres entraram conversando animadamente. O gerente as cumprimentou como velhas conhecidas e as conduziu para uma mesa redonda perto da janela, onde se acomodaram.

– Primeiro temos uma previsão de tempo quase imediata, o que significa dentro de uma semana, dez dias, no máximo. Contudo, não sabemos quase nada sobre o alvo, exceto, pelas conversas interceptadas, que é grande e complexo, de modo que estamos pensando em um prédio. De novo, devido à nossa expertise muçulmana, acreditamos que será uma estrutura de importância econômica e simbólica.

– Mas nenhuma locação específica?

– Na Costa Leste, muito provavelmente Nova York.

– Nada passou por minha mesa, o que significa que nenhuma das agências coligadas sabe de nada sobre essa informação.

– É o que estou lhe dizendo – falou Soraya. – Isso é exclusivamente nosso. Da Typhon. Foi para isso que fomos criados.

– Você ainda não me disse por que não devo informar o Departamento do Interior e mobilizar a CIA.

– Porque a fonte dessa informação é inteiramente nova. Realmente acredita que a HS ou a NSA aceitariam nossa informação sem questionar, da forma como se apresenta? Eles precisariam corroborá-la... O que, A, não o conseguiriam de suas próprias fontes e, B, iriam xeretar a história, o que poria em risco os progressos que conseguimos fazer.

– Quanto a isso você está certa – concordou Hart. – Eles são tão sutis quanto um elefante em Manhattan.

Soraya curvou-se para a frente.

– O importante é que o grupo que planeja o ataque nos é desconhecido. Isso significa que não sabemos qual é sua motivação, nem sua mentalidade ou sua metodologia.

Dois homens entraram, um atrás do outro. Vestiam-se como civis, mas o porte militar os entregava. Foram acomodados em mesas separadas, em lados opostos do salão.

– NSA – disse Hart.

Soraya franziu o cenho.

– Por que a NSA estaria nos seguindo?

– Eu lhe direi daqui a um minuto. Vamos continuar com o que é mais urgente no momento. Quer dizer que estamos lidando com uma organização terrorista completamente desconhecida, independente, capaz de planejar um ataque em grande escala? Isso me parece improvável.

– Imagine como não parecerá a seus chefes de diretorado. Além disso, nossos agentes calcularam que manter essa informação em segredo é o único modo de conseguir obter novas informações. No momento em que esse grupo perceber que estamos nos mobilizando, eles adiarão a operação para outra ocasião.

– Presumindo que a data prevista esteja correta, será que eles conseguiriam abortá-la ou adiá-la num estágio já tão avançado?

– *Nós* com certeza, não poderíamos. – Soraya deu-lhe um sorriso irônico. – Mas redes terroristas não têm infraestrutura nem burocracia para retardá-las, assim, quem sabe? Parte da dificuldade em localizá-los e capturá-los é devido a sua infinita flexibilidade. Essa metodologia superior era o que Martin queria para a Typhon. Esse é o meu mandato.

O garçom retirou as saladas, comidas pela metade. Um momento depois, os pratos principais chegaram. Hart pediu mais uma garrafa de água mineral. Sua boca estava seca. Agora ela tinha a NSA de um lado, uma organização terrorista desconhecida, prestes a lançar um ataque a um grande prédio na Costa Leste do outro. Estava entre a cruz e a espada. Qualquer dos dois poderia destruir sua carreira na CIA antes mesmo que ela sequer começasse. Não podia permitir que isso acontecesse. Não permitiria.

– Me dê licença um momento – pediu, levantando-se.

Soraya examinou o restaurante, mas manteve pelo menos um dos agentes em sua visão periférica. Ela o viu retesar-se quando a diretora Hart seguiu para o banheiro feminino. Ele havia se levantado e a seguia para o fundo do salão quando Hart voltou. Ele inverteu o curso e tornou a se sentar.

Depois de se acomodar na cadeira, a DCI olhou Soraya bem nos olhos.

– Uma vez que você decidiu me passar esta informação aqui e não no escritório presumo que tenha um plano específico sobre como prosseguir.

– Escute – falou Soraya –, estamos diante de uma situação perigosíssima, sem informação suficiente que nos permita mobilizar as forças quanto mais agir. Temos menos de uma semana para descobrir tudo sobre esta organização terrorista, baseada Deus sabe onde e com sabe-se lá quantos integrantes.

"Não é a hora nem o lugar para protocolos habituais, que não nos serão de nenhuma utilidade." Ela baixou o olhar para o peixe no prato, como se fosse a última coisa que quisesse botar na boca. Quando ergueu o olhar de novo, disse: "Precisamos que Jason Bourne descubra esse grupo terrorista. Nós cuidaremos do resto."

Hart olhou para Soraya como se ela tivesse enlouquecido.

– Fora de questão.

– Dada a urgência da missão – insistiu Soraya –, ele é o único que tem chance de encontrá-los e detê-los.

– Eu não duraria um dia no cargo se alguém soubesse que estava usando Jason Bourne.

– Por outro lado – disse Soraya –, se não der a prioridade necessária a esta informação, se o grupo executar o ataque, estará fora da CIA antes de conseguir recuperar o fôlego.

Hart recostou-se na cadeira e deu uma risadinha.

– Você realmente é uma figura. Quer que eu autorize o uso de um agente renegado... um homem que, na melhor das hipóteses, é instável, que muita gente poderosa na organização acha que é especialmente perigoso para a CIA, para uma missão que poderia ter consequências terríveis para o país, e para a continuação da CIA, tal como você e eu a conhecemos?

Um arrepio de preocupação desceu pela coluna de Soraya.

– Espere um minuto, repita o que disse. O que quer dizer com a continuação da CIA, tal como nós a conhecemos?

Hart olhou de um agente da NSA para o outro. Então, deixou escapar um profundo suspiro e contou a Soraya tudo o que havia acontecido desde o momento em que fora convocada ao Salão Oval para se reunir com o presidente e se descobrira confrontando Luther LaValle e o general Kendall.

— Depois que consegui convencer o presidente, LaValle me abordou do lado de fora para uma conversa – contou Hart. — Ele me disse, que se eu não fizesse o jogo dele, viria contra mim com tudo de que dispõe. Ele quer tomar o controle da CIA, Soraya, e quer isso como parte de uma infindável ampliação de seus domínios nos serviços de informações. Mas não é apenas contra LaValle que estamos lutando, é contra seu chefe, o secretário da Defesa. O plano é Bud Halliday, de cabo a rabo. A Black River fez alguns negócios com ele enquanto eu estava lá. Nenhuma deles agradável. Se ele conseguir levar a CIA para o âmbito de controle do Pentágono, pode estar certa de que os militares vão assumir e destruir tudo com sua habitual mentalidade belicista.

— Então, ainda existem mais motivos para me deixar trazer Jason para cuidar disso. – A voz de Soraya havia adquirido um tom ainda maior de urgência. — Ele consegue fazer o serviço quando uma companhia de agentes não consegue. Creia-me, já trabalhei com ele em campo duas vezes. Não importa o que digam a respeito dele na CIA, é tudo mentira. É claro que funcionários de carreira, como Rob Batt, o odeiam até a alma. E por que não odiariam? Bourne tem uma liberdade que eles gostariam de ter. Além disso, ele tem capacidades com que eles nunca sonharam.

— Soraya, em várias avaliações, já se sugeriu que você teve um caso com Bourne. Por favor, conte-me a verdade. Preciso saber se você está sendo influenciada por alguma coisa além do que pensa ser melhor para o país e para a CIA.

Soraya sabia que aquilo viria e estava preparada.

— Pensei que Martin tivesse posto fim nessa fofoca de escritório. Não há absolutamente nenhuma verdade nela. Nós nos tornamos amigos quando fui chefe de estação, em Odessa. Foi há muito tempo; ele não se lembra. Quando Bourne voltou no ano passado para resgatar Martin, não tinha a mínima ideia de quem eu era.

— No ano passado, você esteve em campo de novo com ele.

— Nós trabalhamos bem juntos. É só isso – disse Soraya, com firmeza. Hart ainda observava sorrateiramente os agentes da NSA.

– Mesmo se pensasse que o que você está propondo fosse funcionar, ele nunca aceitaria. Por tudo o que li e ouvi desde que vim para a CIA, ele detesta a organização.

– É verdade – concordou Soraya. – Mas quando ele tomar conhecimento da natureza da ameaça, creio que consigo convencê-lo a trabalhar conosco, mais uma vez.

Hart sacudiu a cabeça.

– Não sei. Até falar com ele é um enorme risco, um risco que não estou certa de querer correr.

– Se não aproveitar esta oportunidade, diretora, nunca mais terá outra. Será tarde demais.

Ainda assim Hart continuou indecisa quanto a direção a seguir: a conhecida e já utilizada com sucesso no passado ou aquela que não era nada ortodoxa. Não, pensou ela, nada *ortodoxa não, insana*.

– Creio que a utilidade deste lugar já acabou – falou abruptamente. Fez sinal para o garçom. – Soraya, acho que você precisa retocar a maquiagem. E enquanto estiver no banheiro, por favor, ligue para a Polícia Metropolitana de Washington. Use o telefone público; está funcionando, eu chequei. Diga-lhes que há dois homens armados aqui no restaurante. Então, volte para a mesa e esteja pronta para sair rapidamente.

Soraya deu um pequeno sorriso cúmplice, então levantou-se e seguiu para o toalete feminino. O garçom se aproximou da mesa, franzindo o cenho.

– Algo errado com a truta, senhora?

– Está ótima – respondeu Hart.

Enquanto o garçom recolhia os pratos, Hart tirou cinco notas de vinte dólares e enfiou-as no bolso dele.

– Está vendo aquele homem ali, aquele com o rosto largo e ombros de jogador de futebol?

– Sim, senhora.

– Que tal você tropeçar quando passar pela mesa dele?

– Se fizer isso – retrucou o garçom –, provavelmente vou deixar cair as trutas no colo dele.

– Exatamente – disse Hart, com um sorriso sedutor.

– Mas eu poderia perder o emprego.

– Não se preocupe. – Hart tirou a identidade da bolsa e mostrou a ele. – Se houver qualquer problema, eu resolvo com seu patrão.

O garçom assentiu e se afastou. Soraya reapareceu, voltando para a mesa. Hart jogou algumas notas sobre a mesa, mas não se levantou enquanto o garçom não esbarrou num ajudante. O homem cambaleou, os pratos voaram. No instante em que o homem da NSA se pôs de pé de um salto, Hart se levantou. Ela e Soraya seguiram para a porta. Enquanto o homem da NSA reclamava com o garçom, que procurava limpar-lhe a roupa com vários guardanapos, todos à volta olhavam e gesticulavam. Dois clientes mais próximos ao acidente gritavam suas versões do que havia acontecido. Em meio ao caos crescente, o segundo agente do NSA havia se levantado para socorrer o companheiro, mas, quando viu o alvo de sua vigilância vindo em sua direção, mudou de ideia.

Hart e Soraya haviam chegado à porta e saíam para a rua. O segundo homem da NSA começou a segui-las, mas um par de policiais uniformizados irrompeu no restaurante e o deteve.

– Ei! E elas! – ele gritou, apontando as duas mulheres.

Mais dois carros de polícia frearam cantando pneus; os policiais saltaram correndo. Hart e Soraya já estavam com suas carteiras de identidade na mão. Os policiais checaram os documentos.

– Estamos atrasadas para uma reunião – falou Hart rapidamente e com autoridade. – Segurança nacional.

A frase foi como um *"abre-te, sésamo"*. Os policiais as deixaram passar.

– Que luxo! – comentou Soraya, impressionada.

Hart balançou a cabeça em agradecimento, mas sua expressão estava sombria. Vencer uma pequena escaramuça como aquela não era nada, apenas gratificação imediata de uma pequena batalha vencida. Era a guerra que ela tinha em mente.

Quando estavam a vários quarteirões de distância e podiam ter certeza de estar livres dos cães de LaValle, Soraya disse:

– Pelo menos me deixe marcar um encontro com Bourne para que possamos saber quais seriam seus planos e o que ele sugeriria.
– Duvido muito que vá funcionar.
– Jason confia em mim. Ele fará a coisa certa – disse Soraya com absoluta convicção. – Ele sempre faz.
Hart refletiu por algum tempo. Cruz ou espada? A escolha difícil ainda se avolumava em seus pensamentos. Morte pela água ou pelo fogo, qual das duas seria? Mas mesmo naquele momento, ela não se arrependia por ter aceito o cargo de diretora. Se havia algo que estava disposta a enfrentar naquele estágio de vida era um desafio. E não podia imaginar um maior.
– Como você, sem dúvida, sabe, Bourne quer ver os arquivos das conversas entre Lindros e Moira Trevor. – Ela fez uma pausa de modo a julgar a reação de Soraya à mulher a quem Bourne agora estava ligado. – Eu concordei. – Não houve qualquer tremor no rosto de Soraya. – Vou me encontrar com ele esta tarde, às cinco – disse lentamente, como se ainda ruminasse a ideia. Então, subitamente, ela pareceu decidida. – Venha comigo. Ouviremos a opinião dele sobre a sua informação.

ONZE

— Muitíssimo bem-feito — disse Specter para Bourne. — Não tenho palavras para descrever como estou impressionado com a maneira como você lidou com as situações no zoológico e no hospital.

— Mikhail Tarkanian está morto — falou Bourne. — Não queria de jeito nenhum que isso acontecesse.

— Apesar disso, aconteceu. — O olho de Specter não estava mais tão inchado, mas agora começava a apresentar uma variedade de cores vívidas. — Mais uma vez, devo-lhe um enorme favor, meu caro Jason. Claramente, Tarkanian era o traidor. Se não fosse por você, ele teria sido o instigador da minha tortura e, no final, da minha morte. Perdoe-me se não lamento por ele.

O professor deu uma palmadinha nas costas de Bourne enquanto caminhavam até o salgueiro-chorão na propriedade de Specter. Pelo canto do olho, Bourne pôde ver vários rapazes armados com rifles de assalto, protegendo-os. Depois dos acontecimentos daquele dia, Bourne não se ressentia mais da presença dos guardas armados do professor. Na verdade, faziam com que se sentisse melhor ao sair do lado de Specter.

Sob a sombra dos galhos amarelos e delicados, os dois homens contemplaram o lago, sua superfície perfeitamente lisa, como uma placa de aço. Um par de assustados japins-soldados levantou voo, piando zangados e suas penas reluzindo por um momento em tons do arco-íris enquanto planavam para longe do sol que se punha rapidamente.

— Você conhece bem Moscou? — perguntou Specter. Bourne lhe contara o que Tarkanian dissera, e eles haviam concordado que Bourne devia começar por lá a busca pelo assassino de Pyotr.

— Bastante bem. Já estive lá várias vezes.

— Mesmo assim, vou mandar um amigo meu, Lev Baronov, recebê-lo no Sheremetyevo. O que você quiser, ele lhe fornecerá. Inclusive armas.

— Eu trabalho sozinho — disse Bourne. — Não quero, nem preciso de parceiro.

Specter assentiu, compreensivo.

— Lev estará lá apenas para lhe dar apoio, prometo que não será um estorvo.

O professor calou-se por um momento.

— O que me preocupa, Jason, é seu relacionamento com a Srta. Trevor. — Virando-se de forma a ficar de costas para a casa, falou mais baixo. — Não tenho intenção de me imiscuir em sua vida pessoal, mas se você for para o exterior...

— Nós dois vamos viajar. Ela está de partida para Munique esta noite — disse Bourne. — Agradeço sua preocupação, mas ela é uma mulher dura, como poucas que já conheci. Ela sabe cuidar de si.

Specter assentiu visivelmente aliviado.

— Então, tudo bem. O único problema é a informação sobre Icoupov. — Ele tirou do bolso um pacote. — Aqui está sua passagem para Moscou, bem como todos os documentos de que você vai precisar. Há dinheiro à sua disposição. Lev vai lhe passar os detalhes sobre o banco, número da conta vinculada à caixa-forte e uma identidade falsa. A conta foi aberta em nome da identidade falsa, não no seu.

— Isso exigiu muito planejamento.

— Mandei fazer tudo ontem à noite, na esperança de que você concordasse em ir — falou Specter. — Tudo o que falta é tirar uma fotografia sua para o passaporte.

— E se eu tivesse dito não?

— Já tínhamos outro voluntário. — Specter sorriu. — Mas eu tinha fé, Jason. E minha fé foi recompensada.

Eles se viraram de volta e se encaminhavam para a casa quando o professor fez uma pausa.

— Mais uma coisa — disse ele. — A situação em Moscou com relação à *grupperovka*, a associação das famílias criminosas, está em um de seus períodos de ebulição. Os Kazanskaya e os Azeri andam lutando pelo controle exclusivo do comércio de drogas. As quantias em jogo são extraordinariamente altas... na casa dos bilhões de dólares. De modo que tente não cruzar o caminho deles. Se houver algum contato, suplico-lhe que não lute contra eles. Em vez disso, dê a outra face. É a única maneira de sobreviver por lá.

— Vou me lembrar disso — disse Bourne, justo quando um dos homens de Specter veio correndo dos fundos da casa.

— Uma mulher, Moira Trevor, está aqui para ver o Sr. Bourne — disse em alemão com sotaque turco.

Specter virou-se para Bourne, as sobrancelhas erguidas em surpresa ou preocupação, talvez ambos.

— Não tive outra escolha — explicou Bourne. — Preciso vê-la antes que ela embarque. E depois do que aconteceu hoje, não queria deixá-lo antes da hora.

O rosto de Specter se desanuviou.

— Fico muito grato, Jason. Sinceramente. — Fez um gesto amplo com a mão. — Vá ver sua amiga, depois temos que fazer nossos preparativos finais.

↩

— Estou a caminho do aeroporto — avisou Moira quando Bourne foi se juntar a ela no vestíbulo. — O avião parte em duas horas. — Ela lhe deu todas as informações pertinentes.

— Seguirei em outro voo — disse ele. — Tenho um trabalho para fazer ao professor.

Um lampejo de desapontamento cruzou o rosto dela antes de desaparecer num sorriso.

— Você tem que fazer o que achar melhor.

Bourne percebeu um ligeiro tom distante na voz dela, como se uma divisória de vidro entre eles tivesse se fechado.

– Estou fora da universidade. Você estava certa quanto àquilo.
– Mais uma boa notícia.
– Moira, não quero que minha decisão cause problemas entre nós.
– Isso nunca poderia acontecer, Jason. Juro, prometo. – Ela beijou-lhe a face. – Tenho algumas entrevistas marcadas quando chegar a Munique, pessoal de segurança que consegui contatar através de canais reservados: dois alemães, um israelense e um alemão muçulmano, que pode ser o mais promissor do grupo.

Quando dois dos homens de Specter entraram, Bourne levou Moira para uma das salas de visita. O relógio de navio de bronze na cornija da lareira marcou a troca da guarda.

– Isso é um bocado luxuoso para um diretor de universidade.
– O professor é de família rica – mentiu Bourne. – Mas é reservado quanto a isso.
– Meus lábios estão selados – disse Moira. – A propósito, para onde ele vai enviar você?
– Moscou. Alguns dos amigos dele estão com problemas.
– Máfia russa?
– Algo assim.

Era melhor que ela acreditasse na explicação mais simples, pensou Bourne. Ele observou o jogo de luz do abajur revelar a expressão dela. Bourne com certeza não era nada inexperiente em matéria de duplicidade, mas seu coração se contraiu diante da ideia de que ela fosse suspeita por ter enganado Martin. Em vários momentos naquele dia, havia pensado em desmarcar o encontro com a nova DCI, mas tinha que admitir para si mesmo que ver as mensagens entre ela e Martin tornara-se importante para ele. Depois que examinasse o material saberia como proceder com Moira. Devia a Martin descobrir a verdade a respeito de seu relacionamento com ela. Além disso, não adiantava enganar a si mesmo: tinha agora um interesse pessoal na situação. Seus sentimentos recém-descobertos por ela complicavam a questão para todo mundo, sobretudo para ele. Por que para cada prazer havia sempre um preço a pagar?, perguntou a si mesmo, com amargura. Agora estava comprometido; não havia como voltar atrás, nem com relação a Moscou nem com relação a descobrir quem Moira realmente era.

Chegando mais perto dele, Moira pôs a mão em seu braço.

– O que é, Jason? Você parece tão aflito.

Bourne tentou não demonstrar surpresa. Como Marie, ela tinha uma estranha capacidade de perceber o que ele estava sentindo, mesmo que para todas as outras pessoas ele fosse perito em manter a expressão neutra. O importante agora era não mentir para ela; se mentisse, ela perceberia num piscar de olhos.

– A missão é extremamente delicada. O professor Specter já me preveniu de que estarei me metendo em meio a uma luta de extermínio entre duas famílias da *grupperovka* de Moscou.

A mão dela apertou-lhe o braço por um instante.

– Sua lealdade ao professor é admirável. E, francamente, o que Martin mais admirava em você era sua lealdade. – Ela consultou o relógio. – Tenho que ir.

Moira levantou o rosto para ele, seus lábios eram macios como manteiga derretendo, e eles se beijaram pelo que pareceu muito tempo.

Ela riu baixinho.

– Jason querido, não se preocupe. Não sou uma daquelas mulheres que perguntam quando vou ver você de novo.

Então, ela girou nos calcanhares e, seguindo para o vestíbulo, foi embora. Um momento depois, Bourne ouviu o barulho do motor de um carro dando partida, os pneus esmagando o cascalho enquanto manobravam um meio círculo em marcha a ré para deixar a entrada e seguir para a estrada.

∽

Arkadin acordou, sentindo-se sujo e enrijecido. A camisa ainda estava úmida de suor por causa do pesadelo. Uma luz cinzenta penetrava pelas persianas. Enquanto girava o pescoço, alongando o corpo, pensou que o que mais precisava era de um bom banho de banheira, mas tudo o que o hotel oferecia era um chuveiro no banheiro do corredor.

Ele se virou e descobriu que estava sozinho no quarto. Devra tinha ido embora. Sentando-se, ele saiu da cama úmida, com as cobertas em desordem, esfregou o rosto barbado com as palmas das mãos. O ombro latejava. Estava inchado e quente.

Já ia estender a mão para a maçaneta quando a porta se abriu. Devra estava no umbral, com uma sacola de papel na mão.

– Sentiu saudades de mim? – perguntou ela com um sorriso irônico. – Estou vendo pela sua cara. Você pensou que eu tivesse me mandado.

Ela entrou, fechou a porta com um pontapé. Sem piscar, seus olhos encararam os dele. Ela estendeu a mão e apertou-lhe o ombro esquerdo, delicadamente, mas com firmeza suficiente para causar dor.

– Comprei café e pão fresco para nós – disse em tom neutro.
– Não me maltrate.

Arkadin a encarou irritado por um momento. A dor não significava nada para ele, mas o tom de desafio nela, sim. Ele estava certo, Devra era bem mais complexa do que dava a parecer. Ele a largou e ela também.

– Sei quem você é – falou. – Filya não era o mensageiro de Pyotr. Você é o correio.

O sorriso irônico retornou.

– Estava me perguntando quanto tempo você levaria para descobrir. – Ela atravessou o quarto até a penteadeira, arrumou os copos de papel com o café e colocou os pães em cima do saco. Então, pegou uma bolsa de gelo e jogou para ele. – Os pães ainda estão quentes. – Ela deu uma mordida em um e mastigou, pensativa.

Arkadin colocou a bolsa de gelo no ombro, suspirou consigo mesmo de alívio. Devorou o pão em três mordidas. Então, bebeu o café escaldante.

– Agora, imagino que vá botar a palma da mão no fogo. – Devra sacudiu a cabeça. – Homens...

— Por que você ainda está aqui? – perguntou Arkadin. – Poderia ter fugido.

— E para onde iria? Fuzilei um dos homens de Pyotr.

— Você deve ter amigos.

— Nenhum em quem possa confiar.

O que significava que ela confiava nele. Seu instinto lhe dizia que Devra não mentia a esse respeito. Ela havia lavado o rosto e tirado o rímel pesado que borrara e escorrera na noite anterior. Curiosamente, aquilo fazia com que seus olhos parecessem ainda maiores. E seu rosto, agora que o havia lavado e tirado a maquiagem teatral, estava corado.

— Vou levá-lo para a Turquia – disse ela. – Uma pequena cidade, chamada Eskişehir. Foi para lá que mandei o documento.

Dado o que ele sabia, a Turquia – a antiquíssima passagem entre o Oriente e o Ocidente – fazia perfeito sentido.

A bolsa de gelo escorregou quando Arkadin agarrou a frente da camisa de Devra. Embora o gesto lhe fizesse doer o ombro, ele não se importou. Os sons da manhã na rua subiram em sua direção junto com o cheiro de pão saído do forno. Ele a inclinou para trás, de modo que sua cabeça e tronco ficassem para fora da janela.

— O que eu lhe disse sobre mentir para mim?

— Você pode me matar agora – ela falou com sua voz de garotinha. – Não vou mais tolerar seus maus-tratos.

Arkadin a puxou de volta para dentro do quarto e a largou.

— O que vai fazer? – ele perguntou, com uma risada de desdém.

— Pular pela janela?

Mal ele tinha acabado de dizer essas palavras, ela caminhou calmamente até a janela e sentou-se no parapeito, o tempo todo encarando-o. Então, inclinou-se para trás, pela janela aberta. Arkadin a agarrou pelas pernas e puxou-a dali.

Eles ficaram parados, encarando-se furiosos, a respiração acelerada, o coração disparado com o excesso de adrenalina.

— Ontem, enquanto estávamos na escada, você me disse que não tinha muito por que viver – falou Devra. – Isso também é verdade para mim. De modo que aqui estamos, aparentemente inimigos, mas, na verdade, irmãos, sem mais ninguém, exceto um ao outro.

— Como vou saber que o próximo elo da rede fica na Turquia?

Ela afastou o cabelo do rosto.

— Estou cansada de mentir para você — declarou. — É como mentir para mim mesma. De que serve?

— Falar é fácil — retrucou ele.

— Então, vou provar a você. Quando chegarmos à Turquia vou levá-lo até o documento.

Tentando não pensar muito a respeito do que ela propunha, Arkadin assentiu, selando o acordo para aquela trégua tensa entre eles.

— Não toco mais em você.

Exceto para te matar, pensou.

DOZE

A Galeria de Arte Freer ficava do lado sul do National Mall, tendo como limite oeste o Monumento a Washington e a leste o espelho d'água, passagem para o imenso prédio do Capitólio. Ficava na esquina de Jefferson Drive com Rua 12, sudoeste, perto do canto oeste do Mall.

O prédio, um palácio em estilo renascentista e fachada de granito Stony Creek trazido de Connecticut, havia sido mandado construir sob encomenda por Charles Freer para abrigar sua enorme coleção de arte do Oriente Próximo e do leste da Ásia. A entrada principal, do lado norte do prédio onde o encontro teria lugar, consistia em três arcos acentuados por pilastras dóricas cercando uma *loggia* central. Como sua arquitetura era voltada para dentro, muitos críticos achavam que sua fachada era demasiado sombria, especialmente se comparada com a exuberância da National Gallery, nas vizinhanças.

Não obstante, a Freer era um museu preeminente em seu gênero no país, e Soraya o adorava não só pela abrangência da coleção de arte que abrigava, mas também pelas linhas elegantes do palácio. Ela apreciava especialmente o espaço aberto da entrada, e o fato de que, mesmo quando o Mall era agitado por hordas de turistas entrando e saindo da estação de metrô Smithsonian na Rua 12, como agora, a Freer, propriamente dita, era um oásis de calma e tranquilidade. Quando as coisas ficavam agitadas demais e fervilhavam no escritório durante o dia, era para a Freer que ela vinha relaxar. Dez minutos com os jades e lacas da dinastia Sung agiam como um bálsamo em sua alma.

Aproximando-se do lado norte do Mall, ela vasculhou a área além da multidão do lado de fora da entrada da Freer e pensou ter visto – em meio aos homens corpulentos com o sotaque duro e anasalado do meio-oeste, crianças que corriam e mães que riam, adolescentes de olhos entediados plugados em seus iPods – a silhueta alta e elegante de Veronica Hart caminhando diante da entrada e depois voltando.

Ela desceu do meio-fio, mas o som estridente da buzina de um veículo que se aproximava a assustou, fazendo-a voltar para a calçada. Foi naquele momento que seu celular vibrou.

– O que, exatamente, você pensa que está fazendo? – perguntou Bourne.

– Jason?

– Por que veio a este encontro?

Tolamente, ela olhou ao redor; nunca conseguiria localizá-lo e sabia disso.

– Hart me convidou. Preciso falar com você. A DCI e eu, nós duas precisamos.

– A respeito de quê?

Soraya respirou fundo.

– Os postos de escuta da Typhon coletaram uma série de informações preocupantes, indicando um ataque terrorista iminente a uma cidade da Costa Leste. O problema é que é só o que temos. E pior, as comunicações foram entre dois quadros de um grupo a respeito do qual não temos nenhuma informação. Foi ideia minha recrutá-lo para encontrá-los e impedir o ataque.

– Não é muita coisa para trabalhar – disse Bourne. – Mas não importa. O grupo é a Legião Negra.

– Quando estava na faculdade, estudei a ligação entre um ramo do extremismo muçulmano e o Terceiro Reich. Mas esta não pode ser a mesma Legião Negra. Eles foram mortos ou postos em debandada quando a Alemanha nazista caiu.

– Não só pode, como é – retrucou Bourne. – Não sei como o grupo conseguiu sobreviver, mas sobreviveu. Três de seus membros tentaram sequestrar o professor Specter esta manhã. Vi a insígnia tatuada no braço de um dos pistoleiros.

— As três cabeças de cavalo unidas pela caveira?
— Exato! — Bourne descreveu o incidente em detalhes. — Cheque o corpo no necrotério.
— Farei isso — disse Soraya. — Mas como a Legião Negra poderia ter permanecido clandestina durante todo esse tempo, sem ser detectada?
— Eles têm uma poderosa fachada internacional — respondeu Bourne. — A Irmandade Oriental.
— Isso me parece improvável — retrucou Soraya. — A Irmandade Oriental é a vanguarda das relações Islã-Ocidente.
— Mesmo assim, minha fonte é impecável.
— Deus do céu, o que você esteve fazendo enquanto esteve fora da CIA?
— Eu nunca fiz parte da CIA — falou Bourne, bruscamente — e aqui vai mais um motivo para isso. Você diz que quer falar comigo, mas duvido que precise de meia dúzia de agentes para isso.

Soraya gelou.

— Agentes? — Ela agora encontrava-se no Mall propriamente dito, e teve que se controlar para evitar olhar ao redor novamente. — Não há agentes da CIA aqui.
— Como você sabe disso?
— Hart teria me dito...
— Por que ela haveria de dizer alguma coisa a você? Você e eu somos amigos de longa data.
— Isso é verdade. — Soraya continuou caminhando. — Mas aconteceu algo hoje cedo que me faz acreditar que os agentes que você detectou são da NSA. — Ela descreveu o modo como ela e Hart haviam sido seguidas do QG da CIA até o restaurante. Depois contou-lhe sobre o secretário Halliday e Luther LaValle, ambos lutando para transformar a CIA numa parte do serviço clandestino do Pentágono.
— Isso poderia fazer sentido — disse Bourne — se fossem apenas dois agentes. Mas seis? Não, existe algum outro plano em ação, um plano de que nenhum de nós tem conhecimento.

– Pode me dar um exemplo?

– Os agentes estão perfeitamente orientados em reta, triangulados para a entrada da Freer – disse Bourne. – O que significa que eles devem ter tido conhecimento prévio de nosso encontro. Também significa que os seis não foram enviados para seguir Veronica Hart. Se não estão aqui por causa dela, devem ter sido enviados por minha causa. Isso só pode ser coisa de Hart.

Soraya sentiu um calafrio descer por suas costas. E se a DCI estivesse mentindo para ela? E se desde o início ela quisesse levar Bourne a uma armadilha? Faria sentido que um de seus primeiros atos oficiais fosse a captura de Jason Bourne. Certamente consolidaria muito sua posição com Rob Batt e com os outros que desprezavam e temiam Bourne, e que se ressentiam de seu comando. Além disso, capturar Jason lhe valeria muitos pontos com o presidente e impediria o secretário Halliday de aumentar sua influência já considerável. Mesmo assim, por que Hart teria permitido que Soraya tivesse a possibilidade de estragar sua primeira operação de campo ao acompanhá-la? Não, ela só podia acreditar que tudo fosse iniciativa da NSA.

– Não acredito nisso – declarou, enfaticamente.

– Vamos dizer que você esteja certa. A outra possibilidade seria igualmente ruim. Se Hart não armou a cilada, então foi alguém do alto escalão da CIA. Fiz meu pedido diretamente a ela.

– Sim – retrucou Soraya –, usando o meu celular.

– Você o encontrou? Você está com um novo agora.

– Estava na sarjeta onde você o jogou.

– Então, pare de reclamar – disse Bourne, não sem gentileza. – Não posso imaginar que Hart tenha contado a muita gente sobre nosso encontro, mas uma dessas pessoas está trabalhando contra ela e, se for este o caso, as probabilidades são de que tenha sido recrutada por LaValle.

Se Bourne estivesse certo... Mas é claro que estava.

– Você é demais, Jason. Se LaValle puder capturá-lo, depois de ninguém da CIA ter conseguido, ele será um herói. Assumir o controle da CIA será fácil para ele depois disso. — Soraya sentiu a transpiração brotar em sua fronte. — Diante das circunstâncias — prosseguiu —, acho que deve se retirar.

— Preciso ver a correspondência entre Martin e Moira. Se Hart tiver armado esta cilada, ela não me dará acesso aos arquivos em outra ocasião. Tenho que correr o risco, mas não enquanto você não me garantir que Hart está com o material.

Quase chegando à entrada, Soraya deu um grande suspiro.

— Jason, eu encontrei as gravações. Posso lhe dizer o que dizem.

— Acha que poderia repeti-las *ipsis litteris*? — perguntou ele. — De qualquer maneira, não é tão simples. Karim al-Jamil adulterou centenas de arquivos antes de ir embora. Conheço o método que ele usou para alterá-los. Tenho que ver eu mesmo.

— Estou vendo que não tenho como convencê-lo a desistir disso.

— Exato — disse Bourne. — Depois que se certificar de que o material é genuíno, ligue para meu celular e deixe chamar uma vez. Então, vou precisar que você leve Hart para a *loggia*, para longe da entrada propriamente dita.

— Por quê? — perguntou ela. — Isso só vai tornar mais difícil que você...

Mas Bourne já havia desligado.

⸻

De seu ponto de observação privilegiado no prédio Forrestal, na Avenida Independence, Bourne focalizou seus óculos de visão noturna de alta potência e virou-os de Soraya, enquanto ela seguia em direção à DCI, passando pelos aglomerados de turistas, para os agentes posicionados na extremidade oeste do Mall. Dois estavam descontraídos, batendo papo, no canto oeste do prédio norte do Departamento de Agricultura. Outro, com as mãos nos bolsos da capa de chuva, atravessava a rua a sudoeste de Madison Drive em direção ao Smithsonian. Um quarto estava sentado à direção de um carro ilegalmente estacionado na Constitution Avenue. De fato, fora ele que havia entregado o jogo. Bourne o tinha visto pouco antes que um carro de radiopatrulha parasse ao lado. As janelas de ambos os carros foram baixadas e seguiu-se uma conversa. O motorista do carro estacionado em local proibido mostrou rapidamente uma identidade. O carro da polícia foi embora.

O quinto e sexto agentes estavam a leste da Freer, um deles aproximadamente a meio caminho entre a Madison e a Jefferson, o outro defronte do Arts Industries Building. Ele sabia que tinha que haver pelo menos mais um.

Eram quase cinco horas. Caía um breve crepúsculo de inverno, somando-se às luzes que piscavam festivamente ao redor dos postes. Com a localização de cada agente memorizada, Bourne retornou ao solo usando parapeitos de janelas para apoiar pés e mãos.

No momento em que se mostrasse, os agentes começariam a se mover. Estimando a distância a que eles estavam, de onde a DCI e Soraya se encontravam, Bourne calculou que não teria mais do que dois minutos com Hart para pegar os arquivos.

Escondido nas sombras, esperando pelo sinal de Soraya, ele se esforçou para localizar os agentes que faltavam. Eles não podiam se dar ao luxo de deixar a Avenida Independence desguarnecida. Se Hart na verdade não estivesse com os arquivos, então ele faria o que Soraya havia sugerido e sairia da área sem ser avistado.

Ele a imaginou na entrada da Freer, falando com a DCI. Haveria um primeiro momento nervoso de reconhecimento, então Soraya teria que direcionar a conversa para os arquivos. Ela teria que encontrar uma maneira de fazer com que Hart os mostrasse, para certificar-se de que eram autênticos.

Seu telefone deu um bipe e parou. Os arquivos eram autênticos. Ele acessou a internet, navegando até o site da Polícia de Washington, verificou as últimas informações sobre o trânsito, checando suas opções. O procedimento demorou mais do que teria lhe agradado. O perigo muito real e imediato era que um dos agentes estivesse em contato com a base – fosse ela a CIA ou o Pentágono – cuja sofisticada telemetria eletrônica poderia localizar com exatidão seu telefone, ou pior, espionar o que ele estava acessando na Net. Contudo, não havia como evitar. O acesso tinha que ser feito no local e no momento imediato para o caso de haver retenções de trânsito imprevistas. Ele tirou a preocupação da cabeça e se concentrou no que teria que fazer. Os cinco minutos seguintes seriam cruciais. Hora de ir.

☙

Momentos depois de Soraya ter contatado Bourne em segredo, ela disse para Veronica Hart:

– Receio que tenhamos um problema.

A cabeça da DCI girou subitamente. Ela tinha estado vasculhando a área em busca de qualquer sinal de Bourne. A multidão ao redor da Freer tinha aumentado enquanto muita gente se encaminhava para a estação de metrô Smithsonian logo depois da esquina, para voltar a seus hotéis e se preparar para o jantar.

– Que tipo de problema?

– Creio que vi um daqueles nossos seguidores da NSA da hora do almoço.

– Que droga, não quero que LaValle saiba que vou me encontrar com Bourne. Ele teria um ataque, iria correndo contar ao presidente. – Ela se virou. – Acho que deveríamos ir embora antes que Bourne chegue.

– E a minha informação? – perguntou Soraya. – Que chance teremos sem ele? Acho que devemos ficar e falar com Bourne. Mostrar-lhe o material vai contribuir muito para conquistar-lhe a confiança.

A DCI estava claramente nervosa.

– Não estou gostando de nada disso.

– É importantíssimo não perder tempo. – Soraya a segurou pelo cotovelo. – Vamos passar ali para trás – disse, indicando a *loggia*. – Lá estaremos fora da linha de visão dos espiões.

Hart a acompanhou com relutância para o espaço aberto. A *loggia* estava especialmente cheia, com gente caminhando em círculos, conversando sobre as obras de arte que tinham acabado de ver, os planos para o jantar e para o dia seguinte. A galeria fechava às cinco e meia, de modo que o prédio estava começando a esvaziar.

– Droga, onde está ele? – indagou Hart, irritada.
– Ele vem – garantiu Soraya. – Ele quer o material.
– É claro que quer. O material diz respeito a amigos dele.
– Limpar o nome de Martin é importantíssimo para ele.
– Eu estava falando de Moira Trevor – retrucou a DCI.

Antes que Soraya pudesse formular uma resposta, um grupo de visitantes saiu pela porta da frente. Bourne estava no meio deles. Soraya podia vê-lo, mas Bourne estava escondido de qualquer um que estivesse do outro lado da rua.

– Aqui está ele – murmurou, enquanto Bourne se aproximava rápida e silenciosamente por trás delas. De alguma forma, ele devia ter passado pela entrada da Independence Avenue, do lado sul do prédio e fechada ao público, vindo pelas galerias até a entrada principal.

A DCI se virou, encarando Bourne com olhar penetrante.
– Afinal, você veio.
– Eu disse que viria.

Ele não piscou, não se moveu um milímetro. Soraya refletiu que quando ele ficava assim tornava-se mais assustador, no auge da pura força de vontade.

– A senhora tem uma coisa para mim.
– Eu disse que você poderia ler. – A DCI lhe estendeu um pequeno envelope de papel pardo.

Bourne pegou-o.
– Receio não ter tempo para ler aqui.

Ele girou e saiu serpenteando em meio ao aglomerado de gente.
– Espere! – gritou Hart. – Espere!

Mas era tarde demais. Três agentes da NSA avançavam rapidamente pela entrada principal. Sua aproximação foi retardada pelas pessoas que saíam da galeria, mas eles as empurraram para tirá-las do caminho. Passaram correndo pela DCI e por Soraya como se não existissem. Um outro agente apareceu, assumindo posição no interior da *loggia*. Ele as encarou e deu um sorriso forçado.

☙

Bourne se movia tão rapidamente quanto achava prudente ali dentro. Tendo memorizado a planta do folheto para visitantes e feito o caminho uma vez, não desperdiçou um único passo. Mas uma coisa o preocupava. Não tinha visto agentes no caminho de entrada. O que provavelmente significava que teria que lidar com eles na saída.

Perto da entrada dos fundos, um guarda vistoriava as galerias pouco antes da hora de fechar. Bourne foi obrigado a contornar um canto, onde havia uma caixa com alarme de incêndio e extintor. Ouviu a voz do guarda enquanto ele conduzia uma família até a saída principal. Bourne estava a ponto de se esgueirar para fora quando ouviu vozes mais agudas, falando rápido. Movendo-se para a sombra, viu um par de estudiosos chineses, esguios, de cabelos brancos, com ternos de risca de giz e sapatos pesados, discutindo os méritos de um vaso da dinastia Tang. Suas vozes foram se afastando à medida que seus passos se encaminhavam para a Jefferson Drive.

Sem perder nem mais um instante, Bourne checou o desvio que havia feito no sistema de alarme. Até o momento, tudo aparentava normalidade. Ele empurrou a porta. O vento noturno fustigou-lhe o rosto e no mesmo instante ele viu os dois agentes que, de armas em punho, corriam pelos degraus de granito. Ele teve tempo apenas de registrar a estranheza das armas, antes de se agachar e voltar para dentro, correndo de volta para a caixa de alarme.

Os agentes entraram. O que vinha à frente tinha o rosto coberto por espuma antifogo. Bourne desviou-se do tiro do segundo agente. Não houve virtualmente nenhum ruído, mas algo tilintou contra o mármore branco do Tennessee na parede junto a seu ombro e caiu batendo forte no chão. Ele arremessou o extintor de incêndio contra o atirador, acertando-o na têmpora. O homem caiu. Bourne quebrou o vidro da caixa de alarme e puxou com força a manivela vermelha de metal. Imediatamente, o alarme de incêndio disparou, ressoando por todos os cantos da galeria.

～

Ao sair pela porta, Bourne correu, descendo a escadaria na diagonal e rumando para oeste, diretamente para a Rua 12, SO. Esperava encontrar mais agentes na esquina sudoeste do prédio, mas quando dobrou à direita na Independence Avenue para a Rua 12, encontrou um aglomerado de gente atraída pelo alarme. As sirenes dos caminhões de bombeiros já podiam ser ouvidas em meio à algazarra crescente da multidão.

Correu pela rua em direção à estação de metrô do Smithsonian. Ao mesmo tempo, acessou a internet pelo celular. Demorou mais do que teria lhe agradado, mas finalmente quando apertou o ícone de Favoritos, conectou o site da polícia metropolitana. Navegando até a estação do Smithsonian, ele desceu pelo hiperlink até a próxima chegada de trem, atualizada a cada trinta segundos. Três minutos para o trem da linha Laranja para Vienna/Fairfax. Rapidamente, compôs uma mensagem de texto "FB", e a enviou para o número que havia combinado previamente com o professor Specter.

A entrada do metrô, entupida de gente nos degraus da escada para assistir aos acontecimentos, estava a apenas 55 metros de distância. Naquele momento, Bourne também ouviu as sirenes da polícia, viu uma porção de carros não identificados descendo pela Rua 12 em direção à Jefferson. Ao chegarem ao cruzamento, eles viraram para leste – todos exceto um, que rumou para o sul.

Bourne tentou correr, mas foi atrapalhado pela multidão. Ele se desvencilhou para uma área felizmente livre daquela enorme confusão, quando o vidro da janela do motorista de um carro que passava em baixa velocidade foi baixado. Um homem corpulento, de rosto sombrio e quase careca, apontou outra daquelas estranhas pistolas em sua direção.

Bourne girou, colocando um dos pilares à entrada do metrô entre ele e o pistoleiro. Não ouviu nenhum som – exatamente como acontecera dentro da Freer –, mas algo lhe picou a panturrilha. Olhou para baixo, viu o metal de um minidardo caído no chão. O dardo o havia arranhado, mas só isso. Com um giro calculado, Bourne deu a volta no pilar, desceu a escada, abrindo caminho à força em meio aos curiosos e entrou na estação do metrô. Tinha pouco menos de dois minutos para embarcar no trem Laranja 6 com destino à Vienna. O trem seguinte só partiria quatro minutos depois – tempo demais na plataforma, esperando para que os agentes da NSA o encontrassem. Ele tinha que embarcar no primeiro trem.

Bourne comprou o bilhete e passou pela roleta. A multidão se desfazia e se voltava a avolumar, como as ondas numa praia. Ele começou a transpirar. Seu pé esquerdo escorregou. Reequilibrando-se, calculou que fosse o que houvesse naquele minidardo devia estar fazendo efeito, apesar de tê-lo apenas arranhado. Levantando o olhar para a placa de informações eletrônicas, teve que se esforçar para manter o foco e descobrir a plataforma correta. Continuou seguindo adiante, sem confiar em si mesmo para fazer uma pausa para descanso, embora uma parte dele quisesse forçá-lo a isso. *Sente-se, feche os olhos, entregue-se ao sono.* Virando-se para uma máquina, tirou algumas moedas do bolso e comprou todas as barras de chocolate que pôde. Então, entrou na fila para a escada rolante.

No meio da descida, ele cambaleou, errou o degrau e chocou-se contra o casal à sua frente. Havia apagado por um instante. Chegando à plataforma, sentiu-se ao mesmo tempo trêmulo, fraco e lerdo. O teto revestido de painéis de concreto arqueava-se mais adiante, amortecendo os sons das centenas de pessoas que se aglomeravam na plataforma.

Faltava menos de um minuto. Ele já sentia a vibração da aproximação do trem, o vento do deslocamento de ar que o precedia.

Bourne devorou uma barra de chocolate e estava começando a segunda quando o trem parou na estação. Ele entrou no vagão, permitindo que o movimento da multidão o levasse. No momento em que as portas se fechavam, um homem alto, de ombros largos e capa preta, saltou para a extremidade oposta de onde Bourne se encontrava. As portas se fecharam e o trem partiu com um solavanco.

TREZE

Ao ver o homem de capa preta vir abrindo caminho em sua direção desde a outra ponta do vagão, Bourne sentiu uma forma desagradável de claustrofobia. Até chegarem à estação seguinte, estava preso naquele espaço restrito. Além disso, apesar da energia inicial que o chocolate lhe dera, sentia uma lassidão subir por sua perna esquerda à medida que o soro penetrava sua corrente sanguínea. Rasgou a embalagem de mais uma barra de chocolate e devorou-a. Quanto mais rápido conseguisse botar açúcar e cafeína no organismo, melhor seu corpo lutaria contra os efeitos da droga. Mas esse efeito seria apenas temporário, e então sua taxa de açúcar no sangue despencaria, acabando com sua adrenalina.

O trem chegou ao Federal Triangle e as portas se abriram. Uma massa de gente saltou, outra massa embarcou. O Capa Preta usou a breve redução do número de passageiros para avançar em direção a Bourne, as mãos cerradas ao redor de um tubo cromado. As portas se fecharam, o trem acelerou. Capa Preta foi bloqueado por um homem enorme com tatuagens nas costas das mãos. Ele tentou empurrar, mas o homem das tatuagens lhe deu um olhar enfezado, recusando-se a se mover. Capa Preta poderia ter mostrado sua identidade do governo federal para abrir caminho, mas não o fez, com certeza para não causar pânico. Se ele era NSA ou CIA, isso ainda era um mistério. Lutando para impedir sua mente de sair de foco, Bourne encarou o rosto de seu mais novo adversário, em busca de pistas. O rosto do Capa Preta era maciço, de feições amenas, mas com a crueldade seca que os militares exigiam de seus agentes secretos. Devia ser da NSA, decidiu Bourne. Em meio à névoa em seu cérebro, sabia que teria que resolver o problema com o Capa Preta antes de chegar ao ponto de encontro, em Foggy Bottom.

Duas crianças escorregaram para cima de Bourne quando o vagão deu um solavanco numa curva. Ele as segurou, e as devolveu a seus lugares, ao lado da mãe, que sorriu em agradecimento e passou o braço protetor ao redor dos ombros pequeninos. O trem entrou no metrô Center. Bourne viu um breve clarão de holofotes onde uma equipe de trabalho se ocupava reparando uma escada rolante. Ao seu lado, uma jovem loura, com fones de ouvido conectados a um MP3 player, apertou o ombro contra o dele, enquanto tirava da bolsa um estojo de plástico de pó vagabundo e examinava a maquiagem. Franzindo os lábios, ela enfiou o estojo de volta na bolsa, tateou e tirou um tubo de brilho para lábios aromatizado. Enquanto ela o aplicava, Bourne puxou o estojo e imediatamente o enfiou no bolso. Em seu lugar, ele colocou uma nota de vinte dólares.

As portas se abriram e Bourne saltou em meio a um pequeno redemoinho de gente. Apanhado na ponta do vagão, Capa Preta correu para a porta, conseguindo saltar para a plataforma no último segundo. Ziguezagueando em meio à multidão, ele seguiu Bourne em direção ao elevador. A maioria das pessoas seguiu para a escada.

Bourne checou a posição dos holofotes e encaminhou-se para eles, sem acelerar o passo. Queria que Capa Preta conseguisse cobrir parte da distância entre eles. Presumia que Capa Preta também estivesse armado com uma pistola de dardos. Se outro dardo acertasse Bourne em qualquer lugar, mesmo numa das extremidades do corpo, seria o fim. Com ou sem cafeína, ele desmaiaria e a NSA o apanharia.

Um grupo de idosos e deficientes físicos, alguns em cadeira de rodas, esperava o elevador. A porta se abriu. Bourne avançou correndo como se seguisse para o elevador, mas no momento em que chegou perto do clarão dos holofotes, virou-se e apontou o espelho do estojo de pó compacto num ângulo que refletia toda aquela luz no rosto do Capa Preta.

Momentaneamente ofuscado e cego, Capa Preta parou e levantou a mão com a palma para fora. Bourne alcançou-o num piscar de olhos. Golpeando com violência o feixe nervoso debaixo da orelha direita de Capa Preta, arrancou-lhe a pistola de dardos da mão e disparou-a contra seu flanco.

Enquanto o homem se inclinava para o lado, cambaleando, Bourne o agarrou e o arrastou até uma parede. Várias pessoas se viraram para olhar boquiabertas, mas ninguém parou. O movimento de passageiros apressados mal se alterou antes de recuperar o ritmo usual.

Bourne deixou Capa Preta ali, misturando-se em seguida à cortina quase sólida de gente de volta à linha Laranja. Quatro minutos depois, ele já tinha devorado mais duas barras de chocolate. Mais um trem Laranja 6 com destino à Vienna passou e, com um último olhar por sobre o ombro, ele embarcou. Sua cabeça não parecia mais mergulhada em neblina, mas ele sabia que agora o que mais precisava era de água, tanta quanto conseguisse engolir, para limpar o organismo daquela droga o mais rápido possível.

Duas paradas depois, ele saltou em Foggy Bottom. Esperou no fundo da estação até que não desceu mais nenhum passageiro. Então, ele seguiu o fluxo, subindo dois degraus de cada vez, em mais uma tentativa de clarear as ideias.

A primeira lufada de ar fresco noturno foi inalada com profunda satisfação. Exceto por um ligeiro enjoo, talvez causado por uma vertigem contínua, ele se sentia melhor. No instante em que emergiu da saída do metrô, o motor de um carro estacionado nas vizinhanças roncou dando partida e os faróis de um Audi azul-marinho se acenderam. Ele caminhou rapidamente até o carro, abriu a porta do carona e entrou.

– Como tudo correu? – O professor Specter embicou o Audi para o tráfego pesado.

– Tive mais trabalho do que imaginava – respondeu Bourne, apoiando a cabeça contra o encosto do banco – e houve uma mu-

dança de planos. Com certeza, devem estar procurando por mim no aeroporto. Vou viajar com Moira, pelo menos até Munique.
Uma expressão de profunda preocupação surgiu no rosto do professor.
– Você acha que isso é prudente?
Bourne virou a cabeça, olhou pela janela para a cidade que passava.
– Não importa. – Seus pensamentos estavam em Martin e Moira. – Há muito tempo, deixei a prudência para trás.

LIVRO DOIS

QUATORZE

— É espantoso — disse Moira. Bourne levantou o olhar dos arquivos que tinha tomado de Veronica Hart.
— O que é espantoso?
— Você estar sentado diante de mim neste luxuoso jato corporativo. — Moira usava um elegante terninho preto de lã angorá e seda, sapatos de salto confortáveis. Tinha uma fina corrente de ouro no pescoço. — Você não devia estar a caminho de Moscou esta noite?

Bourne bebeu água da garrafa que estava na bandeja lateral de seu assento e fechou a pasta. Precisava de mais tempo para saber com certeza se Karim-al-Jamil havia adulterado aquelas conversas, mas tinha suas suspeitas. Sabia que Martin era cauteloso e esperto demais para contar a ela qualquer coisa classificada como secreta — o que se aplicava a praticamente qualquer coisa que acontecesse na CIA.

— Não pude ficar longe de você. — Ele observou um pequeno sorriso curvar os lábios fartos de Moira. Então, deixou cair a bomba. — Além disso, a NSA está atrás de mim.

Foi como se uma luz tivesse se apagado no rosto dela.
— Como é que é?
— A NSA. Luther LaValle decidiu me tornar um alvo. — Ele abanou a mão para evitar as perguntas dela. — É uma manobra política. Se ele conseguir me capturar quando a hierarquia da CIA não consegue, provará aos poderes competentes que sua tese de que a CIA deveria estar sob sua jurisdição está correta, especialmente

depois do tumulto em que a CIA mergulhou desde a morte de Martin.

Moira franziu os lábios.

– Então, Martin estava certo. Ele era o único que ainda acreditava em você.

Bourne quase acrescentou o nome de Soraya, mas depois pensou duas vezes.

– Isso agora não importa.

– Importa para mim – retrucou ela, ferozmente.

– Porque você o amava.

– Nós dois o amávamos. – Ela inclinou a cabeça. – Espere um minuto, está dizendo que há algo de errado nisso?

– Vivemos à margem da sociedade, num mundo de segredos. – Ele a incluiu deliberadamente. – Para pessoas como nós, há sempre um preço a pagar por amar alguém.

– Como assim?

– Já conversamos a esse respeito – falou Bourne. – O amor é uma fraqueza que seus inimigos podem explorar.

– E eu já disse que é uma maneira horrível de se viver a vida.

Bourne virou-se para olhar pela janela de Perspex para a escuridão lá fora. – É a única que eu conheço.

– Não acredito nisso. – Moira inclinou-se para a frente até os joelhos deles se tocarem. – Com certeza, você sabe que é mais do que isso, Jason. Você amou sua mulher, você ama seus filhos.

– Que tipo de pai posso ser para eles? Sou uma lembrança. E sou um perigo para eles. Logo serei apenas um fantasma.

– Mas você pode fazer alguma coisa quanto a isso. Que tipo de amigo você foi para Martin? O melhor tipo de amigo. O único tipo de amigo que interessa. – Ela tentou fazer com que ele se virasse para ela. – Às vezes, me convenço de que você procura respostas para perguntas que não têm resposta.

– O que quer dizer com isso?

– Que você nunca perderá sua humanidade, não importa o que tenha feito no passado ou o que venha a fazer no futuro. – Ela observou os olhos dele se voltarem ao encontro dos seus, lenta e enigmaticamente. – Isso é a única coisa que o assusta, não é?

⤳

– Qual é seu problema? – perguntou Devra.

Na direção do carro alugado que tinham pegado em Istambul, Arkadin resmungou, irritado.

– De que você está falando?

– Quanto tempo vai levar para você me comer?

Como não existiam voos de Sebastopol para a Turquia, tinham passado uma longa noite no camarote apertado a bordo do *Heroes of Sevastopol* sendo transportados pelo Mar Negro para sudoeste, da Ucrânia para a Turquia.

– Por que eu ia querer fazer isso? – perguntou Arkadin, enquanto ultrapassava um caminhão que seguia devagar pela autoestrada.

– Todos os homens que eu conheço querem me comer. Por que você haveria de ser diferente? – Devra correu as mãos pelos cabelos. Os braços levantados erguiam seus seios pequeninos convidativamente. – Como já disse, qual é o seu problema? – Um pequeno sorriso de deboche se esboçou em seus lábios. – Talvez você não seja homem de verdade.

Arkadin deu uma gargalhada.

– Você é tão transparente. – Ele lançou-lhe um olhar rápido. – Qual é o seu jogo? Por que está tentando me provocar?

– Gosto de ver reações em meus homens. Se não, como poderia conhecê-los?

– Eu não sou seu homem – rosnou ele.

Foi a vez de Devra dar uma gargalhada. Ela apertou os dedos finos ao redor do braço dele, esfregando de leve.

– Se seu ombro estiver incomodando, eu dirijo.

Ele viu o símbolo familiar na parte interna do pulso de Devra, parecendo mais assustador por estar tatuado naquela pele de porcelana.

– Onde você arrumou isso?

– Tem alguma importância?

– Na verdade, não. O que importa é *por que* você tem isso. – Vendo diante de si a estrada livre, ele acelerou. – Se não, como eu poderia conhecer você?

Ela coçou a tatuagem, como se ela tivesse se movido sob sua pele.

– Pyotr me obrigou a fazer. Ele disse que era parte da iniciação. Disse que não iria para a cama comigo sem a tatuagem.

– E você queria ir para a cama com ele.

– Não tanto quanto quero ir para a cama com você.

Então, ela se virou para o outro lado e ficou olhando para fora pela janela, como se subitamente estivesse envergonhada de sua confissão. Talvez realmente estivesse, pensou Arkadin enquanto fazia sinal e seguia para a direita, atravessando duas pistas depois de avistar uma placa indicando uma parada de descanso. Ele saiu da estrada, parou na extremidade mais afastada do estacionamento, longe dos dois veículos que já ocupavam duas vagas. Arkadin desceu do carro, caminhou até um canto e, de costas para ela, deu uma gostosa mijada.

O dia estava bonito e mais quente do que estivera em Sebastopol. A brisa que vinha da água estava carregada de umidade e se depositava sobre a pele como suor. No caminho de volta para o carro, ele enrolou as mangas da camisa. O casacão estava jogado, junto com o dela, no banco de trás do carro.

– Devíamos aproveitar o calor enquanto podemos – sugeriu Devra. – Depois que entrarmos no planalto de Anatólia, as montanhas vão bloquear o clima mais temperado. Vai ficar frio como o diabo.

Era como se ela nunca tivesse feito uma declaração íntima. Mas ela conseguira despertar-lhe a atenção, direitinho. Agora, parecia que ele compreendia algo importante a respeito dela – ou, mais precisamente, a respeito de si mesmo. E também dizia respeito a Gala, agora que pensava nisso. Ele parecia ter um certo poder sobre as mulheres. Sabia que Gala o amava com todas as fibras de seu ser, e ela não era a primeira. Aquela *dyevochka* magrinha, com jeito de moleque, intratável, até mesmo má e cruel quando era necessário, se deixara encantar por ele. O que significava que tinha a vantagem que estivera procurando para lidar com ela.

– Quantas vezes você já esteve em Eskişehir? – perguntou.

– Vezes suficientes para saber o que esperar.

Ele se recostou.

– Onde foi que você aprendeu a responder as perguntas sem revelar nada?

– Se eu sou ruim, aprendi isso mamando no peito de minha mãe.

Arkadin desviou os olhos. Parecia estar com dificuldade para respirar. Sem dizer uma palavra, ele abriu a porta, saltou rapidamente e começou a andar de um lado para outro, em pequenos círculos, como um leão numa jaula do zoológico.

༄

– Não posso ficar sozinho – dissera Arkadin a Semion Icoupov e Icoupov o levara a sério. Na *villa* de Icoupov, onde Arkadin foi instalado, seu anfitrião lhe havia fornecido um rapaz. Mas quando, uma semana depois, Arkadin havia espancado seu companheiro quase até a morte, Icoupov mudara de tática. Havia passado horas com Arkadin tentando descobrir qual a origem de suas explosões de fúria. O que também havia falhado totalmente, uma vez que Arkadin parecia incapaz de se lembrar e menos ainda de explicar aqueles episódios assustadores.

– Não sei o que fazer com você – dissera Icoupov. – Não quero encarcerá-lo, mas preciso me proteger.

– Eu nunca faria mal ao senhor – retrucara Arkadin.

– Não voluntariamente, talvez. – O velho tornava-se pensativo.

Na semana seguinte, um homem de ombros curvados, com cavanhaque formal e lábios sem cor, passou todas as tardes com Arkadin. Ele se sentava numa poltrona de estofamento macio, com uma perna cruzada sobre a outra, escrevendo com letra elegante e pequenina num bloco de notas, que protegia como a um filho.

Arkadin reclinava-se em sua espreguiçadeira favorita, com uma almofada sob a cabeça, e respondia às perguntas. Falava longamente sobre muitas coisas, mas as coisas que nublavam sua mente, ele mantinha escondidas num canto escuro das profundezas mais profundas de sua mente, sem jamais falar sobre elas. Aquela porta estava fechada para sempre.

Ao final de três semanas, o psiquiatra entregou seu laudo a Icoupov e desapareceu tão rapidamente quanto havia aparecido. Pouco importava. Os pesadelos de Arkadin continuavam a persegui-lo na calada da noite e, ao acordar com um grito sufocado e um sobressalto, estava convencido de ter ouvido ratazanas correndo, seus olhos vermelhos queimando-o na escuridão. Naqueles momentos, o fato de a *villa* de Icoupov não ter absolutamente nenhum tipo de infestação de animais daninhos não lhe era de nenhum consolo.

A próxima pessoa que Icoupov empregou para vasculhar o passado de Arkadin e curá-lo de seus acessos de raiva foi uma mulher, cuja sensualidade e corpo voluptuoso a manteriam a salvo das explosões de fúria de Arkadin. Marlene era mestra em lidar com homens com todo o tipo de perversões. Possuía uma extraordinária habilidade para perceber o que homens diferentes desejavam dela e oferecer-lhes.

A princípio, Arkadin não confiou em Marlene. Por que confiaria? Não conseguira confiar no psiquiatra. Não era ela apenas mais um analista, sob outra forma, enviada para arrancar-lhe os segredos de seu passado? Marlene, é claro, percebeu sua aversão e dedicou-se a revertê-la. Em sua opinião, Arkadin vivia uma maldição, um feitiço, autoinduzido ou não. Cabia a ela encontrar um antídoto.

– Não vai ser um processo curto – falou a Icoupov ao final de sua primeira semana com Arkadin, e ele acreditou nela.

Arkadin observou Marlene aproximar-se de mansinho, cheia de dedos. Desconfiava que ela fosse esperta o suficiente para saber que mesmo o mais leve passo em falso poderia atingi-lo como um abalo sísmico, e todo o progresso feito para ganhar-lhe a sua confiança se evaporaria, como álcool numa chama. Ela lhe parecia muito cuidadosa, agudamente consciente de que a qualquer momento ele poderia se voltar contra ela. Agia como se estivesse trancada numa jaula com um urso. A cada dia, se podia rastrear os avanços no treinamento, o que não significava que o animal não lhe dilaceraria a cara, num momento inesperado.

Arkadin não podia deixar de achar graça daquilo, do cuidado com que ela tratava cada aspecto dele. Mas gradualmente algo diferente começou, de modo sorrateiro, a penetrar em sua consciência. Suspeitava que ela estivesse começando a sentir algo genuíno por ele.

↬

Devra observou Arkadin pela janela do para-brisa. Então, abriu a porta e saiu atrás dele. Ela cobriu os olhos contra o sol branco que se espalhava bem alto no céu muito claro.

– O que é? – perguntou ela quando o alcançou. – O que foi que eu disse?

Arkadin lançou-lhe um olhar assassino. Ele parecia estar dominado por uma raiva imensa, mal conseguindo se conter. Devra desejou saber o que aconteceria se ele perdesse o controle, mas também não queria estar em seu caminho quando isso acontecesse.

Sentia uma vontade louca de tocar nele, de falar baixinho para tranquilizá-lo até que ele se acalmasse, mas percebeu que isso só o enfureceria ainda mais. De modo que voltou para o carro, esperando pacientemente até que ele retornasse.

Finalmente, ele voltou, sentando-se de lado no banco, os sapatos no chão como se estivesse a ponto de partir de novo.

– Não vou comer você – declarou –, mas isso não significa que eu não queira.

Devra sentiu que ele queria dizer alguma outra coisa, mas não conseguia, que o que quer que fosse estava ligado demais a seja lá o que fosse que havia acontecido com ele há muito tempo.

– Era uma brincadeira – ela disse, baixinho. – Eu estava fazendo uma brincadeira idiota.

– Houve uma época em que eu não teria achado nada demais – ele murmurou, como se falasse consigo mesmo. – Sexo não é importante.

Ela percebeu que ele estava falando de alguma outra coisa, algo que só ele conhecia, e Devra teve um vislumbre do quanto ele era sozinho. Ela suspeitava que mesmo num grupo, mesmo com amigos – se ele tivesse algum –, ele se sentiria só. Parecia-lhe que ele havia erguido um muro contra a fusão sexual porque o sexo sublinharia a profundidade de seu isolamento e solidão. Ele lhe parecia um planeta sem lua, e sem um sol ao redor do qual girar. Para ele havia apenas vazio por toda a parte, até onde seus olhos podiam alcançar. Naquele momento, ela se deu conta de que o amava.

⌒

– Há quanto tempo ele está aqui? – perguntou Luther LaValle.

– Seis dias – respondeu o general Kendall. Ele arregaçara as mangas da camisa. A precaução não bastara para protegê-lo dos respingos de sangue. – Mas garanto que para ele parecem seis meses. Está tão desorientado quanto é possível para um ser humano.

LaValle resmungou, examinando o árabe barbado através do espelho falso. O homem parecia um naco de carne crua. LaValle não sabia e pouco se importava se ele era sunita ou xiita. Para ele, eram todos iguais – terroristas empenhados em destruir seu modo de vida. Levava essas coisas muito pessoalmente.

– O que ele revelou?

– O suficiente para sabermos que as cópias das mensagens interceptadas que Batt nos deu são desinformação.

– Mesmo assim – disse LaValle –, elas vêm direto da Typhon.

– O homem é de alto escalão, não há qualquer sombra de dúvida quanto a sua identidade, mas ele não tem conhecimento de nenhum plano de ataque a um prédio importante em Nova York em fase final.

– Isto em si poderia ser desinformação – observou LaValle. – Esses canalhas são mestres nesse tipo de merda.

– Certo. – Kendall limpou as mãos na toalha que havia jogado sobre o ombro, como um chefe de cozinha ao fogão. – A coisa que eles mais adoram é nos ver correndo em círculos, perseguindo nossa própria sombra, que é o que estaremos fazendo se emitirmos um alerta.

LaValle assentiu, como se para consigo mesmo.

– Quero que nossos melhores quadros acompanhem isso. Confirme as mensagens interceptadas pela Typhon.

– Faremos o máximo que pudermos, mas creio que é meu dever informar que o prisioneiro riu na minha cara quando lhe perguntei sobre esse grupo terrorista.

LaValle estalou os dedos várias vezes.

– Como é mesmo que eles se chamam?

– Lesão Negra, ou Legião Negra, algo assim.

– Não há nada em nosso banco de dados sobre esse grupo?

– Não, e nem em nenhuma de nossas agências coligadas. – Kendall jogou a toalha suja num cesto de lixo cujo conteúdo era incinerado a cada doze horas. – O grupo não existe.

– Estou inclinado a concordar – falou LaValle –, mas gostaria de ter certeza.

Ele deu as costas para a janela, e os dois homens saíram da sala de observação. Caminharam pelo corredor de concreto aparente pintado de verde, como todos os prédios do governo, sob o zumbido das lâmpadas fluorescentes tubulares, lançando, ao passar, sombras arroxeadas no piso de linóleo. LaValle esperou pacientemente do lado de fora do vestiário enquanto Kendall trocava de roupa; então, prosseguiram pelo corredor. Ao chegarem no final, subiram um lance de escadas até uma porta de metal reforçada.

LaValle pressionou o indicador em um leitor de impressões digitais. Foi recompensado com o clicar de ferrolhos se deslocando, como uma caixa-forte de banco se abrindo.

Entraram em outro corredor, no polo oposto daquele que estavam deixando. Este era revestido de lambris de mogno envernizado, com arandelas de parede que produziam uma luz suave, amanteigada entre pinturas de batalhas navais históricas, falanges de legiões romanas, hussardos prussianos e da cavalaria ligeira inglesa.

A primeira porta à esquerda os levou a uma sala que parecia diretamente saída de um clube requintado para cavalheiros, com paredes verde-oliva, molduras de cor creme, peças de mobiliário em couro e um bar trazido de um antigo *pub* inglês. Os sofás e poltronas haviam sido colocados espaçados, de modo a permitir que os ocupantes conversassem sobre assuntos particulares. Numa grande lareira, as chamas crepitavam e faiscavam agradavelmente.

Antes que dessem três passos no tapete grosso que abafava qualquer som, um mordomo de libré veio recebê-los. Ele os conduziu a seus lugares habituais, num canto discreto onde duas cadeiras de couro de espaldar alto estavam dispostas de ambos os lados de uma mesa de jogo, com pés de mogno. Uma janela com painéis de vidro e flanqueada por grossas cortinas, dava vista para a paisagem do campo da Virgínia. O salão, semelhante ao de um clube e conhecido como a biblioteca, ficava na enorme mansão de pedras que a NSA havia comprado há décadas. Era usada como retiro para descanso e também para jantares formais de generais e diretores da organização. Seus porões, contudo, eram usados para outros propósitos.

Depois que pediram drinques e petiscos, e ficaram novamente sozinhos, LaValle perguntou:

— Já temos alguma informação sobre Bourne?

— Sim e não. — Kendall cruzou uma perna sobre a outra, ajeitando o vinco das calças. — De acordo com nossa informação anterior, ele apareceu nos computadores às seis e trinta sete da noite passada, passando pela Imigração, no Dulles. Estava embarcando em um voo da Lufthansa para Moscou. Se tivesse aparecido para o embarque, teríamos podido pôr McNally no avião.

— Bourne é inteligente demais para isso — queixou-se LaValle. — Ele sabe que estamos atrás dele. O elemento surpresa foi neutralizado, droga.

— Conseguimos descobrir que ele embarcou num jato corporativo da NextGen Soluções de Energia.

Como um cão de caça em alerta, a cabeça de LaValle se empinou.

– É mesmo? Explique.

– Uma executiva, chamada Moira Trevor, estava no jato.

– O que ela é para Bourne?

– Esta é a pergunta que estamos tentando responder. – Kendall parecia visivelmente insatisfeito. Ele detestava desapontar o chefe. – Enquanto isso, obtivemos uma cópia do plano de voo. O destino era Munique. Devo ativar um agente por lá?

– Não perca seu tempo. – LaValle abanou a mão. – Aposto que o verdadeiro destino é Moscou. Era para onde ele queria ir, é para onde está indo.

– Vou cuidar disso já. – Kendall pegou o telefone celular.

– Quero Anthony Prowess.

– Ele está no Afeganistão.

– Porra, então, tire-o de lá – falou LaValle, asperamente. – Embarque-o num helicóptero militar. Eu o quero em campo, em Moscou, quando Bourne chegar lá.

Kendall assentiu, digitou um número especial codificado, e, em seguida, a mensagem de texto para Prowess.

LaValle sorriu para o garçom que se aproximava.

– Obrigado, Willard – disse, enquanto o homem abria uma toalha branca engomada, punha os copos de uísque, pratinhos de petiscos e talheres sobre a mesa, antes de se retirar tão silenciosamente quanto havia chegado.

LaValle olhou fixamente para a comida.

– Parece que apostamos na pessoa errada.

O general Kendall sabia que ele se referia a Rob Batt.

– Soraya Moore assistiu ao incidente na Freer e somou dois mais dois num instante. Batt nos disse que sabia do encontro de Hart com Bourne porque estava no escritório dela quando chegou a chamada de Bourne. Exceto por Moore, a quem mais ela teria contado? Ninguém. Isso conduzirá Hart direto até o diretor-assistente.

– Ele vai ficar em apuros.

Pegando seu copo, Kendall disse:
– Está na hora de partirmos para o plano B.
LaValle olhou fixamente para o líquido castanho.
– Sempre agradeço a Deus pelo plano B, Richard. Sempre.
Seus copos tilintaram num brinde. Eles beberam em silêncio estudado, enquanto LaValle ruminava. Quando, meia hora mais tarde, tinham acabado com suas doses de uísque e recebido outras, LaValle disse.
– Quanto a Soraya Moore, creio que está na hora de trazê-la para uma conversa.
– Particular?
– Ah, sim. – LaValle acrescentou um pouco de água a seu uísque, liberando o aroma complexo da bebida. – Traga-a para cá.

QUINZE

— Fale-me sobre Jason Bourne.

Vestindo conjunto de moletom American Nike idêntico ao usado por seu comandante, Semion Icoupov, Harun Iliev completou a curva do rinque de patinação natural, no coração da aldeia de Grindelwald. Harun havia passado mais de uma década como imediato de Icoupov. Quando menino, havia sido adotado pelo pai de Icoupov, Farid, depois que seus pais tinham se afogado quando o *ferry* que os levava de Istambul para Odessa naufragara. Harun, que tinha quatro anos de idade, estava visitando a avó. A notícia da morte da filha e do genro provocara uma parada cardíaca na velha senhora, que morrera quase instantaneamente — algo que todos os envolvidos haviam considerado uma bênção, pois ela não dispunha nem da força nem da energia necessárias para cuidar de um menino de quatro anos. Farid Icoupov tinha entrado em cena porque o pai de Harun havia trabalhado para ele; os dois haviam sido íntimos.

— Não existe uma resposta fácil — disse Harun — principalmente porque não existe ninguém para responder. Alguns juram que ele é um agente da CIA americana, outros afirmam que é um assassino internacional de aluguel. É claro que não pode ser ambas as coisas. O que é inquestionável é que ele foi o responsável por desmantelar o plano para matar com gás os participantes da Conferência Internacional Antiterrorista em Reiquejavique, há três anos, e, no ano passado, contra o atentado nuclear a Washington D.C., armado pelo grupo terrorista Dujja, comandado pelos irmãos Wahhib,

Fadi e Karim-al-Jamil. De acordo com os boatos, Bourne matou os dois.

– Impressionante se for verdade. Mas o simples fato de que ninguém consegue uma informação concreta a respeito dele já é de extremo interesse. – Os braços de Icoupov oscilavam para cima e para baixo num ritmo perfeito enquanto ele deslizava sobre o gelo. Seu rosto estava vermelho como maçã e ele sorria calorosamente para as crianças que patinavam ao redor, rindo quando elas riam, dizendo-lhes palavras de encorajamento quando uma delas caía. – E como um homem desses se envolveu com Nosso Amigo?

– Foi na universidade, em Georgetown – respondeu Harun.

– Ele era um homem esguio, com a aparência de um contador, algo que sua pele amarelada e a maneira como seus olhos negros como caroços de azeitona pareciam fundos em seu crânio só acentuavam. Patinar no gelo não era naturalmente fácil para ele, como para Icoupov. – Além de matar, parece que Bourne também é um gênio em linguística.

– É mesmo?

Embora já tivessem patinado por mais de quarenta minutos, Icoupov não dava nenhum sinal de cansaço. Harun sabia que ele estava apenas se aquecendo. A paisagem à volta era espetacular. O resort de Grindelwald ficava a apenas cento e sessenta quilômetros a sudeste de Berna. Acima deles erguiam-se altaneiras as três montanhas mais famosas da Suíça – Jungfrau, Mönch e Eiger – reluzentes de neve e gelo.

– Parece que o ponto fraco de Bourne é sempre um mentor. O primeiro foi Alexander Conklin, que...

– Conheci Alex – Icoupov falou secamente. – Foi antes de seu tempo. Numa outra vida, como com frequência me parece. Por favor, prossiga.

– Parece que Nosso Amigo fez uma jogada para se tornar seu novo mentor.

– Tenho que dizer que me parece improvável.

— Então, por que Bourne matou Mikhail Tarkanian?
— Mischa. — O rosto de Icoupov se entristeceu por um momento. — Que Alá nos proteja! Leonid Danilovich já sabe?
— No momento, Arkadin está fora de contato.
— Que avanços ele fez?
— Já entrou e saiu de Sebastopol.
— Pelo menos já é alguma coisa. — Icoupov sacudiu a cabeça. — Nosso tempo está se esgotando.
— Arkadin sabe disso.
— Não quero que ele saiba da morte de Tarkanian, Harun. Mischa era seu melhor amigo; eram mais unidos do que irmãos. Sob nenhuma circunstância, devemos permitir que ele se distraia de sua missão atual.

Uma linda jovem estendeu a mão enquanto patinava para junto deles. Icoupov tomou-lhe a mão e foi levado para uma dança no gelo que fez com que se sentisse de novo com vinte anos. Quando voltou, retomou o circuito ao redor do rinque. Certa vez, ele dissera a Harun que alguma coisa no movimento de deslizar em patins sobre o gelo o ajudava a pensar.

— Tendo em vista o que você me disse — observou Icoupov, depois de algum tempo —, este Jason Bourne pode muito bem provocar uma complicação imprevista.

— Pode ficar certo de que Nosso Amigo recrutou Bourne para sua causa, dizendo-lhe que o senhor foi responsável pela morte de...

Icoupov lançou-lhe um olhar de advertência.

— Concordo. Mas a pergunta que temos que responder é quanto da verdade ele se arriscou a contar a Bourne.

— Conhecendo Nosso Amigo — prosseguiu Harun —, eu diria que muito pouco, se é que contou alguma coisa.

— Sim. — Icoupov bateu com um dedo enluvado sobre os lábios. — E, se esse for o caso, podemos usar a verdade contra ele, não acha?

— Se conseguirmos chegar a Bourne — falou Harun —, e se conseguirmos fazer com que ele acredite em nós.
— Ah, ele vai acreditar em nós. Eu me assegurarei disso. — Icoupov executou um parafuso perfeito. — Sua nova missão, Harun, é assegurar-se de que consigamos chegar até ele, antes que possa causar mais estragos. Não poderíamos nos dar ao luxo de perder nosso olho no campo de Nosso Amigo. Mais mortes seriam inaceitáveis.

⤠

Munique estava tomada por uma chuva fria. Era uma cidade cinzenta mesmo em seus melhores dias, mas debaixo daquele aguaceiro e varrida por ventos, a cidade parecia se esconder. Como uma tartaruga, puxava a cabeça para dentro de sua carapaça de concreto, dando as costas a todos os visitantes.

Bourne e Moira estavam sentados no cavernoso 747 da NextGen. Pelo celular, Bourne fazia reserva no próximo voo para Moscou.

— Eu gostaria de poder autorizar o avião a levá-lo — disse Moira, depois que ele guardou o telefone.

— Não, não gostaria — retrucou Bourne. — Você gostaria é que eu ficasse aqui a seu lado.

— Já lhe disse por que acho que isso seria uma péssima ideia. — Ela olhou para fora, para a pista molhada, riscada por arco-íris espelhados nas gotículas de combustível e óleo. Gotas de chuva escorriam pela janela de Perspex como carros em pistas de corrida.
— E não quero de modo algum que você fique aqui.

Bourne abriu a pasta que tomara de Veronica Hart, virou-a e estendeu-a para ela.

— Gostaria que desse uma olhada nisso.

Moira virou-se para ele, pegou a pasta, colocou no colo e a folheou.

— Foi a CIA que me pôs sob vigilância? — Quando Bourne assentiu, ela disse: — Bem, isso é um alívio.

— Um alívio como?

Ela levantou a pasta.

— Tudo isso é desinformação, é pura armação. Há dois anos, quando o leilão para o terminal LNG, em Long Beach, estava no auge, meus chefes suspeitaram de que a AllEn, nossa mais forte concorrente, estava monitorando nossas comunicações para obter informações sobre os sistemas patenteados que tornam nosso terminal único. O Velho concordou, mas era imperativo que mais ninguém soubesse, de modo que ele nunca contou a ninguém na CIA. Funcionou. Rastreando nossas conversas de celular, descobrimos que a AllEn estava, realmente, monitorando nossas chamadas.

— Eu me lembro do acordo extrajudicial — disse Bourne.

— Em virtude das provas que Martin e eu fornecemos, a AllEn não quis nem ir a juízo.

— Por meio do acordo, a NextGen recebeu uma quantia na casa dos oito dígitos, certo?

Moira assentiu:

— E ganhou os direitos de construir o terminal LNG em Long Beach. Foi assim que eu conquistei minha promoção para vice-presidente executiva.

Bourne pegou de volta a pasta. Ele também estava aliviado. Para ele, a confiança era como um barco malfeito, fazendo água a cada virada, ameaçando afundar a qualquer momento. Havia entregue uma parte de si mesmo a Moira, mas perder o controle era como uma faca enterrada em seu coração.

Moira olhou para ele com tristeza.

— Você suspeitou de que eu fosse uma Mata Hari?

— Era importante me certificar — ele respondeu.

O rosto dela se fechou.

— Claro. Compreendo. — Ela começou a enfiar papéis numa fina maleta de couro, com mais vigor do que seria necessário. — Pensou que eu tivesse traído Martin e que fosse trair você.

— Estou aliviado por não ser verdade.

– E eu estou tão, tão contente por ouvir isso. – Ela lhe lançou um olhar ácido.
– Moira...
– O quê? – Ela afastou o cabelo do rosto. – O que é que você quer me dizer, Jason?
– Eu... Isso é difícil para mim.
Ela se inclinou para a frente, perscrutando-lhe o rosto.
– Apenas diga.
– Eu confiava em Marie – começou Bourne. – Eu me apoiava nela e ela me ajudou com a minha amnésia. Ela sempre esteve ali. E, então, de repente, não estava mais.
A voz de Moira suavizou-se.
– Eu sei.
Por fim, ele a encarou.
– Não há nada de bom em estar sozinho. Mas, para mim, é tudo uma questão de confiança.
– Sei que você acha que não lhe contei a verdade a meu respeito com Martin. – Ela tomou as mãos dele entre as suas. – Nós nunca fomos amantes, Jason. Éramos mais como irmão e irmã. Nos apoiávamos. Confiar em alguém não era fácil para nenhum de nós. Creio que é importante para nós dois que lhe diga isso agora.
Bourne compreendeu que ela também estava falando sobre eles dois, não sobre ela e Martin. Confiara em tão poucas pessoas em sua vida: Marie, Alex Conklin, Mo Panov, Martin, Soraya. Ele também via todas as coisas que o vinham impedindo de seguir adiante com sua vida. Com tão poucas pessoas em seu passado, era difícil abrir mão daquelas que conhecera e de quem gostara.
Uma pontada de pesar o sacudiu.
– Marie está morta. Ela agora faz parte do passado. E meus filhos estão bem melhor vivendo com os avós. A vida deles é estável e feliz. Isso é melhor para eles. – Ele se levantou, como se precisasse se movimentar.
Percebendo que ele estava pouco à vontade, Moira mudou de assunto.

– Sabe quanto tempo vai ficar em Moscou?

– O mesmo tempo que você vai passar em Munique, imagino.

Aquilo lhe valeu um sorriso. Ela se levantou e inclinou-se para ele.

– Fique bem, Jason. Cuide-se bem. – Ela lhe deu um beijo longo e apaixonado. – Lembre-se de mim.

DEZESSEIS

Soraya Moore foi conduzida cordialmente ao tranquilo santuário da biblioteca, onde, menos de vinte e quatro horas antes, Luther LaValle e o general Kendall tinham tido sua conversa ao pé da lareira. Kendall fora buscá-la pessoalmente, trazendo-a de carro para o retiro da NSA, no interior da área campestre da Virgínia.

Num terno marinho de risca de giz, camisa azul com colarinho e punhos brancos, e gravata listrada com as cores de Yale, LaValle parecia um banqueiro de investimentos. Ele se levantou quando Kendall a trouxe para a área junto à janela. Havia três cadeiras agrupadas ao redor da antiga mesa de jogos.

– Diretora Moore, tenho ouvido falar tanto da senhora, é realmente um prazer conhecê-la. – Sorrindo largamente, LaValle indicou-lhe uma cadeira. – Por favor.

Soraya não vira sentido em recusar o convite. Não sabia dizer se estava mais curiosa ou alarmada pela súbita convocação. Contudo, olhou ao redor da sala.

– Onde está o secretário Halliday? O general Kendall me informou que o convite vinha dele.

– Ah, sim, veio – respondeu LaValle. – Infelizmente, o secretário de Defesa foi chamado a uma reunião no Salão Oval. Ele me ligou pedindo que lhe transmitisse suas desculpas e insistindo para que prosseguíssemos sem ele.

O que significava, Soraya sabia, que Halliday nunca tivera nenhuma intenção de comparecer à conversa reservada. Duvidava de que sequer tivesse conhecimento dela.

– De qualquer modo – continuou LaValle, enquanto Kendall se sentava na terceira cadeira –, agora que está aqui, aproveite e divirta-se. – Ele levantou a mão e Willard apareceu como num passe de mágica. – Alguma coisa para beber, diretora? Sei que, como muçulmana, não pode beber álcool, mas temos uma grande variedade de opções para lhe oferecer.

– Chá, por favor – ela respondeu diretamente para Willard. – Do Ceilão, se tiver.

– É claro, senhora. Leite? Açúcar?

– Não, obrigada. – Ela nunca tivera o hábito britânico de tomar chá com leite.

Willard pareceu inclinar-se numa reverência, antes de desaparecer sem nenhum ruído.

Soraya redirecionou sua atenção para os dois homens.

– Agora, cavalheiros, em que posso ajudá-los?

– Creio que a situação seja mais o inverso – retrucou o general Kendall.

Soraya inclinou a cabeça.

– Como chegou a essa conclusão?

– Francamente, por causa do tumulto na CIA – disse LaValle. – Acreditamos que a Typhon esteja trabalhando com uma das mãos presa às costas.

Willard chegou com o chá de Soraya e os uísques dos dois homens. Colocou a bandeja com a xícara, os copos e o bule de chá, e se retirou.

LaValle esperou até que Soraya tivesse se servido de chá, antes de continuar.

– Parece-me que a Typhon se beneficiaria muitíssimo se tirasse vantagem de todos os recursos à disposição da NSA. Poderíamos até ajudá-los a se expandirem além do âmbito da CIA.

Soraya levou a xícara aos lábios, achou a fragrância do chá-do-ceilão deliciosa.

– Parece-me que os senhores sabem mais a respeito da Typhon do que qualquer um de nós na CIA tinha conhecimento.

LaValle deu uma risadinha suave.
– OK, vamos parar de fazer rodeios. Nós tínhamos um agente infiltrado na CIA. A senhora agora já sabe quem é. Ele cometeu o erro fatal de tentar capturar Jason Bourne e falhar.

Veronica Hart havia demitido Rob Batt do cargo naquela manhã, fato que já devia ter chegado ao conhecimento de LaValle, especialmente porque seu substituto, Peter Marks, havia sido um dos mais ardorosos defensores de Hart desde o princípio. Soraya conhecia bem Peter e havia sugerido que ele merecia a promoção.

– Batt agora trabalha para a NSA?
– A utilidade do Sr. Batt acabou – declarou Kendall, de modo bastante formal.

Soraya voltou sua atenção para o militar.
– Isso é um vislumbre de seu próprio futuro, não acha, general?

O rosto de Kendall fechou-se como um punho, mas depois de uma sacudidela quase imperceptível de cabeça de LaValle, ele engoliu a resposta.

– Embora certamente seja verdade que a vida no serviço secreto possa ser dura, até brutal – interveio LaValle –, certos indivíduos em seu seio são... digamos... vacinados contra essas infelizes eventualidades.

Soraya manteve o olhar em Kendall.
– Suponho que eu poderia ser um desses indivíduos.
– Sim, é claro. – LaValle pôs uma mão sobre a outra no joelho.
– Seu conhecimento do modo de pensar e dos costumes muçulmanos, sua experiência como braço direito de Martin Lindros, quando ele formou a Typhon, são de valor inestimável.

– O senhor vê como são as coisas, general – disse Soraya. – Um dia, um quadro de valor inestimável como eu, está destinado a ocupar a sua posição.

LaValle pigarreou.
– Isso significa que aceita?

Sorrindo muito docemente, Soraya descansou a xícara de chá sobre a mesa.

– Uma coisa tenho que dizer a seu favor, Sr. LaValle... o senhor, com certeza, sabe fazer limonada quando a vida lhe dá limões.

LaValle devolveu-lhe o sorriso como se fosse uma jogada no tênis.

– Minha cara diretora, acredito que descobriu uma de minhas especialidades.

– O que o faz acreditar que eu abandonaria a CIA?

LaValle pôs o indicador ao lado do nariz.

– Minha avaliação é de que é uma mulher pragmática. Sabe melhor do que nós a desordem em que se encontra a CIA. Quanto tempo acha que vai levar até que a nova DCI ponha ordem no navio? E o que a faz crer que ela sequer tenha possibilidade de fazê-lo? – Ele levantou o indicador. – Estou extremamente interessado em sua opinião. Mas, antes de responder, pense em como dispomos de pouco tempo até que esse grupo terrorista desconhecido ataque.

Soraya sentiu-se atordoada como se tivesse levado um golpe na nuca. Como a NSA ficara sabendo das mensagens terroristas interceptadas pela Typhon? Naquele momento, contudo, a questão era irrelevante. O importante era como responder àquela violação de segurança.

Antes que conseguisse formular uma resposta, LaValle prosseguiu:

– Contudo, estou curioso a respeito de uma coisa. Por que a diretora Hart decidiu guardar esssa informação apenas para si mesma, em vez de chamar a Segurança Interna, o FBI e a NSA?

– Isso foi decisão minha. – *Agora não tem volta*, pensou Soraya. *Perdida por um, perdida por mil. É melhor ir até o fim.* – Até o incidente na Freer, a informação era tão vaga e incompleta que achei que o envolvimento de outras agências só serviria para tornar as coisas mais confusas.

– O que quer dizer – falou Kendall, satisfeito pela oportunidade de fazer um aparte – que você não queria que nós nos intrometêssemos no seu terreno.

— Trata-se de uma situação séria, diretora — disse LaValle. — Em questões de segurança nacional...

— Se esse grupo terrorista, que sabemos que se autodenomina Legião Negra, descobrir que interceptamos suas comunicações, estaremos acabados antes de sequer tentar neutralizar o ataque.

— Eu poderia mandar demiti-la.

— E perder minha experiência inestimável? — Soraya sacudiu a cabeça. — Creio que não.

— Então, o que temos? — retrucou Kendall, asperamente.

— Um empate forçado. — LaValle passou a mão pela fronte. — Você acha que seria possível que eu visse as mensagens interceptadas pela Typhon? — Seu tom de voz havia mudado completamente. Agora, tudo nele era conciliador. — Quer a senhora creia ou não, não somos o Império do Mal. Poderíamos de fato prestar algum auxílio concreto.

Soraya refletiu.

— Creio que pode ser arranjado.

— Excelente!

— Mas seria "Somente Para Seus Olhos".

LaValle concordou imediatamente

— E em ambiente controlado, altamente restrito — acrescentou Soraya, aproveitando a vantagem. — Os escritórios da Typhon na CIA seriam perfeitos.

LaValle espalmou as mãos abertas.

— Por que não aqui?

Soraya sorriu.

— Acho que não.

— Na atual situação, creio que compreende por que eu ficaria relutante em ir encontrar com a senhora lá.

— Compreendo. — Soraya pensou por um momento. — Se eu trouxesse as mensagens interceptadas até aqui, teria que trazer alguém comigo.

LaValle assentiu enfaticamente.

— É claro. Qualquer coisa que faça com que a senhora se sinta mais confortável. — Ele parecia bem mais satisfeito do que Kendall, que olhava para ela como se a visse de uma trincheira do outro lado de um campo de batalha.

— Francamente — disse Soraya —, nada disso me deixa confortável. — Ela olhou mais uma vez ao redor do salão.

— O prédio passa por uma varredura eletrônica três vezes por dia — assinalou LaValle. — Além disso, temos os sistemas de vigilância mais sofisticados, basicamente um esquema de monitoração que controla um circuito fechado de vídeo, com duas mil câmeras instaladas por todo o terreno e em todas as instalações, compara as imagens de segundo em segundo em busca de quaisquer anomalias. O software DARPA compara quaisquer anomalias com um banco de dados de mais de um milhão de imagens, toma decisões em tempo real, em nanossegundos. Por exemplo, um pássaro em voo seria ignorado, um vulto correndo, não. Creia-me, não tem nada com que se preocupar.

— No momento, a única coisa com que me preocupo — falou Soraya — é com o senhor, Sr. LaValle.

— Compreendo perfeitamente. — LaValle acabou de beber seu uísque. — É disso que trata este exercício, diretora. Engendrar confiança entre nós. Caso contrário, como poderíamos trabalhar juntos?

↬

O general Kendall mandou que um de seus motoristas levasse Soraya de volta a seu escritório. Ela pediu que a deixasse onde ela havia combinado se encontrar com Kendall, do lado de fora do Museu Histórico Nacional de Cera, na Rua E, sudoeste. Esperou até que o Ford preto tivesse sido engolido em meio ao tráfego, então voltou-lhe as costas e deu a volta no quarteirão, em passo normal. Ao final do circuito, teve certeza de que não estava sendo seguida, nem pela NSA nem por ninguém. Naquele ponto, enviou uma mensagem de texto de três letras pelo celular. Dois minutos depois, um homem apareceu numa motocicleta. Vestia jeans, jaqueta de couro preta e capacete preto reluzente com a viseira fumê baixada. Ele reduziu a velocidade, parou apenas o tempo suficiente para que ela subisse na garupa. Entregando-lhe um capacete, ele esperou que ela o pusesse, e então saiu em disparada pela rua.

～

– Tenho vários contatos na DARPA – disse Deron. DARPA era a sigla para *Defense Advanced Research Projects Agency*, Agência de Projetos de Pesquisa Avançada em Defesa. – Conheço as bases teóricas e tenho conhecimento adequado para uso prático da arquitetura de software no coração do sistema de vigilância da NSA. – Ele deu de ombros. É uma das maneiras como me mantenho um passo à frente dos acontecimentos.

– Temos que descobrir um modo de neutralizá-lo – disse Tyrone.

Ele ainda vestia a jaqueta de couro preta. O capacete descansava sobre a mesa, ao lado do que ele dera a Soraya para a viagem em alta velocidade até ali, a casa laboratório de Deron. Soraya conhecera Deron e Tyrone quando Bourne a trouxera até a casa de aparência ordinária, pintada de verde-oliva, na Rua 7, nordeste.

– Vocês estão brincando, certo? – Deron, um homem alto, esguio e bonito, pele um tom claro de chocolate, olhou de um para o outro. – Digam que estão brincando.

– Se estivéssemos brincando, não estaríamos aqui. – Soraya esfregou a base da mão contra a têmpora enquanto tentava ignorar a tremenda dor de cabeça que começara depois de sua aterrorizante entrevista com LaValle e Kendall.

– Simplesmente não é possível. – Deron pôs as mãos nos quadris. – Aquele software é de última geração. E duas mil câmeras de CFTV! Caramba!

Eles se sentaram em cadeiras de lona no laboratório, uma sala com pé-direito duplo, cheia de toda sorte de monitores, teclados e sistemas eletrônicos, cujas funções só eram conhecidas por Deron. Enfileiradas ao redor da parede havia uma variedade de pinturas – obras-primas de Ticiano, Seurat, Rembrandt, Van Gogh. *Nenúfares, Reflexo Verde, Lado Esquerdo* era a favorita de Soraya. O fato de que todas elas haviam sido pintadas por Deron no atelier que ficava no aposento ao lado a deixara estarrecida da primeira vez que estivera ali. Agora apenas a enchiam de encantamento. Como ele havia reproduzido o tom exato de azul-cobalto de Monet era algo além de sua compreensão.

Não era surpresa que Bourne usasse Deron para forjar todos os seus documentos de identidade, quando atualmente isso se tornava cada vez mais difícil de fazer. Muitos falsários haviam desistido, afirmando que os governos tinham tornado seu trabalho impossível, mas não Deron. Não era de espantar, portanto, que ele e Bourne fossem tão próximos. Eram farinha do mesmo saco, pensou Soraya.

– Que tal espelhos? – perguntou Tyrone.

– Esta seria a maneira mais fácil – respondeu Deron. – Mas um dos motivos pelos quais eles instalaram tantas câmeras é para dar ao sistema múltiplas visões de uma mesma área. Isso já exclui espelhos no ato.

– É uma pena que Bourne tenha matado Karim-al-Jamil. Provavelmente, ele criaria um vírus que pararia o programa da DARPA, exatamente como ele fez com o banco de dados da CIA.

Soraya virou-se para Deron.

– Isso pode ser feito? – perguntou. – Você poderia fazer isso?

– Trabalho de hacker não é a minha praia. Deixo isso para minha garota.

Soraya não sabia que Deron tinha uma namorada.

– Ela é boa?

– Qual é?

– Podemos falar com ela?

Deron pareceu em dúvida.

– É da NSA que estamos falando, gente. Aqueles caras não brincam em serviço. E para ser franco, não acho que você deva se meter com eles.

– Infelizmente, não tenho escolha – disse Soraya.

– Eles estão acabando com a gente – falou Tyrone –, e a menos que a gente meta uma trolha no rabo deles, vão nos enrabar e mandar na gente para sempre.

Deron sacudiu a cabeça.

– Você realmente botou ideias interessantes na cabeça deste homem, Soraya. Antes que você aparecesse, ele era o melhor guarda-costas que já tive. Agora, olhe só para ele. Querendo briga com os cachorros grandes do mundo cruel fora do gueto. – Deron não escondia o orgulho que sentia por Tyrone, mas sua voz também tinha um tom de advertência. – Espero que saiba em que está se metendo, Tyrone. Se essa história desandar, você ficará enfiado numa cadeia federal até o dia de são Nunca.

Tyrone cruzou os braços sobre o peito, mantendo-se firme em sua posição.

Deron suspirou.

– Então, tudo bem. Somos todos adultos por aqui. – Ele estendeu a mão para o celular. – Kiki está lá em cima em sua toca. Ela não gosta de ser interrompida, mas, neste caso, acho que ela vai se interessar. – Ele falou rapidamente no celular, então desligou. Momentos depois, uma mulher esguia, com um lindo rosto africano e pele cor de chocolate, apareceu. Era tão alta quanto Deron, com o porte régio de antiquíssima e orgulhosa realeza.

Seu rosto se abriu num sorriso feroz quando viu Tyrone.

– Oi – disseram um para o outro. Aquela única palavra era tudo de que precisavam.

– Kiki, esta é Soraya – apresentou Deron.

O sorriso de Kiki foi largo e estonteante.

– Meu nome verdadeiro é Esiankiki. Sou massai. Mas na América não sou tão formal; todo mundo me chama de Kiki.

As duas mulheres trocaram um aperto de mãos. A mão de Kiki era fresca e seca. Ela observou Soraya com seus olhos grandes cor de café. Tinha a pele mais lisa que Soraya jamais vira e que logo invejou. O cabelo era muito curto, maravilhosamente cortado como um capacete para se encaixar sobre o crânio alongado. Usava um vestido longo marrom que lhe descia até os tornozelos e se colava de modo provocante aos quadris finos e seios pequenos.

Deron resumiu rapidamente o problema enquanto puxava a arquitetura do software DARPA em um dos terminais de seu computador. Enquanto Kiki a examinava, ele lhe deu as instruções básicas.

— Precisamos de alguma coisa que penetre o *firewall* e seja indetectável.

— A primeira não é nada difícil. — Os dedos longos de Kiki voaram sobre o teclado enquanto ela fazia experiências com o programa do computador. — A segunda, não sei.

— Infelizmente, não é só isso. — Deron se posicionou de modo a poder ver o terminal do computador por cima do ombro de Kiki. — Esse software específico controla duas mil câmeras de CFTV. Nossos amigos aqui precisam entrar e sair das instalações sem ser detectados.

Kiki levantou-se e virou-se para encará-los.

— Em outras palavras, todas as duas mil câmeras precisam ser cobertas.

— É isso mesmo — concordou Soraya.

— Você não precisa de um hacker, querida. Você precisa do homem invisível.

— Mas você pode torná-los invisíveis, Kiki. — Deron passou o braço ao redor de sua cintura fina. — Não pode?

— Hmmm. — Kiki examinou de novo a programação no terminal. — Sabe, parece haver uma variância recorrente que eu talvez possa explorar. — Ela se sentou num banquinho. — Vou transferir isso lá para cima.

Deron piscou o olho para Soraya, como quem diz: *Eu não disse?*

Kiki encaminhou uma quantidade de arquivos para o seu computador, que era separado do de Deron. Ela girou no banco. Espalmou as mãos nas coxas e levantou-se. — OK, então, vejo vocês mais tarde.

— Mais tarde quando? — perguntou Soraya, mas Kiki já estava subindo a escada, três degraus de cada vez.

∽

Moscou estava envolta em neve quando Bourne desembarcou do avião da Aeroflot em Sheremetyevo. O voo tinha atrasado quarenta minutos, o jato voando em círculos enquanto o gelo era retirado das pistas. Ele passou pela Alfândega e pela Imigração e foi recebido por um indivíduo pequeno, felino, envolto num casaco de peles branco. Era Lev Baronov, o contato do professor Specter.

— Pelo que vejo, não trouxe bagagem — disse Baronov, em inglês com sotaque carregado. Era esguio, musculoso e hiperativo, como um terrier Jack Russell, enquanto abria caminho entre berros e cotoveladas em meio ao pequeno exército de motoristas de táxis piratas que digladiavam para ganhar uma corrida. Eram um bando triste, constituído por minorias do Cáucaso, asiáticas e outras, cuja origem étnica os impedia de conseguir empregos decentes em Moscou.

— Cuidaremos disso no caminho para a cidade. Vai precisar de roupas para o inverno de Moscou. Hoje, a temperatura está amena, só dois graus Celsius abaixo de zero.

— Seria uma grande ajuda — respondeu Bourne, em russo perfeito.

As sobrancelhas espessas de Baronov se ergueram em surpresa.

— Fala como um nativo, *gospadin* Bourne.

— Tive excelentes instrutores — respondeu Bourne, lacônico.

Em meio ao movimento do terminal aéreo, Bourne passou a examinar o fluxo de passageiros, observando aqueles que se demoravam numa banca de jornal ou do lado de fora de uma loja do *free-shop*, e aqueles que não se moviam. Desde que saíra para o terminal, tivera a insistente sensação de estar sendo observado. É claro que havia câmeras do CFTV por toda parte, mas aquela sensação em particular, que desenvolvera ao longo dos anos de trabalho de campo que fazia os cabelos se eriçarem na base da nuca e nunca falhara. Alguém o vigiava. A situação era ao mesmo tempo alarmante e tranquilizadora – o fato de que ele já tinha alguém na sua cola significava que alguém sabia que ele devia chegar a Moscou. A NSA podia ter examinado os manifestos de voo partindo em Nova York e visto seu nome no da Lufthansa; não houvera tempo para excluí-lo da lista. Ele lançava ao redor breves olhares típicos de turista porque não queria alertar sua sombra de que sabia de sua presença.

– Estou sendo seguido – Bourne falou, depois que embarcou no Zil barulhento de Baronov. Estavam na via expressa M10.

– Não tem problema – disse Baronov, como se estivesse habituado a ser seguido o tempo todo. Nem sequer perguntou quem o estava seguindo. Bourne pensou na promessa do professor de que Baronov não o atrapalharia.

Bourne examinou o conteúdo do embrulho que Baronov lhe entregara, que incluía uma nova identidade, uma chave e o número do cofre para retirar o dinheiro da caixa-forte no banco.

– Preciso de uma planta do prédio do banco – disse Bourne.

– Não tem problema. – Baronov saiu da M10. Bourne agora era Fyodor Illianovich Popov, funcionário de médio escalão da GazProm, o gigantesco conglomerado estatal de energia.

– Até que ponto esta identidade é segura? – perguntou Bourne.

– Não precisa se preocupar. – Baronov sorriu. O professor tem amigos na GazProm que sabem como protegê-lo, Fyodor Ilianovich Popov.

⤺

Anthony Prowess tinha vindo de muito longe para manter o velho Zil à vista e não pretendia perdê-lo, pouco importando as manobras evasivas que o motorista fizesse. Estivera esperando no Sheremetyevo que Bourne saísse do controle da Imigração. O general Kendall havia enviado uma foto recente de Bourne, tirada por um dos integrantes da equipe de vigilância, para seu celular. A foto era granulada e bidimensional por causa das lentes longas de telefoto que haviam sido usadas, mas era um *close-up*; não havia como não reconhecer Bourne quando ele chegasse.

Para Prowess, os minutos seguintes seriam cruciais. Não tinha ilusões de que fosse conseguir manter-se despercebido de Bourne por um período mais longo de tempo; portanto, nos breves minutos em que seu alvo ainda não estava consciente de estar sendo observado, ele precisava absorver todos os tiques e hábitos, por minúsculos e aparentemente irrelevantes que fossem. Sabia, por amarga experiência, que essas pequenas revelações se mostrariam tão inestimáveis quanto a vigilância em campo, especialmente quando chegasse a hora de enfrentar seu homem e matá-lo.

Prowess não era nenhum calouro em Moscou. Nascera ali, filho de um diplomata britânico e sua esposa, adida cultural. Só depois dos quinze anos foi que Prowess compreendeu que o cargo de sua mãe era fachada. Ela era, na verdade, espiã do MI6, o Serviço Secreto de Sua Majestade. Quatro anos mais tarde, a mãe de Prowess foi descoberta e o MI6 os tirara secretamente do país. Como sua mãe se tornara uma mulher procurada, os Prowess haviam sido enviados para os Estados Unidos, para começar nova vida, com novo sobrenome. O perigo tinha sido tão profundamente inculcado em Prowess que ele realmente havia esquecido seu nome anterior. Agora ele era apenas Anthony Prowess.

Assim que conquistara créditos acadêmicos qualificados, Prowess se candidatara a trabalhar para a NSA. Desde o momento em que descobriria que sua mãe era espiã, aquilo passara a ser o que queria fazer. Nem todas as súplicas dos pais conseguiram dissuadi-lo. Devido à sua facilidade com línguas estrangeiras e seu conhecimento de outras culturas, a NSA o mandara para o exterior, primeiro para o Chifre da África, para ser treinado, depois para o Afeganistão, onde fazia trabalho de ligação com as tribos locais que lutavam contra o Talibã no difícil terreno das montanhas. Era um homem duro, habituado a passar por privações e a conviver com a morte. Conhecia mais maneiras de matar um ser humano do que existiam dias no ano. Comparada ao que havia passado durante os últimos dezenove meses, sua atual missão seria moleza.

DEZESSETE

Bourne e Baronov seguiram em velocidade pela autoestrada Volokolamskoye. O Crocus City era um enorme shopping de luxo. Construído em 2002, era um conjunto aparentemente interminável de butiques reluzentes, restaurantes, *showrooms* de automóveis e fontes de mármore. Também era um lugar excelente para se livrar de um seguidor.

Enquanto Bourne comprava roupas apropriadas, Baronov se manteve ocupado em seu celular. Não havia sentido em se dar ao trabalho de se livrar do olheiro dentro do labirinto do shopping só para que ele tornasse a segui-los quando voltassem para o Zil. Baronov ligou para um colega vir encontrá-los no Crocus City. Eles ficariam com o carro dele e ele dirigiria o Zil para Moscou.

Bourne pagou suas compras e vestiu as roupas. Baronov o levou para o Franck Muller Café, dentro do shopping, onde tomaram café e comeram um sanduíche.

– Fale-me sobre a namorada de Pyotr – pediu Bourne.

– Gala Nematova? – Baronov deu de ombros. – Não há muito o que dizer, na verdade. Ela é apenas mais uma dessas garotas bonitas que a gente vê nas boates da moda de Moscou. Essas mulheres custam um rublo a dúzia.

– Onde posso encontrá-la?

Baronov deu de ombros.

– Ela sempre vai aos lugares onde os oligarcas se reúnem. Sinceramente, seu palpite é tão bom quanto o meu. – Ele riu bem-humorado. – Por mim, acho que estou velho demais para esses lugares, mas terei prazer em levá-lo esta noite a fazer o circuito.

— Tudo o que preciso é que você me empreste um carro.
— Como quiser, *miya droog*.

Alguns momentos depois, Baronov foi ao banheiro masculino, onde havia combinado fazer a troca das chaves com o amigo. Quando voltou, entregou a Bourne uma folha de papel dobrada, onde havia uma planta do prédio do Moskva Bank.

Eles saíram por uma direção diferente da que tinham entrado, o que os conduziu a um estacionamento do outro lado do shopping. Embarcaram em um modelo antigo de sedã Volga quatro portas preto, que para alívio de Bourne deu partida imediatamente.

— Está vendo? Nenhum problema. — Baronov riu, com jovialidade. — O que faria sem mim, *gospadin* Bourne?

⁓

O cais Frunzenskaya ficava a sudoeste da parte interna do Anel do Jardim — Sadovoye Koltso. Mikhail Tarkanian dissera que podia ver a ponte para pedestres do Parque Gorky da janela de sua sala. Ele não havia mentido. Seu apartamento ficava num prédio não muito longe do Khlastekov, um restaurante que servia excelente comida russa. Com seu pórtico de dois andares, de colunas quadradas e sacadas decorativas de concreto, o prédio em si era um exemplo primoroso do estilo imperial stalinista, que violentara e submetera pela força um passado arquitetônico mais pastoral e romântico.

Bourne instruíra Baronov a ficar no Volga até que ele voltasse. Subiu os degraus de pedra, sob a colunata, e passou pela porta de vidro. Entrou no pequeno vestíbulo que acabava numa porta interna, que estava trancada. Na parede à direita, havia um painel de metal dourado com fileiras de botões de campainhas correspondendo aos apartamentos. Bourne passou os dedos pelas fileiras de botões até encontrar o nome de Tarkanian. Memorizando o número do apartamento, seguiu para a porta interna e, para abri-la, usou uma pequena lâmina flexível para girar as tranquetas da fechadura, no lugar de uma chave. A porta se abriu com um estalo e ele entrou.

Havia um pequeno elevador artrítico à esquerda. À direita, uma escadaria bastante imponente seguia para o primeiro andar. O piso dos três primeiros degraus era de mármore, mas depois cedia lugar a degraus de concreto, que soltavam um pó fino como talco à medida que o material poroso ia se desgastando.

O apartamento de Tarkanian ficava no terceiro andar, a que se chegava por um corredor úmido e escuro, repleto dos odores de repolho fervido e carne ensopada. O piso era de pequeninos ladrilhos hexagonais, lascados e gastos como os degraus.

Bourne encontrou a porta sem maiores problemas. Encostou a orelha nela, procurando ouvir sons dentro do apartamento. Quando não ouviu nada, arrombou a fechadura. Girando lentamente a maçaneta de vidro, ele abriu uma fresta. Uma luz fraca se filtrava pelas cortinas semifechadas que emolduravam as janelas à direita. Tarkanian deixara claro que há anos não voltava ao apartamento, de modo que quem o estava usando?

Bourne moveu-se silenciosa e cautelosamente pelos aposentos. Onde esperara encontrar poeira, não havia nenhuma; onde esperara encontrar a mobília coberta por lençóis, também nada encontrara. Havia comida na geladeira, embora o pão sobre o balcão estivesse mofado. Mesmo assim, ainda naquela semana alguém estivera ali. As maçanetas de todas as portas eram de vidro, iguais à da porta da frente, e algumas pareciam frouxas em suas hastes de metal. Havia fotos na parede: belas fotografias em branco e preto, de alto contraste, do Parque Gorky em diferentes estações.

A cama de Tarkanian estava desfeita. As cobertas haviam sido empurradas para trás em ondas desordenadas, como se alguém tivesse sido acordado de repente ou saído às pressas. Do outro lado da cama, a porta para o banheiro estava entreaberta.

Enquanto Bourne dava a volta no pé da cama, reparou numa foto 5x7 de uma moça loura, com o verniz da beleza cultivada pelas modelos ao redor do mundo. Bourne se perguntava se seria Gala Nematova quando percebeu um borrão de movimento pelo canto do olho.

O homem escondido atrás da porta do banheiro correu para cima de Bourne. Armado com uma faca de lâmina grossa, tentou um golpe contra Bourne, que rolou para longe. O homem o seguiu. Ele tinha olhos azuis, era louro e grande. Havia tatuagens dos dois lados de seu pescoço e nas palmas de suas mãos.

A melhor maneira de neutralizar uma faca era numa luta corpo a corpo contra seu oponente. Enquanto o homem dava outra estocada, Bourne girou, agarrou o homem pela camisa e com violência golpeou-lhe o osso do nariz com a testa. O sangue jorrou, o homem urrou, praguejando em russo gutural.

– *Blyad!*

Ele enterrou o punho no flanco de Bourne, tentou libertar a mão com a faca. Bourne aplicou um golpe de bloqueio de nervo na base do polegar. O russo cabeceou Bourne no esterno e empurrou-o para trás, para fora da cama, para a porta entreaberta do banheiro. A maçaneta de vidro espetou a coluna de Bourne, fazendo-o arquear-se para trás. A porta se abriu totalmente e ele caiu esparramado sobre os ladrilhos frios. Recuperando o uso da mão, o russo puxou uma Stechkin APS 9 mm. Bourne deu-lhe um pontapé na canela e o homem caiu sobre um joelho; Bourne então golpeou-o de um lado do rosto, e a Stechkin saiu voando pelos ladrilhos. O russo lançou-lhe uma sucessão de murros e golpes que empurraram Bourne de costas contra a porta antes que ele agarrasse a Stechkin. Bourne levantou a mão, sentiu o octágono frio da maçaneta de vidro. Sorrindo, o russo apontou a pistola para o coração de Bourne. Arrancando a maçaneta, Bourne a arremessou contra a testa do russo, acertando-a em cheio. Os olhos do homem se reviraram e ele arriou no chão.

Bourne recolheu a Stechkin e permitiu-se um momento para recuperar o fôlego. Então, arrastou-se até o russo. É claro que o homem não tinha uma carteira de identidade tradicional, mas isso não significava que Bourne não pudesse descobrir de onde ele vinha.

Tirando o paletó e a camisa do grandalhão, Bourne examinou com cuidado uma constelação de tatuagens. No peito, havia um tigre, o símbolo do soldado. Do lado esquerdo do ombro, um punhal pingando sangue, sinal de que ele era um assassino. Mas foi a terceira tatuagem, um gênio saindo de uma lâmpada típica do Oriente Médio, que mais o interessou. Era um sinal de que o russo estivera na cadeia por crimes relacionados a drogas.

O professor dissera a Bourne que duas das famílias da máfia russa, a Kazanskaya e a Azeri, estavam em guerra pelo controle único do mercado de drogas. *Não se meta em seu caminho*, advertira Specter. *Se eles fizerem algum contato com você, suplico-lhe que não lute contra eles. Em vez disso, ofereça a outra face. É a única maneira de sobreviver por lá.*

Bourne estava a ponto de se levantar quando viu alguma coisa na parte interna do cotovelo esquerdo do russo: uma pequena tatuagem de um corpo de homem com cabeça de chacal. Anúbis, o deus egípcio do mundo inferior. Supunha-se que aquele símbolo protegesse seu portador da morte, mas em tempos mais recentes também tinha sido apropriado pela Kazanskaya. O que um membro de uma família *grupperovka* tão poderosa estava fazendo no apartamento de Tarkanian? Ele tinha sido enviado para encontrá-lo e matá-lo. Por quê? Era algo que Bourne tinha que descobrir.

Ele olhou ao redor do banheiro para a pia com a torneira que gotejava, potes de creme e sombra para os olhos, lápis de maquiagem, espelho manchado. Abriu a cortina do chuveiro e arrancou vários fios de cabelo louro do ralo. Eram fios compridos; cabelos de mulher. Da cabeça de Gala Nematova?

Bourne encaminhou-se para a cozinha, abriu gavetas, revirou-as até encontrar uma caneta esferográfica azul. Voltando para o banheiro, pegou um dos lápis delineadores. Ajoelhando-se ao lado do russo, desenhou uma cópia da tatuagem de Anúbis na parte interna de seu cotovelo esquerdo; errou numa linha, esfregou-a e apagou. Quando se deu por satisfeito com o desenho, usou a esferográfica para fazer a "tatuagem" definitiva. Sabia que não passaria por uma inspeção mais cuidadosa, mas para uma identificação rápida, seria suficiente. Na pia, ele lavou delicadamente os riscos a lápis, e borrifou um pouco de laquê de cabelo sobre o desenho para fixá-lo melhor sobre a pele.

Deu uma olhada atrás do tanque de água da latrina, um dos lugares favoritos para esconder dinheiro, documentos ou materiais importantes, mas não encontrou nada. Estava a ponto de ir embora quando seus olhos deram de novo com o espelho. Olhando mais de perto, viu vestígios de vermelho, aqui e ali. Batom, que tinha sido cuidadosamente limpo, como se alguém, possivelmente o homem da Kazanskaya russa, tivesse tentado apagar uma mensagem. Por que ele teria feito isso?

Parecia a Bourne que os borrões formavam uma espécie de padrão. Pegando um estojo de pó de arroz, ele o soprou sobre a superfície. O pó à base de petróleo buscou a substância similar, colando-se aos vestígios da imagem feita em batom.

Quando acabou, largou o pó de arroz e deu um passo para trás. Estava olhando para a mensagem escrita:

Vou para Kitaysky Lyotchik. Cadê você? Gala.

Então, Gala Nematova, a última namorada de Pyotr, morava ali. Será que Pyotr usava o apartamento enquanto Tarkanian estava fora?

A caminho da saída, ele tomou o pulso do russo. Estava lento, mas firme. O motivo de por que a Kazanskaya havia mandado aquele assassino, endurecido por anos de prisão, para o apartamento onde Gala Nematova outrora vivera com Pyotr ganhou vulto em sua mente. Será que havia alguma ligação entre Semion Icoupov e a família *grupperovka*?

Depois de mais uma olhada na foto de Gala Nematova, Bourne esgueirou-se para fora do apartamento tão silenciosamente quanto havia entrado. No corredor, parou para ver se ouvia sons humanos, mas exceto pelo choramingar abafado de um bebê num apartamento do segundo andar, tudo estava silencioso. Ele desceu a escada e atravessou o vestíbulo, onde uma garotinha segurava a mão da mãe, tentando puxá-la para a escada. Bourne e a mãe trocaram sorrisos vazios de estranhos que se cruzam. Então, Bourne saiu para a rua, emergindo da colunata. Exceto por uma velha fazendo seu caminho cuidadosa mas rapidamente em meio à neve traiçoeira, não havia ninguém à vista. Ele entrou no banco do carona do Volga e fechou a porta.

Foi então que viu o sangue escorrendo da garganta de Baronov. No mesmo instante, um fio de arame foi passado ao redor de seu pescoço, apertando-lhe a traqueia.

⌒

Quatro vezes por semana, depois do trabalho, Rodney Feir, chefe de apoio de campo da CIA, se exercitava numa academia a pouca distância a pé de sua casa, em Fairfax, na Virgínia. Passava uma hora na esteira, mais uma trabalhando com pesos, e então tomava um bom banho de chuveiro e seguia para o banho turco.

Naquele anoitecer, o general Kendall estava esperando por ele. Kendall viu sem muita nitidez a porta de vidro se abrir, o ar frio penetrar como gavinhas por um breve momento, enquanto o vapor escapava para o vestiário masculino.

– Prazer em vê-lo, Rodney – cumprimentou o general Kendall.

Feir o cumprimentou de cabeça e, sem dizer uma palavra, sentou-se ao lado de Kendall.

Rodney Feir era o Plano B, o reserva que o general deixara engatilhado para o caso de Rob Batt falhar. De fato, Feir tinha sido mais fácil de recrutar do que Batt. Feir era alguém que viera parar no serviço secreto não por motivos patrióticos, nem porque gostasse da vida clandestina. Ele apenas era preguiçoso. Não que não fizesse seu serviço, não que não o fizesse muito bem. Era apenas que a vida trabalhando para o governo combinava muitíssimo bem com ele. O principal a se lembrar a seu respeito era que, o que quer que fosse que Feir fizesse, ele fazia por lhe trazer benefícios. Feir era, de fato, um rematado oportunista. Mais que quaisquer outros na CIA, ele sabia que futuro negro se preparava para a agência, e fora por isso que sua conversão para a NSA havia sido tão fácil e sem sobressaltos. Com a morte do Velho, o fim dos tempos havia chegado. Ele não tinha nada da lealdade de Batt com a qual se confrontar.

Mesmo assim, não era bom contar com ninguém como certo, e era por isso que Kendall o encontrava ali, de vez em quando. Tomavam um banho turco, depois uma chuveirada, vestiam seus trajes de paisano e saíam para jantar numa das várias churrascarias vagabundas que Kendall conhecia na seção sudeste do distrito. Esses lugares eram pouco mais que barracões. Eram principalmente a churrasqueira, onde o mestre churrasqueiro preparava com carinho seus cortes de carne – costelas, carne de peito, maminhas, linguiças sem salmoura ou apimentadas, às vezes um porco inteiro – por horas a fio. As velhas mesas de madeira riscada, guarnecidas com quatro ou cinco molhos de ingredientes e pimentas variados, eram uma espécie de reflexão tardia. A maioria dos clientes pedia sua carne embalada para viagem. Kendall e Feir não. Eles se sentavam a uma das mesas, comiam e bebiam cerveja, enquanto os ossos iam se empilhando junto com guardanapos de papel descartados e pedaços de pão branco macio, que se desintegrava sob algumas gotas de molho.

De vez em quando, Feir parava de comer para contar a Kendall algum fato ou bisbilhotice que corria pelos escritórios da CIA. Kendall os anotava em sua mente militar, que não deixava passar nada, vez por outra fazendo perguntas para ajudar Feir a esclarecer ou ampliar um ponto, especialmente quando se tratava dos movimentos de Veronica Hart ou de Soraya Moore.

Depois seguiam de carro até uma velha biblioteca abandonada para o evento principal da noite. O prédio em estilo renascentista havia sido comprado a preço de banana num leilão por Drew Davis, um homem de negócios local, conhecido no SE, mas desconhecido no distrito, que era exatamente como ele gostava das coisas. Era uma daquelas pessoas inteligentes o suficiente para se manter sempre fora do radar da polícia metropolitana. Algo que não era assim tão simples em SE, porque como todo mundo que vivia por ali, ele era negro. Ao contrário da maioria dos que o cercavam, ele tinha amigos em altas posições. Isso se devia principalmente ao negócio que comandava, The Glass Slipper.

Para todos os propósitos, tratava-se de uma casa noturna, com espetáculos de música ao vivo, extremamente bem-sucedida, que atraía muitos nomes importantes do cenário do R&B. Mas, nos fundos da casa, ficava seu verdadeiro negócio: um bordel de luxo, que se especializara em mulheres de cor. Para aqueles que sabiam do segredo, qualquer tonalidade de pele, o que nesse caso significava etnicidade, podia ser encontrada no The Glass Slipper. Os preços eram salgados, mas ninguém parecia se importar, em parte porque Drew Davis pagava bem às suas garotas.

Kendall frequentava aquele bordel desde seu último ano de faculdade. Tinha vindo certa noite com um grupo de amigos bem relacionados pela diversão. Não quisera vir, mas tinha sido desafiado, e sabia como seria ridicularizado se não aceitasse o desafio. Ironicamente, havia ficado e voltara, pois, com o correr dos anos, descobrira que tinha uma queda pelo que chamava de "meter o pé na lama". No início, dissera a si mesmo que a atração era puramente física. Depois se dera conta de que gostava de estar ali; ninguém o incomodava, ninguém ria dele. Mais tarde, seu interesse continuado se tornara uma reação a seu papel de excluído, daquele que não pertencia ao grupo quando se tratava de trabalhar com viciados em poder como Luther LaValle. Céus, até Rob Batt — agora caído em desgraça — tinha sido membro da Skull& Bones, em Yale. *Bem, o The Glass Slipper é o meu Skull & Bones*, pensou Kendall enquanto era conduzido ao salão dos fundos. Aquilo era tão clandestino e tão *outré* quanto as coisas do Anel Rodoviário de Washington. Era o esconderijo particular de Kendall, uma vida que era só dele. Nem mesmo Luther sabia da existência do The Glass Slipper. Era bom ter um segredo de que LaValle não tinha conhecimento.

Kendall e Feir sentaram-se em cadeiras estofadas de veludo púrpura – a cor da realeza, como Kendall assinalou – e assistiram a um desfile de mulheres de todos os tamanhos e cores. Kendall escolheu Imani, uma de suas favoritas; Feir, uma eurasiana de pele num tom escuro de dourado, parte indiana.

Eles se retiraram para quartos espaçosos, mobiliados como quartos de *villas* europeias, com camas de quatro colunas, toneladas de chintz, veludo, grinaldas, cortinados. Lá Kendall assistiu enquanto, com um requebro espantoso, Imani se livrou do vestido de seda, de alcinhas, cor de chocolate. Ela não usava nada por baixo. A luz do abajur realçava sua pele escura.

Então, ela abriu os braços e com um gemido saído do fundo da alma, o general Richard P. Kendall mergulhou no rio sinuoso de seu corpo perfeito.

∽

No momento em que Bourne sentiu seu suprimento de ar ser cortado, ele se ergueu do banco da frente num movimento de alavanca, arqueando as costas de modo a poder apoiar primeiro um pé, depois o outro, sobre o painel. Usando as pernas, ele se arremessou, na diagonal, para o banco de trás, aterrissando bem atrás do infeliz Baronov. O estrangulador foi obrigado a se virar para a direita, de modo a manter o arame ao redor da garganta de Bourne. Era uma posição desajeitada para ele; agora lhe faltava a vantagem da alavanca, que tivera enquanto Bourne estivera diretamente a sua frente.

Bourne plantou o salto do sapato na virilha do estrangulador e pressionou com toda a força que conseguiu. Mas sua força estava diminuída pela falta de oxigênio.

– Morra, filho da puta – disse o estrangulador, com um sotaque carregado do meio-oeste.

Luzes brancas dançaram diante de seus olhos e Bourne sentiu um negrume começando a subir e espalhando-se devagar por toda a parte a seu redor. Era como se estivesse olhando para um túnel pelo lado errado do telescópio. Nada parecia real; seu sentido de perspectiva falhava. Via o homem, o cabelo escuro, o rosto cruel, o olhar distante e inconfundível do soldado americano em combate. No fundo de sua mente, teve certeza de que a NSA o havia encontrado.

O lapso de concentração de Bourne permitiu que o estrangulador se soltasse, torcesse e puxasse as pontas do arame de modo que ele se enterrasse ainda mais fundo em sua carne. Sua traqueia estava completamente bloqueada. O sangue escorria por seu colarinho à medida que o arame lhe cortava o pescoço. Estranhos ruídos animais subiram à tona das profundezas de seu ser. Bourne piscou para afastar as lágrimas e o suor, usou suas últimas reservas de força para enterrar o polegar no olho do agente. Manter a pressão a despeito dos murros em seu peito lhe valeu uma trégua temporária. O arame afrouxou. Ele engoliu o ar, respirando estertorosamente e enterrou o dedo mais fundo.

O arame afrouxou um pouco mais. Ele ouviu a porta do carro se abrir. O rosto do estrangulador se afastou num repelão, a porta do carro bateu e se fechou. Ele ouviu o som de pés correndo, sumindo. Quando afinal conseguiu destorcer o arame, para tossir e arquejar, levando ar a seus pulmões em fogo, a rua estava vazia. O agente da NSA havia fugido.

Bourne estava sozinho no Volga com o cadáver de Lev Baronov; tonto, fraco, nauseado e desgostoso.

DEZOITO

— Não posso contatar Haydar assim sem mais nem menos — falou Devra. — Depois do que aconteceu em Sebastopol, eles saberão que você está atrás dele.

— Se é assim — retrucou Arkadin — o documento já se foi há muito tempo.

— Não necessariamente. — Devra mexeu o café turco, espesso como asfalto. — Eles escolheram este fim de mundo exatamente por ser tão inacessível. Mas isso funciona nos dois sentidos. É provável que Haydar ainda não tenha conseguido passar o documento adiante.

Estavam sentados num minúsculo café varrido pelo vento e pela poeira, em Eskişehir. Mesmo para a Turquia, era um lugar atrasado, cheio de ovelhas, cheiros de pinheiro, estrume e urina, e não muito mais. Um vento frio soprava através do passo montanhoso. Havia neve do lado norte dos prédios que constituíam a aldeia, e a julgar pelas nuvens cada vez mais baixas havia mais a caminho.

— *Lugar abandonado por Deus* é uma descrição boa demais para este fim de mundo — observou Arkadin. — Que diabo, não há nem sinal para o celular.

— Isso é engraçado vindo de você. — Devra bebeu todo o seu café. — Você nasceu num fim de mundo, não foi.

Arkadin sentiu uma vontade quase incontrolável de arrastá-la para os fundos da estrutura ordinária e dar-lhe uma surra. Mas conteve a mão e a raiva, guardando-as para outro dia, quando olharia para ela como se estivesse a mais de uma centena de quilômetros e sussurraria em seu ouvido: *Eu não tenho nenhuma consideração por você. Para mim, a sua vida não tem significado. Se quer ter alguma esperança de continuar viva, mesmo que só por pouco tempo, nunca pergunte onde eu nasci, quem eram meus pais, nem absolutamente nada de natureza pessoal.*

∽

Conforme se descobriu, Marlene era mestre em hipnose. Ela lhe disse que queria hipnotizá-lo de modo a chegar à origem de sua raiva.

– Ouvi falar de pessoas que não podem ser hipnotizadas – comentou Arkadin. – É verdade?

– É – respondeu Marlene.

Descobriu-se que ele era uma delas.

– Você simplesmente não aceita sugestão – disse ela. – Sua mente ergueu um muro impossível de penetrar.

Estavam sentados no jardim nos fundos da *villa* de Semion Icoupov. Como o terreno era muito íngreme, o jardim era minúsculo. Estavam acomodados num banco sob a sombra de uma figueira, cujos frutos escuros, que logo estariam maduros, começavam a fazer curvar para baixo os galhos em direção à terra pedregosa.

– Bem... – começou Arkadin – o que vamos fazer?

– A questão é o que *você* vai fazer, Leonid. – Ela limpou um fragmento de folha da coxa. Vestia jeans de estilista americano com uma camisa de colarinho aberto e calçava sandálias. – O processo de examinar seu passado é para ajudá-lo a recuperar o controle sobre si mesmo.

– Você quer dizer minhas tendências homicidas – falou ele.

– Por que escolheu dizer isso dessa maneira, Leonid?

Ele a encarou.

– Porque é verdade.

Os olhos de Marlene escureceram.

– Então, por que está tão relutante em falar sobre as coisas que acho que vão ajudá-lo?

– Você quer apenas arrumar um jeito de entrar na minha cabeça. Acha que se souber de tudo a meu respeito poderá me controlar.

– Você está enganado. Não se trata de controle.

Arkadin deu uma gargalhada.

– Então, é a respeito de quê?

– Do que sempre foi... de ajudar você a controlar a si mesmo.

Um vento leve agitou os cabelos dela, que os ajeitou de volta. Ele reparava em coisas corriqueiras como aquela e lhes atribuía um significado psicológico. Marlene gostava das coisas bem arrumadinhas, do seu jeito.

– Eu era um garotinho triste. Depois me tornei um garotinho zangado. Então, fugi de casa. Pronto, está satisfeita?

Marlene inclinou a cabeça para aproveitar um pouco do sol que se filtrava por entre as folhas da figueira.

– Como você passou de triste a zangado?

– Eu cresci – respondeu Arkadin.

– Você ainda era uma criança.

– Só de certa forma.

Ele a observou por um momento. As mãos dela estavam cruzadas no colo. Ela ergueu uma delas e tocou o rosto dele com as pontas dos dedos, traçando a linha do maxilar até o queixo. Ela virou o rosto dele para mais perto do dela. Então, inclinou-se para a frente. Seus lábios, quando tocaram os dele, eram macios. Abriram-se como uma flor. O toque de sua língua foi como uma explosão na boca de Arkadin.

↩

Refreando o redemoinnho negro da emoção, Arkadin sorriu-lhe sedutoramente.

– Não importa. Nunca vou voltar.

– Apoio esta emoção – Devra assentiu, então se levantou. – Vamos ver se conseguimos acomodações decentes. Não sei quanto a você, mas estou precisando de um banho. Depois vamos ver se conseguimos contatar Haydar sem que ninguém saiba.

Quando ela começou a lhe dar as costas, ele a agarrou pelo cotovelo.

– Espere um minuto.

A expressão de Devra era interrogativa, esperando que ele continuasse.

– Se você não é minha inimiga, se não esteve mentindo para mim, se quer ficar comigo, então vai me demonstrar sua fidelidade.

– Já disse que sim, que faria o que você me pedisse.

– Isso poderia significar matar as pessoas que com certeza estarão protegendo Haydar.

Ela nem sequer piscou.

– Me dê uma arma.

↬

Veronica Hart morava num complexo de apartamentos em Langley, na Virgínia. Como tantos outros complexos naquela parte do mundo, servia como moradia temporária para milhares de funcionários do governo, inclusive espiões de toda sorte, que com frequência estavam em missão no exterior ou em outras áreas do país.

Hart morava naquele apartamento específico há pouco mais de dois anos. Não que isso tivesse importância; desde que viera para o distrito, sete anos antes, não tivera nada senão moradias temporárias. Pelo menos era o que ela pensava quando apertou o interfone para permitir que Soraya entrasse no vestíbulo. Um momento depois, ouviu uma batida discreta na porta, e abriu-a para a outra mulher.

– Estou limpa. – Soraya tirou o casaco. – Eu me assegurei disso.

Hart pendurou o casaco no closet do vestíbulo e conduziu Soraya até a cozinha.

– Para o café da manhã, tenho cereal frio ou... – Veronica abriu a geladeira – comida chinesa gelada. Sobras de ontem à noite.

– Não sou de cafés convencionais – respondeu Soraya.

– Ótimo. Eu também não.

Hart agarrou uma porção de caixas de papelão, falou a Soraya onde encontrar pratos, colheres para servir e pauzinhos. Elas seguiram para a sala de visitas e puseram tudo na mesinha de tampo de vidro entre os sofás, que ficavam de frente um para o outro.

Hart começou a abrir as embalagens.

— Porco não, certo?

Soraya sorriu, satisfeita por sua chefe se lembrar das proibições muçulmanas.

— Obrigada.

Hart voltou à cozinha, pôs água para ferver para o chá.

— Tenho Earl Grey ou Oolong.

— Oolong para mim, por favor.

Hart acabou de preparar o chá, trouxe o bule e duas pequenas xícaras sem asas para a sala. As duas mulheres se acomodaram de lados opostos da mesa, sentadas de pernas cruzadas sobre o tapete de padronagem abstrato. Soraya olhou ao redor. Havia algumas gravuras simples na parede, do mesmo tipo que se esperaria ver em qualquer cadeia de hotel de nível médio. A mobília parecia alugada, tão anônima quanto o resto. Não havia fotos, nada que desse uma indicação das origens ou da família de Hart. O único objeto incomum era um piano de armário.

— Meu único objeto pessoal — disse Hart seguindo o olhar de Soraya. — É um Steinway K-52, mais conhecido como Chippendale hamburg. Tem uma câmara de ressonância maior do que a de muitos pianos de cauda, de modo que tem um som estupendo.

— Você toca?

Hart foi até o piano, sentou no banquinho e começou a tocar o *Noturno*, de Chopin, em si bemol. Sem perder um compasso, ela emendou com a sensual "Malagueña" de Isaac Albéniz, e finalmente com uma transposição pungente de "Purple Haze", de Jimi Hendrix.

Soraya riu e aplaudiu enquanto Hart se levantava e voltava a sentar-se diante dela.

— Meu único talento absoluto além do trabalho no serviço secreto. — Hart abriu uma das embalagens de papelão, serviu-se de algumas colheradas de galinha à moda do general Tso. — Tome cuidado... eu sempre peço carregado na pimenta.

– Por mim, tudo bem. – Soraya serviu-se de fartas colheradas.
– Eu sempre quis tocar piano.
– Na verdade, o que eu queria era tocar guitarra elétrica.
– Hart lambeu o molho de ostra dos dedos enquanto passava para outra embalagem. – Meu pai não quis nem ouvir falar. Na opinião dele, guitarra elétrica não era "instrumento para mulheres".
– Era severo? – perguntou Soraya, em tom solidário.
– E como... Era um coronel condecorado da Aeronáutica. Tinha sido piloto de combate na juventude. Ele se ressentia de ser velho demais para voar, sentia uma falta louca daquele cheiro de óleo do *cockpit*. Com quem poderia reclamar nas Forças Armadas? De modo que descontava sua frustração em mim e na minha mãe.
Soraya assentiu.
– Meu pai é um muçulmano da velha escola. Muito, muito rígido. Como muitos de sua geração, fica perplexo com o mundo moderno, e isso o deixa furioso. Quando saí de casa, ele disse que nunca me perdoaria.
– E perdoou?
Soraya respondeu com uma expressão distante nos olhos.
– Vejo minha mãe uma vez por mês. Falo com meu pai de vez em quando. Ele nunca me convidou para visitá-los; nunca fui.
Hart descansou os pauzinhos.
– Sinto muito.
– Não há motivo. As coisas são como são. Você ainda vê seu pai?
– Vejo, mas ele não sabe mais quem sou. Minha mãe agora já se foi, o que é uma bênção. Não creio que ela conseguisse tolerar vê-lo assim.
– Deve ser duro para você. O piloto indomável reduzido a isso.
– Existe um ponto na vida em que a gente tem que se libertar dos pais. – Hart recomeçou a comer, porém mais devagar. – A pes-

soa deitada naquela cama não é o meu pai. Ele morreu há muito tempo.

Soraya olhou para a comida por um momento.

– Conte-me como sabia a respeito do retiro da NSA.

– Ah, isso. – O rosto de Hart se iluminou. Visivelmente, ela ficou satisfeita por passar para um tema de trabalho. – Durante meus tempos na Black River, com frequência éramos contratados pela NSA. Isso foi antes que eles treinassem e pusessem em campo destacamentos de tropas para operações clandestinas. Tudo era "trabalho de campo", preparação do campo de batalha para as nossas tropas. Ninguém em Capitol Hill ia questionar e querer examinar isso em detalhes.

Ela limpou a boca, recostou-se.

– De todo o modo, depois de uma missão em particular, fui "sorteada". Eu era a pessoa de meu esquadrão que tinha trazido informações para a NSA. Como era uma operação secreta, meu *debriefing* ao retornar da missão foi feito na casa da Virgínia. Não na bela biblioteca para onde você foi levada, mas num dos cubículos no nível subterrâneo, sem janelas, sem nada, apenas concreto aparente reforçado. Aquilo lá parece um bunker de guerra.

– E o que você viu?

– Não foi o que eu vi – disse Hart. – Foi o que eu ouvi. Os cubículos são à prova de som, exceto pelas portas. Presumo que os guardas nos corredores saibam o que está acontecendo. O que eu ouvi foi medonho. Os sons eram quase inumanos.

– Contou a seus chefes na Black River?

– De que adiantaria? Eles pouco se importavam, e mesmo que se importassem, o que iam fazer? Abrir uma comissão de inquérito parlamentar com base nos sons que eu tinha ouvido? – Ela sacudiu a cabeça. – Não, aqueles rapazes são homens de negócios até a alma. Sua ideologia gira em torno de arrancar tanto dinheiro quanto for possível do governo.

– De modo que agora temos uma chance de fazer o que você não pôde fazer antes, o que a Black River não quis fazer.

– Exato – respondeu Hart. – Quero obter fotos, vídeos, provas absolutas do que a NSA está fazendo naqueles porões, para poder apresentar tudo pessoalmente ao presidente. É aí que você e Tyrone entram. – Ela afastou o prato. – Quero a cabeça de Luther LaValle numa bandeja. E, por Deus, vou conseguir.

DEZENOVE

Por causa do corpo e de todo o sangue nos assentos, Bourne foi obrigado a abandonar o Volga. Antes de fazê-lo, contudo, tirou o celular de Boronov, bem como seu dinheiro. O frio era intenso. Na escuridão sobrenatural daquela tarde de inverno, a neve caía rodopiando em rajadas cada vez mais violentas. Bourne sabia que tinha que sair da área o mais rapidamente possível. Tirou o chip de seu celular e colocou no de Boronov, então jogou o telefone fora, num bueiro. Em sua nova identidade como Fyodor Ilianovich Popov, não podia se dar ao luxo de ter consigo um celular com operadora americana.

Ele caminhou inclinado contra o vento e a neve. Depois de seis quarteirões, abrigou-se num vão de porta e usou o celular de Boronov para ligar para seu amigo Boris Karpov. A voz do outro lado da linha foi gelada.

– O coronel Karpov não trabalha mais no FSB.

Bourne sentiu um calafrio sacudi-lo. A Rússia não tinha mudado tanto que demissões rápidas como relâmpagos, com base em acusações falsas, fossem coisa do passado.

– Preciso entrar em contato com ele – insistiu Bourne.

– Ele agora está na Agência Federal Antinarcóticos. – A voz recitou um número de telefone local, antes de desligar abruptamente.

Aquilo explicava a atitude, pensou Bourne. A Agência Federal Antinarcóticos era chefiada por Viktor Cherkesov. Mas muitos acreditavam que ele era bem mais do que isso, um *silovik* dirigindo uma agência tão poderosa que algumas pessoas passaram a chamá-la de FSB-2. Recentemente, uma guerra interna entre Cherkesov e Nikolai Patrushev, o chefe do FSB, atual sucessora da notória KGB, irrompera no seio do governo. O *silovik* que ganhasse provavelmente seria o próximo presidente da Rússia. Se Karpov havia passado do FSB para o FSB-2, devia ser porque Cherkesov levara a melhor.

Bourne ligou para o escritório da Agência Federal Antinarcóticos, mas disseram-lhe que Karpov estava fora e não havia como contatá-lo.

Por um momento, Bourne pensou na possibilidade de ligar para o homem que tinha vindo apanhar o Zil de Baronov no estacionamento de Crocus City, mas quase imediatamente descartou a ideia. Já havia causado a morte de Baronov; não queria mais mortes na consciência.

Seguiu caminhando até chegar a um ponto de bonde. Embarcou no primeiro que apareceu saído da escuridão. Estava usando a echarpe que comprara na butique de Crocus City para cobrir a marca que o arame deixara em sua garganta. O pequeno gotejar de sangue havia parado quase que de imediato quando saíra para o ar frígido.

O bonde foi balançando e chocalhando pelos trilhos. Apertado em seu interior, entre um bando de gente fedorenta e barulhenta, Bourne se sentia completamente abalado. Não apenas descobriria um assassino da Kazanskaya de tocaia à sua espera no apartamento de Tarkanian, como seu contato havia sido executado por um assassino da NSA, enviado para matá-lo. Seu sentimento de solidão e isolamento nunca fora tão extremo. Bebês choravam, homens folheavam jornais, mulheres conversavam sentadas lado a lado, um velho de mãos inchadas pela artrite se curvava sobre o punho da bengala e às escondidas lançava olhares indecentes para uma mocinha entretida em ler uma revista de história em quadrinhos. Ali estava a vida, trepidando por toda a parte a seu redor, um riacho de águas borbulhantes que se bifurcava quando chegava a ele, um rochedo inamovível, apenas para se unir de novo depois de por ele passar, fluindo enquanto ele ficava para trás, imóvel e sozinho.

Bourne pensou em Marie, mas Marie estava morta e sua lembrança não lhe servia de consolo. Sentia falta de seus filhos, e se perguntou se aquilo seria a personalidade de David Webb aflorando. Um desespero antigo e familiar o dominou, como não acontecia desde que Alex Conklin o tirara da sarjeta e criara a identidade Bourne para que ele usasse como uma armadura. Sentiu o peso esmagador da vida, uma vida solitária, triste, que só podia acabar de uma maneira.

E então seus pensamentos se voltaram para Moira e como seu último encontro tinha sido impossivelmente difícil. Se ela houvesse sido uma espiã, se tivesse traído Martin e tido a intenção de fazer o mesmo com ele, o que teria feito? Será que ele a teria entregado a Soraya e Veronica?

Mas ela não era espiã e ele nunca teria que enfrentar aquele dilema. Quando se tratava de Moira, seus sentimentos pessoais agora se emaranhavam com seu dever profissional, inextricavelmente combinados. Sabia que ela o amava e agora, diante de seu desespero, compreendia que também a amava. Quando estava com ela sentia-se inteiro, mas de uma maneira totalmente nova. Ela não era Marie, e ele não queria que fosse Marie. Ela era Moira, e era Moira que ele queria.

Quando, afinal, Bourne saltou do bonde em Moscou Center, a neve havia abrandado para véus de flocos flutuantes, que rodopiavam aqui e ali nas imensas esplanadas a céu aberto. As luzes da cidade estavam acesas contra a longa noite de inverno, mas o céu que se desanuviava tornava a temperatura ainda mais frígida. As ruas estavam entupidas de táxis, carros baratos fabricados durante os anos Brezhnev, que se moviam lentamente em fileiras, quase colados uns nos outros, para não perder uma corrida. Na gíria local, eram conhecidos como *bombily* – os bombas – por causa da velocidade assustadora com que se deslocavam, zunindo pelas ruas da cidade tão logo arrumavam um passageiro.

Bourne entrou num cibercafé, pagou por quinze minutos num terminal de computador, digitou Kitaysky Lyotchick. Kitaysky Lyotchick Zhao-Da era o nome completo – ou traduzindo, O Piloto Chinês – do que se revelou uma animada boate *elitny* na Lubyansky 25. A estação de metrô Kitai-Gorod deixou Bourne no final do quarteirão. De um lado, havia um canal completamente congelado; do outro, uma fileira de prédios comerciais e residenciais. Foi fácil localizar O Piloto Chinês, dado o desfile de BMWs, Mercedes e Porches SUVs, bem como o barulho de Zhigs *bombily* aglomerados na rua. A multidão era controlada atrás de uma corda vermelha por leões de chácara de aparência feroz, enquanto clientes alegres se espalhavam trôpegos pela calçada. Bourne foi até o Porche Cayenne e bateu na janela. Quando o motorista a baixou, Bourne lhe ofereceu trezentos dólares.

– Quando eu entrar pela outra porta, este é o meu carro, certo?

O motorista olhou para o dinheiro com olhos gordos.

– Certíssimo, senhor.

Em Moscou, especialmente, dólares falavam mais que palavras.

– E se seu cliente sair, nesse meio-tempo?

– Não sairá – garantiu o motorista. – Ele fica na sala do champanhe até no mínimo quatro da manhã.

Mais cem dólares fizeram Bourne ultrapassar a multidão barulhenta e indisciplinada. Lá dentro, ele comeu um prato insosso de salada oriental e peito de galinha com crosta de amêndoas. De seu banquinho junto ao bar reluzente, observou os *soloviki* russos irem e virem com suas *dyevochkas,* cobertas de brilhantes, usando minissaias e casacos de peles – estritamente falando, mulheres bem jovens, que ainda não tinham tido filho. Aquela era a nova ordem. Exceto que Bourne sabia que muitas das mesmas pessoas ainda se mantinham no poder – *soloviki* que eram ex-funcionários da KGB ou seus descendentes, competindo contra os garotos de Sokolniki, que tinham ascendido do nada para uma súbita riqueza. Os *siloviki*, termo derivado da palavra russa para "poder", eram homens dos ministérios ditos "fortes", inclusive aqueles ligados aos serviços de segurança e militares, que haviam chegado ao poder durante a era Putin. Eles eram a nova guarda, que derrubou os oligarcas do período Yeltsin. Pouco importava. Fossem eles *soloviki* ou mafiosos, eram criminosos, que haviam matado, extorquido, mutilado, chantageado; todos eles tinham sangue nas mãos, nenhum deles sabia o que era remorso.

Bourne vasculhou as mesas em busca de Gala Nematova e surpreendeu-se por encontrar meia dúzia de *dyevs* que poderiam ser ela, especialmente sob aquela luz baixa. Era espantoso observar em primeira mão aquele trigal de jovens altas, esguias, cada uma mais deslumbrante que a outra. Uma teoria dominante –uma espécie de darwinismo enviesado sobre a sobrevivência da mais bonita – explicava por que havia tantas *dyevochkas* estonteantes na Rússia e na Ucrânia. Se você fosse um homem na casa dos vinte anos em 1947, isso significava que havia sobrevivido a um dos maiores banhos de sangue masculino da história humana. Em ampla minoria, esses homens tinham podido escolher a dedo suas mulheres. Quem eles tinham escolhido para casar e ter filhos? A resposta era óbvia, daí os hectares de *dyevochkas* se divertindo naquela e em todas as outras casas noturnas da Rússia.

Na pista de dança, um amontoado de corpos requebrantes tornava impossível a identificação dos indivíduos. Avistando uma *dyev* sozinha, Bourne aproximou-se e com um gesto a convidou a dançar. A música de arrebentar os tímpanos que saía de uma dúzia de caixas gigantescas tornava a conversa impossível. Ela assentiu, tomou-lhe a mão e, aos empurrões e cotoveladas, eles abriram caminho até um espaço apertado na pista de dança. Os vinte minutos seguintes poderiam ter substituído uma sessão vigorosa de exercícios. A dança era ininterrupta, do mesmo modo que as luzes faiscantes e a batida de alta octanagem oferecida por uma banda local chamada Tequilajazz.

Por cima da cabeça da ruiva, Bourne avistou mais uma *dyev* loura. Só que aquela era diferente. Agarrando a mão da ruiva, Bourne se esgueirou mais para o meio do bolo de dançarinos.

Perfume, água de colônia e suor azedo se misturavam ao cheiro acre de metal quente e dos gigantescos amplificadores monstruosos a todo vapor. Ainda dançando, Bourne manobrou ao redor até ter certeza. A *dyev* dançando com o mafioso de ombros largos era, realmente, Gala Nematova.

⁓

– Nunca mais voltará a ser o mesmo – disse o Dr. Mitten.
– Que diabo isso quer dizer? – berrou Anthony Prowess, para o oftalmologista, sentado desconfortavelmente numa cadeira da casa que servia de esconderijo para a NSA, nos arredores de Moscou.
– Sr. Prowess, não creio que o senhor esteja em condições de ouvir um diagnóstico completo. Por que não esperar até que o choque...
– A, eu não estou em choque – mentiu Prowess. – E B, não tenho tempo para esperar. – Aquilo era a mais pura verdade: depois de ter perdido o rastro de Bourne, ele precisava reencontrá-lo o mais rápido possível.

O Dr. Mitten suspirou. Estivera esperando exatamente aquela resposta; de fato, teria ficado surpreso se tivesse ouvido algo diferente. Ainda assim, tinha uma responsabilidade profissional para com seu paciente.

– Isso significa – declarou – que o senhor nunca mais voltará a ver com este olho. Pelo menos não de uma maneira que vá lhe ser útil.

Prowess estava sentado com a cabeça para trás, o olho anestesiado por colírio, de modo que o maldito oftalmologista pudesse cutucá-lo.

– Detalhes, por favor.

O Dr. Mitten era um homem alto, magro, de ombros estreitos, um topete ralo de cabelos sobre a calva e um pescoço com um pomo de Adão proeminente, que subia e descia comicamente quando ele falava ou engolia.

– Creio que o senhor conseguirá discernir movimento, diferenciar o claro do escuro.

– Só isso?

– Por outro lado – continuou o Dr. Mitten –, quando o inchaço passar, poderá ficar completamente cego deste olho.

– Ótimo, agora já sei do pior. Apenas trate de dar um jeito para que eu possa sair daqui.

– Eu não recomendo...

– Estou pouco me importando com o que o senhor recomenda – retrucou Prowess. – Faça o que estou mandando ou eu lhe torço esse pescoço de galinha.

Enquanto o oftalmologista tratava seu olho, Prowess fervia de raiva. Não só tinha falhado na missão de executar Bourne, mas também havia permitido que Bourne o mutilasse para sempre. Estava furioso consigo mesmo por ter posto o rabo entre as pernas e fugido, embora soubesse, que quando uma vítima leva a melhor, a tática correta é sair de campo o mais rápido possível.

Mesmo assim Prowess nunca se perdoaria. A questão não era que a dor tivesse sido excruciante – ele tinha um limiar de dor extremamente alto. Não se tratava sequer de que Bourne tivesse virado a mesa com ele – corrigiria isso muito brevemente. A questão era seu olho. Desde que era criança, tivera um medo mórbido de ficar cego. Seu pai havia ficado cego numa queda acidental de um ônibus em trânsito, quando o impacto lhe descolara ambas as retinas. Havia sido antes que oftalmologistas pudessem costurar retinas de volta no lugar. Aos seis anos de idade, o horror de ver o pai se deteriorar e se transformar, de um homem otimista e robusto, em um homem amargo, apático e ausente tinha se gravado para sempre em sua mente. O horror ressurgira no momento em que Jason Bourne enterrara o dedo polegar em seu olho.

Enquanto ficava sentado ali, remoendo as lembranças em meio aos cheiros fortes de produtos químicos emitidos pelas fórmulas do Dr. Mitten, Prowess se encheu de determinação. Prometeu a si mesmo que encontraria Jason Bourne e, quando o fizesse, Bourne pagaria pelo estrago que lhe havia causado, pagaria muito caro antes que Prowess o matasse.

↬

O professor Specter presidia uma reunião de catedráticos na universidade quando seu celular vibrou. Imediatamente, ele pediu um intervalo de quinze minutos, saiu da sala, seguiu pelo corredor e saiu para o campus.

Quando chegou a espaço aberto, abriu o celular e ouviu a voz de Nemetsov em seu ouvido. Nemetsov era o homem que Baronov havia chamado para fazer a troca de carros em Crocus City.

– Baronov está morto? – perguntou Specter. – Como?

Ele ouviu enquanto Nemetsov descrevia o ataque no carro diante do prédio de Tarkanian.

– Um assassino da NSA – concluiu Nemetsov. – Estava esperando por Bourne, para garroteá-lo como fez com Boronov.

– E Jason?

– Ele sobreviveu. Mas o assassino também escapou.

Specter se sentiu dominado por uma onda de alívio.

– Encontre o homem da NSA, antes que ele encontre Jason, e mate-o. Entendeu bem?

– Perfeitamente. Mas será que também não devíamos tentar entrar em contato com Bourne?

Specter refletiu por um momento.

– Não. Ele fica melhor quando está trabalhando sozinho. Conhece Moscou, fala russo fluentemente e tem as nossas identidades falsas. Ele fará o que precisa ser feito.

– O senhor põe toda sua fé num único homem?

– Você não o conhece, Nemetsov, caso contrário não faria um comentário tão burro. Meu único desejo é que Jason pudesse trabalhar conosco permanentemente.

↬

Quando, suada e despenteada, Gala Nematova saiu da pista com o namorado, Bourne fez o mesmo. Ele observou enquanto o casal seguiu para uma mesa onde foram recebidos por dois outros homens. Todos começaram a beber champanhe como se fosse água. Bourne esperou até que voltassem a encher suas *flutes* e então começassem a se mostrar com arrogância, no estilo em voga entre aquela nova geração de gângsteres.

Inclinando-se na frente do companheiro de Gala, Bourne gritou no ouvido dela:

– Tenho um recado urgente para você.

– Ei, cara – o homem gritou de volta, sem beligerância –, quem é você?

– Pergunta errada. – Lançando-lhe um olhar furioso, Bourne levantou ligeiramente a manga do paletó, apenas o suficiente para que ele visse de relance a falsa tatuagem de Anúbis.

O homem mordeu o lábio e tornou a se sentar enquanto Bourne estendia a mão, agarrava Gala Nematova pelo braço e a puxava para longe da mesa.

– Vamos lá fora para conversar.

– Você está maluco? – Ela tentou se libertar da mão dele. – Está gelado lá fora.

Bourne continuou a conduzi-la, segurando-lhe o cotovelo.

– Vamos conversar na minha limusine.

– Bem, assim já é melhor. – Gala Nematova mostrou-lhe os dentes, num arremedo de sorriso que deixava claro que não estava nada satisfeita. Seus dentes eram muito brancos, como se fossem escovados até o limite. Seus olhos eram de um castanho-claro, grandes e bem amendoados, o que revelava o sangue asiático em sua ascendência.

Um vento frígido subia do canal, apenas parcialmente bloqueado pelo muro de carros caros e *bombilys*. Bourne bateu na porta do Porche e o motorista, reconhecendo-o, destrancou as portas. Bourne e a *dyev* entraram depressa.

Tremendo de frio, Gala encolheu-se dentro do casaco de pele inadequadamente curto. Bourne pediu ao motorista para aumentar o aquecimento. O homem obedeceu e se acomodou no banco, bem agasalhado em seu casacão com gola de peles.

– Não me interessa saber que recado você tem para mim – falou Gala, mal-humorada. – Seja lá o que for, a resposta é não.

– Tem certeza? – Bourne se perguntou aonde ela estaria querendo chegar com aquilo.

– Claro que tenho certeza. Já estou farta de todos vocês me enchendo de perguntas e querendo descobrir onde Leonid Danilovich está.

Leonid Danilovich, pensou Bourne consigo mesmo. *Este é um nome que o professor nunca mencionou.*

– O motivo pelo qual continuamos a persegui-la é que ele tem certeza de que você sabe. – Bourne não tinha ideia do que estava dizendo, mas sentiu que se continuasse seguindo o que ela dizia, conseguiria fazer com que ela se abrisse.

– Eu não sei. – Agora a voz de Gala parecia a de uma garotinha fazendo birra. – Mas mesmo se soubesse não entregaria o segredo dele. Pode dizer isso a Maslov. – Ela quase cuspiu o nome do líder da Kazanskaya, Dimitri Maslov.

Agora estamos chegando a algum lugar, pensou Bourne. Mas por que Maslov estaria atrás de Leonid Danilovich, e o que aquilo tinha a ver com a morte de Pyotr? Ele decidiu explorar essa ligação.

– Por que você e Leonid Danilovich estavam usando o apartamento de Tarkanian?

Imediatamente ele percebeu que tinha cometido um erro. A expressão de Gala mudou radicalmente. Seus olhos se estreitaram e ela emitiu um som gutural.

– Que diabo é isso? Vocês já sabem por que estávamos acampados por lá.

– Conte-me de novo – disse Bourne, improvisando desesperadamente. – Só ouvi o relato de terceira mão. Talvez alguma coisa tenha sido perdida.

— O que poderia ter sido perdido? Leonid Danilovich e Tarkanian eram grandes amigos.

— E foi para lá que você levou Pyotr para suas escapadelas noturnas?

— Ah, então é disso que estamos falando. A Kazanskaya quer saber tudo sobre Pyotr Zylber, e eu sei por quê. Pyotr ordenou o assassinato de Borya Maks na prisão, de todos os lugares, a Prisão de Segurança Máxima Colônia 13. Quem poderia fazer algo assim? Entrar lá, matar Maks, um assassino de aluguel da Kazanskaya de grande força e habilidades, e sair sem ser visto.

— Isso é precisamente o que Maslov quer saber — insistiu Bourne, porque era o comentário mais seguro a fazer.

Gala mexeu nas unhas falsas, deu-se conta do que estava fazendo e parou.

— Ele suspeita que tenha sido Leonid Danilovich porque Leonid é conhecido por realizar esse tipo de façanha. Mais ninguém poderia fazer isso, ele tem certeza.

Estava na hora de pressioná-la, decidiu Bourne.

— E ele está absolutamente certo.

Gala deu de ombros.

— Por que está protegendo Leonid?

— Eu o amo.

— Da mesma maneira que amava Pyotr?

— Não diga absurdos. — Gala deu uma gargalhada. — Eu nunca amei Pyotr. Ele foi um serviço que Semion Icoupov me pagou muito bem para fazer.

— E Pyotr pagou com a vida por sua traição.

Gala pareceu examiná-lo com outros olhos.

— Quem é você?

Bourne ignorou a pergunta.

— Durante aquele período, onde você se encontrou com Icoupov?

— Nunca o vi. Leonid serviu de intermediário.

Agora a mente de Bourne disparou, colocando os blocos de informação que Gala lhe fornecera na ordem correta.

— Você sabe, não sabe, que Leonid assassinou Pyotr. — É claro que ele não sabia disso, mas dadas as circunstâncias parecia bastante provável.

— Não. — Gala empalideceu. — Isso não pode ser verdade.

— É claro que você pode ver como deve ter acontecido. Icoupov não matou Pyotr pessoalmente, pelo menos isso, com certeza, deve ser evidente para você. — Ele observou o medo crescer nos olhos dela. — Em quem mais Icoupov teria confiado para fazer o serviço? Leonid era a única outra pessoa a saber que você estava espionando Pyotr para Icoupov.

A verdade do que ele dissera estava escrita no rosto de Gala, como uma placa de sinalização numa estrada surgindo da neblina.

Enquanto ela ainda estava em choque, Bourne perguntou:

— Por favor, diga-me o nome completo de Leonid Danilovich.

— O quê?

— Apenas faça o que estou pedindo — falou Bourne. — Pode ser a única maneira de salvá-lo da Kazanskaya.

— Mas *você é* da Kazanskaya.

Levantando a manga, Bourne deixou que ela olhasse bem de perto a falsa tatuagem.

— Um assassino da Kazanskaya estava esperando por Leonid no apartamento de Tarkanian esta tarde.

— Não acredito em você. — Os olhos dela se arregalaram. — O que você estava fazendo lá?

— Tarkanian está morto — disse Bourne. — Agora, quer mesmo ajudar o homem que você diz que ama?

— Mas eu *amo* Leonid! Pouco me importa o que ele tenha feito.

Naquele momento, o motorista praguejou, virando-se no assento:

— Meu cliente está vindo — disse.

— Ande — Bourne insistiu com Gala. — Escreva o nome completo de Leonid.

— Alguma coisa deve ter acontecido na sala VIP – falou o motorista. – Merda, ele parece estar puto. Vocês têm que sair daqui agora.

Bourne agarrou Gala, abriu a porta que dava para a rua, quase a enterrando no para-choque de um *bombily* que passava. Ele fez sinal para o táxi com um punhado de rublos na mão, mudando do luxo ocidental para a pobreza oriental em um passo. Gala Nematova conseguiu se soltar da mão dele na hora em que entrava no Zhig. Ele a agarrou pelas costas do casaco de peles, mas, com um movimento de ombros, ela se desvencilhou dele e correu. O taxista pisou no acelerador e o fedor de gases de diesel encheu o interior do carro, sufocando-os de tal maneira que Bourne teve que abrir um pouco a janela. Quando o fez, viu dois dos homens que haviam estado na mesa de Gala saindo do clube. Eles olharam para a esquerda e para a direita. Um deles avistou o vulto de Gala correndo, gesticulou para o outro e eles correram atrás dela.

— Siga aqueles homens! – gritou Bourne para o taxista.

O taxista tinha um rosto achatado, de feições claramente asiáticas. Era gordo, de pele oleosa, e falava russo com um sotaque abominável. Claramente russo não era sua língua materna.

— Está brincando, não é?

Bourne lhe passou mais um punhado de rublos.

— Não estou brincando, não.

O motorista do táxi deu de ombros, passou a primeira e diminuiu a pressão no pedal do acelerador.

Naquele momento, os homens alcançaram Gala.

VINTE

Exatamente naquele momento, Leonid Danilovich Arkadin e Devra estavam decidindo como capturar Haydar sem que o pessoal de Devra soubesse.

– O melhor seria retirá-lo de seu ambiente – sugeriu Arkadin.

– Mas para isso precisaríamos conhecer seus movimentos habituais. E eu não tenho tempo...

– Sei de uma maneira – disse Devra.

Os dois estavam sentados lado a lado na cama do andar térreo de uma pequena pousada. O quarto não era grande coisa – apenas uma cama, uma cadeira, uma penteadeira capenga –, mas tinha seu próprio banheiro, um chuveiro com água quente abundante, que eles usaram um depois do outro. O melhor de tudo é que era aquecido.

– Haydar é viciado em jogo – ela prosseguiu. – Quase toda noite ele fica enfiado no salão dos fundos de um café local. Ele conhece o dono, que permite que eles joguem sem cobrar por isso. Na verdade, uma vez por semana, ele senta e joga com eles. – Ela consultou o relógio. – Ele deve estar lá agora.

– Mas de que serve isso? Seu pessoal com certeza lhe dará proteção.

– Exato, e é por isso que nós não vamos nem chegar perto do lugar.

ᖇ

Uma hora depois, eles estavam sentados num carro alugado, estacionados de um dos lados de uma rua de mão dupla. Todas as luzes estavam apagadas. Estavam morrendo de frio. A neve, que parecera iminente, os havia poupado e se dissipara. Uma lua em quarto crescente subia no céu, como uma lanterna do Velho Mundo, revelando fiapos de nuvens e bancos de neve com crostas azuladas.

– Esta é a estrada que Haydar usa para ir e voltar do jogo. – Devra inclinou o mostrador do relógio de modo que fosse iluminado pelo luar refletido na neve. – Ele deve passar a qualquer momento.

Arkadin estava na direção.

– Apenas me indique o carro, deixe o resto comigo. – Uma das mãos estava na chave de ignição, a outra na mudança. – Temos que estar preparados. Ele pode ter escolta.

– Se tiver guardas, eles estarão no mesmo carro que Haydar – disse Devra. – As estradas são tão ruins que seria difícil mantê-lo à vista seguindo-o em outro veículo.

– Um carro – disse Arkadin. – Melhor ainda.

Um momento depois, a noite foi subitamente iluminada por um clarão em movimento abaixo na estrada em declive.

– Faróis. – Devra se tensionou. – Vêm da direção certa.

– Você conhece o carro dele?

– Saberei qual é – disse ela. – Não existem muitos carros aqui na área. A maioria é de velhas picapes para carga.

O brilho dos faróis se tornou mais claro. Eles então viram os faróis propriamente ditos, quando o carro chegou à crista da estrada. Pela posição dos faróis, Arkadin soube que era um carro e não uma picape velha.

– É ele – disse ela.

– Salte – ordenou Arkadin. – Corra, corra!

༄

– Continue em movimento – disse Bourne ao motorista – só em primeira, a menos que eu diga para mudar a marcha.

– Eu não acho...

Mas Bourne já tinha aberto a porta de trás, saltado e estava correndo em direção aos homens. Um deles segurava Gala, o outro estava se virando, levantando a mão, talvez para fazer sinal para os carros à espera. Bourne golpeou-lhe o estômago com violência com as duas mãos, agarrou-lhe a cabeça e bateu contra seu joelho que subia. Os dentes do homem estalaram e ele desabou.

O segundo homem virou Gala de modo que ela ficasse entre ele e Bourne. Tentou sacar a arma, mas Bourne foi rápido demais para ele. Passando à volta de Gala, Bourne o atacou. O homem tentou bloquear Bourne, mas Gala enterrou o calcanhar no meio de seu pé. Era toda a distração de que Bourne precisava. Com uma das mãos ao redor da cintura de Gala, ele a afastou e deu um violento direto na garganta do homem. Num gesto involuntário, o homem levantou as duas mãos, sufocando e engasgando. Bourne disparou dois murros rápidos contra seu estômago e ele também caiu desacordado.

– Vamos!

Bourne agarrou Gala pela mão e se dirigiu para o *bombily* que vinha se movendo devagar pela rua, com a porta aberta. Bourne a empurrou para dentro, entrou atrás dela e fechou a porta.

– Vamos embora! – berrou para o motorista. – Acelere.

Tremendo de frio, Gala fechou a janela.

– Meu nome é Yakov – disse o motorista, torcendo o pescoço para olhar para eles. – O senhor tornou minha noite muito agitada. Vai ter mais? Para onde posso levá-lo?

– Apenas dirija – ordenou Bourne.

Vários quarteirões depois, viu que Gala tinha os olhos cravados nele.

– Você não estava mentindo – ela falou.

– Nem você. Claramente, a Kazanskaya pensa que você sabe onde está Leonid.

– Leonid Danilovich Arkadin. – Ela ainda tentava recuperar o fôlego. – É o nome dele. Era isso que você queria saber, não é?

– O que eu quero – disse Bourne – é um encontro com Dimitri Maslov.

– O chefe da Kazanskaya? Você é louco.

— Leonid tem andado brincando com uma gente que não presta. Ele botou você em risco. A menos que eu consiga convencer Maslov de que você não sabe onde Arkadin está, você nunca estará em segurança.

Tremendo de frio, Gala lutou para vestir o curto casaco de peles.

— Por que me salvou? — Ela apertou o casaco ao redor do corpo esguio. — Por que está fazendo isso?

— Porque não posso deixar Arkadin jogar você aos lobos.

— Não foi isso o que ele fez — protestou ela.

— Então, como você chamaria?

Ela abriu a boca, fechou de novo, mordeu o lábio, como se pudesse encontrar uma resposta na dor.

Haviam chegado à Estrada do Jardim. Carros passavam zunindo em velocidades estonteantes. O motorista estava pronto para fazer jus ao nome *bombily*.

— Para onde? — perguntou, por sobre o ombro.

Houve silêncio por um momento. Então, Gala inclinou-se para ele com um endereço.

— E onde fica isso? — indagou o motorista.

Aquela era outra coisa estranha com relação aos *bombily*. Como quase nenhum deles era moscovita, não tinham nenhuma ideia de onde nada ficava. Sem se abalar, Gala lhe deu instruções sobre o caminho a seguir. Com um medonho arroto de vapores diesel, eles arrancaram, entrando no tráfego veloz.

— Uma vez que não podemos voltar para o apartamento — disse Gala —, vamos aparecer sem avisar na casa de uma amiga minha. Já fiz isso antes. Ela não se importa.

— A Kazanskaya sabe que ela é sua amiga?

Gala franziu a testa.

— Acho que não.

— Não podemos nos arriscar. — Bourne deu ao taxista o endereço de um dos novos hotéis de uma rede americana, perto da Praça Vermelha. — É o último lugar onde pensarão em procurá-la — falou, enquanto o motorista trocava de marcha e eles saíam em alta velocidade pela noite estrelada de Moscou.

∞

Sozinho no carro, Arkadin girou a chave na ignição e deu partida. Enterrou o pé no acelerador, acelerando tão rapidamente que sua cabeça foi jogada para trás. Pouco antes de bater no canto direito do carro de Haydar, ele acendeu os faróis. Viu os guarda-costas de Haydar no banco de trás. Eles estavam começando a se virar quando o carro de Arkadin bateu com violência. A traseira do carro de Haydar rabeou para a esquerda, começando a derrapar. Arkadin freou subitamente, acelerou de novo e bateu na porta traseira da direita. Lutando com a direção, Haydar perdeu totalmente o controle do carro, que derrapou para fora da estrada, de frente para a direção de onde viera. A traseira bateu numa árvore, o para-choque se partiu em dois e a mala afundou. O automóvel ficou parado, como um animal mutilado. Arkadin seguiu para fora da estrada, pôs seu carro em ponto morto, saltou, seguindo na direção de Haydar. Seus faróis iluminavam claramente o carro destruído. Podia ver Haydar na direção, consciente, claramente em choque. Apenas um dos homens no banco de trás estava visível. A cabeça estava jogada para trás e caída para um lado. Havia sangue em seu rosto, negro e reluzente sob o clarão da luz.

Haydar se encolheu assustado quando Arkadin se dirigiu para os guarda-costas. Ambas as portas traseiras estavam tão amassadas que não podiam ser abertas. Usando um cotovelo, Arkadin arrebentou uma janela e olhou para dentro. Um dos homens havia sido atingido com a pancada de Arkadin e lançado para o outro lado do carro. Estava caído, deitado no colo do guarda-costas que ainda estava sentado. Nenhum dos dois se moveu.

Enquanto Arkadin avançava para retirar Haydar de trás da direção, Devra saiu correndo da escuridão. Os olhos de Haydar se arregalaram quando ele a reconheceu. Ela se arremessou para cima de Arkadin, seu impulso derrubando-o no chão.

Haydar assistiu com espanto enquanto eles rolavam na neve, ora visíveis ora não, sob a luz dos faróis. Haydar podia vê-la batendo nele e o homem muito maior, lutando com ela, gradualmente levando a melhor devido a seu tamanho e força superiores. Então, Devra recuou. Haydar viu que tinha uma faca na mão. Ela enterrou a faca na escuridão, e repetiu o gesto dando uma estocada após a outra.

Quando ela se levantou de novo, entrando no foco da luz dos faróis, Haydar viu que estava ofegante, a mão vazia. Haydar concluiu que tivesse deixado a faca enterrada em seu adversário. Ela cambaleou por um momento, abalada pelo esforço da luta. Então, encaminhou-se para ele.

Abrindo a porta do carro, ela indagou:
– Você está bem?
Ele assentiu, encolhendo-se como se estivesse temeroso dela.
– Disseram-me que você tinha nos traído, se passado para o outro lado.
Ela deu uma gargalhada.
– Isso era apenas o que eu queria que aquele filho da mãe pensasse. Ele conseguiu acabar com Shumankov e com Fylia. Depois disso achei que a única maneira de sobreviver era fingir que estava com ele até ter oportunidade de matá-lo.
Haydar assentiu.
– Esta é a batalha final. A ideia de que você nos tivesse traído foi desanimadora. Sei que alguns achavam que você tivesse conquistado seu status na cama, na cama de Pyotr. Mas eu não. – A expressão de choque estava se desfazendo nos olhos dos Haydar.
– Onde está a encomenda? – perguntou ela. – Está segura?
– Eu a entreguei a Heinrich esta noite, no jogo de cartas.
– E ele partiu para Munique?
– Por que ele haveria de ficar um minuto além do que precisava? Ele detesta isso aqui. Presumo que tenha seguido de carro para Istambul para pegar o voo habitual do final da tarde. – Os olhos dele se estreitaram. – Para que você quer saber?

Ele deu um grito quando Arkadin surgiu de repente na noite. Olhando de Devra para Arkadin e novamente para ela, Haydar indagou:

— O que é isso? Vi você esfaqueá-lo até a morte.

— Você viu o que queria ver. — Arkadin entregou sua arma a Devra, e ela matou Haydar com um tiro entre os olhos.

Devra virou-se para Arkadin e entregou-lhe de volta a arma pela coronha. Havia um tom claro de desafio em sua voz quando disse:

— Agora provei minha lealdade a você?

⊷

Bourne se registrou no Metropolya Hotel como Fyodor Ilianovich Popov. O recepcionista noturno nem piscou o olho diante da presença de Gala, como também não lhe pediu a identidade. Ter a de Popov era o bastante para satisfazer as exigências do hotel. O lobby com suas arandelas e apliques dourados, e reluzentes candelabros de cristal, parecia algo saído da era czarista, os decoradores mostrando seu desprezo pela arquitetura do brutalismo soviético.

Eles tomaram um dos elevadores com forração de seda para o décimo sétimo andar. Bourne abriu a porta do quarto com um cartão magnético eletrônico. Depois de uma completa inspeção visual, ele permitiu que ela entrasse. Gala tirou o casaquinho de peles. O ato de sentar na cama fez com que sua minissaia subisse ainda mais nas coxas, mas ela pareceu não se incomodar.

Inclinando-se para a frente, com os cotovelos nos joelhos, ela disse:

— Obrigado por me salvar. Mas para ser honesta, não sei o que vou fazer agora.

Bourne puxou a cadeira que ficava junto à escrivaninha, e sentou-se de frente para ela.

— A primeira coisa que você tem a fazer é me dizer se sabe onde Arkadin está.

Gala olhou para o tapete entre seus pés. Esfregou os braços como se ainda estivesse com frio, embora a temperatura no quarto fosse agradavelmente aquecida.

– Tudo bem – disse Bourne –, vamos falar sobre outra coisa. Você sabe de algo a respeito da Legião Negra?

A cabeça de Gala se ergueu, as sobrancelhas se franziram.

– Ora, é curioso você mencioná-la.

– Arkadin é um deles?

Gala deu uma risada de desdém.

– Você deve estar brincando! Não, ele nunca falou a respeito para mim. Quero dizer, ele os mencionava de vez em quando, quando ia visitar Ivan.

– E quem é Ivan?

– Ivan Volkin. Ele é um velho amigo de Leonid. Antigamente era membro da *grupperovka*. Leonid me contou que de vez em quando os líderes lhe pedem conselhos, de modo que conhece todos os chefões. Ele agora é uma espécie de historiador informal do submundo. De qualquer maneira, era a pessoa que Leonid procurava para se aconselhar.

Aquilo interessou Bourne.

– Você poderia me levar até ele?

– Por que não? Ele é um homem da noite. Leonid costumava visitá-lo bem tarde. – Gala procurou o celular na bolsa. E, nele, a agenda de contatos. Discou o número de Volkin.

Depois de falar com alguém por vários minutos, ela encerrou a ligação e assentiu.

– Ele nos receberá dentro de uma hora.

– Ótimo.

Ela franziu o cenho e guardou o telefone.

– Se está pensando que Ivan sabe onde Leonid está, está enganado. Leonid não disse a ninguém para onde estava indo. Nem para mim.

– Você deve amar muito esse homem.

– Eu amo.

– Ele ama você?
Quando ela se virou novamente para Bourne, seus olhos estavam rasos de lágrimas.
– Sim, ele me ama.
– Foi por isso que você aceitou dinheiro para espionar Pyotr?
Por isso estava com aquele homem esta noite n'O Piloto Chinês?
– Céus, nada disso importa.
Bourne chegou para a frente.
– Não compreendo. Por que não importa?
Gala o encarou por um longo momento.
– O que há de errado com você? Não conhece nada a respeito do amor? – Uma lágrima lhe escorreu pelo rosto. – Tudo o que faço por dinheiro me permite viver. O que eu faço com meu corpo não tem nada a ver com amor. O amor é estritamente um assunto do coração. Meu coração pertence a Leonid Danilovich. Isso é sagrado, puro. Algo que ninguém pode tocar, violar nem corromper.
– Talvez tenhamos definições diferentes de amor – disse Bourne.
Ela sacudiu a cabeça.
– Você não tem o direito de me julgar.
– É claro que você tem razão – falou Bourne. – Mas o que eu disse não foi com a intenção de fazer nenhum julgamento. Tenho dificuldade de compreender o amor, é só isso.
Ela inclinou a cabeça.
– Por quê?
Bourne hesitou antes de continuar.
– Perdi duas esposas, uma filha e muitos amigos.
– Também perdeu o amor?
– Não tenho ideia do que isso significa.
– Meu irmão morreu tentando me proteger. – Gala começou a tremer. – Ele era tudo o que eu tinha. Ninguém nunca me amou da maneira como ele me amou. Depois que nossos pais foram mortos, nos tornamos inseparáveis. Ele jurou que garantiria que

nada de mau me aconteceria. E morreu cumprindo a promessa. – Ela se endireitou, ficando bem ereta. Seu rosto assumiu um ar de desafio. – Agora você compreende?

Bourne se deu conta de como havia se equivocado ao avaliar aquela *dyev*. Será que tinha feito a mesma coisa com Moira? A despeito de admitir seus sentimentos por ela, inconscientemente ele havia decidido que nenhuma outra mulher podia ser forte e imperturbável como Marie. Nisso, claramente estava errado. E devia agradecer àquela *dyevochka* por ter lhe mostrado isso.

Gala perscrutou-lhe o rosto. Sua raiva súbita parecia ter-se esgotado.

– Você se parece com Leonid Danilovich em muitas coisas. Você não se atira mais do despenhadeiro, não confia mais no amor. Como ele, você foi terrivelmente ferido. Mas, agora, veja só, você tornou seu presente tão desolado quanto seu passado. A única salvação é encontrar alguém para amar.

– Eu encontrei – disse Bourne. – Agora ela está morta.

– E não há mais ninguém?

Bourne assentiu.

– Talvez.

– Então, você deve aceitá-la de braços abertos em vez de fugir. – Ela juntou as mãos. – Abrace o amor. É o que eu diria a Leonid Danilovich se ele estivesse aqui em vez de você.

༄

A três quarteirões de distância, estacionado junto ao meio-fio, Yakov, o motorista de táxi que havia deixado Gala e Bourne no hotel, pegou seu celular e pressionou um dígito de discagem rápida. Quando ouviu a voz conhecida, disse:

– Eu os deixei no Metropolya há menos de dez minutos.

– Fique de olho neles – falou a voz. – Se saírem do hotel, me avise. Então, siga-os.

Yakov assentiu, deu uma volta no quarteirão com o carro e se instalou do outro lado da rua, bem defronte à entrada do hotel.

Então, discou outro número e passou exatamente a mesma informação para outro de seus clientes.

☙

— Perdemos o pacote por pouco — disse Devra, enquanto eles se afastavam do carro acidentado.

— Seria melhor botarmos o pé na estrada e seguir para Istambul imediatamente. Heinrich tem uma boa dianteira de duas horas.

Eles seguiram de carro em meio à noite, tomando cuidado com as curvas, as viradas súbitas e os meandros da estrada. As montanhas negras com sua cobertura de neve foram companheiras silenciosas e implacáveis do caminho. A estrada era esburacada como se estivessem numa zona de guerra. A certa altura, num trecho de gelo fino e invisível sobre o asfalto, o carro derrapou, girando em círculo. Arkadin não perdeu a cabeça. Deixando o automóvel deslizar, usou delicadamente o freio várias vezes enquanto punha o carro em ponto morto e desligava o motor. Eles pararam no acostamento coberto de neve alta.

— Espero que Heinrich tenha tido a mesma dificuldade — comentou Devra.

Arkadin deu novamente partida no carro, sem conseguir tração para colocá-lo em movimento. Saltou e foi até a traseira enquanto Devra assumia a direção. Não encontrando nada de útil na mala, caminhou por entre as árvores, quebrou vários galhos de bom tamanho, que enfiou debaixo dos pneus do lado direito, dianteiro e traseiro. Ele bateu duas vezes na lataria do carro e Devra pisou no acelerador. O carro ofegou e gemeu. Os pneus giraram, levantando chuveiros de neve. Então, as rodas encontraram a madeira, firmando-se e seguindo adiante. O carro estava livre.

Devra afastou-se para o lado quando Arkadin retomou a direção. As nuvens haviam deslizado sobre a lua, mergulhando a estrada em densa escuridão enquanto eles avançavam em seu caminho pelo passo montanhoso. Não havia tráfego nenhum; a única iluminação por muitos quilômetros foram os faróis do carro. Finalmente, a lua saiu de seu leito de nuvens e o mundo ao redor foi banhado por uma sinistra luz azulada.

– Em horas assim é que sinto falta do meu americano – confessou Devra. – Ele era da Califórnia. Eu adorava especialmente suas histórias sobre surfe. Meu Deus, que esporte estranho. Só na América, hein? Mas eu costumava pensar como seria maravilhoso viver numa terra ensolarada, dirigir por autoestradas intermináveis em carros conversíveis e nadar sempre que quisesse.

– O sonho americano – comentou Arkadin com azedume.

Ela suspirou.

– Eu queria tanto que ele me levasse junto quando foi embora.

– Meu amigo Mischa queria que eu o levasse comigo – disse Arkadin –, mas isso foi há muito tempo.

Devra virou-se para ele.

– Para onde você foi?

– Para a América. – Ele deu uma risada curta. – Mas não para a Califórnia. Para Mischa isso não importava; ele era louco pela América. Foi por isso que não o levei. Você vai para um lugar para trabalhar, se apaixona por ele e então não quer mais trabalhar. – Ele se calou por um momento, concentrando-se em dirigir por uma série de curvas tortuosas. – Não contei a ele, é claro – prosseguiu. – Nunca poderia magoar Mischa com uma coisa assim. Nós crescemos nas favelas, sabe. É uma vida dura como o diabo. Fui surrado tantas vezes que parei de contar. Então, Mischa entrou na parada. Ele era maior que eu, mas esta não era a questão. Ele me ensinou a usar a faca... não apenas para apunhalar, mas como lançá-la. Então, me levou até um sujeito que conhecia, um homem pequeno e magro, sem qualquer resquício de gordura. Num piscar de olhos, ele me derrubou de costas no chão e me deixou sentindo tanta dor que lágrimas escorriam de meus olhos. Cristo, eu não conseguia nem respirar. Mischa me perguntou se eu queria aprender a fazer aquilo e respondi: "Porra, onde me alisto?"

Os faróis de um caminhão apareceram, vindo na direção contrária, um clarão horrendo que os cegou momentaneamente. Arkadin reduziu a velocidade até o caminhão passar.

– Mischa é meu melhor amigo, meu único amigo, na verdade – falou Arkadin. – Não sei o que faria sem ele.

– Vou conhecê-lo quando você me levar de volta para Moscou?

– Ele agora está na América – disse Arkadin. – Mas vou levar você ao apartamento dele, onde tenho morado. Fica no cais Frunzenskaya. A sala de visitas tem vista para o Parque Gorky. É uma vista muito bonita. – Ele pensou por um instante em Gala, que ainda estava no apartamento. Sabia como tirá-la de lá, isso não seria nenhum problema.

– Sei que vou adorar – falou Devra. Era um alívio ouvi-lo falar de si mesmo. Encorajada por aquele humor mais falante, ela prosseguiu: – Que tipo de trabalho você faz na América?

Mas, num estalo o humor dele mudou. Ele freou o carro e parou.

– Agora você dirige – disse.

Devra já havia se habituado com aquelas mudanças de humor repentinas de Arkadin, mas observou-o dar a volta pela frente do carro. Ela deslizou no banco. Ele fechou a porta do carona, batendo-a com violência e ela engrenou o carro, perguntando-se que nervo sensível teria tocado sem querer. Eles continuaram pela estrada, descendo a encosta montanhosa.

– Daqui a pouco vamos chegar à autoestrada – falou ela para quebrar o silêncio que começava a pesar. – Mal posso esperar para me meter na cama.

⤺

Inevitavelmente chegou um momento em que Arkadin tomou a iniciativa com Marlene. Aconteceu enquanto ela dormia. Ele se esgueirou pelo corredor até sua porta. Destrancá-la foi brincadeira de criança para ele. Bastara apenas o pedaço de arame da rolha da garrafa de champanhe que Icoupov servira no jantar. É claro que sendo muçulmano, Icoupov não bebera nenhuma gota de álcool, mas Arkadin e Marlene não tinham essas restrições. Arkadin se oferecera para abrir o champanhe e ao fazê-lo, embolsara o arame.

O quarto tinha o cheiro dela – limão misturado com almíscar, uma combinação que disparou um clamor em seu baixo-ventre. A lua estava cheia, baixa no horizonte. Parecia que Deus a estava espremendo entre as mãos.

Arkadin ficou imóvel, ouvindo a respiração regular de Marlene, de vez em quando ouvindo seu quase ressonar. Os lençóis farfalharam quando ela se virou para o lado direito, de costas para ele. Ele esperou até que sua respiração voltasse a se regularizar antes de se aproximar da cama. Ele subiu na cama e se ajoelhou acima dela. Seu rosto e seu ombro estavam sob a luz do luar, mas o pescoço permanecia na sombra, de modo que lhe parecia que ele já a tinha decapitado. Por algum motivo aquilo o perturbou. Arkadin tentou respirar fundo e calmamente, mas aquela visão perturbadora o fez sentir uma pressão de angústia no peito, que o deixou tão atordoado e tonto que quase perdeu o equilíbrio.

Então, ele sentiu algo duro e frio, que de um fôlego o trouxe de volta. Marlene estava acordada, encarando-o. Na mão direita tinha uma Glock 20 10mm.

– Tenho um pente cheio – disse ela.

O que significava que ela tinha mais quatorze balas, caso errasse o primeiro tiro. Não que isso fosse provável. A Glock era uma das pistolas mais potentes do mercado. Ela não estava brincando.

– Saia daqui.

Ele rolou para fora da cama e ela se sentou. Seus seios nus brilhavam brancos sob o luar. Ela não parecia nem um pouco preocupada com sua nudez.

– Você não estava dormindo.

– Não durmo desde que vim para cá – retrucou Marlene. – Estive esperando por este momento. Estive esperando que você entrasse sorrateiro em meu quarto.

Ela baixou a Glock.

— Venha para a cama. Você está seguro comigo, Leonid Danilovich.

Como se hipnotizado, ele voltou para a cama e, como uma criança, descansou a cabeça sobre o travesseiro branco de seus seios, enquanto ela o embalava ternamente. Ela enroscou-se nele, desejando que o calor de seu corpo aquecesse a carne fria como mármore de Arkadin. Gradualmente, ela sentiu o coração dele cessar sua corrida desabalada. Ao som firme e calmo das batidas do coração de Marlene, ele adormeceu.

Algum tempo depois, ela o acordou com um sussurro no ouvido. Não foi difícil, ele queria ser libertado de seu pesadelo. Sobressaltado, ele a encarou por um longo momento, o corpo rígido. Sua boca estava seca de tanto berrar no sono. Voltando ao presente, ele a reconheceu. Sentiu-lhe os braços ao redor de seu corpo, a curva protetora do corpo dela. Para espanto e alegria de Marlene, ele relaxou.

— Nada vai fazer-lhe mal aqui, Leonid Danilovich — ela disse, baixinho. — Nem mesmo seus pesadelos.

Ele olhou-a fixamente, de uma maneira estranha, sem piscar. Qualquer outra pessoa teria ficado assustada, mas não Marlene.

— O que fez você gritar? — perguntou ela.

— Tem sangue por toda a parte... na cama.

— A sua cama? Bateram em você, Leonid? — ela indagou.

Ele piscou e o encantamento se quebrou. Arkadin virou-se para o outro lado, de costas para ela, esperando a luz cinzenta do amanhecer.

VINTE E UM

Era uma tarde bonita e clara, com o sol já baixo no horizonte, quando Tyrone levou Soraya Moore à casa de campo e esconderijo da NSA, aninhada em meio às colinas ondulantes da Virgínia. Em algum cibercafé anônimo no nordeste de Washington, Kiki estava sentada num terminal de computador público, esperando para deslanchar o programa de vírus que havia criado para desarmar as duas mil câmeras CFTV de vigilância da propriedade.

– Vou realimentar as imagens de vídeo da transmissão deles num *loop* incessante – dissera-lhes Kiki. – Essa foi a parte fácil. Para tornar o programa cem por cento invisível, ele vai funcionar por dez minutos, e nada mais. Nesse ponto, basicamente o programa vai se autodestruir, desmanchando-se em minúsculos pacotes inofensivos de código que o sistema não vai detectar como anômalo.

Agora tudo dependia do *timing* certo. Já que era impossível enviar um sinal eletrônico da casa da NSA sem ser detectado e identificado como suspeito, eles haviam combinado um esquema de horários, o que significava que se alguma coisa desse errado – se Tyrone se atrasasse por algum motivo – os dez minutos se escoariam e o plano falharia. Este era o calcanhar de Aquiles do plano. Mesmo assim, era a única opção que tinham e decidiram usá-la.

Além disso, Deron tinha um bom número de apetrechos que havia criado depois de consultar as plantas do prédio que misteriosamente conseguira obter. Soraya havia tentado obter as plantas sem sucesso; pensara que a NSA tivesse controle de segurança absoluto sobre os registros da propriedade.

Pouco antes de pararem diante dos portões da frente, Soraya disse:
— Tem certeza de que quer participar disso?
Tyrone assentiu, o rosto impassível.
— Vamos lá de uma vez. — Estava furioso por ela sequer ter pensado em fazer a pergunta. Quando vivera nas ruas, se alguém de sua gangue ousasse questionar sua coragem ou determinação, estaria acabado. Tyrone precisava lembrar a si mesmo a todo momento que aquilo não era a rua. Ele sabia melhor do que ninguém que ela correra um risco enorme ao tirá-lo das ruas — ao civilizá-lo, como ele às vezes pensava no processo, quando se sentia particularmente sufocado pelas regras e regulamentos dos homens brancos a respeito dos quais não sabia nada.

Ele olhou para ela pelo canto do olho, perguntando-se se jamais teria se enquadrado no mundo dos brancos se não fosse por seu amor por ela. Ali estava uma mulher de cor — nada menos que uma muçulmana — que trabalhava para o Cara. E não apenas para o Cara, mas o Cara ao quadrado, ao cubo, ao infinito, ou lá o que fosse. Se ela não se importava de fazer isso, por que ele haveria de se importar? Mas sua criação era tão diferente da dela quanto poderia ser. A partir do que Soraya lhe contara, seus pais tinham lhe dado tudo de que precisava; ele mal tivera pais, e eles ou não tinham querido lhe dar nada ou tinham sido incapazes de dar. Soraya tinha a vantagem de uma educação de primeira classe; ele tinha Deron que, embora tivesse lhe ensinado muita coisa, não era nenhum substituto para a educação dos brancos.

O irônico de tudo aquilo era que há apenas alguns meses, ele teria zombado do tipo de educação que ela tivera. Mas depois que a conhecera, começara a compreender em que medida era realmente ignorante. Ele tinha a esperteza do malandro, conhecia as manhas da rua, é claro — e muito melhor que ela. Mas ficava intimidado quando estava com pessoas que haviam se formado em colégios e faculdades. Quanto mais os observava em seu mundo — a maneira como falavam, negociavam, interagiam uns com os outros — mais compreendia como sua vida fora limitada. Ter a esperteza das ruas e mais nada era a receita do médico para se virar na vida dos conjuntos habitacionais, nos guetos, mas existia uma porra de um mundo inteiro fora deles. Depois que se dera conta de que, como Deron, ele queria explorar o mundo além daqueles limites, soubera que teria que se reinventar dos pés à cabeça.

Tudo isso estava em sua mente quando viu o prédio imponente de pedra e ardósia, cercado pela grade alta de ferro. Como sabia a partir das plantas que havia memorizado na casa de Deron, tudo era perfeitamente simétrico, com quatro chaminés altas, oito quartos com telhado em espigão. Um punhado pontiagudo de antenas, sofisticadas antenas aéreas e parabólicas de satélite eram a única característica anômala.

– Você está muito bonito com este terno – comentou Soraya.
– É muito desconfortável – retrucou. – Eu me sinto engomado.
– Igualzinho a um agente da NSA.

Ele deu uma gargalhada, como faria um gladiador romano antes de entrar no Coliseu.

– E esta é exatamente a ideia – acrescentou ela. – Está com o crachá que Deron lhe deu?

Ele bateu no bolso acima do coração.
– Bem aqui. Segura.
Soraya assentiu.
– OK, então, aqui vamos nós.

Ele sabia que havia uma possibilidade de que nunca fosse sair vivo daquela casa, mas pouco se importava. Por que haveria de se importar? O que tinha sido sua vida até ali? Porcaria nenhuma. Ele havia tomado uma atitude – como fizera Deron – e feito sua escolha. Isso é tudo que um homem pede na vida.

Soraya apresentou as credenciais que LaValle tinha lhe mandado por mensageiro naquela manhã. Mesmo assim, ela e Tyrone foram minuciosamente examinados por um par de segurança malencarados, de queixo quadrado e ordens para não sorrir. Finalmente, passaram pela inspeção e receberam autorização para entrar.

Enquanto Tyrone dirigia pelo caminho de cascalho, Soraya foi lhe indicando a terrível barreira de sistemas de vigilância que um intruso teria que ultrapassar para se infiltrar nos limites da propriedade. Aquele monólogo o tranquilizou já que haviam ultrapassado aqueles riscos ao serem convidados de LaValle. Agora o que teriam que fazer era manobrar pelo interior da casa. Sair de lá seria uma questão inteiramente diferente.

Ele dirigiu até o pórtico. Antes que pudesse desligar o motor, um manobrista veio receber o carro, mais um daqueles sujeitos com cara de milico e queixo quadrado, que nunca ficaria bem em trajes civis.

Pontual como sempre, o general Kendall estava à porta para recebê-los. Ele cumprimentou Soraya com um aperto de mão rápido, então encarou Tyrone enquanto ela o apresentava.

– Seu guarda-costas, presumo – disse Kendall, num tom que alguns teriam usado para censurar. – Mas ele não me parece o tipo padrão da CIA.

– Este não é um encontro padrão da CIA – retrucou Soraya, acidamente.

Kendall deu de ombros. Mais um aperto de mão rápido e ele girou nos calcanhares, conduzindo-os para o interior da enorme mansão. Eles passaram pelas salas de recepção, com trabalhos em douradura, refinados, caroás e muito além da imaginação moderna, por corredores silenciosos, com as paredes cobertas por fileiras de quadros de temas marciais, por janelas de painéis através das quais a luz do sol brilhava em focos que se estendiam pelo tapete azul macio. Sem parecer fazê-lo, Tyrone registrou cada detalhe, como se fizesse o reconhecimento da casa para um assalto milionário, o que de fato estava fazendo. Passaram pela porta que descia para os subterrâneos. Era exatamente como Soraya havia desenhado para ele e Deron.

Seguiram por mais nove metros até as portas de nogueira que levavam à biblioteca. A lareira estava acesa, com chamas que crepitavam, a mobília havia sido arrumada para formar um grupo de quatro cadeiras, no mesmo ponto em que Soraya dissera que havia sentado com Kendall e LaValle em sua primeira visita. Willard veio recebê-los logo após a porta.

— Boa-tarde, Srta. Moore — disse, com sua meia reverência habitual. — Que prazer vê-la de novo em tão pouco tempo. A senhora gostaria de tomar seu chá-do-ceilão?

Tyrone estava a ponto de pedir uma Coca, mas pensou melhor. Em vez disso, pediu também chá-do-ceilão, embora não tivesse a menor ideia de qual seria o gosto.

— Obrigado — disse Willard e se retirou.

— Por aqui — disse Kendall, desnecessariamente, conduzindo-os até o grupo de cadeiras onde Luther LaValle já estava sentado, olhando, pela janela, para a luz que banhava o gramado nas colinas a oeste.

Ele deve ter ouvido a aproximação, pois levantou-se, e virou-se. O movimento pareceu a Soraya totalmente ensaiado, e, portanto, tão artificial quanto o sorriso.

Educadamente, ela apresentou Tyrone e todos se sentaram.

LaValle uniu as pontas dos dedos.

— Antes de começarmos, diretora, sinto-me na obrigação de assinalar que nosso departamento de arquivos conseguiu encontrar um histórico fragmentado da Legião Negra. Aparentemente, ela de fato existiu na época do Terceiro Reich. Era constituída por prisioneiros de guerra muçulmanos, que foram levados de volta para a Alemanha depois dos primeiros *putsches* na União Soviética. Esses muçulmanos, em sua maioria descendentes de turcos do Cáucaso, detestavam tanto Stalin que fariam qualquer coisa para derrubar o regime, até se tornarem nazistas.

LaValle sacudiu a cabeça como um professor de história relatando tempos sombrios a uma turma de alunos de olhos arregalados.

— É um detalhe histórico particularmente desagradável, numa década absolutamente repugnante. Mas quanto à Legião Negra propriamente dita, não existem quaisquer evidências de que tenha sobrevivido ao regime que a criou. Além disso, seu patrocinador,

Himmler, era um mestre da propaganda, especialmente quando se tratava de se promover aos olhos de Hitler. Indícios anedóticos sugerem que o papel da Legião Negra no front oriental foi mínimo, e que, na verdade, a fantástica máquina de propaganda de Himmler lhe deu a temível reputação de que gozava, e não nada que seus membros tenham feito.

Ele sorriu, como o sol emergindo de trás de nuvens de tempestade.

— Agora, à luz desses fatos, deixe-me dar uma olhada no material interceptado pela Typhon.

Soraya tolerou aquela introdução bastante condescendente, destinada a desacreditar a origem do material antes que ela sequer o apresentasse. Ela permitiu que a indignação e a humilhação passassem, mantendo-se calma e focada em sua missão. Puxando a maleta fina para o colo, ela destrancou a fechadura de segredo, retirou a pasta vermelha com a larga tira preta sobre o canto superior direito, que a marcava como APENAS PARA OS OLHOS DO DIRETOR — material só para quem tivesse autorização de acesso a informações altamente secretas.

Encarando LaValle bem nos olhos, Soraya entregou-lhe a pasta.

— Perdoe-me, diretora. — Tyrone estendeu a mão. — A fita eletrônica.

— Ah, sim, esqueci — disse Soraya. — Sr. LaValle, será que poderia passar a pasta ao Sr. Elkins.

LaValle examinou a pasta mais atentamente, viu a fita de metal reluzente que a selava.

— Não se incomode. Eu mesmo tiro.

— Não se quiser ler — retrucou Tyrone. — A menos que a tira seja aberta com isso — ele levantou um pequeno aparelho de plástico —, o material se incinerará em segundos.

LaValle assentiu num sinal de aprovação das medidas de segurança que Soraya tomara.

Enquanto ele entregava a pasta a Tyrone, Soraya falou:

— Desde nosso último encontro, meu pessoal interceptou mais comunicações da mesma entidade, que cada vez mais parece ser o centro de comando.

LaValle franziu o cenho.

— Um centro de comando? Isso é altamente incomum para uma rede terrorista, que é, por definição, constituída por quadros independentes.

— É isso que torna o material interceptado tão interessante.

— E que também os torna suspeitos, em minha opinião — disse LaValle. — Motivo pelo qual estou ansioso para lê-los.

A esta altura, Tyrone havia cortado a fita de segurança metálica e entregue a pasta de volta a LaValle. O olhar de LaValle desceu enquanto ele abria a pasta e começava a ler.

Naquele ponto, Tyrone disse:

— Preciso usar o banheiro.

Kendall o observou enquanto ele se dirigia para Willard, que vinha trazendo as bebidas, para pedir instruções. Soraya viu tudo isso pelo canto do olho. Se tudo corresse bem, dentro dos próximos dois minutos, Tyrone estaria diante da porta do subterrâneo no exato momento em que Kiki mandasse o vírus para o sistema de segurança da NSA.

⁓

Ivan Volkin era um homem enorme e cabeludo como um urso, com o cabelo espetado para cima como o de um louco, farta barba branca e olhos cinza-escuros pequeninos, mas alegres. Tinha as pernas ligeiramente arqueadas, como se houvesse passado a vida montando a cavalo. O rosto enrugado, de pele áspera, lhe emprestava um aspecto dignificado, como se em sua vida houvesse conquistado o respeito de muitos.

Ele os recebeu calorosamente, dando-lhes boas-vindas ao apartamento que parecia pequeno por causa das pilhas de livros e periódicos que cobriam cada superfície horizontal concebível, inclusive a chapa do fogão e a cama.

Ele os conduziu por um corredor estreito e tortuoso até a sala, fez espaço para eles no sofá, retirando três pilhas de livros.

– Agora me digam – disse, parado diante deles – como posso ajudar?

– Preciso saber tudo que puder me dizer sobre a Legião Negra.

– E por que está interessado num detalhe tão pouco importante da história? – Volkin olhou para Bourne com um ar desconfiado.

– Você não me parece ser um estudioso.

– Nem o senhor – disse Bourne.

Isso produziu uma gargalhada estrepitosa do velho.

– Não, suponho que não. – Volkin limpou os olhos. – Falando de soldado para soldado, certo? Sim. – Estendeu a mão para trás, puxou uma cadeira-escada, sentou nela ao contrário e apoiou os braços cruzados sobre o topo do encosto. – Então, o que exatamente você quer saber?

– Como eles conseguiram sobreviver até o século XXI?

Imediatamente, o rosto de Volkin se fechou.

– Quem lhe disse que a Legião Negra sobrevive?

Bourne não queria usar o nome do professor Specter.

– Uma fonte impecável.

– É mesmo? Bem, sua fonte está errada.

– Por que se dar ao trabalho de negar? – insistiu Bourne.

Volkin levantou-se, foi até a cozinha. Bourne ouviu a porta da geladeira se abrir e fechar, o tilintar ligeiro de vidro. Quando Volkin voltou, tinha uma garrafa de vodca geladíssima numa das mãos e três copos comuns na outra.

Distribuindo os copos, ele abriu a garrafa, encheu os copos pela metade. Depois de servir, ele tornou a sentar, pondo a garrafa entre eles sobre o tapete puído.

Volkin levantou seu copo.

– A nossa saúde. – Ele esvaziou o copo em dois grandes goles. Estalando os lábios, pegou a garrafa e serviu-se de nova dose.

– Escute-me com atenção. Se admitir que a Legião Negra existe ainda hoje, não restaria nada de minha saúde para brindar.

— Como alguém saberia? — perguntou Bourne.
— Como? Vou dizer-lhe como. Eu digo a você o que sei, então você sai e age com base nesta informação. Onde você acha que a tempestade de merda que se seguir virá pousar? — Ele bateu no peito largo com o copo, derramando vodca na camisa já manchada. — Toda ação tem uma reação, amigo, e deixe-me lhe dizer que, quando se trata da Legião Negra, toda reação é fatal para alguém.

Como praticamente ele já admitira que a Legião Negra havia, de fato, sobrevivido à derrota da Alemanha nazista, Bourne abordou o tema que realmente o interessava.

— Por que a Kazanskaya estaria envolvida?
— Como disse?
— De alguma forma que ainda não consigo compreender, a Kazanskaya está interessada em Mikhail Tarkanian. Encontrei um de seus assassinos de aluguel no apartamento dele.

A expressão de Volkin ficou azeda.
— O que você estava fazendo no apartamento dele?
— Tarkanian está morto.
— O quê? — explodiu Volkin. — Não acredito em você.
— Eu estava presente quando aconteceu.
— E eu estou dizendo que é impossível.
— Pelo contrário, é um fato — disse Bourne. — Sua morte foi resultado direto de ele ser membro da Legião Negra.

Volkin cruzou os braços sobre o peito. Parecia o gorila-das-montanhas no Zoológico Nacional.

— Agora vejo o que está acontecendo aqui. De quantas maneiras você vai tentar me fazer falar sobre a Legião Negra?

— De todas as maneiras que eu puder — retrucou Bourne. — De alguma forma, a Kazanskaya está ligada à Legião Negra, o que é uma perspectiva alarmante.

— Pode parecer que eu tenho as respostas, mas não tenho. — Volkin o encarou, como se desafiando Bourne a chamá-lo de mentiroso.

Embora Bourne tivesse certeza de que Volkin soubesse de mais do que admitia, também sabia que seria um erro pressioná-lo. Claramente era um homem que não podia ser intimidado, de modo que não havia sentido em tentar. O professor Specter o havia advertido para não se meter na guerra da *grupperovka*, mas o professor estava muito longe de Moscou; a precisão de suas informações dependia dos homens que tinha em campo ali. O instinto lhe dizia que havia uma grave incoerência. Até onde podia ver, só havia uma maneira de chegar à verdade.

– Diga-me como posso conseguir um encontro com Maslov – pediu.

Volkin sacudiu a cabeça.

– Isso não seria nada aconselhável. Com a Kazanskaya no meio de uma guerra por poder com os Azeri.

– Popov é apenas um nome de fachada – disse Bourne. – Na verdade, sou consultor de Viktor Cherkesov, o chefe da Agência Federal Antinarcóticos, um dos dois ou três *siloviks* mais poderosos da Rússia.

Volkin recuou como se agredido pelas palavras de Bourne. Ele lançou um olhar acusador para Gala, como se Bourne fosse um escorpião que ela tivesse trazido para seu abrigo. Virando-se de volta para Bourne, disse:

– Você tem alguma prova disso?

– Não diga absurdos. Contudo, posso lhe dizer o nome do homem a quem me reporto: Boris Illyich Karpov.

– É mesmo? – Volkin sacou uma pistola Makarov e a colocou sobre o joelho direito. – Se estiver mentindo... – Ele pegou um telefone celular, que encontrou miraculosamente em meio ao amontoado de livros, e rapidamente discou um número. – Aqui, não temos amadores.

Depois de um momento, falou ao telefone:

– Boris Illyich, tenho aqui comigo um homem que diz que trabalha para você. Gostaria de botá-lo na linha, está bem?

Com rosto impassível, Volkin entregou o celular.

– Boris – falou Bourne –, aqui é Jason Bourne.
– Jason, meu bom amigo! – A voz de Karpov reverberou na linha. – Não vejo você desde Reiquejavique.
– Realmente, parece muito tempo.
– Tempo demais, em minha opinião!
– Por onde você andou?
– Estive em Timbuktu.
– O que estava fazendo no Máli? – perguntou Bourne.
– Não me pergunte e não conte a ninguém. – Karpov deu uma gargalhada. – Pelo que entendi, você agora está trabalhando para mim.
– Exato.
– Meu rapaz, desejei tanto este dia! – Karpov deu outra gargalhada estrepitosa. – Temos que brindar a este momento com vodca, mas não esta noite, certo? Ponha aquele bode velho do Volkin de volta na linha. Presumo que haja algo que queira dele.
– Correto.
– Ele não acreditou em nada do que você disse. Mas vou mudar isso. Por favor, memorize o número do meu celular, e me ligue quando estiver sozinho. Até nossa próxima conversa, amigo.
– Ele quer falar com você – disse Bourne.
– É compreensível. – Volkin aceitou o telefone de Bourne e o levou à orelha. Quase que imediatamente sua expressão mudou. Olhou fixo para Bourne, ligeiramente boquiaberto.
– Sim, Boris Illyich. Sim, é claro. Compreendo.
Volkin desligou, encarou Bourne pelo que pareceu um tempo enorme. Por fim, disse:
– Vou ligar para Dimitri Maslov agora. Espero sinceramente que você saiba o que está fazendo. Caso contrário, será a última vez que alguém vê você, vivo ou morto.

VINTE E DOIS

Tyrone entrou imediatamente num dos cubículos no banheiro masculino. Tirando o crachá de plástico que Deron havia feito para ele, prendeu-o no bolso do paletó de seu terno, um terno que parecia com os que todos os espiões do governo usavam por ali. O crachá o identificava como agente especial Damon Riggs, do escritório de campo da NSA em Los Angeles. Damon Riggs existia realmente. O crachá vinha direto do banco de dados HR, da NSA.

Tyrone deu descarga no toalete, emergiu do cubículo, sorriu friamente para um agente da NSA debruçado sobre uma das pias, lavando as mãos. O agente olhou para o crachá de Tyrone e disse:

– Você está um bocado longe de casa.

– E o que é pior, no meio do inverno. – A voz de Tyrone soou forte e firme. – Droga, estou com saudades de um mergulho em Santa Mônica.

– Sei como é. – O agente secou as mãos. – Boa sorte – disse, e se foi.

Tyrone olhou, por um momento, fixamente para a porta fechada. Até ali, tudo bem. Saiu para o corredor, os olhos voltados para a frente, o passo firme. Passou por cinco agentes, um par deles deu uma olhada rápida para seu crachá. Os outros o ignoraram totalmente.

– O segredo – dissera Damon – é parecer que você está em seu lugar. Não hesite, seja determinado. Quando parece saber para onde vai, você se torna parte do cenário, ninguém repara em você.

Tyrone chegou à porta sem problemas. Passou por ela quando dois agentes, entretidos numa conversa, cruzaram por ele. Então, depois de verificar as duas direções, voltou. Rapidamente tirou o que parecia um pedaço de fita adesiva comum, colou sobre o leitor de digitais. Consultando o relógio, esperou até o ponteiro dos segundos tocar no número 12. Então, prendendo a respiração, pressionou o indicador sobre a fita de modo que se colasse sobre o leitor. A porta se abriu. Ele retirou a fita e entrou sorrateiro. A fita continha a impressão digital de LaValle, que Tyrone tirara da capa da pasta enquanto manuseava o aparelho que cortava a fita de segurança. Soraya havia entretido LaValle com conversa para distraí-lo.

Ao final do lance de degraus, ele parou por um momento. Não havia campainhas de alarme soando, nenhum som de guardas se aproximando. O programa de Kiki havia feito seu serviço. O resto era por sua conta.

Tyrone se moveu rápida e silenciosamente pelo corredor de concreto. Lâmpadas fluorescentes compridas que zumbiam, criando uma luz branco-azulada, eram a única decoração por ali. Ele não viu ninguém, não ouviu nada além do sussurrar de máquinas.

Enfiando luvas de látex, ele tentou abrir cada porta que encontrou. A maioria estava trancada. A primeira que não estava se abriu para um pequeno cubículo com uma janela de observação para a sala ao lado numa das paredes. Tyrone já tinha estado vezes suficientes em delegacias de polícia para reconhecer um espelho falso. Examinou a cela, não muito maior do que aquela em que se encontrava. Viu uma cadeira de metal aferrolhada no centro do piso, sob a qual havia um grande ralo. Afixada à parede do lado direito, havia uma cuba com profundidade de cerca de noventa centímetros de comprimento, um homem preso a algemas aferrolhadas em ambas as extremidades, e acima dele uma mangueira enrolada. O bico da mangueira parecia enorme no espaço exíguo da saleta. Aquilo, Tyrone sabia a partir de fotografias que havia visto, era um tanque usado para a tortura do afogamento. Ele tirou tantas fotografias quantas pôde, porque ali estava uma das provas de que Soraya precisava de que a NSA lançava mão de métodos de tortura ilegais e desumanos.

Tyrone tirou fotos de tudo com a minicâmera digital de dez megapixels que Soraya lhe dera. Dada a enorme memória do cartão, poderia gravar seis vídeos com até três minutos de duração.

Ele seguiu adiante sabendo que tinha um tempo extremamente limitado. Abrindo a porta um centímetro de cada vez, verificou que o corredor ainda estava deserto. Seguiu apressadamente, checando cada porta que encontrava. Afinal, encontrou-se em outra sala de observação. Desta vez, contudo, viu um homem ajoelhado ao lado de uma mesa. Seus braços estavam puxados para trás, as mãos amarradas à mesa. Um capuz negro fora enfiado sobre sua cabeça. Sua postura era a de um soldado derrotado, prestes a ser obrigado a beijar os pés de seu conquistador. Tyrone sentiu um ímpeto de raiva como nunca havia sentido antes. Não pôde deixar de pensar na história de seu próprio povo, caçado por tribos rivais na costa leste da África, vendido para os brancos e trazido como escravo para a América. Toda aquela história terrível que Deron o fizera estudar, para saber de onde viera, para compreender o que alimentava os preconceitos, os ódios inatos, todas as forças poderosas em seu íntimo.

Com um esforço ele se controlou. Aquilo era o que tinham tido esperança de encontrar: provas de que a NSA submetia prisioneiros a formas ilegais de tortura. Tyrone tirou mais uma porção de fotos, fez até um vídeo curto antes de sair da sala de observação.

Mais uma vez, ele era o único no corredor. Aquilo o preocupou. Com certeza devia ter ouvido ou visto o pessoal da NSA por ali. Mas não havia sinal de ninguém.

Subitamente, ele sentiu um arrepio na nuca. Virou-se e refez seus passos, quase correndo. O coração disparou, o sangue rugiu-lhe nos ouvidos. A cada passo seu pressentimento de tragédia iminente aumentava. Então, disparou na corrida.

࿇

Luther LaValle levantou os olhos da leitura e perguntou ameaçador:
– Que tipo de jogo é o seu, diretora?

Soraya conteve um sobressalto.

– Como disse?

– Já li a transcrição dessas transmissões interceptadas que a senhora diz que vêm da Legião Negra. Em lugar nenhum encontrei qualquer referência a esse nome, nem na verdade a nome nenhum.

Willard apareceu, entregou ao general Kendall uma folha de papel dobrada. Kendall leu sem nenhuma expressão no rosto. Então, pediu licença. Soraya o viu sair da biblioteca com algum temor.

Para chamar de volta sua atenção, LaValle abanou as folhas de papel no ar, como uma bandeira vermelha diante de um touro.

– Conte-me a verdade. Até onde a senhora sabe, essas conversas poderiam ter sido entre dois grupos de moleques de onze anos de idade, brincando de terroristas.

Soraya sentiu a irritação crescer em seu íntimo.

– Meu pessoal garante que são genuínas, Sr. LaValle, e eles são os mais competentes que conheço. Se não acredita nisso, não posso imaginar por que quer assumir a Typhon.

LaValle aceitou seu argumento, mas ainda não havia acabado.

– Então, como a senhora sabe que eles são da Legião Negra?

– Informações de material colateral.

LaValle se recostou na cadeira. Seu drinque continuava intocado na mesa.

– O que, exatamente, quer dizer *material colateral*?

– Outra fonte, sem nenhuma relação com as comunicações interceptadas, tem conhecimento de um ataque iminente em solo americano, tendo como origem a Legião Negra.

– De cuja existência não temos nenhuma prova tangível.

Soraya estava cada vez mais incomodada. A conversa enveredava perigosamente para um tom de interrogatório.

– Trouxe-lhe o material interceptado a seu pedido, para criar confiança entre nós.

– É possível que sim – disse LaValle. – Mas, muito francamente, essas conversas interceptadas, por alarmantes que possam parecer superficialmente, não bastam para mim. A senhora está escondendo alguma coisa, diretora. Quero saber quem é sua fonte de *material colateral*.

– Receio que me seja impossível revelar. A fonte é absolutamente secreta.

– Soraya não podia dizer a ele que a fonte era Jason Bourne. – Contudo... – Ela enfiou a mão em sua maleta, tirou várias fotos e entregou-lhe.

– É um cadáver! – exclamou LaValle. – Não consigo ver qual é a relevância...

– Examine a segunda foto – pediu Soraya. – É um *close up* da parte interna do cotovelo da vítima. O que o senhor vê?

– Uma tatuagem de três cabeças de cavalo unidas a... o que é isto? Parece a caveira símbolo da SS nazista.

– E é. – Soraya entregou-lhe outra foto. – Esta é a insígnia bordada do uniforme da Legião Negra, quando estava sob o comando de seu líder, Heinrich Himmler.

LaValle franziu os lábios. Então, guardou as folhas de volta na pasta e a devolveu a Soraya. Ele levantou as fotos.

– Se a senhora pôde encontrar esta insígnia, qualquer pessoa poderia. Pode ser apenas um grupo que se apropriou da insígnia da Legião Negra, como os *skinheads* na Alemanha se apropriaram da suástica. Além disso, isso não é prova de que as mensagens interceptadas vieram da Legião Negra. E mesmo se viessem. Eu tenho um problema, diretora. É o mesmo que o seu, imagino. A senhora me disse... também de acordo com sua fonte secreta... que a Legião Negra está sendo financiada pela Irmandade Oriental. Se a NSA agir com base nesta informação, estaremos abertos a toda sorte de pesadelo de relações-públicas caindo sobre nós. A Irmandade Oriental, tenho certeza de que a senhora sabe muito bem, é extremamente poderosa, em especial na imprensa estrangeira. Se usarmos isso e estivermos errados, vai causar ao presidente e a este país uma enorme humilhação, que não podemos nos dar ao luxo de sofrer agora. Estou sendo claro?

– Perfeitamente, Sr. LaValle. Mas se a ignorarmos e a América for mais uma vez atacada com sucesso, com que cara ficaremos?

LaValle esfregou o rosto com a mão.
– Então, estamos entre a cruz e a caldeirinha.
– Senhor LaValle, o senhor sabe tão bem quanto eu que qualquer ação é melhor que a inação, especialmente numa situação volátil como essa.
LaValle estava à beira de capitular, Soraya sabia, mas lá veio Willard de novo, deslizando em silêncio, como um fantasma. Ele inclinou-se e sussurrou alguma coisa no ouvido de LaValle.
– Obrigado, Willard – falou LaValle –, isso é tudo. – Então, dirigiu sua atenção a Soraya. – Bem, diretora, parece que precisam de mim com urgência. – Ele se levantou e dirigiu-lhe um sorriso, embora sua voz fosse dura como aço. – Por favor, queira me acompanhar.
O coração de Soraya se apertou. Aquele convite não era um pedido.

~

Yakov, o motorista *bombila* que havia recebido ordens de estacionar na avenida defronte à entrada do Metropolya Hotel, há quarenta minutos recebera a companhia de um homem que parecia ter estado numa briga com uma máquina de moer carne. Apesar do esforço para tentar escondê-lo, seu rosto estava inchado, escuro como carne batida. Ele usava um tapa-olho prateado sobre um dos olhos. Era um canalha mal-humorado, concluiu Yakov, antes mesmo que o homem lhe desse um punhado de dinheiro. Sem dizer uma palavra de saudação, ele apenas se enfiara no banco traseiro, abaixando-se de modo que nem o cocuruto de sua cabeça fosse visível por alguém olhando para dentro.
A atmosfera dentro do *bombila* rapidamente tornou-se tão tensa que Yakov foi obrigado a trocar o interior semiaquecido pela noite frígida de Moscou. Comprou comida de um vendedor ambulante turco e passou a meia hora seguinte comendo e conversando com seu amigo Max, que estacionara atrás dele porque Max era um filho da mãe preguiçoso que aproveitava qualquer desculpa para não trabalhar.

Na semana anterior, Yakov e Max estavam no meio de um debate acalorado sobre a morte de um funcionário de alto escalão do Banco RAB, descoberto amarrado, torturado e asfixiado na garagem de sua própria *elitny* dacha. Os dois teciam especulações sobre por que o gabinete do procurador-geral e o recém-formado Comitê Investigativo do presidente brigavam quanto à jurisdição da morte.

– É política, pura e simples – disse Yakov.
– Política *suja* – retrucou Max. – Não há nada de puro e simples quanto a *isso*.

Foi então que Yakov avistou Jason Bourne e a *dyev* sexy saltando de um *bombila* diante do hotel. Quando ele bateu na lateral do carro com a palma da mão, percebeu um movimento no banco de trás.

– Ele está aqui – avisou quando a janela desceu.

⸺

Bourne estava a ponto de deixar Gala no Metropolya Hotel quando olhou para fora, pela janela do *bombila,* e viu o táxi que anteriormente o trouxera do Piloto Chinês para o hotel. Yakov, o motorista, estava encostado no para-lama de seu carro dilapidado, comendo alguma coisa engordurada, enquanto conversava com o taxista estacionado logo atrás dele.

Bourne viu Yakov olhar rapidamente enquanto ele e Gala saltavam do *bombila*. Depois de passar pela porta giratória, Bourne pediu a Gala para ficar onde estava. À sua esquerda estava a porta de serviço usada por carregadores para levar a bagagem dos hóspedes que chegavam ou partiam do hotel. Bourne olhou para o outro lado da rua. Yakov enfiara a cabeça na janela traseira do carro, falando com um homem que estivera escondido no banco de trás.

No elevador, a caminho do quarto, ele disse:
– Está com fome? Eu estou morto de fome.

Harun Iliev, o homem que Semion Icoupov tinha mandado para encontrar Bourne, havia gasto horas em negociações e seguindo informações que não resultaram em nada. No final, havia gasto uma grande quantia em dinheiro naquela busca. Não fora coincidência que isso o houvesse levado ao *bombila* Yakov, pois Yakov era um homem ambicioso, que sabia que nunca ficaria rico dirigindo por Moscou, competindo com outros *bombily*, deixando-os furiosos ao passar-lhes à frente, arrancando-lhes corridas que consideravam ganhas. O que poderia ser mais lucrativo do que espionar outras pessoas? Especialmente quando seu principal cliente era o americano. Yakov tinha muitos clientes, mas nenhum deles sabia distribuir dólares como os americanos. Eles acreditavam sinceramente que dinheiro em quantidade suficiente comprava qualquer coisa. Na maioria das vezes, estavam certos. Contudo, quando não estavam, isso lhes custava muito caro.

A maioria dos demais clientes de Yakov ria e ridicularizava o dinheiro que os americanos distribuíam a torto e a direito. Entretanto, isso acontecia principalmente, Yakov desconfiava, porque tinham inveja. Rir e ridicularizar o que você não tinha nem nunca teria era melhor, imaginava Yacov, do que permitir que isso o deprimisse.

O pessoal de Icoupov era o único que pagava igualmente bem. Mas eles o usavam com muito menos frequência que os americanos. Por outro lado, pagavam adiantado para mantê-lo a seus serviços. Além disso, também eram muçulmanos. Yakov mantinha sua religião em segredo em Moscou, especialmente dos americanos que, estupidamente, se soubessem, o teriam largado na hora.

Logo depois que o adido americano o contatara para o serviço, Yakov ligara para Harun Iliev. Em consequência, Harun já conseguira se inserir no pessoal do Metropolya por intermédio de um primo, que trabalhava no hotel como auxiliar de cozinha. Ele coordenava as comandas de pratos para os vários chefes cozinheiros. No momento em que viu o pedido para o quarto do 1728, o quarto de Bourne, ele ligou para Harun.

— Estamos com falta de pessoal esta noite — disse. — Trate de chegar aqui nos próximos cinco minutos que eu arranjo para que você vá levar a comida para ele.

Harun Iliev rapidamente se apresentou ao primo e foi encaminhado a um carrinho, cheio de travessas, tigelas cobertas, pratos, talheres de prata e guardanapos, e elegantemente coberto por uma toalha de linho branco engomada. Agradecendo ao primo pela oportunidade de acesso a Jason Bourne, ele empurrou o carrinho até o elevador de serviço. Alguém já estava no elevador e Harun pensou que fosse um dos gerentes do hotel até que o homem se virou e Harun viu de relance o rosto coberto por hematomas e o tapa-olho prateado.

Harun estendeu a mão, apertou o botão para o décimo sétimo andar. O homem apertou o botão para o décimo oitavo. O elevador parou no quarto, onde uma arrumadeira embarcou com seu carrinho de roupas de cama. Ela saltou no andar seguinte.

O elevador acabara de passar pelo décimo quinto andar quando o homem estendeu a mão e apertou o grande botão vermelho de PARADA DE EMERGÊNCIA. Harun virou-se para questionar seu gesto, mas ele disparou com uma Welrod 9mm, equipada com um silenciador. A bala perfurou a testa de Harun, penetrou e esfacelou-lhe o cérebro. Estava morto antes de tombar no chão do elevador.

↜

Anthony Prowess limpou o pouco de sangue que havia com um guardanapo do carrinho do serviço de quarto. Então, rapidamente tirou as roupas de sua vítima e vestiu o uniforme do Metropolya Hotel. Apertou de novo o botão de PARADA DE EMERGÊNCIA, e o elevador continuou a subir para o décimo sétimo andar. Depois de se certificar de que o corredor estava desimpedido, Prowess consultou um mapa do andar, arrastou o corpo até um depósito de serviço, e então empurrou o carrinho até o quarto 1728.

↜

– Por que você não toma uma boa chuveirada? Um banho quente e demorado – sugeriu Bourne.

A expressão de Gala se tornou travessa.

– Se estou fedendo, pelo menos não é tanto quanto você. – Ela começou tirar a minissaia. – Por que não tomamos um banho juntos?

– Numa outra ocasião. Agora tenho negócios a tratar.

O lábio inferior de Gala se espichou comicamente num bico.
– Deus, mas que coisa tediosa!

Bourne deu uma gargalhada enquanto ela seguia para o banheiro e fechava a porta. Pouco depois, o som de água corrente chegou até ele, acompanhado de pequenas nuvens de vapor. Ele ligou a televisão e ficou assistindo a um programa horrível em russo, com o volume alto.

Houve uma batida à porta. Bourne levantou-se da cama e abriu a porta. Um garçom, uniformizado com jaqueta curta e boné puxado sobre o rosto, empurrou um carrinho com comida para dentro do quarto. Bourne assinou a conta e o garçom se virou para ir embora. Mas, em seguida, girou, empunhando uma faca. Num movimento indistinto, ele levou o braço para trás. Mas Bourne estava pronto. No momento em que o garçom atirou a faca, Bourne levantou a tampa de metal de um *réchaud*, usando-a como escudo para desviar a faca. Com um movimento rápido do punho, ele jogou a tampa voando contra o garçom, que se abaixou, desviando-se. A borda da tampa arredondada acertou seu boné, arrancando-o da cabeça, revelando o rosto inchado do homem que havia estrangulado Baronov e tentado matar Bourne.

O atacante sacou uma Welrod e disparou dois tiros antes que Bourne empurrasse o carrinho contra ele. O homem cambaleou para trás. Bourne se atirou por cima do carrinho e agarrou Prowess pelo peito do uniforme, derrubando-o no chão.

Bourne conseguiu chutar a Welrod para longe. O homem o atacou com mãos e pés, movendo Bourne de maneira a conseguir recuperar o controle da arma. Bourne viu a venda cobrindo o olho do agente da NSA, mas só podia supor o estrago que havia causado.

O agente desviou-se para um lado, então acertou Bourne em cheio no queixo. Bourne cambaleou e seu atacante caiu em cima dele com um arame, que procurou enlaçar ao redor de seu pescoço. Puxando-o com violência, ele pôs Bourne novamente de pé. Bourne cambaleou batendo contra o carrinho. Enquanto este se afastava, Bourne agarrou o *réchaud*, atirando seu conteúdo no rosto do agente. A sopa escaldante atingiu o homem como uma tocha e ele gritou, mas não largou o arame; em vez disso, apertou-o com mais força, puxando Bourne contra seu peito.

Bourne estava de joelhos, com as costas arqueadas. Seus pulmões clamavam por oxigênio, seus músculos rapidamente perdiam a força. Tornava-se cada vez mais difícil concentrar-se. Logo, ele sabia, perderia os sentidos.

Com a força que lhe restava, ele golpeou a virilha do agente com o cotovelo. O arame afrouxou o suficiente para que ele conseguisse pôr-se de pé. Bourne deu uma cabeçada contra o rosto do agente e ouviu a pancada satisfatória quando a cabeça do homem bateu contra a parede. O arame afrouxou um pouco mais, o suficiente para que Bourne o arrancasse do pescoço e inalasse algum ar. Revertendo as posições, ele enrolou o arame ao redor do pescoço de Prowess, que lutou e esperneou como um louco, enquanto Bourne segurava firme, apertando-o cada vez mais, até que o corpo do agente tombou frouxo. A cabeça pendeu para o lado. Bourne só diminuiu a pressão no arame quando se certificou de que não havia mais pulso. Então, deixou o homem deslizar para o chão.

Estava inclinado, com as mãos sobre as coxas, respirando fundo quando Gala saiu do banheiro em meio a uma névoa perfumada de lavanda.

– Deus do céu! – exclamou ela. Então, virou-se e vomitou sobre os pés rosados e descalços.

VINTE E TRÊS

– Pode dizer o que quiser, não tem jeito – disse Luther LaValle –, ele é um homem morto.

Soraya olhou desolada pelo espelho falso para Tyrone, que estava de pé num cubículo assustadoramente provido de uma banheira rasa, semelhante a um caixão, com tiras para prender os pulsos e os tornozelos, e uma mangueira de incêndio acima. No centro da sala, havia uma mesa de aço aferrolhada ao piso de concreto, sob a qual havia um ralo para escoar água e sangue.

LaValle exibiu a câmera digital.

– O general Kendall encontrou isso com seu compatriota. – Ele apertou um botão e as fotos que Tyrone havia tirado foram exibidas na tela da câmera. – Esta arma fumegante basta para condená-lo por traição.

Soraya não pôde deixar de se perguntar quantas fotos das câmaras de tortura Tyrone teria conseguido tirar antes de ser apanhado.

– Vamos arrancar a cabeça dele – disse o general Kendall arreganhando os dentes.

Soraya não conseguia livrar-se da sensação de náusea que lhe contraía o estômago. É claro que Tyrone já tinha estado em situações perigosas antes, mas ela se sentia responsável por tê-lo colocado em risco. Se alguma coisa lhe acontecesse, sabia que nunca conseguiria se perdoar. Em que estivera pensando quando o envolvera num trabalho tão perigoso? A enormidade de seu erro de cálculo estava agora bastante evidente, mas era tarde demais para fazer qualquer coisa.

— O que é mesmo uma pena – prosseguiu LaValle – é que também não teremos dificuldade em processá-la sob a mesma acusação. Toda a atenção de Soraya estava concentrada em Tyrone, a quem tinha causado tamanho prejuízo.
— Tudo foi ideia minha – falou ela, afinal. – Libertem Tyrone.
— A senhora quer dizer que ele estava apenas cumprindo ordens – disse o general Kendall. – Isso não é Nuremberg. Francamente, não existe nenhuma defesa viável que os dois possam apresentar. A condenação e execução dele, bem como a sua, são *fait accompli*.

⁓

Eles a levaram de volta para a biblioteca, onde Willard, vendo seu rosto pálido, foi buscar um bule fresco de chá-do-ceilão. Os três sentaram-se junto à janela. A quarta cadeira, visivelmente vazia, era uma acusação contra Soraya. Seu tremendo erro ao se desincumbir daquela missão se tornara ainda mais grave pelo conhecimento de que havia subestimado seriamente LaValle. Por seu temperamento autoritário e ultragressivo, fora induzida a pensar que era o tipo de homem que automaticamente a subestimaria. Estivera redondamente enganada.

Lutou contra a constrição que sentia no peito, o pânico transbordando, a sensação de que ela e Tyrone estavam prisioneiros de uma situação impossível. Usou o ritual do chá para se recompor e se concentrar. Pela primeira vez em sua vida, Soraya acrescentou creme e açúcar, e tomou o chá como se fosse um remédio ou uma forma de penitência.

Tentava fazer seu cérebro descongelar do choque, levá-lo a funcionar normalmente de novo. Para ajudar Tyrone, ela sabia que precisava sair dali. Se LaValle pretendesse acusá-la, como ameaçava fazer com Tyrone, ela já estaria numa cela adjacente. O fato de terem-na trazido para a biblioteca permitia a passagem de uma réstia de luz na escuridão que se avolumara ao seu redor. Soraya decidiu que por enquanto permitiria que a situação evoluísse nos termos de LaValle e Kendall.

No momento em que ela descansou a xícara de chá, LaValle partiu para o ataque.

— Como eu disse antes, diretora, o que é realmente uma pena é seu envolvimento. Detestaria perdê-la, embora agora veja que, na verdade, nunca a tive como aliada.

Aquele pequeno discurso soou falso e ensaiado, como se cada palavra tivesse sido passada e repassada por LaValle.

— Francamente — ele prosseguiu —, em retrospecto, posso ver que a senhora mentiu para mim desde o início. A senhora nunca teve intenção de transferir sua lealdade para a NSA, não é? — Ele suspirou, como se fosse um professor tentando disciplinar uma aluna cronicamente desobediente. — É por isso que não consigo acreditar que tenha bolado todo esse plano sozinha.

— Se eu gostasse de jogo — acrescentou Kendall —, seria capaz de apostar que suas ordens vieram de cima.

— Veronica Hart é o verdadeiro problema. — LaValle abriu as mãos espalmadas. — Talvez ao examinar as coisas à luz do que aconteceu hoje aqui, a senhora possa compreender nosso ponto de vista.

Soraya não precisava de um meteorologista para ver a direção em que o vento estava soprando. Mantendo a voz deliberadamente neutra, disse:

— Como posso ser útil?

LaValle sorriu agradavelmente, virou-se para Kendall e falou:

— Você vê, Richard, a diretora pode nos ser útil, a despeito de nossas reservas. — Ele rapidamente virou-se de volta para Soraya, a expressão tornando-se séria. — O general quer fazer uma acusação formal contra vocês, invocando os termos mais severos da lei, que, não preciso recordar, são severíssimos.

Aquele joguinho de desempenharem os papéis de policial durão e policial bonzinho pareceria clichê, pensou Soraya amargamente, se não fosse tudo verdade para valer. Ela sabia que Kendall a detestava; ele não tinha feito nenhum esforço para esconder seu desdém. Afinal, era um militar. A possibilidade de ter que se reportar a um superior do sexo feminino era impensável, francamente risível. Ele também não tinha achado Tyrone grande coisa, o que tornava a captura do rapaz ainda mais dura de engolir.

– Compreendo que minha posição é insustentável – disse ela, odiando ter que se submeter àquele ser humano desprezível.

– Excelente, então começaremos a partir deste ponto.

LaValle olhou para o teto, numa encenação de alguém que está tentando decidir como proceder. Mas ela suspeitava que ele soubesse muito bem o que estava fazendo, a cada passo do caminho.

Os olhos dele buscaram os dela.

– Da maneira como vejo, temos um problema em duas partes. Uma diz respeito a seu amigo lá embaixo. A outra diz respeito a você.

– Estou mais preocupada com ele – retrucou Soraya. – O que tenho que fazer para libertá-lo?

LaValle mexeu-se na cadeira.

– Vamos examinar primeiro sua situação. Podemos montar uma ação judicial com base em provas circunstanciais contra você, mas sem o testemunho direto de seu amigo.

– Tyrone – disse Soraya. – O nome dele é Tyrone Elkins.

Para deixar bem claro quem comandava a conversa, LaValle deliberadamente a ignorou.

– Sem o testemunho direto de seu amigo, não iremos muito longe.

– Testemunho direto que obteremos – falou Kendall – na hora em que o pusermos na banheira.

– Não – disse Soraya. – Não pode.

– Por que, porque é ilegal? – Kendall deu uma risadinha.

Soraya virou-se para LaValle.

– Existe outra maneira. E vocês dois sabem qual é.

LaValle não disse nada por um momento, aproveitando a tensão.

– Você me disse que a fonte do material interceptado pela Typhon era secreta. Esta decisão se mantém?

– Se eu contar quem é, deixará Tyrone ir?

– Não – disse LaValle –, mas a senhora poderá ir.
– E Tyrone?
LaValle cruzou uma perna sobre a outra.
– Vamos cuidar de um assunto de cada vez, está bem?
Soraya assentiu. Ela sabia que enquanto estivesse sentada ali não teria espaço de manobra.
– Minha fonte foi Bourne.
LaValle pareceu espantado.
– Jason Bourne? Está brincando?
– Não, Sr. LaValle. Ele teve conhecimento das atividades da Legião Negra e do fato de que estão sendo financiados pela Irmandade Oriental.
– De onde vieram as informações?
– Ele não teve tempo para me dizer, mesmo se quisesse – disse ela. – Havia agentes da NSA demais nas vizinhanças.
– O incidente na Freer – falou Kendall.
LaValle levantou a mão.
– Você o ajudou a escapar.
Soraya sacudiu a cabeça.
– Na verdade, ele achou que eu o havia entregado.
– Interessante. – LaValle bateu com o dedo nos lábios. – Ele ainda acredita nisso?
Soraya decidiu que estava na hora de mostrar um pouco de desafio, de mentir um pouco.
– Não sei. Jason tem uma tendência para a paranoia, de modo que é possível.
LaValle pareceu pensativo.
– Talvez possamos usar isso para tirar vantagem.
O general Kendall pareceu enojado.
– Então, em outras palavras, toda essa história sobre a Legião Negra poderia não ser nada além da fantasia de um lunático.
– Ou, mais provavelmente, desinformação deliberada – acrescentou LaValle.
Soraya sacudiu a cabeça.

– Por que ele faria isso?
– Quem sabe por que ele faz alguma coisa? – LaValle deu um pequeno gole em seu uísque, agora diluído pelos cubos de gelo derretidos. – Não vamos esquecer que Bourne estava furioso quando lhe contou sobre a Legião Negra. De acordo com sua própria admissão, ele pensou que o tivesse traído.
– O senhor tem razão quanto a isso – Soraya sabia que não adiantaria defender Bourne diante daqueles homens. Quanto mais discutisse com eles, mais aferrados ficavam em sua posição. Eles haviam montado um caso contra Bourne com base em medo e ódio. Não porque, como afirmavam, ele fosse instável, mas porque pura e simplesmente ele não dava a mínima para suas regras e regulamentos. Em vez de desprezá-las, algo que os diretores conheciam e com que sabiam lidar, Bourne as aniquilava.
– É claro que tenho. – LaValle descansou o copo. – Vamos tratar de seu amigo. O caso contra ele é inabalável, indiscutível e está ganho. Sem nenhuma esperança de apelo ou comutação.
– Que coma brioche – ironizou Kendall.
– A propósito, Maria Antonieta jamais disse esta frase – aparteou Soraya.
Kendall olhou-a furioso, enquanto LaValle prosseguia:
– *Que a punição seja proporcional ao crime*, viria mais a calhar. Ou, em seu caso, *que a expiação seja proporcional ao crime*. – Ele acenou para Willard, que se aproximava, para que se fosse embora.
– O que vamos precisar da senhora, diretora, são provas... provas incontestáveis de que sua incursão ilegal no território da NSA foi instigada por Veronica Hart.
Ela sabia o que ele estava pedindo.
– Então, basicamente, estamos falando de uma troca de prisioneiros... Hart por Tyrone.
– A senhora me compreendeu perfeitamente – disse LaValle, claramente satisfeito.
– Preciso pensar.
LaValle assentiu.

– É um pedido razoável. Vou mandar Willard lhe preparar uma refeição. – Ele consultou rapidamente o relógio. – Richard e eu temos uma reunião daqui a quinze minutos. Estaremos de volta dentro de aproximadamente duas horas. Até lá, a senhora pode pensar em sua resposta.

– Não, preciso refletir sobre tudo isso em outro ambiente – disse Soraya.

– Diretora Moore, dado seu histórico de mentiras, seria um erro de sua parte.

– O senhor prometeu que eu poderia ir se revelasse minha fonte.

– E poderá, depois que tivermos chegado a um acordo em meus termos. – Ele se levantou e com ele Kendall. – A senhora e seu amigo vieram para cá juntos. Agora são inseparáveis.

Bourne esperou até que Gala estivesse suficientemente recuperada. Ela se vestiu, tremendo, sem olhar nenhuma vez para o corpo do agente morto.

– Lamento por tê-la metido nisso – falou Bourne.

– Não, não lamenta. Sem mim, você nunca teria chegado a Ivan. – Gala enfiou os pés nos sapatos, furiosa. – Isso é um pesadelo – disse para consigo mesma. – A qualquer minuto, vou acordar na minha própria cama e nada disso terá acontecido.

Bourne a conduziu até a porta.

Gala estremeceu de novo enquanto cuidadosamente passava ao largo do corpo.

– Você anda metida com as pessoas erradas.

– Rá, rá, boa piada – comentou ela, enquanto seguiam pelo corredor. – Isso inclui você.

Um momento depois, ele fez sinal para ela parar. Ajoelhando-se, passou a ponta do dedo numa mancha molhada no tapete.

– O que é?

Bourne examinou a ponta do dedo.

– Sangue.

Gala choramingou.

— O que está fazendo aqui?

— Boa pergunta — disse Bourne enquanto se esgueirava pelo corredor. Observou outra pequena mancha numa porta estreita. Abrindo-a, ele acendeu a luz do depósito de materiais.

— Cristo! — exclamou Gala.

Dentro havia um corpo caído, com uma bala na testa. Estava nu, mas havia uma pilha de roupas atiradas num canto, obviamente as do agente da NSA. Bourne ajoelhou-se e as revistou, na esperança de encontrar algum tipo de identidade, mas em vão.

— O que você está fazendo? — gemeu Gala.

Bourne avistou um minúsculo triângulo de couro marrom se projetando debaixo do corpo, visível apenas daquele ângulo. Virando o corpo de lado, ele descobriu uma carteira. A identidade do homem morto seria útil porque agora Bourne não tinha mais nenhuma identidade. A falsa, que usara para se registrar no hotel, seria inutilizável, porque no momento em que o corpo fosse encontrado no quarto de Fyodor Ilianovich Popov, haveria uma maciça caçada humana para capturá-lo. Bourne estendeu a mão e pegou a carteira.

Então, levantou-se, agarrou a mão de Gala e saiu dali. Ele insistiu para que usassem o elevador de serviço para descer até a cozinha. De lá seria apenas uma questão de encontrar a saída de serviço.

Na rua, havia começado a nevar de novo. O vento vindo da praça era gelado e forte. Fazendo sinal para um *bombila*, Bourne estava a ponto de dar o endereço da amiga de Gala, quando se deu conta de que Yakov, o taxista a serviço da NSA, conhecia o endereço.

— Entre no táxi — disse Bourne em voz baixa para Gala —, mas esteja preparada para saltar depressa e fazer exatamente o que eu mandar.

↩

Soraya não precisava de duas horas para tomar a decisão; não precisava nem de dois minutos.

– Tudo bem – disse ela –, farei tudo o que for necessário para tirar Tyrone daqui.

LaValle virou-se para olhar para ela.

– Bem, ora, ora, esse tipo de capitulação faria bem ao meu coração se eu não soubesse que é uma tremenda de uma fingida traidora.

"Infelizmente", ele prosseguiu, "em seu caso, uma capitulação verbal não é tão convincente como seria em outros. Tendo isso em vista, o general gostaria de deixar bem claro para a senhora quais serão as consequências, no caso de haver mais traições de sua parte."

O general a conduziu para fora da biblioteca e pelo corredor até a porta que levava ao subterrâneo. No momento em que ela viu para onde eles a estavam levando, pediu:

– Não! Não façam isso. Por favor, não há necessidade.

Mas Kendall, todo empertigado, a ignorou. Quando ela hesitou diante da porta de segurança, ele a agarrou com firmeza pelo cotovelo e, como se fosse uma criança, conduziu-a pela descida das escadas.

Finalmente, ela chegou à mesma sala de observação. Tyrone estava de joelhos, os braços atrás das costas, as mãos amarradas sobre o tampo da mesa, que era mais alta que o nível dos ombros. Aquela posição era ao mesmo tempo extremamente dolorosa e humilhante. Seu torso era obrigado a se arquear para a frente, as omoplatas para trás.

O coração de Soraya se encheu de pavor.

– Basta – disse ela. – Eu entendi. O senhor já deixou bem claro o que quer.

– De forma alguma – retrucou o general Kendall.

Soraya podia ver dois vultos indistintos movendo-se pela cela. Tyrone também percebeu a presença deles. Tentou se virar para ver o que estavam fazendo. Um dos homens enfiou um capuz negro em sua cabeça.

Meu Deus, Soraya pensou consigo mesma. O que o outro homem tinha nas mãos?

Kendall empurrou-a com violência contra o espelho falso.

– No que diz respeito a seu amigo, estamos apenas começando.

Dois minutos depois, eles começaram a encher a banheira de água. Soraya começou a gritar.

↝

Bourne pediu ao motorista *bombila* para passar defronte ao hotel. Tudo parecia calmo e normal, o que significava que os corpos no décimo sétimo andar ainda não tinham sido encontrados. Mas não demoraria muito para que alguém fosse procurar o garçom.

Ele voltou sua atenção para o outro lado da rua, à procura de Yakov. Ele ainda estava fora do carro, conversando com o colega motorista. Ambos balançavam os braços para manter a circulação do sangue. Ele apontou Yakov para Gala, que o reconheceu. Quando eles passaram pela praça, Bourne pediu ao *bombila* para encostar e parar.

Bourne virou-se para Gala.

– Quero que você vá até Yakov e peça a ele para levá-la a Universiteskaya Ploshchad, em Vorobyovy Gory. – Bourne refiria-se ao alto da colina, para onde casais de namorados e estudantes universitários iam para se embebedar, fazer amor e consumir drogas, enquanto admiravam a vista da cidade. – Espere por mim lá, não salte do carro. Diga ao motorista que vai se encontrar com alguém.

– Mas ele é a pessoa que tem nos espionado.

– Não se preocupe – Bourne tranquilizou-a. – Eu estarei logo atrás de você.

↝

A vista do Vorobyovy Gory não era tão gloriosa. Primeiro, havia o impedimento criado pela massa feia do Luzhniki Stadium a meia distância. Depois havia os pináculos em espiral do Kremlin, que dificilmente inspirariam até mesmo os amantes mais ardorosos. Mas, apesar disso, a noite estava tão romântica quanto poderia ser em Moscou.

Bourne, que havia mandado seu *bombila* seguir o táxi em que estava Gala, sentiu-se aliviado ao perceber que Yakov tinha ordens de só observar e passar as informações. De todo modo, a NSA estava interessada em Bourne, não numa jovem *dyev* loura.

Ao chegar ao mirante, Bourne pagou o preço que havia acertado para a corrida, caminhou pela calçada e embarcou no banco da frente do táxi de Yakov.

– Ei, o que é isso? – reclamou Yakov. Então, reconheceu Bourne e tentou pegar a Makarov que mantinha num coldre improvisado debaixo do painel.

Bourne afastou-lhe a mão e o segurou com as costas contra o banco enquanto se apoderava da arma. Ele a apontou para Yakov.

– A quem você se reporta?

Numa voz queixosa, Yakov disse:

– Desafio você a sentar no meu lugar, noite após noite, dirigindo pelo Anel do Jardim, se arrastando eternamente pela Tverskaya, tendo as corridas roubadas por *bombily* kamikazes e ganhar o suficiente para viver.

– Não me interessa saber por que você se vende à NSA – retrucou Bourne. – Quero saber a quem você se reporta.

Yakov levantou a mão.

– Escute, escute, eu sou de Bishkek, no Quirzistão. As coisas por lá não são muito boas, quem consegue ganhar a vida? De modo que reuni a família e viajamos para a Rússia, para o coração palpitante da nova federação, onde as ruas são calçadas com rublos. Mas quando cheguei aqui, fui tratado como lixo. As pessoas na rua cospem na minha mulher. Meus filhos são surrados e xingados de coisas terríveis. E não consigo um emprego em lugar nenhum desta cidade. "Moscou para os moscovitas", este é o refrão que ouço o tempo todo. De modo que me juntei aos *bombily* porque não tive escolha. Mas esta vida, o senhor não tem ideia de como é difícil. Às vezes, depois de doze horas, volto para casa com cem rublos, às vezes sem nada. Não posso ser culpado por aceitar o dinheiro que os americanos oferecem.

"Rússia é corrupta, mas Moscou é mais do que corrupta. Não existe palavra para descrever como é ruim por aqui. O governo é um bando de assassinos e criminosos. Todo mundo saqueia as riquezas naturais da Rússia... petróleo, gás natural, urânio. Todo mundo tira, tira, tira, de modo que possam ter carros importados, uma *dyev* diferente para cada dia da semana, uma dacha em Miami Beach. O que sobra para nós? Batatas e beterrabas, se trabalharmos dezoito horas por dia e se tivermos sorte."

– Não tenho raiva de você – disse Bourne. – Você tem o direito de ganhar a vida. – Ele deu a Yakov um punhado de dólares.

– Eu não vejo ninguém, senhor. São apenas vozes no meu celular. Todo o dinheiro vai para uma caixa postal em...

Bourne cuidadosamente colocou o cano da Makarov sobre o ouvido de Yakov. O taxista encolheu-se, voltando os olhos chorosos para Bourne.

– Por favor, por favor, senhor, o que foi que eu fiz?

– Vi você diante do Metropolya com o homem que tentou me matar.

Yakov guinchou como um rato apanhado na ratoeira.

– Matar o senhor? Sou empregado apenas para observar e passar informações. Não tenho nenhum conhecimento de...

Bourne bateu no taxista.

– Pare de mentir e me diga o que eu quero saber.

– Está bem, está bem. – Yakov tremia de medo. – O americano me paga, o nome dele é Low. Harris Low.

Bourne o fez dar uma descrição detalhada de Low, então tomou o celular de Yakov.

– Desça do carro – ordenou.

– Mas, senhor, respondi a suas perguntas – protestou Yakov. – O senhor está me tomando tudo o que eu tenho. O que mais quer?

Bourne inclinou-se por cima dele, abriu a porta e o empurrou para fora.

— Este lugar é bastante concorrido. Muitos *bombily* vêm e vão. Você agora é um homem rico. Use um pouco do dinheiro que eu lhe dei para tomar um táxi para casa.

Metendo-se atrás da direção, ele engrenou o Zhig e dirigiu de volta para o coração da cidade.

⌇

Harris Low era um homem elegante, de bigode bem fino. Tinha cabelos prematuramente brancos e a compleição corada de muitas das famílias de sangue azul do nordeste americano. O fato de que passara os últimos onze anos em Moscou, trabalhando para a NSA, era uma herança de seu pai, que havia percorrido o mesmo caminho perigoso. Low idolatrara o pai, queria ser como ele desde que tinha memória. Como o pai, ele tinha a bandeira americana tatuada na alma. Era zagueiro em seus tempos de universidade, passara pelo rigoroso treinamento físico para ser agente de campo da NSA, perseguira terroristas no Afeganistão e no Chifre da África. Não tinha medo de enfrentar um combate corpo a corpo ou de matar um alvo. Fazia tudo por Deus e pelo país.

Durante seus onze anos na capital da Rússia, Low fizera muitos amigos, alguns dos quais eram filhos de amigos de seu pai. Em suma, havia cultivado uma rede de *apparatchiks* e *siloviks* para quem a ordem do dia era: "é dando que se recebe". Harris não tinha ilusões. Para ajudar a causa de seu país, ele faria favores a qualquer pessoa – se em troca ela lhe fizesse favores.

Ele tomou conhecimento dos assassinatos no Metropolya através de um amigo no gabinete do promotor geral, que tinha sabido do corre-corre da polícia. Harris encontrou-se com o indivíduo no hotel e, em consequência, foi uma das primeiras pessoas a ver o local do crime.

Ele não tinha nenhum interesse pelo corpo no armário de materiais no corredor, mas imediatamente reconheceu Anthony Prowess. Pedindo licença, retirou-se do local do crime e caminhou até a escada no corredor do décimo sétimo andar, onde digitou um número internacional no celular. Um momento depois, Luther LaValle respondeu.

– Estamos com um problema – informou Low. – Prowess foi deixado inoperante, para sempre.

– Isto é muito perturbador – respondeu LaValle. – Temos um agente renegado à solta em Moscou, que até agora já matou quatro dos nossos. Creio que você sabe o que fazer.

Low compreendeu. Não havia tempo para trazer outro agente assassino da NSA, o que significava que executar Bourne seria tarefa sua.

– Agora que ele matou um cidadão americano – prosseguiu LaValle –, vou informar e acionar a polícia de Moscou e o gabinete do procurador-geral da república. Eles receberão a mesma foto dele que vou enviar para o seu celular agora.

Low pensou por um momento.

– A questão é como encontrá-lo. Moscou é muito atrasada em termos de TV de circuito fechado.

– Bourne vai precisar de dinheiro – falou LaValle. – Ele não poderia ter passado com o suficiente pela Alfândega quando chegou, o que significa que nem tentou. Deve ter providenciado uma conta local num banco de Moscou. Consiga a ajuda do pessoal daí com a vigilância.

– Feito – disse Low.

– E, Harris, não cometa o mesmo erro com Bourne que Prowess cometeu.

↬

Bourne levou Gala para o apartamento de sua amiga, que era luxuoso até para os padrões americanos. A amiga, Lorraine, era uma americana de ascendência armênia. Os olhos e o cabelo castanho-escuros, a pele morena, tudo parecia contribuir para aumentar-lhe o exotismo. Ela abraçou e beijou Gala, cumprimentou Bourne calorosamente e o convidou para tomar um drinque ou um chá.

Enquanto ele dava uma volta para examinar o apartamento, Gala disse:
— Ele está preocupado com a minha segurança.
— O que aconteceu? — perguntou Lorraine. — Você está bem?
— Ela vai ficar bem — respondeu Bourne, voltando à sala. — Tudo isso será esquecido em dois dias. — Depois de examinar e ficar satisfeito com a segurança do apartamento, ele as deixou com a advertência de não abrirem a porta para ninguém desconhecido.

༄

Ivan Volkin tinha dito a Bourne para ir a Novoslobodskaya 20, onde o encontro com Dimitri Maslov teria lugar. De início, Bourne pensou que era sorte que o *bombila* que havia tomado soubesse encontrar o endereço, mas quando foi deixado lá, compreendeu. Novoslobodskaya 20 era o endereço do Motorhome, a nova boate da moda, entupida de jovens moscovitas. Telas gigantescas, tipo painel, acima do bar, no centro, mostravam transmissões televisivas de jogos de beisebol, basquete, futebol americanos, rúgbi inglês e partidas de futebol da Copa do Mundo. O andar do salão principal era dominado por mesas de bilhar russo e sinuca americana. Seguindo as instruções de Volkin, Bourne se encaminhou para a sala dos fundos, que era decorada como uma sala de fumar saída das Mil e Uma Noites, com tapetes que se sobrepunham, almofadas em tons de gemas preciosas, e é claro, *narguilés* de metal em cores alegres, fumados por homens e mulheres reclinados.

Detido no vão da porta por dois enormes seguranças a serviço do clube, Bourne lhes disse que estava ali para ver Dimitri Maslov. Um deles apontou para um homem reclinado e fumando um *narguilé* no canto esquerdo.

— Maslov — chamou Bourne quando chegou à pilha de almofadas ao redor de uma mesa baixa de cobre.

— Meu nome é Yevgeny. Maslov não está aqui. — O homem gesticulou. — Sente-se, por favor.

Bourne hesitou um momento, então sentou na almofada defronte à de Yevgeny.

– Onde está ele?

– Você pensou que ia ser assim tão simples? Um telefonema e *puff!*, ele aparece como o gênio saindo da lâmpada? – Yevgeny sacudiu a cabeça, ofereceu o cachimbo a Bourne. – Bom bagulho. Experimente.

Quando Bourne declinou, Yevgeny deu de ombros, deu uma tragada profunda, levando a fumaça aos pulmões, segurou, depois exalou com um sibilar audível.

– Por que você quer falar com Maslov?

– Isso é entre mim e ele – disse Bourne.

Yevgeny deu de ombros de novo.

– Como quiser. Maslov está fora da cidade.

– Então, por que me disseram para vir?

– Para você ser julgado, ver se era um indivíduo sério. Ver se Maslov decidirá recebê-lo.

– Maslov confia nos outros para tomar decisões por ele?

– Ele é um homem ocupado. Tem outras coisas em que pensar.

– Como ganhar a guerra com os Azeri.

Os olhos de Yevgeny se estreitaram.

– Talvez você possa ver Maslov na semana que vem.

– Preciso vê-lo agora – insistiu Bourne.

Yevgeny deu de ombros.

– Como eu disse, ele está fora de Moscou. Mas é possível que volte amanhã de manhã.

– Você não pode garantir.

– Eu poderia – disse Yevgeny. – Mas tem um preço.

– Quanto?

– Dez mil.

– Dez mil dólares para falar com Dimitri Maslov?

Yevgeny sacudiu a cabeça.

– O dólar americano caiu muito. Dez mil francos suíços.

Bourne pensou um momento. Não tinha consigo todo aquele dinheiro, e menos ainda em francos suíços. Contudo, tinha a informação que Baronov lhe dera sobre o cofre no Moskva Bank. O problema era que estava em nome de Fyodor Ilianovich Popov, que, sem dúvida, agora estava sendo procurado pela polícia para interrogatório sobre o corpo do homem em seu quarto no Metropolya Hotel. Não havia como escapar, pensou Bourne. Teria que se arriscar.

– Terei o dinheiro amanhã de manhã – disse.

– É satisfatório.

– Mas só o entregarei a Maslov.

Yevgeny assentiu.

– Fechado. – Ele escreveu alguma coisa num pedaço de papel e mostrou a Bourne. – Por favor, esteja neste endereço amanhã ao meio-dia. – Então, acendeu um fósforo, encostou no canto do papel, que queimou depressa até se desfazer em cinzas.

⌒

Em seu quartel-general provisório em Grindelwald, Semion Icoupov ficou muitíssimo abalado ao saber da morte de Harun Iliev. Já presenciara a morte inúmeras vezes, mas Harun havia sido como um irmão para ele. Até mais íntimo porque não tinham a bagagem de uma família para atravancar e distorcer seu relacionamento. Icoupov havia confiado em Harun e sempre contava com seus sábios conselhos. Perdê-lo era realmente uma grande tristeza.

Seus pensamentos foram interrompidos pelo caos orquestrado ao seu redor. Um bando de gente trabalhava em consoles de computador conectados a transmissões via satélite, a redes de vigilância, a CFTV de transporte público dos maiores centros ao redor do globo. Chegavam à fase final dos preparativos para o ataque da Legião Negra; cada tela tinha que ser perscrutada, analisada, os rostos de pessoas suspeitas selecionados e passados por uma nébula de programas capazes de identificar indivíduos. A partir daí, os agentes de Icoupov montavam um mosaico para servir como pano de fundo em tempo real contra o qual o ataque estava previsto para acontecer.

Icoupov percebeu que três de seus assistentes estavam agrupados ao redor de sua mesa. Aparentemente tentavam falar com ele.

– O que é? – Sua voz soou irritada para esconder seu pesar e desatenção.

Ismail, o mais antigo de seis assistentes, pigarreou.

– Queríamos saber quem o senhor pretende mandar para buscar Jason Bourne, agora que Harun...

Icoupov estivera contemplando a mesma questão. Fizera uma lista mental incluindo uma variedade de homens que poderia mandar, mas a todo instante eliminava a maioria, por este ou aquele motivo. Na segunda ou terceira tentativa, começou a se dar conta de que os motivos eram de algum modo triviais. Naquele momento, quando Ismail lhe fez novamente a pergunta, soube a resposta.

Olhou para os rostos ansiosos de seus assistentes e disse:

– Sou eu. Vou procurar Bourne pessoalmente.

VINTE E QUATRO

Estava desagradavelmente quente no Alter Botanischer Garten e tão úmido quanto numa floresta tropical. Os enormes painéis de vidro estavam opacos com as gotículas de vapor que dele escorriam. Moira, que já tinha tirado as luvas e casacão comprido de inverno, naquele momento tirou o suéter grosso de tricô que ajudara a protegê-la do frio e da umidade da manhã de Munique, que penetrava até os ossos.

No que dizia respeito a cidades alemãs, ela preferia mil vezes Berlim a Munique. Para começar, Berlim há muitos anos se mantinha na vanguarda da música popular. Era para Berlim que ícones do pop, como David Bowie, Brian Eno e Lou Reed, entre muitos outros, tinham ido recarregar as baterias criativas ao ouvir o que músicos bem mais jovens do que eles estavam criando. Depois, a cidade não havia perdido o legado da guerra e suas consequências. Berlim era como um museu vivo, que se reinventava a cada momento.

Havia, contudo, um motivo estritamente pessoal pelo qual ela preferia Berlim. Ela ia pelos mesmos motivos que Bowie, para fugir de velhos hábitos, e respirar o ar fresco de uma cidade diferente de todas as que conhecia. Desde muito pequena, Moira ficava entediada com o familiar. Toda vez que se sentia compelida a se juntar a um grupo porque era o que seus amigos estavam fazendo, percebia que estava perdendo uma parte de si mesma. Gradualmente, se dera conta de que seus amigos haviam deixado de ser indivíduos, entregando-se a um "eles" faccioso que ela achava repulsivo. A única maneira de escapar era fugir para fora das fronteiras dos Estados Unidos.

Ela podia ter escolhido Londres ou Barcelona, como algumas de suas colegas de faculdade haviam feito, mas era louca por Bowie e pelo Velvet Underground, de modo que tivera que ser Berlim.

O jardim botânico havia sido construído em meados dos anos 1800 como um salão de exposições, mas oitenta anos mais tarde, quando seu jardim fora destruído por um incêndio, ganhara nova vida como parque público. Do lado de fora, a massa medonha da Fonte de Netuno de antes da guerra lançava uma sombra sobre o espaço pelo qual ela caminhava.

A variedade de espécimes em exibição naquele espaço fechado envidraçado sublinhava apenas o fato de que Munique em si não possuía nem verve nem brilho. Era uma cidade trabalhadora, de *untermenchen*, homens de negócios cinzentos como a cidade e fábricas que arrotavam fumaça no céu baixo e fechado. Também era um ponto focal da atividade muçulmana europeia, algo que, num daqueles cenários clássicos de ação-reação, a tornava um reduto dos *skinheads* neonazistas.

Moira consultou o relógio. Eram exatamente 9:30 da manhã, e lá vinha Noah caminhando em sua direção. Ele era frio e eficiente, pessoalmente opaco e até retraído, mas não era má pessoa. Se fosse, ela o teria recusado como controle; ela era graduada o suficiente para impor respeito. E Noah a respeitava, tinha certeza disso.

Em muitos aspectos, Noah a recordava de Johann, o homem que a recrutara quando estava na universidade. Na verdade, Johann não a contatara enquanto estivera na faculdade; era inteligente demais para isso. Ele pedira à sua namorada para fazer a abordagem, imaginando corretamente que Moira responderia melhor a uma estudante de sexo feminino. Por fim, Moira aceitara se encontrar com Johann, ficara intrigada com o que ele tinha a lhe oferecer e o resto era parte do passado. Bem, não exatamente. Ela nunca contara a ninguém, nem para Martin ou Bourne, para quem trabalhava realmente. Fazê-lo teria violado seu contrato com a firma.

Ela parou diante das flores sensualmente rosadas de uma orquídea, salpicadas de sardas como o nariz de uma virgem. Berlim também fora cenário de seu primeiro caso amoroso passional, do tipo que domina alguém da cabeça aos pés, obliterando seu foco de responsabilidade e seu futuro. O caso quase a destruíra porque a envolvera como um redemoinho e no processo, ela perdera toda percepção de si mesma. Havia se transformado num instrumento sexual que seu amante tocava. O que ele queria era o que ela queria, e assim chegara quase à desintegração.

No final, fora Johann quem a salvara, mas o processo de separar o prazer do *self* fora imensamente doloroso. Especialmente porque dois meses depois seu amante morrera. Por algum tempo sua raiva de Johann havia sido gigantesca, azedando sua amizade, pondo em risco a confiança que tinham um pelo outro. Fora uma lição que ela nunca esquecera, um dos motivos pelos quais não se permitira apaixonar-se por Martin, embora parte dela ansiasse por seu toque. Jason Bourne era uma história completamente diferente, já que mais uma vez fora engolfada pelo redemoinho. Mas, desta vez, não se sentia diminuída. Em parte, porque agora estava mais madura e conhecia mais o mundo. Mas principalmente porque Bourne não lhe pedia nada. Ele não queria nem conduzi-la nem dominá-la. Tudo com ele era limpo e aberto. Ela avançou para outra orquídea, escura como a noite, com uma minúscula lanterna de amarelo escondida no centro. Era irônico, pensou, que a despeito de seus problemas pessoais, ela nunca antes tivesse conhecido um homem com tamanho controle de si mesmo. Moira achava aquela segurança sedutora como um afrodisíaco, bem como um potente antídoto contra sua própria melancolia.

Aquela era outra ironia, pensou. Se lhe perguntassem, Bourne com certeza se diria um pessimista, mas por ser pessimista ela mesma, conhecia um otimista quando via. Bourne sempre pegava as situações mais impossíveis e de alguma forma encontrava uma solução. Só os maiores otimistas eram capazes disso.

Ouvindo o som suave de passadas, ela se virou para ver Noah, de ombros curvados vestindo um sobretudo de tweed. Embora nascido em Israel, ele vivera tanto tempo em Berlim que agora podia se passar por alemão. Ele fora um dos protegidos de Johann; os dois haviam sido muito íntimos. Quando Johann fora morto, Noah o substituíra.

– Alô, Moira. – Ele tinha um rosto estreito, sob cabelos escuros prematuramente salpicados de prata. O nariz longo e a boca séria escondiam um sentido apurado para o absurdo. – Nada de Bourne pelo que vejo.

– Fiz o que pude para trazê-lo para a NextGen.

Noah sorriu.

– Tenho certeza que sim.

Ele gesticulou e começaram a caminhar juntos. Havia poucas pessoas ali naquela manhã sombria, de modo que não havia chance de serem ouvidos.

– Mas para ser honesto, pelo que você me contou, era improvável.

– Não estou desapontada – disse Moira. – Detestei fazer aquilo.

– Isso é porque você gosta dele.

– E daí? – Moira falou mais defensivamente do que desejava.

– Diga-me você. – Noah a observou cuidadosamente. – Há um consenso entre os companheiros de que suas emoções estão interferindo em seu trabalho.

– De onde está vindo isso? – perguntou ela.

– Quero que você saiba que estou do seu lado. – A voz dele parecia a de um psicanalista acalmando um paciente cada vez mais agitado. – O problema é que você devia ter vindo para cá há dias. – Passaram por um jardineiro que cuidava de um canteiro de violetas africanas. Depois de saírem do alcance de seus ouvidos, ele prosseguiu: – E, então, você traz Bourne consigo.

– Já disse. Ainda estava tentando recrutá-lo.

– Não minta para um mentiroso, Moira. – Ele cruzou os braços sobre o peito. Quando falou de novo, cada palavra foi dura e pesada. – Existe uma grave preocupação de que suas prioridades não estejam corretas. Você tem um trabalho a fazer, e um trabalho vitalmente importante. A firma não pode tolerar ver sua atenção desviada.

– Está dizendo que quer me substituir?

– É uma opção que já foi discutida – admitiu Noah.

– Besteira. No atual estágio, não há ninguém que conheça melhor o projeto do que eu.

– Mas uma outra opção foi levantada: abandonar o projeto.

Moira ficou realmente surpresa.

– Vocês não fariam isso.

Noah manteve os olhos cravados nela.

– Os sócios decidiram que, neste caso, seria preferível desistir a falhar.

Moira sentiu o sangue subir-lhe à cabeça.

– Vocês não podem desistir. Eu não vou falhar.

– Receio que não haja mais esta opção – disse ele – porque a decisão já foi tomada. Desde as sete horas desta manhã, comunicamos oficialmente a NextGen que desistimos do projeto.

Ele entregou-lhe um pacote.

– Aqui está sua nova missão. Você deve partir para Damasco esta tarde.

༄

Arkadin e Devra chegaram à ponte sobre o Bósforo e atravessaram para Istambul bem na hora em que o sol nascia. Desde que haviam descido das montanhas cruéis, varridas pela neve, na região central da Turquia, tinham se livrado de camadas de roupas. Agora, a manhã estava especialmente clara e a temperatura era amena. Iates de passeio e imensos navios-tanques navegavam pelas águas agitadas do Bósforo a caminho de seus vários destinos. Foi gostoso baixar as janelas. O ar fresco, úmido, carregado do cheiro de sal e minerais, era um enorme alívio depois do inverno seco e rigoroso do interior.

Durante a noite eles haviam parado em vários postos de gasolina, motéis baratos ou lojas que estivessem abertos – embora a maioria não estivesse – na tentativa de encontrar Heinrich, o correio seguinte da rede de Pyotr.

Quando chegou a hora de Arkadin substituí-la na direção, Devra passou para o lado do carona, encostou a cabeça na porta e caiu num sono profundo, do qual emergiu um sonho. Ela era uma baleia, nadando em águas negras e geladas. Nenhum sol penetrava as profundezas em que ela nadava. Abaixo dela havia um abismo infinito. À frente uma forma indistinta. Ela não sabia por que, mas parecia imperativo seguir aquela forma, alcançá-la, identificá-la. Era amiga ou inimiga? A intervalos regulares, ela enchia a cabeça e a garganta de som, que enviava em meio à escuridão. Mas não recebia resposta. Não havia outras baleias por perto, sendo assim, o que ela estava seguindo, o que estava tão desesperada para encontrar? Não havia ninguém para ajudá-la. Ela ficou com medo. O medo cresceu e cresceu...

O medo continuou quando ela acordou sobressaltada, no carro, ao lado de Arkadin. A luz acinzentada de antes do amanhecer se espalhava pela paisagem e tornava todas as formas desconhecidas e vagamente ameaçadoras.

Vinte e cinco minutos depois, eles estavam no coração fervilhante e clamoroso de Istambul.

– Heinrich gosta de passar o tempo antes de seu voo em Kylyos, a comunidade à beira-mar nos subúrbios do norte – falou Devra. – Sabe como chegar lá?

Arkadin assentiu.

– Conheço a área.

Eles seguiram pelos meandros de Sultanahmet, o âmago da Velha Istambul, e então pela ponte Gálata, que se estendia sobre o Chifre de Ouro até Karaköy, no norte. Nos tempos antigos, quando Istambul era conhecida como Constantinopla, a sede do Império Bizantino, Karaköy era uma colônia comercial de Gênova, conhecida como Gálata. Ao chegarem ao centro da ponte, Devra olhou para o oeste, em direção à Europa, depois para leste, para Üsküdar e para a Ásia.

Eles passaram por Karaköy, com suas muralhas fortificadas genovesas e, acima dela, a torre de pedra de Gálata, com seu topo cônico. Era um dos monumentos que, ao lado do Palácio Topkapi e da Mesquita Azul, dominavam a silhueta da cidade moderna.

Kylyos ficava mais adiante na costa do Mar Negro, trinta e cinco quilômetros ao norte da cidade de Istambul propriamente dita. No verão, era uma praia muito apreciada, cheia de banhistas, turistas nos restaurantes que se enfileiravam pela orla, comprando óculos escuros e chapéus de palha, tomando banhos de sol, ou apenas sonhando. No inverno, adquiria uma atmosfera triste, vagamente decadente, como uma velha viúva mergulhando na senilidade. Naquela manhã ensolarada, sob um céu azul sem nuvens, havia gente andando pela praia: jovens casais de mãos dadas; mães com crianças pequenas que corriam rindo até beira da água, apenas para correr de volta, gritando de medo e prazer quando as ondas arrebentavam em espumas. Numa cadeira dobrável, um velho fumava um charuto torto, feito à mão, que soltava uma fumaça fedorenta como a chaminé de um curtume.

Arkadin estacionou o carro e saltou, alongando o corpo depois de tanto tempo na direção.

– Ele vai me reconhecer no minuto em que me vir – disse Devra, permanecendo no carro. Ela descreveu Heinrich em detalhes. E pouco antes de Arkadin rumar para a praia, acrescentou: – Ele gosta de botar os pés na água, diz que isso lhe dá base.

Na praia, estava quente o suficiente para que algumas pessoas tivessem tirado os casacos. Um homem de meia-idade, sem camisa, sentava-se com os braços ao redor dos joelhos dobrados, o rosto virado para o sol, como um heliotrópio. Crianças cavavam com pás de plástico amarelas do Piu-piu a areia que despejavam em baldes cor-de-rosa da Petúnia. Um casal de namorados se abraçou à beira d'água, beijando-se apaixonadamente.

Arkadin continuou caminhando. Logo atrás deles, um homem estava de pé na água rasa. Suas calças estavam enroladas; os sapatos, com as meias enfiadas dentro, tinham sido deixados num ponto mais alto na areia, não muito longe. Ele olhava fixamente para o mar, salpicado aqui e ali por navios-tanques, minúsculos como peças de Legos, movendo-se devagar ao longo do horizonte azul.

A descrição de Devra não tinha sido apenas detalhada, mas também perfeita. O homem de pé à beira da água era Heinrich.

⤴

O Moskva Bank ficava abrigado em um prédio enorme e muito ornado, que passaria por um palácio em qualquer outra cidade, mas que não era nada de especial para os padrões de Moscou. Ocupava a esquina de uma avenida importante bem perto da Praça Vermelha. As ruas e calçadas estavam cheias de moscovitas e turistas.

Eram quase nove horas. Bourne estivera andando pela área durante os últimos vinte minutos, para observar a vigilância. O fato de não ter avistado ninguém até o momento não significava que o banco não estivesse sendo vigiado. Ele tinha observado vários carros de polícia circulando pelas ruas cobertas de neve, talvez mais do que seria normal.

Enquanto andava por uma rua próxima ao banco, viu mais um carro da polícia, com as luzes piscando. Recuando para o vão da porta de uma loja, ele o observou se afastar em velocidade média. A meio caminho do quarteirão seguinte, ele parou atrás de um carro estacionado em fila dupla. Ficou parado ali por um momento, então dois policiais saltaram do carro e seguiram para o veículo.

Bourne aproveitou a oportunidade para andar pela calçada cheia de gente muito agasalhada, com roupas pesadas, enrolada em faixas e mantas como crianças. O vapor saía de bocas e narizes como explosões de nuvens, enquanto as pessoas seguiam apressadas, ombros curvados e costas dobradas. Quando alcançou o carro de polícia, Bourne abaixou-se e lançou um olhar pela janela para seu interior. Deu com uma foto de seu rosto impresso numa folha que, obviamente, havia sido distribuída para todos os tiras de Moscou. De acordo com o texto que a acompanhava, ele era procurado pelo assassinato de um funcionário do governo americano.

Bourne caminhou rapidamente na direção oposta, desaparecendo na esquina seguinte antes que os policiais voltassem para o carro.

Ele telefonou para Gala, que se encontrava no Zhig de Yakov, estacionado a três quarteirões, esperando por seu sinal. Depois da chamada, ela saiu com o carro, dobrou uma rua à direita e depois outra. Como haviam previsto, a marcha estava lenta e o tráfego matinal pesado.

Ela consultou o relógio, viu que tinha que dar a Bourne mais noventa segundos. Quando se aproximava do cruzamento próximo ao banco, ela aproveitou o tempo para escolher um alvo fácil. Uma limusine Zil reluzente, sem qualquer partícula de neve na capota, vinha descendo pelo cruzamento em ângulo reto com ela.

Na hora combinada, ela acelerou o carro. Os pneus do *bombila*, que ela e Bourne haviam checado quando tinham ido para a casa de Lorraine, estavam quase carecas, as estrias gastas quase apagadas. Gala freou com violência demais e o Zhig gemeu quando os freios travaram, os pneus velhos deslizando sobre a rua coberta de gelo até que o para-choque bateu na grade da limusine Zil.

Todo o tráfego parou ruidosamente, buzinas soaram, pedestres se desviaram do caminho, atraídos pelo espetáculo. Em trinta segundos, três carros de polícia haviam convergido para o local do acidente.

À medida que o caos aumentava, Bourne se esgueirava pela porta giratória e entrava no vestíbulo luxuoso do Moskva Bank. Imediatamente, ele atravessou o salão de mármore, passando debaixo de um dos imensos candelabros dourados que pendiam do teto abobadado de pé-direito alto. O efeito do salão era reduzir o tamanho humano, e a experiência não era muito diferente de visitar um parente morto em seu nicho de mármore.

Havia uma banqueta baixa a cerca de dois terços do caminho, do outro lado do vasto salão, atrás da qual uma fileira de funcionários debruçava-se sobre o trabalho. Antes de se aproximar, Bourne checou todos dentro do banco, em busca de comportamento suspeito.

Apresentou o passaporte de Popov, então escreveu o número do cofre num pequeno bloco ali mantido com esse propósito.

A mulher olhou-o rapidamente, aceitou o passaporte e o papel, que arrancou do bloco. Trancando a gaveta, ela pediu a Bourne para esperar. Ele a observou ir até a fileira de supervisores e gerentes, sentados em fileiras atrás de escrivaninhas idênticas, e apresentar a documentação de Bourne a um deles. O gerente checou o número com sua lista de caixas-fortes, depois examinou o passaporte. Ele hesitou, estendeu a mão para o telefone, mas quando reparou em Bourne de olhos cravados nele, pôs o fone de volta no gancho. Disse alguma coisa à mulher, então se levantou e veio até onde Bourne esperava.

– Sr. Popov. – Ele lhe devolveu o passaporte. – Vasily Legev, à sua disposição. – Era um moscovita seboso, que continuamente esfregava as mãos como se elas tivessem andado por onde não deveriam. Seu sorriso parecia falso como uma nota de três dólares.

Abrindo uma porta no balcão, convidou Bourne a entrar.

– Será um prazer acompanhá-lo ao cofre.

Ele conduziu Bourne para o fundo do salão. Uma porta discreta se abria para um corredor de carpete grosso, com uma fileira de colunas quadradas de cada lado. Reproduções ruins de pinturas de paisagens famosas enfeitavam as paredes. Bourne podia ouvir os sons abafados de telefones tocando, operadores de computador digitando informações ou escrevendo cartas. O cofre ficava imediatamente adiante, as portas maciças abertas; à esquerda uma escadaria de mármore.

Vasily Legev acompanhou Bourne pela entrada circular que levava à caixa-forte. As dobradiças da porta pareciam ter sessenta centímetros de comprimento, grossas como o bíceps de Bourne. No interior, um aposento retangular era cheio de cofres, do chão ao teto, dos quais só se viam as frentes.

Eles se aproximaram do cofre com o número de Bourne. Havia duas fechaduras, para duas chaves. Vasily Legev inseriu sua chave na fechadura da direita, Bourne inseriu a sua na da esquerda. Os dois homens giraram as chaves ao mesmo tempo, e a caixa foi liberada para sair de seu nicho. Vasily Legev levou a caixa para uma de várias saletas reservadas, para uso dos clientes. Ele a colocou num balcão, fez um sinal de cabeça para Bourne e se retirou, fechando a cortina para lhe dar privacidade.

Bourne não se deu ao trabalho de sentar. Abrindo a caixa, descobriu uma grande quantidade de dinheiro em dólares americanos, euros, francos suíços e várias outras moedas. Embolsou dez mil francos suíços e outro tanto de dólares e euros, antes de fechar a caixa, puxar a cortina e sair para a caixa-forte.

Vasily Legev não estava em lugar nenhum à vista, mas dois policiais à paisana tinham se posicionado entre Bourne e a porta da caixa-forte. Um deles apontou-lhe uma pistola Makarov. O outro disse sorrindo:

– O senhor agora vai nos acompanhar, *gospadin* Popov.

⌇

De mãos nos bolsos, Arkadin foi caminhando pelo crescente da praia, passando por um cachorro cujo dono o livrara da coleira e que latia alegremente. Uma mulher jovem afastou o cabelo ruivo do rosto e sorriu para ele quando se cruzaram.

Quando estava bem próximo a Heinrich, Arkadin descalçou os sapatos, tirou as meias e, enrolando as calças, caminhou pela linha da água, onde a areia se tornava escura e dura. Ele se moveu em ângulo, de modo que à medida que se aventurava mais para a linha da arrebentação ficasse ao alcance dos ouvidos do mensageiro.

Percebendo a presença de alguém se aproximando, Heinrich se virou e, sombreando os olhos, fez um cumprimento de cabeça para Arkadin, antes de lhe virar as costas. Sob o pretexto de um tropeção diante da subida das ondas, Arkadin chegou mais perto.

– Estou surpreso ao ver que alguém além de mim gosta do mar no inverno.

Heinrich pareceu não ouvi-lo e continuou em sua contemplação do horizonte.

— Sempre fico querendo saber por que é tão bom sentir a água correndo sobre meus pés e depois recuando.

Depois de um momento, Heinrich olhou para ele.

— Se não se importa, estou tentando meditar.

— Medite sobre isso — disse Arkadin, enfiando-lhe uma faca cuidadosamente no flanco.

Os olhos de Heinrich se arregalaram. Ele cambaleou, mas Arkadin estava lá para segurá-lo. Eles se sentaram juntos na arrebentação, como velhos amigos em comunhão com a natureza.

— O que... O quê?

Arkadin o embalou com uma das mãos enquanto com a outra o revistava sob o paletó de popelina. Exatamente como havia imaginado, Heinrich tinha o pacote consigo, não querendo deixá-lo fora de sua vista nem por um instante. Arkadin o segurou na palma da mão por um momento. Estava enrolado num cilindro de papelão. Tão pequenino para ser uma coisa tão importante.

— Muita gente já morreu por isso — disse Arkadin.

— E muitos mais morrerão antes que esteja acabado — conseguiu dizer Heinrich. — Quem é você?

— Eu sou a sua morte — retrucou Arkadin. — Enterrando a faca de novo, ele a girou entre as costelas de Heinrich.

— Ah... — sussurrou Heinrich enquanto seus pulmões se enchiam com seu próprio sangue. Sua respiração tornou-se fraca, depois errática. Então, parou por completo.

Arkadin continuou a ampará-lo com um braço amigo. Quando Heinrich, agora nada mais que peso morto, tombou contra seu corpo, Arkadin o levantou enquanto as ondas estouravam, subiam e recuavam ao redor.

Arkadin olhou fixamente para o horizonte, como Heinrich havia feito, certo de que além daquela demarcação não havia nada senão um abismo negro, infinito e impossível de conhecer.

∽

Bourne saiu da caixa-forte, de boa vontade, acompanhando os dois policiais à paisana. Quando eles entraram no corredor, Bourne acertou com violência a lateral da mão no pulso do policial, fazendo a Makarov cair e deslizar pelo piso. Girando, Bourne chutou o outro policial, que foi arremessado de costas contra a quina da coluna quadrada. Bourne agarrou o braço do primeiro policial. Levantando-o, ele golpeou-lhe as costelas com o cotovelo e em seguida a nuca com a lateral da mão. Com ambos os policiais fora de combate, Bourne avançou depressa pelo corredor, mas outro homem veio correndo em sua direção, bloqueando-lhe o caminho para a entrada do banco, um homem que se encaixava na descrição que Yacov fizera de Harris Low.

Revertendo o curso, Bourne saltou para a escada de mármore, subindo três degraus de cada vez. Correndo pela curva da escada, ele chegou ao patamar do segundo andar. Havia memorizado as plantas que o amigo de Baronov lhe conseguira e não confiando na sorte de que conseguiria entrar e sair do banco sem ser identificado, fizera planos para uma emergência. Estava claro que, tendo reconhecido o *gospadin* Popov, Vasily Legev o denunciara enquanto ele estava na saleta da caixa-forte. Ao entrar no corredor, Bourne se deparou com um dos seguranças do banco. Agarrando-o pela frente do uniforme, Bourne o levantou, girou-o no ar e o arremessou escada abaixo contra o agente da NSA que subia.

Correndo pelo corredor, chegou à porta da escada de incêndio, abrindo-a e passando por ela. Como em muitos prédios antigos, aquele tinha uma escada que se elevava ao redor de seu eixo central.

Bourne subiu a escada correndo. Passou pelo terceiro andar, depois pelo quarto. Atrás de si ouviu a porta de incêndio se abrir com um estrondo, o som de passos apressados às suas costas. Sua manobra com o guarda servira para retardar o agente, mas não o detivera.

Estava a meio caminho para o quinto e último andar quando o agente disparou. Bourne se desviou, agachando-se e logo ouvindo o *pang!* do ricochete. Continuou a subir correndo enquanto mais uma bala passava por ele. Quando finalmente chegou à porta para o telhado, ele a abriu e bateu, fechando-a ao passar.

◇

Harris Low estava furioso. Apesar de todo o efetivo à sua disposição, Bourne ainda estava à solta. *Isso é o que você consegue*, pensou enquanto subia correndo a escada, *quando deixa os detalhes por conta dos russos*. Eles eram magníficos quando se tratava de força bruta, mas para as sutilezas do trabalho de serviço secreto eram praticamente inúteis. Aqueles dois policiais à paisana, por exemplo. Ignorando as objeções de Low, eles não tinham esperado por ele, entrando na caixa-forte sozinhos atrás de Bourne. Agora sobrava para ele arrumar a confusão que haviam feito.

Low chegou à porta do telhado, virou a maçaneta e a abriu com um chute da sola do pé. O terraço revestido de asfalto e o céu baixo de inverno reluziam ameaçadores com um brilho negro avermelhado. Com a Walther PPK/S em punho, ele avançou para o terraço semiagachado. Sem aviso, a porta bateu contra ele, arremessando-o de volta ao pequeno patamar.

◇

No terraço, Bourne abriu a porta e mergulhou por ela. Acertou três golpes contra Low, um murro direto com o punho contra o estômago do agente e então contra seu punho, obrigando-o a largar a arma. A Walther voou escada abaixo, parando num degrau logo acima do quarto andar.

Enfurecido, Low acertou os punhos no rim de Bourne, duas vezes em rápida sucessão. Bourne caiu de joelhos, e Low chutou-lhe as costas, depois montou sobre seu peito, imobilizando-lhe os braços. Low agarrou o pescoço de Bourne, apertando-o com toda a força que podia.

Bourne lutou para libertar os braços, mas faltava-lhe apoio. Tentou respirar, mas o aperto de Low era tão completo que não conseguiu trazer nenhum oxigênio para os pulmões. Parou de tentar libertar os braços e fez pressão para baixo com o sacro e a base da coluna, formando um ponto de apoio para as pernas, que levantou e depois estendeu em direção à cabeça. Então, juntou e cruzou as panturrilhas, prendendo a cabeça de Low entre elas. Low tentou se livrar, sacudindo-se e torcendo os ombros violentamente para a frente e para trás, mas Bourne resistiu, aumentando a pressão. Então, com enorme esforço, Bourne fez com que ambos girassem para a esquerda. A cabeça de Low bateu contra a parede, e os braços de Bourne ficaram livres. Descruzando as pernas, ele bateu as palmas das mãos contra as orelhas de Low.

Low gritou de dor, chutou e afastou-se, debatendo-se e descendo a escada. De joelhos, Bourne viu que Low queria alcançar a Walther. Então, ele se levantou e justo quando Low ia pegar a arma, Bourne se arremessou para baixo pelo vão de ventilação. Aterrissou em cima de Low que girou a coronha curta mas grossa da Walther, acertando-lhe o rosto. Bourne foi atirado para trás e Low o dobrou sobre o corrimão. Quatro andares de vão de circulação acabavam abaixo numa base impiedosa de concreto. Enquanto eles se atracavam na luta, Low lenta e inexoravelmente aproximou o cano da Walther, apontando-a para o rosto de Bourne. Ao mesmo tempo, a base da mão de Bourne empurrava a cabeça de Low para cima.

Low se sacudiu, e libertando-se de Bourne, arremeteu contra ele num esforço para golpeá-lo com a pistola até deixá-lo inconsciente. Bourne dobrou os joelhos. Usando o próprio impulso do movimento de Low, ele enfiou um braço na virilha do agente e o levantou. Low tentou apontar a Walther para Bourne, falhou e ergueu o braço para trás para acertar-lhe outro golpe com a coronha.

Usando toda a força que lhe restava, Bourne o levantou sobre o parapeito e o derrubou pelo vão de circulação de ar. Low despencou num emaranhado de braços e pernas, até bater no fundo.

Bourne se virou e voltou para o terraço. Enquanto corria, ouviu o gemido das sirenes de polícia. Limpou o sangue do rosto com as costas da mão. Alcançando o outro lado do terraço, subiu no parapeito, saltou sobre o espaço aberto para o telhado do prédio vizinho. Fez isso duas vezes até estar certo de que seria seguro voltar para a rua.

VINTE E CINCO

Soraya nunca havia compreendido a natureza do pavor, a despeito do fato de ter sido criada com uma tia que era dada a ter ataques de pânico. Quando sua tia sofria os ataques, dizia que tinha a sensação de que alguém havia posto um saco plástico de lavanderia sobre sua cabeça; que sentia que ia morrer sufocada. Soraya costumava observá-la, toda encolhida numa cadeira ou enroscada na cama, e se perguntar como era possível que ela sentisse tal coisa. Não se permitia a entrada de sacos plásticos na casa. Como uma pessoa podia sentir que estava sendo sufocada quando não havia nada sobre seu rosto?

Agora ela sabia. Enquanto saía dirigindo do esconderijo da NSA sem Tyrone, com os altos portões de metal reforçados se fechando atrás dela, suas mãos tremiam, seu coração parecia estar pulando dolorosamente em seu peito. Havia suor sobre seus lábios, em suas axilas e em toda a sua nuca. Pior que tudo, ela não conseguia recuperar o fôlego. Seus pensamentos giravam enlouquecidos como um rato enjaulado. Soraya ofegou, levando ar em grandes golfadas para os pulmões. Em suma, ela se sentia como se estivesse sendo sufocada. Seu estômago se rebelou.

O mais rápido que pôde, ela parou o carro no acostamento, saltou e cambaleou até as árvores. Caindo de joelhos, apoiada nas mãos, Soraya vomitou o adocicado chá com leite do Ceilão.

Jason, Tyrone e Veronica Hart agora corriam um terrível perigo por causa de decisões precipitadas que ela havia tomado. Soraya tremia só de pensar. Uma coisa era ser chefe de estação em Odessa, outra bem diferente ser diretora. Talvez tivesse assumido uma responsabilidade maior do que dava conta, talvez não tivesse os nervos de aço necessários para decisões difíceis. Onde estava a confiança de que tanto se gabava? Tinha ficado lá, naquela cela de interrogatório da NSA, com Tyrone.

De alguma forma, ela conseguiu voltar para Alexandria, onde estacionou. Ficou sentada no carro, inclinada para a frente, a testa suada apertada contra a direção. Tentou pensar coerentemente, mas seu cérebro parecia estar preso num bloco de concreto. Por fim, chorou amargamente.

Tinha que ligar para Deron, mas estava petrificada, temerosa de sua reação quando lhe contasse que tinha permitido que seu protegido fosse capturado e torturado pela NSA. Ela tinha pisado feio na bola. E não tinha ideia de como corrigir a situação. A escolha que LaValle lhe dera — trocar Veronica Hart por Tyrone — era inaceitável.

Depois de algum tempo, ela se acalmou o suficiente para saltar do carro. Caminhou como sonâmbula em meio aos aglomerados de gente indiferente à sua agonia. De alguma forma, parecia errado que o mundo continuasse a girar como sempre, totalmente indiferente e despreocupado.

Ela entrou numa pequena casa de chá, e enquanto revirava a bolsa em busca do celular, viu o maço de cigarros. Um cigarro acalmaria seus nervos, mas ficar parada na rua fria enquanto fumava faria com que ela se sentisse ainda mais perdida. Decidiu que fumaria no caminho de volta para o carro. Pondo o telefone sobre a mesa, olhou fixamente para ele, como se estivesse vivo. Pediu um chá de camomila, que a acalmou o suficiente para pegar o telefone. Digitou o número de Deron, mas quando ouviu sua voz, sentiu a língua colar-se ao céu da boca.

Finalmente, conseguiu dizer seu nome. Antes que ele pudesse perguntar como havia ocorrido a missão, ela pediu para falar com Kiki, a namorada de Deron. De onde isso tinha saído, ela não tinha ideia. Só vira Kiki duas vezes. Mas ela era mulher e, instintivamente, com uma familiaridade atávica, Soraya sabia que seria mais fácil confessar a ela do que a Deron.

Quando a voz de Kiki entrou na linha, Soraya perguntou se ela poderia vir encontrá-la na pequena casa de chá em Alexandria. Quando Kiki perguntou-lhe a que horas, Soraya respondeu:
— Agora. Por favor.

～

— A primeira coisa que você tem que fazer é parar de se culpar — falou Kiki, depois que Soraya concluiu seu relato com os detalhes dolorosos do que havia acontecido no refúgio da NSA. — É o sentimento de culpa que a está deixando paralisada, e creia-me, você vai precisar de cada célula em seu cérebro se quiser tirar Tyrone daquele buraco.

Soraya levantou os olhos do chá claro. Kiki sorriu, balançando a cabeça. Em seu vestido vermelho, com o cabelo preso num coque no alto da cabeça, brincos de ouro pendentes das orelhas, ela parecia mais majestosa, mais exótica do que nunca. Era pelo menos quinze centímetros mais alta do que todo mundo na casa de chá.

— Sei que preciso contar a Deron — disse Soraya. — Apenas não sei qual será a reação dele.

— A reação dele não será tão ruim quanto você imagina — falou Kiki. — E, afinal, Tyrone é um homem adulto. Ele conhecia tão bem os riscos quanto todos nós. Foi uma escolha, Soraya. Ele poderia ter dito não.

Soraya sacudiu a cabeça.

— É exatamente isso. Não creio que ele pudesse, não de acordo com seu modo de ver as coisas. — Ela mexeu o chá, mais para adiar o que sabia que teria que contar. Então, ergueu o olhar, passou a língua pelos lábios. — Tyrone tem uma queda por mim.

— Mas é claro que tem!

Soraya ficou espantada.

— Você sabia?

— Todos que conhecem Tyrone sabem, querida. Basta olhar para ele quando vocês estão juntos.

Soraya sentiu as faces corarem.

– Acho que ele teria feito qualquer coisa que eu lhe pedisse, por mais perigosa que fosse, mesmo se não quisesse.

– Mas você sabe que ele queria ir.

Era verdade, pensou Soraya. Ele havia estado excitado. Nervoso, mas certamente todo animado. Ela sabia que desde que Deron o tomara sob sua proteção, ele havia se ressentido de permanecer no gueto, limitado. Tinha inteligência de sobra para fazer mais, e Deron sabia. Mas Tyrone não tinha nem interesse nem aptidão para fazer o que Deron fazia. Então, ela havia aparecido. Tyrone lhe dissera que ela era seu caminho para sair dali.

Mas mesmo assim ela tinha um nó no peito, uma sensação de náusea na boca do estômago. Não conseguia tirar da cabeça a imagem de Tyrone de joelhos, encapuzado, com os braços presos para trás sobre a mesa.

– Você empalideceu – disse Kiki. – Você está bem?

Soraya assentiu. Queria contar a Kiki o que tinha visto, mas não podia. Sabia que falar sobre aquilo seria atribuir-lhe uma realidade tão assustadora, tão poderosa que a deixaria novamente em pânico.

– Então, temos que ir.

O coração de Soraya deu um tranco.

– É, nenhum momento é melhor do que o presente – respondeu.

Enquanto saíam, Soraya tirou o maço de cigarros e jogou-o numa lata de lixo próxima. Não precisava mais dele.

⤴

Conforme o planejado, Gala pegou Bourne no *bombila* de Yacov e juntos eles voltaram para o apartamento de Lorraine. Eram pouco mais de dez da manhã; seu encontro com Maslov só seria ao meio-dia. Ele precisava de um banho, fazer a barba e descansar um pouco.

Lorraine foi muito gentil e ofereceu tudo o que ele precisava. Deu a Bourne um jogo de toalhas, um barbeador descartável e

disse que se lhe desse suas roupas ela as lavaria e secaria para ele.
No banheiro, Bourne despiu-se e abriu uma fresta da porta para passar as roupas para Lorraine.

– Depois que eu puser isso na máquina de lavar, Gala e eu vamos sair para comprar comida. Podemos lhe trazer alguma coisa?

Bourne agradeceu.

– Qualquer coisa que vocês escolham está bem para mim.

Ele fechou a porta, foi para o chuveiro e abriu toda a torneira. Depois, abriu o armário de medicamentos e pegou álcool, compressas de gaze, esparadrapo e um creme antibiótico. Então, baixou a tampa do vaso e limpou o calcanhar esfolado. Tinha sido um bocado maltratado e estava vermelho e inchado. Colocando o creme na compressa, aplicou-a sobre o ferimento e prendeu com esparadrapo.

Então, pegou o celular da borda da pia onde o havia deixado enquanto se despia e discou o número que Boris Karpov lhe tinha dado.

⌇

– Você se importaria de ir sem mim? – perguntou Gala, enquanto Lorraine pegava um sobretudo no armário do corredor. – De repente, não me sinto muito bem.

Lorraine voltou para junto dela.

– O que é?

– Não sei. – Gala se deixou cair no sofá de couro branco. – Estou meio tonta.

Lorraine segurou-lhe a parte de trás da cabeça.

– Incline-se para a frente. Ponha a cabeça entre os joelhos.

Gala obedeceu. Lorraine cruzou a sala até o aparador, pegou uma garrafa de vodca e serviu um copo.

– Tome, beba isso. Vai lhe fazer bem.

Gala levantou-se trôpega como um bêbado. Pegou o copo de vodca, bebeu-o de uma vez, tão depressa que quase engasgou. Mas então o fogo da bebida incendiou seu estômago e um calor começou a se espalhar por seu corpo.

– Tudo bem? – perguntou Lorraine.
– Melhor.
– Certo. Vou comprar *borscht* quente para você. Precisa se alimentar. – Ela vestiu o casacão. – Por que não se deita?

Mais uma vez Gala obedeceu, mas depois que a amiga saiu, levantou-se. Nunca achara o sofá confortável. Tomando cuidado com o equilíbrio, seguiu para o corredor. Precisava deitar-se numa cama de verdade.

Quando passava pelo banheiro, ouviu um som que parecia o de uma conversa, mas Bourne estava sozinho lá dentro. Curiosa, aproximou-se e encostou o ouvido na porta. Podia ouvir a água do chuveiro correndo, mas também claramente a voz de Bourne. Ele devia estar falando ao celular.

Ela o ouviu dizer.

– Medvedev fez o quê? – Ele falava sobre política com fosse lá quem estivesse do outro lado da linha. Estava a ponto de afastar-se da porta quando ouviu Bourne dizer: – Foi uma falta de sorte com Tarkanian... Não, eu o matei... tive que matar, não tive escolha.

Gala afastou-se como se tivesse encostado a orelha num ferro em brasa. Por algum tempo ficou parada ali, olhando fixamente para a porta fechada. Bourne havia matado Mischa! *Meu Deus,* disse a si mesma. Como pudera fazer uma coisa daquelas? E, então, pensando em Arkadin, o melhor amigo de Mischa, exclamou: *Meu Deus!*

VINTE E SEIS

Dimitri Maslov tinha os olhos de uma cascavel, os ombros de um lutador de luta livre e as mãos de um pedreiro. Contudo, estava vestido como um banqueiro quando Bourne o encontrou num armazém que poderia ter servido de hangar para aviões. Vestia um terno de três peças de risca de giz, feito na Savile Row, camisa de algodão egípcio e uma gravata conservadora. As pernas fortes acabavam em pés curiosamente pequeninos, como se tivessem sido tirados de um outro corpo, bem menor.

— Não se incomode em me dizer seu nome — falou enquanto aceitava os dez mil francos.

O armazém era um dentre muitos naquela área industrial impregnada de fuligem nos arredores de Moscou e, portanto, anônimo. Como seus vizinhos, a área na frente era cheia de caixas e caixotes, dispostos em pilhas bem organizadas sobre estrados que chegavam quase até o teto. Estacionada num canto estava uma empilhadeira. Ao lado, um quadro de avisos no qual pilhas sobrepostas de impressos haviam sido pregadas com tachas. Eram avisos, faturas e anúncios. As lâmpadas descobertas nas pontas de cabos brilhavam como sóis em miniatura.

Depois de ter sido habilmente revistado em busca de armas, Bourne fora conduzido por uma porta a um banheiro azulejado que fedia a urina e a suor azedo. Continha uma vala com água correndo devagar pelo fundo e uma fileira de cubículos. Foi levado ao último cubículo. Dentro dele, em vez de latrina, havia uma porta. Sua escolta de dois russos corpulentos o conduziu pelo que parecia ser uma sequência de escritórios, um dos quais ficava elevado numa plataforma de aço, aferrolhada na parede do fundo. Eles subiram a escada até a porta, ponto em que a escolta o deixou, presumivelmente para montar guarda.

Maslov estava sentado atrás de uma mesa ornamentada, flanqueado de ambos os lados por mais dois homens, mais ou menos iguais aos que haviam ficado do lado de fora. Em um canto, um homem com uma cicatriz abaixo do olho parecia sem atrativos não fosse pela camisa estampada havaiana que usava. Bourne percebeu mais uma presença atrás de si, de costas para a porta aberta.

– Pelo que soube, você queria me ver. – Os olhos de cascavel de Maslov tinham um brilho amarelo sob a luz forte. Então, ele fez um gesto, levantando o braço esquerdo com a mão estendida, de palma para cima, como se estivesse afastando terra de si. – Contudo, alguém aqui insiste em encontrar você.

Num borrão, o vulto atrás de Bourne se arremessou para a frente. Bourne virou-se semiagachado para ver o homem que o atacara no apartamento de Tarkanian. Ele partiu para cima de Bourne com uma faca estendida. Tarde demais para desviá-la, Bourne evitou a estocada saltando para o lado e agarrando o punho direito do homem com a mão esquerda. Usando seu próprio *momentum* para puxá-lo para a frente, fez com que seu rosto se chocasse em cheio com o cotovelo erguido de Bourne.

O homem foi ao chão. Bourne pisou em seu pulso com o sapato até que ele largasse a faca, que Bourne recolheu. Imediatamente os dois guarda-costas corpulentos apontaram suas Glocks contra ele. Ignorando-os, Bourne segurou a faca pela lâmina, com a mão direita. Então, estendeu o braço sobre a mesa de Maslov.

Em vez de pegar a faca, Maslov olhou fixamente para o homem de camisa havaiana, que se levantou e pegou-a da mão estendida de Bourne.

– Sou Dimitri Maslov – disse ele para Bourne.

O homenzarrão de terno de banqueiro levantou-se, balançou a cabeça respeitosamente para Maslov, que lhe entregou a faca, enquanto se sentava atrás da escrivaninha.

— Tire Evsei daqui e mande dar um jeito no nariz dele — disse Maslov, sem se dirigir a ninguém em particular.

O homenzarrão de terno de banqueiro levantou Evsei ainda atordoado e o arrastou para fora do escritório.

— Feche a porta — ordenou Maslov, mais uma vez sem se dirigir a ninguém em particular.

Mesmo assim, um dos corpulentos guarda-costas russos atravessou o aposento e fechou a porta, virando-se e apoiando as costas contra ela. Ele tirou um cigarro de um maço e o acendeu.

— Sente-se — falou Maslov. Abrindo uma gaveta, ele tirou uma Mauser e a colocou sobre a escrivaninha, facilmente ao alcance. Só então seus olhos se levantaram para encontrar os de Bourne. — Meu querido amigo Vanya me disse que você trabalha para Boris Karpov. Ele diz que você afirma ter informações que posso usar contra certas pessoas que estão tentando se apropriar à força do meu território.

— Seus dedos bateram no gatilho da Mauser. — Contudo, eu seria imperdoavelmente ingênuo se acreditasse que você está disposto a me dar as informações sem cobrar seu preço, de modo que diga lá. O que você quer?

— Quero saber qual é sua ligação com a Legião Negra.

— Minha? Nenhuma.

— Mas já ouviu falar deles, sabe quem são?

— É claro que sei. — Maslov franziu o cenho. — Para onde está indo isso?

— O senhor postou seu homem, Evsei, de tocaia no apartamento de Mikhail Tarkanian. Tarkanian era membro da Legião Negra.

Maslov levantou uma das mãos.

— Onde você ouviu disso?

— Ele estava trabalhando contra pessoas... amigas minhas.

Maslov deu de ombros.

— É possível que sim... mas não tenho nenhum conhecimento disso, seja para confirmar ou negar. A única coisa que posso lhe dizer é que Tarkanian não era da Legião Negra.

— Então, por que Evsei estava lá?

— Ah, agora chegamos à raiz da questão. — O polegar de Maslov esfregou-se contra o dedo indicador e o do meio, no gesto universal. — Mostre-me o que eu ganho em troca, parafraseando a frase de Jerry Maguire. — Sua boca sorriu, mas os olhos amarelos continuaram mais distantes e malevolentes do que nunca. — Embora, para lhe dizer a verdade, eu duvide muito de que haja algum dinheiro que eu possa ganhar com isso. O que eu quis dizer é, por que a Agência Federal Antinarcóticos haveria de querer me ajudar? É contraditório.

Bourne finalmente puxou uma cadeira e se sentou. Sua mente repassava a longa conversa que tivera com Boris no apartamento de Lorraine, durante a qual Karpov o pusera a par da atual atmosfera política em Moscou.

— Isso não tem nada a ver com narcóticos e tudo a ver com política. A Agência Federal Antinarcóticos é controlada por Cherkesov, que está no meio de uma guerra paralela à sua... a guerra dos *silovik* — disse Bourne. — Parece que o presidente já escolheu seu sucessor.

— O cretino do Mogilovich — Maslov assentiu. — Sim, mas e daí?

— Cherkesov não gosta dele e vou lhe dizer por quê. Mogilovich trabalhava para o presidente na administração da cidade de São Petersburgo, nos velhos tempos. O presidente o colocou na chefia do departamento jurídico da VM Celulose e Papel. Mogilovich rapidamente orquestrou a supremacia da VM, de modo que se tornasse a maior e mais lucrativa companhia madeireira e de celulose da Rússia. Agora uma das maiores companhias americanas produtoras de papel está comprando cinquenta por cento da VM por milhões de dólares.

Durante o discurso de Bourne, Maslov pegara um canivete e se ocupava limpando a sujeira das unhas bem-feitas. Ele fizera tudo, exceto bocejar.

— Tudo isso é público e notório. Que interesse tem para mim?

– O que ninguém sabe é que Mogilovich fez um negócio por baixo dos panos, colocando uma cota considerável de ações da VM em seu nome quando a companhia foi privatizada através do Banco RAB. Na época, houve perguntas sobre o envolvimento de Mogilovich com o Banco RAB, mas esses questionamentos magicamente desapareceram. No ano passado, a VM comprou de volta a participação de 25% com que o RAB tinha ficado para garantir que a privatização ocorresse sem problemas. O negócio teve a bênção do Kremlin.

– Quer dizer do presidente. – Maslov endireitou-se na cadeira e guardou o canivete.

– Exato – disse Bourne. – O que significa que Mogilovich vai ganhar uma verdadeira fábula com a compra da participação por parte dos americanos, por meios que o presidente não gostaria que viessem a público.

– Quem saberá qual é o envolvimento do presidente no negócio?

Bourne assentiu.

– Espere um minuto – disse Maslov. – Na semana passada, um funcionário do banco RAB foi encontrado amarrado, torturado e asfixiado na garagem de sua dacha. Eu me lembro porque o gabinete do procurador-geral afirmou que ele havia se suicidado. Todos nós rimos um bocado com isso.

– Ele apenas calhava de ser o chefe da divisão de empréstimos para a indústria madeireira do RAB.

– O homem com a arma do crime que poderia arruinar Mogilovich e, por extensão, o presidente – falou Maslov.

– Meu chefe me disse que esse homem tinha acesso às provas, mas que ele nunca esteve realmente de posse delas. Seu assistente sumiu com elas, e agora não pode ser encontrado. – Bourne puxou sua cadeira para mais perto. – Quando o encontrar para nós e nos entregar os documentos incriminando Mogilovich, meu chefe estará disposto a acabar com a guerra entre vocês e os Azeri, de uma vez por todas, a seu favor.

— E como ele vai fazer isso, porra?

Bourne abriu o celular e apertou o play no arquivo MP3 que Boris havia lhe mandado. Era uma conversa entre o chefe dos Azeri e um de seus capangas, ordenando o assassinato do executivo do Banco RAB. Era tipicamente russo que Boris guardasse aquilo para usar como moeda de troca em vez de ir atrás do chefe dos Azeri imediatamente.

Um largo sorriso se abriu no rosto de Maslov.

— Porra — disse ele —, agora temos o que conversar!

⤻

Depois de algum tempo, Arkadin se deu conta de que Devra estava parada a seu lado. Sem olhar para ela, ele estendeu o cilindro que tirara de Heinrich.

— Saia da água — disse ela, mas quando Arkadin não se moveu, ela sentou-se num monte de areia atrás dele.

Heinrich estava estendido de costas como se fosse um banhista adormecido. A água havia limpado todo o sangue.

Algum tempo depois, Arkadin moveu-se para trás, para a areia escura, depois para acima da linha d'água, para onde Devra estava sentada, de pernas encolhidas e queixo apoiado nos joelhos. Foi então que ela reparou que faltavam três dedos em seu pé esquerdo.

⤻

Aquele pé tinha sido a ruína de Marlene. Os três dedos que faltavam no pé esquerdo de Arkadin. Marlene cometera o erro de perguntar o que acontecera.

— Um acidente — responderia Arkadin, com uma suavidade ensaiada. — Durante minha primeira pena de prisão. Uma máquina de estampagem se quebrou e o cilindro caiu sobre o meu pé. Os dedos foram esmagados, viraram polpa. Tiveram que ser amputados.

Era mentira, uma história fantasiosa de que Arkadin havia se apropriado e inventado a partir de um incidente real que tivera lugar durante sua primeira passagem pela prisão. O incidente pelo menos era verdade. Um homem roubara um maço de cigarros debaixo do catre de Arkadin. Ele trabalhava numa máquina de estampagem. Arkadin sabotou a máquina de modo que, quando o homem a ligara na manhã seguinte, o cilindro caiu em cima dele. O resultado não fora nada agradável; os gritos do homem podiam ser ouvidos do outro lado da prisão. No final, tinha sido necessário amputar-lhe a perna direita.

Daquele dia em diante, Arkadin ficara em guarda contra Marlene. Ela se sentia atraída por ele, disso tinha certeza. Ela havia saído do alto de seu pedestal, afastando-se da tarefa que Icoupov lhe confiara. Ele não culpava Icoupov. Queria dizer-lhe de novo que nunca lhe faria mal, mas sabia que Icoupov não acreditaria. Por que haveria de acreditar? Tinha provas mais do que suficientes para deixá-lo nervoso. Mas, ainda assim, Arkadin sentia que Icoupov nunca lhe daria as costas, que nunca renegaria sua promessa de ajudá-lo.

Apesar disso, alguma coisa tinha que ser feita com relação à Marlene. Não era simplesmente pelo fato de que ela vira seu pé esquerdo; Icoupov também o tinha visto. Arkadin sabia que ela suspeitava que seu pé mutilado estivesse ligado a seus medonhos pesadelos, que fosse parte de algo que ele não podia contar a ela. Até a história que Arkadin lhe contara não a satisfizera totalmente. Poderia ter bastado para uma outra pessoa, mas não para Marlene. Ela não havia exagerado ao dizer que possuía uma capacidade sobrenatural para perceber o que seus clientes estavam sentindo e de encontrar uma maneira de ajudá-los.

O problema era que ela não podia ajudar Arkadin. Ninguém podia. Ninguém tinha permissão para saber o que ele havia vivenciado. Era impensável.

— Fale-me sobre seu pai e sua mãe — pediu Marlene. — E não me repita o monte de mentiras que disse para o psiquiatra que esteve aqui antes de mim.

Eles estavam no lago Lugano. Era um dia agradável de verão. Marlene usava um maiô duas peças vermelho, com grandes bolas brancas. Calçava chinelos de borracha e uma viseira protegia seu rosto do sol. A pequena lancha deles estava parada, com a âncora cravada no fundo do lago. Pequenas ondas os balançavam, quando embarcações de recreio iam e vinham pela água azul cristalina. O pequeno vilarejo de Campione d'Italia se erguia pela encosta da colina, como glacê em um bolo de casamento.

Arkadin olhou-a duramente. Irritava-o o fato de não intimidá-la. Ele intimidava a maioria das pessoas; fora assim que sobrevivera depois que seus pais se foram.

– Por que você não acredita que minha mãe tenha tido uma morte violenta?

– Estou interessada em sua mãe antes dela morrer – falou Marlene, despreocupadamente. – Como era ela?

– Na verdade, era igual a você.

Marlene lhe lançou um olhar duro.

– Estou falando sério – disse ele. – Minha mãe era dura como pedra. Sabia enfrentar meu pai.

Marlene agarrou-se àquela abertura.

– Por que teria que fazer isso? Seu pai era agressivo, maltratava sua mãe?

Arkadin deu de ombros.

– Não mais que outros pais, imagino. Quando ficava frustrado com o trabalho, descontava nela.

– E você acha isso normal?

– Não sei o que a palavra *normal* significa.

– Mas você foi habituado a abusos?

– Isso não é o que se chama conduzir a testemunha?

– Qual era o trabalho que seu pai fazia?

– Ele era *consiglieri*, o conselheiro da Kazanskaya, a família da *grupperovka* de Moscou que controla o tráfico de drogas e a venda de carros estrangeiros na cidade e arredores. – O pai dele não tinha sido nada nem parecido. O pai de Arkadin fora um ferreiro, pobre miserável, desesperado e bêbado de cair durante vinte horas por dia, como todo mundo em Nizhny Tagil.

– Então, abuso e violência eram naturais para ele.
– Ele não era da rua – disse Arkadin, levando adiante a mentira.
Ela sorriu.
– Então, tudo bem, de onde *você* acha que seus acessos de violência vêm?
– Se eu lhe contasse, teria que matá-la.
Marlene deu uma gargalhada.
– Ora, vamos, Leonid Danilovich. Você não quer ser útil ao Sr. Icoupov?
– É claro que quero. Quero que ele confie em mim.
– Então, me conte.
Arkadin ficou sentado em silêncio por um tempo. O sol em seus braços era gostoso. O calor parecia esticar sua pele sobre os músculos, fazendo-os sobressair. Ele sentia o bater de seu coração como se fosse música. Por apenas um momento, sentiu-se livre de seu fardo, como se ele pertencesse a outra pessoa, um personagem atormentado de uma novela russa, talvez. Então, seu passado voltou de roldão, como um murro na boca do estômago e ele quase vomitou.

Muito lentamente, muito deliberadamente ele desamarrou os cadarços dos tênis e os descalçou. Tirou as meias, e ali estava seu pé esquerdo, com dois dedos e três miniaturas de cotos, nodosos, rosados como as bolas no maiô de Marlene.

– Olhe, vou lhe contar o que aconteceu – começou. – Quando eu tinha quatorze anos, minha mãe acertou a cabeça de meu pai com uma frigideira. Ele acabara de voltar para casa, completamente bêbado e fedendo a outras mulheres. Estava deitado de bruços na cama deles, roncando tranquilamente, quando *vapt!*, ela tirou uma pesada caçarola de ferro do gancho na cozinha e, sem uma palavra, o acertou dez vezes no mesmo lugar. Você não pode imaginar o estado do crânio dele quando ela acabou.

Marlene recostou-se. Ela parecia estar com dificuldade de respirar.

– Esta não é mais uma de suas mentiras, é?
– Não – falou Arkadin –, não é.

— E onde você estava?
— Onde você pensa que eu estava? Em casa. Vi tudo.
Marlene levou a mão à boca.
— Meu Deus!
Depois de expelir sua bola de veneno, Arkadin sentiu uma sensação de liberdade inebriante, mas sabia o que viria a seguir.
— Então, o que aconteceu? – ela perguntou, depois de recuperar o equilíbrio.
Arkadin deixou escapar um longo suspiro.
— Eu a amordacei, amarrei suas mãos atrás das costas e a enfiei no armário do meu quarto.
— E?
— Saí do apartamento e nunca mais voltei.
— Como? – Havia uma expressão de horror genuíno no rosto dela. – Como pôde fazer isso?
— Eu agora enojo você, não é? – Ele falou não com raiva, mas com certa resignação. Por que ela não sentiria nojo dele? Se ela soubesse de toda a verdade...
— Conte-me com mais detalhes o acidente na prisão.
Arkadin soube imediatamente que ela estava tentando encontrar inconsistências em sua história. Era uma técnica clássica de interrogatório. Ela nunca saberia a verdade.
— Vamos nadar – sugeriu, abruptamente. Tirou o short e a camiseta.
Marlene sacudiu a cabeça.
— Não estou com vontade. Vá você se...
— Ora, vamos.
Ele a empurrou pela borda, levantou-se e mergulhou atrás dela. Encontrou-a debaixo d'água, batendo as pernas para subir à superfície. Ele enlaçou as coxas ao redor de seu pescoço, enganchou os tornozelos, apertando mais as pernas. Subiu à superfície, segurou na borda do barco e limpou a água dos olhos enquanto ela se debatia debaixo dele. Barcos passaram zumbindo. Ele acenou para mocinhas, com cabelos longos esvoaçando como crinas de cavalos.

Queria cantarolar uma canção de amor, mas tudo de que conseguiu se lembrar foi o tema da *Ponte sobre o rio Kwai*.

Depois de algum tempo, Marlene parou de se debater. Ele sentiu seu peso, de baixo dele, balançando suavemente com as ondas. Ele não quisera. Realmente não quisera, mas, sem ser convidada, a imagem intrusa de seu velho apartamento havia ressuscitado no olho de sua mente. Era um cortiço, o prédio imundo, caindo aos pedaços, típico da era soviética, fervilhando de vermes.

A pobreza não impedia o homem mais velho de transar com outras mulheres. Quando uma delas ficara grávida, ela decidira que queria ter o bebê. Dissera que era totalmente a favor, que a ajudaria em tudo o que pudesse. Mas o que ele realmente queria era o filho que sua esposa estéril nunca pudera lhe dar. Quando Leonid nascera, ele arrancara o bebê dos braços da mãe e levara Leonid para sua esposa criar.

– Este é o filho que eu sempre quis, mas que você nunca pôde me dar – dissera a ela.

Obediente, ela criara Arkadin sem reclamar, porque onde uma mulher estéril podia reclamar, em Nizhny Tagil? Mas quando o marido não estava em casa, ela trancava o garoto no armário de seu quarto durante horas a fio. Uma raiva cega se apoderava dela e não a deixava em paz. Ela desprezava aquele resultado da semente de seu marido, e sentia-se compelida a punir Leonid já que não podia punir o pai.

Fora durante uma dessas longas punições que Arkadin acordara com dor no pé esquerdo. Não estava sozinho no armário. Meia dúzia de ratazanas, grandes como o sapato de seu pai, corriam de lá para cá, guinchando, dentes arreganhados, mordendo. Ele conseguira matá-las, mas não antes que acabassem o que haviam começado: comer três de seus dedos.

VINTE E SETE

— Tudo começou com Pyotr Zylber — disse Maslov. — Ou melhor, com seu irmão caçula, Aleksei. Aleksei era da máfia e tentou tomar à força uma de minhas fontes de carros estrangeiros. Muita gente morreu, inclusive alguns de meus homens e meu fornecedor. Por causa disso, mandei matá-lo.

Dimitri Maslov e Bourne estavam sentados numa estufa envidraçada, construída no terraço do teto do armazém onde Maslov tinha seu escritório. Estavam cercados por uma luxuriante profusão de flores tropicais: orquídeas sarapintadas, reluzentes, antúrios carmesins, aves-do-paraíso, gengibres brancos, helicônias. O ar estava perfumado com o cheiro de plumérias rosas e jasmim-branco. Estava tão quente e úmido que Maslov parecia à vontade com sua camisa de manga curta estampada em cores vivas. Bourne havia arregaçado as mangas. Sobre a mesa havia uma garrafa de vodca e dois copos. Eles já tinham tomado o primeiro drinque.

— Zilber mexeu seus pauzinhos e mandou um de meus homens, Borya Maks, para a Colônia 13 Prisão de Segurança Máxima, em Nishny Tagil. Já ouviu falar?

Bourne assentiu. Conklin havia mencionado a prisão várias vezes.

— Então sabe que a vida por lá não é nenhum piquenique. — Maslov se inclinou para a frente e encheu de novo os copos, entregando um para Bourne e pegando o outro. — Apesar disso, Zilber não ficou satisfeito. Ele contratou alguém que era muito, muito bom para se infiltrar na prisão e matar Maks. — Bebendo vodca, rodeado por um carnaval de cores, Maslov parecia totalmente à vontade. – Só uma pessoa poderia fazer isso e sair de lá vivo: Leonid Danilovich Arkadin.

A vodca tinha feito um bem enorme a Bourne, devolvendo-lhe o calor e a força ao corpo exausto. Ainda havia uma mancha de sangue num lado do rosto, já seca, mas Maslov nem olhara para ela nem comentara.

Maslov fez um som animalesco no fundo da garganta.

– Tudo de que você precisa saber é que o filho da mãe matou Pyotr Zilber. Deus sabe por quê. Então, desapareceu da face da Terra. Mandei Evsei ficar de tocaia no apartamento de Mischa Tarkanian, na esperança de que Arkadin voltasse para lá. Em vez disso, você apareceu.

– O que significa a morte de Zilber para você? – perguntou Bourne. – Pelo que me disse, não gostava dele.

– Olhe, eu não preciso gostar de alguém para fazer negócios com ele.

– Se queria fazer negócios com Zilber, não devia ter mandado matar o irmão dele.

– Tenho que proteger minha reputação. – Maslov bebericou a vodca. – Pyotr sabia das encrencas em que o irmão estava metido, mas por acaso o fez parar? De qualquer modo, aquele assassinato foi apenas uma questão de negócios. Pyotr interpretou de um jeito pessoal demais. O que revelou que ele era quase tão temerário quanto o irmão.

Lá estava o mesmo tipo de comentário de novo, pensou Bourne, críticas ao comportamento de Pyotr Zilber. O que, então, estivera ele fazendo no comando de uma organização secreta?

– Quais eram seus negócios com ele?

– Eu ambicionava a rede de contatos de Pyotr. Por causa da guerra com os Azeri, tenho estado em busca de métodos novos e mais seguros para passar nossas drogas. A rede de Zilber era a solução perfeita.

Bourne deixou de lado a vodca.

— Por que Zilber ia querer ter algum envolvimento com a Kazanskaya?
— Você acaba de revelar sua total ignorância. — Maslov olhou-o com curiosidade. — Zilber queria dinheiro para financiar sua organização.
— O senhor quer dizer sua rede de agentes?
— Exatamente isso. — Maslov lançou um olhar longo e duro para Bourne. — Pyotr Zilber era membro da Legião Negra.

◡

Como um marinheiro que pressente uma tempestade que se aproxima, Devra evitou perguntar a Arkadin sobre o pé mutilado. Naquele momento, havia nele o mesmo ligeiro tremor de intenção de uma corda de arco esticada ao máximo. Ela transferiu o olhar de seu pé esquerdo para o cadáver de Heinrich, absorvendo o sol que não lhe faria mais nenhum bem. Ela sentia o perigo a seu lado e pensou no sonho que tivera de estar perseguindo uma criatura totalmente desconhecida, seu sentimento de desolação absoluta, o medo que crescia a um nível insuportável.
— Você agora está com a encomenda — falou. — Acabou?
Por um momento Arkadin não disse nada e ela ficou imaginando se teria deixado para fazer a pergunta tarde demais, se ele se voltaria contra ela por que perguntara o que acontecera com o maldito pé.
A fúria incandescente dominou Arkadin, fazendo-o tremer até que seus dentes chocalhassem no crânio. Teria sido tão fácil virar-se para ela, sorrir e quebrar-lhe o pescoço. Nenhum esforço; nada demais. Mas alguma coisa o deteve, alguma coisa o acalmou. Sua própria força de vontade. Ele – não – queria – matá-la. Pelo menos, não por enquanto. Agradava-lhe estar sentado ali na praia com ela, e havia tão poucas coisas de que ele gostava.
— Ainda tenho que neutralizar o resto da organização – ele falou, por fim. — Não que pense que isto realmente tenha alguma

importância a esta altura. Cristo, ela foi criada por um comandante jovem demais para conhecer o significado de cautela, formada por viciados em drogas, jogadores inveterados, fracos e gente sem fé. É espantoso que tenha sequer funcionado. Com certeza, teria implodido por conta própria, mais cedo ou mais tarde. – Mas o que ele sabia? Era apenas um soldado lutando numa guerra invisível. Não lhe cabia perguntar por quê.

Tirando o celular, ele digitou o número de Icoupov.

– Onde você está? – perguntou o chefe. – Estou ouvindo muito som ambiente.

– Estou na praia – respondeu Arkadin.

– O quê? Na praia?

– Kilyos. É um subúrbio de Istambul – disse Arkadin.

– Espero que esteja se divertindo enquanto estamos quase em pânico.

A atitude de Arkadin mudou imediatamente.

– O que aconteceu?

– O que aconteceu foi que o canalha causou a morte de Harun.

Arkadin sabia a importância que Harun Iliev tinha para Icoupov. A mesma importância que Mischa tinha para ele. Era uma rocha, alguém que o impedia de se desgarrar e seguir para o interior do abismo de sua imaginação.

– Para dar uma notícia mais alegre – falou –, estou com a encomenda.

Icoupov prendeu ligeiramente a respiração.

– Finalmente! Abra – ordenou. – Diga-me se o documento está dentro.

Arkadin obedeceu à ordem, quebrando o selo de cera e abrindo o disco de plástico que fechava o cilindro. Dentro dele, bem enrolados, havia cópias em papel azul de projetos arquitetônicos, que se enfurnaram como velas. No total, eram quatro. Rapidamente, ele as examinou.

O suor banhou-lhe a testa.

– O que tenho aqui é um conjunto de plantas arquitetônicas.

– É o alvo do ataque.

– As plantas – disse Arkadin – são do Empire State Building, em Nova York.

LIVRO TRÊS

VINTE E OITO

Bourne levou dez minutos para conseguir uma ligação decente com o professor Specter e depois mais cinco para que o pessoal dele o tirasse da cama. Eram cinco horas da manhã em Washington. Maslov tinha descido para cuidar de seus negócios, deixando Bourne sozinho na estufa para fazer suas chamadas. Bourne aproveitou o tempo para refletir sobre o que Maslov lhe havia contado. Se era verdade que Pyotr era membro da Legião Negra, duas possibilidades se apresentavam: uma era que Pyotr estivesse comandando e levando adiante sua própria operação debaixo do nariz do professor. Isso era bastante assustador. Mas a segunda possibilidade era bem pior: que o professor fosse, ele próprio, membro da organização. Mas então por que ele teria sido atacado pela Legião Negra? Bourne vira pessoalmente a tatuagem no braço do pistoleiro que abordara Specter, batera nele e o tirara da rua.

Naquele momento Bourne ouviu a voz de Specter.

– Jason – perguntou, claramente ofegante –, o que aconteceu?

Bourne o colocou a par dos acontecimentos até aquele dia, concluindo com a informação de que Pyotr era membro da Legião Negra.

Por um longo momento, houve silêncio do outro lado da linha.

– Professor, o senhor está bem?

Specter pigarreou.

– Estou ótimo.

Mas ele não parecia ótimo, e à medida que o silêncio se prolongou, Bourne se esforçou para perceber alguma coisa do estado emocional de seu mentor.

– Olhe, sinto muito por Baronov. O assassino não era da Legião Negra; era um agente da NSA enviado para me matar.

– Aprecio muito sua franqueza – disse Specter. – E embora lamente a morte de Baronov, ele conhecia os riscos. Como você, ele entrou nesta guerra de olhos bem abertos.

Houve outro silêncio, mais desconfortável do que o anterior. Finalmente, Specter falou:

– Jason, receio que tenha lhe escondido um informação realmente vital. Pyotr Zilber era meu filho.

– Seu filho? Mas por que não me disse logo?

– Por medo – admitiu o professor. – Mantive a verdadeira identidade dele em segredo por tantos anos que se tornou um hábito. Eu precisava proteger Pyotr de seus inimigos... meus inimigos, os inimigos que foram responsáveis pelo assassinato de minha esposa. Achei que a melhor maneira de fazê-lo seria mudar o nome dele. Assim, no verão em que ele completou seis anos, Aleksei Specter tragicamente morreu afogado e Pyotr Zylber ganhou existência. Eu o deixei com amigos, abandonei tudo e vim para a América, para Washington, começar minha nova vida sem ele. Foi a coisa mais difícil que já tive que fazer. Mas como um pai pode renunciar a um filho, quando não consegue esquecê-lo?

Bourne sabia precisamente do que o professor estava falando. Estivera a ponto de contar ao professor o que havia descoberto sobre Pyotr e seu grupo de desajustados e drogados, mas não lhe pareceu um bom momento para dar mais más notícias.

– Então, o senhor o ajudou? – arriscou Bourne. – Em segredo?

– Em grande segredo – concordou Specter. – Eu não podia me dar ao luxo de permitir que alguém soubesse que meu filho ainda estava vivo. Era o mínimo que eu podia fazer por ele. Jason, eu não o via desde os seis anos de idade.

Ouvindo a angústia clara na voz de Specter, Bourne esperou um momento.

– O que aconteceu?

– Ele fez uma enorme besteira. Decidiu enfrentar a Legião Negra sozinho. Ele passou anos se infiltrando na organização. Descobriu que a Legião Negra planejava um grande ataque em território americano, então, ele passou meses tentando ganhar acesso e participar do projeto. Finalmente, ele roubou as plantas do alvo. Desde então, tivemos que ser cuidadosos com a comunicação direta, e eu sugeri que ele usasse sua rede de contatos para me conseguir informações sobre os movimentos da Legião Negra. Era assim que ele planejava me mandar os planos.

– Por que ele apenas não os fotografou e enviou para o senhor digitalmente?

– Ele tentou, mas isso não funcionou. As plantas e o plano estão impressos num papel banhado em uma substância que torna impossível copiá-las por qualquer meio que seja. Ele tinha que me entregar os originais.

– Mas, com certeza, ele lhe disse qual a natureza dos planos – retrucou Bourne.

– Ele ia fazer isso – disse o professor. – Mas antes que pudesse, foi capturado e levado para a *villa* de Icoupov, onde Arkadin o torturou e o matou.

Bourne considerou as implicações à luz das novas informações que o professor lhe dera.

– O senhor acha que ele contou que era seu filho?

– Estive preocupado com isso desde a tentativa de sequestro. Receio que Icoupov saiba de nosso parentesco.

– Seria melhor o senhor tomar precauções, professor.

– Planejo fazer exatamente isso, Jason. Vou deixar a área de Washington dentro de uma hora. Enquanto isso, meu pessoal tem trabalhado duro. Recebi uma informação de que Icoupov enviou Arkadin para buscar as plantas com o pessoal da rede de Pyotr. Ele está deixando um rastro de cadáveres em sua esteira.

– Onde está ele agora?

– Istambul, mas isso não vai servir para você – falou Specter – porque quando você conseguir chegar lá, ele com certeza já terá ido embora. Agora, mais do que nunca, é imperativo que você o encontre, porque confirmei que ele tomou as plantas do correio que assassinou em Istambul. O tempo está se esgotando para o ataque.

– Esse correio vinha de onde?

– Munique – respondeu o professor. – Ele era o último elo na cadeia, antes de as plantas me serem entregues.

– Pelo que me diz, está claro que a missão de Arkadin era dupla – disse Bourne. – Primeiro pegar as plantas, depois destruir permanentemente a rede de Pyotr, matando seus integrantes, um por um. Dieter Heinrich, o correio em Munique, é o único vivo.

– A quem Heinrich deveria entregar as plantas em Munique?

– Egon Kirsch. Kirsch é o meu homem – falou Specter. – Já o alertei para o perigo.

Bourne pensou por um momento.

– Arkadin sabe qual é a aparência de Kirsch?

– Não, e nem a jovem que está com ele. O nome dela é Devra. Ela era do grupo de Pyotr, mas agora está ajudando Arkadin a matar seus antigos companheiros.

– Por que ela faria isso? – perguntou Bourne.

– Não tenho a menor ideia – respondeu o professor. – Ela era um elemento sem importância em Sebastopol, onde se juntou a Arkadin. Alguém sem amigos, uma órfã criada pelo estado. Até agora meu pessoal não descobriu nada de útil. De todo modo, vou tirar Kirsch de Munique.

A mente de Bourne trabalhava a toda a velocidade.

– Não faça isso. Tire-o de seu apartamento e leve-o para um lugar seguro, em algum ponto na cidade. Vou tomar o primeiro voo para Munique. Antes de sair daqui, quero ter todas as informações sobre a vida de Kirsch que o senhor puder me conseguir... onde ele nasceu, onde foi criado, seus amigos, onde estudou, todos os detalhes que ele puder lhe dar. Vou estudar tudo isso durante o voo e então me encontrarei com ele.

– Jason, não me agrada o rumo que esta conversa está tomando – falou Specter. – Acho que sei o que você está planejando. Se estiver certo, você vai ocupar o lugar de Kirsch. Eu o proíbo de fazer isso. Não permitirei que você se ofereça como alvo de Arkadin. É perigoso demais.

– Está um pouco tarde para voltar atrás, professor – retrucou Bourne. – É vital que eu consiga as plantas, o senhor mesmo disse. Faça a sua parte, que eu farei a minha.

– Está certo – disse Specter, depois de um momento de hesitação. – Mas a minha parte inclui ativar um amigo que opera a partir de Munique.

Bourne não gostou.

– De que está falando?

– Você já deixou claro que trabalha sozinho, Jason, mas este homem, Jens, é alguém que vai querer lhe dando cobertura. Ele é especialista nesse tipo de serviço.

Um assassino de aluguel profissional, pensou Bourne.

– Obrigado, professor, mas não.

– Isso não é um pedido, Jason. – A voz de Specter tinha um tom severo de advertência. – Jens é minha condição para você ocupar o lugar de Kirsch. Não vou permitir que entre nesta cilada sozinho. Minha decisão é definitiva.

༄

Dimitri Maslov e Boris Karpov se abraçaram como velhos amigos enquanto Bourne observava em silêncio. Quando se tratava de política russa, nada deveria surpreendê-lo, mas mesmo assim era espantoso ver um coronel do alto escalão da Agência Federal Antinarcóticos cumprimentando cordialmente o chefe da Kazanskaya, uma das duas mais notórias *grupperovka* de narcóticos.

A bizarra reunião teve lugar no Bar-Dak, perto do Leninsky Prospekt. O estabelecimento abrira especialmente para Maslov; nada que surpreendesse, uma vez que ele era o dono. *Bar-Dak* significava tanto "bordel" quanto "caos" na gíria russa corrente. Mas o Bar-Dak não era nem um nem outro, embora tivesse um grandioso palco com um espetáculo de *strippers*, dançarinas do poste e um balanço de couro bastante exótico, que mais parecia um arnês de cavalo.

Uma apresentação aberta ao público para seleção de dançarinas exóticas corria a pleno vapor. Uma fila de jovens louras, de corpo estonteante, serpenteava ao longo das quatro paredes do clube, pintado de preto esmaltado e reluzente. Caixas de som maciças, fileiras de garrafas de vodca em prateleiras espelhadas, e bolas espelhadas de décadas passadas eram os principais objetos da decoração.

Depois que os dois homens acabaram de trocar palmadinhas nas costas, Maslov os conduziu pelo ambiente cavernoso, por uma porta, e seguindo por um corredor de lambris. Mesclado com o perfume de cedro havia o odor inconfundível de cloro. O lugar cheirava como um clube de praia e por um bom motivo. Eles passaram por uma porta translúcida de vidro e entraram num vestiário.

– A sauna fica bem ali. – Apontou Maslov. – Nos encontraremos lá dentro em cinco minutos.

Antes que Maslov continuasse a conversa com Bourne, ele insistira num encontro com Boris Karpov. Bourne achara que tal conferência seria improvável, mas quando ligara para Boris, o amigo concordara prontamente. Maslov dera a Bourne o nome do Bar-Dak, e mais nada. Karpov fora seco na resposta.

– Conheço. Estarei lá em noventa minutos.

Agora, nus em pelo, com toalhas turcas ao redor dos quadris, os três homens se reuniram no ambiente vaporoso da sauna. A pequena sala tinha fileiras de bancos de madeira, que se estendiam ao longo de três paredes. Em um canto havia uma pilha de pedras quentes, acima das quais pendia uma corda.

Quando Maslov entrou, ele puxou a corda, abrindo um chuveiro de água sobre as pedras, que produziram nuvens de vapor elevando-se para o teto e depois para baixo, engolfando os homens.

– O coronel me garantiu que cuidará da minha situação se eu cuidar da dele – falou Maslov. – Talvez eu deva dizer que cuidarei do problema de Cherkesov.

Havia um brilho em seus olhos enquanto ele dizia isso. Sem a camisa havaiana espalhafatosa, ele era um homem pequeno, musculoso, sem um grama de gordura. Não usava correntes de ouro no pescoço nem anéis de diamantes nos dedos. Suas tatuagens eram as suas joias; elas cobriam seu torso inteiro. Mas não eram as tatuagens grosseiras, e com frequência de desenhos borrados, feitas em prisões, que se costumava ver em homens como ele. Elas estavam entre os desenhos mais complexos que Bourne jamais vira: dragões asiáticos cuspindo fogo, com rabos enroscados em anéis, asas abertas, garras estendidas.

— Há quatro anos, passei seis meses em Tóquio — contou Maslov. — É o único lugar onde se fazem boas tatuagens. Mas essa é apenas minha opinião.

Boris caiu numa gostosa gargalhada.

— Então, era onde você estava, seu canalha, vasculhei a Rússia inteira atrás de você.

— No Ginza — falou Maslov —, levantei vários martínis de saquê em sua honra e a seus peixinhos das forças de segurança. Sabia que nunca me encontrariam. — Ele fez um gesto de empurrar algo para longe. — Mas aquele episódio desagradável é coisa do passado; o verdadeiro culpado confessou os assassinatos que eu era suspeito de ter cometido. Agora estamos na nossa *glasnost* particular.

— Quero saber mais a respeito de Leonid Danilovich Arkadin — disse Bourne.

Maslov abriu as mãos.

— Houve uma época em que ele era um de nós. Então, alguma coisa aconteceu com ele. Não sei o quê. Ele rompeu com a *grupperovka*. As pessoas que fazem isso não sobrevivem por muito tempo, mas Arkadin é especial. Ninguém ousa tocar nele. Ele é protegido por sua reputação de assassino impiedoso e implacável. Este é um homem, deixe-me lhes dizer, que não tem coração. Sim, *Dimitri*, você poderia me dizer *"mas isso não se aplica a todos nós?"*. E eu respondo, "sim". Mas Arkadin também não tem alma. É nesse ponto que ele se separa de todos os outros. Não existe ninguém como ele, o coronel pode confirmar minhas palavras.

Boris assentiu judiciosamente.

– Até Cherkesov tem medo dele, e nosso presidente também. Pessoalmente, não conheço ninguém seja no FSB-1 ou no FSB-2, que se disponha a enfrentá-lo e seja capaz de sobreviver. Ele é como um grande tubarão branco, o assassino de assassinos.

– Vocês não estão sendo um pouco melodramáticos?

Maslov se inclinou para a frente, de cotovelos apoiados nos joelhos.

– Ouça, meu amigo, seja lá qual for seu nome, este homem, Arkadin, nasceu em Nizhny Tagil. Você conhece? Não? Deixe-me lhe contar. Esse horror de cidade, a leste daqui, no sul das montanhas Urais, é o inferno na Terra. É cheia de chaminés que arrotam gases sulfurosos das siderúrgicas. *Pobre* não é nem uma palavra que se possa aplicar aos moradores, que bebem vodca feita em casa, quase álcool puro, e caem desacordados onde calhem de estar. A polícia, como não podia deixar de ser, é tão brutal e sádica quanto os cidadãos. Do mesmo modo que um *gulag* é cercado de torres de guarda, Nizhny Tagil é cercada por prisões de segurança máxima. Uma vez que os internos das prisões são soltos sem sequer o dinheiro para a passagem de trem, eles ficam na cidade. Você, um americano, não pode imaginar a brutalidade, a insensibilidade dos moradores desse esgoto humano. Ninguém, exceto os piores *crims*, como os criminosos são chamados, ousa estar nas ruas depois das dez da noite.

Maslov limpou o suor do rosto com as costas da mão.

– Esse foi o lugar onde Arkadin nasceu e foi criado. Foi nessa cloaca que ele fez seu nome, expulsando gente de seus apartamentos em velhos projetos da era soviética e vendendo-os para criminosos com um pouco de dinheiro roubado de cidadãos comuns.

"Mas seja lá o que for que tenha acontecido a Arkadin, em Nizhny Tagil, na juventude... e não vou dizer que saiba o que possa ter sido... isso o seguiu como um vampiro. Acredite, quando lhe digo que nunca encontrou um homem como ele. É melhor não conhecer."

— Eu sei onde ele está — falou Bourne. — E vou atrás dele.

— Cristo! — Maslov sacudiu a cabeça. — Você deve ter um desejo louco de se matar.

— Você não conhece o meu amigo — disse Boris.

Maslov encarou Bourne.

— Já o conheço mais do que o suficiente, creio. — Maslov levantou-se. — Já tem o fedor da morte.

VINTE E NOVE

O homem que desembarcou do avião no aeroporto de Munique e obedientemente passou pela Alfândega e pela Imigração, com todos os outros passageiros dos diversos voos que chegaram mais ou menos no mesmo horário, não se parecia nada com Semion Icoupov. Seu nome era Franz Richter, seu passaporte o declarava cidadão alemão, mas debaixo de toda a maquiagem e próteses, ele era Semion Icoupov.

Mesmo assim, Icoupov se sentia nu, exposto aos olhares curiosos de seus inimigos, que ele sabia estarem em toda a parte. Esperavam pacientemente por ele, como sua própria morte. Desde que embarcara no avião, fora perseguido por um sentimento de tragédia iminente. Não conseguira livrar-se dele durante o voo, e também não conseguia agora. Tinha a sensação de ter vindo a Munique encontrar-se cara a cara com sua própria morte.

O motorista esperava por ele junto à esteira de bagagem. O homem, fortemente armado, tirou a única peça de bagagem que Icoupov lhe indicou na esteira e carregou-a enquanto conduzia Icoupov pelo salão repleto e para a tarde opaca de Munique, cinzenta como o amanhecer. Estava tão frio quanto estivera na Suíça, mas mais úmido, a friagem tão penetrante quanto o mau pressentimento de Icoupov.

Não era tanto temor o que ele sentia e sim pesar. Pesar pelo fato de que poderia não ver aquela batalha acabada, de que sua odiada nêmesis fosse vencer, de que velhos ressentimentos não fossem acertados, de que a memória de seu pai fosse permanecer maculada, de que seu assassinato fosse continuar sem vingança.

Sem dúvida, houvera atrito de ambos os lados, pensou, enquanto se acomodava no banco de trás do Mercedes cinza-claro. A partida final havia começado e ele já pressentia o cheque-mate que o aguardava não muito longe. Era difícil, mas necessário, admitir que tinha sido vencido nas manobras a cada rodada. Talvez não estivesse à altura de levar adiante a visão que seu pai tivera para a Irmandade Oriental; talvez a corrupção e a inversão de ideais tivessem ido longe demais. Qualquer que fosse o caso, ele havia perdido um terreno enorme para seu inimigo, Icoupov chegou à desoladora conclusão de que tinha uma única chance de vencer. Sua chance estava com Arkadin, os planos para o ataque da Legião Negra ao Empire State Building em Nova York, e em Jason Bourne. Pois agora se dava conta de que sua nêmesis era forte demais. Sem a ajuda do americano, temia que sua causa estivesse perdida.

Olhou fixamente para fora pela janela de vidro fumê para a silhueta de Munique que assomava. Dava-lhe arrepios o fato de estar de volta à cidade, ali, onde tudo começara, onde a Irmandade Oriental fora salva dos julgamentos de guerra que havia se seguido ao colapso do Terceiro Reich.

Naquela ocasião, seu pai – Farid Icoupov – e Ibrahim Sever tinham estado juntos no comando do que restava das Legiões Orientais. Até a rendição dos nazistas, Farid, o intelectual, controlava a rede de inteligência que se infiltrara na União Soviética, enquanto Ibrahim, o guerreiro, comandava as legiões que combatiam no front oriental.

Seis meses antes da capitulação do Reich, os dois homens se encontraram nos arredores de Berlim. Viam que o fim estava próximo ainda que a lunática hierarquia nazista ignorasse. Por isso haviam feito planos para assegurar que seu pessoal pudesse sobreviver às consequências da guerra. A primeira coisa que Ibrahim fizera fora tirar seus soldados da zona de risco. Àquela altura, a infraestrutura burocrática nazista havia sido dizimada pelos bombardeios aliados, de modo que não fora difícil transferir seus homens para a Bélgica, Dinamarca, Grécia e Itália, onde ficariam a salvo da violência da primeira onda da invasão dos aliados.

Como testemunhas das atrocidades em escala maciça ordenadas por Stalin, Farid e Ibrahim o desprezavam. Mas estavam em posição singular e privilegiada para compreender o temor dos aliados pelo comunismo. Farid argumentara persuasivamente que soldados não seriam de nenhuma utilidade para os aliados, mas que uma rede de informações já em operação dentro da União Soviética seria de valor inestimável. Ele compreendia vivamente como o comunismo parecia antiético ao capitalismo, e sabia que americanos e soviéticos eram aliados por necessidade. Era de opinião que seria inevitável que, depois da guerra, aqueles aliados se tornassem inimigos ferrenhos.

Ibrahim não tivera escolha senão concordar com a tese do amigo e, de fato, fora assim que as coisas transcorreram. A cada passo, Farid e Ibrahim superavam as agências da Alemanha do pós-guerra, mantendo-se no controle de seu pessoal. Como resultado, as Legiões Orientais não só sobreviveram como, de fato, prosperaram na Alemanha do pós-guerra.

Contudo, rapidamente Farid descobriu um padrão de violência que o deixou desconfiado. Funcionários alemães que discordavam de seus argumentos eloquentes por controle continuado eram substituídos por outros, que concordavam. Isso já era bastante estranho, até que descobriu que aqueles primeiros funcionários não mais existiam. Todos, sem exceção, haviam sumido de vista, sem nunca mais serem vistos ou ouvidos.

Farid passou ao largo da fraca burocracia alemã e levou suas preocupações direto aos americanos. Mas estava despreparado para a resposta deles, que foi um grande dar de ombros. Ninguém, ao que parecia, se importava a mínima com alemães desaparecidos. Estavam todos muito ocupados, defendendo sua fatia de Berlim para ser incomodados.

Foi mais ou menos nessa época que Ibrahim veio procurá-lo com a ideia de transferir o quartel-general das Legiões Orientais para Munique, fora do caminho do crescente antagonismo entre americanos e soviéticos. Farto do desinteresse dos americanos, Farid concordou prontamente.

Encontraram a Munique do pós-guerra em ruínas, fervilhando de imigrantes muçulmanos. Ibrahim não perdeu tempo em recrutá-los para a organização, que a essa altura havia mudado seu nome para Irmandade Oriental. De sua parte, Farid achou a comunidade de inteligência americana em Munique mais receptiva a seus argumentos. De fato, eles se mostraram ávidos em recrutá-lo para ter acesso à rede. Encorajado, ele lhes disse que, se quisessem fazer um acordo formal com a Irmandade Oriental para obter informações detrás da Cortina de Ferro, teriam que investigar os desaparecimentos de ex-funcionários alemães da lista que ele lhes entregasse.

Levou três meses, mas ao final desse período pediram-lhe que se apresentasse a um homem chamado Brian Folks, cujo cargo oficial era de adido americano para sabe-se lá o quê. Na verdade, ele era chefe da estação da OSS em Munique, o homem que recebia as informações da União Soviética que a rede de Farid fornecia.

Folks lhe disse que a investigação que Farid lhe pedira fora concluída. Sem dizer sequer uma palavra, entregou-lhe uma pasta fina de arquivo e ficou em silêncio enquanto Farid lia. A pasta continha fotos de cada um dos funcionários alemães da lista que Farid fornecera. Todos haviam sido executados com um tiro na nuca. Farid leu o parco material com uma sensação crescente de frustração. Então, olhou para Folks e perguntou:

— É só isso? Isso é tudo?

Folks observou Farid detrás de seus óculos de armação de aço.

— Isso é tudo que consta no relatório — respondeu. — Não são todos os achados. — Ele estendeu a mão e pegou de volta a pasta. Então, virou-se e enfiou as folhas, uma por uma, na máquina de picar papel. Quando acabou, atirou a pasta vazia na cesta de lixo, cujo conteúdo era queimado toda tarde, precisamente às cinco horas.

Depois desse ritual solene, pôs as mãos sobre a mesa e disse a Farid:

— O achado de maior interesse para o senhor é o seguinte: as provas coletadas indicam de maneira conclusiva que esses assassinatos foram cometidos por Ibrahim Sever.

∽

Tyrone se mexeu no piso de concreto. Estava tão escorregadio com seus próprios fluidos que um joelho escorregou, fazendo-o cair tão dolorosamente que ele gritou. É claro que ninguém veio ajudá-lo; estava sozinho numa sala de interrogatórios, no porão da casa de campo da NSA, nos rincões da zona rural da Virgínia. Ele teve que literalmente se localizar em sua mente, retraçando a rota que ele e Soraya haviam seguido ao vir para a casa. Quando? Há três dias? Dez horas? A sessão a que fora submetido tinha apagado por completo qualquer noção de tempo. O capuz sobre sua cabeça ameaçava apagar sua percepção de localização, de modo que periodicamente ele tinha que repetir a si mesmo: "Estou na sala de interrogatórios, no porão da casa da NSA em..." e recitava o nome da última cidadezinha por onde ele e Soraya haviam passado... Quando?

Aquele era o problema, realmente. Sua sensação de desorientação era tão completa, havia períodos em que não conseguia distinguir o que estava em cima do que estava embaixo. Pior, esses períodos estavam se tornando mais longos e mais frequentes.

A dor realmente não era um problema porque ele estava habituado a ela, embora nunca tão intensa, nem tão prolongada. Era a desorientação que estava abrindo caminho em seu cérebro, como a broca de um cirurgião. Parecia que, a cada sessão, ele perdia mais de si mesmo, como se fosse feito de grãos de sal ou de areia que se desmanchavam e escorriam pouco a pouco de dentro dele. E o que aconteceria quando todos os grãos acabassem? O que ele se tornaria?

Ele pensou em DJ Tank e no resto de sua antiga galera. Pensou em Deron, em Kiki, mas nenhum desses truques funcionou. Eles desapareciam como neblina e Tyrone ficava com o vazio no qual, cada vez tinha mais certeza, ele próprio ia desaparecer. Então, ele pensava em Soraya, a conjurava pedaço por pedaço, como se fosse um escultor, moldando-a a partir de uma massa de barro. E descobriu que à medida que sua mente amorosamente recriava cada minúsculo pedacinho dela, ele miraculosamente permanecia intacto.

Enquanto lutava para retornar a uma posição que fosse toleravelmente dolorosa, Tyrone ouviu um raspar metálico e sua cabeça se ergueu. Antes que qualquer coisa pudesse transpirar, o aroma de ovos com bacon recém-preparados chegou atá ele, fazendo sua boca se encher d'água. Não tinham lhe dado nada para comer, exceto mingau de aveia, desde que fora trazido para aquela cela. E em horários inconsistentes – às vezes, uma refeição imediatamente depois da outra – de maneira a manter sua desorientação absoluta.

Ele ouviu o som de solas de sapato de couro – dois homens, diziam-lhe seus ouvidos.

Então, a voz do general Kendall disse imperiosamente:
– Ponha a comida na mesa, Willard. Aí mesmo, obrigado. Por ora é só.

Um par de solas se afastou, ressoando pelo piso; então, o som de uma porta se fechando. Silêncio. Depois o raspar de uma cadeira sendo puxada pelo piso de concreto. Kendall estava se sentando, concluiu Tyrone.

– O que temos aqui? – Kendall falou claramente para si mesmo. – Ah, meu prato favorito: ovos com bacon tostado, farinha passada na manteiga, biscoitos quentes e molho de carne. Você gosta de molho de carne, Tyrone? Gosta de biscoito salgado com molho de carne?

Tyrone não estava tão mal que não pudesse dar uma resposta malcriada.

– A única coisa que gosto mais é melancia, sinhô.
– Faz uma boa imitação de gente da sua raça, Tyrone. – Ele obviamente falava enquanto comia. Esta comida está muito boa. Você quer um pouco?

O estômago de Tyrone roncou tão alto que ele teve certeza de que Kendall ouviu.

– Tudo o que você tem a fazer é me dizer o que você e a tal Moore estavam planejando.

– Não sou alcaguete – respondeu Tyrone, com azedume.

– Hum. – O som de Kendall engolindo. – É o que todos dizem no começo. – Ele mastigou mais um pouco. – Você sabe que isso é só o comecinho, não é, Tyrone? Claro que sabe. Como também sabe que a pilantra da Moore não vai te salvar. Ela vai entregar você aos cães, posso garantir com a mesma certeza com que estou comendo estes biscoitos deliciosos. Sabe por quê? Por que LaValle mandou ela escolher, você ou Jason Bourne. Você conhece a história dela com Bourne. Ela pode afirmar que não transou com ele, mas você e eu sabemos que é conversa fiada.

– Ela nunca dormiu com ele. – Tyrone não conseguiu se conter.

– Claro, ela disse isso a você. – Podiam-se ouvir os maxilares de Kendall, mastigando, mastigando, mastigando, o som do bacon crocante. – O que queria que ela dissesse?

O filho da mãe queria ferrar sua cabeça, Tyrone tinha certeza disso. O problema era que ele não estava mentindo. Tyrone sabia o que Soraya sentia por Bourne – ficava claro no rosto dela toda vez que o nome dele era mencionado. Embora ela afirmasse o contrário, a questão que Kendall levantara era uma que o incomodava tanto quanto um viciado diante da droga.

Era difícil não invejar Bourne, com sua liberdade, seu conhecimento enciclopédico, sua amizade com pessoas como Deron. Mas tudo isso eram coisas com que Tyrone lidava lá a seu modo. Era o amor de Soraya por Bourne que era difícil de aceitar.

Ele ouviu o arranhar da cadeira e sentiu a presença de Kendall enquanto ele se agachava a seu lado. Era espantoso, pensou Tyrone, quanto calor um corpo humano emanava.

– Tenho que admitir, Tyrone, você realmente apanhou um bocado – comentou Kendall. – Acho que merece uma recompensa por ter se mostrado tão macho. Porra, já tivemos suspeitos aqui chorando pela mãe depois de apenas vinte e quatro horas. Você não. – O rápido *clique-clique* de um utensílio metálico contra um prato de louça. – Que tal ovos com bacon? Cara, este prato estava bem servido, não consigo comer tudo sozinho. Vamos lá. Venha comer comigo.

Enquanto o capuz era erguido o suficiente para lhe expor a boca, Tyrone se sentiu em conflito. Sua mente lhe dizia para recusar a oferta, mas seu estômago faminto ansiava pela comida. Sentia o cheiro dos sabores ricos do bacon com ovos, sentia a comida morna como um beijo contra seus lábios.

– E aí, cara, o que está esperando?

Foda-se, pensou Tyrone consigo mesmo. Os sabores da comida explodiram em sua boca. Ele teve vontade de gemer de prazer. Devorou as primeiras garfadas que lhe foram dadas, e então se obrigou a mastigar devagar e metodicamente, extraindo cada pedacinho de sabor da carne defumada, a chicória e a gema.

– Está gostoso – falou Kendall. Ele devia ter se posto de pé porque sua voz estava acima de Tyrone quando disse: – Está realmente gostoso, não é?

Tyrone ia balançar a cabeça concordando quando a dor explodiu na boca de seu estômago. Ele gemeu quando ela veio de novo. Tinha sido chutado antes, de modo que sabia o que Kendall estava fazendo. O terceiro chute acertou em cheio, ele tentou segurar a comida, mas a reação involuntária já havia começado. Um momento depois, ele vomitou toda a deliciosa comida que Kendall lhe dera.

∽

– O correio de Munique é o último homem da rede – disse Devra. – O nome dele é Egon Kirsch, mas isso é tudo o que sei. Nunca o vi; ninguém o conhece. Pyotr se certificou de que este elo ficasse completamente compartimentalizado. Até onde sei, Egon Kirsch tratava diretamente com Pyotr e com mais ninguém.

– A quem Kirsch entrega as informações? – perguntou Arkadin. – Quem está do outro lado da rede?

– Não tenho ideia.

Ele acreditou nela.

– Heinrich e Kirsch tinham algum ponto de encontro específico?

Ela sacudiu a cabeça. No voo da Lufthansa de Istambul para Munique ele se sentara ombro a ombro com ela e se perguntara que diabo estava fazendo. Ela já tinha lhe dado toda a informação que poderia lhe arrancar. Ele estava com as plantas; estava na última etapa da missão. Tudo o que faltava era entregar as plantas a Icoupov, encontrar Kirsch e persuadi-lo a levá-lo até a outra ponta da rede. Brincadeira de criança.

O que o levava obrigatoriamente à questão do que fazer com Devra. Ele já havia tomado a decisão de matá-la, como tinha matado Marlene e tantas outras. Era um *fait accompli*, um ponto fixo e detalhado em sua mente, um diamante que só precisava de polimento para ganhar vida e brilhar. Sentado no jato, ele ouviu o disparo rápido da arma, folhas caindo sobre o corpo dela, cobrindo-a como um cobertor.

Sentada no assento do corredor, Devra levantou-se e seguiu para o toalete. Arkadin fechou os olhos e de imediato foi levado de volta para o fedor fuliginoso de Nizhny Tagil, homens com dentes cariados e tatuagens borradas, mulheres velhas antes do tempo, curvadas, bebendo vodca feita em casa de garrafas plásticas de refrigerante, garotas de olhos fundos, sem futuro. E então a cova coletiva.

Os olhos dele se abriram de estalo. Estava tendo dificuldade em respirar. Pondo-se de pé, ele seguiu Devra. Ela era a última dos passageiros esperando na fila. A porta sanfonada se abriu, uma mulher idosa saiu, se espremeu e passou por Devra, depois por Arkadin. Devra entrou no banheiro, fechou a porta e trancou. O aviso de OCUPADO apareceu.

Arkadin foi até a porta, parou diante dela por um momento. Então, bateu de leve.

– Só um minuto – veio a voz dela.

Encostando a cabeça contra a porta, ele falou:

– Devra, sou eu. – E depois de um breve silêncio: – Abra a porta.

Um momento depois, a porta se abriu e ela ficou diante dele.

– Quero entrar – disse ele.

Os olhos deles se encontraram e se encararam por alguns segundos enquanto cada um tentava avaliar a intenção do outro.

Então, ela recuou contra a pia minúscula. Arkadin entrou, com alguma dificuldade, ela fechou a porta atrás dele e girou a tranca.

TRINTA

— É de última geração — falou Gunter Müller. — Garantido.

Tanto ele quanto Moira usavam chapéus de proteção enquanto andavam pelas séries de oficinas semiautomáticas da Kaller Siderúrgica Gessellschaft, onde tinha sido manufaturado o link de acoplamento que receberia os navios-tanques LNG quando embicassem no terminal de Long Beach, da NextGen.

Müller, o líder da equipe do projeto na NextGen, era vice-presidente da Kaller, um homem miúdo, impecavelmente vestido num terno de corte conservador, com três peças em risca de giz, sapatos caros e uma gravata em preto e dourado, as cores de Munique desde os tempos do Império Romano. Sua pele era muito rosada, como se tivesse acabado de sair de um banho a vapor, o farto cabelo castanho tornando-se grisalho nas têmporas. Ele falava devagar e claramente, em bom inglês, embora fosse simpaticamente desajeitado com as expressões idiomáticas americanas mais modernas.

A cada passo, ele explicava o processo de manufatura com detalhes meticulosos e grande orgulho. Espalhados diante deles estavam os desenhos do projeto, junto com as especificações, às quais Müller se referia de vez em quando.

Moira ouvia com apenas metade da atenção. Como sua situação tinha mudado agora que a Firma estava fora do quadro, agora que a NextGen estava sozinha para cuidar da segurança de seu terminal de operações em Long Beach, agora que fora designada para outra missão.

Mas quanto mais as coisas mudam, pensou ela, *mais tudo é a mesma coisa.* No momento em que Noah lhe entregara a encomenda para Damasco, ela soubera que não se desligaria do projeto do terminal de Long Beach. Pouco importava que Noah ou seus chefes tivessem determinado que ela não pudesse deixar a NextGen ou aquele projeto em risco. Müller, como todo mundo na Kaller e quase todo mundo na NextGen, não sabia que ela trabalhava para a Firma. Só ela sabia que devia estar a bordo de um voo para Damasco e não ali com ele. Tinha um período de poucas horas antes que seu contato na NextGen começasse a perguntar por que ela ainda estava no projeto do terminal LNG. Quando isso acontecesse, esperava poder convencer o presidente da NextGen do bom-senso em ter desobedecido as ordens da Firma.

Finalmente, chegaram à área de carga, onde os dezesseis componentes do link de acoplamento estavam sendo embalados para ser embarcados de avião para Long Beach, no jato 747 da NextGen que a trouxera para Munique com Bourne.

– Conforme especificado no contrato, nossa equipe de engenheiros acompanhará a senhora na viagem de volta. – Müller enrolou as plantas, enfiou um elástico ao redor e as entregou a Moira. – Eles ficarão encarregados de montar o equipamento no local. Tenho certeza de que tudo correrá bem.

– É bom que sim – retrucou Moira. – O navio-tanque LNG tem previsão para atracar no terminal em trinta horas. – Ela lançou um olhar desagradável para Müller. – Não temos muito tempo para seus engenheiros.

– Não se preocupe, Fraulein Trevor – respondeu ele alegremente. – Eles são mais que competentes para dar cabo da tarefa.

– Pelo bem de sua companhia, espero sinceramente que sim. – Ela enfiou o rolo debaixo do braço esquerdo, preparando-se para ir. – Posso falar francamente, Herr Müller?

Ele sorriu.

– Sempre.

– Eu não teria vindo se não tivesse havido uma série de atrasos retardando seu processo de produção.

O sorriso de Müller se manteve inabalável.

– Minha cara *Fraulein*, como já expliquei a seus superiores, os atrasos eram inevitáveis... por favor, atribua a culpa aos chineses pela falta temporária de aço, e aos sul-africanos pelo racionamento de energia que está obrigando as minas de platina a trabalharem com meia capacidade. – Ele abriu as mãos espalmadas. – Fizemos o melhor que podíamos, posso lhe garantir. – Seu sorriso se alargou. – E agora que estamos ao final de nossa jornada, o link de acoplamento estará em Long Beach dentro de dezoito horas, e oito horas depois estará montado e pronto para receber seu navio-tanque de gás natural líquido. – Ele estendeu a mão. – Tudo acabará com um final feliz, não é?

– É claro que sim. Obrigada, Herr Müller.

Müller quase bateu os calcanhares.

– O prazer foi todo meu, *Fraulein*.

Moira fez o caminho de volta pela fábrica com Müller a seu lado. Despediu-se dele quando mais uma vez chegaram aos portões, caminhando pela entrada de cascalho para carros, onde seu motorista a esperava no automóvel, o motor alemão ultrapreciso ronronando baixinho.

Eles saíram da Siderúrgica Kaller em direção a autoestrada de volta a Munique. Cinco minutos depois, o motorista comentou:

– Há um carro nos seguindo, *Fraulein*.

Virando-se, Moira olhou pela janela traseira. Um pequeno Volkswagen, a não mais que quarenta e cinco metros, piscou os faróis.

– Pare no acostamento. – Ela afastou a bainha da saia e sacou uma SIG Sauer do coldre em seu tornozelo esquerdo. O fusquinha parou atrás deles e Moira ficou esperando que alguma coisa acontecesse; era bem treinada demais para saltar do carro.

Afinal, o Volkswagen saiu do acostamento, entrou pelo mato baixo e desapareceu de vista. Um momento depois, um homem apareceu correndo junto à beira da estrada. Ele era alto e longilíneo, usava um bigode bem fininho e suspensórios segurando as calças. Estava em mangas de camisa, impávido ante ao frio do inverno alemão. Ela viu que ele não estava armado, o que deveria ter sido seu objetivo, raciocinou. Quando ele chegou ao lado do carro, ela se inclinou no banco traseiro e abriu a porta. O homem entrou.

– Meu nome é Hauser, Fraulein Trevor. Arthur Hauser. – A expressão dele era morosa, amarga. – Peço desculpas pela falta de civilidade deste encontro improvisado, mas lhe asseguro que o melodrama era necessário. – Como se para sublinhar suas palavras, ele lançou um olhar para trás em direção à fábrica, e sua expressão tornou-se temerosa. – Não tenho muito tempo, de modo que irei direto ao ponto. Há um defeito no link de acoplamento... não, apresso-me a acrescentar, na maquinaria. Que, posso garantir, está em perfeitas condições. Mas há um problema no software. Nada que vá interferir na operação do link, não, de jeito nenhum. Trate-se, na verdade, de uma falha no sistema de segurança, uma janela por assim dizer. As chances são de que poderia nunca ser descoberta, mas está lá.

Quando Hauser olhou novamente pela janela traseira, um carro se aproximava na direção deles. Ele cerrou os maxilares, observou enquanto o veículo passava e relaxou visivelmente quando seguiu adiante pela estrada.

– Herr Müller não falou toda a verdade. Os atrasos foram causados pela falha no software, e nada mais. Sei com certeza porque fiz parte da equipe que projetou o programa. Tentamos corrigir, mas se mostrou diabolicamente difícil, e nosso tempo se esgotou.

– Em que medida a falha é séria? – perguntou Moira.

– Depende de se a senhora é otimista ou pessimista. – Hauser baixou a cabeça, embaraçado. – Como eu disse, poderia nunca ser descoberta.

Moira olhou para fora pela janela por algum tempo, pensando que não deveria fazer a pergunta seguinte porque, como Noah lhe dissera muito claramente, a Firma agora não garantiria mais a segurança do terminal LNG da NextGen.

Então, se ouviu perguntar:

— E se eu for pessimista?

⁓

Peter Marks encontrou Rodney Feir, chefe de suporte de campo, na cafeteria da CIA, tomando uma tigela de sopa de mariscos. Feir levantou os olhos e com um gesto convidou Marks para sentar. Peter Marks havia sido promovido a chefe de operações depois que o desafortunado Rob Batt fora demitido como espião da NSA.

— Como vão as coisas? — perguntou Feir.

— Como você acha que vão? — Marks se acomodou na cadeira defronte à de Feir. — Estive verificando cada um dos contatos de Batt para ver se há algum sinal da presença da NSA. É um trabalho enorme e frustrante. E você?

— Ando tão exausto quanto você, imagino. — Feir salpicou biscoitos de ostra na sopa. — Estive informando a nova DCI de tudo, desde o trabalho dos agentes à companhia de limpeza que usamos há mais de vinte anos.

— Você acha que ela vai se acertar?

Feir sabia que tinha que ser cuidadoso.

— Uma coisa a respeito dela não se pode negar: ela é atentíssima a detalhes. Examina tudo de cabo a rabo. Não está deixando nenhuma margem ao acaso.

— Isso é um alívio. — Marks virou um garfo entre os polegares e os dedos. — O que não precisamos é de outra crise. Eu ficaria contente de ter alguém que pusesse ordem na casa.

— Eu também.

— O motivo por que estou aqui — disse Marks — é que estou tendo um problema de pessoal. Perdi alguns elementos na confusão. É claro, isso é inevitável. Pensei que poderia conseguir alguns bons recrutas que acabaram de se formar no programa, mas eles foram para a Typhon e estou precisando com urgência de uma ajuda.

Feir mastigou uma colherada de pedaços de mariscos e cubos macios de batatas. Ele havia desviado formandos para a Typhon e estivera esperando que Marks o procurasse desde então.

– Como posso ajudar?

– Gostaria que alguns dos agentes de Dick Symes fossem transferidos para o meu diretorado. – Dick Symes era o chefe de inteligência. – Apenas temporariamente, você compreende, até eu conseguir fazer alguns recrutas passarem pelo treinamento e orientação.

– Você falou com Dick?

– Para quê? Ele apenas me mandaria para o inferno. Mas você pode defender o meu lado com Hart. Ela está tão atarefada que você é a melhor pessoa para convencê-la a me ouvir. Se ela der a ordem, Dick poderá berrar à vontade que não terá importância.

Feir limpou os lábios.

– De que número estamos falando, Peter?

– Uns dezoito, no máximo duas dúzias.

– Não é impossível. Mas a DCI vai querer saber o que você tem em mente.

– Tenho uma pasta preparada com todos os detalhes – disse Marks. – Mando para você por e-mail e você apresenta a ela pessoalmente.

Feir assentiu.

– Acho que posso dar um jeito.

O alívio dominou o rosto de Marks.

– Obrigado, Rodney.

– De nada. – Ele recomeçou a comer o que restava da sopa. Quando Marks já se levantava, perguntou:

– Você por acaso sabe onde está Soraya? Ela não está no escritório dela, nem atende o celular.

– Unh-unh. – Marks tornou a sentar. – Por quê?

– Por nada.

Alguma coisa na voz de Feir chamou a atenção de Marks.
— Nenhum motivo? Mesmo?
— É só que, você sabe como é o disse me disse por aqui.
— E isso quer dizer?
— Vocês dois são muito unidos, não é?
— Foi isso que você ouviu?
— Bem, foi. — Feir largou a colher na tigela vazia. — Mas se não for verdade...
— Eu não sei onde ela está, Rodney. — O olhar de Marks se desviou. — Nunca tivemos esse tipo de relação.
— Desculpe, não quis ser indiscreto.
Marks descartou o pedido de desculpas.
— Esqueça. Eu já esqueci. Então, diga lá, a respeito de que você quer falar com ela?
Era o que Feir tivera esperança que ele perguntasse. De acordo com o general, ele e LaValle precisavam de informações sobre todos os detalhes de como a Typhon funcionava.
— Orçamento. Ela está com muitos agentes em campo e a DCI quer uma prestação de contas dessas despesas... algo que, francamente, não é feito desde que Martin morreu.
— Isso é compreensível, dado o que aconteceu por aqui ultimamente.
Feir deu de ombros, respeitosamente.
— Eu faria tudo pessoalmente se pudesse. Imagino que Soraya já tenha mais o que fazer do que consegue dar conta. O problema é que não sei nem onde estão os arquivos. — Ele ia acrescentar: *Você sabe?* Mas decidiu que seria demais.
Marks pensou um minuto.
— Talvez eu possa ajudar.

꒰

— A dor em seu ombro está muito ruim? — perguntou Devra.
Apertado contra o corpo dela, com os braços fortes a seu redor, Arkadin falou:

– Não sei como responder a isso. Tenho um limiar de dor extremamente alto.

O banheiro apertado do avião permitia que ele se concentrasse exclusivamente nela. Era como se estivessem juntos dentro de um caixão, como estarem mortos juntos, mas numa estranha vida após a morte, onde só eles existiam.

Ela lhe sorriu quando uma das mãos dele subiu da base de sua coluna para o pescoço. O polegar dele pressionou seu maxilar e inclinou sua cabeça para cima enquanto os dedos se apertavam sobre a nuca.

Ele se apoiou nela, seu peso arqueando o torso de Devra para trás sobre a pia. Ele podia ver a parte de trás da cabeça de Devra no espelho, seu rosto a ponto de eclipsar o dela. Uma chama de emoção adquiriu vida, iluminando o vazio desalmado dentro dele.

Ele a beijou.

– Devagar – sussurrou ela. – Relaxe os lábios.

Os lábios úmidos de Devra se abriram sob os dele, a língua buscou a dele, hesitante de início, depois com uma avidez inconfundível. Os lábios dele tremeram. Nunca havia sentido nada quando beijava uma mulher. Na verdade, sempre tinha dado o melhor de si para evitar sentir, pois não sabia para que servia, nem por que as mulheres sempre queriam tanto aquilo. Uma troca de fluidos, era nisso que se resumia para ele, como um procedimento realizado num consultório médico. O máximo que ele podia dizer é que era indolor e acabava depressa.

A eletricidade que dominou seu corpo quando seus lábios encontraram os dela o deixou atordoado. O puro prazer daquilo o deixou pasmo. Não tinha sido assim com Marlene; não tinha sido assim com ninguém. Ele não sabia como interpretar o tremor que sentia nos joelhos. As exalações doces dos gemidos abafados de Devra o penetraram como gritos silenciosos de êxtase. Ele as engoliu inteiras e quis mais.

Querer era algo que Arkadin não estava habituado a sentir. *Necessidade* era a palavra que impulsionara sua vida até aquele momento: ele tivera necessidade de se vingar de sua mãe, tivera necessidade de fugir de casa, tivera necessidade de se virar sozinho, não importava em que rumo, tinha necessidade de enterrar seus rivais e inimigos, tinha necessidade de destruir qualquer um que se aproximasse de seus segredos. Mas *querer*? Aquilo era inteiramente diferente. Devra definira *querer* para ele. E fora somente quando tivera certeza de que não necessitava mais dela que seu desejo se revelara. Ele a queria.

Quando levantou-lhe a saia, explorando por baixo dela, Devra levantou as pernas. Seus dedos agilmente o libertaram das roupas. Então, Arkadin parou totalmente de pensar.

◡

Mais tarde, quando já tinham voltado para suas poltronas, abrindo caminho em meio à fila de passageiros furiosos que esperavam para usar o toalete, Devra caiu na gargalhada. Arkadin ficou parado olhando para ela. Aquilo era outra coisa singular nela. Qualquer outra teria perguntado: *Foi a sua primeira vez?* Não ela. Devra não estava interessada em fazê-lo abrir a boca, em olhar seu íntimo para ver o que o fazia funcionar. Não tinha nenhuma necessidade de saber. Como ele sempre tinha necessidade de alguma coisa, não tolerava esse traço em mais ninguém.

Arkadin tinha consciência da presença de Devra a seu lado de um modo que não conseguia compreender. Era como se pudesse sentir o bater de seu coração, a circulação do sangue através de seu corpo, um corpo que lhe parecia frágil, apesar de saber quanto ela podia ser dura depois de tudo o que sofrera. Com que facilidade seus ossos poderiam ser quebrados, com que facilidade uma faca enfiada em suas costelas poderia perfurar seu coração, com que facilidade uma bala poderia esfacelar-lhe o crânio. Tais pensamentos o enfureceram, e ele se chegou mais para perto dela, como se ela precisasse de proteção – algo que, quando se tratava de seus antigos aliados, com toda a certeza ela precisava. Naquele momento, ele soube que faria tudo o que pudesse para matar quem quisesse fazer qualquer mal a ela.

Sentindo-o se chegar mais para perto, Devra se virou e sorriu.
– Sabe de uma coisa, Leonid, pela primeira vez em minha vida me sinto segura. Toda aquela minha pose e postura agressiva foi algo que aprendi muito cedo na vida para manter os outros longe.
– Você aprendeu a ser dura como sua mãe.
Ela sacudiu a cabeça.
– Esta é a parte realmente ruim. Minha mãe tinha uma carapaça dura, sim, mas não era grossa, era apenas superficial. Abaixo dessa carapaça, ela era uma massa de medos.

Devra encostou a cabeça contra a almofada enquanto continuava:
– Na verdade, a coisa mais vívida de que me lembro com relação a minha mãe era o medo. Ela emanava, como um mau cheiro. Mesmo depois de ela ter tomado banho, eu o sentia. É claro, por muito tempo eu não sabia o que era, e talvez eu fosse a única que o sentisse, não sei.

"De todo modo, ela costumava me contar uma velha história do folclore ucraniano sobre os nove níveis do Inferno. Em que ela estaria pensando? Será que tentava me assustar para diminuir seu próprio medo, dividindo-o comigo? Não sei. Em todo o caso, esta é a história que ela me contou. Só existe um céu, mas existem nove níveis de inferno, para onde, dependendo da gravidade de seus pecados, você é mandado quando morre."

"O primeiro, o menos mau, é um que todo mundo conhece, onde você arde em chamas. O segundo é onde você fica sozinho no cume de uma montanha. Toda noite você congela e endurece como gelo, lenta e horrivelmente, apenas para derreter de manhã, quando o processo começa todo de novo. O terceiro é um lugar de luz ofuscante; o quarto é um lugar de escuridão absoluta. O quinto é um lugar de ventos frígidos, que o cortam, literalmente, como facas. No sexto, você é perfurado por flechas. No sétimo, é lentamente enterrado por um exército de formigas. No oitavo, é crucificado."

"Mas era o nono nível que mais aterrorizava minha mãe. Nele, você vivia em meio a feras selvagens que se banqueteavam com corações humanos."

A crueldade de contar isso a uma criança não passou despercebida a Arkadin. Ele tinha certeza absoluta de que se sua mãe tivesse sido ucraniana, ela teria lhe contado a mesma história.

– Eu costumava rir da história dela... ou pelo menos, eu tentava – disse Devra. – E lutava para não acreditar nessas bobagens. Mas isso foi antes de vivermos vários desses níveis.

Arkadin sentia a presença dela dentro dele ainda mais profundamente. O impulso de querer protegê-la parecia quicar de um lado para outro em seu interior, aumentando exponencialmente à medida que seu cérebro tentava se conformar com o que o sentimento significava. Será que ele finalmente havia esbarrado em algo grande o suficiente, forte o suficiente para calar seus demônios?

Depois da morte de Marlene, Icoupov tinha entendido a mensagem. Parara de tentar perscrutar o passado de Arkadin. Em vez disso, o despachara para a América para ser reabilitado. "Reprogramado", dissera. Arkadin passara dezoito meses na área de Washington D.C., sendo submetido a um programa singular, concebido e controlado por um amigo de Icoupov. Arkadin emergira mudado em muitos sentidos, embora seu passado – suas sombras, seus demônios – permanecesse intacto. Como ele desejava que o programa tivesse apagado todas essas memórias! Mas essa não era a natureza do programa. Icoupov não se importava mais com o passado de Arkadin, o que o interessava era seu futuro, e quanto a isso o programa fora ideal.

Ele adormeceu pensando no programa, mas sonhou que estava de volta a Nizhny Tagil. Ele nunca sonhava com o programa; nele, se sentia seguro. Seus sonhos não eram sobre estar em segurança; eram sonhos em que estava sendo empurrado de grandes alturas.

Tarde da noite, um bar subterrâneo chamado Crespi era a única opção quando ele queria tomar um drinque em Nizhny Tagil. Era um lugar malcheiroso, cheio de homens tatuados, em conjuntos de calças e agasalhos de moleton, com cordões de ouro ao redor do pescoço, mulheres de saias curtas, tão pesadamente maquiadas que mais pareciam manequins de loja. Atrás de seus olhos pintados de preto, havia abismos vazios onde tinham estado suas almas.

Fora no Crespi que Arkadin, aos treze anos de idade, fora espancado e reduzido a polpa por quatro homens com olhos suínos e frontes de Neanderthal. E fora no Crespi que, depois de se recuperar dos ferimentos, Arkadin retornara três meses mais tarde e estourara os miolos dos homens, espalhando-os pelas paredes. Quando outro *crim* tentara tomar-lhe a arma. Arkadin o baleara no rosto à queima-roupa. A visão dessa cena impedira qualquer outro no bar de se aproximar dele. Também lhe valera uma reputação, que o ajudara a conquistar um pequeno império imobiliário.

Mas naquela cidade de ferro fundido e escória sibilante, o sucesso tinha sua própria consequência particular. Para Arkadin, tinha sido chamar a atenção de Stas Kuzin, um dos chefes dos crimes locais. Kuzin encontrara Arkadin uma bela noite, quatro anos mais tarde, no meio de uma briga de socos com um gigante grosseirão a quem Arkadin desafiara, tendo como prêmio uma cerveja.

Depois de ter demolido o gigante, Arkadin agarrou a cerveja, bebeu metade de um só gole e, virando-se, confrontou Stas Kuzin. Arkadin o reconheceu imediatamente; todo mundo em Nizhny Tagil o conhecia. Ele tinha cabelos muito negros e espessos, cujas raízes faziam um corte horizontal a pouco mais de dois centímetros de suas sobrancelhas. A cabeça encaixava-se sobre seus ombros como uma bola de gude sobre um muro de pedra. A mandíbula tinha sido fraturada e tão mal reconstruída – provavelmente na prisão – que ele falava com um estranho som sibilante, como uma serpente. Por vezes, o que dizia era praticamente incompreensível.

Ladeando Kuzin, estavam dois homens de aparência vampiresca, olhos fundos e tatuagens malfeitas de cachorros nas costas das mãos, que os marcavam para sempre como ligados a seu senhor.

— Vamos conversar — disse a monstruosidade para Arkadin, acenando com a cabeça minúscula em direção a uma mesa.

Os homens que haviam estado ocupando a mesa se levantaram num só movimento quando Kuzin se aproximou, fugindo para o outro lado do bar. Kuzin enganchou o sapato ao redor da perna de uma cadeira, arrastou-a e sentou-se. De maneira desconcertante, ele manteve as mãos no colo, como se a qualquer momento fosse sacar uma arma contra Arkadin e baleá-lo.

Ele começou a falar, mas, aos dezessete anos, Arkadin levou alguns minutos para conseguir entender o sentido do que Kuzin dizia. Era como ouvir um homem se afogando, submergir pela terceira vez. Por fim, percebeu que Kuzin lhe propunha uma espécie de fusão; metade do quinhão de Arkadin em propriedades imobiliárias por dez por cento da operação de Kuzin.

E no que exatamente consistia a operação de Kuzin? Ninguém falava a respeito abertamente, mas não faltavam rumores sobre o assunto. Tudo, desde a venda de barras de combustível nuclear já utilizadas para os chefões de Moscou a tráfico de escravas brancas, drogas e prostituição, ia parar na porta da casa de Kuzin. Por sua parte, Arkadin tendia a descartar as histórias mais absurdas em favor do que sabia muito bem que renderia dinheiro a Kuzin em Nizhny Tagil, a saber: prostituição e drogas. Todos os homens da cidade tinham que trepar e, se tivessem algum dinheiro, drogas eram de longe preferíveis à cerveja e vodca feita na banheira.

Mais uma vez, o desejo jamais despontou no horizonte de Arkadin, apenas a necessidade. Ele tinha necessidade de mais do que apenas sobreviver naquela cidade de solo de permafrost fuliginoso, violência e pneumoconiose. Tinha chegado tão longe quanto lhe fora possível sozinho. Ganhava o suficiente para se sustentar ali, mas não o suficiente para ir para Moscou, para onde precisava ir para agarrar as mais ricas oportunidades da vida. Do lado de fora, os círculos do inferno se elevavam: chaminés de tijolos, arrotando vigorosamente fumaça carregada de partículas, as torres de guarda de ferro das brutais *zonas* das prisões, repletas de rifles de assalto, holofotes poderosos e sirenes ululantes.

Ali dentro, ele estava trancafiado em sua própria *zona* brutal com Stan Kuzin. Arkadin deu a única resposta sensata. Ele disse sim, e assim entrou no nono nível do inferno.

TRINTA E UM

Enquanto esperava na fila do controle de passaportes, em Munique, Bourne telefonou para Specter, que lhe garantiu que tudo fora providenciado. Momentos depois ele entrou no campo visual do primeiro conjunto de câmeras do sistema de CFTV do aeroporto. Imediatamente sua imagem foi reconhecida pelo programa empregado no quartel-general de Semion Icoupov e, antes que tivesse acabado sua chamada para o professor, ele havia sido reconhecido.

Imediatamente, Icoupov foi chamado e ordenou a seu pessoal estacionado em Munique para sair de prontidão e entrar em ação, deste modo alertando tanto o pessoal do aeroporto quanto o da Imigração, sob o controle de Icoupov. O homem dirigindo os passageiros de chegada para as diferentes filas demarcadas por cordões vermelhos até os guichês da Imigração recebeu sua foto na tela de computador justo a tempo de indicar a Bourne que deveria se encaminhar para o guichê 1.

⌒

O funcionário de Imigração responsável pelo guichê 3 ouviu a voz vindo pelo ponto eletrônico em seu ouvido. Quando o homem identificado como Jason Bourne entregou-lhe o passaporte, o funcionário fez as perguntas de rotina – "Quanto tempo o senhor pretende ficar na Alemanha?" Sua visita é a negócios ou turismo?" –, enquanto folheava o passaporte. Ele se afastou da vidraça e passou a foto sob uma luz púrpura que zumbia. Enquanto o fazia, pressionou e enfiou um pequeno disco metálico, da espessura de uma unha humana, na capa interna do passaporte. Então, fechou-o, alisou a capa e o devolveu a Bourne.

— Tenha uma boa estada em Munique – disse, sem qualquer vestígio de emoção ou interesse. Ele já olhava para além de Bourne, para o próximo passageiro na fila.

~

Como em Sheremetyevo, Bourne teve a sensação nítida de que estava sob vigilância. Trocou de táxi duas vezes quando chegou ao centro fervilhante da cidade. Na Marienplatz, uma grande praça quadrada na qual se erguia a histórica coluna Marian, passou pelas catedrais medievais, em meio a bandos de pombos, perdeu-se entre as multidões de turistas com guias, olhando boquiabertos para a arquitetura que parecia glacê de açúcar, e os domos gêmeos da Frauenkirche, a catedral do arcebispo de Munique.

Bourne se misturou a um grupo de excursão guiada, reunido ao redor de um prédio do governo no qual havia o escudo oficial da cidade, que retratava um monge com as mãos abertas espalmadas. A guia da excursão dizia a seus integrantes que o nome *München* se originava de uma palavra em alemão antigo, que significava "monges". Em 1158, ou mais ou menos por aí, o duque da Saxônia e da Baviera na época construíra uma ponte sobre o rio Isar, ligando as minas de sal, pelas quais a cidade brevemente ficaria famosa, a um povoado de monges beneditinos. Ele instalou um pedágio na ponte, que logo se tornou um elemento de ligação vital na Rota do Sal que entrava e saía das planícies da Baviera superior, na qual Munique fora construída, e uma casa da moeda para abrigar seus lucros. A cidade mercantil dos dias atuais não se distanciara nem diferia muito de seus princípios medievais.

Quando Bourne teve certeza de que não estava sendo seguido, afastou-se discretamente do grupo e embarcou num táxi que o deixou a seis quarteirões do Palácio de Wittelsbach.

De acordo com o professor, Kirsch dissera que preferiria se encontrar com Bourne em um lugar público. Ele escolhera o Museu do Estado para Arte Egípcia, na Hofgartenstrasse, abrigado na maciça fachada rococó do Palácio Wittelsbach. Bourne fez o circuito completo das ruas ao redor do palácio, em busca de referências conhecidas e, mais uma vez, de quem o estivesse seguindo, mas não conseguia se lembrar de já ter estado em Munique. Não tinha aquela estranha sensação de *déjà-vu* que significava que estava de volta a um lugar do qual não se lembrava. Portanto, sabia que seguidores locais teriam a vantagem do terreno. Poderia haver meia dúzia de lugares para se esconder nas vizinhanças do palácio que ele desconhecia.

Dando de ombros, Bourne entrou no museu. O detector de metal era controlado por um par de seguranças armados, que também examinavam mochilas e bolsas. Em ambos os lados do vestíbulo, havia um par de estátuas de basalto do deus egípcio Hórus – um falcão com um disco do sol na testa – e sua mãe, Ísis. Em vez de seguir direto para ver os objetos em exposição, Bourne virou para o lado e parou atrás da estátua de Hórus. Passou dez minutos observando as pessoas que entravam e saíam. Ele prestou atenção em todo mundo entre vinte e cinco e cinquenta anos, memorizando os rostos. No total foram dezessete pessoas.

Então, finalmente avançou, passando por um segurança, uma mulher armada, e entrou nos salões de exposição, onde encontrou Kirsch exatamente onde ele dissera a Specter que estaria, examinando a antiquíssima escultura de uma cabeça de leão. Bourne reconheceu Kirsch pela fotografia que Specter lhe havia mandado, uma foto dos dois juntos no campus da universidade. O correio do professor era um homem pequenino, magro, mas musculoso, com o crânio completamente careca e sobrancelhas negras grossas como lagartas. Tinha olhos azuis muito claros, que se moviam rapidamente ora para cá ora para lá, como se em suspensão.

Bourne passou por ele, ostensivamente olhando para vários sarcófagos enquanto usava a visão periférica para checar se via alguma das dezessete pessoas que haviam entrado no museu depois dele. Quando não viu nenhuma delas, retraçou seus passos.

Kirsch não se virou quando Bourne se aproximou e parou a seu lado, mas disse:

— Sei que vai soar ridículo, mas esta escultura não o faz lembrar de alguma coisa?

— Da Pantera Cor-de-Rosa — disse Bourne, tanto porque era a resposta da senha combinada, quanto porque a escultura realmente era espantosamente parecida com o ícone do moderno desenho animado.

Kirsch o cumprimentou de cabeça.

— Fico satisfeito por você ter chegado sem incidentes. — Ele entregou as chaves de seu apartamento, deu-lhe o código da porta da frente e informações detalhadas sobre como chegar lá, saindo do museu. Parecia aliviado, mais como se estivesse entregando sua vida penosa do que sua casa.

— Há algumas características em meu apartamento a respeito das quais queria falar com você.

Enquanto Kirsch falava, eles seguiram adiante para uma escultura em granito de Senenmut ajoelhado, da Décima Oitava Dinastia.

— Os egípcios antigos sabiam viver — observou Kirsch. — Eles não tinham medo da morte. Para eles, era apenas mais uma viagem, que não deveria ser feita levianamente. Mas, apesar disso, sabiam que havia alguma coisa esperando, na vida após a morte. — Ele estendeu a mão, como se para tocar a estátua ou talvez para absorver algo de sua força. — Veja esta estátua. A vida ainda incandesce dentro dela, milhares de anos depois. Ao longo de séculos, os egípcios não tiveram quem os igualasse.

— Até que foram conquistados pelos romanos.

— E apesar disso — prosseguiu Kirsch — foram os romanos que foram mudados pelos egípcios. Um século depois que Ptolomeu e Julio César reinaram de Alexandria, era Ísis, a deusa egípcia da vingança e da rebelião, que era adorada em todo o império romano. De fato, é bem provável que os primeiros fundadores da Igreja Cristã, incapazes de se livrar dela e de seus seguidores, a tenham transformado, destituindo-a de sua natureza guerreira, e feito dela a pacientíssima e muito pacífica Virgem Maria.

– Leonid Arkadin bem que poderia ser um pouco menos Ísis e muito mais Virgem Maria – observou Bourne.

Kirsch ergueu as sobrancelhas.

– O que você sabe a respeito desse homem?

– Sei que muita gente perigosa morre de medo dele.

– Com bom motivo – falou Kirsch. – O homem é um maníaco homicida. Ele nasceu e foi criado em Nizhny Tagil, um antro de maníacos homicidas.

– Foi o que me disseram. – Bourne assentiu.

– E lá ele teria ficado se não fosse por Tarkanian.

As orelhas de Bourne se aguçaram. Ele havia presumido que Maslov tivesse posto seu homem no apartamento de Tarkanian porque era onde Gala estava morando.

– Espere um minuto, o que Tarkanian tem a ver com Arkadin?

– Tudo. Sem Mischa Tarkanian, Arkadin nunca teria conseguido escapar de Nizhny Tagil. Foi Tarkanian que o levou para Moscou.

– E ambos são membros da Legião Negra?

– Foi o que me deram a entender – respondeu Kirsch. – Mas sou apenas um artista; a vida clandestina me deu uma úlcera. Se não precisasse do dinheiro... sou um artista singularmente malsucedido... nunca teria ficado nisso por tanto tempo. Este devia ser meu último favor para Specter. – Seus olhos continuavam a dardejar à esquerda e à direita. – Agora que Arkadin matou Dieter Heinrich, *último favor* adquiriu um significado novo e aterrorizante.

Bourne agora estava totalmente alerta. Specter havia presumido que Tarkanian fosse da Legião Negra, e Kirsch acabara de confirmar. Mas Maslov havia negado a afiliação de Tarkanian ao grupo terrorista. Alguém estava mentindo.

Bourne estava a ponto de perguntar a Kirsch sobre a discrepância quando pelo canto do olho avistou um dos homens que tinham entrado no museu logo depois dele. O homem havia parado por um momento no vestíbulo, como se procurando se orientar, então começou a andar de maneira determinada para o salão de exposição.

Como o homem estava perto o suficiente para ouvi-los no ambiente silencioso do museu, Bourne segurou o braço de Kirsch.

– Venha por aqui – disse, conduzindo o contato alemão para uma outra sala, dominada por uma estátua de calcita de gêmeos da Oitava Dinastia. A estátua, cheia de rachaduras e gasta pelo tempo, datava de 2390 a.c.

Empurrando Kirsch para trás da estátua, Bourne se postou como uma sentinela, observando os movimentos do outro homem. Ele ergueu o olhar, viu que Bourne e Kirsch não estavam mais diante da estátua de Senenmut e olhou casualmente ao redor.

– Fique aqui – sussurrou Bourne para Kirsch.

– O que é? – Havia um ligeiro tremor na voz de Kirsch, mas ele parecia firme e controlado. – Arkadin está aqui?

– Não importa o que acontecer – advertiu Bourne –, fique onde está. Você estará seguro até eu vir buscá-lo.

Enquanto Bourne dava a volta para o outro lado dos gêmeos egípcios, o homem entrou na galeria. Bourne seguira para uma porta lateral e entrara na sala seguinte. Andando despreocupadamente, o homem lançou um olhar rápido ao redor e, não vendo nada que o interessasse, seguiu Bourne.

A galeria tinha uma variedade de vitrines montadas sobre mesas, mas era dominada por uma estátua de pedra de cinco mil anos de uma mulher com a metade da cabeça cortada. A antiguidade da peça era impressionante, mas Bourne não teve tempo de apreciá-la. Talvez porque ficasse na parte de trás do museu, a sala estava deserta, exceto por Bourne e seu seguidor, que agora se colocara entre ele e a única saída da galeria.

Bourne se posicionou atrás de uma vitrine dupla, com uma prancha, no centro da qual estavam pendurados vários pequenos artefatos – os sagrados escaravelhos azuis e joias de ouro. Devido a uma abertura no centro, Bourne podia ver o homem, mas o homem não tinha conhecimento de sua posição.

Mantendo-se completamente imóvel, Bourne esperou até que o homem começasse a dar a volta pelo lado direito da vitrine. Ele, então, moveu-se rapidamente para a direita, passando pelo lado oposto da vitrine e avançando para cima do homem.

Bourne empurrou o sujeito contra a parede, mas ele manteve o equilíbrio. Assumindo uma postura defensiva, ele puxou a faca de cerâmica de uma bainha sob a axila e, de arma em punho, deu estocadas para manter Bourne a distância.

Bourne desviou para a direita, moveu-se para a esquerda semiagachado. Enquanto o fazia, lançou o braço direito contra a mão que empunhava a faca. Sua mão esquerda agarrou o homem pela garganta. Enquanto ele tentava enfiar-lhe o joelho no estômago, Bourne se retorceu para evitar parcialmente o golpe. Ao fazê-lo, perdeu o bloqueio sobre a mão que segurava a faca e a lâmina girou, vindo em direção ao lado de seu pescoço. Bourne a deteve pouco antes de a faca acertá-lo. Viram-se então num impasse.

– Bourne – o homem conseguiu finalmente dizer. – Meu nome é Jens. Trabalho para Dominic Specter.

– Prove – ordenou Bourne.

– Você está aqui para se encontrar com Egon Kirsch, de modo a substituí-lo quando Leonid Arkadin aparecer procurando por ele.

Bourne largou o pescoço de Jens.

– Guarde sua faca.

Jens fez o que Bourne pediu e Bourne o soltou inteiramente.

– Agora, onde está Kirsch? Preciso tirá-lo daqui e colocá-lo em segurança num avião para Washington.

Bourne o conduziu de volta à galeria adjacente, até a estátua dos gêmeos.

– Kirsch, a galeria está segura. Pode sair.

Quando o contato não apareceu, Bourne caminhou até atrás da estátua. Kirsch estava no mesmo lugar, caído no chão, com um buraco de bala na cabeça, acima da nuca.

༄

Semion Icoupov observou o receptor sintonizado com o marcador eletrônico no passaporte de Bourne. À medida que eles se aproximavam da área do museu egípcio, disse ao motorista de seu carro que fosse mais devagar. Um intenso sentimento de antecipação o dominava: sob a mira de arma, havia decidido obrigar Bourne a entrar em seu carro. Parecia a melhor maneira de fazer com que ele ouvisse o que tinha a lhe dizer.

Naquele momento, seu telefone tocou com o toque de celular que ele havia atribuído ao número de Arkadin. Enquanto ficava de tocaia, à espreita de Bourne, Icoupov atendeu.

– Estou em Munique – disse Arkadin. – Aluguei um carro e estou saindo do aeroporto.

– Ótimo. Temos um marcador eletrônico em Jason Bourne, o homem que Nosso Amigo mandou para recuperar os planos.

– Onde está ele? Eu cuidarei dele – falou Arkadin em seu característico jeito brusco.

– Não, não, eu não o quero morto. Eu cuidarei de Bourne. Enquanto isso, mantenha-se em movimento. Entrarei em contato brevemente.

༄

Ajoelhando-se ao lado de Kirsch, Bourne examinou o corpo.

– Tem um detector de metal na entrada – disse Jens. – Como foi que alguém trouxe uma arma aqui para dentro? Além disso, não houve nenhum ruído.

Bourne virou a cabeça de Kirsch de modo que a parte de trás ficasse exposta à luz.

– Olhe. – Ele apontou para o orifício de entrada. – Aqui também. Não há orifício de saída, o que haveria se ele tivesse sido baleado de perto. Quem o matou usou um silenciador. – Bourne saiu da galeria a passos determinados. – E quem o matou trabalha aqui, como guarda; o pessoal de segurança do museu está armado.

— Contei três deles — disse Jens, mantendo-se logo atrás de Bourne.

— Certo. Dois no detector de metal e um circulando pelas galerias.

No vestíbulo, os dois guardas estavam a postos ao lado do detector. Bourne foi até um deles e disse:

— Perdi meu celular em algum lugar do museu e a guarda na segunda galeria disse que me ajudaria a localizá-lo, mas agora não consigo encontrá-la.

— Petra — disse o guarda. — Sim, ela acabou de sair para o almoço.

Bourne e Jens saíram pela porta principal, desceram a escadaria até a calçada, onde olharam para a esquerda e para a direita. Bourne viu uma silhueta feminina uniformizada, andando depressa pelo quarteirão à direita. Ele e Jens correram atrás dela.

Ela desapareceu ao dobrar uma esquina e os dois homens dispararam. Quando iam chegando à esquina, Bourne percebeu um Mercedes reluzente aproximar-se deles.

⌇

Icoupov ficou chocado ao ver Bourne sair do museu em companhia de Franz Jens. A presença de Jens lhe dizia que seu inimigo não corria nenhum tipo de risco. O trabalho de Jens era impedir o pessoal de Icoupov de se aproximar de Bourne, de modo que Bourne tivesse uma boa chance de recuperar os planos de ataque. Um sentimento de pavor dominou Icoupov. Se Bourne fosse bem-sucedido, tudo estaria perdido; seu inimigo teria vencido. Ele não podia permitir que isso acontecesse.

Inclinando-se para a frente no banco de trás, sacou a Luger.

— Acelere — ordenou ao motorista.

Apoiando-se contra a porta, esperou até o último minuto antes de apertar o botão para baixar a janela. Mirou em Jens que corria, mas Jens sentiu sua presença e reduziu a velocidade enquanto se virava. Com Bourne em segurança três passos adiante, Icoupov disparou dois tiros em rápida sucessão.

Jens caiu sobre um joelho, escorregando para fora da calçada à medida que caía. Icoupov disparou um terceiro tiro, só para garantir que Jens não sobrevivesse ao ataque, então fechou a janela.

– Vamos – disse para o motorista.

O Mercedes disparou e, cantando pneus, desceu a rua, afastando-se do corpo ensanguentado, caído junto ao meio-fio.

TRINTA E DOIS

Rob Batt estava dentro de seu carro, com um par de binóculos de visão noturna sobre os olhos, remoendo o passado recente, como se fosse um chiclete que tivesse perdido o sabor.

A partir do instante em que fora chamado ao escritório de Veronica Hart e confrontado com sua traição contra a CIA, ficara como se anestesiado. Naquele momento, não sentia nada por si mesmo. Em vez disso, sua inimizade por Hart havia se transformado em pena. Ou talvez, pensou, estivesse com pena de si mesmo. Como um noviço, havia pisado numa armadilha de urso; confiara em gente em quem nunca se deveria confiar. LaValle e Halliday iam conseguir o que queriam, ele não tinha absolutamente nenhuma dúvida disso. Cheio de nojo por si mesmo, começara ali sua longa noite de bebedeira.

Tinha sido apenas na manhã do dia seguinte, ao acordar com a mãe de todas as ressacas, que se dera conta de que havia alguma coisa que podia fazer a respeito. Pensara por algum tempo, enquanto tomava aspirinas para a dor de cabeça que latejava, acompanhando-as com um copo de água com angostura para acalmar o estômago rebelde.

Fora então que o plano havia se formado em sua mente, abrindo-se como uma flor sob os raios do sol. Ele se vingaria da humilhação que LaValle e Kendall lhe haviam causado, e a parte mais bonita era a seguinte: se seu plano funcionasse, se conseguisse derrotá-los, ressuscitaria sua carreira, agora moribunda.

Sentado na direção de um carro alugado, ele vasculhou a rua defronte ao Pentágono, à espreita do general Kendall. Batt era sagaz o suficiente para saber que não devia tentar apanhar LaValle, que era esperto demais para cometer um erro. O mesmo, contudo, não poderia ser dito do general. Se Batt aprendera alguma coisa de sua associação abortiva com os dois, era que Kendall era o elo fraco na corrente. Era ligado demais a LaValle, submisso demais em sua atitude. Precisava de alguém que lhe dissesse o que devia fazer. O desejo de agradar era o que tornava os seguidores vulneráveis; eles cometiam os erros que seus superiores não cometiam.

De repente, Batt viu a vida como deveria parecer para Jason Bourne. Ele sabia qual fora o trabalho que Bourne fizera para Martin Lindros em Reiquejavique, e sabia que ele havia se arriscado para encontrar Lindros e trazê-lo de volta. Mas como a maioria de seus colegas de trabalho, Batt convenientemente descartara as ações de Bourne como feliz casualidade colateral, preferindo se ater à opinião geral de que Bourne era um paranoico fora de controle, que precisava ser detido antes que cometesse algum ato odioso que poria a CIA em desgraça. Mesmo assim, o pessoal da CIA não tivera escrúpulo em usá-lo quando tudo o mais falhara, coagindo-o a agir como um joguete. Mas finalmente ele, Batt, não era mais joguete de ninguém.

Viu o general Kendall sair por uma porta lateral do prédio e, agasalhado em sua capa, seguir apressado pelo estacionamento até seu carro. Batt manteve o general à vista enquanto punha a mão nas chaves que já havia enfiado na ignição. No exato momento em que Kendall se inclinou para a direita para dar partida ao motor, Batt girou a chave na ignição para que Kendall não ouvisse o som do motor de outro carro.

Enquanto o general saía do estacionamento, Batt largou os binóculos de visão noturna e engrenou o carro. A noite parecia silenciosa e tranquila, mas talvez aquilo fosse apenas um reflexo do estado de espírito de Batt. Afinal, estava de sentinela pelo resto da noite. Ele tinha sido pessoalmente treinado pelo Velho; sempre se orgulhara disso. Depois de sua ruína, contudo, se dera conta de que seu orgulho havia distorcido seu raciocínio e suas tomadas de decisão. Fora o orgulho que o fizera rebelar-se contra Veronica Hart, e não algo que ela tivesse dito ou feito – Batt nem lhe dera a chance de fazê-lo. Fora o orgulho por ter sido preterido. Essa era a sua fraqueza, uma fraqueza que LaValle reconhecera e explorara.

Sua perfeita visão dos fatos *a posteriori* era dura de engolir, pensou, enquanto seguia Kendall em direção à área de Faifax, mas pelo menos lhe dava a humildade de que precisava para ver como havia se desencaminhado e se afastado dos deveres que jurara cumprir na CIA.

Ele se manteve bem para trás do carro do general, variando a distância e a pista para evitar ser detectado. Duvidava que Kendall sequer considerasse a possibilidade de ser seguido, mas valia a pena ser cauteloso. Batt estava determinado a reparar o pecado que cometera contra sua organização e contra a memória do Velho.

Kendall virou e entrou em um prédio de arquitetura moderna, cujo térreo inteiro era ocupado por uma academia de ginástica da rede In-Tune. Batt observou o general estacionar, tirar do carro uma pequena bolsa de material esportivo e entrar na academia. Nada de útil até agora, mas Batt há muito tempo aprendera a ser paciente. Em missões de vigilância, parecia que nada acontecia depressa nem com facilidade.

E, então, como não tinha mais nada para fazer até que Kendall reaparecesse, ficou olhando fixamente para a placa da IN-TUNE enquanto mordiscava pedaços de uma barra de chocolate Snickers. Por que aquela placa lhe parecia tão familiar? Ele sabia que nunca havia entrado ali, na verdade, nunca estivera naquela área de Fairfax. Talvez fosse o nome *In-Tune*. Sim, pensou, soava irritantemente familiar, mas não conseguia se lembrar por que de jeito nenhum.

Cinquenta minutos haviam se passado desde que Kendall entrara; estava na hora de apontar o binóculo de visão noturna para a porta. Ele observou gente de todo o tipo e constituição entrar e sair. A maioria eram figuras solitárias; de vez em quando, duas mulheres saíam conversando, depois saiu um casal, que se dirigiu lado a lado para o carro.

Mais quinze minutos se passaram e ainda nada de Kendall. Batt tinha tirado o binóculo dos olhos para dar-lhes um descanso quando viu a porta da academia se abrir. Pondo o binóculo de volta, viu Rodney Feir sair do prédio. *Que brincadeira é esta?*, pensou Batt.

Feir passou a mão pelo cabelo úmido. E foi então que Batt se lembrou por que o nome *In-Tune* era tão familiar. Todos os diretores da CIA eram obrigados a informar onde poderiam ser encontrados fora do horário de trabalho de modo que, se precisasse deles, o oficial de serviço poderia calcular quanto tempo levariam para voltar ao quartel-general.

Observando Feir caminhar e entrar no carro, Batt mordeu o lábio. É claro que poderia ser pura coincidência.

Sua suspeita se confirmou quando Feir não deu partida no carro, mas ficou sentado à direção, parado e em silêncio. Ele estava esperando alguma coisa, mas o quê? Talvez, pensou Batt, esperasse alguém.

Dez minutos mais tarde, o general Kendall saiu da academia. Ele não olhou nem para a direita nem para a esquerda; foi imediatamente até seu carro, deu partida e começou a sair em marcha a ré da vaga. Antes que deixasse o estacionamento, Feir deu partida no carro. Kendall virou à direita, saindo do estacionamento, e Feir o seguiu.

A excitação irrompeu no peito de Batt. *A vitória ainda era possível!*, pensou.

⁂

Depois que os dois tiros acertaram Jens, Bourne se virou para trás, mas o terceiro tiro disparado contra a cabeça de Jens o fez mudar de ideia. Ele correu pela rua sabendo que o homem estava morto, que não havia nada que pudesse fazer por ele. Tinha que presumir que Arkadin tivesse seguido Jens até o museu e ficado de tocaia.

Dobrando na mesma esquina que a guarda do museu, Bourne viu que ela havia hesitado e meio que se virado ao ouvir os tiros. Então, vendo Bourne vir atrás dela, correu e entrou por uma viela. Seguindo-a, Bourne a viu saltar para uma grade de aço corrugado, além da qual havia um terreno baldio preparado para construção, cheio de máquinas pesadas. Ela se agarrou ao alto da grade, içou-se e pulou por cima.

Bourne escalou a grade atrás dela, saltando para o chão de terra batida e escombros de concreto do outro lado. Ele a viu esconder-se atrás do flanco manchado de lama de um buldôzer, e correu em sua direção. Ela saltou para dentro da cabine, metendo-se atrás da direção e buscando a ignição.

Bourne estava bem perto quando o motor roncou. Pondo o buldôzer em marcha a ré, ela veio para cima dele. Havia escolhido um veículo ruim de manobra, e ele saltou para o lado, agarrou uma maçaneta e se alçou para a cabine. O buldôzer deu um solavanco, a embreagem rangendo, enquanto ela lutava para passar a primeira, mas Bourne já estava a seu lado.

Ela tentou sacar a arma, mas como também precisava controlar o buldôzer, um tapa de Bourne com facilidade fez com que a arma saísse voando e caísse no espaço para os pés, de onde ele a chutou para longe dela. Então, estendeu a mão e desligou o motor. No momento em que ele fez isso, a mulher cobriu o rosto com as mãos e explodiu em lágrimas.

⁌

— Esta merda é problema seu — disse Deron.
Soraya assentiu.
— Eu sei.
— Você veio nos procurar, a Kiki e a mim.
— Assumo plena responsabilidade.

– Creio que, neste caso – disse Deron –, temos que dividir a responsabilidade. Poderíamos ter dito não, mas não dissemos. Agora todos nós... não apenas Tyrone e Jason, estamos correndo grave risco.

Eles estavam sentados na sala de estar da casa de Deron, um aposento acolhedor, com um sofá circular de frente para uma lareira de pedras e, acima dela, um grande aparelho de TV de plasma. Os drinques estavam servidos numa mesa baixa de madeira, mas ninguém havia tocado neles. Deron e Soraya estavam sentados de frente um para o outro. Kiki estava enroscada em um canto como uma gata.

– Tyrone agora está totalmente ferrado – disse Soraya. – Vi o que eles estavam fazendo com ele.

– Espere um minuto. – Deron chegou para a frente. – Há uma diferença entre percepção e realidade. Não permita que eles ferrem com a sua cabeça. Eles não vão se arriscar a causar danos graves a Tyrone; ele é o único trunfo que eles têm para coagi-la a trazer Jason.

Soraya, mais uma vez vendo o medo desordenar seus pensamentos, serviu-se de um uísque. Mexendo a bebida no copo, ela inalou o aroma complexo, que a fez lembrar urze e caramelo. Recordou-se de Jason contando como imagens, aromas, idiomas ou tons de vozes eram gatilhos que disparavam lembranças ocultas.

Ela tomou um gole do uísque, sentiu-o incendiar uma corrente de fogo até seu estômago. Queria estar em qualquer lugar, menos onde estava naquele momento; queria outra vida; mas aquela era a vida que escolhera, e as decisões que tinha tomado. Não havia como mudar isso – não podia abandonar seus amigos, tinha que mantê-los em segurança. Como fazer isso era uma questão incômoda.

Deron estava certo com relação a LaValle e Kendall. Levá-la para a sala de interrogatório fora uma manobra psicológica. O que lhe haviam mostrado era mínimo, agora que pensava bem. Eles contavam que ela imaginasse o pior, que deixasse que aqueles pensamentos a perseguissem até fazê-la ceder e chamar Jason, para que eles pudessem tomá-lo sob custódia e, como um cão de circo, apresentá-lo ao presidente como prova de que, tendo conseguido o que inúmeras iniciativas da CIA não tinham conseguido, LaValle merecia assumir o controle e comandar a CIA.

Ela tomou mais um gole de uísque, consciente de que Deron e Kiki estavam em silêncio, pacientemente esperando que ela compreendesse o erro que havia cometido e, superando-o, o deixasse para trás. Mas ela tinha que tomar a iniciativa, formular um plano de contra-ataque. Fora o que Deron quisera dizer com *é problema seu*.

– O que vamos fazer – ela falou lenta e cuidadosamente – é vencer LaValle em seu próprio jogo.

– E como você pretende fazer isso? – perguntou Deron.

Soraya olhou para o que restava de seu uísque. Aquela era exatamente a questão, ela não tinha ideia.

O silêncio se prolongou, tornando-se mais pesado e mais mortal a cada segundo. Por fim, Kiki se desenroscou, levantou-se e disse:

– Para falar francamente, para mim basta desta depressão e derrota. Ficar sentada aqui com raiva e frustração não vai ajudar Tyrone e não está nos ajudando a encontrar uma solução. Vou sair e me divertir com meus amigos numa boate. – Ela olhou para Soraya e Deron. – Então, quem vem comigo?

⌒

O gemer intermitente das sirenes de polícia chegou até Bourne, sentado ao lado da guarda do museu no buldôzer. De perto, ela parecia mais jovem do que ele havia imaginado. O cabelo louro, puxado para trás num coque severo, havia se soltado e caía desalinhado ao redor do rosto. Seus olhos eram grandes e úmidos, e agora as pálpebras estavam vermelhas de chorar. Havia algo neles que o fez pensar que ela já nascera triste.

– Tire o paletó – ordenou.

– Quê? – A mulher pareceu totalmente confusa.

Sem dizer nada, Bourne a ajudou a despir o paletó. Arregaçando as mangas de sua camisa, ele examinou a parte interna dos cotovelos, mas não encontrou a tatuagem da Legião Negra. O medo escancarado se juntou à tristeza nos olhos dela.

– Como você se chama? – perguntou, com delicadeza.

– Petra-Alexandra Eichen – ela respondeu em voz trêmula.

– Mas todo mundo me chama de Petra. – Ela limpou os olhos e lançou-lhe um olhar de soslaio. – Você agora vai me matar?

As sirenes da polícia estavam muito altas e Bourne desejou ir para tão longe delas quanto fosse possível.

– Por que eu faria isso?

– Porque eu... – A voz dela hesitou e ela se engasgou num soluço, ao que parecia provocado por suas próprias palavras ou pela força da emoção. – Eu matei seu amigo.

– Por que fez aquilo?

– Pelo dinheiro – respondeu ela. – Eu precisava do dinheiro.

Bourne acreditou. Ela não agia como uma profissional; e também não falava como profissional.

– Quem lhe pagou?

O medo distorceu-lhe a expressão e ela arregalou os olhos que pareceram saltar.

– Eu... não posso lhe dizer. Ele me fez prometer, disse que me mataria se eu falasse.

Bourne ouviu vozes exaltadas, no rápido jargão usado pela polícia no mundo inteiro. Haviam dado início à varredura. Bourne apanhou a arma de Petra, uma Walther P22, o baixo calibre como a única opção para um assassinato silencioso num espaço fechado, mesmo com silenciador.

– Onde está o silenciador?

– Joguei fora num bueiro – ela respondeu –, como fui instruída a fazer.

– Continuar a cumprir ordens não vai ajudá-la. As pessoas que a contrataram vão matá-la de qualquer maneira. – Ele a arrastou para fora do buldôzer. – Você se meteu numa encrenca séria.

Ela deu um pequeno gemido e tentou fugir. Ele a agarrou.

— Se quiser, posso deixá-la ir direto para os tiras. Eles estarão aqui a qualquer minuto.

A boca de Petra se moveu, mas nenhum som inteligível saiu. Vozes soaram, mais claras agora. Os policiais estavam do outro lado do corrugado de aço. Ele a puxou na direção oposta.

— Sabe como sair daqui?

Petra assentiu, apontando. Ela e Bourne correram diagonalmente pelo terreno, desviando-se do equipamento pesado enquanto seguiam com cuidado em meio aos escombros e ao redor de grandes buracos na terra. Sem se virar, Bourne sabia que os policiais haviam entrado pelo lado mais afastado do canteiro de obras. Ele empurrou a cabeça de Petra para baixo enquanto ele próprio se agachava para impedir que ambos fossem vistos. Depois de um guindaste, o trailer de um mestre de obras estava posicionado sobre blocos de concreto. Uma fiação elétrica improvisada pendia logo acima do teto de metal.

Petra se atirou de cabeça debaixo do trailer e Bourne a seguiu. Os blocos de concreto erguiam o trailer o suficiente para que eles pudessem se enfiar ali debaixo, arrastando-se sobre a barriga até o lado oposto, onde Bourne viu que havia uma abertura cortada na cerca de metal.

Arrastando-se através da abertura, eles saíram para uma ruela tranquila, cheia de latões de lixo industriais e uma grande caçamba cheia de tijolos quebrados, blocos pré-fabricados de concreto estilhaçados e pedaços de metal retorcido, sem dúvida dos prédios que outrora ocupavam o espaço agora vazio atrás deles.

— Por aqui — sussurrou Petra enquanto os guiava para fora da ruela e por uma rua residencial. Dobrando a esquina, ela se dirigiu até um carro e abriu a porta com um jogo de chaves.

— Passe as chaves — disse Bourne. — Eles estarão procurando por você.

Ele pegou as chaves no ar e ambos embarcaram. Um quarteirão depois, deram com uma patrulhinha de polícia em ronda. A súbita tensão fez as mãos de Petra tremerem em seu colo.

– Vamos passar bem ao lado deles – falou Bourne. – Não olhe para eles.

Nada mais foi dito até que Bourne avisou:

– Eles fizeram meia-volta. Estão vindo atrás de nós.

TRINTA E TRÊS

— Vou largá-la em algum lugar – disse Arkadin. – Não quero você no meio do que vem por aí.

No banco do carona do BMW alugado, Devra lhe deu um olhar incrédulo.

— Isso não parece coisa sua.

— Não. Parece coisa de quem?

— Ainda temos que encontrar Egon Kirsch.

Arkadin dobrou numa esquina. Estavam no centro da cidade, um lugar cheio de velhas catedrais e palácios, que parecia saído dos contos de fadas de Grimm.

— Houve uma complicação – disse ele. – O rei da oposição entrou no jogo de xadrez. Seu nome é Jason Bourne e ele está em Munique.

— Mais um motivo para eu ficar com você. – Devra checou o mecanismo de uma das duas Lugers que Arkadin tinha conseguido com um dos agentes locais de Icoupov. – Um fogo cruzado tem muitos benefícios.

Arkadin deu uma gargalhada.

— Realmente, não lhe falta fogo, você tem coragem.

Aquilo era outra coisa que o atraía nela. Devra não tinha medo do fogo masculino que ardia em suas entranhas. Mas ele havia prometido a ela – e a si mesmo – que a protegeria. Fazia muitíssimo tempo desde que dissera isso a alguém, e apesar de ter jurado que nunca mais faria aquela promessa de novo, havia acabado de fazê-la. E por mais estranho que fosse, sentia-se bem por isso. De fato, agora, quando estava perto dela havia nele uma sensação de ter saído das trevas em que nascera, tatuadas em sua carne por tantos incidentes violentos. Pela primeira vez em sua vida, sentia que podia sentir prazer com o sol que batia em seu rosto, com o vento levantando o cabelo de Devra às suas costas, como se fosse uma juba, do fato de que podia andar com ela pela rua sem sentir que estava vivendo em outra dimensão, que não tinha acabado de chegar de outro planeta.

Enquanto paravam num sinal vermelho, ele a olhou. A luz do sol banhava o interior do carro, tingindo o rosto dela de um tom claríssimo de rosa. Naquele exato momento, ele sentiu algo sair de dentro de si e entrar nela e ela se virou, como se também tivesse sentido, e sorriu para ele.

O sinal passou de vermelho para verde e ele acelerou pelo cruzamento. Seu celular tocou. Um olhar para o número da chamada lhe disse que era Gala. Arkadin não atendeu; não tinha nenhum desejo de falar com ela, nem agora nem nunca mais, para falar francamente.

Três minutos depois, recebeu uma mensagem de texto: Dizia: MISCHA MORREU. FOI MORTO POR JASON BOURNE.

⌇

Seguindo Rodney Feir e o general Kendall pela Key Bridge até Washington propriamente dita, Rob Batt certificou-se de que sua Nikon SLR de lentes longas estivesse carregada com filme de alta velocidade. Tirou também uma série de fotos digitais com uma câmera compacta, apenas para referência, porque poderiam ser adulteradas em Photoshop num piscar de olhos. Para afastar qualquer suspeita de que as imagens pudessem ter sido manipuladas, ele apresentaria o rolo de filme não revelado a... bom, este era seu verdadeiro problema. Por um motivo justo e legítimo, ele era *persona non grata* na CIA. Era espantoso ver com que rapidez anos de associação desapareciam. Agora se dava conta de que tinha confundido a camaradagem que havia cultivado com seus colegas diretores com amizade. No que lhes dizia respeito, ele não existia mais, de modo que se fosse procurá-los com qualquer alegação acompanhada de provas de que a NSA havia conseguido os serviços de mais um funcionário da CIA, seria ignorado ou ridicularizado. Tentar aproximar-se de Veronica Hart estava igualmente fora de questão. Presumindo que ele sequer conseguisse chegar a ela – algo de que duvidava – falar com ela agora seria o mesmo que rebaixar-se. Batt nunca havia se humilhado e se rebaixado na vida, e não ia começar agora.

Então ele deu uma gostosa gargalhada ao perceber como era fácil se iludir. Por que algum de seus antigos colegas quereria alguma coisa com ele? Ele os traíra, os abandonara e se bandeara para o inimigo. Se estivesse no lugar deles – e como desejava que estivesse! – sentiria a mesma animosidade venenosa por alguém que o tivesse traído, que era o motivo pelo qual havia embarcado naquela missão para destruir LaValle e Kendall. Eles o haviam traído – o haviam deixado entregue aos cães tão logo isso fora conveniente para seus propósitos. No momento em que se aliara a eles, tinham lhe tomado o controle da Typhon.

Animosidade venenosa. Era uma excelente combinação de palavras e definia precisamente seus sentimentos com relação a LaValle e Kendall. Sabia, bem lá no fundo, que odiá-los era o mesmo que odiar a si mesmo. Mas não podia odiar a si mesmo; aquilo seria derrotar-se. Naquele exato momento, não conseguia acreditar que tivesse caído tão baixo a ponto de se bandear para a NSA. Batt já havia repassado aquela linha de raciocínio várias vezes, e agora lhe parecia que uma outra pessoa, um estranho desconhecido, tinha tomado aquela decisão. Não fora ele, não podia ter sido ele, portanto, LaValle e Kendall tinham-no obrigado a fazê-lo. E por isso teriam que pagar o preço máximo.

Os dois homens estavam em movimento de novo, e Batt saiu atrás deles. Depois de dez minutos dirigindo, os dois carros à sua frente entraram no estacionamento cheio do The Glass Slipper. Enquanto Batt passava em frente, Feir e Kendall saltaram de seus respectivos carros e entraram. Batt deu uma volta ao redor do quarteirão, estacionou numa rua lateral. Enfiando a mão no porta-luvas, tirou uma minúscula câmera Leica, do tipo usado pelo Velho, quando jovem, em seus tempos de vigilância. Era a grande aliada dos espiões de antigamente, confiável e ao mesmo tempo fácil de esconder. Batt a carregou com filme rápido, enfiou-a no bolso do peito da camisa junto com a câmera digital, e saltou do carro.

A noite era fustigada por um vento áspero. Dejetos subiam em espirais dos bueiros e pousavam em outro lugar. Enfiando as mãos nos bolsos do casaco, Batt se apressou, descendo o quarteirão e entrando no The Glass Slipper. Um guitarrista de *slide guitar* estava no palco, tocando blues e aquecendo o público para o show principal, uma banda famosa com vários CDs de sucesso no mercado.

Batt ouvira falar apenas sobre a reputação do clube. Sabia, por exemplo, que o dono era Drew Davis, principalmente porque Davis era um personagem impressionante, que continuamente se inseria nas questões políticas e econômicas dos negros americanos do distrito. Graças a sua influência, abrigos para sem-teto tinham se tornado lugares mais seguros para seus residentes, casas de passagem haviam sido construídas; ele fazia questão de empregar ex-presidiários. Era tão sagazmente notório a respeito dessas contratações que os ex-presidiários não tinham escolha senão aproveitar essa segunda chance.

O que Batt desconhecia era a existência do salão dos fundos do Slipper, de modo que ficou intrigado quando, depois de um circuito completo pela casa, não encontrou vestígio de Feir ou de Kendall.

Temendo que tivessem escapulido pela porta dos fundos, voltou para o estacionamento, para descobrir que os carros continuavam no mesmo lugar. De volta ao Slipper, deu mais uma volta pelo estabelecimento em meio ao público, imaginando que de algum modo deveria ter passado por eles sem ver. Mesmo assim, não viu nenhum sinal dos dois até que, ao se aproximar dos fundos da sala, avistou alguém falando com um negro musculoso mais ou menos do tamanho de uma geladeira. Depois de uma rodada de conversa e negociações, o Sr. Músculos abriu uma porta que Batt não havia reparado antes, e o homem passou por ela. Imaginando que tinha sido por ali que Feir e Kendall deviam ter passado, Batt foi abrindo caminho em direção ao Sr. Músculos.

Foi então que ele viu Soraya entrar pela porta da frente.

&

Bourne quase destruiu a engrenagem do carro tentando escapar do carro da polícia.

– Vá devagar – pediu Petra –, senão vai estragar meu pobre carro.

Ele desejou ter estudado melhor o mapa da cidade. Uma rua bloqueada por cavaletes de madeira passou num lampejo à esquerda. O asfalto havia sido removido, deixando exposto o leito esburacado e cheio de fendas da rua, cujas piores partes estavam sendo escavadas.

– Segure-se – disse Bourne enquanto dava ré, virava e entrava na rua, dirigindo o carro em meio aos cavaletes, destruindo um e mandando longe os demais. O carro chegou à camada sem asfalto, desceu a rua numa velocidade que beirava a imprudência. A sensação era de que o automóvel estava sendo metralhado. Os dentes de Bourne chocalhavam e Petra lutava para se impedir de gritar.

Atrás deles, o carro de polícia estava tendo enorme dificuldade em seguir um caminho em linha reta, virando de um lado para outro para evitar as crateras mais profundas no leito da rua. Imprimindo novamente velocidade, Bourne conseguiu aumentar a distância entre eles. Mas então deu uma olhada para a frente. Um caminhão de cimento estava atravessado na outra ponta da rua. Se seguissem adiante, não haveria como evitar uma colisão.

Bourne manteve a velocidade enquanto o caminhão se avolumava a sua frente. O carro de polícia continuava vindo.

– O que está fazendo? – gritou Petra. – Você está maluco?
Naquele momento, Bourne botou o carro em ponto morto e pisou no freio. Imediatamente passou a ré, tirou o pé do freio, e pressionou o acelerador até o fundo. O carro estremeceu, o motor urrou. Então, a marcha engatou e o carro voou para trás. O carro de polícia avançou, o motorista imobilizado pelo choque. Bourne desviou dele, enquanto o veículo avançava para a lateral do caminhão.
Bourne nem olhou. Estava ocupado, pilotando o carro pela rua em marcha a ré. Passando a toda pelos cavaletes destruídos, ele virou, freou, pôs o carro em primeira e foi embora.

⤴

– O que você está fazendo aqui? – perguntou Noah. – Você devia estar a caminho de Damasco.
– Meu voo parte dentro de quatro horas. – Moira pôs as mãos nos bolsos para que ele não visse que estavam cerradas. – Você não respondeu a minha pergunta.
Noah suspirou.
– Não faz nenhuma diferença.
A risada dela soou amarga.
– Por que não estou surpreendida?
– Porque – respondeu Noah – você trabalhou com a Black River tempo suficiente para saber como operamos.
Eles caminhavam pela Kaufingerstrasse no centro de Munique, uma área de tráfego pesado próxima à Marienplatz. Virando na placa para a Augustiner Bierkeller, eles entraram num espaço longo e semiobscuro, semelhante a uma catedral, mas que cheirava forte a cerveja e salsicha *wurst* cozida. O burburinho era perfeito para mascarar uma conversa particular. Atravessando o piso de lajotas vermelhas, eles escolheram uma mesa num dos salões e se sentaram em bancos de madeira. A pessoa mais próxima era um velho fumando cachimbo enquanto lia o jornal.

Moira e Noah pediram Hefeweizen, uma cerveja de trigo ainda turva do fermento não filtrado, a uma garçonete vestida com o Dirndlkleid regional, saia longa e rodada com blusa decotada. Ela usava avental e uma bolsa decorativa.

– Noah – disse Moira depois que as cervejas foram servidas. – Não tenho mais quaisquer ilusões sobre por que fazemos o que fazemos, mas como você espera que eu ignore a informação que acabei de receber direto da fonte?

Noah tomou um longo gole de cerveja e limpou os lábios meticulosamente antes de responder. Então, começou a ticar os pontos nos dedos.

– Primeiro, este homem, o tal Hauser, disse que a falha no programa é virtualmente indetectável. Segundo, o que ele lhe disse não pode ser verificado. Ele poderia ser apenas um empregado insatisfeito, tentando se vingar da Siderúrgica Kaller. Você considerou a possibilidade?

– Poderíamos rodar nossos testes no programa.

– Não há tempo. Faltam menos de dois dias para a data em que o navio-tanque LNG chega à doca do terminal. – Ele continuou a pontuar seus argumentos. – Terceiro, não poderíamos fazer nada sem alertar a NextGen, que por sua vez confrontaria a Siderúrgica Kaller, algo que nos poria numa situação desagradável. E quarto e ponto final, *que parte da frase: Nós comunicamos oficialmente à NextGen que estávamos nos retirando do projeto*, você não compreende?

Moira recostou-se por um momento e respirou fundo.

– A informação é sólida, Noah. Poderia conduzir à situação com a qual estivemos mais preocupados: um ataque terrorista. Como você pode...

– Você já violou suas ordens várias vezes, Moira – Noah falou asperamente. – Trate de embarcar naquele avião e pôr a cabeça em sua nova missão, ou sua carreira na Black River estará acabada.

– É melhor que não nos encontremos por enquanto – disse Icoupov.

Arkadin estava furioso, mal conseguia conter a raiva. Só o fizera porque Devra, bruxinha esperta que era, havia enterrado as unhas na palma de sua mão. Ela o compreendia, não fizera perguntas, não quisera saber de nada, não ficara sondando, insistindo nem, como um abutre, querendo detalhes de seu passado.

– E os planos? – Ele e Devra estavam num bar miserável e cheio de fumaça numa área pobre da cidade.

– Virei pegá-los com você. – A voz de Icoupov parecia fraca e muito distante no celular, apesar do fato de que só poderia haver uns dois ou três quilômetros separando-os. – Estou seguindo Bourne. Eu mesmo vou capturá-lo.

Arkadin não queria ouvir aquilo.

– Pensei que esse fosse meu trabalho.

– Seu trabalho está essencialmente terminado. Você tem os planos e acabou com a rede de contatos de Pyotr.

– Todos, exceto Egon Kirsch.

– Kirsch já foi neutralizado – informou Icoupov.

– Sou eu quem elimina os alvos. Vou lhe entregar os planos e então cuido de Bourne.

– Já lhe disse, Leonid Danilovich, não quero Bourne morto.

Arkadin emitiu um som estrangulado, angustiado, quase animal. *Mas Bourne tem que ser morto*, pensou. Devra enterrou as unhas mais fundo em sua carne, de modo que ele sentiu o cheiro doce e acobreado de seu próprio sangue. *E eu tenho que fazê-lo. Ele matou Mischa.*

– Você está me ouvindo? – perguntou Icoupov, asperamente.

Arkadin se sobressaltou em meio à fúria.

– Sim, senhor, sempre. Contudo devo insistir que o senhor me diga onde estará quando abordar Bourne. É apenas uma questão de segurança, de sua própria segurança. Não vou ficar parado impotente, se alguma coisa imprevista lhe acontecer.

– De acordo – concordou Icoupov, depois de um momento de hesitação. – No momento ele está em movimento, de modo que tenho tempo de pegar os planos com você. – Ele deu um endereço a Arkadin. – Estarei lá em quinze minutos.

– Vou precisar de mais tempo – retrucou Arkadin.

– Então, dentro de meia hora. No momento em que souber onde vou interceptar Bourne, aviso a você. Assim está bem, Leonid Danilovich?

– Perfeito.

Arkadin fechou e guardou o telefone, soltou-se de Devra e foi até o bar.

– Um Oban duplo com gelo.

O *bartender*, um homem enorme de braços tatuados, franziu cenho para ele.

– O que é um Oban?

– Um malte escocês, seu imbecil.

Lustrando um copo antigo, o *bartender* resmungou.

– E onde você pensa que está, no palácio do príncipe? Não temos nenhum malte escocês.

Arkadin estendeu a mão, arrancou-lhe o copo da mão e o esmigalhou contra a base no nariz do *bartender*. À medida que o sangue começava a jorrar, ele puxou o homem estonteado por cima do balcão e o esmurrou, reduzindo-o a uma massa sangrenta.

༄

– Não posso voltar para Munique – disse Petra. – Não por algum tempo. Foi o que ele me disse.

– Por que você poria seu trabalho em risco para matar alguém? – perguntou Bourne.

– Por favor! – Ela o olhou. – Nem um hamster conseguiria viver com o salário que eles me pagam naquele pardieiro.

Ela estava na direção, seguindo pela via expressa. Já tinham passado pelos arredores da cidade. Bourne não se importava; ele próprio precisava ficar fora de Munique até que o furor causado pelo assassinato de Egon Kirsch passasse. Apesar do fato de que as autoridades encontrariam documentos de algum outro homem com Kirsch, Bourne não tinha dúvidas de que acabariam por descobrir sua verdadeira identidade. Só esperava que àquela altura já tivesse tido tempo para recuperar os planos que estavam com Arkadin e estivesse voando de volta a Washington. Nesse meio-tempo, a polícia estaria procurando por ele, como testemunha dos assassinatos tanto de Kirsch quanto de Jens.

– Mais cedo ou mais tarde – disse Bourne – vai ter que me contar quem a contratou.

Petra não disse nada, mas suas mãos tremiam no volante, em resultado da perseguição e da fuga angustiantes.

– Para onde estamos indo? – perguntou Bourne. Ele queria mantê-la envolvida na conversa. Sentia que ela precisava se conectar com ele para se abrir. Tinha que convencê-la a lhe contar quem tinha ordenado a morte de Egon Kirsch. Aquilo poderia responder à outra pergunta: se ele estava ligado ao homem que matara Jens.

– Para casa – respondeu ela. – Um lugar para onde eu nunca queria voltar.

– Por quê?

– Nasci em Munique, porque minha mãe veio para cá para me dar à luz, mas sou de Dachau. – Ela se referia à cidade, é claro, que dera nome ao campo de concentração nazista adjacente. – Ninguém quer que Dachau apareça na certidão de nascimento de um filho, de modo que quando chega a hora, as mulheres vêm para um hospital em Munique. – Não era nada surpreendente. Quase dois milhões de pessoas tinham sido exterminadas durante a vida no campo, que fora o que mais durara durante a guerra, já que tinha sido o primeiro a ser construído, tornando-se o protótipo para todos os demais campos de concentração.

A cidade em si, ao longo do rio Amper, ficava a cerca de sete quilômetros e meio de Munique. Era inesperadamente bucólica, com ruazinhas calçadas de pedras, postes de luz antigos e calçadas tranquilas ladeadas de árvores.

Quando Bourne observou que a maioria das pessoas por quem passavam pareciam bem satisfeitas, Petra deu uma risada desagradável.

– Elas vivem em meio a uma neblina permanente, odiando o fato de que sua cidadezinha tem que carregar o fardo de um passado tão sanguinário.

Ela dirigiu para o centro de Dachau, então virou para norte até que chegaram ao que outrora fora o vilarejo de Etzenhauzen. Lá, numa colina desolada chamada Leitenberg, havia um cemitério, solitário e absolutamente deserto. Eles desceram do carro, passaram pela estela de pedra com a Estrela de David esculpida. A pedra estava gasta e arranhada, coberta de líquen; as copas dos pinheiros e cicutas acima escondiam o sol, mesmo numa manhã clara e bonita de meio de inverno como aquela.

Enquanto caminhavam em meio às sepulturas, ela disse:

– Aqui é o KZ-Friedhof, o cemitério do campo de concentração. Durante a maior parte da vida de Dachau, os corpos dos judeus eram empilhados e cremados em fornos, mas perto do fim da guerra, quando o campo ficou sem carvão, os nazistas tiveram que fazer alguma coisa com os corpos, de modo que os trouxeram para cá. – Ela abriu bem os braços. – É o único memorial que as vítimas judias tiveram.

Bourne já tinha estado em muitos cemitérios antes e os achava estranhamente tranquilizadores. Mas não KZ-Friedhof, onde uma sensação de constante movimento, de um murmurar incessante, fazia sua pele se arrepiar. O lugar estava vivo, uivando em seu silêncio desassossegado. Ele parou, agachou-se, passou os dedos sobre as palavras entalhadas numa lápide. Estavam tão erodidas que era impossível lê-las.

– Você pensou em algum momento que o homem que matou hoje podia ser um judeu? – perguntou.

Ela se virou para ele bruscamente.

– Eu lhe disse que precisava do dinheiro. Fiz aquilo por necessidade.

Bourne olhou ao redor.

– Foi o que os nazistas disseram quando enterraram suas últimas vítimas aqui.

Um lampejo de raiva brilhou momentaneamente, apagando a tristeza nos olhos dela.

– Odeio você.

– Não tanto quanto odeia a si mesma. – Ele se levantou, devolveu-lhe sua arma. – Tome, por que não se mata e acaba logo com tudo?

Ela aceitou a arma e apontou-a para ele.

– Por que não mato você?

– Me matar só tornaria as coisas piores para você. Além disso... – Bourne abriu a palma de uma mão para mostrar as balas que havia tirado da arma.

Com um bufar de desagrado, Petra enfiou a arma no coldre. O rosto e as mãos pareciam esverdeados sob a pouca luz que se filtrava através das folhagens.

– Você pode reparar o que fez hoje – falou Bourne. – Diga-me quem a contratou.

Petra olhou-o com ceticismo.

– Não vou lhe dar o dinheiro, se é isso o que está querendo.

– Não tenho nenhum interesse no dinheiro – disse Bourne. – Mas creio que o homem que você matou ia me contar uma coisa que eu precisava saber. Desconfio que tenha sido por isso que você foi contratada para matá-lo.

Parte do ceticismo sumiu do rosto dela.

– Verdade?

Bourne assentiu.

– Eu não *queria* matá-lo – disse ela. – Você compreende?

– Você aproximou-se dele, apontou-lhe uma arma para a cabeça e apertou o gatilho.

Petra desviou os olhos, sem olhar para nada em particular.

– Não quero pensar sobre isso.

– Então, você não é melhor que os outros em Dachau.

As lágrimas explodiram, ela cobriu o rosto com as mãos e seus ombros tremeram. Os sons que ela fez pareciam os que Bourne tinha ouvido na Leitenberg.

Por fim, a crise de choro de Petra se acalmou. Limpando os olhos avermelhados com as costas das mãos, ela disse:

— Eu queria ser poeta, sabe? Sempre achei que ser poeta era ser revolucionária. Eu, uma alemã, queria mudar o mundo, ou pelo menos, fazer algo para arrancar esse nosso âmago de culpa.

— Você devia ter se tornado exorcista.

Era uma piada, mas o humor dela era tal que ela não viu nada de engraçado.

— Teria sido perfeito, não acha? — Ela o encarou com os olhos ainda cheios de lágrimas. — É assim tão ingênuo querer mudar o mundo?

— *Impraticável* seria uma definição melhor.

Ela inclinou a cabeça.

— Você é cínico, não é? — Quando ele não respondeu, ela prosseguiu. — Não acho que seja ingênuo acreditar que as palavras, o que você escreve possa mudar as coisas.

— Então, por que não está escrevendo — perguntou ele —, em vez de matar pessoas por dinheiro? Isso não é meio de ganhar a vida.

Ela ficou em silêncio por tanto tempo que ele ficou a se perguntar se o teria ouvido.

Por fim, ela disse:

— Dane-se, fui contratada por um homem chamado Spangler Wald. Ele é pouco mais que um garoto, na verdade, não tem mais que vinte e um ou vinte e dois anos. Eu o conhecia de vista dos bares; tomamos um café juntos uma ou duas vezes. Ele disse que estudava na universidade, que ia se formar em economia entrópica, seja lá o que isso for.

— Não creio que ninguém possa se formar em economia entrópica — falou Bourne.

— Faz sentido — disse Petra, ainda fungando. — Preciso mandar recalibrar meu desconfiômetro. — Ela deu de ombros. — Nunca fui muito boa em avaliar pessoas; sou melhor comungando com os mortos.

– Não se pode trazer para si o pesar e a raiva de tanta gente sem ser enterrada viva.

Ela olhou para as fileiras de lápides arruinadas.

– O que mais posso fazer? Eles agora estão esquecidos. É aqui que está a verdade. Se você omitir a verdade, não é pior do que mentir?

Quando ele não respondeu, ela deu de ombros e se virou para o outro lado.

– Agora que você já esteve aqui, quero lhe mostrar o que os turista veem.

Ela o conduziu de volta ao carro, dirigiu pela colina deserta até o memorial oficial de Dachau.

Havia uma nuvem sobre o que restava dos prédios do campo, como se as emissões nocivas dos incineradores a carvão ainda se elevassem e caíssem sobre os fornos, como aves de rapina ainda em busca de mortos. Uma escultura em ferro, uma representação angustiante de prisioneiros esqueléticos, feita de modo a se assemelhar ao arame farpado que os prendera, os recebeu quando entraram com o carro. Dentro do que outrora fora o prédio principal da administração havia imitações de celas, vitrines com sapatos e outros objetos indescritivelmente tristes, tudo o que restara dos internos.

– Nestas placas... – começou Petra. – Você vê alguma menção a quantos judeus foram torturados e perderam a vida aqui? "Cento e noventa e três mil *pessoas* perderam a vida aqui", diz a placa. Não existe expiação para isso. Ainda estamos nos escondendo de nós mesmos; ainda somos um país de gente que odeia judeus, por mais que tentemos sufocar o impulso, com uma raiva ofendida e hipócrita, como se tivéssemos o direito de nos sentir ofendidos.

Bourne poderia ter dito a ela que nada na vida era assim tão simples, porém achou melhor deixar que ela extravasasse sua fúria.

Claramente, ela não podia externar aqueles sentimentos com mais ninguém.

Ela o levou para um tour pelos fornos, que tinham uma aparência sinistra mesmo tantos anos depois de terem deixado de ser usados. Pareciam vivos, pareciam tremeluzir, como parte de um universo alternativo transbordando de indizível horror. Por fim, saíram do crematório e chegaram a um aposento comprido, cujas paredes estavam cobertas de cartas, algumas escritas pelos prisioneiros, outras por famílias desesperadas por notícias de seus entes queridos, bem como outras anotações, desenhos e cartas mais formais de pedido de informações. Todas haviam sido escritas em alemão e nenhuma fora traduzida para outras línguas.

Bourne leu todas. As consequências do desespero, atrocidades e morte pairavam naqueles aposentos, impedidas de escapar. Ali havia um silêncio diferente do que houvera na colina de Leitenberg. Ele se deu conta do raspar suave de solas de sapato, o sussurro dos tênis de turistas enquanto se arrastavam de um objeto em exibição para outro. Era como se a desumanidade acumulada sufocasse a capacidade de falar, ou talvez fosse o fato de que palavras – quaisquer palavras – fossem ao mesmo tempo inadequadas e supérfluas.

Eles se moveram devagar pelo salão. Ele viu os lábios de Petra se moverem enquanto ela lia carta após carta. Perto do fim da parede, uma chamou a atenção de Bourne, fez seu pulso se acelerar. Uma folha de papel, obviamente papel timbrado oficial, trazia um texto escrito à mão no qual o autor reclamava ter criado o que afirmava ser um gás muito mais eficiente do que o Zyklon-B, mas que ninguém na administração de Dachau se dera ao trabalho de lhe responder. Possivelmente fora por isso que o gás nunca fora usado em Dachau. Contudo, o que interessou bem mais a Bourne foi o fato de que o papel era timbrado com a roda de três cabeças de cavalo unidas no centro pela caveira símbolo das SS.

Petra aproximou-se dele, agora com as sobrancelhas franzidas.

– Isso me parece familiar.

Ele se virou para ela.

– Como assim?

– Havia um sujeito que eu conhecia, o Velho Pelz. Ele dizia que morava na cidade, mas acho que era sem-teto. Ele costumava vir até o abrigo antiaéreo de Dachau para dormir, especialmente no inverno. Costumava tagarelar o tempo todo, como fazem os malucos, você sabe, como se estivesse falando com outra pessoa. Eu me lembro de ele me mostrar um retalho de pano bordado com a mesma insígnia. Ele falava de algo chamado Legião Negra.

O pulso de Bourne se acelerou.

– O que ele dizia?

Ela deu de ombros.

– Você odeia tanto os nazistas – falou ele –, mas me pergunto se você se dá conta de que algumas das coisas que eles criaram ainda existem.

– Sim, claro, os *skinheads*, por exemplo.

Ele apontou para a insígnia.

– A Legião Negra ainda existe, ainda é um perigo, até maior do que quando o Velho Pelz a conheceu.

Petra sacudiu a cabeça.

– Ele falava sem parar. Nunca soube se estava falando comigo ou consigo mesmo.

– Você pode me levar a ele?

– Claro, mas não sei se ainda está vivo. Ele bebia como um peixe.

↩

Dez minutos depois, Petra dirigiu o carro pela descida da Augsburgerstrasse, rumo ao sopé de uma colina chamada Karlsburg.

– É de uma ironia danada – disse ela, com amargura – que o lugar que mais desprezo seja o mais seguro para mim.

Ela entrou no estacionamento diante da igreja paroquial St. Jakob. A torre barroca octogonal da igreja podia ser vista de toda parte na cidade. Ao lado havia uma loja de departamentos da rede Hörhammer.

— Está vendo ali, na lateral da Hörhammer — ela apontou enquanto saltavam do carro —, aquela escada leva ao imenso *bunker* antiaéreo, escavado no interior da colina. Mas não se pode entrar por ali.

Conduzindo-o à escadaria da St. Jakob, ela o fez atravessar o interior renascentista da igreja, passando pelo coro. Adjacente à sacristia, uma discreta porta de madeira ocultava um lance da escada de pedra que descia, em caracol, até a cripta, que era surpreendentemente pequena comparada ao tamanho da igreja acima.

Mas, como Petra rapidamente lhe mostrou, havia um motivo para o tamanho reduzido: além dela ficava um labirinto de aposentos e corredores.

— O *bunker*... — falou, acendendo uma fileira de lâmpadas descobertas, fixadas na parede de pedra à direita. — Foi para cá que meus avós fugiram quando seu país bombardeou a capital não oficial do Terceiro Reich. — Ela se referia a Munique, mas Dachau ficava perto o suficiente para também ter sofrido com o ímpeto dos bombardeios da força aérea americana.

— Se você odeia tanto o seu país — comentou Bourne —, por que não o deixa?

— Porque também o amo — respondeu Petra. — Este é o mistério de ser alemão: ser orgulhoso, mas com ódio de si mesmo. — Ela deu de ombros. — O que se pode fazer? Cada um tem que jogar com a mão de cartas que recebe do destino.

Bourne sabia como era isso. Olhou à volta.

— Você conhece bem este lugar?

Ela suspirou pesadamente, como se sua fúria tivesse se esgotado.

— Quando eu era criança, toda semana, meus pais me traziam à missa de domingo. Eles eram tementes a Deus. Que piada! Deus não virou o rosto para este lugar muitos anos atrás?

"De todo modo, um belo domingo, fiquei tão entediada que escapuli. Naquela época, eu era obcecada pela morte. Quem pode me culpar? Fui criada com o fedor da morte nas narinas." Ela olhou para ele. "Você consegue acreditar que sou a única pessoa que conheço que jamais visitou o memorial? Você acha que meus pais algum dia foram lá? Meus irmãos, tias e tios, meus colegas de turma na escola. Que nada! Eles não querem sequer admitir que exista."

Aparentemente esgotada, mais uma vez, ela prosseguiu:

– Assim, desci até aqui para comungar com os mortos, mas não os encontrando, segui adiante e o que descobri? O *bunker* de Dachau.

Ela pôs a mão na parede, movendo-a ao longo das pedras ásperas, como numa carícia sobre o flanco de um amante.

– Isso aqui se tornou o meu lugar, meu mundo particular. Eu ficava feliz quando estava debaixo da terra em companhia dos cento e noventa e três mil mortos. Eu os sentia. Acreditava que a alma de cada um deles estava aprisionada aqui. Era tão injusto, pensava. Passava o meu tempo tentando encontrar uma maneira de libertá-las.

– Creio que só existe uma maneira de fazer isso – disse Bourne –, que é libertando a si mesma.

Ela gesticulou.

– O esconderijo do Velho Pelz fica por ali.

Enquanto seguiam devagar por um túnel, ela continuou:

– Não fica muito longe. Ele gostava de ficar perto da cripta. Achava que um par daqueles velhos sujeitos eram seus amigos. Ele sentava e conversava com eles durante horas, bebendo sem parar, como se estivessem vivos e ele pudesse vê-los. Quem sabe? Talvez pudesse. Já ouvi falar de coisas mais estranhas.

Depois de um breve momento, o túnel se abriu para uma série de quartos. Os odores de uísque e suor azedo chegaram até eles.

– Acho que é o terceiro quarto à esquerda – disse Petra.

Mas antes que chegassem, o vão da porta foi preenchido por um vulto corpulento, um corpo com uma cabeça que mais parecia uma bola de boliche, os cabelos desgrenhados em pé, como um porco-espinho. Os olhos loucos do Velho Pelz os examinaram.

– Quem vem lá? – A voz estava rouca e engrolada.
– Sou eu, Herr Pelz. Petra Eichen.
Mas o Velho Pelz olhava com horror para a arma no quadril de Petra.
– Porra nenhuma! – Empunhando uma espingarda, ele berrou: – Simpatizantes nazistas! – E disparou.

TRINTA E QUATRO

Soraya entrou no The Glass Slipper atrás de Kiki e na frente de Deron. Kiki havia ligado avisando que iriam, e assim que entraram, o dono, Drew Davis, aproximou-a gingando e mais parecendo a imagem do tio Patinhas McPato. Era um homem idoso e enrugado, de cabelo branco arrepiado, como se tivesse se assustado ao ver que ainda estava vivo. Tinha um rosto cheio de animação e olhos travessos, nariz amassado como goma mascada e um largo sorriso, ensaiado até chegar à perfeição em entrevistas de televisão não só para podar os políticos locais como para promover suas obras de caridade nos bairros pobres do distrito. Mas ele era dotado de um calor humano genuíno. Tinha um jeito de olhar enquanto falava que fazia com que se tivesse a impressão de que era só a você que ele ouvia.

Ele abraçou Kiki e ela o beijou em ambas as faces, chamando-o de "Pai". Mais tarde, depois das apresentações, sentados à bela mesa que Drew Davis lhes havia reservado, depois que o champanhe e os salgadinhos tinham sido servidos, Kiki explicou seu relacionamento com ele.

– Quando eu era pequena, nossa tribo foi arrasada por uma seca tão severa que muitos dos anciãos e dos recém-nascidos ficaram doentes e morreram. Depois de algum tempo, um pequeno grupo de brancos veio nos ajudar. Eles nos disseram que eram de uma organização que nos enviaria dinheiro a cada mês, depois que implantassem seu programa em nossa aldeia. Eles trouxeram água, mas, claro, não havia o suficiente.

"Depois que eles partiram, pensando em promessas não cumpridas, nos entregamos ao desespero. Mas cumprindo a palavra, a água veio, e depois vieram as chuvas e não precisamos mais da água deles, mas eles nunca nos abandonaram. O dinheiro deles foi para remédios e escolas. Todo mês, como as outras crianças, eu recebia cartas de nosso padrinho, a pessoa que enviava o dinheiro."

"Quando tive idade suficiente, comecei a escrever de volta a Drew, e assim mantivemos uma longa correspondência. Anos depois, quando eu quis continuar meus estudos, ele providenciou que eu fosse para uma escola na Cidade do Cabo e depois me apadrinhou de verdade, trazendo-me para os Estados Unidos para cursar o colegial e a universidade. Ele é como um segundo pai para mim."

Eles beberam champanhe e assistiram ao espetáculo das dançarinas do poste – que para surpresa de Soraya, parecia bem mais artístico e menos vulgar do que ela imaginara. Mas havia mais corpos com implantes cirúrgicos na sala do que ela jamais vira. Por mais que tentasse não conseguia entender por que uma mulher quereria seios que pareciam e se moviam como balões.

Ela continuou a beber o champanhe, muito consciente de que estava bebendo goles minúsculos, modestos demais. Não havia nada que quisesse mais do que seguir o conselho de Kiki e esquecer os problemas por um par de horas. A única dificuldade era que ela sabia que isso jamais aconteceria. Era controlada demais, fechada demais. *O que eu devia fazer*, pensou melancolicamente enquanto observava uma garota de cabelos vermelhos, seios que desafiavam a gravidade e quadris que pareciam independentes do resto do corpo, *é encher a cara, tirar a blusa e ir dançar no poste*. Ela riu com o absurdo da ideia. Nunca fora alguém desse tipo, nem quando teria sido apropriado para a idade. Sempre tinha sido a garotinha comportada – fria, calculista a ponto de ser analítica demais. Olhou para Kiki, cujo rosto magnífico estava iluminado não apenas pelas luzes estroboscópicas, mas também por uma alegria feroz. Será que a vida das garotas bem-comportadas não carecia de cor e de sabor?, Soraya perguntou a si mesma.

Aquele pensamento a deprimiu ainda mais, mas foi apenas um prelúdio, porque no momento seguinte ela levantou o olhar e deu com Rob Batt. *Mas que diabo?*, pensou. Com certeza, ele a tinha visto já que estava vindo direto até ela.

Soraya pediu licença, levantou-se e caminhou na direção oposta, para o banheiro feminino. Mas, de alguma forma, Batt conseguiu abrir caminho e se meter bem na frente dela. Ela girou nos calcanhares, começou a avançar por entre as mesas, mas Batt, correndo pela passagem dos garçons que vinham da cozinha, a alcançou.

– Soraya, preciso falar com você.

Ela deu-lhe as costas, deu alguns passos, e saiu pela porta. No estacionamento, ouviu-o correndo atrás dela. Caía um pouco de granizo, mas o vento havia parado totalmente e a precipitação caía em linha reta, derretendo em seus ombros e sobre sua cabeça descoberta.

Ela não sabia por que viera àquele lugar. Kiki os trouxera de carro da casa de Deron, de modo que não tinha um carro para se esconder. Talvez estivesse enojada por ver um homem de quem gostara e em quem confiara, um homem que traíra sua confiança, que se passara para o lado das trevas, que era como ela chamava, em particular, a NSA de LaValle porque não suportava pronunciar as palavras *Agência de Segurança Nacional* sem se sentir nauseada. A NSA acabara por representar tudo o que dera errado na América nos últimos anos – a ganância pelo poder, a percepção de alguns no anel rodoviário, de que tinham o direito de fazer tudo, o que bem entendessem, e que se danassem as leis da democracia. Tudo se resumia em desprezo, pensou ela. Aquelas pessoas tinham tanta certeza de estar certas que sentiam apenas desprezo e talvez pena daqueles que tentavam se opor.

– Soraya, espere! Pare!

Batt a tinha alcançado.

– Saia da minha frente. – Ela continuou a andar.

– Mas preciso falar com você.

– De jeito nenhum. Não temos nada para conversar.

— É uma questão de segurança nacional.

Sacudindo a cabeça com incredulidade, Soraya deu uma risada amarga e continuou a caminhar.

— Ouça. Você é minha única esperança. Você é a única que tem abertura para me ouvir.

Revirando os olhos, ela se virou para encará-lo.

— Você tem uma tremenda cara de pau, Rob. Trate de ir lamber as botas de seu novo dono.

— LaValle me atirou aos cães, Soraya, você sabe disso. — Os olhos dele pareciam suplicantes. — Escute, cometi um erro terrível. Pensei que o que estava fazendo salvaria a CIA.

Incrédula, Soraya quase riu na cara dele.

— Você não espera que eu acredite nisso.

— Sou um produto do Velho. Eu não confiava em Hart. Eu...

— Não me venha com essa conversa sobre o Velho. Se realmente fosse cria do Velho, você nunca teria nos traído. Teria aguentado firme, se tornado parte da solução em vez de tornar o problema pior.

— Você não ouviu o secretário Halliday, o homem é uma força da natureza. Fui sugado por sua órbita. Cometi um erro, entendeu? Admito.

— Não há desculpa para sua quebra de confiança.

Batt levantou as mãos espalmadas.

— Você está absolutamente certa, pelo amor de Deus, olhe só para mim agora. Estou sendo mais do que devidamente punido, não estou?

— Não sei, Rob, você é quem sabe.

— Não tenho mais emprego e nenhuma perspectiva de conseguir um. Meus amigos não atendem minhas chamadas, e quando os encontro na rua ou em um restaurante, eles fazem o que você fez, me dão as costas. Minha mulher me deixou e levou meus filhos. — Ele passou as mãos pelo cabelo molhado. — Que diabos! Estou morando em meu carro desde que tudo aconteceu. Estou péssimo, Soraya. Que castigo poderia ser pior?

Será que era um defeito de caráter o fato de sentir pena dele?, pensou Soraya. Mas não demonstrou nenhum traço de piedade, apenas se manteve em silêncio, esperando que ele continuasse.

– Me ouça – suplicou ele. – Ouça...

– Não quero ouvir.

Quando começava a lhe dar as costas, ele enfiou-lhe a câmera digital nas mãos.

– Pelo menos dê uma olhada nessas fotos.

Soraya estava a ponto de devolver a câmera, mas refletiu que não teria nada a perder. A câmera de Batt estava ligada e ela apertou o botão REVISAR. O que viu foi uma série de fotos de vigilância do general Kendall.

– Que diabo é isso?

– Isso é o que andei fazendo desde que fui demitido – respondeu Batt. – Tentando encontrar um modo de derrubar LaValle. Percebi imediatamente que ele devia ser difícil demais para um ataque direto, mas que Kendall, bem, ele é outra história.

Ela olhou para o rosto dele, que irradiava um fervor que nunca tinha visto antes.

– Como descobriu isso?

– Kendall é inquieto e amargo, insatisfeito e desgastado por viver sob o jugo de LaValle. Ele quer uma participação maior no poder do que Halliday ou LaValle estão dispostos a lhe dar. Esse desejo faz com que seja estúpido e o deixa vulnerável.

A despeito de si mesmo, Soraya ficou curiosa.

– O que você descobriu?

– Mais do que tinha esperança de descobrir. – Batt fez um sinal de cabeça para ela. – Continue olhando.

Enquanto Soraya continuava a repassar as fotos, seu coração começou a bater mais forte no peito. Ela examinou mais de perto.

– Este é... Santo Deus, é Rodney Feir!

Batt assentiu.

– Ele e Kendall se encontraram na academia de ginástica de Feir, depois foram jantar e agora estão aqui.

Soraya olhou para ele.

– Os dois estão aqui, no The Glass Slipper?

– Aqueles são os carros deles. – Batt apontou. – Existe um salão nos fundos. Não sei o que acontece por lá, mas não é preciso ser nenhum gênio para imaginar. O general Kendall é um homem temente a Deus, vai à igreja com sua família e a de LaValle todo domingo, religiosamente. Ele é bastante atuante na igreja, muito conhecido.

Soraya viu a luz ao final de seu túnel pessoal. Ali estava o que precisava para libertá-la e a Tyrone.

– Dois coelhos com uma foto – disse.

– Pois é, o único problema é como conseguir entrar lá para fazer as fotos. Eu chequei, é só para convidados.

Um sorriso se abriu lentamente no rosto de Soraya.

– Deixe isso comigo.

◈

Pelo que pareceu um longo tempo depois de Kendall tê-lo chutado até fazê-lo vomitar, nada aconteceu. Mas Tyrone já havia percebido que o tempo parecia ter se tornado mais lento de uma forma angustiante. Um minuto era feito de mil segundos, uma hora consistia em dez mil minutos, e um dia – bem, apenas havia horas demais para contar.

Durante um dos períodos em que o capuz fora tirado, ele andou de um lado para o outro no sentido da largura da cela estreita, não queria ir até o fundo nem chegar perto da maldita banheira.

Em algum lugar no interior de si mesmo ele sabia que havia perdido a noção do tempo, que isso era parte do processo para esgotá-lo, para quebrá-lo, fazê-lo falar e virá-lo pelo avesso. De momento em momento, sentia-se deslizar por uma encosta escorregadia, tão íngreme que, por mais que tentasse se segurar em qualquer coisa, não conseguia. Estava caindo na escuridão, para dentro de um vazio cheio apenas de si mesmo.

Aquilo também era calculado. Podia imaginar um dos subalternos de Kendall apresentando uma fórmula matemática que previa em que medida um indivíduo devia perder o controle a cada hora do dia em que era submetido a encarceramento.

Desde que havia sugerido a Soraya que poderia trabalhar com ela, estivera lendo a respeito de como deveria se comportar para se sustentar nas piores situações. Havia um truque que descobrira e que naquele momento lhe fora útil – precisava encontrar um lugar em sua mente para onde pudesse se retirar quando as coisas ficassem realmente difíceis, um lugar que fosse inviolável, onde ele soubesse que estaria seguro não importava o que lhe fosse feito.

Tyrone já tinha aquele lugar, já estivera lá várias vezes quando a dor por estar ajoelhado com os braços puxados para o alto nas costas se tornara demais para ele. Mas havia outra coisa que o assustava: aquele maldito ralo do outro lado da cela. Se decidissem submetê-lo à tortura da banheira, ele estaria frito. Desde que tinha memória, tivera pavor de se afogar. Não sabia nadar, nem mesmo boiar. Toda vez que tentara fora ao fundo, tivera que ser tirado da água como uma criança de três anos. Logo havia desistido, achando que não tinha importância. Quando ia velejar ou mesmo tomar banho de sol numa praia? Nunca.

Mas agora a água viera persegui-lo. A maldita banheira estava esperando por ele, sorrindo como uma baleia a ponto de engoli-lo inteiro. Ele não era nenhum Jonas, sabia disso. Aquela maldita coisa não ia cuspi-lo vivo.

Baixou os olhos e viu que a mão estendida a sua frente tremia. Virando-se, ele a pressionou contra a parede, como se o concreto pudesse absorver seu terror absurdo.

Tyrone sobressaltou-se quando o som da porta sendo destrancada ricocheteou pelo pequeno espaço. Logo entrou um dos zumbis da NSA, de olhos e hálito mortos. Ele largou uma bandeja de comida e saiu sem sequer olhar para Tyrone. Tudo era parte da segunda fase do plano para quebrá-lo: fazê-lo pensar que não existia.

Aproximou-se de onde estava a bandeja. Como de hábito, a comida era mingau de aveia. Não importava, estava com fome. Pegando a colher de plástico, comeu uma colherada de mingau. Era grudento, sem nenhum gosto. Quase vomitou na segunda colherada, porque estava mastigando algo que não era mingau de aveia. Sabendo que cada um de seus movimentos estava sendo monitorado, ele se dobrou e cuspiu no prato o que tinha na boca. Então, usou o garfo para abrir o pedaço de papel dobrado. Havia algo escrito ali. Inclinou-se mais para o prato para ler o bilhete.

Não desista, dizia.

De início, Tyrone não acreditou em seus olhos. Então, leu de novo. Depois de ler pela terceira vez, pegou a mensagem com mais um bocado de mingau de aveia, mastigou tudo lenta e metodicamente, e engoliu.

Depois foi até a privada de aço inoxidável, sentou-se na beira e ficou a se perguntar quem teria escrito o bilhete e como poderia se comunicar com esse alguém. Só algum tempo depois se deu conta de que aquela breve mensagem vinda de fora de sua cela minúscula conseguira restaurar o equilíbrio que ele havia perdido. Em sua cabeça, o tempo se reorganizou nos segundos e minutos normais, e o sangue mais uma vez começou a circular em suas veias.

⤺

Arkadin permitiu que Devra o arrastasse para fora do bar antes que ele demolisse completamente o *bartender*. Não que ele se importasse com os clientes mal-encarados que haviam ficado num silêncio estupidificado, observando o caos que ele criava, como se se tratasse de um programa de TV, mas se preocupava com os policiais que eram uma presença significativa naquele bairro miserável. Durante o tempo que haviam passado no bar, ele observara três radiopatrulhas passando devagar pela rua.

Eles saíram de carro sob o sol nas ruas cheias de lixo. Arkadin ouviu cachorros latindo, vozes gritando. Sentiu-se grato pelo calor do quadril e do ombro de Devra contra o seu. A presença dela o ancorava, reduzia sua fúria a um nível controlável. Ele a abraçou, apertando-a mais contra si, sua mente voltando com intensidade febril ao passado.

༄

Para Arkadin, o nono nível do inferno começou bastante inocentemente com a confirmação de Stas Kuzin de que seu negócio vinha da prostituição e das drogas. Dinheiro fácil, pensou Arkadin, imediatamente induzido a um falso sentimento de segurança.

De início, seu papel era tão simples quanto fora claramente definido: ele forneceria espaço em seus prédios para expandir o império de bordéis de Kuzin. Arkadin cuidou disso com sua eficiência habitual. Nada poderia ter sido mais simples: durante vários meses os rublos entraram aos montes e ele se congratulou por ter feito um acordo de negócios tão lucrativo. Além disso, sua associação com Kuzin lhe trazia uma montanha de vantagens adicionais, desde drinques de graça nos bares locais até sessões grátis com o círculo sempre em expansão de garotas adolescentes de Kuzin.

Mas foi exatamente isso – as jovens prostitutas – que se tornou a encosta escorregadia da queda de Arkadin para o nível mais baixo do inferno. Quando ficava longe dos bordéis, ou fazia suas visitas rotineiras de verificação semanal para se assegurar de que os apartamentos não estivessem sendo danificados, era fácil fazer vista grossa para o que estava realmente acontecendo. Na maioria das vezes, estava ocupado demais em contar seu dinheiro. Contudo, nas poucas ocasiões em que se dispunha a aproveitar uma boca livre, era impossível não reparar como as garotas eram jovens e como viviam aterrorizadas, com os braços magros cobertos de hematomas, os olhos fundos, e com demasiada frequência, como a maioria estava drogada. Era como a Nação dos Zumbis.

Tudo isso poderia ter passado por Arkadin sem suscitar maiores especulações se ele não tivesse se apegado a uma delas. Yelena era uma garota de boca larga, pele clara como a neve e olhos que ardiam como carvão em brasa. Ela tinha um sorriso rápido e, ao contrário de algumas das outras, não era dada a explodir em lágrimas sem motivo aparente. Ela ria das piadas dele, ficava deitada com ele depois, o rosto enterrado em seu peito. Ele gostava de tê-la em seus braços. Seu calor se transmitia a ele como vodca de boa qualidade, e ele se habituou ao modo como ela encontrava a posição correta para que as curvas de seu corpo se encaixassem com perfeição no dele. Arkadin era capaz de dormir em seus braços, algo que para ele era um milagre. Não conseguia se lembrar da última vez em que dormira uma noite inteira.

Foi nessa época que Kuzin o convocou para uma reunião e lhe disse que estava indo tão bem que queria aumentar a participação de Arkadin na sociedade.

– É claro, vou precisar que você desempenhe um papel mais ativo – disse Kuzin, em sua voz semi-inteligível. – O negócio está indo tão bem que o que mais preciso agora é de mais garotas. É nisso que você vai ajudar.

Kuzin fez de Arkadin o chefe de um bando, cujo único objetivo era instigar adolescentes da ralé de Nizhny Tagil a se prostituírem. Arkadin se dedicou à tarefa com sua assustadora eficiência habitual. Suas visitas à cama de Yelena continuaram igualmente frequentes, mas não tão idílicas. Ela começara a ter medo, contara a ele, por causa do desaparecimento de algumas garotas. Um dia as via; no dia seguinte tinham desaparecido como se jamais tivessem existido. Ninguém falava nelas, ninguém respondia quando perguntava para onde tinham ido. Arkadin descartou seus temores – afinal, as garotas eram jovens, não viviam saindo e indo embora o tempo todo? Mas Yelena tinha certeza de que os desaparecimentos não tinham nada a ver com elas e tudo a ver com Stas Kuzin. Mas por mais que ele falasse, seus temores não se acalmaram enquanto ele não lhe prometeu protegê-la, certificar-se de que nada lhe acontecesse.

Seis meses mais tarde, Kuzin o chamou num canto.

– Você está fazendo um belo trabalho. – Uma mistura de vodca com cocaína deixava a voz de Kuzin mais pastosa e engrolada do que nunca. – Mas eu preciso de mais.

Estavam num dos bordéis, que, para os olhos de conhecedor de Arkadin, parecia estranhamente vazio.
– Onde estão as garotas? – perguntou.
Kuzin abanou um braço.
– Foram embora, fugiram, quem sabe para onde? Estas cadelas arrumam um pouco de dinheiro e se mandam como coelhos.
Sempre pragmático, Arkadin falou:
– Deixe-me reunir a galera e sair para procurá-las.
– É perda de tempo. – A cabeça diminuta de Kuzin balançou entre os ombros. – Apenas arrume outras.
– Está ficando difícil – retrucou Arkadin. – Algumas das garotas estão com medo; não querem vir trabalhar conosco.
– Traga-as de qualquer maneira.
Arkadin franziu o cenho.
– Não entendi.
– OK, imbecil, vou explicar-lhe. Leve a porcaria de seu bando num furgão e apanhe as garotas na rua.
– Mas você está falando de sequestro...
Kuzin deu uma gargalhada.
– Porra, ele entendeu!
– E a polícia?
Kuzin riu ainda mais gostosamente.
– Os tiras estão no meu bolso. E mesmo que não estivessem, você acha que eles ganham para trabalhar? Estão pouco se lixando.

Durante os três dias seguintes, Arkadin e seu bando trabalharam no turno da noite, entregando garotas no bordel, quer elas quisessem vir ou não. Elas eram mal-humoradas, com frequência beligerantes, até que Kuzin as levava para um quarto nos fundos, para onde nenhuma delas jamais queria voltar. Kuzin não lhes marcava o rosto, porque isso seria ruim para o negócio, apenas braços e pernas mostravam hematomas.

Arkadin observou essa violência controlada como se estivesse olhando pelo lado errado do telescópio. Sabia o que estava acontecendo, mas fazia de conta que não tinha nada a ver com isso.

Continuou a contar seu dinheiro que agora crescia a olhos vistos e a uma velocidade maior. Era o dinheiro e Yelena que o mantinham aquecido à noite. Toda vez que estava com ela, examinava-lhe os braços e as pernas em busca de hematomas. Quando ele a fez prometer que não tomaria drogas, ela riu:

– Leonid, quem tem dinheiro para drogas?

Ele sorriu ao ouvir isso, sabendo do que ela estava falando. Na verdade, ela tinha mais dinheiro do que todas as outras garotas do bordel juntas. Sabia disso porque era ele quem lhe dava.

– Compre um vestido, um novo par de sapatos – dizia, mas como era uma garota frugal, ela apenas sorria e o beijava com grande afeição. Ela estava certa, ele refletiu, ao não fazer nada que chamasse atenção para si mesma.

Certa noite, não muito depois disso, Kuzin o abordou quando ele saía do quarto de Yelena.

– Estou com um problema urgente e preciso de sua ajuda – disse.

Arkadin saiu do apartamento com ele. Um grande furgão esperava na rua, o motor ligado. Kuzin entrou na traseira e Arkadin o seguiu. Duas das garotas do bordel estavam ali, vigiadas por dois dos vampiros, os guarda-costas pessoais de Kuzin.

– Elas tentaram fugir – disse Kuzin. – Acabamos de apanhá-las.

– Elas merecem uma lição – falou Arkadin, presumindo que fosse o que seu sócio queria que dissesse.

– É tarde demais para isso. – Kuzin fez sinal para o motorista e a van saiu em disparada.

Arkadin se acomodou no banco de trás, perguntando-se para onde estariam indo. Manteve a boca fechada, sabendo que se fizesse perguntas naquele momento pareceria idiota. Trinta minutos depois, a van reduziu a velocidade, entrou por uma estrada não pavimentada em meio à floresta. Durante os minutos seguintes, seguiram sacolejando por uma trilha de terra batida que devia ser muito estreita porque os galhos das árvores batiam e arranhavam as laterais da van.

Finalmente, pararam, as portas se abriram e todo mundo saltou. A noite estava muito escura, iluminada apenas pelos faróis da van, mas ao longe o fogo das fornalhas parecia sangue no céu, ou melhor, as entranhas do miasma arrotado por centenas de chaminés. Ninguém via o céu em Nizhny Tagil e, quando nevava, os flocos tornavam-se cinza ou mesmo negros quando passavam através das emanações industriais.

Arkadin seguiu Kuzin quando os dois guarda-costas vampirescos empurraram as garotas em meio à vegetação baixa e cerrada da floresta. Um cheiro resinoso de pinheiro perfumava tanto o ar que quase mascarava o fedor medonho de decomposição.

Noventa metros adiante, os vampiros agarraram os colarinhos dos casacos das garotas, fazendo-as parar. Kuzin sacou a arma e baleou uma das garotas na nuca. Ela tombou para a frente sobre um leito de folhas. A outra garota gritou, debatendo-se nas mãos do outro homem, desesperada para fugir.

Então, Kuzin virou-se para Arkadin e colocou a arma em sua mão.

– Quando apertar o gatilho – disse –, nos tornaremos sócios igualitários.

Havia alguma coisa nos olhos de Kuzin que, vistos assim de perto, deu calafrios em Arkadin. Parecia-lhe que os olhos de Kuzin sorriam da maneira como o diabo sorri, sem calor, sem humanidade, porque o prazer que animava seu sorriso era de uma natureza maligna e pervertida. Foi naquele momento que Arkadin pensou nas prisões que cercavam Nizhny Tagil, porque agora sabia, sem sombra de dúvida, que estava trancado em sua prisão particular, sem saber se havia uma chave e muito menos como usá-la.

A arma – uma velha Luger com a suástica nazista gravada – estava úmida com o suor da excitação de Kuzin. Arkadin a levantou na altura da cabeça da garota. Ela gemia e chorava. Arkadin já tinha feito muitas coisas em seu breve tempo de vida, algumas imperdoáveis, mas nunca havia matado uma garota a sangue-frio.

Mas, naquele momento, para prosperar, para sobreviver à prisão de Nizhny Tagil, aquilo era o que precisava fazer.

Arkadin teve consciência dos olhos ávidos de Kuzin cravados nele, vermelhos como os altos-fornos das fundições de Nizhny Tagil. E então sentiu o cano de uma arma na base da nuca e soube que o motorista estava logo atrás dele, sem dúvida por ordem de Kuzin.

– Faça – disse Kuzin, baixinho – porque de uma maneira ou de outra alguém vai disparar uma arma nos próximos dez segundos.

Arkadin apontou a Luger. O estrondo do tiro ecoou em meio à floresta fechada e ameaçadora, e a garota caiu entre as folhas, na cova com sua amiga.

TRINTA E CINCO

O som do disparo do rifle Mauser K98 8 mm ecoou dentro do *bunker* antiaéreo de Dachau. Mas foi apenas isso.
— Droga! — gemeu o Velho Pelz —, esqueci de carregar essa porcaria!
Petra sacou sua arma, apontou-a para o alto e apertou o gatilho. Como o resultado foi o mesmo que acontecera com ele, o Velho Pelz atirou o K98 no chão.
— *Scheisse!* — exclamou o velho, claramente aborrecido.
Então, ela se aproximou dele.
— Herr Petz — disse com gentileza —, como eu disse, meu nome é Petra. Lembra-se de mim?
O velho parou de resmungar e a examinou cuidadosamente.
— Você se parece muito com uma Petra-Alexandra que eu outrora conheci.
— Petra-Alexandra. — Ela deu uma risada e beijou-o na face. — Sim, sim, sou eu!
Ele se encolheu um pouco, passou a mão na bochecha que ela havia beijado. Então, cético até o fim, olhou para além dela, para Bourne.
— Quem é o canalha nazista? Ele a obrigou a vir até aqui? — As mãos dele se cerraram em punhos. — Acabo com ele!
— Não, Herr Pelz, é um amigo meu. Ele é russo. — Ela usou o nome que Bourne lhe dera, o que estava no passaporte que Boris Karpov lhe fornecera.
— Os russos para mim não são melhores do que os nazistas — falou o homem, azedo.

— Na verdade, sou um americano viajando com um passaporte russo — Bourne falou primeiro em inglês e depois em alemão.

— Fala muito bem inglês para um russo — respondeu o Velho Pelz em excelente inglês. E então deu uma gargalhada, mostrando dentes manchados e amarelados pelo tempo e pelo tabaco. Ver um americano pareceu animá-lo, como se o fizesse despertar de um sono de décadas. Ele era assim, como um coelho tirado de uma cartola, apenas para se esconder de novo nas sombras. Não era louco, apenas vivia ao mesmo tempo o presente miserável e o passado vívido. — Abracei os americanos quando eles nos libertaram da tirania — continuou ele, orgulhoso. — Nos meus bons tempos eu os ajudei a desentocar os nazistas e os simpatizantes de nazistas, que fingiam ser bons alemães — disse as últimas palavras quase cuspindo, como se não pudesse tolerá-las na boca.

— Então, o que está fazendo aqui? — perguntou Bourne. — Não tem um lar para onde ir?

— É claro que tenho. — O Velho Pelz estalou os lábios, como se pudesse sentir o gosto de sua vida quando jovem. — De fato, tenho uma casa muito bonita em Dachau. É azul e branca, com flores ao redor de uma cerca de madeira. Nos fundos, tem uma cerejeira, que floresce toda no verão. A casa está alugada a um casal jovem simpático, com dois filhos, que religiosamente manda o cheque do aluguel, todo mês, para meu sobrinho, em Leipzig. Ele é um advogado importante, sabe?

— Herr Pelz, não compreendo — disse Petra. — Por que não fica em sua própria casa? Isso não é lugar para viver.

— O *bunker* é meu seguro de saúde. — O velho inclinou a cabeça para ela. Tem alguma ideia do que me aconteceria se eu voltasse para casa? Sumiriam comigo logo na primeira noite e ninguém nunca mais me veria.

— Quem faria isso com você? — perguntou Bourne.

Pelz pareceu refletir antes de responder, como se precisasse se lembrar o texto de um livro da época de escola.

– Eu lhe disse que era um caçador de nazistas, e um muito bom. Naqueles tempos eu vivia como um rei... ou, ser for realmente honesto, como um duque. De qualquer maneira, foi antes de eu me meter a besta e cometer um erro. Decidi que ia caçar a Legião Negra e essa decisão imprudente foi a minha ruína. Por causa deles, perdi tudo, até mesmo a confiança dos americanos, que naquela época precisavam mais daquela gente do que precisavam de mim.

"A Legião Negra me jogou na sarjeta como se eu fosse lixo ou um cão vira-lata. A partir daí, não precisou muito para descer para cá, para as entranhas da terra."

– Foi para falar sobre a Legião Negra que vim até aqui conversar com você – disse Bourne. – Também sou um caçador. A Legião Negra agora não é mais uma organização nazista. Eles viraram uma rede terrorista muçulmana.

O Velho Pelz coçou o queixo grisalho.

– Eu diria que estou surpreso, mas não estou. Aqueles canalhas sabiam como jogar com todas as cartas que tinham nas mãos... alemães, britânicos, e, mais importante, americanos. Brincaram com todos eles depois da guerra. Todos os serviços de inteligência lhes ofereceram dinheiro. A ideia de ter espiões infiltrados atrás da Cortina de Ferro os fazia salivar.

"Mas não demorou muito para que os velhacos descobrissem que os americanos eram os melhores. Por quê? Porque tinham dinheiro de sobra e, ao contrário dos britânicos, não eram pães-duros." Ele deu uma gargalhada. "Mas os americanos são assim, não é?"

Sem esperar por resposta para a pergunta que era evidente, ele prosseguiu:

– De modo que a Legião Negra se aliou à máquina de inteligência americana. Para começar, não foi difícil convencer os ianques de que eles nunca tinham sido nazistas, que seu único objetivo fora lutar contra Stalin. E isso era verdade até certo ponto, mas depois da guerra eles tinham outras metas em mente. Afinal, eram muçulmanos; nunca se sentiram confortáveis na sociedade ocidental.

Queriam construir para o futuro e, como tantos outros insurgentes, criaram sua base de poder com dólares americanos.
Ele franziu os olhos, espiando Bourne.
– Você é americano, pobre coitado. Nenhuma dessas redes terroristas modernas jamais teria existido sem o apoio financeiro de seu país. Irônico para diabo.
Por algum tempo, ele retomou os murmúrios, começou a cantar uma canção cuja letra era tão triste que as lágrimas lhe encheram os olhos remelentos.
– Herr Pelz – Bourne tentou fazer o velho recuperar o foco –, o senhor estava falando da Legião Negra.
– Pode me chamar de Virgil. – Pelz balançou a cabeça enquanto saía de seu estado de fuga. – Isso mesmo, meu nome de batismo é Virgil, e para você, americano, levantarei minha lamparina por tempo suficiente para lançar uma luz sobre estes canalhas que arruinaram minha vida. Por que não? Estou numa fase da vida em que deveria contar a alguém, e por que não você?

⁓

– Eles estão lá nos fundos – disse Bev a Drew Davis. – Os dois. – Um mulher na casa dos cinquenta anos, de corpo forte e humor rápido, Bev era a segurança feminina do The Glass Slipper, a boiadeira, como se autodenominava, parte disciplinadora, parte mãe, guardiã do rebanho.
– O interesse principal é no general – disse Davis –, não é isso, Kiki?
Kiki assentiu, flanqueada de perto por Soraya e por Deron. Estavam todos reunidos no escritório atravancado de Davis, um lance de escadas acima do salão principal. O martelar do baixo e da bateria ressoava pelas paredes como o bater de punhos de gigantes furiosos. O escritório parecia um sótão, sem janelas, as paredes como uma máquina do tempo, cobertas de fotos de Drew Davis com Martin Luther King, Nelson Mandela, quatro diferentes presidentes americanos, uma legião de astros de Hollywood e vários dignitários da

ONU e embaixadores de virtualmente todos os países da África. Também havia uma série informal de fotos dele abraçando Kiki bem mais jovem, na reserva de Masai Mara, a garota em posturas não estudadas, mas parecendo uma rainha em formação.

Depois da conversa com Rob Batt no estacionamento, Soraya tinha voltado para sua mesa e contado seu plano a Kiki e Deron. O barulho da banda no palco tornava impossível que qualquer um os ouvisse, mesmo se estivesse na mesa ao lado. Devido à amizade de longa data com Drew Davis, coubera a Kiki criar a centelha que acenderia o estopim. Ela o fizera, o que resultara naquela reunião improvisada no escritório de Drew Davis.

— Para que eu nem sequer contemple a possibilidade do que está me pedindo, você tem que me garantir imunidade total — disse Drew Davis a Soraya. — Além disso, que nossos nomes fiquem fora da história, a menos que queira me contrariar, algo que você não quer, e contrariar metade dos funcionários públicos eleitos deste distrito.

— Tem a minha palavra — respondeu Soraya. — Quero apenas essas duas pessoas, única e exclusivamente elas.

Drew Davis lançou um olhar a Kiki, que respondeu com um assentimento quase imperceptível.

Então Davis virou-se para Bev.

— Vou lhes dizer o que podem e o que não podem fazer. — Bev reagiu ao sinal do chefe. — Não permito a entrada de ninguém em meu rancho que não esteja lá para propósitos legítimos, e isso se aplica a clientes e a garotas trabalhando. De modo que nem pensem em entrar lá. Se permitir isso, amanhã não tenho mais negócio.

Ela nem olhava para Drew Davis, mas Soraya o viu assentir e seu coração se confrangeu. Tudo dependia de eles terem acesso ao general enquanto estivesse em meio a suas brincadeiras devassas. Então, ela teve uma ideia.

— Vou me passar por uma das garotas — propôs.

— Não, de jeito nenhum — retrucou Deron. — Você é conhecida tanto pelo general quanto por Feir. Bastaria olhar para você e eles ficariam em pânico.

– Eles não me conhecem.
Todo mundo se virou para olhar para Kiki.
– De jeito nenhum – falou Deron.
– Calma, fique frio – disse Kiki, com uma risada. – Não vou fazer nada. Preciso apenas de acesso. – Ela gesticulou, imitando alguém tirando fotos. Então, virou-se para Bev. – Como posso entrar no quarto do general?
– Você não pode. Por motivos óbvios os quartos privados são sagrados. É mais uma regra da casa. E tanto o general quanto Feir já escolheram parceiras para a noite. – Ela tamborilou os dedos contra o tampo da mesa de Davis. – Mas, no caso do general, há uma maneira.

෴

Virgil Pelz levou Bourne e Petra mais para o interior do túnel principal do *bunker*, até um espaço tosco que se abria num círculo. Ali havia bancos, um pequeno fogão a gás e uma geladeira.
– Por sorte, alguém se esqueceu de desligar a eletricidade – disse Petra.
– Sorte coisa nenhuma. – Pelz se acomodou em um banco. – Meu sobrinho paga a um funcionário municipal por baixo dos panos para deixar as luzes ligadas. – Ele lhes ofereceu um vinho ou uísque, que ambos recusaram. Serviu-se de uma dose da bebida e a tomou de um gole, talvez para se fortalecer ou para se impedir de mergulhar de volta nas sombras. Era evidente que estava gostando de ter companhia, que o estímulo da presença de outros seres humanos o trazia para fora de si mesmo.
– A maior parte do que já contei sobre a Legião Negra é fato público e histórico, quem souber onde procurar encontra, mas o segredo para compreender seu sucesso em vencer as dificuldades do perigoso cenário do pós-guerra está em dois homens: Farid Icoupov e Ibrahim Sever.
– Presumo que esse Icoupov de quem está falando seja o pai de Semion Icoupov – disse Bourne.

Pelz assentiu.
— Exato.
— E Ibrahim Sever tem um filho?
— Ele teve dois – respondeu Pelz –, mas estou me adiantando. – Ele estalou os lábios, olhou para a garrafa de uísque, então decidiu não tomar mais nenhuma dose.
— Farid e Ibrahim eram grandes amigos. Eles cresceram juntos, cada um era filho único de uma grande família. Possivelmente, foi isso que os uniu quando crianças. A ligação entre eles era forte; durou a maior parte da vida deles. Mas Ibrahim Sever era um guerreiro de coração, Farid Icoupov um intelectual, e as sementes do descontentamento e da desconfiança devem ter nascido cedo. Durante a guerra, a liderança conjunta funcionou muito bem. Ibrahim encarregava-se dos soldados da Legião Negra no front oriental; Farid criou e organizou uma rede de coleta de informações dentro da União Soviética.

"Foi depois da guerra que os problemas começaram. Destituído de seus deveres de comandante da facção militar, Ibrahim começou a temer que seu poder estivesse se erodindo." Pelz estalou a língua contra o céu da boca. "Escute bem, americano, se você for um estudante de história, já sabe como dois aliados de longa data, Caio Júlio César e Pompeu Magno, se tornaram inimigos ao se deixarem contaminar pelas ambições, temores, enganos e lutas de poder entre os que estavam sob seus respectivos comandos. O mesmo aconteceu com aqueles dois. Com o passar do tempo, Ibrahim se convenceu, sem dúvida instigado por alguns de seus conselheiros mais militantes, de que seu velho amigo estava planejando tomar-lhe o poder. Ao contrário de César, que estava na Gália quando Pompeu lhe declarou guerra, Farid morava na casa ao lado. Ibrahim Sever e seus homens apareceram durante a noite e assassinaram Farid Icoupov. Três dias depois, o filho de Farid, Semion, matou Ibrahim quando ele seguia de carro para o trabalho. Em retaliação, o filho de Ibrahim, Asher, fez um ataque para matar Semion em um clube noturno de Munique. Asher conseguiu escapar, mas no tiroteio que se seguiu seu irmão mais moço foi morto."

Pelz esfregou o rosto com a mão.

— Vê como as coisas se repetem, americano? Como numa *vendetta* da Roma antiga, uma orgia de sangue de proporções bíblicas.

— Conheço alguma coisa sobre Semion Icoupov, mas nada sobre Sever — disse Bourne. — Onde está Asher Sever agora?

O velho deu de ombros.

— Quem sabe? Se Icoupov soubesse, sem dúvida, a esta altura, Sever estaria morto.

Por algum tempo, Bourne ficou sentado em silêncio, pensando a respeito do ataque da Legião Negra contra o professor, pensando a respeito de todas as pequenas anomalias que se somavam em sua mente: a estranheza da rede de Pyotr de decadentes e incompetentes, o professor dizendo que tinha sido sua ideia que os planos lhe fossem entregues através da rede, e a questão sobre se Mischa Tarkanian e o próprio Arkadin pertenciam à Legião Negra. Finalmente ele disse:

— Virgil, preciso lhe fazer várias perguntas.

— Sim, americano. — Os olhos de Pelz estavam brilhantes e ávidos como os de um tordo.

Mesmo assim Bourne hesitou. Revelar qualquer coisa sobre sua missão ou seus antecedentes a um estranho violava todos os seus instintos, todas as lições que lhe haviam sido ensinadas, mas ele não via alternativa.

— Vim para Munique porque um amigo meu, na verdade meu mentor, me pediu para combater a Legião Negra. Primeiro, porque eles estão planejando um ataque contra o meu país e, segundo, porque seu líder, Semion Icoupov, mandou matar o filho dele, Pyotr.

Pelz levantou o olhar com uma expressão curiosa no rosto.

— Asher Sever reuniu sua base de poder, herdada do pai... uma poderosa rede de coleta de informações espalhada por toda a Ásia e Europa... e expulsou Semion. Icoupov não controla a Legião Negra há décadas. Se controlasse, duvido que eu ainda estivesse aqui. Ao contrário de Asher Sever, Icoupov era um homem com quem se podia conversar.

— Você está me dizendo que conheceu Semion Icoupov e Asher Sever? — perguntou Bourne.

— Isso mesmo — respondeu Pelz. — Por quê?

Bourne gelou ao contemplar o inimaginável. Seria possível que o professor tivesse estado lhe mentindo aquele tempo todo? E se fosse verdade — se ele fosse realmente um membro da Legião Negra — por que teria confiado a entrega dos planos de ataque à rede capenga de Pyotr? Com certeza teria sabido que seus integrantes não eram confiáveis. Nada parecia fazer sentido.

Sabendo que devia solucionar o problema dando um passo de cada vez, ele tirou o celular do bolso, examinou as fotos e encontrou a que o professor lhe mandara de Egon Kirsch. Olhou para os dois homens na foto e então entregou o celular a Pelz.

— Virgil, você reconhece algum desses homens?

Pelz franziu os olhos examinando a foto, então levantou-se e se colocou debaixo de uma das lâmpadas.

— Não. — Ele sacudiu a cabeça. Então, depois de mais um momento de exame, seu dedo apontou um dos homens na fotografia.

— Não conheço porque ele está tão diferente... — Pelz virou-se para onde Bourne estava sentado, posicionou o celular de modo que ambos pudessem ver a foto e bateu com o dedo na imagem do professor Specter — ... mas, que diabo, eu juraria que este é Asher Sever.

TRINTA E SEIS

Peter Marks, chefe de operações, estava no escritório de Veronica Hart, examinando resmas de folhas de papel de pessoal, quando vieram buscá-la. Acompanhado por um par de policiais federais, Luther LaValle passara pela segurança da CIA graças ao mandado que traziam. Hart tivera apenas um breve aviso – uma chamada do primeiro dos seguranças na portaria – de que seu mundo profissional estava implodindo. Não tivera tempo de escapar dos escombros.

Ela mal tivera tempo de falar com Marks, e levantar-se para enfrentar seus acusadores antes que eles entrassem em seu escritório e lhe apresentassem um mandado de prisão federal.

– Veronica Rose Hart – disse o mais velho dos delegados de rosto pétreo –, pelo presente mandado a senhora está presa por conspirar com Jason Bourne, um agente renegado, com o propósito de violar os regulamentos da Agência Central de Inteligência.

– Com base em que provas? – perguntou Hart.

– Fotos de vigilância da senhora no pátio da Freer, entregando a Jason Bourne um embrulho – respondeu o delegado, com a mesma voz de zumbi.

Marks, que também tinha se levantado, disse:

– Isso é loucura, vocês não podem realmente acreditar...

– Cale-se, Sr. Marks – disse Luther LaValle, sem temer contradição. – Mais uma palavra e será posto sob investigação.

Marks estava a ponto de responder quando o olhar severo da DCI o obrigou a engolir as palavras. Ele fechou a boca, mas a fúria em seus olhos era inconfundível.

Hart deu a volta na escrivaninha e o delegado mais jovem algemou suas mãos atrás das costas.
— Isso é mesmo necessário? — perguntou Marks.
LaValle apontou para ele sem dizer nada. Enquanto levavam Hart embora do escritório, ela disse:
— Assuma o controle, Peter. Você agora é o diretor interino.
LaValle sorriu.
— Não por muito tempo, se eu puder fazer alguma coisa.
Depois que todos saíram, Marks se deixou cair na cadeira. Ao descobrir que suas mãos tremiam, ele as cerrou, como se em oração. Seu coração batia tão desabalado que ele teve dificuldade de pensar. Pôs-se de pé de um salto, caminhou até a janela atrás da escrivaninha da DCI e ficou ali parado, olhando a noite de Washington. Todos os monumentos estavam iluminados, todas as ruas e avenidas com tráfego intenso. Tudo estava como devia estar, mas nada lhe parecia familiar. Tinha a sensação de ter entrado num universo paralelo. Não era possível que tivesse sido testemunha do que acabara de acontecer, a NSA não podia estar à beira de absorver a CIA em seu corpo gigantesco. Mas quando virou-se para se deparar com o escritório vazio depois do pleno horror de ver a DCI ser levada algemada, sentiu as pernas bambas e precisou sentar-se na cadeira atrás da escrivaninha.

Então, as implicações de pensar onde se sentara e por que lhe vieram à mente. Ele pegou o telefone e ligou para Stu Gold, o principal advogado e assessor jurídico da CIA.
— Fique onde está. Vou já para aí — disse-lhe Gold, com sua habitual voz firme. Será que nada o abalava?
Marks então começou a fazer uma série de chamadas. Ia ser uma noite longa e cansativa.

⁓

Rodney Feir estava se divertindo como nunca em sua vida. Ao acompanhar Afrique até um dos quartos nos fundos do The Glass Slipper, ele se sentiu como se estivesse no topo do mundo. De fato, engolindo um Viagra, decidiu pedir a ela que fizesse uma porção de coisas que nunca havia experimentado antes. *Por que não?*, perguntou a si mesmo.

Enquanto se despia, pensou nas informações sobre os agentes de campo que Peter Marks havia lhe mandado por intranet. Feir deliberadamente dissera a Marks que não queria que as mensagens lhe fossem mandadas eletronicamente porque era inseguro. A informação estava dobrada no bolso interno de seu paletó, pronta para ser entregue ao general Kendall, antes que saíssem do The Glass Slipper naquela noite. Poderia já tê-la entregue, durante o jantar, mas achava que, considerando tudo, um brinde com champanhe depois de todos os prazeres consumados seria o encerramento apropriado para aquela noite.

Afrique já estava na cama, estendida languidamente, os grandes olhos semicerrados, mas imediatamente se dedicou ao trabalho assim que Feir se juntou a ela. Tentou manter esses pensamentos em sua mente, mas vendo como seu corpo já estava totalmente envolvido, achou que não valia o esforço. Preferia pensar sobre as coisas que realmente o faziam feliz, como por exemplo, passar Peter Marks para trás. Quando ele era garoto, tinham sido pessoas como Marks – e como Batt, para falar a verdade – que o superavam em tudo. Em outras palavras, geniozinhos com grana, que haviam tornado sua vida miserável. Eram eles que tinham o círculo de amigos bacanas, que conquistavam todas as garotas bonitas, que andavam de carro enquanto ele tinha apenas uma lambreta. Ele era o *nerd*, o gorducho – obeso, na verdade –, que era o alvo de todas as piadas, maltratado e relegado ao ostracismo e que, a despeito de seu elevado QI, era tão tímido que nunca conseguia se defender.

Juntara-se à CIA como um burocrata de luxo, e sim, tinha trabalhado para subir na escada profissional, mas não fazendo trabalho de campo nem contrainteligência. Não, ele era chefe de apoio de campo, o que significava que era encarregado de reunir e distribuir a papelada gerada pelo pessoal da CIA, aqueles a quem invejava e quem desejava ser. Seu escritório era o foco central da oferta e demanda, e havia dias em que ele podia se convencer de que era o centro nervoso da CIA. Mas na maior parte do tempo ele se via como realmente era – alguém que vivia enviando listas eletrônicas, formulários de registro de dados, solicitações do diretorado, tabelas de distribuição, formulários contínuos de orçamento, perfis de alocação de pessoal, manifestos de carga de materiais, uma verdadeira avalanche de papelada que zunia pela intranet da CIA. Um monitor de informações, em outras palavras, senhor de nada.

Agora, estava mergulhado em prazer, uma fricção morna, viscosa se espalhando de sua virilha para o torso e membros. Fechou os olhos e gemeu.

De início, lhe agradara ser um dente de engrenagem anônimo na máquina da CIA. Mas à medida que os anos foram se passando e ele subiu na hierarquia, só o Velho compreendia seu valor, pois fora o Velho que o promovera, sucessivas vezes. Mas ninguém mais – certamente nenhum dos diretores – lhe dirigia a palavra a menos que precisasse de alguma coisa. Então, uma solicitação surgia voando pelo ciberespaço da CIA, tão depressa quanto se podia dizer *"Preciso para ontem"*. Se lhes conseguisse o que queriam para ontem, não ouvia nada, nem um sinal de cabeça de agradecimento quando cruzasse com eles pelos corredores, mas se houvesse qualquer atraso, não importa por que motivo, caíam em cima dele como pica-paus numa árvore cheia de insetos. E lhe infernizavam a vida até conseguirem o que queriam, e então, de novo, silêncio. Parecia tristemente irônico que, em um paraíso de iniciados como a CIA, ele fosse um forasteiro, um excluído.

Era humilhante ser um daqueles americanos estereotipados que sempre se davam mal. Feir detestava a si mesmo por ser um clichê vivo e ambulante. Eram aquelas noites passadas com o general Kendall que davam cor e significado à sua vida, os encontros clandestinos na sauna da academia, os jantares nas churrascarias vagabundas em SE e depois as deliciosas saideiras de chocolate no The Glass Slipper, onde, por uma vez na vida era o iniciado que entrava, em vez de ficar de fora com o nariz colado na vitrine. Sabendo que não podia ser transformado, tinha que se consolar em se perder na cama de Afrique no The Glass Slipper.

⌒

Fumando um charuto no curral, apelido do salão de visitas onde as garotas eram apresentadas aos clientes, o general Kendall estava se divertindo imensamente. Se nem sequer pensava em seu chefe, era para imaginar o ataque cardíaco que LaValle teria se visse a cena em que ele atuava. Quanto à família, era a coisa mais distante de sua mente. Ao contrário de Feir, que sempre pedia a mesma garota, Kendall era um homem de gostos variados quando se tratava das mulheres no The Glass Slipper, e por que não? Ele virtualmente não tinha escolhas em outras áreas de sua vida. Se não fosse ali, onde teria?

Sentado no sofá de veludo púrpura, com um braço jogado sobre o encosto, ele observava, com olhos semicerrados, o desfile lento de carnes. Já tinha feito sua escolha; a garota estava no quarto, se despindo, mas quando Bev viera falar com ele, sugerindo que talvez ele quisesse algo um pouco mais especial – outra garota para *un ménage à trois* –, não havia hesitado. Estivera a ponto de fazer sua escolha quando a viu. Ela era incrivelmente alta, com pele cor de chocolate bem escuro, e era tão régia em sua beleza que ele começou a suar.

Fez um sinal para Bev e ela se aproximou. Bruxa venal, ela o conhecia tão bem. Ele apresentou cinco notas de cem dólares.

– Que tal agora? – perguntou.

Fiel às formalidades, Bev embolsou o dinheiro.

– Deixe comigo – respondeu.

O general a observou abrir caminho entre as garotas até onde Kiki estava, um tanto separada das demais. Enquanto observava a conversa, seu coração começou a bater acelerado em seu peito, como um tambor de guerra. Suava tanto que foi obrigado a enxugar as palmas das mãos no braço de veludo do sofá. Se ela dissesse não, o que ele faria? Mas ela não estava dizendo não, estava olhando para ele, com um sorriso que fez sua temperatura subir dois graus. Jesus, como a queria!

Como se em transe, ele a viu atravessar a sala em sua direção, os quadris balançando, aquele meio sorriso enlouquecedor no rosto. Ele se levantou com certa dificuldade, percebeu. Sentia-se como um garoto virgem de dezessete anos. Kiki estendeu a mão e ele a tomou, aterrorizado que sentisse repulsa se estivesse úmida, mas nada interferiu naquele meio sorriso.

Havia algo de imensamente prazeroso em permitir que ela o conduzisse diante de todas as outras garotas, curtindo seus olhares de inveja.

– Em que quarto está? – murmurou Kiki numa voz que parecia mel.

Inalando seu perfume picante e almiscarado, Kendall não conseguiu encontrar sua voz. Ele apontou e de novo ela o conduziu, como se ele estivesse de coleira, até pararem diante da porta.

– Tem certeza de que quer duas garotas esta noite? – Ela roçou o quadril contra o dele. – Sou mais do que o suficiente para qualquer homem com quem tenha estado.

O general sentiu um delicioso calafrio descer por sua coluna e se alojar na seta ardente entre suas pernas. Estendendo a mão, ele abriu a porta. Lena se retorceu na cama, nua. Ele ouviu a porta se fechar às suas costas. Sem pensar, despiu-se e quando saiu do meio da pilha de roupas, pegou a mão de Kiki e caminhou até a cama. Ele se ajoelhou na cama, ela largou-lhe a mão e ele caiu de boca em Lena.

Ele sentiu as mãos de Kiki sobre seus ombros e, gemendo, perdeu-se no corpo luxuriante de Lena. O prazer cresceu com a antecipação de pensar no corpo longo e esguio de Kiki colado a suas costas.

Ele levou algum tempo para se dar conta de que os clarões de luz não eram resultado de rápidas explosões nas terminações nervosas por trás de seus olhos. Entorpecido pelo sexo e pelo desejo, ele demorou a virar a cabeça diretamente para mais uma bateria de flashes. E mesmo então, com as imagens em negativo dançando por trás de suas retinas, seu cérebro enevoado não conseguiu entender muito bem o que estava acontecendo e seu corpo continuou a se mover ritmicamente contra a carne macia de Lena.

Então, o flash da câmera se acendeu de novo, ele levantou a mão para proteger os olhos e lá estava a realidade nua e crua encarando-o de frente. Ainda vestida, Kiki continuou a tirar fotos dele com Lena.

— Sorria, general — disse, em sua voz sensual e doce. — Não há mais nada que o senhor possa fazer.

⁓

— Eu tenho raiva demais dentro de mim — falou Petra. — É como uma dessas bactérias devoradoras de carne a respeito das quais a gente lê.

— Dachau faz mal a você e agora Munique também — disse Bourne. — Você tem que ir embora.

Ela passou para a pista da esquerda na via expressa e acelerou de verdade. Estavam no caminho de volta a Munique no carro que o sobrinho de Pelz comprara para ele em seu nome. A polícia ainda poderia estar procurando por eles, mas a única pista que teriam seria o apartamento de Petra em Munique, onde nenhum dos dois tinha qualquer intenção de chegar perto. Desde que ela não saltasse do carro, Bourne achava que era relativamente seguro que o levasse de volta à cidade.

— Para onde eu iria? — perguntou ela.

— Saia da Alemanha.

Ela deu uma gargalhada, mas o som não foi agradável.

— Quer dizer meter o rabo entre as pernas e fugir?

— Por que interpreta dessa maneira?

— Porque sou alemã, porque meu lugar é aqui.

— A polícia de Munique está procurando por você — disse ele.

— E se me encontrarem, então cumprirei minha pena por ter matado seu amigo. — Ela piscou os faróis de modo que um carro mais lento lhes desse passagem. – Enquanto isso tenho dinheiro. Posso viver.

– Mas o que vai fazer?

Ela lhe deu um sorriso enviesado.

– Vou cuidar de Virgil. Ele precisa parar de beber. Precisa de uma amiga. – Aproximando-se da cidade, ela mudou de pista de modo que pudesse sair quando precisasse. – Os policiais não vão me encontrar – falou, com uma estranha certeza – porque eu vou levá-lo para bem longe daqui. Virgil e eu seremos foras da lei, aprenderemos um novo estilo de vida.

Egon Kirsch morava no distrito norte da cidade, o Schwabing, conhecido como o bairro dos jovens intelectuais por causa da multidão de estudantes universitários que enchiam suas ruas, cafés e bares.

Ao chegarem à praça principal de Schwabing, Petra encostou o carro.

– Quando eu era mais moça, costumava vir muito aqui com meus amigos. Na época, éramos todos militantes, agitando em busca de mudanças. Nos sentíamos ligados a este lugar porque tinha sido aqui que o Freiheitsaktion Bayer, um dos mais famosos grupos de resistência, tomara à força a Rádio Munique, perto do fim da guerra. Eles transmitiram mensagens incitando o povo a dominar e prender todos os líderes nazistas locais e a demonstrarem sua rejeição ao regime, acenando com lençóis brancos das janelas... ação que, a propósito, era punível com a morte. Assim, eles conseguiram salvar um grande número de civis quando os americanos entraram.

– Afinal, encontramos algo em Munique de que até você se orgulha – comentou Bourne.

– Acho que sim. – Petra deu uma risada, quase triste. – Mas só eu, dentre todos os meus amigos, continuei uma revolucionária. Os outros são funcionários de corporações ou *hausfraus*. Levam vidas tristes e sem graça. Eu os vejo de vez em quando, indo ou voltando do trabalho. Caminhando a seu lado, mas nem sequer me veem. No final, todos me decepcionaram.

O apartamento de Kirsch ficava no último andar de uma bela casa de estuque cor de pedra, com janelas em arco e telhado de telhas de terracota. Entre duas janelas, havia um nicho com uma estátua da Virgem Maria com o menino Jesus no colo.

Petra estacionou junto ao meio-fio diante do prédio.

– Eu lhe desejo tudo de bom, americano – disse ela, usando deliberadamente o modo de falar de Virgil Pelz. – Obrigada... por tudo.

– Pode não acreditar, mas nos ajudamos um ao outro – falou Bourne enquanto saltava do carro. – Boa sorte, Petra.

Depois que ela se foi, ele se virou, subiu a escada e usou o código que Kirsch tinha lhe dado para abrir a porta da frente. O interior estava impecavelmente limpo. O vestíbulo de lambris reluzia recém-encerado. Bourne subiu a escada de madeira entalhada até o último andar. Usando a chave de Kirsch, abriu a porta e entrou. Embora o apartamento fosse claro e bem arejado, com muitas janelas dando para a rua, estava mergulhado em profundo silêncio, como se existisse no fundo do mar. Não havia televisão, nem computador. Estantes de livros cobriam uma parede inteira da sala, com volumes de Nietzsche, Kant, Descartes, Heidegger, Leibniz e Maquiavel. Também havia livros de muitos dos grandes matemáticos, biógrafos, escritores de ficção e economistas. As outras paredes eram cobertas por desenhos sombreados, a lápis ou a pena, emoldurados de Kirsch, desenhos tão detalhados e complexos que a um primeiro olhar pareciam ser plantas arquitetônicas, mas depois subitamente entravam em foco. Bourne se deu conta de que eram desenhos abstratos. Como todas as obras de arte de qualidade, pareciam mover-se, transitar da realidade para um mundo imaginado de sonho, onde tudo parecia possível.

Depois de fazer um breve exame de todos os aposentos da casa, Bourne se acomodou numa cadeira atrás da escrivaninha de Kirsch.

Pensou longa e seriamente sobre o professor. Seria ele Dominic Specter, a nêmesis da Legião Negra, como afirmava ser, ou era, na verdade, Asher Sever, seu líder? Se fosse Sever, havia encenado o ataque contra si mesmo – um plano complicado que custara várias vidas. Poderia o professor ser culpado de um ato tão irracional? Se ele fosse o líder da Legião Negra, certamente sim. A segunda pergunta que Bourne estivera fazendo a si mesmo era por que o professor teria confiado os planos roubados à rede totalmente indigna de confiança de Pyotr. Mas havia outro enigma: Se o professor fosse Sever, por que estivera tão ansioso para obter aqueles planos? Já não os teria? Estas duas perguntas ficavam girando sem parar na cabeça de Bourne, sem que ele encontrasse uma solução satisfatória. Nada com relação à situação em que se encontrava parecia fazer sentido, o que significava que uma parte vital do quadro estava faltando. E, no entanto, ele tinha a incômoda desconfiança de que, como nos quadros de Egon Kirsch, duas realidades lhe estavam sendo mostradas – que o que precisava era descobrir como decifrar qual era real e qual era falsa.

Afinal, voltou seus pensamentos para algo que o estivera incomodando desde o incidente no Museu Egípcio. Sabia que Franz Jens tinha sido o único a segui-lo na entrada do museu. Então, como era possível que Arkadin pudesse saber onde estava? Só Arkadin podia ser o homem que matara Jens. Também devia ter dado a ordem para matar Egon Kirsch, mas, mais uma vez, como soubera onde Kirsch estava?

A resposta para ambas as perguntas estava firmemente enraizada em tempo e lugar. Se não fora seguido no percurso até o museu, então... À medida que era dominado por um frio gelado, Bourne ficou absolutamente imóvel. Se não havia um seguidor físico, tinha que haver um marcador eletrônico em algum lugar com ele. Mas como tinha sido posto? Alguém poderia ter esbarrado nele no aeroporto. Bourne levantou-se e lentamente se despiu, examinando cuidadosamente cada peça de roupa, em busca de um marcador eletrônico. Como não encontrou nada, vestiu-se e sentou-se novamente na cadeira, mergulhado em seus pensamentos.

Com sua memória eidética, revisou cada passo de sua viagem de Moscou para Munique. Quando se lembrou do funcionário da Imigração alemã, se deu conta de que o passaporte estivera fora de suas mãos por perto de meio minuto. Tirando-o do bolso da camisa, examinou cada página visualmente e pelo tato. No interior da capa de trás, enfiado numa dobra da encadernação, encontrou o minúsculo receptor.

TRINTA E SETE

– Que maravilha é poder respirar o ar limpo da noite – disse Veronica Hart enquanto se detinha na calçada em frente ao Pentágono.
– Com emanações de diesel e tudo mais – retrucou Stu Gold.
– Sabia que as acusações de LaValle não colariam – ela falou enquanto eles atravessavam a rua em direção ao carro dele. – São claramente falsas.
– Eu não começaria a celebrar tão cedo – comentou o advogado –, LaValle me advertiu que vai levar aquelas fotos de vigilância em que você aparece com Bourne ao presidente, amanhã de manhã cedo, pedindo uma ordem executiva para sua demissão.
– Ora vamos, Stu, o material mostra conversas particulares entre Lindros e uma civil, Moira Trevor. Não há nada ali. LaValle está fazendo alarde sem nada de concreto.
– Ele convenceu o secretário de Defesa – insistiu Gold. – Diante das circunstâncias, só isso já é suficiente para lhe causar problemas.
O vento forte fustigava e Hart segurou o cabelo, afastando-o do rosto.
– Entrar na CIA, me tirar de lá algemada... LaValle cometeu um grave erro me exibindo daquele jeito. – Ela se virou, olhou para o quartel-general da NSA onde estivera encarcerada durante três horas até o momento em que Gold aparecera com um mandado de um juiz federal para sua libertação temporária. – Ele vai pagar por essa humilhação.
– Veronica, não se precipite. – Gold abriu a porta do carro, convidou-a a entrar. – Conhecendo LaValle como eu conheço, é

mais provável que ele queira que você perca a cabeça e faça besteira. É assim que erros mortais são cometidos.

Ele deu a volta pela frente do carro, entrou, ligou o motor e eles saíram.

– Não podemos deixá-lo escapar impune, Stu. A menos que o façamos parar, ele vai nos tomar a CIA. – Ela observou a noite da Virgínia se transformar enquanto eles atravessavam a ponte do Memorial de Artlington. O Lincoln Memorial ergueu-se diante deles. – Fiz um juramento quando aceitei o cargo.

– Como todos os DCIs.

– Não, estou falando sobre um juramento pessoal. – Ela queria muito ver Lincoln sentado em sua cadeira, contemplando as incertezas do desconhecido que se apresentavam a todos os seres humanos. Pediu a Gold que fizesse uma parada. – Nunca contei isso a ninguém, Stu, mas no dia em que me tornei oficialmente DCI fui visitar o túmulo do Velho. Você já esteve no cemitério de Arlington? É um lugar que induz sobriedade, mas, lá a sua maneira, é também um lugar alegre. Tantos heróis, tanta coragem, o fundamento de nossa liberdade, Stu, de cada um de nós.

Eles tinham chegado ao memorial. Desceram do carro, caminharam até a estátua majestosa iluminada por holofotes, pararam contemplando o rosto severo e sábio de Lincoln. Alguém havia deixado um buquê de flores a seus pés, botões murchos que balançavam ao sabor do vento.

– Passei muito tempo junto ao túmulo do Velho – prosseguiu Hart, numa voz distante. – Juro que pude senti-lo, juro que senti alguma coisa fluir ao meu redor, depois dentro de mim. – O olhar dela se cravou no advogado. – Existe um legado longo e exemplar na CIA. Naquela ocasião, jurei e estou jurando de novo agora, que não vou permitir que nada ou ninguém viole ou cause danos a este legado. – Ela respirou fundo. – Custe o que custar.

Gold retribuiu seu olhar, sem hesitar.

– Sabe o que está pedindo?

– Sim, creio que sei.

Por fim, ele concordou.

– Está bem, Veronica, a decisão é sua. Custe o que custar.

❦

Sentindo-se revigorado e invulnerável depois de seu exercício, Rodney Feir se encontrou com o general Kendall na sala do champanhe, reservada aos clientes VIPs que tinham consumado os prazeres da noite e queriam se demorar um pouco mais, com ou sem as garotas. É claro que o tempo passado ali custava muito mais caro com as garotas do que sem elas.

A sala do champanhe era decorada como a sala íntima de um paxá do Oriente Médio. Os dois homens se reclinaram em volumosas almofadas enquanto eram servidos com o champanhe de sua escolha. Era ali que Feir planejava entregar a informação sobre os agentes de campo da Typhon. Mas, primeiro, quisera se regalar com o puro prazer oferecido nos quartos dos fundos do The Glass Slipper. Afinal, no momento em que pusesse os pés do lado de fora, o mundo real desmoronaria em cima dele, com todos os aborrecimentos, humilhações mesquinhas, chateações e o aguilhão do medo que precedia cada movimento que ele fazia para privilegiar a posição de LaValle *vis-à-vis* à da CIA.

Com o celular na mão direita, Kendall estava sentado muito empertigado, como seria de se esperar de um militar. Feir pensou que ele devia estar ligeiramente desconfortável num ambiente tão luxuoso. Os homens conversaram por algum tempo, bebericando champanhe, trocando teorias sobre esteroides e beisebol, sobre as chances dos Redskins chegarem às finais no ano seguinte, sobre as oscilações do mercado de ações, qualquer coisa, menos política.

Depois de algum tempo, quando a garrafa de champanhe estava quase vazia, Kendall consultou seu relógio.

– O que você trouxe para mim?

Aquele era o momento que Feir havia longamente antecipado. Mal podia esperar para ver a expressão no rosto do general quando visse as informações. Enfiando a mão no bolso interno do casaco, ele tirou o pacote. Um jogo de cópias comuns era a maneira mais segura de contrabandear dados para fora do prédio da CIA, uma vez que havia sistemas de segurança instalados para monitorar as entradas e saídas de qualquer aparelho com disco rígido de tamanho suficiente para conter arquivos substanciais.

Um sorriso se abriu no rosto de Feir.

– A coisa inteira. Todos os detalhes sobre os agentes da Typhon no mundo inteiro. – Ele levantou o pacote. – Agora, vamos conversar sobre o que vou ganhar em troca.

– O que você quer? – perguntou Kendall, sem muito entusiasmo. – Uma promoção? Mais poder?

– Quero respeito – respondeu Feir. – Quero que LaValle me respeite como você me respeita.

Um sorriso curioso curvou os lábios do general.

– Não posso falar por LaValle, mas verei o que posso fazer.

Enquanto ele se inclinava para receber as informações, Feir se perguntou por que ele parecia tão sério – não, pior do que sério, o homem parecia francamente carrancudo. Feir estava a ponto de perguntar a respeito quando uma negra alta e elegante começou a tirar uma série de fotos.

– Que diabo é isso? – perguntou, em meio à sucessão de flashes ofuscantes. Quando sua visão clareou, ele viu Soraya Moore postada ao lado deles. Ela tinha um pacote na mão.

– Esta não foi uma noite boa para você, Rodney. – Ela pegou delicadamente o celular do general, apertou um botão e lá estava a conversa entre o general e Feir, gravada e regurgitada de modo que todo mundo pudesse ouvir sua traição confessa. – Não, eu diria que, considerando tudo, é o fim da linha.

～

– Eu não tenho medo de morrer – disse Devra –, se é com isso que está preocupado.

— Não estou preocupado – falou Arkadin. – Por que você pensa que estou preocupado?

Ela deu uma mordida no sorvete de chocolate que ele lhe comprara.

— Você está com aquela funda ruga vertical entre os olhos.

Ela quisera tomar sorvete apesar de estarem em pleno inverno. Talvez fosse o chocolate que ela quisesse, pensou Arkadin. Não que tivesse importância; agradá-la em pequenas coisas era estranhamente satisfatório – como se ao agradar a Devra estivesse agradando a si mesmo, embora isso lhe parecesse uma impossibilidade.

— Não estou preocupado – disse ele. – Estou é fulo da vida.

— Porque seu chefe lhe disse para ficar longe de Bourne.

— Não vou ficar longe de Bourne.

— Você vai deixar seu chefe fulo da vida.

— Tudo na vida tem sua hora – respondeu Arkadin, acelerando o passo.

Estavam no centro de Munique; ele queria estar num ponto central quando Icoupov lhe dissesse onde iria se encontrar com Bourne, de modo a poder chegar lá o mais rápido possível.

— Não tenho medo de morrer – repetiu Devra. – A única coisa é o que a gente faz quando não tem mais lembranças.

Arkadin olhou para ela.

— O quê?

— Quando olha para uma pessoa morta, o que você vê? – Ela deu uma outra mordida no sorvete, deixando pequenas marcas de dentes na casquinha. – Nada, certo? Coisa nenhuma. A vida foi embora e com ela todas as lembranças que foram acumuladas ao longo dos anos. – Ela o olhou. – Naquele momento, você deixa de ser humano, então, o que você é?

— Quem se importa? – retrucou Arkadin. – E vai ser uma porra de um alívio não ter mais lembranças.

Soraya se apresentou na casa de retiro da NSA pouco antes das dez horas da manhã, de modo que, quando deram dez, já tinha passado pelos vários controles de segurança e estava sendo conduzida até a biblioteca, na hora exata.

– Café da manhã, senhora? – perguntou Willard enquanto a acompanhava pelo tapete macio.

– Creio que hoje vou querer – ela respondeu. – Uma omelete com *fines herbes* seria ótimo. Vocês têm baguete?

– Sim, senhora.

– Ótimo. – Ela passou as provas que condenavam o general Kendall de uma mão para outra. – E um bule de chá-do-ceilão, Willard. Obrigada.

Ela percorreu o resto da distância até onde Luther LaValle estava sentado, tomando sua xícara de café matinal. Ele olhava fixamente pela janela, lançando um olhar invejoso para a primavera precoce. Fazia tanto calor que a lareira continha apenas cinzas frias e brancas.

LaValle não se virou quando ela sentou. Soraya colocou a pasta com as provas em seu colo, então, disse sem preâmbulos:

– Vim para levar Tyrone embora.

LaValle ignorou-a.

– Sua informação sobre a Legião Negra não bate; não há quaisquer atividades terroristas estranhas em solo dos Estados Unidos. Não encontramos nada.

– O senhor ouviu o que eu disse? Vim buscar Tyrone.

– Isso não vai acontecer – retrucou LaValle.

Soraya apresentou-lhe o celular de Kendall, tocou a conversa gravada que ele tivera com Rodney Feir na sala do champanhe do The Glass Slipper.

"Todos os detalhes sobre os agentes da Typhon no mundo inteiro. Agora vamos conversar sobre o que vou ganhar em troca."

General Kendall: *"O que você quer? Uma promoção? Mais poder?"*

Feir: *"Quero respeito. Quero que LaValle me respeite como você me respeita."*

– Quem se importa? – A cabeça de LaValle se virou. Seus olhos estavam escuros e vidrados. – O problema é de Feir, não meu.

– Talvez seja. – Soraya empurrou a pasta de arquivo sobre a mesa na direção dele. – Contudo, isso aqui é seu problema.

LaValle encarou-a por um momento, seus olhos agora cheios de veneno. Sem baixar o olhar, ele estendeu a mão e abriu a pasta. E viu uma foto após a outra do general Kendall, nu em pelo, mantendo relações sexuais com uma jovem negra.

– Como ficará a carreira do oficial e homem de família, cristão e devoto, quando a história for publicada?

Willard chegou trazendo seu chá, abrindo uma toalha branca engomada e arrumando a louça e os talheres de prata meticulosamente diante dela. Quando acabou, virou-se para LaValle.

– Posso trazer alguma coisa para o senhor?

LaValle fez sinal para que ele saísse com um gesto brusco de mão. Por algum tempo, não fez nada a não ser examinar novamente as fotos. Então, pegou um celular, colocou-o sobre a mesa e o empurrou na direção dela.

– Ligue para Bourne – ordenou.

Soraya imobilizou-se com uma garfada de omelete a caminho da boca.

– Como disse?

– Sei que ele está em Munique, nossa subestação lá o reconheceu no monitoramento do CFTV do aeroporto. Tenho homens prontos para botá-lo sob custódia. Tudo o que preciso de você é que arme a cilada.

Ela riu, enquanto repousava o garfo.

– Está sonhando, LaValle. Tenho o senhor na mão e não o contrário. Se estas fotos se tornarem públicas, o homem que é seu braço direito ficaria arruinado, pessoal e publicamente. Nós dois sabemos que não vai permitir que isso aconteça.

LaValle reuniu as fotos, enfiou-as de volta no envelope. Então, tirou uma caneta, escreveu um nome e um endereço na frente do envelope. Quando Willard aproximou-se silenciosamente ao seu sinal, LaValle disse:

— Por favor, mande escanear as fotos e enviar por e-mail para o *The Drudge Report*. Depois mande um mensageiro entregá-las ao *The Washington Post*, o mais rápido possível.

— Muito bem, senhor. — Willard enfiou o envelope debaixo do braço e seguiu para outra parte da biblioteca.

Então, LaValle pegou seu celular, discou um número local.

— Gus, aqui é Luther LaValle. Bem, bem. Como vai Ginnie? Ótimo, dê minhas lembranças a ela. E às crianças também... Escute, Gus, estou com um problema por aqui. Surgiram informações sobre o general Kendall... é isso mesmo, ele tem sido alvo de uma investigação interna há alguns meses. Com efeito imediato, ele acaba de ser demitido do meu comando e da NSA. Bem, você verá, já mandei as fotos para lhe serem entregues por mensageiro. É claro que é uma matéria exclusiva, Gus. Francamente, estou chocado, realmente chocado. Você também ficará quando vir as fotos... Vou lhe mandar minha declaração oficial daqui a quarenta minutos. Sim, é claro. Não precisa me agradecer.

Soraya assistiu àquele desempenho com uma sensação de náusea na boca do estômago, que cresceu de uma bola gelada até tornar-se um iceberg de incredulidade.

— Como foi capaz de fazer isso? — perguntou, quando LaValle concluiu a ligação. — Kendall é seu assessor imediato, seu amigo. Vocês vão à igreja juntos com a família todos os domingos.

— Não tenho amizades nem aliados permanentes; tenho apenas interesses permanentes — disse LaValle secamente. — A senhora será uma diretora bem mais competente quando aprender a fazer isso.

Ela então apresentou outro conjunto de fotos, mostrando Feir entregando um embrulho ao general Kendall.

— O embrulho — ela explicou — detalha o número e as locações do pessoal de campo da Typhon.

A expressão de desdém de LaValle não se alterou.

– O que isso significa para mim?
Pela segunda vez, Soraya lutou para esconder o espanto.
– Isso é seu assessor recebendo informações secretas da CIA.
– Então, a senhora devia tomar providências quanto ao seu pessoal.
– O senhor está negando que deu ordens ao general Kendall para cultivar Rodney Feir e fazê-lo atuar como agente duplo?
– Sim, estou.
Soraya estava quase sem fôlego.
– Não acredito no senhor.
LaValle lhe deu um sorriso gelado.
– Não importa no que a senhora acredita, diretora. Apenas os fatos importam. – Ele afastou a foto com a unha do dedo. – Não importa o que o general Kendall tenha feito; o que ele fez, fez por conta própria. Não tenho conhecimento do assunto.
Soraya se perguntava como tudo poderia ter dado tão errado, quando, mais uma vez, LaValle empurrou o telefone sobre a mesa.
– Agora, ligue para Bourne.
Ela teve a sensação de que uma tira de ferro lhe apertava o peito; sentiu o sangue cantar nos ouvidos. *E agora?*, disse a si mesma. *Deus do Céu, o que posso fazer?*
LaValle apresentou-lhe um pedaço de papel com um horário e um endereço escritos.
– Ele tem que ir a este lugar neste horário. Diga-lhe que você está em Munique, que tem informações vitais sobre o ataque da Legião Negra e que ele precisa ver pessoalmente.
A mão de Soraya estava tão molhada de suor que ela a enxugou no guardanapo.
– Ele ficará desconfiado se eu não ligar do meu celular. Na verdade, poderá não atender se eu não ligar do meu, porque não saberá que sou eu.
LaValle assentiu, mas quando ela puxou o telefone, ele disse:
– Vou ouvir cada palavra que você disser. Se tentar avisá-lo, prometo que seu amigo Tyrone nunca sairá daqui vivo. Está claro?

Ela assentiu, mas não se moveu. Observando-a como um sapo sendo dissecado numa mesa, LaValle falou:

— Sei que não quer fazer isso, diretora. Sei que, com todas as suas forças, não quer. Mas *vai* ligar para Bourne e *vai* armar a cilada para mim, porque sou mais forte do que a senhora é. Estou me referindo a minha vontade. Sempre obtenho o que quero, diretora, a qualquer custo, mas a senhora não; a senhora se *importa* demais para ter uma longa carreira no serviço secreto. Está condenada ao fracasso e sabe disso.

Soraya tinha parado de ouvi-lo depois das primeiras palavras. Agudamente consciente de que jurara assumir o controle da situação e de alguma forma transformar o desastre em vitória, furiosamente tentava reunir suas forças. *Um passo de cada vez*, disse a si mesma. *Tenho que tirar Tyrone completamente da cabeça, limpar minha mente da tentativa fracassada com Kendall e da minha própria culpa. Agora tenho que pensar nesse telefonema; como vou fazer a chamada e impedir que Jason seja capturado?*

Parecia uma tarefa impossível, mas aquele tipo de raciocínio era derrotista, totalmente inútil. O que devia fazer?

— Depois de fazer a chamada – ordenou LaValle –, a senhora ficará aqui, sob vigilância constante, até que Bourne esteja sob custódia.

Desconfortavelmente consciente dos olhos ávidos dele, ela pegou o telefone e ligou para Jason.

Quando ouviu a voz dele, falou:

— Oi, sou eu, Soraya.

⁓

Bourne estivera no apartamento de Egon Kirsch, parado, olhando pela janela quando o celular tocou. Viu o número de Soraya aparecer na tela, atendeu a chamada e a ouviu dizer:

— Oi, sou eu, Soraya.
— Onde você está?
— Na verdade, estou em Munique.

Ele se empoleirou no braço da poltrona.

– Na verdade? Em Munique?
– Foi o que disse.
Ele franziu o cenho, ouvindo ecos vindo de muito longe em sua cabeça.
– Estou surpreso.
– Não tanto quanto eu. Você apareceu na grade de vigilância da CIA no aeroporto.
– Não havia como evitar.
– Tenho certeza de que não. De qualquer maneira, não estou aqui oficialmente a serviço da CIA. Continuamos a monitorar as comunicações da Legião Negra e, afinal, obtivemos uma boa pista.
Ele se levantou.
– O que é?
– O telefone não é seguro – disse ela. – Precisamos nos encontrar.
– Ela lhe disse o lugar e a hora.
– Isso é dentro de pouco mais de uma hora – ele disse, consultando o relógio.
– Exato. Está perfeito. Consigo chegar a tempo. E você?
– Acho que dou um jeito – respondeu ele. – Até lá.

Ele desligou e foi até a janela, apoiou-se no parapeito e repassou a conversa, palavra por palavra, em sua mente.

Bourne sentiu um solavanco de deslocamento, como se tivesse saído de seu corpo e vivenciasse algo que havia acontecido com outra pessoa. Gravando um abalo sísmico em seus neurônios, sua mente lutava para recuperar uma lembrança. Bourne sabia que já tinha tido aquela conversa antes, mas, por mais que tentasse, não conseguia se lembrar de onde nem quando, ou que significado poderia ter para ele agora.

Teria continuado naquela busca fútil se a campainha lá embaixo não tivesse tocado. Afastando-se da janela, atravessou a sala e apertou o botão que abria a porta da rua. Finalmente, tinha chegado a hora em que ele e Arkadin se encontrariam cara a cara – o legendário assassino, que se especializara em matar assassinos, que havia entrado e saído de uma prisão de segurança máxima na

Rússia sem que ninguém soubesse, que tinha conseguido eliminar Pyotr e sua rede inteira.

Houve uma batida na porta. Ele se manteve distante do olho mágico e da própria porta, mantendo-se de lado ao destrancá-la. Não houve disparo de arma de fogo, nem estilhaçar de madeira e metal. Em vez disso, a porta se abriu e um homem elegante, de pele morena e barba em forma de pá entrou no apartamento.

– Vire-se devagar – disse Bourne.

Mantendo as mãos bem à vista de Bourne, o homem se virou para encará-lo. Era Semion Icoupov.

– Bourne – falou.

Bourne apresentou seu passaporte, abriu a capa interna.

Icoupov assentiu.

– Compreendo. E é agora que você vai me matar por ordem de Dominic Specter?

– Está falando de Asher Sever?

– Ah, céus – retrucou Icoupov –, acabou-se a minha surpresa. – Ele sorriu. – Confesso que estou chocado. Mesmo assim, devo congratulá-lo, Sr. Bourne. O senhor obteve uma informação que mais ninguém tem. Por que meios a conseguiu, é um mistério.

– Vamos manter assim – retrucou Bourne.

– Não importa. O importante é que não tenho mais que perder tempo tentando convencê-lo de que Sever o enganou. Uma vez que já descobriu as mentiras dele, podemos passar para o estágio seguinte.

– O que o leva a pensar que vou ouvir qualquer coisa que tenha a dizer?

– Se descobriu as mentiras de Sever, então conhece a história recente da Legião Negra, sabe que outrora fomos como irmãos e sabe como é profunda a inimizade entre nós. Somos inimigos, Sever e eu. Só pode haver um resultado para nossa guerra, compreende?

Bourne não disse nada.

– Quero ajudá-lo a impedir o pessoal dele de atacar seu país, está claro? – Ele deu de ombros. – Sim, o senhor está certo em

demonstrar ceticismo, eu faria o mesmo em seu lugar. – Ele moveu a mão esquerda bem devagar para a lapela do sobretudo, afastou-a para mostrar o forro. Havia alguma coisa se projetando do bolso.
– Talvez, antes que algo indesejável aconteça, deva dar uma olhada no que tenho aqui.

Bourne se inclinou para a frente, tirou a SIG Sauer que Icoupov tinha no coldre na cintura. Então, puxou os papéis.

Enquanto os abria, Icoupov disse:
– Tive um trabalho enorme para roubá-los de minha nêmesis.

Bourne se viu olhando para as plantas do Empire State Building. Quando ergueu o olhar, viu que Icoupov o observava atentamente.

– É o que a Legião Negra pretende atacar. O senhor sabe quando?

– De fato, sei. – Icoupov consultou o relógio. – Dentro de precisamente trinta e três horas, e vinte e seis minutos.

TRINTA E OITO

Veronica Hart lia o *The Drudge Report* quando Stu Gold acompanhou o general Kendall ao seu escritório. Ela estava sentada à frente da escrivaninha, com o monitor virado para a porta, de modo que Kendall pudesse ver claramente suas fotos com a mulher do The Glass Slipper.

– Este é apenas um site – disse ela, com um gesto convidando-os a sentar nas três cadeiras já dispostas a sua frente. Depois que seus convidados sentaram, Veronica se dirigiu a Kendall. – O que sua família vai dizer, general? O pastor de sua igreja e a congregação?
– A expressão dela se mantinha neutra, numa voz que Veronica tomava cuidado para não demonstrar o prazer que sentia. – Pelo que soube, um bom número deles não gosta de afro-americanas, nem mesmo para criadas ou babás. Preferem as moças do Leste Europeu, jovens louras polonesas ou russas. Não é verdade?

Kendall não disse nada, mantendo-se sentado com as costas bem retas, as mãos cuidadosamente cruzadas entre os joelhos, como se estivesse numa corte marcial.

Hart desejava que Soraya estivesse presente, mas ela não havia retornado da casa de retiro da NSA, algo que era bastante preocupante, e também não estava atendendo o celular.

– Sugeri que a melhor coisa que ele poderia fazer agora é nos ajudar a implicar LaValle na trama para roubar segredos da CIA – falou Gold.

Hart sorriu muito docemente para Kendall.

– E o que o senhor acha da sugestão, general?

– Recrutar Rodney Feir foi inteiramente ideia minha – Kendall retrucou secamente.

Hart chegou-se para a frente na cadeira.

– O senhor quer que acreditemos que embarcou numa empreitada tão perigosa sem informar a seu superior?

– Depois do fiasco com Batt, eu tinha que fazer alguma coisa para provar o meu valor. Achei que a melhor chance seria seduzir Feir.

– Isso não nos leva a lugar nenhum – falou Hart.

Gold se levantou.

– Concordo. O general tomou a decisão de se sacrificar pelo homem que o entregou aos cães. – Ele se moveu em direção à porta. – Não sei para que isso conta, mas existe gente para tudo.

– É só isso? – Kendall olhou duro para a frente. – Vocês já terminaram comigo?

– Nós terminamos – respondeu Hart –, mas Rob Batt não.

O nome de Batt provocou uma reação no general.

– Batt? Que importância tem ele? É carta fora do baralho.

– Creio que não. – Hart se levantou, postando-se atrás da cadeira dele. – Batt o manteve sob vigilância a partir do momento em que arruinou a vida dele. Aquelas fotos do senhor e Feir entrando e saindo da academia, na churrascaria e no The Glass Slipper foram tiradas por ele.

– Mas não é tudo de que ele dispõe. – Gold levantou a maleta de modo significativo.

– Assim – disse Hart –, receio que sua estada na CIA demore mais algum tempo.

– Quanto tempo?

– Que importância tem? – replicou Hart. – O senhor não tem mais vida para retomar.

∽

Enquanto Kendall permanecia com dois guardas armados, Hart e Gold foram para a sala ao lado, onde Rodney Feir era vigiado por outro par de agentes.

– O general já está se divertindo? – perguntou Feir enquanto eles ocupavam cadeiras de frente para ele. – Este é um dia negro para ele. – Ele riu de sua própria piada, embora ninguém mais achasse graça.

– Tem alguma ideia de como sua situação é séria? – perguntou Gold.

Feir sorriu.

– Creio que compreendo bem a situação.

Gold e Hart trocaram um olhar; nenhum dos dois entendia a atitude despreocupada de Feir.

– O senhor vai passar muito tempo na cadeia, Sr. Feir – falou Gold.

Feir cruzou uma perna sobre a outra.

– Creio que não.

– Está enganado – disse Gold.

– Rodney, temos imagens de você roubando segredos da Typhon e entregando-os a um membro graduado de uma organização de inteligência rival.

– Por favor! – exclamou Feir. – Tenho plena consciência do que fiz e de que vocês me apanharam. O que estou dizendo é que nada disso importa. – Ele continuou em sua atitude de Gato de Cheshire, como se tivesse nas mãos um *flush* real.

– Explique-se – disse Gold secamente.

– Eu estou ferrado – retrucou Feir. – Mas não estou arrependido pelo que fiz, só por ter sido apanhado.

– Esta atitude vai ajudar muito o seu caso. – Hart falou em tom cáustico. Estava farta de ser pressionada por LaValle e seus asseclas.

– Por temperamento, não sou dado a me sentir arrependido, diretora. Mas do mesmo modo que suas provas, minha atitude não tem nenhum valor. O que quero dizer é, se eu estivesse arrependido como Rob Batt, isso faria alguma diferença para a senhora? – Ele sacudiu a cabeça. – De modo que não vamos nos enganar. O que eu fiz, e como me sinto quanto a isso, é coisa do passado. Vamos falar sobre o futuro.

– Você não tem futuro – disse Hart azeda.

– Isso ainda se verá. – Feir manteve o sorriso irritante enquanto a encarava. – O que estou propondo é uma troca.

Gold ficou incrédulo.

– Você quer propor um acordo?

– Vamos chamar de uma troca justa – disse Feir. – Vocês retiram todas as acusações, me dão uma indenização generosa pela demissão e uma carta de recomendação que eu possa apresentar no setor privado.

– Mais alguma coisa? – ironizou Hart. – Que tal uma casa de veraneio em Chesapeake e um iate?

– Uma oferta generosa – retrucou Feir, com o rosto sério –, mas não sou tão ambicioso.

Gold se levantou.

– Seu comportamento é intolerável.

Feir olhou para ele.

– Não se exalte, doutor. Ainda não ouviu minha parte da troca.

– Não estou interessado. – Gold fez sinal para os dois agentes. – Levem-no de volta à cela.

– Eu não faria isso se fosse você. – Feir não resistiu quando os dois agentes o pegaram, cada um por um braço, e o puseram de pé. Ele virou-se para Hart. – Alguma vez se perguntou, diretora, por que Luther LaValle não tentou se apoderar da CIA quando o Velho estava vivo?

– Não precisei, sei por quê. O Velho era poderoso demais, bem relacionado demais.

– É verdade, mas existe outro motivo, bem mais específico. – Feir olhou de um agente para o outro.

Hart teve vontade de lhe torcer o pescoço.

– Soltem-no – disse.

Gold se adiantou:

– Diretora, sinceramente recomendo...

— Não fará mal nenhum ouvir o homem, Stu. — Hart assentiu. — Vamos lá, Rodney. Você tem um minuto.

— O fato é que LaValle tentou várias vezes tomar o controle da CIA enquanto o Velho estava no comando. Falhou em todas elas, e sabe por quê? — Feir olhou de um para o outro, o sorriso de Gato de Cheshire novamente no rosto. — Porque durante anos o Velho teve um agente infiltrado na NSA.

Hart arregalou os olhos.

— O quê?

— Isso é conversa fiada — disse Gold. — Ele está tentando nos enganar.

— Bom palpite, doutor, mas está errado. Eu conheço a identidade do agente duplo.

— Como você saberia, Rodney?

Feir deu uma gargalhada.

— Às vezes, não sempre, admito, há vantagens em ser o funcionário chefe dos arquivos da CIA.

— Mas isso não é o que você...

— É exatamente o que sou, diretora. — A nuvem de uma raiva muito antiga o sacudiu. — Nenhum título metido a besta obscurece o fato. — Ele abanou a mão, o lampejo de raiva rapidamente se apagando. — Mas não importa, o que importa é que eu vejo coisas na CIA que mais ninguém vê. O Velho tinha planos de contingência preparados para o caso de ele ser morto, mas o senhor sabe disso melhor do que eu, não é, doutor?

Gold virou-se para Hart.

— O Velho deixou uma série de envelopes selados, endereçados a diferentes diretores, no caso de vir a morrer subitamente.

— Um desses envelopes — continuou Feir —, o que continha a identidade do toupeira na NSA, foi enviado a Rob Batt, o que fazia sentido na época, uma vez que Batt era chefe de operações. Mas nunca chegou às mãos de Batt. Eu cuidei disso.

— Você. — Hart estava tão furiosa que mal conseguia falar.

– Eu poderia dizer que já tinha começado a desconfiar que Batt estivesse trabalhando para a NSA – disse Feir –, mas seria mentira.

– Então, ficou com ele mesmo depois que fui nomeada.

– Material de troca, diretora. Imaginei que mais cedo ou mais tarde precisaria de meu cartão para sair da cadeia.

E reapareceu em seu rosto o sorriso que fazia Hart ter vontade de enfiar-lhe um murro na cara. Com esforço ela se conteve.

– Enquanto isso, você permitiu que LaValle fizesse gato e sapato conosco, por sua causa fui levada algemada de meu próprio escritório, por sua causa o legado do Velho está por um fio de ser enterrado.

– Bem... essas coisas acontecem. O que posso fazer?

– Vou lhe dizer o que pode fazer. – Hart fez sinal para que os agentes agarrassem Feir de novo. – Posso lhe dizer para ir para o inferno. Posso lhe dizer que você vai passar o resto da vida na cadeia.

Mesmo assim Feir não pareceu se abalar.

– Eu disse que sabia quem era o agente duplo, diretora. Além do que, e creio que isso será de especial interesse para a senhora, sei onde ele está.

Hart estava furiosa demais para ouvi-lo.

– Tirem-no da minha frente.

Enquanto ia sendo conduzido para fora, Feir disse:

– Ele está na casa de refúgio da NSA.

A DCI sentiu o coração bater mais forte em seu peito. O maldito sorriso de Feir agora não era apenas compreensível, era justificado.

↭

Daqui a exatamente trinta e três horas, e vinte e seis minutos. As palavras assustadoras de Icoupov ainda ressoavam nos ouvidos de Bourne quando percebeu um lampejo de movimento. Ele e Icoupov estavam parados no vestíbulo, a porta da frente ainda estava aberta, mas uma sombra havia escurecido por um momento a parede oposta do hall. Alguém estava ali, escondido pela porta semiaberta.

Continuando a falar, Bourne segurou Icoupov pelo cotovelo e o fez entrar na sala, atravessando o tapete, em direção ao corredor que levava aos quartos e ao banheiro. Quando passaram por uma das janelas, ela explodiu para dentro, com a força do homem que entrou, arrebentando-a com os pés. Bourne girou, com a SIG Sauer que tomara de Icoupov apontada para o intruso.

– Largue a arma – ordenou uma voz de mulher atrás dele. Bourne virou a cabeça e viu que o vulto no vestíbulo, uma jovem de pele muito clara, apontava uma Luger para sua cabeça.

– Leonid, o que está fazendo aqui? – Icoupov parecia apoplético. – Eu lhe dei ordens expressas...

– Foi Bourne. – Arkadin avançou em meio aos cacos de vidro que cobriam o chão. – Foi Bourne que matou Mischa.

– Isso é verdade? – Icoupov virou-se para Bourne: – Você matou Mikhail Tarkanian?

– Ele não me deu escolha – respondeu Bourne.

Com a Luger apontada diretamente para a cabeça de Bourne, Devra repetiu a ordem:

– Largue a SIG. Não vou mandar de novo.

Icoupov estendeu a mão para Bourne.

– Passe para mim.

– Fique onde está – ordenou Arkadin, com sua Luger apontada para Icoupov.

– Leonid, o que está fazendo?

Arkadin o ignorou.

– Faça o que a moça disse, Bourne. Largue a SIG.

Bourne obedeceu. No momento em que largou a arma, Arkadin atirou sua Luger para o lado e voou para cima de Bourne. Bourne levantou um antebraço a tempo de bloquear o joelho de Arkadin, mas sentiu a pancada até o ombro. Eles trocaram golpes violentos, belas defesas e bloqueios. Para cada movimento que Bourne empregava, Arkadin tinha o contra-ataque perfeito e vice-versa.

Ao encarar os olhos do russo, viu refletidos neles seus atos mais terríveis, todas as mortes e destruição que deixara em sua esteira. Em seus olhos implacáveis havia um vazio mais negro do que uma noite sem estrelas.

Eles se moveram pela sala enquanto Bourne recuava, até passarem pelo arco que separava a sala do resto do apartamento. Na cozinha, Arkadin agarrou um cutelo e girou-o num golpe contra Bourne. Desviando-se do arco letal do carrasco, Bourne agarrou o bloco de madeira que continha várias facas de cozinha. Arkadin desceu o cutelo sobre o tampo do balcão, deixando de acertar os dedos de Bourne por menos de um centímetro. Então, ele bloqueou as facas, girando o cutelo em arco como uma foice cortando trigo.

Perto da pia, Bourne agarrou um prato da secadora de louça e atirou-o como um Frisbee, obrigando Arkadin a abaixar-se para sair do caminho. Enquanto o prato se espatifava contra a parede atrás de Arkadin, Bourne puxou uma faca do bloco, como uma espada tirada da bainha. Aço chocou-se contra aço, até que Bourne usou a faca para golpear diretamente o estômago de Arkadin. Arkadin baixou o cutelo exatamente no ponto em que Bourne segurava a faca e ele foi obrigado a largá-la. A faca ressoou ao bater no chão. Arkadin pulou para cima de Bourne e os dois se atracaram.

Bourne conseguiu manter o cutelo afastado e, tão de perto, era impossível golpear com ele. Percebendo que se tornara um risco inútil, Arkadin deixou-o cair.

Por três longos minutos, eles ficaram atracados, como se numa chave mortal dupla. Ensanguentados e machucados, nenhum dos dois conseguiu levar vantagem. Bourne nunca tinha enfrentado alguém com a habilidade física e mental de Arkadin, alguém tão parecido com ele. Lutar com Arkadin era como lutar com uma imagem de si mesmo refletida num espelho, uma imagem de que não gostava. Sentia-se como se estivesse à beira de um terrível precipício, um abismo cheio de horror infinito, onde vida nenhuma poderia sobreviver. Sentia que Arkadin o agarrara para puxá-lo para dentro daquele abismo, como para mostrar-lhe a desolação que existia por trás de seus próprios olhos, a imagem ensanguentada de seu passado esquecido exibida nesse reflexo.

Com um esforço supremo, Bourne livrou-se da chave de braço de Arkadin e socou o punho contra a orelha do russo. Arkadin foi atirado para trás, batendo com as costas contra uma coluna, e Bourne correu para fora da cozinha, seguindo pelo corredor. Enquanto o fazia, ouviu o som inconfundível de alguém liberando o pente de uma automática, e se atirou de cabeça no quarto principal. O tiro espatifou o umbral da porta bem acima de sua cabeça.

Pondo-se de pé rapidamente, Bourne seguiu direto para o closet de Kirsch, ao mesmo tempo em que ouvia Arkadin gritar para a mulher para não disparar. Empurrando para o lado uma fileira de roupas penduradas em cabides, Bourne meteu as unhas no painel de compensado de madeira no fundo do armário, em busca das roscas de encaixe que Kirsch havia descrito no museu. No mesmo instante em que ouviu Arkadin entrar correndo no quarto, ele girou as roscas, removeu o painel e, agachando-se, entrou num mundo cheio de sombras sobrepostas.

⸺

Quando Devra virou-se depois de sua tentativa de acertar Bourne, viu-se cara a cara com o cano da SIG Sauer que Icoupov havia apanhado no chão.

– Sua idiota – gritou Icoupov –, você e seu namorado vão ferrar tudo.

– O que Leonid está fazendo é assunto dele – respondeu Devra.

– É exatamente esta a natureza do erro – disse Icoupov. – Leonid não tem nenhum assunto dele. Tudo o que ele é deve a mim.

Ela saiu das sombras do corredor e entrou na sala. A Luger na altura do quadril estava apontada para Icoupov.

– Ele está quites com o senhor – ela retrucou. – Sua servidão acabou.

Icoupov deu uma gargalhada.

– Foi isso que ele disse a você?
– Foi o que eu disse a ele.
– Então, você é ainda mais tola do que pensei.

Eles se encararam, atentos ao menor movimento um do outro. Mesmo assim, Devra conseguiu dar um sorriso gelado.

– Ele mudou desde que saiu de Moscou. É uma pessoa diferente.

Icoupov fez um muxoxo de desdém.

– A primeira coisa que você tem que enfiar nessa sua cabeça é que Leonid é incapaz de mudar. Sei disso melhor do que ninguém porque passei anos tentando fazer dele uma pessoa melhor. Fracassei. Todo mundo que tentou fracassou, e sabe por quê? Porque Leonid não é mais inteiro. Em algum lugar nos dias e noites de Nizhny Tagil, ele foi quebrado. Nem todos os cavalos e nem todos os homens do czar conseguiriam montá-lo e torná-lo inteiro de novo porque as peças não se encaixam mais. – Ele fez um gesto com o cano da SIG Sauer. – Trate de sair agora, enquanto pode, caso contrário, juro que ele vai matar você como matou todas as outras que tentaram se aproximar dele.

– Como o senhor se ilude! – berrou Devra. – É igual a todos os outros de sua laia, corrompido pelo poder. Passou tantos anos longe da vida nas ruas que criou sua própria realidade, uma realidade que só se move sob o movimento de sua mão. – Ela deu um passo na direção dele, o que provocou uma reação tensa de Icoupov. – Pensa que pode me matar antes que eu o mate? Não contaria com isso. – Ela balançou a cabeça. – De qualquer modo você tem mais a perder do que eu. Eu já estava meio morta quando Leonid me encontrou.

– Ah, agora compreendo – Icoupov assentiu –, ele a salvou de si mesma, tirou você das ruas, não é isso?

– Leonid é meu protetor.

– Deus do céu, e você diz que me ilude!

O sorriso gélido de Devra alargou-se.

– Um de nós está fatalmente enganado. Veremos quem é.

∽

— O quarto é cheio de manequins — dissera Egon Kirsch ao descrever seu estúdio para Bourne. — Impeço a luz de entrar com cortinas blecaute porque esses manequins são criação minha. Eu os construí do nada, por assim dizer. Eles são meus companheiros, poderia dizer, bem como minhas criações. Nesse sentido, eles podem ver, ou se preferir, *acredito* que tenham o dom da visão. E que criatura pode olhar para seu criador sem ficar louca, ou cega, ou ambas as coisas?

Com o mapa do aposento na mente, Bourne esgueirou-se pelo estúdio, evitando os manequins de modo a não fazer barulho. Ou, como Kirsch poderia ter dito, para não perturbar o processo de nascimento daquelas criações.

— Você pensa que sou louco — dissera a Bourne no museu. — Não que isso tenha importância. Para todos os artistas, bem-sucedidos ou não, suas criações são vivas. Eu não sou diferente. Mas depois de lutar tantos anos para dar vida a abstrações, passei a dedicar meu trabalho à forma humana.

Ouvindo um som, Bourne imobilizou-se por um momento e então espiou por trás da coxa de um manequim. Seus olhos já haviam se adaptado à extrema escuridão do aposento e ele viu movimento: Arkadin tinha descoberto o painel e entrara no estúdio atrás dele.

Bourne achava que ali tinha chances bem melhores do que no apartamento de Kirsch. Conhecia o *layout*, a escuridão o ajudaria e, se atacasse rapidamente, teria a vantagem de poder ver enquanto Arkadin ainda não conseguiria.

Com esta estratégia em mente, ele saiu de trás do manequim e encaminhou-se cuidadosamente até o russo. O estúdio era como um campo minado. Havia três manequins entre ele e Arkadin, todos posicionados em ângulos e posições diferentes: um estava sentado, segurando um pequeno quadro como se estivesse lendo um livro; outro estava de pé, com as pernas abertas na pose clássica do atirador; o terceiro estava correndo, inclinado para a frente, como se fosse cruzar uma linha de chegada.

Bourne se moveu pelo corredor. Arkadin estava agachado sobre as panturrilhas, sabiamente mantendo-se parado até seus olhos se ajustarem àquela escuridão. Fora precisamente o que Bourne fizera quando entrara no estúdio, momentos antes.

Mais uma vez, Bourne ficou impressionado com a assustadora imagem refletida num espelho que Arkadin representava. Não havia prazer e sim uma enorme ansiedade, em seu nível mais primitivo, em ver a si mesmo e dar o máximo para encontrá-lo e matá-lo.

Acelerando o passo, Bourne ultrapassou o espaço onde o manequim estava sentado, lendo seu quadro. Agudamente consciente de que o tempo estava se esgotando, Bourne rapidamente se pôs lado a lado com o atirador. Mas justo no instante em que ia atacar Arkadin, seu celular vibrou, a tela se iluminando com o número de Moira.

Com uma praga silenciosa, Bourne arremeteu. Arkadin, alerta para a menor anomalia, virou-se defensivamente em direção ao som e Bourne colidiu com uma parede sólida de músculos, atrás da qual havia uma vontade assassina com intensidade furiosa. Arkadin golpeou, Bourne deslizou para trás, entre as pernas do manequim do atirador. Quando Arkadin veio atrás dele, chocou-se contra os quadris do manequim. Retraindo-se com um palavrão, ele golpeou o manequim. A lâmina bateu na cobertura de acrílico e se alojou no metal abaixo dela. Bourne golpeou com o pé enquanto Arkadin tentava liberar a lâmina, acertando-o do lado esquerdo do peito. Arkadin tentou rolar para se afastar, mas Bourne enterrou o ombro contra suas costas. Ele era extremamente pesado, e Bourne usou toda a sua força; com isso o manequim tombou, aprisionando Arkadin debaixo dele.

– Seu amigo não me deu nenhuma escolha – disse Bourne. – Ele teria me matado se eu não o tivesse detido. Ele estava longe demais; tive que arremessar a faca.

Um som como o crepitar de um fogo veio de Arkadin. Bourne levou um momento para se dar conta de que era uma risada.

— Vou fazer uma aposta com você, Bourne. Antes de morrer, aposto que Mischa lhe disse que você era um homem morto.

Bourne estava a ponto de responder quando viu o brilho opaco de uma SIG Sauer Mosquito na mão de Arkadin. Ele se agachou pouco antes de a bala calibre 22 passar zunindo sobre sua cabeça.

— Ele estava certo.

Bourne girou, afastando-se e ziguezagueando em torno dos outros manequins, usando-os como cobertura enquanto Arkadin disparava mais três tiros. Gesso, madeira e acrílico se espatifaram perto do ombro e da orelha esquerdos de Bourne, antes que ele mergulhasse atrás da mesa de trabalho de Kirsch. Atrás dele, podia ouvir os grunhidos de Arkadin, que se esforçava para se libertar do atirador tombado.

Bourne sabia, pela descrição de Kirsch, que a porta da frente ficava à esquerda. Pondo-se de pé, ele correu até o canto enquanto Arkadin disparava mais um tiro. Um monte de gesso e estuque se desintegrou onde a bala acertou a quina da parede. Chegando à porta, Bourne a destrancou, abriu e correu pelo corredor. A porta aberta do apartamento de Kirsch assomou à sua esquerda.

᎔

— Nada de bom virá se apontarmos armas um para o outro — disse Icoupov. — Vamos tentar conversar e resolver esta situação racionalmente.

— Este é o seu problema — disse Devra. — A vida não é racional; é um caos tremendo. É parte de seu delírio; o poder faz com que pense que pode controlar tudo. Mas não pode; ninguém pode.

— Você e Leonid pensam que sabem o que estão fazendo, mas estão enganados. Ninguém funciona num vácuo. Se vocês matarem Bourne, haverá repercussões terríveis.

— Repercussões para você, não para nós. Isso é o que o poder faz: você pensa em atalhos. Conveniência, oportunidades políticas, corrupção sem fim.

Foi naquele momento que ambos ouviram o som de tiros, mas somente Devra sabia que vinham da arma de Arkadin. Ela percebeu o dedo de Icoupov pressionar o gatilho da SIG e assumiu uma posição semiagachada porque sabia que, se Bourne aparecesse em vez de Arkadin, ela ia baleá-lo.

A situação havia atingido o ponto de fervura, e Icoupov estava visivelmente preocupado.

– Devra, eu lhe suplico que reconsidere. Leonid não conhece todos os fatos. Preciso de Bourne vivo. O que ele fez com Mischa foi lastimável, mas nesta equação não há lugar para sentimentos pessoais. Tanto planejamento, tanto sangue derramado terão sido inúteis se Leonid matar Bourne. Você tem que me permitir impedir; eu lhe darei qualquer coisa, qualquer coisa que você queira.

– Você pensa que pode me comprar? O dinheiro não significa nada para mim. O que eu quero é Leonid – disse Devra no instante em que Bourne surgiu na porta.

Devra e Icoupov se viraram. Devra berrou porque sabia, ou pensou que soubesse que Arkadin estava morto, e assim redirecionou a Luger de Icoupov para Bourne.

Bourne se escondeu de volta no corredor e ela atirou em sua direção, um tiro depois do outro enquanto avançava até a porta. Como seu foco de atenção estava concentrado em Bourne, ela tirou os olhos de Icoupov e assim deixou de ver o movimento crucial quando ele virou a SIG em sua direção.

– Eu avisei – ele falou enquanto a baleava no peito.

Devra caiu de costas e deu um pequeno gemido enquanto seu corpo se arqueava para cima. Icoupov parou acima dela.

– Como você se permitiu ser seduzida por aquele monstro? – perguntou ele.

Devra olhou-o fixamente, as bordas dos olhos delineadas de vermelho. O sangue jorrava de seu corpo a cada batida de seu coração.

– Foi exatamente o que perguntei a ele a respeito de você. – Cada arquejar ao respirar a enchia de uma dor indescritível. – Ele não é um monstro, mas, se fosse, você seria um muito pior.

A mão dela se moveu. Icoupov ouviu suas palavras, mas não deu atenção até que a bala que ela disparou com a Luger o acertou no ombro direito. Ele girou para trás contra a parede. A dor o fez largar a SIG. Vendo-a esforçar-se para atirar de novo, ele lhe deu as costas e saiu correndo do apartamento, fugindo pela escada e ganhando a rua.

TRINTA E NOVE

Descansando na copa adjacente à biblioteca da casa esconderijo da NSA, Willard apreciava sua xícara de café com leite e açúcar e lia o *The Washington Post* quando seu celular tocou. Ele checou a chamada, viu que era do filho Oren. É claro que a chamada não era realmente de Oren, mas Willard era o único que sabia disso.

Ele largou o jornal, observou enquanto a fotografia aparecia na tela do telefone. Era uma foto de duas pessoas paradas diante de uma igreja rural, a torre se erguendo na margem superior. Ele não tinha ideia de quem eram as pessoas, mas aquilo era irrelevante. Havia seis senhas em sua memória; aquela foto lhe dizia qual delas usar. As duas pessoas mais a torre da igreja significavam que deveria usar a senha três. Se, por exemplo, as duas pessoas estivessem diante de um arco, ele teria que subtrair um, em vez de somar. Havia outras indicações visuais. Um prédio de tijolos significava dividir o número de pessoas por dois; uma ponte, multiplicar por dois, e assim por diante.

Willard excluiu a foto do telefone, pegou o terceiro caderno do *Post* e começou a ler a primeira história da página três. Iniciando pela terceira palavra, ele começou a decifrar a mensagem que era uma convocação para entrar em ação. À medida que avançava pelo artigo, substituindo certas letras por outras, de acordo com as normas do protocolo, sentiu uma profunda agitação em seu íntimo. Ele tinha sido os olhos e os ouvidos do Velho no seio da NSA durante três décadas, e a morte súbita do Velho, no ano passado, o entristecera profundamente. Então, testemunhara o último ataque de Luther LaValle contra a CIA e esperara que seu celular tocasse, mas, inexplicavelmente, passaram-se meses sem que seu desejo de ver uma foto em seu celular fosse realizado. Ele simplesmente não conseguia compreender por que a nova DCI não o estava usando. Será que caíra no esquecimento; que Veronica Hart não sabia que ele existia? Certamente era o que parecia, especialmente depois que LaValle apanhara numa cilada, Soraya e seu compatriota, que ainda estava encarcerado no porão, como Willard chamava as celas de tortura subterrâneas. Tinha feito o que podia pelo rapaz chamado Tyrone, embora Deus soubesse que fora muito pouco. Contudo, sabia que mesmo aquele minúsculo sinal de esperança – o conhecimento de que você não estava sozinho – era suficiente para revigorar um coração valente. E se, de alguma forma fosse um juiz de caráter, diria que Tyrone tinha um coração valente.

Willard sempre tinha desejado ser ator – por muitos anos Olivier tinha sido seu deus –, mas nem em seus sonhos mais loucos imaginara que sua atuação como ator seria na arena política. Tinha entrado para a carreira por acidente, quando representava um papel na companhia teatral da faculdade – Henrique V, para ser exato, um dos grandes políticos trágicos de Shakespeare. Como o Velho dissera a Willard quando viera cumprimentá-lo no camarim, quando Henrique trai Falstaff, sua traição é política e não pessoal, e acaba com sucesso.

– Que tal lhe parece fazer isso na vida real? – perguntara o Velho. Ele tinha vindo à faculdade de Willard para recrutar quadros para a CIA e lhe dissera que, com frequência, encontrava pessoas nos lugares mais improváveis.

Ao terminar de decifrar a mensagem, Willard tinha em mãos suas instruções imediatas. Agradeceu aos céus o fato de não ter sido jogado fora junto com o lixo do Velho. Ele se sentia como seu velho amigo Henrique V, embora mais de trinta anos tivessem se passado desde que pisara num palco de teatro. Mais uma vez, estava sendo chamado para representar seu maior papel, um que lhe era tão natural quanto uma segunda pele.

Ele dobrou o jornal e enfiou-o debaixo do braço, pegou o celular e saiu da copa. Ainda lhe restavam vinte minutos de folga, mais do que o suficiente para fazer o que lhe pediam. O que recebera ordens de fazer era encontrar a câmera digital que Tyrone estivera usando quando fora capturado. Dando uma espiadela na biblioteca, certificou-se de que LaValle ainda estava sentado em seu lugar habitual, defronte a Soraya Moore, antes de seguir pelo corredor.

Embora tivesse sido o Velho quem o recrutara, fora Alex Conklin quem o treinara. Conklin, o Velho lhe dissera, era o melhor de sua especialidade, a saber, preparar agentes para trabalho de campo. Ele não demorara muito para descobrir que, embora Conklin fosse renomado na CIA por treinar agentes para missões de assassinato, também era especialista em treinar agentes infiltrados. Willard passara quase um ano com Conklin, embora nunca no quartel-general da CIA – ele era integrante do Treadstone, o projeto de Conklin que era tão secreto que a maioria do pessoal da CIA não tinha conhecimento de sua existência. Era de importância crucial que ele nunca tivesse nenhuma ligação com a CIA. Como o papel que o Velho havia planejado para ele era dentro da NSA, a pesquisa de seus antecedentes tinha que poder passar pelo exame mais rigoroso.

Tudo isso passou pela mente de Willard enquanto ele andava pelos sacrossantos vestíbulos e corredores do refúgio da NSA. Ele cruzou com vários agentes e teve certeza de ter feito seu trabalho com perfeição. Ele não era indispensável para ninguém, era apenas a pessoa que estava sempre presente, em quem ninguém prestava atenção.

Sabia onde estava a câmera de Tyrone porque estivera lá quando Kendall e LaValle falaram onde a poriam. Mas mesmo se não tivesse estado, teria suspeitado de onde LaValle a havia escondido. Sabia, por exemplo, que a câmera nunca teria tido permissão para ser tirada daquela casa, mesmo que nas mãos de LaValle, a menos que as imagens comprometedoras feitas por Tyrone das celas de tortura tivessem sido transferidas para o provedor do sistema intranet do computador ou excluídas de sua memória. De fato, havia uma boa chance de que as imagens tivessem sido apagadas, mas ele duvidava. No breve período de tempo em que a câmera estivera na posse da NSA, Kendall não estava mais ali e LaValle ficara obcecado em coagir Soraya Moore a lhe entregar Jason Bourne.

Willard sabia de tudo a respeito de Bourne; tinha lido os arquivos da Treadstone, até mesmo os que não existiam mais, picotados e depois queimados quando as informações que continham se tornaram perigosas demais não só para Conklin, como para a CIA. Sabia que a Treadstone era muito mais do que até o Velho soubera. Aquilo tinha sido coisa de Conklin; ele fora um homem para quem a palavra *segredo* era o santo graal. Qual teria sido seu supremo plano para a Treadstone ninguém sabia.

Inserindo a chave mestra na fechadura do escritório de LaValle, ele digitou o código eletrônico. Willard conhecia o código de todo mundo – de outro modo de que serviria um agente infiltrado? A porta se abriu, ele entrou discretamente, fechando e trancando a porta atrás de si.

Atravessando a sala até a escrivaninha de LaValle, abriu as gavetas, uma a uma, em busca de fundos falsos ou compartimentos secretos. Não encontrando nada, passou para a estante, o aparador com suas pastas de arquivo suspensas e garrafas de bebida, lado a lado. Examinou as gravuras nas paredes em busca de um esconderijo atrás delas, mas não havia nada.

Sentou na ponta da mesa, contemplou o aposento, inconscientemente balançando a perna para trás e para a frente, enquanto tentava descobrir onde LaValle teria escondido a câmera. No mesmo instante, ele ouviu o som do salto de seu sapato bater contra a saia da mesa. Descendo de cima da escrivaninha deu a volta e se enfiou no espaço para os joelhos, batendo na saia da mesa até ouvir o mesmo som que o salto de seu sapato fizera. Sim, agora tinha certeza: havia um espaço oco ali.

Tateando com as pontas dos dedos, descobriu uma minúscula maçaneta, empurrou-a para o lado e abriu a porta. Lá estava a câmera de Tyrone. Ia pegá-la quando ouviu o arranhar de metal contra metal.

LaValle estava abrindo a porta.

∽

– Diga que me ama, Leonid Danilovich. – Devra sorriu para ele enquanto Arkadin debruçava-se sobre ela.

– O que aconteceu Devra? O que aconteceu? – foi tudo que ele conseguiu dizer.

Finalmente, havia conseguido se libertar da escultura. Teria saído atrás de Bourne, mas ouvira os tiros vindo do apartamento de Kirsch, depois o som de passos correndo. A sala estava toda respingada de sangue. Ele a vira caída no chão, com a Luger ainda em punho. A camisa de Devra estava tingida de vermelho.

– Leonid Danilovich. – Devra chamara seu nome quando ele aparecera em seu campo de visão. – Esperei por você.

Devra começou a contar-lhe o que tinha acontecido, mas bolhas de sangue se formaram no canto de sua boca e ela começou a gorgulhar horrivelmente. Arkadin levantou sua cabeça do chão, descansou-a sobre as coxas. Afastou o cabelo úmido de sua testa, de seu rosto, deixando riscas vermelhas como uma pintura de guerra.

Ela tentou continuar, então parou. Seus olhos perderam o foco e ele pensou que a havia perdido. Então, seu olhar desanuviou, seu sorriso voltou e ela disse:

– Você me ama, Leonid?

Ele se inclinou e murmurou em seu ouvido. Teria dito as palavras *eu te amo*? Havia tanta estática em sua cabeça, que ele não conseguia ouvir a si mesmo. Será que a amava, e, se amasse, o que significaria? Será que sequer isso importava? Ele havia prometido que a protegeria e tinha fracassado. Encarou os olhos e o sorriso dela, mas tudo o que viu foi seu passado se erguendo para engolfá-lo mais uma vez.

∽

– Preciso de mais dinheiro – dissera Yelena certa noite, na cama abraçada com ele.

– Para quê? Eu lhe dou o suficiente.

– Detesto viver aqui, é como uma prisão, as garotas choram o tempo todo, são espancadas e depois desaparecem. Eu costumava fazer amigas apenas para ajudar a passar o tempo, para ter algo o que fazer durante o dia, mas agora não me dou mais ao trabalho. De que adianta? Elas somem depois de uma semana.

Arkadin havia percebido a necessidade aparentemente insaciável de Kuzin em ter cada vez mais garotas.

– Não vejo o que isso tem a ver com você ter mais dinheiro.

– Se não posso ter amigas – falou Yelena –, quero drogas.

– Já disse a você que nada de drogas. – Arkadin rolou para longe dela e se sentou.

– Se você me ama, tire-me daqui.

– Amar? – Ele se virou para encará-la. – Quem falou em amor?

Ela começou a chorar.

– Quero viver com você, Leonid. Quero estar sempre com você.

Sentindo uma emoção desconhecida apertar-lhe a garganta, Arkadin levantou-se e recuou.

– Céus! – exclamou, enquanto juntava suas roupas. – De onde você tira essas ideias?

Deixando-a entregue a um choro desconsolado, ele saiu para buscar mais garotas. Mas antes que alcançasse a porta da frente do bordel, Stas Kuzin o interceptou.

– Essas crises de choro de Yelena estão perturbando as outras garotas – falou em sua voz sibilada. – É ruim para os negócios.

– Ela quer viver comigo – disse Arkadin. – Pode imaginar?

Kuzin deu uma gargalhada, um som como pregos raspando contra um quadro-negro.

– Fico querendo saber o que seria pior: a chateação de uma esposa querendo saber onde você esteve a noite inteira ou gritaria de pirralho tornando impossível dormir.

Os dois riram do comentário e Arkadin não pensou mais no assunto. Durante os três dias seguintes ele trabalhou regular e metodicamente, passando um pente fino em Nizhny Tagil em busca de mais garotas para o bordel. Depois dormiu vinte e quatro horas. Quando acordou, foi direto para o quarto de Yelena. Encontrou uma outra garota, recentemente sequestrada das ruas, dormindo na cama dela.

– Onde está Yelena? – perguntou, arrancando-lhe as cobertas.

Ela o olhou, piscando como um morcego sob a luz do sol.

– Quem é Yelena? – respondeu numa voz rouca de sono.

Arkadin saiu a passadas largas do quarto e caminhou até o escritório de Stas Kuzin. O homenzarrão estava sentado atrás de uma escrivaninha de metal cinzento, falando ao telefone, mas fez sinal para que se sentasse enquanto terminava a ligação. Arkadin preferiu ficar de pé, apoiado no encosto de uma cadeira de madeira.

Por fim, Kuzin desligou o telefone e perguntou:

– O que posso fazer por você, meu amigo?

– Onde está Yelena?

– Quem? – A fronte de Kuzin franziu-se, juntando suas sobrancelhas e fazendo com que ficasse parecido com um ciclope. – Ah, sim, a chorona. – Ele sorriu. – Não há mais possibilidade de ela incomodá-lo.

– O que significa isso?

– Por que fazer uma pergunta se você já sabe a resposta? – O telefone de Kuzin tocou e ele o atendeu. – Espere um pouco. – Então, virou-se para o parceiro. – Esta noite vamos sair para jantar e celebrar sua liberdade, Leonid Danilovich. Vamos ter uma grande noitada, certo?

Então ele retomou a ligação. Arkadin se sentiu congelado no tempo, como se estivesse condenado a reviver aquele momento pelo resto da vida. Emudecido, ele caminhou como um autômato e saiu do escritório, do bordel e do prédio do qual era dono, com Kuzin. Sem nem pensar, entrou em seu carro, dirigiu para o norte até a floresta de abetos e cicutas gotejantes. Não havia sol no céu, o horizonte era franjado, margeado por chaminés. O ar, carregado com a névoa de partículas carbono e enxofre, tingia-se de um tom laranja-avermelhado, como se tudo estivesse em chamas.

Arkadin saiu da estrada e caminhou pela trilha sulcada, seguindo a rota que a van tomara anteriormente. Em algum lugar ao longo do caminho, descobriu que estava correndo o mais rápido que podia em meio às ramagens, com o fedor de podridão e de matéria em decomposição subindo em ondas, como se ansioso para encontrá-lo.

Ele se deteve abruptamente na beira da cova. Em certos pontos, sacas de cal viva haviam sido despejadas para ajudar a decomposição; mesmo assim era impossível não ver o conteúdo. Seus olhos percorreram os corpos até que a encontrou. Yelena jazia amarfanhada onde tinha caído depois de ser chutada pela borda. Grandes ratazanas abriam caminho até seu corpo.

De olhos cravados na boca escancarada do inferno, Arkadin deu um pequeno grito; o som que um cãozinho poderia ter feito se você sem querer lhe pisasse a pata. Descendo pelo flanco da cova, ele ignorou o fedor insuportável e, com os olhos cheios de lágrimas, arrastou-a para cima pela encosta e deitou-a no solo da floresta, o leito de folhas marrons macio como tinha sido o dela. Então, ele seguiu de volta para o carro, abriu a mala e tirou uma pá.

Ele a enterrou a cerca de oitocentos metros dali, numa pequena clareira reservada e tranquila. Ele a carregou sobre o ombro durante todo o percurso e quando acabou estava fedendo a morte. Naquele momento, agachado sobre as panturrilhas, o rosto coberto de terra e suor, duvidou que jamais fosse conseguir se lavar e se livrar daquele fedor. Tivesse ele conhecido uma prece a teria dito, mas tudo o que sabia eram obscenidades, que proferiu com o fervor dos justos. Mas não era um justo, era um maldito.

Tivesse ele sido um homem de negócios haveria uma decisão a ser tomada. Porém, Arkadin não era nenhum homem de negócios, de modo que daquele dia em diante seu destino estava selado. Voltou a Nizhny Tagil com suas duas pistolas automáticas Stechkin carregadas e pentes de munição adicionais no bolso da camisa. Ao entrar no bordel, baleou os dois guarda-costas que montavam guarda. Nenhum dos dois teve chance de sacar a arma.

Stas Kuzin apareceu no vão da porta, com uma pistola Korovin TK em punho.

– Leonid, que diabos?

Arkadin o acertou com uma bala em cada joelho. Kuzin tombou, gritando. Quando tentou levantar a Korovin, Arkadin pisou com força em seu pulso. Kuzin gemeu alto. Quando mesmo assim ele não largou a pistola, Arkadin o chutou no joelho. O resultado foi um urro que trouxe as últimas garotas de seus quartos.

– Saiam daqui. – Arkadin dirigiu-se às garotas embora seu olhar estivesse cravado no rosto monstruoso de Kuzin.

– Levem todo o dinheiro que puderem encontrar e voltem para suas famílias. Contem sobre a cova cheia de cal ao norte da cidade.

Ele as ouviu correr, falando entre si, depois tudo ficou em silêncio.

– Maldito filho da puta – disse Kuzin, encarando Arkadin.

Arkadin gargalhou e o baleou no ombro direito. Então, enfiando as Stechkins de volta nos coldres, ele arrastou Kuzin pelo chão. Teve que empurrar um dos guarda-costas mortos para tirá-lo do caminho, mas afinal conseguiu descer a escada e sair pela porta arrastando Kuzin, que gemia. Na rua, uma das vans de Kuzin freou, cantando pneus. Arkadin sacou as pistolas e as esvaziou no interior da van. O carro balançou nas molas, os vidros se espatifaram e a buzina disparou quando o motorista caiu morto. Ninguém saltou.

Arkadin arrastou Kuzin para seu carro e o enfiou no banco traseiro. Então, saiu da cidade e seguiu para a floresta, entrando na estrada de terra batida. Ao final dela, ele parou, arrastou Kuzin para a beira da cova.

– Vá se foder, Arkadin! – berrou Kuzin. – Porra...

Arkadin o baleou à queima-roupa no ombro esquerdo, esfacelando-o e lançando Kuzin para dentro da cova de cal viva. Ele olhou para o fundo. Lá estava o monstro, caído em meio aos cadáveres.

O sangue pingava da boca de Kuzin.

— Mate-me — berrou. — Pensa que tenho medo da morte? Ande, agora me mate!

— Não cabe a mim matar você, Stas.

— Mate-me, já disse. Acabe logo com isso, agora!

Arkadin gesticulou para os cadáveres.

— Você vai morrer nos braços de suas vítimas, ouvindo suas maldições ecoarem em seus ouvidos.

— E as *suas* vítimas? — berrou Kuzin quando Arkadin sumiu de vista. — Você vai morrer engasgado em seu próprio sangue!

Arkadin não lhe deu atenção. Já estava na direção do carro, saindo da floresta. Havia começado a chover, gotas cor de chumbo que caíam como balas de um céu sem cor. Um ribombar lento, vindo das fundições que começavam a funcionar, soou como o troar de canhões, assinalando o começo de uma guerra que com certeza o destruiria a menos que encontrasse um meio de sair de Nizhny Tagil que não fosse numa bolsa para transporte de cadáveres.

QUARENTA

– Onde você está, Jason? – perguntou Moira. – Estive tentando falar com você.

– Em Munique – respondeu ele.

– Que maravilha! Graças a Deus que você está por perto. Preciso me encontrar com você. Diga onde está, que irei encontrá-lo.

Bourne passou o celular de uma orelha para a outra, para olhar melhor onde se encontrava.

– Estou a caminho do Englischer Garten.

– O que está fazendo em Schwabing?

– É uma longa história; eu lhe conto quando nos encontrarmos. – Bourne consultou o relógio. – Mas devo me encontrar com Soraya no pagode chinês dentro de dez minutos. Ela diz que tem novas informações sobre o ataque da Legião Negra.

– Isso é estranho – disse Moira. – Eu também tenho.

Bourne atravessou a rua, apressando-se, mas ainda alerta para eventuais seguidores.

– Vou me encontrar com você – falou Moira. – Estou de carro, mas posso estar lá em quinze minutos.

– Não é boa ideia. – Ele não a queria envolvida num encontro profissional. – Ligo para você assim que acabar e poderemos... – Subitamente, ele se deu conta que não havia mais ninguém na linha. Discou o número de Moira, mas quem atendeu foi a caixa postal. Droga, pensou.

Ele chegou aos arredores do jardim que tinha duas vezes o tamanho do Central Park, de Nova York. Dividido pelo Rio Isar, era cheio de trilhas para corredores e ciclovias, prados, florestas e até colinas. Perto da crista de uma delas ficava o pagode chinês, que era na verdade um *biergarten* ou "jardim de cerveja".

Ele logo pensou em Soraya quando se aproximou do local. Era estranho que tanto ela quanto Moira tenham se conectado à Legião Negra. Agora Bourne repassava a conversa que tivera com Moira ao telefone. Algo em sua fala o incomodava, algo que ele não conseguia definir o que era. Quanto mais se esforçava para descobrir, mais a resposta parecia se afastar.

Seu ritmo foi reduzido por hordas de turistas, diplomatas americanos, crianças com balões ou pipas flutuando ao vento. Além disso, uma manifestação de jovens estudantes protestava contra novas inclusões no currículo da universidade, e seus integrantes haviam começado a se reunir no pagode.

Bourne avançou, abrindo caminho, passando por uma mãe com uma criança e depois por uma grande família, de tênis Nike e moletons medonhos. A criança olhou para ele e instintivamente Bourne sorriu. Então, virou-se e limpou o sangue do rosto, que continuava a escorrer dos cortes que tinha sofrido durante a luta com Arkadin.

– Não, você não pode comer salsicha – disse a mãe para o filho com um forte sotaque britânico. – Você passou mal a noite inteira.

– Mas, mamãe – retrucou o menino. – Estou me sentindo perfeitamente bem.

Perfeitamente bem. Bourne parou onde estava, esfregou a mão na têmpora. *Perfeitamente bem*; a frase ricocheteou em sua cabeça como uma bola de aço numa máquina de *pachinko*.

Soraya.

Oi, sou eu, Soraya. Tinha sido assim que ela começara o telefonema. Então, dissera: *Na verdade, estou em Munique.* E pouco antes de desligar: *Estou perfeitamente bem. Eu consigo estar lá. E você?*

Levando esbarrões da multidão impaciente, Bourne teve a sensação de que sua cabeça estava em chamas. Havia alguma coisa com relação àquelas frases. Ele as conhecia, e ao mesmo tempo não conhecia, como era possível? Sacudiu a cabeça como se para clareá-la; lembranças surgiam como cortes de faca através de um tecido. A luz estava começando a brilhar...

E então ele viu Moira. Ela andava rapidamente em direção ao pagode chinês vindo da direção oposta, sua expressão atenta, séria, quase sombria. O que teria acontecido? Que informações teria para ele?

Bourne espichou o pescoço tentando ver Soraya em meio ao rodopiar dos manifestantes. Foi então que ele se lembrou.

Perfeitamente bem.

Ele e Soraya já tinham tido aquela conversa antes – onde? Em Odessa? *Oi, sou eu* vindo antes de seu nome significava que estava sendo coagida. *Na verdade,* dito antes de um lugar onde ela deveria estar significava que não estava lá. *Perfeitamente bem*, significava uma cilada.

Ele levantou a cabeça e seu coração se apertou. Moira seguindo direito para a cilada.

࿐

Quando a porta se abriu, Willard se imobilizou. Estava de quatro no chão, escondido da porta pela saia da escrivaninha. Ouviu vozes, uma delas a de LaValle, e prendeu a respiração.

– Não há nenhum problema – assegurou LaValle. – Passe-me os números por e-mail e, depois que acabar com Moore, eu confiro.

– Boa ideia – respondeu Patrick, um dos assistentes de LaValle –, mas é melhor voltar para a biblioteca, Moore está criando caso.

LaValle praguejou. Willard o ouviu caminhar até a escrivaninha, mexer em alguns papéis. Talvez estivesse procurando um arquivo. LaValle deu um grunhido de satisfação, caminhou pelo escritório, saiu e fechou a porta. Foi só quando ouviu a chave arranhar a fechadura, que Willard respirou.

Willard ligou a câmera, rezando para que as imagens não tivessem sido apagadas, e lá estavam elas, uma depois da outra, provas que condenariam Luther LaValle e toda a sua administração da

NSA. Conectando a câmera a seu celular através do Bluetooth, ele transferiu as imagens. Depois, navegou até o número de telefone de seu filho – que não era o número de seu filho, mas, para qualquer um que ligasse para lá, um rapaz que tinha ordens estritas de se passar por seu filho atenderia – e enviou as fotos, todas juntas. Enviá-las uma a uma, em chamadas separadas, com certeza acionaria um alarme no servidor de segurança.

Por fim, Willard recostou-se e respirou fundo. Tinha acabado; as fotos agora estavam nas mãos da CIA, onde poderiam fazer o maior bem ou – se você fosse Luther LaValle – o maior mal. Consultando o relógio, guardou a câmera, tornou a fechar o compartimento oculto e saiu de baixo da escrivaninha.

Quatro minutos depois, com o cabelo recém-penteado, uniforme escovado e aparência elegante e distinta, Willard colocou um chá do Ceilão diante de Soraya Moore e um *scotch single-malt* diante de Luther LaValle. A Srta. Moore agradeceu; LaValle, olhando fixamente para ela, ignorou-o como de costume.

⁓

Moira não o tinha visto, e Bourne não podia gritar e chamá-la porque naquele redemoinho de gente sua voz não seria ouvida. Impedido de seguir em frente, ele recuou de modo a dar a volta e aproximar-se dela. Tentou ligar para seu celular mais uma vez, mas ou ela não ouvia ou não estava atendendo.

No momento em que desligava o telefone, ele viu os agentes da NSA. Eles se moviam de maneira combinada, em direção ao centro da multidão, e ele só podia presumir que houvesse outros num círculo que se fechava dentro do qual tinham a intenção de apanhá-lo. Ainda não o haviam visto, mas Moira estava perto de um dos dois que Bourne avistara. Não havia meio de chegar a ela sem que eles o vissem. Mesmo assim, ele continuou a se mover em círculo em meio à multidão, que agora se tornara tão densa que muitos dos jovens se empurravam, gritando palavras de ordem.

Bourne avançou, embora lhe parecesse que caminhava cada vez mais lentamente, como se estivesse em um sonho em que as leis da física não existiam. Precisava aproximar-se de Moira sem que os agentes o vissem. Era perigoso para ela estar procurando por ele com a NSA infiltrada em meio à multidão. Seria bem melhor que ele a alcançasse primeiro e pudesse controlar os movimentos de ambos.

Finalmente, ao se aproximar dos agentes da NSA, ele pôde ver o motivo da raiva dos jovens. O empurra-empurra estava sendo provocado por um grande grupo de *skinheads*, alguns usando soco-inglês ou bastões de beisebol. Com suásticas tatuadas nos braços musculosos, eles começaram a bater nos universitários que gritavam slogans, quando Bourne correu para Moira. Mas quando investiu para agarrá-la, um dos agentes afastou um *skinhead* com uma cotovelada e avistou Bourne. Ele girou, os lábios se movendo enquanto falava no fone de ouvido através do qual comunicava-se com os demais membros do que Bourne presumia ser um grupo de assassinos prontos para executá-lo.

Ele segurou Moira, mas o agente conseguiu agarrá-lo e começou a puxá-lo para trás, em sua direção, como se para detê-lo por tempo suficiente para que os outros agentes os alcançassem. Com a mão, Bourne o golpeou em cheio no queixo. A cabeça do agente foi lançada para trás, o pescoço partido. Ele caiu em cima do grupo de *skinheads*, que pensando que os estivesse atacando, começou a esmurrá-lo.

– Jason, o que aconteceu com você? – perguntou Moira, enquanto ela e Bourne abriam caminho em meio ao aglomerado de gente. – Onde está Soraya?

– Ela nunca esteve aqui – respondeu Bourne. – É mais uma cilada da NSA.

Teria sido melhor ficarem onde havia mais gente, mas aquilo os poria bem no centro da armadilha. Bourne os conduziu ao redor da multidão, na esperança de chegar a um lugar onde os agentes não os avistariam, mas naquele momento ele viu mais três fora da massa de gente na manifestação. Sabia que recuar seria impossível.

Em vez disso, inverteu a direção, puxando Moira mais para dentro da massa ondulante de manifestantes.

– O que está fazendo? – perguntou Moira. – Não estamos indo direto para a armadilha?

– Confie em mim. – Instintivamente ele seguiu para um dos pontos de conflagração, onde os *skinheads* brigavam com os universitários.

Eles se aproximaram da briga que se intensificava entre os dois grupos. Pelo canto do olho, Bourne viu um agente da NSA lutando para avançar em meio à massa de gente. Bourne tentou mudar de direção, mas o caminho foi bloqueado por uma onda ressurgente de estudantes que os empurrou, como um pedaço de madeira flutuante na linha da maré. Sentindo esse novo fluxo, o agente se virou pronto para o ataque, mas deu de cara com Moira.

Ele berrou o nome de Bourne pelo microfone de ouvido e Bourne o acertou com o pé na lateral do joelho. O agente cambaleou, mas conseguiu neutralizar o golpe que Bourne desfechou contra sua clavícula. O agente sacou uma arma, mas Bourne arrancou o bastão de beisebol da mão de um *skinhead* e acertou o agente com tanta força nas costas da mão que ele a deixou cair.

Então, atrás dele, Bourne ouviu Moira dizer:

– Jason, eles estão vindo!

A armadilha estava a ponto de se fechar sobre ambos.

QUARENTA E UM

Luther LaValle esperou com ansiedade pelo telefonema do líder de seu grupo de agentes em Munique. Estava sentado em sua cadeira habitual, de frente para a janela que dava para o gramado ondulante à esquerda da ampla entrada de cascalho para carros, que serpenteava em meio aos álamos e carvalhos que a ladeavam como sentinelas. Depois de tê-la colocado em seu lugar com uma repreensão verbal, ele conseguiu ignorar Soraya Moore e Willard, que, depois de perguntar duas vezes, desistiu de querer saber se ele desejava mais uma dose do *single-malt* escocês. Ele não queria mais uma dose e não queria ouvir mais nenhuma palavra de Moore. O que ele queria era que seu celular tocasse, que o líder de sua equipe lhe dissesse que Jason Bourne estava sob custódia. Isso era tudo o que queria daquele dia, e não achava que fosse muito.

Mesmo assim, tinha que admitir que seus nervos estavam mais tensos que a corda do arco de um violino. Descobria-se com vontade de gritar, de esmurrar alguém; como um míssil, quase tinha se atirado contra Willard quando o garçom se aproximara da última vez – que inferno, o homem era tão servil. A seu lado, a mulherzinha Moore, de pernas cruzadas, bebericava seu maldito chá-do-ceilão. Com era possível que estivesse tão calma?

Ele estendeu a mão e com um tapa derrubou a xícara e o pires da mão dela. Eles caíram sobre o tapete grosso com o que restava da bebida, mas não se quebraram. Ele se pôs de pé num salto, e pisoteou as peças de porcelana com o salto do sapato até que elas se partiram em pedaços. Consciente dos olhos de Soraya cravados nele, perguntou asperamente:

– O que é? O que está olhando?

Seu celular tocou e ele o apanhou rapidamente do tampo da mesa. Seu coração se alegrou, um sorriso de triunfo iluminou seu rosto. Mas era o guarda do portão principal, não o líder de sua equipe.

– Senhor, sinto muito incomodar – disse o guarda –, mas a diretora da Agência Central de Inteligência está aqui.

– O quê? – LaValle praticamente gritou, dominado por um profundo desapontamento. – Não permita que ela entre!

– Receio que não seja possível, senhor.

– É claro que é possível. – Ele foi até a janela. – Estou lhe dando uma ordem direta.

– Mas ela está acompanhada por um contingente de delegados federais – continuou o guarda. Eles já estão a caminho da casa principal.

Era verdade. Da janela, LaValle viu o comboio subindo pela entrada para carros. Ficou parado ali, mudo de perplexidade e fúria. Como a DCI ousava invadir seu santuário privado! Ele mandaria prendê-la por aquele ultraje.

Ele sobressaltou-se ao sentir alguém a seu lado. Era Soraya Moore. Seus lábios largos se abriam num sorriso enigmático.

Então, ela virou-se para ele e falou:

– Creio que seja o fim dos tempos.

༄

A confusão instalou-se como o fechar de um redemoinho ao redor de Bourne e Moira. O que antes havia sido uma simples manifestação agora se tornara uma confusão, violenta e desenfreada. Ele ouviu gritos, palavrões e, em meio a tudo, o gemido ululante das sirenes dos carros de polícia se aproximando de várias direções diferentes. Bourne estava absolutamente certo de que o grupo de assalto da NSA não queria se meter em dificuldades com a polícia de Munique; portanto, o tempo deles estava se esgotando. O agente próximo a Bourne também ouviu as sirenes, e com as mãos ainda dormentes da pancada com o bastão, agarrou Moira pela garganta.

– Largue o bastão e venha comigo, Bourne – ele levantou a voz para se fazer ouvir em meio aos berros –, ou juro que parto o pescoço dela.

Bourne deixou cair o bastão, mas no instante em que o fez, Moira mordeu a mão do agente. Bourne enterrou o punho no ponto macio logo abaixo do esterno do homem. Então, agarrando-lhe o punho, torceu-lhe o braço num ângulo invertido e com um golpe violento quebrou-lhe o cotovelo. O agente gemeu de dor e caiu de joelhos.

Bourne tirou-lhe o passaporte e o fone de ouvido. Atirou o passaporte para Moira enquanto encaixava o fone no ouvido.

– Nome? – perguntou.

Moira já tinha aberto o passaporte.

– William K. Saunders.

– Aqui é Saunders – Bourne falou com a rede conectada ao aparelho. – Bourne e a garota estão fugindo. Estão seguindo para norte-noroeste, passando pelo pagode.

Então, ele segurou a mão de Moira.

– Morder a mão dele – disse, enquanto ultrapassavam o agente caído – foi realmente golpe de profissional.

Ela deu uma risada.

– Resolveu o problema, não foi?

Eles foram abrindo caminho em meio à multidão, e seguiram para sudoeste. Atrás deles, os agentes da NSA avançavam à força em direção ao lado oposto. Mais adiante, uma tropa de policiais de choque em traje completo de combate, vinha trotando pela trilha, semiautomáticas em punho. Eles passaram por Moira e Bourne sem olhar duas vezes.

Moira consultou o relógio.

– Vamos pegar meu carro o mais rápido possível. Temos que apanhar um avião.

☙

Não desista. Aquelas duas palavras que Tyrone havia encontrado no papel em seu mingau foram o suficiente para sustentá-lo. Kendall não voltou mais, nem nenhum outro interrogador. Na verdade, suas refeições vinham a intervalos regulares, em bandejas servidas com comida de verdade, o que era uma bênção porque ele achava que nunca mais conseguiria comer mingau de aveia.

Os períodos em que o capuz preto era tirado lhe pareceram durar cada vez mais, mas sua noção de tempo tinha sido destruída e ele não sabia realmente se isso era verdade. Em todo caso, aproveitou aqueles momentos para andar, fazer abdominais e exercícios de braços, flexões e agachamento, qualquer coisa para aliviar a dor terrível que sentia nos braços, ombros e pescoço, até o fundo dos ossos.

Não desista. Era como se aquela mensagem dissesse *Você não está sozinho* ou *Não perca a fé*, tão ricas eram aquelas palavras, como o tesouro de um milionário. Quando as leu, teve certeza de que não apenas Soraya não o havia abandonado como alguma coisa mais naquele lugar, ou alguém que tinha acesso ao porão, estava do seu lado. Foi o momento em que lhe veio a revelação. Se ele se lembrava corretamente da Bíblia, era como fosse Paulo na estrada de Damasco, convertido pela luz de Deus.

Alguém está do meu lado – não do lado do velho Tyrone, que perambulava pelo gueto, dominado pela fúria da retaliação total, não o Tyrone que fora salvo da vida nas sarjetas por Deron, nem mesmo o Tyrone que se deixara impressionar por Soraya. Não, depois que *espontaneamente* pensara *Alguém está do meu lado,* se dera conta de que o *meu lado* significava a CIA. Ele não apenas tinha saído para sempre da vida nas ruas, mas também saíra da bela sombra de Soraya. Ele agora era dono de si, tinha encontrado sua vocação, não como protegido de Deron, ou seu discípulo, nem como assistente apaixonado de Soraya. A CIA era onde ele queria estar, a serviço, fazendo diferença. Seu mundo não era mais definido por ele de um lado e o Poder de outro. Não lutavava mais contra o que estava se tornando.

Tyrone levantou a cabeça. Agora trate de sair daqui. Mas como? Sua melhor escolha era tentar descobrir um modo de se comunicar com quem fosse que tivesse lhe mandado o bilhete. Refletiu por um momento. O bilhete viera escondido em sua comida, de modo que a resposta lógica seria escrever outro bilhete e escondê-lo de algum modo nos restos do prato. É claro, não havia como ter certeza de que a pessoa fosse encontrar o bilhete, ou sequer saber que estava lá, mas era a única chance que tinha e estava decidido a aproveitá-la.

Ele olhava ao redor em busca de alguma coisa com que escrever quando o clangor da porta o sobressaltou. Tyrone se virou para encará-la enquanto se abria. Será que era Kendall de novo para mais brincadeiras sádicas? Teria o torturador de verdade chegado? Ele lançou um olhar assustado por cima do ombro para a banheira de tortura e seu sangue gelou. Então, virou a cabeça e lá estava Soraya no vão da porta. Ela sorria de uma orelha à outra.

– Céus, que bom ver você!

⌒

– Que bom voltar a vê-lo – falou Veronica Hart –, especialmente nas atuais circunstâncias.

Luther LaValle havia se afastado da janela; estava de pé quando a DCI entrou na biblioteca flanqueada por delegados federais e um contingente de agentes da CIA. Todas os demais na biblioteca olharam boquiabertos e, então, a pedido dos delegados, se retiraram rapidamente. Ele agora estava sentado muito ereto em sua cadeira, encarando Hart.

– Como se atreve? – desafiou LaValle. – Isso é um comportamento intolerável que não ficará impune. Assim que informar o secretário de Defesa Halliday de sua criminosa violação do protocolo...

Hart abriu em leque as fotos das celas de tortura no porão.

– O senhor está certo, Sr. LaValle, esse comportamento intolerável não ficará impune, mas creio que o secretário de Defesa Halliday encabeçará o grupo de ataque que punirá o senhor por seus protocolos criminosos.

– Faço o que faço em defesa do meu país – falou LaValle com arrogância. – Quando um país está em guerra, ações extraordinárias devem ser empreendidas para salvaguardar suas fronteiras. Os culpados são você e pessoas como você, com suas covardes tendências esquerdistas, não eu. – Ele estava lívido, as faces rubras. – Sou um patriota. Você, você não passa de uma obstrucionista. O país se partirá e desmoronará se couber a pessoas como você governá-lo. Sou a única salvação da América.

– Sente-se – ordenou Hart, em voz baixa mas firme –, antes que um de meus "esquerdistas" lhe dê um murro.

LaValle a encarou furioso por um momento, então lentamente se deixou cair na cadeira.

– Deve ser bom viver em seu mundo particular, onde você dita as regras e está se lixando para a realidade.

– Não lamento o que fiz. Se estiver esperando remorso, está redondamente enganada.

– Francamente – disse Hart –, não estou esperando nada do senhor. Pelo menos até depois de ser submetido à tortura da água. – Ela esperou até o sangue ter-lhe fugido totalmente do rosto, antes de acrescentar: – Seria uma solução... a sua solução, mas não é a minha. – Ela juntou as fotos e enfiou-as de volta no envelope.

– Quem viu isso? – perguntou LaValle.

A DCI o viu fazer uma careta quando respondeu:

– Todo mundo que precisa ver.

– Então, muito bem – disse ele, inflexível, sem sinal de arrependimento. – Está tudo acabado.

Hart olhou para além dele, para a porta da biblioteca.

– Ainda não. – Balançou a cabeça. – Aqui vêm Soraya e Tyrone.

⁓

Semion Icoupov sentou-se na sacada de um prédio não longe de onde ocorrera o tiroteio. Seu casacão escondia o sangue que ensopara-lhe as roupas, de modo que não atraiu a atenção dos transeuntes; recebeu apenas um ou dois olhares curiosos de pedestres que passavam. Sentia-se tonto e nauseado, sem dúvida de choque e perda de sangue, o que significava que não estava pensando com clareza. Olhou ao redor com os olhos injetados de sangue. Onde estava o carro que o trouxera? Ele precisava sair dali antes que Arkadin emergisse do prédio e o visse. Tinha tirado um tigre da selva e tentado domesticá-lo, um erro histórico sob qualquer ângulo. Quantas vezes aquilo havia sido tentado antes, sempre com o mesmo resultado? Tigres não podiam ser domesticados; Arkadin também não. Ele era o que era, e nunca seria nada mais do que isso: uma máquina mortífera com habilidades quase sobrenaturais. Icoupov reconhecera os talentos e ambiciosamente tentara controlá-lo para servir a suas necessidades. Agora o tigre se voltara contra ele; tinha tido uma premonição de que morreria em Munique, agora sabia por que e sabia como.

Olhando para o prédio do apartamento de Egon Kirsch, sentiu uma súbita onda de medo, como se a qualquer momento a morte fosse sair dali e persegui-lo pela rua. Tentou se controlar, tentou se levantar, mas uma dor medonha o trespassou, seus joelhos se dobraram e ele caiu sobre a pedra fria.

Mais gente passou, ignorando-o totalmente. Carros passaram. O céu ficou mais baixo, o dia escureceu como se tivesse sido coberto por uma mortalha. Uma rajada súbita de vento trouxe chuva, forte como granizo. Ele encolheu a cabeça entre os ombros, estremeceu violentamente.

E então ouviu seu nome ser gritado e, virando a cabeça, viu a figura de pesadelo de Leonid Danilovich Arkadin descendo a escada do prédio de Kirsch. Agora, motivado pelo medo, Icoupov tentou se levantar. Gemeu ao ficar de pé, e cambaleou sem firmeza enquanto Arkadin começava a correr em sua direção.

Naquele momento, um Mercedes sedã estacionou junto ao meio-fio. O motorista desceu rapidamente e, segurando Icoupov, praticamente o carregou pela calçada. Icoupov tentou resistir, em vão; com a perda de sangue, sentia-se mais fraco a cada momento.

O motorista abriu a porta de trás e jogou-o no assento. Depois, sacou e apontou uma HK 1911 calibre 45 para Arkadin, fazendo-o recuar. Então, deu a volta correndo pela frente da Mercedes, enfiou-se atrás do volante e saiu com o carro.

Encolhido num canto do banco de trás, Icoupov emitiu gemidos rítmicos de dor, como pequenas nuvens de fumaça de uma locomotiva a vapor. Tinha consciência do balanço suave dos amortecedores à medida que o carro se deslocava com velocidade pelas ruas de Munique. Mais lentamente, veio a consciência de que não estava sozinho no banco traseiro. Piscou os olhos com força, tentando clarear a visão.

– Olá, Semion – disse uma voz conhecida.

E então a visão de Icoupov clareou.

– Você!

– Faz muito tempo que não nos vemos, não é? – perguntou Dominic Specter.

⁂

– O Empire State Building – disse Moira enquanto examinava os planos que Bourne conseguira recolher no apartamento de Kirsch. – Não posso acreditar que estava errada.

Eles estavam estacionados numa parada para descanso no acostamento da via expressa, a caminho do aeroporto.

– Como assim, errada? – perguntou Bourne.

Ela lhe contou o que Arthur Hauser, o engenheiro contratado pela Siderúrgica Kaller, havia confessado sobre a falha no software do terminal LNG.

Bourne refletiu por um momento.

– Se um terrorista usasse essa falha para ter controle do software, o que poderia fazer?

– Um navio-tanque é tão imenso e o terminal é tão complexo que a acomodação do navio na doca é feita eletronicamente.

– Através do software.

Moira assentiu.

– Então, ele poderia fazer o navio-tanque se chocar contra o terminal. – Ele se virou para ela. – Isso causaria uma explosão nos tanques de gás líquido?

– Sim, é bem possível.

Bourne pensava furiosamente.

– Mesmo assim, o terrorista teria que ter conhecimento da falha, saber como explorá-la e como reconfigurar o software.

– Parece mais simples do que tentar explodir um dos maiores arranha-céus de Manhattan.

Ela estava certa, é claro; e devido às perguntas a respeito das quais ele estivera refletindo, compreendeu as implicações de tudo aquilo imediatamente.

Moira consultou o relógio.

– Jason, o avião da NextGen com o link de acoplamento tem partida prevista em trinta minutos. – Ela passou a marcha do carro, embicou para a estrada. – Temos que decidir antes de chegar ao aeroporto. Vamos para Nova York ou para Long Beach?

– Estive tentando entender por que tanto Specter quanto Icoupov estavam tão interessados em recuperar estes planos – Bourne respondeu. Ele olhou fixamente para as plantas como se querendo que elas falassem com ele. – O problema – disse, lenta e pensativamente – é que foram entregues ao filho de Specter, Pyotr, que estava mais interessado em garotas, drogas e na vida noturna de Moscou do que em seu trabalho. Em consequência disso, sua rede era formada por desajustados, drogados e fracos.

– Por que Specter confiaria documentos tão importantes a uma rede assim?

– Esta é exatamente a questão – falou Bourne. – Ele não confiaria.

Moira olhou de relance para ele.

– O que significa isso? A rede é falsa?

– Não no que dizia respeito a Pyotr – disse Bourne –, mas no que dizia respeito a Specter, sim, todo mundo que fazia parte dela era descartável.

— Então, os planos também eram falsos.

— Não. Creio que são autênticos, e era com isso que Specter estava contando – ponderou Bourne. – Mas quando você considera a situação lógica e friamente, algo que ninguém faz quando se trata de um ataque terrorista iminente, a probabilidade de um grupo conseguir obter o que precisa para entrar no Empire State Building é muito baixa. — Ele enrolou as plantas. — Não, creio que tudo isso foi uma trama complexa de desinformação: vazar informação para a Typhon, me recrutar por causa de minha lealdade a Specter. Foi tudo feito com a intenção de mobilizar as forças de segurança americanas na costa errada.

— Então, você acha que o verdadeiro alvo da Legião Negra é o terminal LNG em Long Beach.

— Sim – disse Bourne –, acho.

⁓

Tyrone se deteve encarando LaValle. Um silêncio terrível baixara sobre a biblioteca quando ele e Soraya entraram. Ele observou Soraya recolher o celular de LaValle da mesa.

— Ótimo – disse ela, com um audível suspiro de alívio. Ninguém ligou. Jason deve estar em segurança. – Ela tentou ligar para ele no celular, mas ele não atendeu.

Hart, que tinha se levantado quando eles entraram, disse:

— Você me parece um pouco abatido, Tyrone.

— Nada que uma temporada na escola de treinamento da CIA não possa curar – respondeu ele.

Hart olhou para Soraya antes de falar.

— Creio que você fez por merecer. – Ela sorriu. – No seu caso vou omitir a advertência habitual sobre como o programa de treinamento é rigoroso, quantos recrutas desistem depois das primeiras duas semanas. Sei que não precisamos nos preocupar com a possibilidade de você desistir.

— Não, senhora.

– Pode me chamar apenas de diretora, Tyrone. Você também já fez por merecer isso.

Ele assentiu, mas não conseguia tirar os olhos de LaValle.

Seu interesse não passou despercebido. A DCI continuou:

– Sr. LaValle, creio que é justo que Tyrone decida qual será seu destino.

– Você enlouqueceu. – LaValle parecia apoplético. – Você não pode...

– Pelo contrário – retrucou Hart. – Eu posso. – Ela se virou para Tyrone. – A decisão é inteiramente sua. Que a punição seja proporcional ao crime.

Empalando LaValle com seu olhar candente, Tyrone viu o que sempre via nos olhos dos brancos que o confrontavam: uma mistura de desprezo, aversão e medo. Houve um tempo em que aquilo lhe teria causado um paroxismo de raiva, mas fora por causa de sua própria ignorância. Talvez o que tivesse visto fosse um reflexo do que estivera em seu próprio rosto. Não hoje, e não nunca mais, porque durante seu encarceramento finalmente havia compreendido o que Deron tentara lhe ensinar: que sua ignorância era seu pior inimigo. O conhecimento lhe permitia trabalhar para mudar as expectativas que as outras pessoas tinham dele, em vez de confrontá-las com um canivete ou com uma arma.

Ele olhou ao redor, viu o olhar de expectativa no rosto de Soraya. Virando-se para LaValle, falou:

– Creio que alguma coisa bem pública seria apropriada, algo que fosse embaraçoso o bastante para afetar até o secretário de Defesa Halliday.

Veronica Hart não conseguiu se conter e caiu na gargalhada, rindo até ficar com lágrimas nos olhos. Ela ouviu os versos da canção de Gilbert e Sullivan em sua mente: *Seu objetivo tão sublime, ele alcançará com o tempo, que a punição seja proporcional ao crime!*

QUARENTA E DOIS

— Parece que o peguei numa tremenda desvantagem, meu caro Semion. — Dominic Specter observou Icoupov enquanto ele enfrentava a dor de se pôr sentado e ereto.

— Preciso de um médico. — Icoupov arfava como um motor fraco numa encosta íngreme.

— Do que você precisa, meu caro Semion, é de um cirurgião — retrucou Specter. — Infelizmente não há tempo para isso. Preciso ir para Long Beach e não posso me dar ao luxo de deixar você.

— Isso foi ideia minha, Asher. — Depois de se apoiar contra o assento, um pouco de cor voltou às faces de Icoupov.

— Também foi sua ideia usar Pyotr. Do que mesmo você chamou meu filho? Ah, sim, uma verruga inútil na bunda do destino, foi isso, não foi?

— Ele *era* inútil, Asher. Tudo o que lhe interessava era trepar e se drogar. Por acaso, ele tinha compromisso com a causa, nem sequer sabia o que significava a palavra? Duvido, e você também.

— Você o matou, Semion

— E você mandou matar Iliev.

— Pensei que você tivesse mudado de ideia — disse Sever. — Presumi que o tivesse mandado ir atrás de Bourne para me desmascarar, para levar a vantagem ao contar a ele sobre o alvo de Long Beach. Não olhe para mim desse jeito. É assim tão estranho? Afinal, já somos inimigos há mais tempo do que fomos amigos.

— Você se tornou paranoico — falou Icoupov, embora de fato, naquela ocasião, tivesse mandado seu braço direito para desmascarar Sever. Temporariamente havia perdido a fé no plano de Sever e no final concluíra que os riscos para todos eram grandes demais. Desde o princípio argumentara contra a ideia de incluir Bourne na história, mas acabara aceitando o argumento de Sever de que a CIA o incluiria mais cedo ou mais tarde. "É muito melhor nos adiantarmos a eles e utilizarmos Bourne, pondo-o a nosso serviço", dissera Sever, concluindo seu argumento. A discussão havia se encerrado ali, até agora.

– Nós dois ficamos paranoicos.

– É triste. – Icoupov arquejou de dor. Era verdade. Sua grande força, trabalhando juntos, sem que ninguém em nenhum dos campos soubesse, também era uma fraqueza. Uma vez que, ostensivamente, suas formas de governo eram opostas e que a nêmesis da Legião Negra era, na realidade, sua mais íntima aliada, todos os outros adversários em potencial se afastavam, permitindo que a Legião Negra operasse sem interferências. Contudo, os atos que ambos eram obrigados a empreender por uma questão de aparências minavam subconscientemente a confiança entre eles.

Icoupov sentia que o nível de desconfiança entre eles atingia um novo píncaro e tentou reverter a situação.

– Pyotr se matou e, na verdade, eu estava apenas me defendendo. Você sabia que ele contratou Arkadin para me matar? O que você queria que eu fizesse?

– Havia outras opções – falou Sever –, mas seu senso de justiça é olho por olho. Para um muçulmano, você tem um bocado do Velho Testamento judaico na cabeça. E agora parece que é exatamente esta justiça que está prestes a ser feita com você. Se conseguir botar as mãos em você, Arkadin irá matá-lo. – Sever deu uma gargalhada. – Sou o único que pode salvá-lo; tenho poder de vida ou morte sobre você.

– Sempre tivemos poder de vida e morte um sobre o outro. – Icoupov ainda se esforçava para manter uma posição de igualdade na conversa. – Houve perdas de ambos os lados... lamentáveis, mas necessárias. Quanto mais as coisas mudam, mais continuam as mesmas. Exceto quanto a Long Beach.

– É exatamente esse o problema – disse Sever. – Acabo de sair do interrogatório de Arthur Hauser, nosso homem infiltrado. Como tal, ele foi monitorado pelo meu pessoal. Mais cedo, hoje, ele se arrependeu; encontrou-se com alguém da Black River. Levei algum tempo para convencê-lo a falar, mas finalmente ele cedeu. Ele contou à tal mulher, Moira Trevor, sobre a falha no software.

– Então, a Black River sabe.

– Se eles sabem – retrucou Sever –, não vão fazer nada a respeito. Hauser também me disse que eles se retiraram da NextGen; a Black River não é mais responsável pela segurança da empresa.

– Quem é?

– Não importa – respondeu Sever. – O que importa é que o navio-tanque está a menos de um dia da costa da Califórnia. Meu engenheiro de programação está a bordo e pronto para entrar em ação. A questão agora é se essa agente da Black River vai agir por conta própria.

Icoupov franziu o cenho.

– Por que ela faria isso? Você conhece a Black River tão bem quanto eu, eles operam em equipe.

– É verdade, mas a tal Moira Trevor já devia ter seguido para sua próxima missão, e meu pessoal me informou que ela continua em Munique.

– Talvez esteja tirando uma folga.

– E talvez – disse Sever – ela planeje agir com base na informação que Hauser lhe deu.

Eles se aproximavam do aeroporto e, com alguma dificuldade, Icoupov apontou.

– A única maneira de descobrir é checar para verificar se ela embarca no avião da NextGen que vai transportar o link de acoplamento. – Ele deu um ligeiro sorriso. – Você parece surpreso com o fato de que eu saiba de tudo isso. Mas também tenho espiões sobre os quais você não sabe nada. – Ele arquejou de dor ao tatear por baixo do casacão. – Recebi uma mensagem de texto, mas não consigo encontrar meu celular. – Ele olhou ao redor. –

Deve ter caído do meu bolso quando seu motorista me arrastou para o carro.

Sever abanou a mão, descartando a censura implícita.

— Isso não tem importância. Hauser me deu todos os detalhes, se conseguirmos passar pela segurança.

— Tenho gente infiltrada na Imigração que você desconhece.

O sorriso de Sever tinha uma dose da crueldade que era um ponto comum aos dois.

— Meu caro Semion, afinal, você tem alguma utilidade.

⁂

Arkadin encontrou o celular de Icoupov na sarjeta, onde tinha caído quando Icoupov fora enfiado no Mercedes. Controlando a ânsia de pisoteá-lo e destruí-lo, ele o abriu para ver para quem Icoupov tinha ligado por último. Logo reparou numa mensagem nova de texto. Acessando-a, leu a informação sobre um jato da NextGen que deveria partir dentro de vinte minutos. Ficou se perguntando por que aquilo seria importante para Icoupov. Parte dele queria voltar para junto de Devra, a mesma parte que reagira contra deixá-la para sair atrás de Icoupov. Mas o prédio de Kirsch estava cheio de policiais; o quarteirão inteiro estava sendo isolado, de modo que ele não olhou para trás, tentou não pensar em Devra caída no chão, em seus olhos vidrados olhando para ele depois que ela parara de respirar.

Você me ama, Leonid? Como respondera àquela pergunta? Mesmo agora não conseguia se lembrar. A morte de Devra era como um sonho, algo vívido, mas que não fazia sentido. Talvez fosse um símbolo, mas do que ele não sabia dizer.

Você me ama, Leonid? Não tinha importância, mas Arkadin sabia que para ela tinha. Ele mentira, mentira para facilitar os momentos que antecederam a morte de Devra, mas só de pensar que mentira para ela era como uma faca enfiada em tudo o que passava por seu coração.

Ele olhou para a mensagem de texto e soube que era lá que encontraria Icoupov. Dando meia-volta, ele caminhou em direção à área com cordão de isolamento. Passando-se por um repórter de polícia do jornal *Abendzeitung*, ele abordou um dos jovens policiais uniformizados, fazendo-lhe perguntas sobre o assassinato, histórias sobre o tiroteio ouvidas dos moradores dos prédios vizinhos. Como havia desconfiado, o policial estava apenas montando guarda e não sabia de quase nada. Mas não importava; ele havia conseguido entrar na área isolada pelo cordão, apoiando-se contra um dos carros de polícia enquanto fazia sua falsa entrevista.

Por fim, o policial foi chamado e se despediu de Arkadin, dizendo que o comissário de polícia daria uma coletiva às 16 horas, e então ele poderia fazer todas as perguntas que quisesse. Deixou Arkadin sozinho, apoiado contra o para-lama. Não precisou de muito tempo para dar a volta ao veículo e, quando a van do legista chegou – criando uma distração perfeita –, ele abriu a porta do lado do motorista e entrou no carro. As chaves já estavam na ignição. Ele deu partida e saiu. Quando chegou à via expressa, ligou a sirene e seguiu em velocidade máxima para o aeroporto.

⌇

– Não terei nenhum problema em conseguir que você embarque – disse Moira enquanto entrava no retorno de quatro pistas que levava ao terminal de carga. Ela mostrou o crachá da NextGen ao guarda na cabine e seguiu para o estacionamento do lado de fora do terminal. Durante o percurso para o aeroporto, pensara longa e seriamente se deveria contar a Jason para quem realmente ela trabalhava. Revelar que era funcionária dos quadros da Black River era uma violação dos termos de seu contrato, e naquele momento rezou para não ter motivo para fazê-lo.

Depois de passar pelos controles de segurança, Alfândega e Imigração, eles chegaram à pista e se aproximaram do 747. Uma escada móvel subia para a porta de passageiros, que já estava aberta. Na extremidade oposta do avião, o caminhão da Siderúrgica Kaller Gesellschaft estava estacionado ao lado de um guindaste do aeroporto, que transferia as peças do link de acoplamento para a área de carga do jato. O caminhão estava atrasado e o processo de carga e descarga era, por necessidade, lento e tedioso. Nem a Kaller nem a NextGen podiam se dar ao luxo de um acidente naquele estágio.

Moira mostrou seu crachá da NextGen a um dos membros da equipe junto à escada. Ele sorriu e assentiu, dando-lhes as boas-vindas a bordo. Moira deixou escapar um suspiro de alívio. Agora só o que restava entre eles e o ataque da Legião Negra era o voo de dez horas para Long Beach.

Mas quando se aproximavam do alto da escada, alguém surgiu do interior do avião. Ele parou junto à porta e olhou para ela.

– Moira – espantou-se Noah –, o que você está fazendo aqui? Por que não está a caminho de Damasco?

~

Manfred Holger, o homem de Icoupov na Imigração, veio encontrá-los no posto de controle dos terminais de carga, entrou no carro com eles e, com um solavanco, o carro avançou. Icoupov lhe telefonara usando o celular de Sever. O homem estivera a ponto de terminar seu turno de trabalho, mas por sorte ainda não tinha tirado o uniforme.

– Não há nenhum problema – dissera Holger, no tom obsequioso que lhe fora ensinado por seus superiores. – Tudo o que tenho a fazer é verificar os registros recentes da Imigração para ver se ela passou pelo sistema.

– Isso não basta – falou Icoupov. – Ela pode estar viajando sob pseudônimo.

– Tudo bem, entrarei a bordo e checarei o passaporte de todo o mundo. – Holger estava no banco da frente. Naquele momento, virou-se para olhar para Icoupov. – Se descobrir que essa mulher, Moira Trevor, está a bordo, o que quer que eu faça?

– Tire-a do avião – respondeu Sever, imediatamente.

Holger lançou um olhar interrogativo para Icoupov, que assentiu. O rosto de Icoupov empalidecera novamente e ele estava tendo mais dificuldade para suportar a dor.

– Traga-a para cá – ordenou Sever.

Holger pegara seus passaportes diplomáticos e os fizera passar rapidamente pelo controle de segurança. Agora, o Mercedes estava estacionado ao lado da pista. O 747 com o logotipo da NextGen estampado dos dois lados e na cauda estava parado, ainda sendo carregado com os caixotes da Kaller. O motorista havia estacionado de tal maneira que o caminhão os impedia de ser vistos por alguém que embarcasse no avião ou que já estivesse a bordo.

Holger assentiu, saltou da Mercedes e caminhou pela pista até a escada.

⌒

– *Kriminalpolizei* – disse Arkadin ao parar o carro de polícia no posto de controle do terminal de carga. – Temos motivos para crer que um homem que matou duas pessoas esta tarde fugiu para cá.

Os guardas lhe deram permissão para passar pela Alfândega e pela Imigração sem pedir documento de identidade – apenas o carro era prova suficiente para eles. Enquanto Arkadin avançava pelo estacionamento e entrava na pista, viu o jato, os caixotes do caminhão da NextGen sendo içados para o compartimento de carga e a Mercedes preta estacionada a alguma distância. Reconhecendo o automóvel imediatamente, ele embicou o carro de polícia e parou logo atrás. Por um momento, ficou parado na direção do carro, olhando para a Mercedes, como se o carro em si fosse seu inimigo.

Podia ver as silhuetas de dois homens no banco de trás; não precisou de muito tempo para deduzir que um deles era Semion Icoupov. Perguntou-se qual das armas devia usar para matar seu antigo mentor: a SIG Sauer 9 mm, a Luger, ou a SIG Mosquito calibre 22. Tudo dependia do tipo de ferimento que desejava infligir e a que parte do corpo. Havia baleado Kuzin nos joelhos, para vê-lo sofrer, mas aquilo tinha sido em outra época e, especialmente, em outro lugar. O aeroporto era um espaço público; o terminal adjacente de passageiros estava cheio de pessoal de segurança. Só por haver conseguido chegar até ali como membro da *Kriminalpolizei*, sabia que não devia abusar da sorte. Não, a execução teria que ser rápida e limpa. Tudo o que ele desejava era olhar nos olhos de Icoupov quando estivesse morrendo, para que ele soubesse quem tinha acabado com sua vida e por quê.

Ao contrário da ocasião em que matara Kuzin, Arkadin agora estava plenamente consciente do momento, em sintonia com a importância do fato de o filho superar o pai, de se vingar pelas vantagens psicológicas e físicas que um adulto tem sobre uma criança. O fato de que em verdade ele não era criança quando Mischa mandara Semion Icoupov ressuscitá-lo não lhe ocorreu. A partir do momento em que os dois tinham se conhecido, ele sempre tinha visto Icoupov como uma figura paterna. Ele lhe tinha obedecido como a um pai, tinha aceitado suas decisões, engolido toda sua visão de mundo e lhe sido fiel. E, agora, pelos pecados que Icoupov o levara a cometer, ia matá-lo.

⤶

– Quando você não apareceu para o voo previsto, tive um palpite de que apareceria aqui. – Noah a encarou, ignorando totalmente Bourne. – Não vou permitir que embarque no avião, Moira. Você não faz mais parte disso.

– Ela ainda trabalha para a NextGen, não trabalha? – perguntou Bourne.

– Quem é ele? – perguntou Noah, mantendo os olhos nela.

– Meu nome é Jason Bourne.

Um sorriso lento surgiu no rosto de Noah.

– Moira não nos apresentou. – Ele se virou para Bourne, e estendeu a mão. – Noah Petersen.

Bourne apertou a mão dele.

– Jason Bourne.

Mantendo o mesmo sorriso malicioso, Noah falou:

– Sabia que ela mentiu para você, que tentou recrutá-lo para a NextGen sob falsos pretextos?

O olhar dele voltou-se rapidamente para Moira, mas ficou desapontado ao não ver nem surpresa nem afronta em seu rosto.

– Por que ela faria isso? – perguntou Bourne.

– Porque – respondeu Moira –, como Noah, eu trabalho para a Black River, a firma de segurança particular. Fomos contratados pela NextGen para supervisionar a segurança no terminal LNG.

Foi Noah quem se mostrou chocado.

– Moira, não diga mais nada. Está violando seu contrato.

– Não importa, Noah. Eu me demiti da Black River há meia hora. Fui nomeada chefe da segurança na NextGen, de modo que, na verdade, é você que não é bem-vindo a bordo deste voo.

Noah ficou rígido como pedra, até que Bourne deu um passo em sua direção. Então, ele recuou, deu as costas e desceu a escada. A meio caminho da descida, ele se virou para ela.

– Pena, Moira. Um dia, tive fé em você.

Ela sacudiu a cabeça.

– Pena é que a Black River não tenha consciência.

Noah a encarou por um momento, então virou-se e desceu rapidamente o resto da escada e caminhou pela pista sem ver a Mercedes nem o carro de polícia parado atrás dela.

⁐

Como era a arma que faria menos ruído, Arkadin decidiu levar a Mosquito. Com a mão cerrada ao redor do gatilho e da culatra, ele saltou do carro de polícia e foi até o lado do motorista da Mercedes. Era o motorista – que sem dúvida também fazia o serviço de guarda-costas – que devia ser neutralizado primeiro. Mantendo a Mosquito fora de vista, ele bateu no vidro da janela com os nós dos dedos.

Quando o motorista baixou o vidro, Arkadin apontou a Mosquito para seu rosto e apertou o gatilho. A cabeça do motorista foi lançada para trás com tanta violência que a vértebra cervical se partiu. Abrindo a porta, Arkadin empurrou o corpo para o lado e ajoelhou-se no banco, encarando os dois homens no banco de trás.

Reconheceu Sever de uma velha foto quando Icoupov lhe mostrara o rosto de seu inimigo.

— Está no lugar errado, no momento errado — disse e baleou Sever no peito.

Enquanto o homem tombava para a frente, Arkadin voltou sua atenção para Icoupov.

— Não pensou que pudesse escapar de mim, não é, pai?

Icoupov — que, entre o ataque súbito e a dor insuportável em seu ombro, entrara em retardado estado de choque — retrucou:

— Por que me chama de pai? Seu pai morreu há muito tempo, Leonid.

— Não — respondeu Arkadin —, ele está sentado bem diante de mim, como um pássaro ferido.

— Um pássaro ferido, sim. — Com um grande esforço Icoupov abriu o casacão, cujo forro estava encharcado de sangue. — Sua parceira me baleou antes que eu atirasse contra ela em legítima defesa.

— Isto aqui não é um tribunal. O que importa é que ela está morta. — Arkadin enfiou o cano da Mosquito sob o queixo de Icoupov e o inclinou para cima. — E você, pai, ainda está vivo.

— Não compreendo você. — Icoupov engoliu em seco. — Nunca compreendi.

— Algum dia fui para você algo além de um meio para alcançar um fim? Matei quem você me mandou matar. Por quê? Por que fiz isso, pode me dizer?

Icoupov não respondeu por não saber o que poderia dizer para se salvar daquele dia de julgamento.

— Fiz o que fiz porque fui treinado para fazer — disse Arkadin. — Foi por isso que você me mandou para a América, para Washington, não para me curar de minha fúria homicida, como você dizia, mas para controlá-la de modo que você pudesse usá-la.

— E que importância tem isso? — Icoupov finalmente recuperou a voz. — Que outra utilidade você tinha? Quando o encontrei, você estava à beira de se matar. Salvei você, seu canalha ingrato.

— Você me salvou de modo a poder me condenar a esta vida, que, até onde posso julgar, não é vida nenhuma. Na verdade nunca saí de Nizhny Tagil. Nunca sairei.

Icoupov sorriu, acreditando ter conseguido se fazer ouvir por seu protegido.

— Você não quer me matar, Leonid. Sou seu único amigo. Sem mim você não é nada.

— Nada eu sempre fui – retrucou Arkadin, apertando o gatilho. – Agora, você também não é nada.

Então, saltou da Mercedes e caminhou pela pista até onde o pessoal da NextGen estava quase acabando de carregar os caixotes. Sem ser visto, ele subiu no guindaste e se escondeu logo abaixo da cabine do operador. Depois que o último caixote foi colocado a bordo e os carregadores saíam do porão de carga pela escada interna, ele saltou para bordo do avião, escondeu-se atrás de uma pilha de caixotes e sentou-se, paciente como a morte, enquanto as portas se fechavam trancando-o ali dentro.

༄

Bourne viu o funcionário alemão se aproximar e desconfiou que houvesse algo errado: àquela altura não havia nada que justificasse um funcionário da Imigração alemã vir interrogá-los. Então, reconheceu o rosto do homem, que disse a Moira para voltar para dentro do avião e barrou a passagem na porta, enquanto outro funcionário subia a escada.

— Preciso ver o passaporte de todo mundo – falou o funcionário.

— A verificação dos passaportes já foi feita, *mein Herr*.

— Mesmo assim, um segundo exame de segurança deve ser feito agora. – O funcionário estendeu a mão. – Seu passaporte, por favor. Depois, verificarei a identidade de todos os passageiros a bordo.

— O senhor não me reconhece, *mein Herr?*

— Por favor. – O funcionário pôs a mão na coronha da arma, no coldre. – O senhor está obstruindo um procedimento oficial do governo. Creia-me, eu o levarei sob custódia a menos que me mostre seu passaporte e se afaste para me dar passagem.

– Aqui está meu passaporte, *mein Herr*. – Bourne o abriu na última página e apontou um ponto na capa interna. – E aqui está o lugar onde o senhor inseriu um marcador eletrônico.

– Que acusação é esta? O senhor não tem prova...

Bourne apresentou o aparelho quebrado.

– Não creio que o senhor esteja aqui no cumprimento de suas funções oficiais. Creio que a mesma pessoa que o instruiu a plantar isso o está pagando para checar nossos passaportes. – Bourne agarrou o cotovelo do funcionário. – Vamos fazer uma visita ao comando da Imigração e perguntar a eles se o mandaram aqui.

O funcionário empertigou-se.

– Não vou a lugar nenhum com o senhor. Tenho trabalho a fazer.

– Eu também.

Enquanto Bourne o arrastava para a escada, ele tentou sacar a arma.

Bourne enterrou os dedos no feixe de nervos logo acima do cotovelo do homem.

– Saque a arma se quiser – avisou Bourne –, mas esteja preparado para as consequências.

A compostura gelada do funcionário finalmente se desfez, revelando o medo. Seu rosto redondo tornou-se pálido e suado.

– O que você quer de mim? – perguntou ele enquanto andavam pela pista.

– Leve-me a seu verdadeiro empregador.

O funcionário tentou sua última cartada.

– O senhor não acha que ele esteja aqui, não é?

– Na verdade eu não tinha certeza até o senhor dizer isso. Agora estou certo de que está. – Bourne sacudiu o homem. – Leve-me até ele.

Derrotado, o homem assentiu desanimado. Sem dúvida contemplava seu futuro imediato. A passo acelerado, ele conduziu

Bourne ao redor do 747. Naquele momento, o caminhão da NextGen roncou, começando a se mover, afastando-se do 747 e seguindo de volta por onde viera. Foi nesse instante que Bourne viu a Mercedes preta e o carro de polícia logo atrás.

– De onde veio aquele carro de polícia? – O funcionário se soltou de Bourne e correu em direção aos carros estacionados.

Ao ver que a porta do motorista estava aberta em ambos os veículos, Bourne seguiu atrás do funcionário. À medida que se aproximaram, tornou-se evidente que não havia ninguém no carro de polícia, mas olhando pela porta da Mercedes, eles viram o corpo caído do motorista. Parecia que havia sido chutado para o lado do carona.

Bourne abriu a porta de trás, viu Icoupov com a cabeça arrebentada. Um outro homem estava caído de bruços contra o encosto do assento dianteiro. Quando Bourne o puxou para trás, viu que era Dominic Specter – ou Asher Sever – e tudo se esclareceu para ele. Por trás da inimizade pública, os dois homens eram aliados secretos. Isso respondia a muitas perguntas, a mais importante dentre elas, por que todo mundo com quem Bourne falara sobre a Legião Negra tinha uma opinião diferente sobre quem era e quem não era membro.

Sever parecia pequeno e frágil, mais velho do que era. Tinha levado um tiro no peito com uma arma de calibre 22. Bourne tomou seu pulso, ouviu sua respiração. Ele ainda estava vivo.

– Vou chamar uma ambulância – falou o funcionário.

– Faça o que tiver que fazer – disse Bourne enquanto pegava Sever no colo. – Vou levar este aqui comigo.

Ele deixou o funcionário de Imigração cuidando dos mortos, atravessou a pista e subiu a escada do avião.

– Vamos sair daqui – falou, deitando Sever atravessado em três assentos.

– O que aconteceu com ele? – perguntou Moira com ar de espanto. – Está vivo ou morto?

Bourne ajoelhou-se ao lado de seu antigo mentor.

— Ele ainda está respirando. — Enquanto começava a rasgar a camisa do professor, pediu a Moira: – Dê ordens para irmos embora, está bem? Precisamos sair daqui agora.

Moira assentiu. Seguindo pelo corredor, falou com um dos comissários de bordo que correu para buscar a caixa de primeiros socorros. A porta da cabine de comando ainda estava aberta, e ela deu ordem de decolagem para o comandante e para o copiloto.

Em cinco minutos a escada foi retirada e o 747 estava taxiando para a cabeça da pista. Um momento depois, a torre de controle autorizou a decolagem. Os freios foram desativados, os motores acelerados e, com velocidade crescente, o jato arremeteu pela pista. Então, à medida que decolava, as rodas foram recolhidas, os flapes ajustados, e o avião ganhou altura no céu tingido de carmesim e dourado pelo sol que se punha.

QUARENTA E TRÊS

— Ele está morto? — perguntou Sever, olhando para Bourne que limpava seu ferimento.
— Quer dizer Semion?
— Sim. Semion. Ele está morto?
— Icoupov e o motorista, ambos estão mortos.

Bourne segurou Sever para contê-lo enquanto o álcool queimava tudo o que pudesse fazer o ferimento infeccionar. Nenhum órgão havia sido atingido, mas o ferimento devia ser extremamente doloroso.

Bourne aplicou um creme antisséptico de um tubo da caixa de primeiros socorros.

— Quem baleou você?
— Arkadin. — Lágrimas de dor rolaram pelas faces de Sever. — Por algum motivo, ele enlouqueceu completamente. Talvez sempre tenha sido louco. Pelo menos foi o que sempre pensei. Alá, como isso dói! — Ele respirou várias vezes antes de prosseguir. — Ele apareceu do nada. O motorista comentou: "Um carro de polícia estacionou atrás de nós." No momento seguinte, quando vejo, ele está baixando a janela e uma arma é disparada à queima-roupa em seu rosto. Nem Semion nem eu tivemos tempo para pensar. Lá estava Arkadin dentro do carro. Ele me baleou, mas tenho certeza de que era Semion que ele queria.

Intuindo o que devia ter acontecido no apartamento de Kirsch, Bourne falou:

— Icoupov matou a mulher dele, Devra.

Sever apertou os olhos. Estava tendo dificuldade de respirar normalmente.

– E daí? Arkadin nunca se importou com o que acontecesse a suas mulheres.

– Com esta ele se importava – disse Bourne, aplicando uma bandagem.

Sever encarou Bourne com uma expressão de incredulidade.

– A coisa mais estranha foi que eu o ouvi chamar Semion de "pai". Semion não compreendeu.

– E agora nunca compreenderá.

– Pare com isso; deixe-me morrer em paz, droga! – Sever prosseguiu, irritado. – Não importa se vou viver ou morrer.

Bourne acabou de fazer o curativo.

– O que está feito está feito. O destino está selado; não há nada que você ou mais alguém possa fazer para mudá-lo.

Bourne sentou no assento defronte a Sever. Sabia que Moira estava ali do lado, observando e ouvindo tudo. A traição do professor era apenas mais uma prova de que nunca se estava seguro quando se permitia que sentimentos pessoais interferissem em sua vida.

– Jason. – A voz de Sever estava mais fraca. – Eu nunca tive a intenção de enganar você.

– Sim, professor o senhor teve. É a única coisa que sabe fazer.

– Eu o considero como um filho.

– Como Icoupov considerava Arkadin.

Com esforço, Sever sacudiu a cabeça.

– Arkadin é louco. Talvez ambos fossem loucos. Talvez a loucura que tinham em comum os tenha unido.

Bourne se chegou para a frente.

– Deixe-me lhe fazer uma pergunta, professor. O senhor acha que é são?

– É claro que sou.

Sever enfrentou com firmeza o olhar de Bourne, ainda mantendo o desafio, mesmo àquela altura.

Por um momento Bourne não fez nada, então levantou-se e junto com Moira dirigiu-se para a frente da cabine.

— Será um voo longo — disse ela baixinho — e você precisa descansar.

— Nós dois precisamos.

Eles se sentaram, lado a lado, em silêncio por muito tempo. De vez em quando, ouviam Sever gemer baixinho. O roncar dos motores, no entanto, ajudou a fazê-los adormecer.

༄

Estava gelado no compartimento de carga, mas Arkadin não se importou. Os invernos de Nizhny Tagil eram brutais. Tinha sido durante um daqueles invernos que Mischa Tarkanian o encontrara, escondendo-se do que restava do bando de Stas Kuzin. Mischa, duro como uma lâmina de faca, tinha um coração de poeta. Contava histórias que eram belas como poemas. Arkadin ficara encantado, quem dera pudesse ter um mundo semelhante. O talento de Mischa para contar histórias tinha o poder de levar Arkadin para muito longe de Nizhny Tagil. E quando Mischa o conduzia para além do círculo interno de chaminés, para além do círculo externo de prisões de segurança máxima, suas histórias levavam Arkadin a lugares mais distantes que Moscou, a terras além da Rússia. Aquelas histórias deram a Arkadin a primeira noção do mundo exterior.

Sentado ali, com as costas apoiadas num caixote, os joelhos encolhidos contra o peito de modo a conservar calor, tinha bons motivos para pensar em Mischa. Icoupov já pagara pela morte de Devra, agora Bourne devia pagar por ter matado Mischa. Mas ainda não, planejou Arkadin, embora seu sangue clamasse por vingança. Se matasse Bourne agora, o plano de Icoupov teria sucesso, o que ele não podia permitir. Caso contrário, sua vingança ficaria incompleta.

Arkadin encostou a cabeça contra a borda do caixote e fechou os olhos. A vingança se tornara algo como os poemas de Mischa, seu significado florescendo e se abrindo a seu redor com uma espécie de beleza etérea, a única forma de beleza que o tocava, a única beleza que durava. Era o vislumbre dessa beleza prometida, sua simples perspectiva, que lhe permitia sentar pacientemente, encolhido entre os caixotes, esperando por seu momento de vingança, seu momento de inestimável beleza.

∽

Bourne sonhou com o inferno conhecido como Nizhny Tagil como se tivesse nascido lá. Quando acordou, soube que Arkadin estava por perto. Abrindo os olhos, deu com Moira o encarando.

– O que você sente pelo professor? – perguntou ela. Mas ele desconfiou que ela quisesse dizer: *O que você sente por mim?*

– Creio que os anos de obsessão o levaram à loucura. Não creio que ele seja capaz de distinguir o bem do mal, o certo do errado.

– Foi por isso que não lhe perguntou por que embarcou nesse caminho de destruição?

– De certa forma – disse Bourne –, qualquer que fosse a resposta, não teria feito sentido para nós.

– Fanáticos nunca fazem sentido – ela falou. – É por isso que eles são tão difíceis de neutralizar. Uma resposta racional, que é sempre nossa escolha, raramente é eficaz. – Ela inclinou a cabeça. – Ele o traiu, Jason. Ele alimentou o fato de acreditar nele e se aproveitou de você.

– Se você monta nas costas de um escorpião tem que esperar a picada.

– Você não tem desejo de vingança?

– Talvez eu devesse sufocá-lo enquanto dorme, ou matá-lo com um tiro, como Arkadin fez com Semion Icoupov. Você realmente acha que isso vai fazer com que eu me sinta melhor? Vou ter minha vingança ao impedir o ataque da Legião Negra.

– Você parece tão racional.

– Não me sinto racional, Moira.

Ela entendeu o que ele estava querendo dizer e ficou com as faces rubras.

– Posso ter mentido para você, Jason, mas não o traí. Eu nunca faria isso. – Ela o olhou bem nos olhos. – Houve tantas vezes durante a semana passada em que morri de vontade de lhe contar... mas eu tinha um dever, uma obrigação para com a Black River.

– Dever é algo que eu compreendo, Moira.

– Compreender é uma coisa, mas você me perdoa?

Ele estendeu-lhe a mão.

– Você não é um escorpião – disse. – Não é da sua natureza.

Ela tomou a mão dele entre as suas, trouxe até a boca e depois a apertou contra a face.

Naquele momento, eles ouviram Sever gritar, e se levantaram, seguindo pelo corredor até onde ele estava deitado como uma criança pequena com medo do escuro. Bourne ajoelhou-se, puxou Sever delicadamente, deitando-o de costas para eliminar a pressão sobre o ferimento. O professor o encarou e depois, quando Moira falou, olhou fixamente para ela.

– Por que fez isso? – perguntou Moira. Por que atacar o país que havia adotado como seu.

Sever não conseguia recuperar o fôlego. Engoliu convulsivamente.

– Você nunca compreenderia.

– Por que não tenta explicar?

Sever fechou os olhos, como se para poder visualizar cada palavra à medida que saía de sua boca.

– A seita muçulmana à qual pertenço, à qual Semion também pertencia, é muito antiga... na verdade, antiquíssima. Foi fundada no Norte da África. – Ele fez uma pausa, já sem fôlego. – Nossa seita é muito severa, acreditamos em um fundamentalismo tão devoto que de forma alguma pode ser explicado a infiéis. Mas uma coisa posso lhe dizer: não podemos viver no mundo moderno porque o mundo moderno viola todas as nossas leis. Portanto, ele deve ser destruído.

"Apesar disso..." Ele passou a língua pelos lábios, e Bourne serviu-lhe um copo de água, levantando-lhe a cabeça para que pudesse beber à vontade. Quando acabou, ele prosseguiu: "Eu nunca devia ter tentado usá-lo, Jason. No correr dos anos houve muitos desentendimentos entre mim e Semion, e este foi o mais recente, o que quebrou a proverbial espinha do camelo. Ele disse que você nos traria problemas, e ele estava certo. Pensei que pudesse criar uma realidade, que pudesse usá-lo para convencer as agências de segurança americanas de que íamos atacar a cidade de Nova York." Server deu uma risadinha seca. "Perdi de vista aquele princípio fundamental da vida, de que a realidade não pode ser controlada, é aleatória demais, caótica demais. Como pode ver, fui eu que parti numa missão idiota, Jason, não você."

– Está tudo acabado, professor – disse Moira. – Não permitiremos que o navio-tanque entre na doca enquanto não tivermos acertado o software.

Sever sorriu.

– Uma boa ideia, mas não lhe servirá de nada. Sabe o estrago que aquela quantidade de gás líquido pode fazer? Doze quilômetros quadrados de devastação, milhares de pessoas mortas, o ganancioso e corrupto estilo de vida americano receberá o grande golpe com que Semion e eu sonhamos ao longo de décadas. É a missão da minha vida. A perda de vidas humanas e a destruição física são apenas os enfeites do bolo.

Ele fez uma pausa para recuperar o fôlego; sua respiração ficava cada vez mais difícil.

– Quando o maior porto da nação for incinerado, a economia da América irá junto com ele. Quase metade de suas importações cessarão. Haverá uma falta disseminada de produtos e alimentos, as companhias entrarão em colapso, as bolsas despencarão, o pânico se disseminará.

– Quantos de seus homens estão a bordo? – perguntou Bourne.

Sever sorriu ligeiramente.

– Amo você como a um filho, Jason.

– O senhor deixou que seu próprio filho fosse morto – disse Bourne.

– Sacrificado, Jason. Há uma diferença.

– Não para ele. – Bourne voltou ao ponto que lhe interessava. – Quantos homens, professor?

– Um, apenas um.

– Um homem não pode tomar o comando de um navio-tanque – falou Moira.

O sorriso se prolongou em seus lábios, mesmo quando seus olhos se fecharam, a consciência se apagando.

– Se o homem não tivesse inventado máquinas para fazer o trabalho dele...

Moira virou-se para Bourne.

– O que significa isso?

Bourne sacudiu o ombro do velho, mas ele estava inconsciente. Moira examinou-lhe os olhos, a testa, a artéria da carótida.

– Sem antibióticos intravenosos duvido que ele resista. – Ela olhou para Bourne. – Estamos bastante perto de Nova York. Poderíamos fazer uma escala, pedir uma ambulância...

– Não há tempo – disse Bourne.

– Sei que não há tempo. – Moira segurou o braço dele. – Mas quero lhe dar a escolha.

Bourne olhou fixamente para o rosto de seu mentor, enrugado e abatido, que parecia muito mais idoso enquanto dormia, como se houvesse implodido.

– Ou ele resistirá por conta própria ou morrerá.

Ele se afastou do velho, com Moira a seu lado.

– Ligue para a NextGen. É disso que preciso.

QUARENTA E QUATRO

O navio-tanque *Moon of Hormuz* avançava pelo Pacífico a menos de uma hora do porto de Long Beach. O capitão, um veterano chamado Sultan, fora avisado de que o terminal estava *online* e pronto para receber o carregamento inaugural de gás líquido natural, o LNG. Com a atual situação da economia mundial, o LNG se tornara ainda mais precioso; desde que o *Moon of Hormuz* deixara a Argélia, o valor estimado de sua carga havia aumentado mais de trinta por cento.

Com doze andares de altura e grande como uma aldeia, o navio-tanque continha trinta e três milhões de galões de LNG resfriado a uma temperatura de 260 graus negativos. Era energia equivalente a vinte bilhões de galões de gás natural. O navio precisava de oito quilômetros para parar, e devido ao formato de seu casco e aos contêineres no deque, a visão à frente de Sultan estava bloqueada por 1.2 quilômetro. O navio-tanque estivera navegando a uma velocidade de vinte nós, mas três horas antes, ele havia mandado reverter os motores. Bem no limite de oito quilômetros de distância do terminal, o navio havia reduzido sua velocidade a seis nós e ainda desacelerava.

A um raio dos oito quilômetros da costa, Sultan estava nervoso. O pesadelo de um Armagedon estava sempre presente em sua mente, porque um desastre a bordo do *Moon of Hormuz* seria exatamente isso. Se os tanques vazassem seu conteúdo para a água, o incêndio resultante teria oito quilômetros de diâmetro. Por mais outros oito quilômetros, a radiação térmica incineraria qualquer ser humano.

Mas tais possibilidades se resumiam a isso: pesadelos. Em dez anos, nunca houvera nem o menor incidente a bordo de seu navio, e nunca haveria, se ele tivesse escolha. Estava justamente pensando em como o tempo estava bonito e no quanto aproveitaria seus dez dias de folga na praia de Malibu com uma amiga, quando o oficial do rádio lhe entregou uma mensagem da NextGen. Devia esperar a chegada de um helicóptero dentro de quinze minutos; devia prestar a seus passageiros – Moira Trevor e Jason Bourne – toda e qualquer ajuda que solicitassem. Aquilo era bastante surpreendente, e ele ficou ainda mais contrariado quando leu a última frase: devia receber ordens deles até que o *Moon of Hormuz* estivesse em segurança na doca.

Quando as portas do compartimento de carga foram abertas, Arkadin estava pronto, agachado atrás de um dos contêineres. Enquanto a equipe de manutenção do aeroporto subia a bordo, ele se esgueirou para fora. Emergindo das sombras, chamou um deles pedindo que o ajudasse. Quando o homem veio, Arkadin quebrou-lhe o pescoço e o arrastou para o ponto mais escuro do compartimento de carga, longe dos contêineres da NextGen. Então, despiu-se e vestiu o uniforme do homem da manutenção. Depois saiu para a área de trabalho, mantendo o crachá virado, de modo que ninguém pudesse ver que seu rosto não era o mesmo da foto. Não que importasse: aqueles homens estavam ali para retirar a carga e transferi-la para os caminhões da NextGen, o mais rápido possível. Nunca ocorreria a nenhum deles que poderia haver um impostor entre eles.

Arkadin avançou até as portas abertas do compartimento de carga, entrou num dos elevadores com um contêiner. Desceu para a pista enquanto a carga era acomodada no caminhão, e se escondeu debaixo da asa. Vendo-se sozinho do lado oposto do avião, saiu caminhando a passos rápidos e decididos. Ninguém lhe perguntou nada, ninguém sequer o olhou duas vezes; ele se movia com a autoridade de alguém que estava em seu devido lugar. Aquele era o segredo ao assumir, mesmo temporariamente, uma identidade diferente – os olhos das pessoas ignoravam ou aceitavam o que lhes parecia correto.

Ao se afastar, inalou profundamente o ar limpo e salgado, a brisa refrescante fazendo o tecido de suas calças ondular contra as pernas. Ele se sentia livre de todas as correias que o haviam prendido a terra: Stas Kuzin, Marlene, Gala, Icoupov, todos tinham desaparecido. O mar o chamava e ele estava a caminho.

⁓

A NextGen tinha seu próprio pequeno terminal ao lado do setor de carga do aeroporto de Long Beach. Moira passara um rádio para o quartel-general da NextGen, alertando-os e pedindo para que um helicóptero estivesse pronto para levá-la e a Bourne até o navio-tanque.

Arkadin chegou antes de Bourne ao terminal da NextGen. Apressando-se, ele usou o crachá para abrir a porta das áreas restritas. Do lado de fora na pista, ele logo viu o helicóptero. O piloto conversava com um homem da manutenção. No momento em que ambos se agacharam para examinar um dos trens de pouso, Arkadin puxou o boné sobre a testa e rapidamente deu a volta até o outro lado do helicóptero, procurando manter-se ocupado por lá.

Arkadin viu Moira e Bourne saírem do terminal da NextGen, pararem por um momento, e ouviu a discussão entre eles sobre se ela devia ir ou não. Já deviam ter discutido aquilo antes porque a briga se seguiu em pequenas e breves explosões.

– Encare os fatos, Jason. Eu trabalho para a NextGen; sem mim você não embarca naquele helicóptero.

Bourne deu-lhe as costas e por um instante Arkadin sentiu um mau presságio, como se Bourne o tivesse visto. Então, Bourne virou-se novamente para Moira e juntos atravessaram a pista em passos rápidos. Bourne entrou do lado do piloto, enquanto Moira seguiu para o lado em que estava Arkadin. Com um sorriso profissional, ele estendeu a mão, ajudando-a a embarcar no helicóptero.

Ele viu o homem da manutenção fazer um movimento para se aproximar, mas fez-lhe sinal para que não viesse. Olhando para Moira através da porta curva de Perspex, ele pensou em Devra e sentiu uma constrição no peito, como se sua cabeça ensanguentada tivesse batido contra ele. Acenou um adeus para Moira e ela levantou a mão em resposta.

Os rotores começaram a girar, o homem da manutenção fez sinal para Arkadin se afastar; Arkadin respondeu apontando os polegares para cima. Cada vez mais depressa, os rotores giraram e a estrutura do helicóptero começou a trepidar. Segundos antes de o aparelho decolar, Arkadin subiu no trem de pouso e agarrou-se, enroscando-se numa bola enquanto o helicóptero seguia em direção ao Pacífico, golpeado pelo vento forte vindo do mar.

⌇

O navio-tanque assomou enorme diante dos olhos dos passageiros à medida que o helicóptero voava a toda a velocidade em sua direção. Apenas outra embarcação podia ser vista: um pesqueiro comercial, a várias milhas de distância, fora dos limites de segurança impostos pela Guarda Costeira e pela Segurança Interior. Sentado diretamente atrás do piloto, Bourne viu que ele se esforçava para manter a inclinação do aparelho no ângulo correto.

— Está tudo bem? — gritou, para se fazer ouvir acima do rugido dos rotores.

O piloto apontou para um dos mostradores.

— Há uma pequena anomalia na inclinação; provavelmente é o vento, que está batendo em rajadas.

Bourne não tinha tanta certeza. A anomalia era constante, mas o vento não. Ele teve uma intuição do que — ou mais precisamente, de quem — estava causando o problema.

— Creio que temos um clandestino — disse Bourne ao piloto. — Voe bem baixo quando chegar ao navio-tanque, raspe o topo dos contêineres.

— Quê? — O piloto sacudiu a cabeça. — É perigoso demais.

— Então, vou dar uma olhada. – Tirando o cinto, Bourne moveu-se para a porta.

— Está bem, está bem! – gritou o piloto. – Apenas volte para seu assento.

Estavam agora quase sobre a proa do navio. Era inacreditavelmente grande, uma cidade que se movia sobre as vagas do Pacífico.

— Segurem-se! – gritou o piloto, enquanto descia bem mais rapidamente do que seria o normal. Eles viram os membros da tripulação correndo pelo convés, e alguém, sem dúvida o capitão, emergindo da casa do leme, perto da popa. Alguém gritava para que se afastassem do topo dos contêineres, que se aproximavam do helicóptero com uma rapidez assustadora. Pouco antes de quase tocarem no topo do contêiner mais próximo, o helicóptero balançou ligeiramente. – A anomalia desapareceu – informou o piloto.

— Fique aqui – gritou Bourne para Moira. – Não importa o que acontecer, permaneça a bordo. – Então ele agarrou a arma que tinha atravessada nos joelhos, abriu a porta e, enquanto ela gritava seu nome, saltou para fora do helicóptero.

⁓

Ele caiu logo depois de Arkadin, que já havia pulado para o convés e corria entre os contêineres. Tripulantes correram na direção de ambos; Bourne não tinha ideia se algum deles era o engenheiro de Sever, mas ergueu a besta de caça e eles pararam onde estavam. Sabendo que disparar uma arma de fogo num navio-tanque cheio de gás natural seria o mesmo que suicídio, ele e Moira tinham pedido a NextGen que pusesse duas bestas no helicóptero. Como eles as tinham encontrado tão rapidamente, ninguém sabia, mas uma corporação do tamanho da NextGen podia conseguir praticamente qualquer coisa em dois tempos.

Atrás dele o helicóptero desceu na parte do convés de proa que havia sido liberada e desligou os motores. Dobrado para a frente para evitar os rotores, ele abriu a porta do helicóptero e olhou para Moira.

— Arkadin está aqui em algum lugar. Por favor, fique fora do caminho.

— Preciso falar com o capitão. E posso cuidar de mim mesma. — Ela também carregava uma besta. — O que Arkadin quer?

— A mim. Eu matei o amigo dele. Para ele, não importa que tenha sido em legítima defesa.

— Eu posso ajudar, Jason. Se trabalharmos juntos, dois são melhor que um.

Ele sacudiu a cabeça.

— Não neste caso. Além disso, veja como o navio está se deslocando devagar; já está com os motores revertidos. Estamos dentro do limite de oito quilômetros. Para cada metro que avançamos, o perigo para milhares de vidas e para o porto de Long Beach aumenta exponencialmente.

Ela assentiu, rígida, desceu e seguiu rapidamente pelo convés até onde estava o capitão, esperando por suas ordens.

Bourne virou-se, movendo-se com cautela em meio aos contêineres, na direção que, de relance, havia visto Arkadin seguir. Mover-se pelos corredores era como andar pelos cânions de Manhattan. O vento uivava, soprando pelos cantos, ampliado, e descendo rapidamente pelos corredores, como se fossem túneis.

Pouco antes de chegar ao fim do primeiro conjunto de contêineres, ouviu a voz de Arkadin falando-lhe em russo.

— Não temos muito tempo.

Bourne imobilizou-se, tentando determinar de onde vinha a voz.

— Como você sabe, Arkadin?

— Por que acha que estou aqui?

— Eu matei Mischa Tarkanian, agora você me mata. Não foi assim que você definiu as coisas no apartamento de Kirsch?

— Escute, Bourne, se fosse isso que eu quisesse, poderia tê-lo matado a qualquer momento, enquanto você e a mulher dormiam no 747 da NextGen.

O sangue de Bourne gelou.

– Por que não matou?

– Escute-me, Bourne, Semion Icoupov, que me salvou, em quem eu confiava, matou minha mulher.

– Sim, foi por isso que você o matou.

– Você me censura por esta vingança?

Bourne não respondeu, pensando no que faria se Arkadin ferisse Moira.

– Não precisa dizer nada, Bourne, já sei a resposta.

Bourne se virou. A voz parecia ter mudado de direção. Diabos, onde ele estava se escondendo?

– Mas, como eu disse, não temos muito tempo para descobrir o homem de Icoupov a bordo.

– É o homem de Sever, na verdade – replicou Bourne.

Arkadin deu uma risada.

– Você acha que isso importa? Eles estavam juntos nesta jogada. O tempo todo que se passavam por inimigos ferrenhos planejavam este desastre. Quero impedir que aconteça... *tenho* que impedir, caso contrário minha vingança contra Icoupov ficará incompleta.

– Não acredito em você.

– Escute, Bourne, você sabe que não temos muito tempo; eu me vinguei do pai, mas este plano é o filho dele. Ele e Sever o pariram, alimentaram, nutriram sua infância e ao longo dos anos dolorosos da adolescência. Agora, cada minuto leva esta bomba flutuante para mais perto do momento da destruição que esses dois loucos conceberam.

A voz mudou de lugar de novo.

– É isso o que você quer, Bourne? É claro que não. Então vamos unir forças para encontrar o homem de Sever.

Bourne hesitou. Não confiava em Arkadin, mas apesar disso tinha que confiar nele. Examinou a situação por todos os ângulos e concluiu que o único modo de continuar no jogo seria avançando.

– Ele é um engenheiro de programação.

Arkadin apareceu, descendo do alto de um dos contêineres. Por um momento, os dois homens ficaram parados se encarando e, mais uma vez, Bourne teve a sensação desnorteadora de ver seu reflexo num espelho. Quando olhou nos olhos de Arkadin, não viu a loucura de que o professor falara; viu a si mesmo, um coração de trevas e sofrimento muito além da compreensão.

— Sever me disse que havia apenas um homem, mas também disse que não o encontraríamos, e que mesmo que o encontrássemos, não faria diferença.

Arkadin franziu o cenho, o que lhe deu a aparência estranha de um lobo.

— O que estava querendo dizer?

— Não tenho certeza. — Ele se virou, seguindo pelo convés em direção aos tripulantes que tinham aberto espaço para o helicóptero pousar. — O que estamos procurando — falou, quando Arkadin se pôs a seu lado — é a tatuagem específica da Legião Negra.

— O círculo de cavalos com a cabeça da morte no centro. — Arkadin assentiu. — Já vi isso.

— Na parte interna do cotovelo.

— Poderíamos matar todos eles. — Arkadin deu uma gargalhada.

— Mas imagino que isso ofenda alguma coisa em você.

Um por um, os dois homens examinaram os braços dos oito tripulantes no convés, mas não encontraram nenhuma tatuagem. Quando afinal chegaram à casa do leme, o navio-tanque estava a menos de quatro quilômetros do terminal. Mal se movia. Quatro rebocadores haviam se aproximado e esperavam no limite de um quilômetro e oitocentos metros para conduzi-lo pelo resto do percurso.

O capitão era um indivíduo moreno com um rosto que parecia ter sido talhado com ácido e não pelo vento e pelo sol.

— Como eu dizia à Srta. Trevor, há mais sete tripulantes, em sua maioria envolvidos com trabalho na sala de máquinas. Depois temos o imediato, o oficial de comunicação e o médico do navio, que está na enfermaria, cuidando de um tripulante que adoeceu dois dias depois de sairmos da Argélia. Ah, sim, e o cozinheiro.

Bourne e Arkadin se entreolharam. O homem do rádio parecia uma escolha lógica, mas quando o capitão o mandou chamar, ele também não tinha a tatuagem da Legião Negra. Como também não tinham nem o capitão nem o imediato.

– Vamos para a sala de máquinas – propôs Bourne.

A um comando do capitão, o imediato os conduziu pelo convés, descendo pela escada de estibordo até as entranhas do navio. Afinal, chegaram à enorme sala de máquinas. Cinco homens estavam em plena faina ali, rostos e braços imundos de graxa e sujeira. Conforme o imediato ordenou, eles estenderam os braços, mas quando Bourne ia pegando o terceiro da fila, o quarto homem olhou para eles por entre as pálpebras semicerradas e saiu em disparada.

Bourne foi atrás dele enquanto Arkadin fez um círculo na direção inversa, serpenteando em meio àquele mundo oleoso de máquinas rangentes. O homem escapou de Bourne uma vez, mas dobrando uma curva, Bourne o avistou junto à fileira de gigantescos motores diesel Hyundai, especificamente projetados para a frota de navios-tanque LNG. Ele tentava furtivamente enfiar uma caixinha nos suportes estruturais do motor, mas, se aproximando por trás, Arkadin agarrou-lhe o punho. Ele se soltou com um tranco, puxou a caixa de volta em sua direção e estava a ponto de apertar um botão quando Bourne a arrancou de sua mão com um chute. A caixa voou, e Arkadin voou atrás dela.

– Cuidado – gritou o tripulante quando Bourne o agarrou. Ele ignorou Bourne, olhando fixamente para a caixa que Arkadin trouxe de volta para junto deles. – Você tem o mundo inteiro nas mãos.

Enquanto isso, Bourne levantou a manga de sua camisa. O braço do homem fora deliberadamente coberto de graxa, mas quando Bourne o esfregou com um trapo, a tatuagem da Legião Negra apareceu na parte interna de seu cotovelo esquerdo.

O homem não pareceu se preocupar. Toda sua atenção estava concentrada na caixa nas mãos de Arkadin.

– Isso vai mandar tudo pelos ares – falou, tentando agarrar a caixa. Bourne o puxou para trás com uma chave de braço.

— Vamos levá-lo de volta para o capitão — disse Bourne ao imediato. Foi quando viu a caixa mais de perto. Ele a tirou da mão de Arkadin.

— Cuidado! — berrou o tripulante. — Um pequeno tranco e ela detona.

Mas Bourne não acreditou. O homem exagerava em suas advertências. Por que ele não ia querer mandar o navio pelos ares agora que estava controlado pelos inimigos de Sever? Quando virou a caixa ao contrário, viu que a costura entre o fundo e a lateral estava puída.

— O que está fazendo? Está maluco? — O tripulante tornou-se tão agitado que Arkadin o estapeou do lado da cabeça para silenciá-lo.

Enfiando a unha na costura, Bourne abriu a caixa. Não havia nada dentro. Era tudo engodo.

⁓

Moira achou impossível ficar parada onde estava. Seus nervos estavam tensos até o limite. O navio estava a ponto de se encontrar com os rebocadores; estavam a menos de dois quilômetros da costa. Se os tanques explodissem, a devastação tanto em termos de perdas humanas quanto para a economia do país seria catastrófica. Ela se sentia inútil, uma idiota esperando à toa enquanto os dois homens se encarregavam da caçada.

Saindo da casa do leme, ela desceu até as entranhas do navio à procura da sala de máquinas. Sentindo cheiro de comida, meteu a cabeça na cozinha. Um argelino grandalhão estava sentado a uma mesa de aço inoxidável, lendo um jornal árabe, velho de duas semanas.

Ele levantou a cabeça, gesticulou para o jornal.

— Fica velho depois que a gente lê pela décima quinta vez, mas quando se está no mar, que fazer?

Os braços roliços do homem estavam nus até os ombros. Ele tinha tatuagens de uma estrela, um crescente e uma cruz, mas não a insígnia da Legião Negra. Seguindo as instruções que ele lhe deu, ela encontrou a enfermaria três cobertas abaixo. Ali, um muçulmano magro estava sentado a uma pequena escrivaninha embutida na antepara. Do lado oposto, havia os dois leitos de uma cama beliche, um deles ocupado com o paciente que havia adoecido. O médico murmurou o tradicional cumprimento muçulmano enquanto se virava do computador para olhar para ela. Ele franziu o cenho quando viu a besta em suas mãos.

– Isso é realmente necessário? – perguntou. – Ou sequer recomendável?

– Eu gostaria de falar com seu paciente – falou Moira, ignorando-o.

– Receio que seja impossível. – O médico sorriu do jeito como só médicos sabem sorrir. – Ele foi sedado.

– O que há de errado com ele?

O médico gesticulou para o computador.

– Ainda estou tentando descobrir. Ele tem tido convulsões, mas até agora não descobri a patologia.

– Estamos perto de Long Beach, logo terá ajuda – disse ela. – Só preciso ver a parte interna dos cotovelos dele.

O médico olhou-a espantado.

– Como disse?

– Preciso ver se ele tem uma tatuagem.

– Todos eles têm tatuagens, são marinheiros. – O médico deu de ombros. – Mas vá em frente. Não vai perturbá-lo.

Moira aproximou-se do beliche inferior, inclinando-se para afastar o cobertor fino do braço do paciente. Enquanto o fazia, o médico aproximou-se e deu-lhe um golpe na parte de trás da cabeça. Ela caiu para a frente e bateu com o queixo na armação metálica do beliche. A dor a arrancou rudemente da negritude de um precipício e, gemendo, ela conseguiu se virar. Sentiu o gosto doce e acobreado de sangue em sua boca e lutou contra uma onda de tontura. Sem muita clareza, ela viu o médico debruçado sobre o computador, os dedos voando sobre o teclado, e sentiu uma bola de gelo se formar em sua barriga.

Ele vai matar todos nós. Com este pensamento reverberando na cabeça, ela apanhou a besta do chão, onde a deixara cair. Mal teve tempo de mirar, mas estava perto o suficiente para não errar o alvo. Murmurou uma prece enquanto disparou.

O médico arqueou-se para cima quando a seta lhe perfurou a espinha. Ele cambaleou para trás, na direção onde Moira sentara-se, apoiada contra a armação do beliche. Seus braços se estenderam, os dedos como garras em busca do teclado. Moira acertou-lhe a cabeça com a besta. O sangue espirrou como chuva sobre o rosto e as mãos dela, sobre a mesa e o teclado do computador.

Bourne a encontrou no chão da enfermaria, segurando o computador no colo. Quando ele entrou, Moira o fitou e disse:

– Não sei o que ele fez. Fiquei com medo de desligar.

– Você está bem?

Ela assentiu.

– O médico do navio era o homem de Sever.

– É o que estou vendo – disse, enquanto passava por cima do cadáver. – Não acreditei quando ele disse que só tinha um homem a bordo. Típico dele ter um de reserva.

Ele se ajoelhou, examinou o ferimento na cabeça de Moira.

– É superficial. Você desmaiou?

– Creio que não.

Ele tirou um curativo de gaze do armário, molhou com álcool.

– Está pronta? – Colocou a gaze sobre o ferimento onde o cabelo dela estava empapado de sangue. Moira gemeu por entre os dentes cerrados.

– Pode segurar onde está por um minuto?

Ela assentiu, e delicadamente Bourne pegou o laptop. Havia um programa de software rodando, pelo menos isso estava claro: dois botões de rádio na tela estavam piscando, um amarelo e um vermelho. Do outro lado do monitor, havia um botão de rádio verde, que não piscava.

Bourne deu um suspiro de alívio.

– Ele abriu o programa, mas você o apanhou antes que tivesse tido tempo de ativá-lo.

– Graças a Deus! – exclamou ela. – Onde está Arkadin?

– Não sei. Quando o capitão me disse que você tinha descido, vim atrás de você.

– Jason, você não acha...

Deixando o computador de lado, ele a ajudou a se levantar.

– Vamos voltar para junto do capitão para que você possa dar-lhe a boa notícia.

Havia uma expressão assustadora no rosto dele.

– E você?

Ele entregou-lhe o computador.

– Vá para a casa do leme e fique lá. E, Moira, desta vez é para ficar.

Com a besta na mão, ele saiu para o corredor, olhou para a direita e para a esquerda.

– Tudo bem. Agora vá. Vá!

⌒

Arkadin tinha voltado para Nizhny Tagil. Lá embaixo, cercado pelo aço e ferro, da casa de máquinas, ele se deu conta de que não importava tudo o que lhe havia acontecido, nem para onde tinha ido, nunca conseguira escapar da prisão de sua juventude. Parte dele ainda estava no bordel que havia pertencido a ele e a Stas Kuzin. Parte dele ainda saía à noite pelas ruas, sequestrando garotas, seus rosto pálidos e assustados voltados para ele como os de gamos olhando em direção à luz de faróis. Mas o que elas precisavam, ele não podia – ou não queria – dar. Em vez disso, as enviara para a morte na cova de cal viva que Kuzin e seus comparsas haviam aberto em meio às cicutas e pinheiros. Muitos invernos tinham se passado desde que tirara Yelena das ratazanas e da cal, mas a cova permanecia em sua memória, vívida, como a chama de uma lareira. Se ao menos pudesse apagar suas lembranças.

Ele se sobressaltou ao ouvir a voz de Stas Kuzin gritando com ele.

– E as suas vítimas, todas as que você matou?

Mas era Bourne, descendo a escada de metal para a sala de máquinas.

– Está tudo acabado, Arkadin. O desastre foi evitado.

Arkadin assentiu, mas em seu íntimo sabia que não era assim: o desastre já havia ocorrido e era tarde demais para impedir as consequências. Enquanto caminhava na direção de Bourne, tentou fixá-lo em sua mente, mas ele parecia se metamorfosear, como a imagem vista através de um prisma.

Quando Bourne estava à distância de um braço, perguntou:

– É verdade o que Sever contou a Icoupov, que você perdeu a memória além de um determinado momento?

Bourne assentiu.

– É verdade. Não consigo me lembrar da maior parte de minha vida.

Arkadin sentiu uma dor terrível, como se o próprio tecido de sua alma estivesse sendo rasgado. Com um grito incoerente, ele abriu o canivete e partiu para o ataque, mirando a barriga de Bourne.

Virando-se de lado, Bourne agarrou-lhe o punho e começou a torcê-lo numa tentativa de fazer Arkadin largar a arma. Arkadin golpeou com a outra mão, mas Bourne bloqueou o golpe com o antebraço. Ao fazê-lo, a besta caiu no piso. Arkadin a chutou para longe.

– Não precisa ser assim – disse Bourne. – Não há motivo para que sejamos inimigos.

– Há todos os motivos. – Arkadin se afastou, tentou outra linha de ataque que Bourne neutralizou. – Você não vê? Somos iguais, você e eu. Nós dois não podemos existir no mesmo mundo. Um de nós matará o outro.

Bourne encarou Arkadin nos olhos, e embora suas palavras fossem as de um louco, Bourne não viu loucura neles. Apenas um desespero além de qualquer descrição, e um desejo férreo de vingança. Em certo sentido, Arkadin estava certo. A vingança era tudo o que lhe restava, tudo por que vivia. Com Tarkanian e Devra mortos, o único significado que a vida tinha para ele estava em vingar suas mortes. Não havia nada que Bourne pudesse dizer para fazê-lo mudar de ideia; seria uma resposta racional a um impulso irracional. Era verdade, os dois não podiam existir no mesmo mundo.

Naquele momento, Arkadin desviou-se para a direita com a faca, golpeou à esquerda com o punho, fazendo Bourne estremecer para trás nos calcanhares. No mesmo instante, golpeou com o canivete, enterrando-o na coxa esquerda de Bourne. Bourne gemeu, lutou para resistir à fraqueza nos joelhos, e Arkadin meteu a bota em sua coxa ferida. O sangue esguichou e Bourne caiu. Arkadin pulou em cima dele, usando o punho para esmurrar-lhe o rosto, enquanto Bourne bloqueava-lhe os golpes com a faca.

Bourne sabia que não resistiria muito mais tempo àquele ataque. O desejo de vingança de Arkadin o enchia de uma força sobre-humana. Lutando pela vida, Bourne conseguiu defender-se tempo suficiente para conseguir rolar e sair de baixo de Arkadin. Então, pôs-se de pé e correu coxeando para a escada.

Arkadin estendeu a mão para agarrá-lo quando ele já havia subido meia dúzia dos degraus da escada da casa de máquinas. Bourne chutou com a perna ferida, surpreendendo Arkadin e acertando-lhe o queixo. Enquanto ele caía para trás, Bourne subiu os degraus o mais depressa que pôde. Sua perna esquerda queimava, e ele estava deixando um rastro de sangue à medida que seu músculo ferido era obrigado a fazer o esforço.

Chegando à coberta seguinte, ele continuou pela escada, subindo, subindo, até chegar à primeira coberta, que, de acordo com Moira, era onde ficava a cozinha. Encontrando-a, entrou correndo, agarrou duas facas e um saleiro. Enfiando o saleiro no bolso, empunhou as facas quando Arkadin assomou no vão da porta.

Eles lutaram, mas as pesadas facas de carne de Bourne não eram rivais para o canivete de lâmina fina de Arkadin, e Bourne levou mais um corte, desta vez no peito. Ele chutou Arkadin no rosto e largou as facas para tentar tomar-lhe o canivete, sem conseguir. Arkadin o acertou de novo e Bourne quase teve o fígado perfurado. Ele recuou e correu, deixando a cozinha e subindo o último lance de escada para o convés.

O navio-tanque estava quase parado. O capitão ocupava-se em coordenar a operação de enganche com os rebocadores que o levariam pelo percurso final até o terminal LNG. Bourne não viu Moira, o que era uma bênção. Ele não a queria perto de Arkadin.

Seguindo para o abrigo de incontáveis contêineres, Bourne foi derrubado quando Arkadin saltou em cima dele. Atracados, eles rolaram várias vezes até colidir contra a amurada de bombordo. O mar, longe abaixo deles, espumava contra o casco do navio. Um dos rebocadores sinalizou com a buzina ao se aproximar, e Arkadin enrijeceu. Para ele, aquela era a sirena de Nizhny Tagil avisando de uma fuga das prisões. Ele viu o céu negro, sentiu o gosto da fumaça carregada de enxofre nos pulmões, sentiu a cabeça de Marlene entre seus tornozelos debaixo da água, ouviu o som terrível dos disparos quando Semion baleou Devra.

Rugindo como um tigre, ele puxou Bourne e pondo-o de pé, esmurrou-o repetidas vezes até vê-lo caído por cima da amurada. Naquele momento, Bourne soube que ia morrer como havia nascido, caindo pela borda de um navio, perdido nas profundezas do mar. Somente pela graça de Deus havia sido levado para bordo de um pesqueiro, na rede, junto com o pescado. Seu rosto estava ensanguentado e inchado, seus braços pesavam como chumbo, e ele ia cair.

Então, no último instante ele puxou o saleiro do bolso, quebrou-o contra a amurada e atirou o sal nos olhos de Arkadin. Arkadin urrou do choque e de dor. Ele ergueu as mãos num reflexo, e Bourne lhe tomou o canivete. Cego, Arkadin ainda lutou, agarrando a lâmina. Com esforço sobre-humano, sem se importar que a lâmina lhe cortasse os dedos, ele arrancou o canivete da mão de Bourne, que o empurrou para trás. Mas Arkadin agora tinha o controle da faca e recuperara parte da visão dos olhos lacrimejantes.

Ele avançou contra Bourne com a cabeça abaixada entre os ombros, todo o seu peso e determinação empenhados na investida. Bourne só tinha uma chance. Avançando para o ataque, ele ignorou a faca, agarrou Arkadin pelo peito do uniforme e, usando o ímpeto do adversário contra ele, ergueu-o, usando um movimento de quadril para arremessá-lo para o lado e para cima. As coxas de Arkadin bateram na amurada, mas a parte superior do corpo seguiu em voo, de modo que ele caiu de cabeça pela borda.

Caiu, caiu, caiu... o equivalente a doze andares antes de mergulhar nas ondas abaixo.

QUARENTA E CINCO

— Eu preciso de férias — declarou Moira. — Andei pensando, acho que Bali me faria bem.

Ela e Bourne estavam na clínica da NextGen num dos prédios do campus, com vista para o Pacífico. O *Moon of Hormuz* havia atracado com sucesso no terminal de LNG e sua carga de gás líquido altamente comprimido estava sendo bombeada para contêineres em terra, onde seria lentamente aquecida, expandindo-se a seiscentas vezes seu volume atual, de modo que pudesse ser usado por consumidores individuais e usinas comerciais e energéticas. O laptop havia sido entregue ao Departamento de TI da NextGen, de modo que o software pudesse ser analisado e desativado permanentemente. Agradecido, o diretor-presidente da NextGen acabara de deixar a clínica, depois de haver promovido Moira a presidente da divisão de segurança e oferecido a Bourne um cargo de consultoria muitíssimo bem pago. Bourne telefonara a Soraya, e cada um tinha posto o outro a par das novidades. Ele lhe dera o endereço da casa de Sever, detalhando a operação clandestina que abrigava.

— Eu gostaria de saber como é estar de férias — ela falou, depois de desligar o telefone.

— Bem... — Moira sorriu para ele. — Você só precisa pedir.

Bourne refletiu por um longo momento. Tirar férias era algo com que ele nunca havia sido contemplado, mas se havia um momento para isso, pensou, era aquele. Ele se virou para ela e assentiu.

O sorriso de Moira se alargou.

— Vou pedir à NextGen para se encarregar das providências. Quanto tempo você quer?

— Quanto tempo? – respondeu Bourne. – No momento, eu aceitaria para sempre.

⁓

A caminho do aeroporto, Bourne deu uma passada pelo Long Beach Memorial Medical Center, onde o professor estava internado. Moira, que declinou o convite para acompanhá-lo, ficou esperando no carro com motorista que a NextGen contratara para eles. Sever ocupava um quarto particular no quinto andar. O quarto estava mortalmente silencioso exceto pelo respirador. O professor entrara em coma e agora só respirava por aparelhos. Um tubo grosso saía de sua garganta, serpenteando até o respirador que ofegava como um asmático. Tubos menores estavam ligados a agulhas, enfiadas nos braços de Severs. Um cateter preso a um saco plástico pendurado na lateral da cama coletava sua urina. As pálpebras azuladas pareciam tão finas que Bourne pensou poder ver as pupilas abaixo delas.

Parado ali ao lado de seu antigo mentor, ele descobriu que não tinha nada a dizer. Perguntou a si mesmo por que se sentira compelido a vir. Talvez apenas para olhar mais uma vez para a face do mal. Arkadin era pura e simplesmente um assassino, mas este homem havia criado a si mesmo, peça por peça, até se tornar um mentiroso e um enganador. Apesar disso, ele parecia tão frágil, tão impotente, que era difícil acreditar que tinha sido o criador do plano para incendiar boa parte de Long Beach. Porque, como ele próprio dissera, se sua seita não podia viver no mundo moderno, era obrigada a destruí-lo. Seria este o verdadeiro motivo ou teria Sever mais uma vez lhe mentido? Ele nunca saberia.

Subitamente, Bourne se sentiu nauseado pela presença de Sever, mas quando se virou para sair, um homem pequeno e elegante entrou, deixando que a porta se fechasse às suas costas.

– Jason Bourne? – Quando Bourne assentiu, ele prosseguiu: – Meu nome é Frederick Willard.

– Soraya me falou de você – disse Bourne. – Bom trabalho, Willard.

– Obrigado, senhor.

– Por favor, não me chame de senhor.

Willard deu um pequeno sorriso de desculpas.

– Perdoe-me, meu treinamento está tão entranhado que vem automaticamente. – Ele lançou um olhar a Sever. – Acha que ele sobrevive?

– Está vivo agora – respondeu Bourne –, mas eu não chamaria isso de vida.

Willard assentiu, embora não parecesse nada interessado no homem que jazia na cama.

– Estou com um carro esperando lá embaixo – disse Bourne.

– Por acaso, eu também. – Willard sorriu, mas havia alguma coisa triste em seu sorriso. – Sei que trabalhou para a Treadstone.

– Não para a Treadstone – corrigiu Bourne –, mas para Alex Conklin.

– Também trabalhei para Conklin, há muitos anos. É tudo a mesma coisa, Sr. Bourne.

Bourne se sentiu impaciente. Estava louco para se juntar a Moira, para ver os céus límpidos de Bali.

– O senhor sabe, conheço todos os segredos da Treadstone... todos eles. Isso é algo que só o senhor e eu sabemos, Sr. Bourne.

Uma enfermeira entrou silenciosamente com seus sapatos brancos de solas de borracha, examinou Sever, escreveu em sua prancheta e os deixou a sós novamente.

– Sr. Bourne... pensei muito se deveria vir aqui e contar ao senhor... – Ele pigarreou. – O senhor sabe, o homem com quem lutou no navio-tanque, o russo que caiu pela borda.

– Arkadin.

– Leonid Danilovich Arkadin, exato. – Os olhos de Willard encontraram os de Bourne e algo neles se encolheu. – Ele era da Treadstone.

– O quê? – Bourne não conseguia acreditar no que ouvia. – Arkadin era da Treadstone?

Willard assentiu.

– Antes do senhor. Na verdade, ele foi aluno de Conklin imediatamente antes do senhor.

– Mas o que aconteceu com ele? Como acabou trabalhando para Semion Icoupov?

– Foi Icoupov que o enviou para Conklin. Eles foram amigos em outros tempos – respondeu Willard. – Conklin ficou curioso quando Icoupov lhe falou sobre Arkadin. Na época, a Treadstone estava entrando numa nova fase. Conklin acreditava que Arkadin seria perfeito para o que ele tinha em mente. Mas Arkadin se rebelou. Ele se tornou um renegado, quase matou Conklin antes de fugir de volta para a Rússia.

Bourne estava tentando desesperadamente processar toda aquela informação. Por fim, falou:

– Willard, você sabe o que Alex tinha em mente quando criou a Treadstone?

– Ah, sim. Eu lhe disse que conheço todos os segredos da Treadstone. Seu mentor, Alex Conklin estava tentando criar a fera perfeita.

– A fera perfeita? O que quer dizer? – Mas Bourne já sabia, porque tinha visto ao olhar nos olhos de Arkadin e compreender que o que estava vendo era um reflexo de si mesmo.

– O supremo guerreiro. – Com a mão na maçaneta da porta, Willard sorriu. – É isso o que o senhor é, Sr. Bourne. É o que Leonid Arkadin era... até lutar contra o senhor. – Ele perscrutou o rosto de Bourne, como se procurasse algum vestígio do homem que o havia treinado para ser o supremo agente infiltrado. – No fim, Conklin saiu vencendo, não é?

Bourne sentiu um calafrio.

– O que quer dizer?
– O senhor contra Arkadin, foi o que ele sempre planejou. – Willard abriu a porta. – Pena que Conklin não tenha vivido para ver quem sairia vencedor. Mas foi o senhor. O vencedor é o senhor.

– FIM –

Este livro foi impresso na Editora JPA Ltda.,
Av. Brasil, 10.600 – Rio de Janeiro – RJ,
para a Editora Rocco Ltda.